LA TRAHISON DANS LA PEAU

DE ROBERT LUDLUM

Aux Éditions Grasset

Série « Réseau Bouclier » :

OPÉRATION HADÈS, avec Gayle Lynds.
OBJECTIF PARIS, avec Gayle Lynds.
LA VENDETTA LAZARE, avec Patrice Larkin.
LE PACTE CASSANDRE, avec Philip Shelby.
LE CODE ALTMAN, avec Gayle Lynds.
LE VECTEUR MOSCOU, avec Patrice Larkin.
LE DANGER ARCTIQUE, avec James Cobb.

LE COMPLOT DES MATARÈSE.
LA TRAHISON PROMÉTHÉE.
LE PROTOCOLE SIGMA.
LA DIRECTIVE JANSON.
LA STRATÉGIE BANCROFT.

Aux Éditions Robert Laffont

LA MÉMOIRE DANS LA PEAU.
LA MOSAÏQUE PARSIFAL.
LE CERCLE BLEU DES MATARÈSE.
LE WEEK-END OSTERMAN.
LA PROGRESSION AQUITAINE.
L'HÉRITAGE SCARLATTI.
LE PACTE HOLCROFT.
LA MORT DANS LA PEAU.
UNE INVITATION POUR MATLOCK.
LE DUEL DES GÉMEAUX.
L'AGENDA ICARE.
L'ÉCHANGE RHINEMANN.
LA VENGEANCE DANS LA PEAU.
LE MANUSCRIT CHANCELLOR.
SUR LA ROUTE D'OMAHA.
L'ILLUSION SCORPIO.
LES VEILLEURS DE L'APOCALYPSE.
LA CONSPIRATION TREVAYNE.
LE SECRET HALIDON.
SUR LA ROUTE DE GANDOLFO.

d'après
ROBERT LUDLUM

ERIC VAN LUSTBADER

LA TRAHISON DANS LA PEAU

L'empreinte de Bourne

Traduit de l'américain
par
FLORIANNE VIDAL

BERNARD GRASSET
PARIS

L'édition originale de cet ouvrage a été publiée par Warner Books, en juin 2007, sous le titre :

THE BOURNE BETRAYAL

ISBN 978-2-246-71611-2
ISSN 1263-9559

A la mémoire d'Adam Hall (Elleston Trevor),
un mentor littéraire :
Les roses sont aussi pour toi.

Merci à Ken Dorph, à Jeff Arbital, mon conseiller en langue et culture arabes, et tout particulièrement à Victoria, pour le titre.

Prologue

Le *Chinook se découpait* contre le ciel rouge sang. Ses rotors brassaient de dangereux contre-courants. Légèrement incliné, il semblait vibrer dans l'air raréfié. Un troupeau de nuages passant en contre-jour devant le soleil pâle s'écoulait telle une fumée sortant d'un avion en flammes.

L'hélicoptère allait bientôt survoler les hauts sommets de la chaîne Semien. A son bord, Martin Lindros fixait intensément le paysage tourmenté qui défilait sous ses yeux. Il n'était pas retourné sur le terrain depuis que le Vieux l'avait nommé au poste de directeur adjoint de la CIA, quatre ans auparavant. Mais il avait veillé à conserver ses réflexes. Trois matins par semaine, il allait s'entraîner à Quantico, sur le parcours d'obstacles fréquenté par les opérationnels de la CIA. Tous les jeudis soir à dix heures, il laissait tomber la paperasserie – vérification des rapports de renseignement électroniques, signature des ordres de mission – et partait se changer les idées pendant quatre-vingt-dix minutes sur le champ de tir, histoire de ne pas perdre la main. Il connaissait tous les types d'armes à feu, passées, présentes et à venir. Il s'inventait des combats sur mesure, seule manière d'atténuer la frustration qu'il ressentait de ne plus être tout à fait dans le coup. Puis le jour où le Vieux avait approuvé son projet de créer la cellule opérationnelle baptisée Typhon, sa vie avait changé du tout au tout.

Une légère plainte traversa l'habitacle du Chinook modifié par la CIA. Anders, le commandant de Skorpion One – une équipe de cinq hommes, rien que des agents de terrain de haut niveau –, lui donna un petit coup de coude. Il se retourna et se pencha sur le hublot. Entre les lambeaux de nuages, se profilait le versant nord du Ras Dejen, point culminant du Semien. Avec ses 4 500 mètres d'altitude et ses parois rocheuses rongées par les vents, ce massif vous donnait froid dans le dos. Lindros connaissait les légendes rapportées par la tradition locale : d'anciens esprits malfaisants avaient établi leur demeure sur les lugubres sommets du Ras Dejen.

Le bruit du vent grimpait en intensité. Un cri déchirant s'éleva comme si les montagnes tentaient de s'arracher du sol.

Le moment était venu.

Lindros hocha la tête et s'avança jusqu'au pilote sanglé sur son siège. Le directeur adjoint avait une bonne trentaine d'années et des cheveux blond clair. Diplômé de Brown, il était entré à la CIA alors qu'il travaillait son doctorat en politique étrangère à Georgetown. C'était un jeune homme brillant et un serviteur aussi dévoué que le DCI pouvait le souhaiter. Le vacarme ambiant obligea Lindros à se pencher à l'oreille du pilote pour lui fournir les coordonnées finales qu'il avait tues jusqu'à présent, par mesure de sécurité.

Durant les trois semaines qu'il venait de passer sur le terrain, il avait perdu deux hommes. Un prix terriblement lourd à payer. Des pertes acceptables, dirait le Vieux. Lindros avait du mal à raisonner ainsi et pourtant il devait s'y contraindre s'il voulait réussir sa mission. Quelle valeur accordait-on à une vie humaine ? C'était une question dont il avait souvent débattu avec Jason Bourne, sans parvenir à trouver une réponse acceptable. Dans son for intérieur, Lindros estimait qu'il existait des questions dépourvues de réponses acceptables.

Pourtant, au combat, il fait voir les choses autrement. On était bien obligé de se résigner aux « pertes acceptables ». Il n'y avait pas d'autre solution. Ainsi donc, la mort de ces deux hommes était acceptable parce qu'ils avaient disparu au cours d'une mission ayant permis de vérifier la véracité d'un rapport établissant qu'une organisation terroriste s'était emparée d'une caisse remplie d'éclateurs, quelque part dans la Corne de l'Afrique. Les éclateurs, également appelés TSG, étaient de petits objets comparables à des interrupteurs électriques mais servant à admettre ou couper des flux d'énergie autrement plus puissants : appareils d'examen médicaux, valves d'échappement high-tech destinées à protéger des composants électroniques comme des tubes micro-ondes. On les utilisait également dans la mise à feu des bombes nucléaires.

A partir de Cape Town, Lindros avait suivi une route sinueuse qui l'avait mené jusqu'au Botswana et en Zambie, en passant par l'Ouganda et Ambikwa, un minuscule village d'agriculteurs – quelques maisons entourant une église et un débit de boissons – au cœur des pâturages alpestres sur les pentes du Ras Dejen, où il s'était procuré l'un de ces fameux TSG qu'il avait aussitôt envoyé au Vieux par courrier sécurisé.

Mais quelque chose d'affreux l'avait amené à revoir entièrement le cours de sa mission. Dans le café d'Ambikwa, une gargote délabrée au sol couvert de fumier et de sang séché, une rumeur lui était parvenue aux oreilles. Cette rumeur disait que l'organisation terroriste avait affrété un navire pour transporter un très grand nombre d'éclateurs hors d'Éthiopie. Si elle était fondée, cela signifierait que non seulement l'Amérique mais aussi le monde entier couraient un grave danger. Car les terroristes auraient en leur possession un instrument capable de plonger la planète dans le pire des cauchemars.

Sept minutes plus tard, le Chinook se stabilisa dans l'œil d'une tempête de poussière. Le petit plateau était désert. Devant eux, se dressait un vieux mur percé d'une ouverture – les anciennes légendes en auraient fait un passage vers le redoutable territoire des démons qui régnaient ici. Lindros savait qu'au-delà de ce trou s'ouvrait le sentier qui grimpait presque à la verticale jusqu'aux contreforts géants gardant le sommet du Ras Dejen.

Lindros et les troupes de Skorpion One sautèrent de l'hélico et atterrirent accroupis. Le pilote resta à bord sans couper les rotors. Les hommes avaient chaussé de grosses lunettes pour se protéger des tourbillons de poussière et de la grêle de gravier soulevés par l'engin. Enroulées autour des oreilles, leurs oreillettes leur permettaient de communiquer malgré le rugissement des rotors. Chacun portait un fusil d'assaut léger XM8, tirant 750 coups à la minute.

Lindros ouvrait la marche. Face au mur en ruine, à flanc de paroi, s'ouvrait la bouche noire d'une caverne. Le reste du paysage était peint en brun sale, ocre, rouge foncé. On se serait cru sur une autre planète après une catastrophe ou dans l'antichambre de l'enfer.

Anders déploya ses hommes selon le schéma habituel. Ils partirent en reconnaissance pour inspecter les cachettes les plus visibles avant d'établir un périmètre de sécurité. Deux d'entre eux se dirigèrent vers le mur de pierre qu'ils examinèrent sous toutes les coutures. Les deux autres marchèrent jusqu'à la caverne. L'un se posta à l'entrée pendant que son compagnon s'assurait que l'intérieur était dégagé.

Le vent passait au sommet du haut piton, fondait sur eux en fouettant le sol aride et transperçait leurs uniformes. Quand la façade rocheuse ne tombait pas à pic, elle les dominait, sinistre, musculeuse, son crâne nimbé de cette lumière qui n'existait qu'en haute montagne. Lindros s'arrêta devant les restes d'un feu de camp.

Près de lui, Anders en bon commandant écoutait les rapports fournis en temps réel par ses hommes. Personne ne se cachait derrière le mur en ruine. Il tendit l'oreille pour entendre les conclusions de la deuxième équipe.

« Il y a un corps dans la caverne, répéta le commandant à l'intention de Lindros. Avec une balle dans la tête. Raide mort. A part cela, le secteur est dégagé. »

La voix d'Anders résonna de nouveau dans l'écouteur de Lindros. « C'est par là qu'on commence. Le seul signe de vie dans cet endroit maudit. »

Ils s'accroupirent. Anders remua le charbon de bois de ses doigts gantés.

« Il y a une fosse peu profonde ici. » Le commandant ratissait les cendres. « Regardez ! Le fond est durci par la chaleur. Ça veut dire qu'on y a fait du feu de nombreuses fois au cours des derniers mois. Peut-être même pendant un an. »

Lindros hocha la tête et leva le pouce. « On dirait qu'on est tombés pile. » L'anxiété montait en lui. De minute en minute, les probabilités augmentaient que la rumeur soit fondée. Il aurait franchement préféré tomber sur une fausse piste ; débarquer sur les lieux et ne rien trouver. Mais apparemment, il avait espéré en vain.

Décrochant deux engins de sa ceinture, il les activa et les fit passer sur les cendres. L'un était un détecteur de radiation alpha, l'autre un compteur Geiger. Le cœur battant, il s'attendait à constater la présence de radiations alpha et gamma.

Aucun des deux engins ne réagit.

Il poursuivit ses investigations et décrivit des cercles concentriques autour des cendres, l'œil rivé sur les affichages. Il se trouvait à quelque cent mètres du centre quand le détecteur alpha se manifesta.

« Merde, marmonna-t-il.

— Vous avez quelque chose ? », demanda Anders.

Lindros déplaça l'axe : le détecteur alpha se tut. Rien sur le Geiger. Bon, c'était déjà ça. A cette altitude, le détecteur alpha pouvait réagir à n'importe quoi, même à la montagne elle-même.

Il revint sur ses pas, à l'endroit où le détecteur s'était manifesté, leva les yeux et vit qu'il se trouvait dans le prolongement de la grotte. Lentement, il se mit à marcher dans cette direction. Le détecteur de radiations affichait des mesures constantes. Puis, quelque vingt mètres avant la bouche de la caverne, il bondit. Lindros s'arrêta le temps d'essuyer les gouttes de sueur qui perlaient sur sa lèvre. Bon Dieu, encore un clou dans le cercueil du monde. *Cela dit, il n'y a pas encore de gamma,* songea-t-il. C'était déjà ça. Il s'accrocha à cet espoir pendant encore douze mètres. Puis le compteur Geiger se réveilla.

Seigneur, des radiations gamma conjuguées à des radiations alpha. C'était l'exacte signature de la chose qu'il espérait ne jamais trouver. Il sentit un filet de sueur froide lui parcourir l'échine. Il n'avait jamais éprouvé semblable sensation depuis qu'il avait tué pour la première fois, sur le terrain. Un corps à corps, son visage et celui de l'homme qui voulait sa peau crispés par le même désespoir, la même détermination. Autopréservation.

« Lumière. » Les mâchoires paralysées par la terreur, Lindros dut se faire violence pour parler. « Il faut que je voie le cadavre. »

Anders hocha la tête et transmit l'ordre à Brick, l'homme qui était entré le premier dans la caverne. Brick alluma une torche au xénon.

Pas la moindre feuille morte, pas un fragment de substance organique ne mitigeait cet air vicié aux relents minéraux. Ils devinaient la masse de la montagne tapie au-dessus d'eux. En pénétrant pour la première fois dans les pyramides du Caire, Lindros avait ressenti la même impression de suffocation.

Le faisceau de la torche au xénon dansait sur les parois de la grotte. L'endroit était tellement lugubre qu'un cadavre n'y faisait pas déplacé. La lumière déformait les ombres qui le sculptaient tout en supprimant les rares couleurs et le peu d'humanité qui lui restaient. On aurait dit un zombie surgi d'un film d'horreur. Le corps était en position de repos, complètement relâché. Une impression de calme vite démentie par le trou au milieu du front. Une blessure par balle. Son visage tourné vers le fond de la grotte semblait fuir toute clarté.

« Il s'est pas suicidé, au moins une chose de sûre, dit Anders en répondant à la première idée de Lindros. Les gens se suicident autrement – une balle dans la bouche le plus souvent. Cet homme a été tué par un professionnel.

— Mais pourquoi ? », fit Lindros d'une voix distraite.

Le commandant haussa les épaules. « Avec ces gens-là, il pourrait y avoir des milliers de...

— En arrière, vite ! »

Lindros cria si fort dans son micro que Brick qui tournait autour du corps sursauta et fit un bond en arrière.

« Désolé, monsieur, dit Brick. Je voulais juste vous montrer quelque chose de bizarre.

— Avec la torche », lui ordonna Lindros qui savait déjà de quoi il retournait. Dès leur entrée dans la caverne, les deux détecteurs de radiation s'étaient affolés devant ses yeux.

Mon Dieu, pensa-t-il, *Oh, mon Dieu.*

Le cadavre était très maigre et affreusement jeune. Un adolescent, sans doute. Avait-il les traits sémitiques d'un arabe ? Il conclut que non, mais c'était presque impossible à certifier, parce que...

« Sainte mère de Dieu ! » souffla Anders.

Le cadavre n'avait pas de nez. Le milieu de son visage manquait. A sa place, un cratère sombre gorgé d'un sang noir et visqueux qui s'écoulait lentement en moussant, comme si le jeune homme était encore vivant. Comme si une chose immonde, tapie au-dedans de lui, se régalait de sa substance interne.

C'est précisément ce qui est en train de se passer, songea Lindros dans un accès de nausée.

« Qu'est-ce qui peut produire un truc pareil ? articula Anders. Des toxines ? Un virus ? »

Lindros se tourna vers Brick. « L'avez-vous touché ? Dites-moi, avez-vous touché le corps ?

— Non, je... » Brick nageait en pleine confusion. « Suis-je contaminé ?

— Monsieur le directeur adjoint, je vous demande pardon, monsieur, où diable nous avez-vous fourrés ? J'ai l'habitude de foncer dans le noir pendant les opérations secrètes, mais cette fois ça dépasse tout. »

Appuyé sur un genou, Lindros décapsula une petite cannette métallique et de ses doigts gantés ramassa un peu de terre près du corps. Puis il referma hermétiquement la boîte et se leva.

« Il faut sortir d'ici. » Il regarda Anders droit dans les yeux.

« Directeur adjoint...

— Pas de souci, Brick. Tout ira bien, dit-il d'une voix impérieuse. Plus un mot. On y va. »

Dehors, ils retrouvèrent le paysage lunaire rouge sang. Lindros dit au micro : « Anders, désormais cette caverne est strictement interdite à vous et à vos hommes. Pas même pour pisser. Compris ? »

Le commandant eut une seconde d'hésitation. Ses hommes lurent clairement la colère et l'inquiétude sur son visage. Puis il sembla hausser les épaules mentalement. « Bien, m'sieur. »

Lindros passa les dix minutes suivantes à ratisser le plateau avec le détecteur de radiation et le compteur Geiger. Il avait envie de savoir comment la contamination était montée jusqu'ici – quelle route avaient prise les hommes irradiés ? Trouver le chemin par lequel ils étaient repartis ne serait pas une mince affaire. Le fait qu'ils aient abattu l'homme de la caverne prouvait que les membres du groupe avaient découvert de la manière la plus terrifiante qui soit l'existence d'une fuite radioactive. Avant de poursuivre leur route, ils avaient certainement sécurisé le conteneur défectueux. Plus il s'éloignait de la caverne, plus Lindros perdait leur trace. Les radiations gamma et alpha disparaissaient complètement. Donc impossible de déterminer leur itinéraire.

Il finit par sortir du périmètre.

« Évacuez le site, commandant.

— Vous avez entendu, hurla Anders en se hâtant vers l'hélico qui les attendait. En selle, les gars ! »

« *Wa'i*, dit Fadi. Il sait.

— Sûrement pas. » Accroupi près de Fadi, Abbud changea de position. Retranchés derrière la haute butte culminant à trois cents mètres au-dessus du plateau, ils servaient d'éclaireurs à leur troupe composée d'une vingtaine d'hommes couchés à plat ventre sur les cailloux.

« Avec ça, je peux tout voir. Il y avait une fuite.

— Pourquoi n'avons-nous pas été informés ? »

Il n'y eut pas de réponse. Inutile. Ils ne les avaient pas informés parce qu'ils crevaient de peur, un point c'est tout. S'il avait su, Fadi les aurait tous tués – aucun des transporteurs éthiopiens n'aurait échappé à sa fureur meurtrière. Telle était la rançon de la terreur.

Fadi braqua ses jumelles 12 × 50 sur Martin Lindros. Ces puissantes jumelles fabriquées pour l'armée russe rétrécissaient considérablement le champ de vision mais il s'en accommodait. Grâce à elles, il avait pu remarquer que le directeur adjoint de la CIA utilisait un détecteur de radiation et un compteur Geiger. L'Américain était donc au courant.

Fadi était un homme grand et large d'épaules. Il possédait un tel charisme que personne n'osait parler en sa présence, à moins d'y être convié, et un beau visage aux traits volontaires, cuivré par le soleil du désert et le vent des montagnes. Sa barbe et ses cheveux étaient longs et bouclés, noirs comme une nuit sans étoiles. Il avait l'allure d'un prophète et la mission à laquelle il s'était voué était messianique par nature : raviver l'espoir quand l'espoir s'en était allé, massacrer tous les thuriféraires de la famille royale saoudienne, balayer leur abomination de la surface de la terre, libérer son peuple, redistribuer les obscènes richesses des despotes, restaurer l'ordre et la justice dans son Arabie adorée. Pour y parvenir, il devait commencer par dénouer les relations symbiotiques unissant la famille royale saoudienne au gouvernement des États-Unis. Et pour ce faire, il devait frapper l'Amérique, afin qu'elle comprenne une bonne fois pour toutes que son règne appartenait au passé.

L'écueil à éviter était de sous-estimer la capacité d'endurance des Américains face à l'adversité. Ses camarades extrémistes commettaient trop souvent cette erreur et s'attiraient ainsi des tas d'ennuis avec leur propre peuple. Voilà pourquoi ils menaient une vie sans espoir.

Fadi était loin d'être idiot. Il avait étudié l'histoire du monde. Mieux, il en avait tiré un enseignement. Quand Nikita Khrouchtchev avait déclaré à l'Amérique « Nous vous enterrerons ! », il avait parlé avec son cœur autant qu'avec son âme. En fin de compte c'est l'URSS qu'on avait enterrée.

Quand ses camarades extrémistes disaient « Nous avons des tas de vies pour enterrer l'Amérique », ils faisaient allusion aux jeunes gens qui chaque année arrivaient à l'âge de la majorité. Dans ces réserves inépuisables, ils puisaient sans compter des martyrs désireux de mourir au champ d'honneur. Jamais ils ne s'apitoyaient sur la mort de ces jeunes. Pourquoi l'auraient-ils fait ? Les portes du paradis étaient grandes ouvertes aux martyrs. Mais en fin de compte, qu'y avait-on gagné ? L'Amérique avait-elle perdu foi en l'avenir ? Non. Les attentats suicide avaient-ils plongé l'Amérique dans le désespoir ? Encore non. Alors, quelle était la solution ?

Fadi croyait l'avoir trouvée. Il y croyait de tout son cœur, de toute son âme – et avec sa formidable intelligence.

Le directeur adjoint continuait d'évoluer dans le champ de ses jumelles. Il semblait hésiter à partir. Il scrutait les environs comme un oiseau de proie. Les arrogants soldats américains avaient grimpé dans l'hélicoptère, mais leur commandant – dont Fadi ignorait le nom, faute de renseignements plus précis – n'avait pas l'intention de le laisser seul sur le plateau. C'était un homme prudent. Il avait peut-être reniflé quelque chose d'invisible à ses yeux. Ou alors respectait-il la procédure habituelle. Les deux hommes étaient en train de discuter. Fadi décida que le moment était venu. Une telle occasion ne se présenterait pas deux fois.

« Vas-y », souffla-t-il à Abbud ibn Aziz sans baisser ses jumelles.

Abbub ibn Aziz s'empara du lanceur de roquettes RPG-7 de fabrication soviétique. C'était un homme massif, au visage lunaire, affligé d'un strabisme de l'œil gauche depuis sa naissance. D'une main assurée, il inséra la fine fusée à ailettes dans le tube de propulsion. Ces ailettes assuraient la stabilité et donc la très grande précision de la grenade rotative. Quand il presserait la détente, le système primaire lancerait la grenade à 117 mètres par seconde, une explosion d'énergie assez puissante pour enclencher le système de propulsion de la roquette à l'intérieur du tube, projetant l'ogive à une vitesse de 294 mètres par seconde.

Abbud ibn Aziz colla son œil droit sur la mire optique, placée juste derrière la détente. Quand il centra le Chinook, il songea que c'était dommage de détruire cette splendide machine de guerre. Mais ce genre de convoitise n'était pas de mise. De toute façon, le frère de Fadi avait tout orchestré dans les moindres détails : il avait semé des indices assez convaincants pour que le directeur adjoint quitte son bureau de Washington, parte enquêter sur le terrain et arrive par des chemins détournés au nord-ouest de l'Éthiopie avant de se perdre ici, au sommet du Ras Dejen.

Abbud ibn Aziz positionna le RPG-7 dans le prolongement du rotor. A présent, il ne faisait plus qu'un avec son arme, avec ses compagnons tous tendus vers le même but. La farouche détermination de ses camarades le traversait comme un courant, une vague sur le point de se fracasser sur la plage ennemie.

« Souviens-toi », dit Fadi.

Abbud ibn Aziz n'avait pas besoin de se souvenir. Il savait. Expert en armement, il s'était entraîné sous les ordres du frère de Fadi, un homme brillant pour lequel les techniques de la guerre moderne n'avaient pas de secret. Le RPG n'avait qu'un défaut : au moment du tir, il émettait un panache de fumée qui le signalait à l'ennemi. Ce détail, il l'avait pris en compte.

Fadi lui tapota l'épaule de son index, ce qui signifiait que la cible était en position. Son doigt se recourba sur la détente. Il inspira à fond, relâcha tout doucement.

Survint le recul, un ouragan d'air surchauffé. Puis la déflagration elle-même, le panache de fumée, la torsion du métal, les pales du rotor s'arrachant ensemble de l'hélicoptère. L'écho du tonnerre accompagna la douleur sourde meurtrissant l'épaule d'Abbud ibn Aziz. Comme un seul homme, tous ses compagnons se dressèrent pour se ruer en direction de la butte, une centaine de mètres à l'est de la pente que Fadi et Abbud ibn Aziz dévalaient à présent, le regard braqué sur la fumée. Comme on le leur avait ordonné, les hommes de l'escouade firent feu à volonté pour exprimer leur sainte colère.

Al-Hamdu lil-Allah! Qu'Allah soit loué ! L'attaque avait commencé.

En une fraction de seconde, tout bascula. Lindros expliquait à Anders pourquoi il voulait rester encore deux minutes sur le site et, l'instant suivant, il eut l'impression qu'un choc formidable venait de lui fracasser le crâne. Il lui fallut un bout de temps pour comprendre qu'il était étendu à plat ventre, la bouche remplie de terre. Il souleva la tête. Des débris enflammés tourbillonnaient dans l'air enfumé mais il n'y avait aucun bruit, juste cet étrange chuintement dans sa tête et cette sensation qu'on lui pressait les tympans. Sur ses joues ruisselait un sang chaud comme des larmes. L'odeur âcre du caoutchouc et du plastique brûlés lui monta au nez et faillit l'étouffer. Cette odeur en masquait une autre, plus entêtante encore : celle de la chair grillée.

Quand il voulut rouler sur lui-même, il s'aperçut qu'Anders était à moitié couché sur lui. Le commandant l'avait protégé de son corps au moment de l'explosion. Son uniforme avait brûlé. Son visage, ses épaules fumaient encore. De sa tête ne restait qu'un crâne presque dénudé et quelques cheveux roussis. Lindros eut un haut-le-cœur et repoussa le cadavre avec un frémissement compulsif. Lorsqu'il parvint à s'agenouiller, un autre accès de nausée lui souleva l'estomac.

Il perçut alors une sorte de ronflement dans le lointain. Quand il se retourna vers le bruit, il vit les membres de Skorpion One se bousculer pour descendre du Chinook détruit tout en tirant avec leurs fusils semi-automatiques.

L'un d'eux s'écroula sous une rafale de mitrailleuse. Par pur réflexe, Lindros se mit à ramper jusqu'au XM8 du soldat mort, s'en empara et se mit à tirer.

Les hommes de Skorpion One étaient des durs à cuire, courageux et bien entraînés. Ils ne s'exposaient pas inutilement. Mais quand la fusillade commença, les tirs croisés les prirent totalement au dépourvu. L'un après l'autre, ils tombèrent sous les balles.

Lindros n'avait pas l'intention de se rendre, même après avoir constaté l'hécatombe parmi ses compagnons. Curieusement, personne ne le visait ; les balles ne l'effleuraient même pas. Il venait juste de s'en apercevoir quand il se retrouva à court de munitions. Alors il se redressa, son fusil d'assaut fumant dans la main, et regarda l'ennemi dévaler la butte qui le surplombait.

Ils étaient silencieux, aussi maigres que le cadavre gisant dans la caverne. Ils avaient les yeux creusés des hommes qui ont vu couler trop de sang. Deux d'entre eux se dégagèrent de la troupe et se glissèrent dans la carcasse fumante du Chinook.

Lindros sursauta en entendant des coups de feu. L'un des deux hommes tomba en pivotant par la portière du Chinook et un instant plus tard, son compagnon apparut, traînant par le col le pilote ensanglanté.

Était-il mort ou juste évanoui ? Lindros n'eut pas le temps de s'appesantir sur la question. Déjà le reste de la troupe l'encerclait. Sur leurs visages, il reconnut cette lueur maligne, propre aux fanatiques. Une flamme qui ne s'éteignait qu'avec la mort.

Il laissa tomber son arme inutile. Ils s'emparèrent de lui, lui passèrent les mains dans le dos sans ménagement. Pendant ce temps, d'autres relevaient les corps et les jetaient pêle-mêle dans le Chinook. Derrière eux, deux hommes armés de lance-flammes se tenaient prêts à officier. Avec une précision déconcertante, ils incinérèrent l'hélicoptère avec les morts et les blessés à l'intérieur.

Lindros ne tenait pas sur ses jambes, il souffrait de multiples blessures superficielles. Surpris, impressionné par la parfaite coordination des manœuvres, il ne parvenait pas à détacher son regard de la scène. C'était effrayant. L'homme qui était à l'origine de cette subtile embuscade et avait supervisé l'entraînement de ces troupes n'était pas un terroriste ordinaire. Discrètement, il fit tourner la bague autour de son doigt, la laissa tomber sur le sol caillouteux et posa son pied dessus. C'était une manière d'avertir ses éventuels sauveteurs qu'il était passé par là et qu'il n'était pas mort avec les autres.

Presque au même instant, son escorte s'écarta de lui. Un Arabe sensiblement différent des autres s'avança. Il était grand, musclé. Son visage sculpté par le vent du désert, ses grands yeux noirs au regard perçant reflétaient la bravoure. Contrairement aux terroristes que Lindros avait interrogés jusque-là, il portait la marque de la civilisation. Visiblement, il avait vécu la Première Guerre du Golfe et avait tâté de sa technologie.

Quand ils se retrouvèrent face à face, Lindros regarda l'Arabe droit dans les yeux.

« Bonjour, monsieur Lindros », dit le chef terroriste en arabe.

Lindros le dévisageait sans ciller.

« Tu restes muet, monsieur l'Américain. Tu ne fanfaronnes plus, hein ? » Il ajouta en souriant : « Pas besoin de jouer la comédie. Je sais que tu parles arabe. » Il prit le détecteur de radiation et le compteur Geiger encore accrochés à la ceinture de Lindros. « Tu as trouvé ce que tu cherchais, j'imagine. » Tâtant ses poches, il sortit la boîte métallique. « En effet. » Il l'ouvrit et en versa le contenu entre les bottes de Lindros. « Dommage pour toi mais la cargaison est partie depuis belle lurette. Tu aimerais connaître sa destination. » Cette phrase n'était pas une question mais un commentaire énoncé sur le ton de la moquerie.

« Tes renseignements sont de première qualité », répondit Lindros dans un arabe impeccable, ce qui causa quelques remous parmi les membres de l'escouade, sauf deux : le chef lui-même et un homme trapu que Lindros soupçonnait d'être le commandant en second.

Le chef sourit avec malice. « Je te retourne le compliment. »

Silence.

Sans prévenir, il frappa Lindros au visage avec une violence telle que ses dents s'entrechoquèrent. « Je m'appelle Fadi, le rédempteur, Martin. Ça ne t'ennuie pas si je t'appelle Martin ? Ça vaut mieux, puisque nous allons devenir intimes au cours des prochaines semaines.

— Je n'ai pas l'intention de te dire quoi que ce soit, cracha Lindros en repassant brusquement à l'anglais.

— Ce que tu as l'intention de faire et ce que tu feras réellement sont deux choses distinctes », dit Fadi dans un anglais tout aussi châtié. Il pencha la tête. Lindros grimaça. On venait de lui tordre les bras si brutalement qu'il crut que ses épaules allaient se déboîter.

« Tu as choisi de passer ton tour, dit Fadi avec une déception presque convaincante dans la voix. Comme c'est prétentieux de ta part. Et franchement stupide. Enfin, après tout, tu es américain. Les Américains sont indécrottablement prétentieux, hein, Martin. Et franchement stupides. »

De nouveau, il lui apparut comme une évidence que cet homme n'était pas un terroriste ordinaire : Fadi connaissait son nom. Lindros s'efforçait de rester impassible, malgré la douleur qui lui déchirait les bras. Pourquoi n'avait-il pas une capsule de cyanure dans la bouche, coincée entre deux dents, comme dans les romans d'espionnage ? Quelque chose lui disait que tôt ou tard ce genre de gadget lui serait indispensable. Pourtant, il tiendrait le coup aussi longtemps que possible.

« C'est cela, cachez-vous derrière vos clichés, dit-il. Vous nous accusez de ne pas vous comprendre mais vous nous comprenez encore moins. Tu ne sais rien de moi.

— Ah, tu te trompes, Martin. Mais je sais que c'est une habitude chez toi. Pour tout dire, je te connais très bien. Pendant un temps je t'ai – comment disent les étudiants américains, déjà ? – ah oui, je t'ai pris comme matière principale. A ton avis : département d'anthropologie ou de real politique ? » Il haussa les épaules comme s'ils étaient deux collègues en train de boire un coup. « Une question de sémantique. »

Son sourire s'élargit. Il embrassa Lindros sur les deux joues. « Donc, on va passer à la deuxième partie. » Quand il s'écarta, il avait du sang sur les lèvres.

« Tu m'as cherché pendant trois semaines mais c'est moi qui t'ai trouvé. »

Au lieu de s'essuyer les lèvres, il passa la langue sur le sang de Lindros.

Livre un

UN

« POUVEZ-VOUS ME DIRE QUAND ce souvenir précis, cette réminiscence, a refait surface, monsieur Bourne ? », demanda le Dr Sunderland.

Incapable de rester tranquille sur son siège, Jason Bourne faisait les cent pas à travers le cabinet médical, un espace si confortable, si intime qu'on se serait cru dans le bureau d'un particulier. Des murs crème, lambrissés d'acajou, un bureau de style classique en bois sombre avec des pieds griffus, deux fauteuils, un petit canapé. Sur le mur derrière le Dr Sunderland, s'alignaient de nombreux diplômes et une impressionnante série de récompenses internationales. Visiblement, le docteur avait mis au point des traitements révolutionnaires dans les domaines de la psychologie et de la psychopharmacologie, en liaison avec sa spécialité : la mémoire. Bourne les examina avec attention avant de remarquer le cadre argenté qui trônait sur le bureau.

« Comment s'appelle-t-elle ? s'enquit Bourne. Votre femme.

— Katya », répondit le Dr Sunderland après une courte hésitation.

Les psychiatres répugnent à fournir des informations de caractère personnel sur eux-mêmes et leur famille. *Mais dans le cas présent,* pensa Bourne...

Katya portait une tenue de ski, un bonnet de laine avec un pompon au bout. Une très belle blonde. Quelque chose dans son attitude laissait supposer qu'elle se sentait à l'aise devant un objectif. Elle souriait, le soleil dans les yeux. Ses fines pattes-d'oie la rendaient particulièrement vulnérable.

Bourne sentit monter les larmes. Autrefois, il aurait dit que ces larmes étaient celles de David Webb. Mais ses deux personnalités contradictoires – David Webb et Jason Bourne, les côtés clair et obscur de son âme – avaient fini par fusionner. David Webb, jadis professeur de linguistique à l'Université Georgetown, s'enfonçait dans l'ombre chaque jour davantage mais il avait fortement contribué à adoucir les tendances paranoïdes et asociales de Bourne. Tout comme Bourne était incapable d'évoluer dans le monde normal de Webb, ce dernier n'aurait pu survivre dans le monde violent où Bourne naviguait à son aise.

La voix du Dr Sunderland s'inséra dans le fil de ses pensées. « Asseyez-vous, je vous prie, monsieur Bourne. »

Bourne obéit. Dès qu'il cessa de contempler la photo, il ressentit un certain soulagement.

Le Dr Sunderland adopta une expression de cordiale sympathie. « Vos réminiscences ont dû commencer après la mort de votre femme, j'imagine. Un tel choc a sûrement...

— Non, ça ne date pas de ce moment-là », le coupa Jason Bourne. Mais c'était faux. Des fragments de mémoire avaient ressurgi la nuit où il avait vu Marie. Ces images l'avaient même réveillé ; des cauchemars très réalistes, persistant même après qu'il eut allumé la lumière.

Du sang. Il a du sang sur les mains, sur la poitrine. Il y a du sang sur le visage de la femme qu'il porte dans ses bras. Marie ! Non, pas Marie ! Quelqu'un d'autre. La chair tendre de son cou semble si pâle à côté de tout ce sang. Sa vie s'écoule, se répand sur lui, dégouline sur les pavés de cette rue où il court. A bout de souffle dans la nuit glaciale. Où est-il ? Pourquoi court-il ? Bon Dieu, mais qui est cette femme ?

Malgré l'heure tardive, il s'était levé et habillé. Une fois dehors, il s'était mis à courir comme un fou dans la campagne canadienne jusqu'à ce qu'un point de côté l'oblige à s'arrêter. La lune blanche comme un crâne l'avait suivi, dispersant sur lui les fragments sanglants de sa mémoire.

Et voilà qu'à présent, il mentait à ce médecin. Pourquoi pas, finalement ? Il ne lui faisait pas confiance, même si Martin Lindros – directeur adjoint de la CIA et ami de Bourne – le lui avait recommandé au vu de ses impressionnantes références. Lindros avait trouvé Sunderland dans une liste fournie par le bureau du DCI. C'était évident puisque le nom d'Anne Held figurait au bas de chaque page. Anne Held était l'austère assistante du DCI, sa main droite, disait-on.

« Monsieur Bourne ? », l'encouragea le Dr Sunderland.

Mais tout cela importait peu. Il voyait le visage de Marie, blême, inanimé. Il sentait la présence de Lindros à ses côtés, au moment où le coroner lui avait dit, avec son accent français canadien : *« La pneumonie virale était trop avancée, nous n'aurions pas pu la sauver. Consolez-vous en pensant qu'elle n'a pas souffert. Elle s'est endormie et ne s'est pas réveillée. »* Les yeux du coroner étaient passés du visage de la femme morte à celui de son mari accablé de douleur. *« Si seulement elle était revenue de son séjour au ski plus tôt. »*

Bourne s'était mordu la lèvre. *« Elle s'occupait de nos enfants. Jamie s'était foulé la cheville lors de sa dernière course. Alison avait terriblement peur.*

— Elle n'a pas appelé un médecin ? Ç'aurait pu être une luxation – ou une fracture.

— Vous ne comprenez pas. Ma femme... tous les membres de sa famille sont des paysans, des fermiers ; des durs à cuire. Depuis son plus jeune âge, Marie a appris à se débrouiller seule dans la nature. Elle n'avait peur de rien.

— Parfois, avait dit le coroner, *la peur peut vous sauver.*

— Vous n'avez pas le droit de la juger ! », avait crié Bourne, tiraillé entre la colère et le désespoir.

Se portant au secours de son ami, Lindros avait remis le coroner à sa place. *« Vous avez passé trop de temps avec les morts. Vous devriez prendre un peu de repos et laisser vos collaborateurs vous remplacer.*

— Excusez-moi. »

Reprenant un souffle normal, Bourne s'était tourné vers Lindros : *« Elle m'a téléphoné, elle pensait avoir attrapé froid, c'est tout.*

— Pourquoi aurait-elle imaginé autre chose ? avait dit son ami. *De toute façon, elle pensait surtout à son fils et sa fille. »*

« Voyons, monsieur Bourne, dites-moi quand ces réminiscences ont commencé. » Une pointe d'accent roumain émaillait l'anglais du Dr Sunderland. Avec son front haut et large, ses mâchoires puissantes, son nez fort, c'était le type d'homme qui inspirait confiance. Ses cheveux étaient coiffés en arrière, à l'ancienne mode. Il portait des lunettes cerclées d'acier et un costume trois-pièces Harris en tweed épais, assorti d'une cravate à pois rouges et blancs. On l'imaginait mal pianotant sur un PDA, prenant des notes sur un téléphone portable, encore moins penché sur le clavier d'un PC multitâche.

« Allez, allez. » Le Dr Sunderland inclina sa grosse tête à la manière d'un hibou. « Vous me pardonnerez mais j'ai l'impression que – comment dire ? – vous me cachez la vérité. »

Bourne se dressa aussitôt sur ses ergots. « Que je vous cache quoi... ? »

Le Dr Sunderland produisit un magnifique portefeuille en croco d'où il sortit un billet de cent dollars qu'il brandit en ajoutant : « Je parie que vos réminiscences ont commencé juste après les funérailles de votre femme. Cela dit, ce pari ne tient pas si vous choisissez de taire la vérité.

— Qu'êtes-vous donc ? Un détecteur de mensonges humain ? »

Le Dr Sunderland s'abstint de répondre.

« Rangez cet argent », dit enfin Bourne. Il soupira. « Vous avez raison, bien sûr. Les réminiscences ont commencé le jour où j'ai vu Marie pour la dernière fois.

— Quelle forme ont-elles prise ? »

Bourne hésita. « Je la regardais – dans le funérarium. Sa sœur et son père l'avaient déjà identifiée dans le cabinet du coroner et avaient organisé son transfert. J'ai baissé les yeux vers elle et – je ne l'ai pas vue...

— Qu'avez-vous vu, monsieur Bourne ? » La voix du Dr Sunderland était douce, son ton détaché.

« Du sang. J'ai vu du sang.

— Et ?

— En fait, il n'y avait pas de sang. C'était la mémoire qui refaisait surface – sans prévenir – sans... »

Bourne hocha la tête. « Le sang... il était frais, luisant, bleui par les réverbères. Ce visage était couvert de sang...

— Le visage de qui ?

— Je ne sais pas... une femme... mais pas Marie. C'était... quelqu'un d'autre.

— Pouvez-vous décrire cette femme ? demanda le Dr Sunderland.

— C'est bien le problème. Je ne peux pas. Je ne sais pas... Et pourtant, je la connais. J'en suis sûr. »

Il y eut un bref silence durant lequel le Dr Sunderland glissa une autre question sans rapport apparent. « Dites-moi, monsieur Bourne, quel jour sommes-nous ?

— Je n'ai pas ce genre de problème. »

Le Dr Sunderland rentra la tête dans les épaules. « Répondez-moi, je vous prie.

— Mardi 3 février.

— Quatre mois se sont écoulés depuis l'enterrement et le début de vos problèmes de mémoire. Pourquoi avez-vous attendu si longtemps pour vous faire aider ? »

Un nouveau silence s'installa. « Quelque chose est arrivé la semaine dernière, dit enfin Bourne. J'ai vu – j'ai vu un vieil ami à moi. » Il avait croisé Alex Conklin dans une rue de la vieille ville d'Alexandrie où il se promenait avec Jamie et Alison, chose qu'il n'aurait plus l'occasion de faire avant longtemps. Ils sortaient d'un Baskin-Robbins. Les deux enfants tenaient leurs cônes de crème glacée. A cet instant, Bourne avait aperçu Alex Conklin en chair et en os. Alex Conklin : son mentor, le génie qui avait créé de toutes pièces le personnage de Jason Bourne. Sans Conklin, Bourne n'imaginait même pas où il serait aujourd'hui.

Le Dr Sunderland pencha la tête. « Je ne comprends pas.

— Cet ami est mort depuis trois ans.

— Et pourtant vous l'avez vu. »

Bourne hocha la tête. « Je l'ai appelé et quand il s'est retourné, j'ai remarqué qu'il portait quelque chose dans les bras – quelqu'un plus exactement. Une femme. Une femme couverte de sang.

— La femme que vous aviez déjà vue.

— Oui. Sur l'instant j'ai cru que je devenais dingue. »

Il avait immédiatement pris la décision d'éloigner ses enfants. Actuellement, Alison et Jamie vivaient avec la sœur et le père de Marie, dans leur immense ranch au Canada. Ils lui manquaient terriblement mais c'était mieux pour eux. Habiter avec lui ne leur aurait rien valu.

Depuis lors, il avait maintes fois revu en rêve les scènes douloureuses vécues juste après la mort de Marie : son visage exsangue ; les affaires qu'il avait dû rassembler dans la chambre d'hôpital ; le directeur du funérarium debout près de lui, dans cette salle sombre où était exposé le corps de Marie. Il avait contemplé ses traits figés, cireux, maquillés d'une manière que Marie aurait détestée. Il s'était penché pour toucher son visage. Le directeur lui avait proposé un mouchoir avec lequel Bourne avait essuyé le rouge à lèvres et le fard qui la défiguraient. Puis il avait embrassé ses lèvres glacées. Le froid l'avait transpercé aussi brutalement qu'une décharge électrique. *Elle est morte, elle est morte. C'est comme ça, ma vie avec elle est terminée.* Avec un petit gémissement, il avait rabattu le couvercle du cercueil. Puis il s'était tourné vers le directeur du funérarium : *« J'ai changé d'avis. Fermez le cercueil. Je ne veux pas que les gens la voient ainsi, surtout pas les enfants.*

« Et pourtant vous l'avez suivi, insista le Dr Sunderland. Tout à fait fascinant. Étant donné votre passé, votre amnésie, le trauma causé par la mort prématurée de votre femme a certainement déclenché ce souvenir particulier. D'après vous, votre défunt ami aurait-il un lien avec cette femme couverte de sang ?

— Non. » C'était encore un mensonge, bien sûr. A bien y réfléchir, il devait revivre une ancienne mission – une mission qu'Alex Conklin lui avait confiée des années auparavant.

Le Dr Sunderland joignit les doigts. « N'importe quoi d'assez vivace peut susciter chez vous une réminiscence. Ce peut être une chose que vous avez vue, sentie, touchée, comme un rêve refaisant surface. Sauf que dans votre cas, ces “rêves” sont réels. Ce sont vos souvenirs : ils ont vraiment eu lieu. » Il prit un stylo-plume en or. « Il est évident qu'un trauma comme celui dont vous avez souffert suffit amplement à causer ces troubles. Jusqu'à faire apparaître un homme que vous savez mort. Il n'est guère surprenant que vos réminiscences soient devenues plus fréquentes, ces derniers temps. »

En effet, mais son état mental se détériorait de jour en jour et c'était insupportable. Cet après-midi-là, à Georgetown, il avait laissé ses enfants seuls pour courir après Conklin. Juste un instant, certes mais... Après coup, il avait été horrifié. Il l'était encore.

Marie était partie, d'une manière atroce, insensée. Et maintenant, parmi les images qui le hantaient, il y avait celle de Marie. Mais pas seulement. Bourne revoyait sans cesse ces vieilles rues silencieuses. Elles l'observaient, elles possédaient un savoir que lui n'avait pas, elles savaient des choses sur lui ; des choses qui lui échapperaient à tout jamais. Son cauchemar commençait ainsi : les souvenirs affluaient, accompagnés de sueurs froides. Bourne était couché dans le noir, persuadé qu'il ne s'endormirait jamais. Mais il finissait toujours par s'endormir – d'un sommeil lourd presque drogué. Et quand il remontait des abysses, il se retournait dans son lit en cherchant le corps chaud et délicieux de Marie. Puis de nouveau, la réalité le heurtait de plein fouet comme un train de marchandises.

Marie est morte. Morte et disparue à jamais...

Le Dr Sunderland griffonnait sur son calepin. Le bruit sec et rythmé du stylo-plume tira Bourne de ses sombres pensées.

« Ces réminiscences me rendent dingue.

— Ça ne m'étonne pas. Votre désir de désenfouir le passé prend le pas sur tout le reste. On pourrait le qualifier d'obsessionnel – c'est mon avis en tout cas. Une obsession prive ceux qui en souffrent de la capacité de vivre normalement – bien que je déteste cet adverbe et l'utilise avec parcimonie. Quoi qu'il en soit, je pense être en mesure de vous aider. »

Le Dr Sunderland écarta les mains, qu'il avait grandes et calleuses. « Je voudrais d'abord vous expliquer la nature de votre malaise. Les souvenirs se créent ainsi : via des impulsions électriques, le cerveau émet des neurotransmetteurs entraînant une "mise à feu" des synapses, comme on dit. Ce processus est à l'origine de la mémoire temporaire. Pour la rendre permanente, il faut un processus permanent, appelé consolidation. Je ne vous ennuierai pas avec les détails. Il suffit de savoir que la consolidation nécessite la synthèse de nouvelles protéines, ce qui prend plusieurs heures. Tout au long, le processus peut se voir bloqué ou altéré par des tas de choses – un traumatisme sévère, par exemple, ou une perte de conscience. C'est ce qui vous est arrivé. Pendant que vous étiez inconscient, votre activité cérébrale normale a transformé vos souvenirs permanents en souvenirs temporaires. Les protéines créant les souvenirs temporaires se dégradent très vite. En quelques heures, ou quelques minutes, ces souvenirs disparaissent.

— Et pourtant, les miens refont surface de temps à autre.

— C'est parce que le trauma – physique, émotionnel, ou une combinaison des deux – peut très vite inonder certaines synapses équipées de neurotransmetteurs, et donc ressusciter, dirons-nous, des souvenirs perdus. »

Le Dr Sunderland sourit. « Tout cela pour vous préparer. L'idée d'un effacement total de la mémoire relève encore de la science-fiction, bien que les progrès dans ce sens nous permettent les plus grands espoirs. En revanche, grâce aux toutes dernières méthodes à ma disposition, j'affirme être en mesure de rétablir votre mémoire dans sa totalité. Mais vous devez m'accorder deux semaines.

— Non, aujourd'hui, docteur.

— Je recommande vigoureusement...

— Aujourd'hui », répéta Bourne d'une voix plus ferme.

Le Dr Sunderland l'examina un bon moment en tapotant sa lèvre inférieure avec son stylo en or, d'un air rêveur. « Étant donné les circonstances... Je crois pouvoir *supprimer* certains souvenirs. Ce qui n'est pas pareil que les effacer.

— Je comprends.

— Très bien. » Le Dr Sunderland se donna une claque sur les cuisses. « Venez dans la salle d'examen et je ferai mon possible pour vous aider. » Il leva l'index comme pour le mettre en garde. « Je n'ai pas besoin de vous rappeler que la mémoire est une créature fuyante.

— Pas besoin, effectivement », dit Bourne tandis qu'un nouveau pressentiment s'insinuait en lui, comme une anguille miroitant à la surface d'un lac.

« Vous comprenez donc que je ne peux rien vous garantir. Il y a de fortes chances pour que ma méthode marche, mais pendant combien de temps... » Il haussa les épaules.

Bourne se leva en hochant la tête et le suivit dans la pièce adjacente, un peu plus vaste que la salle de consultation. Sur le sol, il remarqua le linoléum tacheté qu'on trouve dans tous les cabinets médicaux. Le long des murs, s'alignaient des instruments en acier inoxydable. Un comptoir. Des armoires vitrées. Dans un coin, sous un petit évier, un récipient en plastique rouge portait une étiquette DANGER BIOLOGIQUE bien visible. Au centre, un siège relativement luxueux, dans le style fauteuil de dentiste revu et corrigé par un designer. Plusieurs bras articulés descendant du plafond encerclaient étroitement le fauteuil. Deux appareils médicaux inidentifiables reposaient sur des chariots munis de roulettes en caoutchouc. Tout bien pesé, la pièce paraissait aussi propre et fonctionnelle qu'une salle d'opération.

Bourne s'assit et attendit que le Dr Sunderland règle la hauteur et l'inclinaison du siège futuriste pour un maximum de confort. Sur l'un des chariots, il prit huit câbles électroniques qu'il fixa sur la tête de Bourne, à plusieurs endroits.

« Je vais accomplir deux séries de tests sur vos ondes cérébrales, l'une à l'état de conscience, l'autre pendant le sommeil. Il est essentiel d'évaluer ces deux stades de votre activité cérébrale.

— Et ensuite ?

— Ça dépendra des résultats, répondit le Dr Sunderland. Mais le traitement inclura de stimuler certaines synapses du cerveau avec des protéines complexes spécifiques. » Il posa sur Bourne un regard insistant. « La miniaturisation est la clé de tout, voyez-vous. C'est l'une de mes spécialités. On ne peut pas travailler avec les protéines à un niveau microscopique sans être expert en miniaturisation. Avez-vous entendu parler de la nanotechnologie ? »

Bourne fit oui de la tête. « Des composants électroniques de taille infinitésimale. De minuscules ordinateurs, en somme.

— Exactement. » Les yeux du Dr Sunderland brillaient de ravissement comme s'il jubilait d'avoir un patient aussi savant. « Ces protéines complexes – ces neurotransmetteurs – agiront comme des nanosites, reliant et renforçant les synapses dans les zones de votre cerveau vers lesquelles je les dirigerai, pour bloquer ou créer des souvenirs. »

Tout à coup, Bourne arracha les câbles électroniques, se leva et, sans un mot, sortit en courant du cabinet médical. Ses chaussures tambourinaient sur le sol en marbre du couloir. On aurait dit qu'un petit animal doté de plusieurs paires de pattes s'était lancé à sa poursuite. Il n'allait quand même pas laisser n'importe qui bricoler son cerveau !

Deux portes se présentèrent devant ses yeux. Il ouvrit celle marquée MESSIEURS, se rua à l'intérieur et resta planté devant le lavabo de porcelaine blanche, les bras le long du corps. Au fond du miroir, son visage le contemplait, livide, fantomatique. Dans le reflet derrière lui, il reconnut le carrelage blanc du funérarium. Marie était couchée là, immobile, les mains croisées sur son ventre plat d'athlète. Elle flottait comme sur un chaland emporté par un courant rapide. Loin de lui.

Il colla son front au miroir. Des écluses s'ouvrirent en lui, laissant jaillir des larmes qui ruisselèrent sans qu'il cherche à les retenir. Il revoyait Marie telle qu'il l'avait connue, ses cheveux volant dans le vent, sa peau satinée à la base du cou. Le jour où ils avaient descendu les rapides de la Snake River, ses bras solides, brunis par le soleil, maniaient adroitement la pagaie malgré les remous ; l'immense ciel de l'Ouest se reflétait dans ses yeux. Le jour où il lui avait demandé de l'épouser, sur le campus de granit impavide de l'Université Georgetown, elle portait une robe noire à fines bretelles sous une canadienne ; ils se rendaient à la fête de Noël de la faculté et se tenaient par la main en riant comme des collégiens. Le jour où ils s'étaient unis l'un à l'autre, le soleil glissait derrière les pics enneigés des Rocheuses canadiennes, leurs cœurs battaient à l'unisson. Il se rappelait le jour où elle avait accouché d'Alison. L'avant-veille d'Halloween. Elle était assise devant une machine à coudre, en train de confectionner un costume de pirate fantôme pour Jamie, quand elle avait perdu les eaux. La naissance d'Alison avait été longue et pénible. A la fin, Marie s'était mise à saigner. Il avait failli la perdre, ce jour-là, il avait prié le ciel qu'elle ne l'abandonne pas. A présent, il l'avait perdue à jamais...

Il se mit à sangloter.

Puis, comme une goule venue le hanter, le visage de la femme inconnue s'éleva des tréfonds de sa mémoire pour masquer celui de sa bien-aimée Marie. Le sang dégoulinait le long de ses joues. Ses yeux le dévisageaient sans le voir. Que voulait-elle ? Pourquoi le harcelait-elle ainsi ? La tête entre les mains, il poussa un gémissement. Tout son être lui criait de fuir cet endroit, mais il s'en savait incapable. Pas comme cela, pas alors qu'il subissait les attaques de son propre cerveau.

Le Dr Sunderland attendait dans son bureau, les lèvres pincées, aussi patient qu'une statue. « Puis-je ? »

La vision du visage ensanglanté le poursuivait encore, obstruant tous ses sens. Pourtant il respira à fond et fit un signe de tête affirmatif. « Allez-y. »

Il s'installa dans le fauteuil, le Dr Sunderland fixa les électrodes, tendit la main vers l'appareil posé sur le chariot, actionna un interrupteur et entreprit de manipuler plusieurs cadrans, certains d'un geste rapide, d'autres plus lentement, avec une certaine délicatesse même.

« Ne craignez rien, le rassura-t-il. Vous ne sentirez rien du tout. »

En effet.

Visiblement satisfait du résultat obtenu, le Dr Sunderland toucha un autre commutateur. Une longue feuille de papier ressemblant à celles qui équipent les appareils d'électro-encéphalographie, sortit d'une fente. Le médecin examina le tracé des ondes cérébrales de Bourne éveillé.

Il n'effectua aucune annotation sur le relevé, se contentant de hocher la tête comme s'il discutait avec lui-même, les sourcils froncés, aussi épais qu'un nuage d'orage. Était-ce bon signe ou non ? Bourne eût été bien en peine de le dire.

« Très bien », conclut le Dr Sunderland. Il éteignit la machine, écarta le premier chariot et le remplaça par le second.

Le plateau posé sur le métal luisant contenait une seringue dont Sunderland s'empara. Bourne vit qu'elle était déjà remplie d'un liquide clair.

Le Dr Sunderland se tourna vers Bourne. « L'injection ne vous fera pas perdre totalement conscience, elle vous plongera juste dans un sommeil profond – ondes delta, les ondes cérébrales les plus lentes. » En réponse au mouvement précis exercé par son pouce, un peu de liquide gicla du bout de l'aiguille. « Je dois voir s'il y a des ruptures inhabituelles dans vos modèles d'ondes delta. »

Bourne fit oui de la tête et se réveilla aussitôt après.

« Comment vous sentez-vous ? demanda le Dr Sunderland.

— Mieux, je crois, dit Bourne.

— Bien. » Le Dr Sunderland lui montra une sortie imprimante. « Comme je le soupçonnais, il y avait une anomalie dans votre modèle d'ondes delta. » Il lui désigna l'endroit. « Ici, vous voyez ? Et encore ici. » Il lui tendit une autre feuille. « Et voilà votre modèle d'ondes delta après traitement. L'anomalie a considérablement diminué. Sur la base de ces relevés, on peut raisonnablement espérer que vos réminiscences auront totalement disparu dans une dizaine de jours. Toutefois, je vous ai prévenu, elles risquent fort d'empirer au cours des prochaines quarante-huit heures, le temps que vos synapses s'adaptent au traitement. »

Le bref crépuscule hivernal glissait vers la nuit lorsque Bourne sortit du cabinet médical situé dans un grand édifice en calcaire de style Greek Revival sur K Street. Empestant le phosphore et la pourriture, le vent glacial venant du Potomac faisait claquer son pardessus autour de ses jambes.

Il se détourna pour éviter un tourbillon de poussière et vit son reflet dans la vitrine d'un fleuriste. Un bouquet aux couleurs éclatantes exposé derrière la glace lui évoqua les fleurs à l'enterrement de Marie.

Juste à sa droite, la porte en cuivre de la boutique s'ouvrit, laissant passer une cliente chargée d'un bouquet joliment enveloppé. Il renifla... qu'est-ce que c'était que ce parfum, déjà ? Des gardénias, oui. Un bouquet de gardénias bien préservé de la froidure hivernale.

Dans son esprit, une image se forma. Il portait la femme inconnue dans ses bras, il sentait son sang tiède pulser contre sa propre peau. Elle était plus jeune qu'il ne l'avait cru au premier abord, une petite vingtaine d'années tout au plus. Ses lèvres remuaient. Un frisson lui parcourut l'échine. Elle vivait encore ! Ses yeux cherchaient ceux de Bourne. Du sang coulait de sa bouche entrouverte, ainsi que des mots, coagulés, distordus. Il tendit l'oreille. Que disait-elle ? Essayait-elle de lui dire quelque chose ? Qui était cette femme ?

Une nouvelle rafale de vent sableux ; Bourne replongea dans le crépuscule de Washington. La vision d'horreur s'était dissipée. Le parfum des gardénias l'avait-il fait surgir du tréfonds de son être ? Y avait-il un lien ?

Il fit demi-tour dans la ferme intention de remonter chez le Dr Sunderland. Pourtant ce dernier l'avait averti qu'il devait s'attendre à ce type de malaise dans les heures qui suivraient le traitement. Son portable sonna. Devait-il répondre ? Il hésita un instant puis ouvrit le téléphone d'un coup sec et le colla à son oreille.

Quand il comprit qu'il avait Anne Held, l'assistante du DCI, au bout du fil, il ne put réprimer un réflexe de surprise. Il reconstitua son image mentale. Une brune, grande, mince, vingt-cinq ans environ, des traits réguliers, une bouche en cœur et des yeux gris acier.

« Bonjour, monsieur Bourne. Le DCI souhaite vous voir. » Elle avait l'accent de la Nouvelle-Angleterre, un subtil mélange fleurant à la fois la Grande-Bretagne, sa patrie de naissance, et l'Amérique, sa patrie d'adoption.

« Moi pas », répondit Bourne froidement.

Anne Held soupira. Il la sentit se crisper. « Monsieur Bourne, à part Martin Lindros, personne ne connaît mieux que moi vos relations conflictuelles avec le Vieux – et la CIA en général. Dieu sait que vous avez vos raisons : ils vous ont maintes fois fait jouer le rôle de bouc émissaire pour ensuite vous cataloguer comme traître à la Nation. Mais il faut absolument que vous veniez. Et sans tarder.

— Quelle éloquence ! Seulement voilà, toute l'éloquence du monde ne me fera pas changer d'avis. Si le DCI a quelque chose à me dire, il peut le faire par l'intermédiaire de Martin Lindros.

— C'est justement de Martin Lindros dont le Vieux souhaite vous entretenir. »

Bourne s'aperçut qu'il broyait presque le téléphone dans sa main. Il répondit d'une voix glaciale : « Que se passe-t-il avec Martin ?

— Voilà le hic. Je ne sais pas. Personne ne le sait, à part le Vieux. Il est enfermé dans les bureaux de Signals depuis le déjeuner. Moi-même je n'ai pas pu le voir. Voilà trois minutes, il m'a appelée et m'a ordonné de vous faire venir.

— C'est ce qu'il a dit ?

— Textuellement : “Je sais que Bourne et Lindros sont proches. Voilà pourquoi j'ai besoin de lui.” Monsieur Bourne, je vous implore, venez. C'est un Code Mesa. »

Pour la CIA, *Code Mesa* désignait les situations d'urgence de Niveau Un.

En attendant le taxi qu'il avait appelé, Bourne eut le temps de penser à Martin Lindros, le directeur adjoint de la CIA.

Combien de fois au cours des trois années précédentes, avait-il évoqué avec lui le sujet douloureux et intime de son amnésie ? Ses fonctions faisaient pourtant de Martin un improbable confident. Qui aurait pu penser qu'il se lierait d'amitié avec Jason Bourne ? Même pas Bourne lui-même. Voilà presque trois ans, quand Lindros s'était pointé dans le bureau de David Weeb sur le campus, ce dernier avait vu ressurgir devant lui la méfiance et la paranoïa dont il s'était cru libéré. Bourne avait cru que Lindros venait le recruter pour une nouvelle mission dans le cadre de la CIA. Cela n'aurait rien eu d'étonnant, d'ailleurs. Après tout, Lindros venait d'être nommé directeur adjoint. On l'avait chargé de réformer la CIA, d'y faire du ménage pour la transformer en une organisation solide, capable de gérer la menace que l'Islam radical et fondamentaliste faisait peser sur le monde entier.

Un tel bouleversement eût été impensable cinq ans auparavant, à l'époque où le Vieux dirigeait la CIA d'une main de fer. Mais à présent, le DCI était un vieillard – son sobriquet l'avait rattrapé. On murmurait qu'il perdait la main, qu'il était temps pour lui de se retirer honorablement avant qu'on ne le pousse dehors. Bourne s'en réjouissait d'avance tout en sachant que ces rumeurs pouvaient très bien avoir été répandues par le Vieux lui-même, pour se débarrasser des ennemis qu'il avait à l'intérieur du Beltway. Le vieux renard avait ses entrées chez toutes les huiles de Washington, dont la plupart exerçaient un pouvoir aussi redoutable que secret. Nul ne disposait d'un tel réseau de relations.

Le taxi rouge et blanc s'arrêta au bord du trottoir ; Bourne monta, donna l'adresse au chauffeur, s'installa confortablement sur la banquette arrière et se replongea dans ses pensées.

A sa grande surprise, Lindros n'avait pas abordé le sujet du recrutement. Durant le dîner, Bourne avait découvert un Lindros totalement différent de l'homme qu'il avait autrefois croisé sur le terrain. Le fait même de vouloir transformer la CIA de l'intérieur avait fait de lui un solitaire dans sa propre organisation. Le Vieux lui vouait une confiance absolue, inébranlable ; il se revoyait en lui, plus jeune. En revanche, les chefs des sept Directorats le craignaient parce qu'il tenait leur avenir au creux de sa main.

Lindros avait une amie nommée Moira. A part elle, il ne fréquentait personne. L'amnésie de Bourne le touchait sincèrement. Il éprouvait une certaine empathie pour lui. « *Tu ne te rappelles pas ta vie,* avait-il dit au cours de ce dîner ensemble, le premier d'une longue liste. *Moi je n'ai pas de vie à me rappeler...* »

Inconsciemment, le dommage profond et permanent dont chacun avait souffert devait les rapprocher. De leur mutuelle incomplétude naquirent la confiance et l'amitié.

Une semaine auparavant, Bourne s'était absenté de Georgetown pour raisons de santé. Il avait appelé Lindros sans parvenir à le joindre. Personne n'avait pu lui dire où il était. Bourne aurait tant aimé lui demander conseil. Plus son état mental se perdait dans l'irrationnel plus il avait besoin de la rationalité, de l'esprit analytique de son ami. Et voilà qu'à présent, autour de Lindros, planait un mystère assez épais pour que la CIA passe en mode d'urgence ultrasecret.

Dès que Costin Veintrop – alias Dr Sunderland – reçut confirmation que Jason Bourne avait quitté l'immeuble, il se dépêcha de ranger son équipement dans le compartiment secret d'une valise en cuir noir dont il extirpa ensuite un ordinateur portable. Il l'alluma. Ce n'était pas un banal ordinateur ; Veintrop, spécialiste de la miniaturisation – thème de recherche prolongeant ses études sur la mémoire humaine –, l'avait lui-même modifié. Il brancha une caméra numérique haute définition sur Firewire et fit monter à l'écran quatre agrandissements photographiques de la salle d'examen pris sous des angles différents. En se servant d'eux comme éléments de comparaison, il entreprit de vérifier que chaque objet était bien à la place qu'il avait occupée lorsqu'il était entré, tout à l'heure, quinze minutes avant l'arrivée de Bourne. Quand ce fut chose faite, il éteignit les lumières et regagna le cabinet de consultation.

Veintrop ramassa les photos disposées autour de lui. Son regard s'attarda sur le portrait de la femme qu'il avait présentée comme la sienne. C'était effectivement Katya, son épouse balte. S'appuyer sur un détail réel l'avait aidé à convaincre Bourne de son absolue sincérité. Veintrop croyait aux vertus de la vraisemblance. Il avait donc utilisé une photo de sa femme et non celle d'une inconnue. Quand il créait une légende – une nouvelle identité –, il estimait essentiel d'y mêler des fragments de vérité, des choses auxquelles lui-même accordait de l'importance. Surtout quand il avait affaire à un homme de la carrure de Bourne. En tout cas, la photo de Katya avait produit l'effet escompté. Malheureusement, elle lui avait aussi rappelé que sa femme était loin de lui et qu'on lui interdisait de la voir. Un bref instant, il serra les poings si fort que ses articulations pâlirent.

Puis brusquement, il s'ébroua. Se prendre en pitié ne menait nulle part ; il avait du pain sur la planche. Une fois l'ordinateur posé sur le bureau du vrai Dr Sunderland, il fit monter les clichés numériques pris tout à l'heure dans cette même pièce. Comme dans la salle d'examen, il passa le moindre détail au crible, s'assurant que tous les objets avaient réintégré leur emplacement initial. Il ne devait subsister aucune trace de son passage.

Son téléphone GSM quad band se mit à vibrer. Il le porta à l'oreille.

« C'est fait », dit Veintrop en roumain. Il aurait pu parler arabe, la langue de son employeur, mais ils avaient mutuellement décidé que le roumain était plus discret.

« Ça s'est bien passé ? » La voix de son interlocuteur était plus profonde, plus rauque que celle de l'homme qui l'avait engagé. Ce dernier s'exprimait toujours sur un ton impérieux, comme un orateur habitué à exhorter des foules fanatiques.

« Parfaitement. J'ai affiné et perfectionné la procédure sur les thèmes que vous m'avez fournis. Tout est en place, comme convenu.

— Nous en aurons bientôt la preuve. » Sous l'impatience de cette voix, on devinait une vibration particulière révélant une certaine anxiété.

« Ayez la foi, mon ami », dit Veintrop avant de couper la communication.

Il rangea l'ordinateur, l'appareil photo numérique et le câble Firewire, puis il mit son pardessus en tweed et son chapeau de feutre. Sa valise au bout du bras, il jeta un dernier coup d'œil autour de lui. Non, il n'avait rien oublié. Il n'y avait pas de place pour l'erreur dans le domaine hautement spécialisé où il exerçait.

Il éteignit, traversa le cabinet obscur et se glissa dehors. Dans le couloir, il consulta sa montre : 16 h 46. Trois minutes de trop. Malgré ce léger retard, il n'avait pas dépassé le délai imparti par son employeur. Comme Bourne l'avait dit lui-même, on était mardi 3 février. Le Dr Sunderland ne consultait jamais le mardi.

DEUX

SUR LES CARTES, LE QUARTIER GÉNÉRAL de la CIA situé sur la 23e Rue NW était censé appartenir au ministère de l'Agriculture. Pour renforcer l'illusion, on l'avait entouré de pelouses minutieusement entretenues, ponctuées d'arbres ornementaux au feuillage luxuriant entre lesquels serpentaient des sentiers de promenade semés de gravier. L'immeuble en lui-même était d'une banalité confondante pour une ville comme Washington, si respectueuse de la grandeur architecturale de ses bâtiments publics. Bordé au nord par l'immense ensemble constitué du Département d'État et du Bureau de la Médecine et de la Chirurgie de la Marine, il donnait à l'est sur l'Académie nationale des Sciences. Depuis son bureau, le DCI avait vue sur le Mémorial des Vétérans du Vietnam et un petit bout du Mémorial Lincoln à la luisante blancheur. Rien de très réjouissant, en somme.

Anne Held n'avait pas exagéré. Bourne dut franchir pas moins de trois contrôles de sécurité avant d'être admis dans le saint des saints. Ils eurent lieu dans le vestibule public, une sorte de bunker à l'épreuve des bombes et de l'incendie. Dissimulés derrière des dalles et des colonnes de marbre, on apercevait des murs anti-explosions en béton épais de cinquante centimètres, renforcés par un réseau de tiges d'acier plus un filet en Kevlar. Pas le moindre bout de verre dans le secteur. Et les circuits électriques étaient pleinement protégés. Lors du premier contrôle, on lui demanda de répéter une phrase codée qui changeait trois fois par jour ; au deuxième, il passa au scanner d'empreintes digitales. Au troisième, il plaça son œil droit devant la lentille d'une sinistre machine noire qui photographia sa rétine avant de la comparer au cliché présent dans le fichier. Cette couche supplémentaire de sécurité high-tech était devenue indispensable depuis qu'on parvenait à falsifier les empreintes digitales en se collant des patches de silicone au bout des doigts. Bourne était bien placé pour le savoir : il avait lui-même employé cette méthode plus d'une fois.

Avant d'entrer dans l'ascenseur, il eut encore droit à un contrôle de sécurité. Rebelote au sixième étage, devant la porte de l'immense suite abritant le bureau personnel du DCI – cette dernière formalité était imposée par le Code Mesa.

Une fois passé la porte blindée artistiquement plaquée de bois de rose, il tomba sur Anne Held, flanquée comme d'habitude d'un homme au teint couleur de lait caillé dont les muscles gonflés saillaient sous le tissu du veston.

Elle lui adressa un petit sourire crispé. « Je viens de voir le DCI. Il a pris dix ans d'un coup.

— Je ne suis pas venu pour lui, dit Bourne. Martin Lindros est le seul membre de la CIA qui m'intéresse et en qui j'aie confiance. Où est-il ?

— Il a passé ces trois dernières semaines sur le terrain, à faire Dieu sait quoi. » Toujours aussi élégante, Anne portait un tailleur Armani gris anthracite, un chemisier de soie rouge feu et des escarpins Manolo Blahnik avec des talons de sept centimètres. « Mais je parierais un paquet de fric que tout ce remue-ménage a un rapport avec les signaux reçus par le DCI aujourd'hui. »

Sans mot dire, l'homme au teint blafard les escorta le long de divers corridors – labyrinthe censé désorienter les visiteurs à qui on faisait emprunter un chemin différent chaque fois – avant de s'immobiliser devant la porte du sanctuaire. Il s'écarta mais resta planté là. Encore une disposition du Code Mesa, songea Bourne avec un sourire discret au petit œil de la caméra de surveillance.

Un instant plus tard, il entendit le déclic électronique.

Le DCI se tenait à l'extrémité d'une pièce vaste comme un terrain de foot. Un dossier dans une main, une cigarette dans l'autre, il défiait ostensiblement les consignes fédérales n'épargnant pas cet auguste bâtiment. *Quand s'était-il remis à fumer ?* se demanda Bourne. A côté de lui, un homme grand, trapu, les cheveux coupés en brosse, tourna vers lui son long visage patibulaire. Un calme inquiétant émanait de toute sa personne.

« Ah, enfin, vous voilà ! » Le Vieux s'avança vers Bourne à grandes enjambées. Les talons de ses chaussures cousues main claquèrent sur le parquet verni. Il rentrait le cou dans les épaules comme s'il luttait contre un vent mauvais. Les projecteurs placés à l'extérieur plaquèrent sur lui leur lumière pâle et tremblotante, comme si le film en noir et blanc de ses exploits passés défilait sur son visage.

Il avait l'air vieux, fatigué. Ses joues crevassées comme une falaise qui se délite, la peau livide soulignant ses yeux perdus au fond de leurs orbites évoquaient les coulures d'une chandelle sur le point de s'éteindre. Il coinça sa cigarette entre ses lèvres violettes. On voyait à son attitude qu'il n'avait pas l'intention de serrer la main de Bourne.

L'autre homme le suivit en imitant son pas.

« Bourne, je vous présente Matthew Lerner, mon nouvel adjoint. Lerner, Bourne. »

Les deux hommes échangèrent une rapide poignée de main.

« Je croyais que c'était Martin votre adjoint, répliqua Bourne, perplexe, en regardant Lerner.

— C'est compliqué. Nous...

— Lerner vous expliquera tout après cet entretien, l'interrompit le Vieux.

— A supposer qu'une explication s'avère nécessaire. » Bourne fronça les sourcils, soudain mal à l'aise. « Avez-vous des nouvelles de Martin ? »

Le DCI hésita. L'ancienne antipathie existait toujours – elle ne disparaîtrait jamais. Bourne le savait et l'acceptait comme un fait acquis. Le Vieux avait juré ne plus recourir à lui. Pour qu'il l'appelle à la rescousse, il fallait vraiment que la situation soit catastrophique. D'un autre côté, le DCI était le pragmatisme incarné, qualité qui lui avait permis de rester toutes ces années assis dans son fauteuil de directeur. L'expérience l'avait rendu insensible aux flèches de l'adversité. Il savait se plier aux compromis, souvent au mépris de la morale. C'était le monde dans lequel il évoluait, tout simplement. Aujourd'hui, il avait besoin de Bourne et cela le mettait dans une fureur noire.

« Martin Lindros est porté disparu depuis près de sept jours. » A ces mots, le DCI parut rétrécir. Son costume sembla tout à coup trop grand pour lui.

Bourne accusa le choc. Le silence de Martin l'étonnait moins, à présent. « Qu'est-ce qui a bien pu lui arriver ? »

Le Vieux alluma une cigarette au charbon de la précédente dont il écrasa le mégot dans un cendrier en cristal. Sa main tremblait légèrement. « Martin était en mission en Éthiopie.

— Que faisait-il sur le terrain ? demanda Bourne.

— J'ai posé la même question, dit Lerner. Mais cette mission était son bébé.

— Les collaborateurs de Martin ont relevé un accroissement soudain des échanges sur certaines fréquences utilisées par des terroristes. » Le DCI aspira la fumée au fond de ses poumons puis l'expulsa dans un sifflement. « Ses analystes sont tous experts en la matière. Il n'y a pas meilleur qu'eux pour faire la différence entre des renseignements pur jus et la désinformation que les divisions antiterroristes des autres agences prennent pour argent comptant à tel point qu'elles passent leur temps à courir après leur ombre en criant au loup. »

Ses yeux se fixèrent sur ceux de Bourne. « Il nous a prouvé par A + B que ces infos sont réelles, qu'une attaque contre l'une des trois plus grandes villes des USA – Washington, New York, LA – est imminente. Pire encore, que cette attaque sera nucléaire. »

Le DCI sortit un paquet d'un meuble et le tendit à Bourne qui l'ouvrit. A l'intérieur, un petit objet métallique de forme ovale.

« Vous savez ce que c'est ? demanda Lerner comme pour le mettre au défi.

— Un TSG, éclateur à gâchette. On en emploie dans l'industrie pour démarrer des moteurs hautement puissants. » Bourne leva les yeux. « Ça sert aussi à mettre à feu des armes nucléaires.

— Exact. Surtout celui-ci. » Le visage du DCI prit une expression lugubre lorsqu'il tendit à Bourne un dossier marqué DEO – strictement réservé au directeur – contenant une notice très détaillée sur l'engin en question. « En général, les éclateurs utilisent du gaz – air, argon, oxygène, SF6 ou un mélange de ces derniers – pour conduire le courant. Celui-ci se sert de matière solide.

— Il est donc conçu pour ne servir qu'une seule fois.

— Correct. Ce qui exclut toute application industrielle. »

Bourne fit rouler le TSG entre ses doigts. « Donc ne reste plus que l'option nucléaire.

— Un engin nucléaire entre les mains de terroristes », fit Lerner avec un regard sombre.

Le DCI reprit l'éclateur et le tapota d'un index noueux. « Martin suivait la piste d'une cargaison illicite de TSG. Elle menait dans les montagnes du nord-ouest de l'Éthiopie où il pensait que les TSG passeraient entre les mains d'un groupe terroriste avant d'être transférés ailleurs.

— Destination ?

— Inconnue », répondit le DCI.

Bourne décida de cacher le profond désarroi qui venait de le saisir. « Très bien. Donnez-moi les détails.

— Voilà six jours, à 17 h 32, heure locale, Martin et une équipe de cinq hommes de Skorpion One atterrissaient à bord d'un hélicoptère sur les hauts sommets de la face nord du Ras Dejen. » Lerner lui passa une feuille de pelure d'oignon. « Voici les coordonnées exactes. »

Le DCI précisa : « Le Ras Dejen est le point culminant du haut plateau du Simien. Vous y êtes allé. Mieux que cela, vous connaissez le dialecte des tribus locales. »

Lerner poursuivit. « A 18 h 04, heure locale, nous avons perdu le contact radio avec Skorpion One. A 10 h 06 EST, j'ai envoyé Skorpion Two à leur recherche. » Il lui reprit la feuille de pelure d'oignon. « Aujourd'hui, à 10 h 46 EST, nous avons reçu un signal de Ken Jeffries, le commandant de Skorpion Two. L'unité a trouvé la carcasse du Chinook sur un petit plateau, aux coordonnées indiquées.

— Depuis nous n'avons plus de nouvelles de Skorpion Two, ajouta le DCI. Ni de Lindros ni d'aucun des hommes que nous avons envoyés là-bas.

— Skorpion Three est stationné à Djibouti, prêt à partir », dit Lerner en ignorant sciemment le regard désapprobateur du Vieux.

Mais Bourne ne faisait pas attention à Lerner. Il passait et repassait toutes les possibilités dans sa tête, ce qui l'aidait à étouffer l'angoisse qui le prenait lorsqu'il songeait au sort de son ami. « De deux choses l'une, dit-il d'une voix ferme. Martin est soit mort soit prisonnier. Dans ce dernier cas, ils sont en train de le cuisiner. Envoyer une autre équipe ne sert à rien.

— Les unités Skorpion sont constituées de nos meilleurs et plus brillants agents de terrain. Ils ont fait leurs preuves en Somalie, en Afghanistan, en Irak, fit remarquer Lerner. Vous aurez besoin de leur puissance de feu, croyez-moi.

— La puissance de feu de deux unités Skorpion n'a pas réussi à contrôler la situation sur le Ras Dejen. J'y vais seul ou je n'y vais pas. »

C'était on ne peut plus clair mais le nouvel adjoint trouva à y redire. « Bourne, ce que vous considérez comme de la "flexibilité" n'est que de l'irresponsabilité. L'organisation n'acceptera pas de faire courir ce danger à ceux qui vous entourent.

— Écoutez, c'est vous qui m'avez fait venir. Vous me demandez mon aide.

— Très bien, oublions Skorpion Three, intervint le Vieux. Je sais que vous travaillez seul. »

Lerner ferma le dossier. « En retour, vous disposerez des renseignements, des moyens de transport et des ressources dont vous aurez besoin. »

Le DCI fit un pas vers Bourne. « Je sais que vous saisirez cette chance de retrouver votre ami.

— En cela vous avez raison. » Bourne se dirigea calmement vers la porte. « Faites ce que bon vous semble avec les gens qui sont placés sous vos ordres. Pour ma part, je me passerai de votre aide.

— Attendez. » La voix du Vieux résonna dans l'immense bureau. Elle lui évoqua le sifflement d'un train de nuit traversant un paysage désert. Un venimeux mélange de tristesse et de cynisme. « Attendez, espèce de salopard. »

Bourne prit son temps pour se retourner.

Le DCI lui décocha un regard chargé de haine. « Je n'arriverai jamais à comprendre comment Martin peut s'entendre avec vous, bordel ! » Les mains dans le dos, il avança d'un pas militaire vers la fenêtre et resta à contempler la pelouse impeccablement taillée et le Mémorial aux Vétérans du Vietnam dans le fond. Quand il se retourna, il transperça Bourne du regard. « Votre arrogance me révulse. »

Bourne l'affronta sans mot dire.

« Très bien, vous serez libre de vos gestes », lâcha le DCI. Il tremblait d'une rage à peine dissimulée. « Lerner veillera à ce que vous ayez tout ce qu'il vous faut. Mais je vous préviens, vous avez foutrement intérêt à ramener Martin Lindros sain et sauf. »

TROIS

LERNER FIT SORTIR BOURNE de la suite directoriale et le conduisit jusqu'à son propre bureau. Lorsque, s'étant assis, il s'aperçut que Bourne choisissait de rester debout, il s'enfonça dans son fauteuil.

« Ce que je m'apprête à vous révéler ne doit pas franchir les murs de cette pièce, sous aucun prétexte. Le Vieux a nommé Martin à la tête d'une agence d'opérations secrètes répondant au nom de code Typhon. Elle a pour fonction exclusive de contrer les activités des groupes terroristes islamistes. »

Bourne comprit l'allusion : dans la mythologie grecque, Typhon était un monstre doté de cent têtes, père de la mortelle Hydra. « Nous avons déjà un Centre antiterroriste.

— Ce centre ignore l'existence de Typhon, répliqua Lerner. En fait, même à l'intérieur de la CIA, très peu de personnes sont au courant.

— Donc Typhon est une organisation secrète qui fonctionne en double aveugle. »

Lerner hocha la tête. « Je sais ce que vous pensez : nous n'avons rien eu de tel depuis Treadstone [1]. Mais la situation ne nous laisse pas le choix. Certains aspects de Typhon sont – dirons-nous – sujets à forte controverse, surtout de la part des éléments conservateurs au sein de l'Administration et du Congrès. »

Il pinça les lèvres. « J'en viens au sujet. Lindros a créé Typhon à

---

1. Organisation apparaissant dans *La Mémoire dans la peau. (N.d.T.)*

partir de rien. Ce n'est pas un simple service, mais une agence à part entière. Lindros a insisté pour qu'on le dispense de toute la paperasserie. De plus, son rayonnement est mondial, par nécessité – on trouve des agents à Londres, Paris, Istanbul, Dubaï, en Arabie Saoudite et dans trois secteurs de la Corne de l'Afrique. Martin a pour objectif d'infiltrer les cellules terroristes afin de détruire les réseaux de l'intérieur.

— Infiltration », dit Bourne. Voilà donc ce que Martin entendait quand il avait confié à Bourne que mis à part le directeur, il était complètement seul à l'intérieur de la CIA. « C'est le Saint Graal du contre-terrorisme dont jusqu'à présent personne n'a réussi à s'approcher.

— Parce que nous employons très peu de musulmans et encore moins de spécialistes du monde arabe. Au FBI, on dénombre trente-trois personnes sur douze mille capables de s'exprimer en arabe et aucune d'entre elles n'est affectée auprès des services enquêtant sur le terrorisme à l'intérieur de nos frontières. Et pourquoi cela ? Les dirigeants de l'Administration hésitent à employer des musulmans ou des arabes occidentaux – ils ne leur font pas confiance, tout bonnement.

— Grave manque de perspicacité, déclara Bourne.

— Mais ces gens existent et Lindros les a recrutés. » Lerner se leva. « Voilà pour les grandes lignes. Votre prochaine étape sera l'organisation Typhon elle-même. »

Comme Typhon était une agence contre-terroriste fonctionnant en double aveugle, on l'avait installée dans les profondeurs de la CIA. Le sous-sol du bâtiment avait été revu et corrigé par une société de construction dont chaque salarié avait fait l'objet d'une enquête minutieuse avant d'être appelé à signer un avenant lui promettant une peine de vingt ans d'emprisonnement en quartier de haute sécurité si jamais, par stupidité ou appât du gain, il venait à rompre le silence. Les fournitures stockées à cet endroit avaient été transférées vers une annexe.

En sortant des bureaux du DCI, Bourne s'arrêta un moment sur le territoire d'Anne Held. Puis, muni du nom des deux analystes ayant intercepté la conversation qui avait envoyé Martin Lindros à l'autre bout de la Terre, sur la piste des éclateurs, il prit l'ascenseur privé reliant l'étage du DCI au sous-sol.

Comme la cabine s'immobilisait dans un soupir, un affichage à cristaux liquides s'alluma sur la porte de gauche. L'œil électronique scanna l'octogone noir brillant prêté par Anne et qu'il avait fixé au revers de son veston. Le badge portait un code invisible, sauf pour le scanner. Ensuite, les portes d'acier s'ouvrirent.

Martin Lindros avait conçu le plan de l'étage afin de disposer d'un vaste espace accueillant des postes de travail mobiles, chacun muni d'une tresse de câbles électroniques s'élevant en spirale vers le plafond. Les tresses montées sur des chenilles bougeaient avec les postes et permettaient aux collaborateurs de se déplacer avec leur ordinateur en fonction de la mission qu'on leur confiait. Bourne aperçut au fond plusieurs salles de réunion séparées de l'espace principal par des panneaux où alternaient le verre dépoli et l'acier.

Moderne imitation du monstre aux cent têtes dont elle avait emprunté le nom, l'Agence était truffée de moniteurs. Les murs couverts d'écrans plasma présentaient une vertigineuse mosaïque d'images numériques : vues satellitaires, vidéos de surveillance montrant des espaces publics, des centres d'activités en tout genre. Aéroports, gares routières ou ferroviaires, carrefours routiers, embranchements d'autoroutes et de voies ferrées de banlieue, stations de métro du monde entier – Bourne reconnut ceux de New York, Londres, Paris, Moscou. L'humanité s'y déclinait dans sa diversité, tous aspects physiques, de religions et d'ethnies confondus. Et on voyait cette multitude vaquer à ses occupations. Les uns marchaient, d'autres erraient sans but, bayaient aux corneilles, d'autres encore flânaient, fumaient, passaient du wagon au quai et du quai au wagon, parlaient à leur voisin ou l'ignoraient carrément ; certains écoutaient leur iPod, faisaient les boutiques, mangeaient sur le pouce, d'autres s'embrassaient, s'enlaçaient, échangeaient des insultes, parlaient dans leur téléphone portable, consultaient leurs e-mails, visitaient des sites porno, affalés, recroquevillés, ivres d'alcool, abrutis par la drogue ; on en voyait se battre, d'autres vivaient l'émotion du premier rendez-vous, d'autres encore se cachaient ou marmonnaient dans leur barbe. Un chaos de vidéos inédites, prises sur le vif, desquelles les analystes devaient dégager des modèles spécifiques, des présages digitaux et autres signaux d'alerte électroniques.

Lerner avait dû les avertir de sa venue car il vit une jeune femme d'une trentaine d'années s'écarter de son écran pour venir à sa rencontre. Du premier coup d'œil, il devina qu'elle travaillait ou avait travaillé comme agent de terrain. Sa démarche ni trop longue ni trop courte, ni trop rapide ni trop lente lui évoquait un seul qualificatif : anonyme. Comme des empreintes digitales, chaque individu possède sa propre démarche. Rien de tel pour repérer un ennemi dans un groupe de piétons en déplacement. Le meilleur des déguisements n'y changeait rien.

Son visage à la fois dur et fier faisait penser à la proue sculptée d'une fine goélette capable de fendre des mers dangereuses, fatales aux navires moins bien profilés. Ses grands yeux bleu sombre s'enchâssaient comme des joyaux dans l'ombre cannelle de son visage sémite.

« Vous devez être Soraya Moore, dit-il, officier de renseignements de grade supérieur. »

Son sourire subreptice laissa aussitôt place à un mélange de confusion et de froideur. « C'est exact, monsieur Bourne. Par ici. »

Elle lui fit traverser l'immense plateau grouillant de monde jusqu'à la deuxième salle de réunion sur la gauche dont elle ouvrit la porte en verre dépoli. Quand elle s'effaça pour le laisser passer, elle l'observa d'un air étrange. Étant donné ses relations conflictuelles avec la CIA, Bourne se dit que son air n'était peut-être pas si étrange que cela.

Un homme les attendait à l'intérieur. Plus jeune que Soraya, il était de taille moyenne, athlétique, avec des cheveux blonds et un teint clair. Assis à la table de conférence ovale, il se tenait penché sur un ordinateur portable. Sur l'écran, s'affichait une sorte de problème de mots croisés particulièrement ardu.

Le jeune homme ne leva les yeux qu'en entendant Soraya s'éclaircir la gorge.

« Tim Hytner », dit-il sans se lever.

Lorsqu'il s'assit entre les deux agents, Bourne découvrit que les « mots croisés » étaient en fait un message crypté – et des plus sophistiqués.

« Je dispose d'à peine plus de cinq heures avant de partir pour Londres, les informa Bourne. Si je vous dis TSG ou éclateur à gâchette, vous me répondez quoi ?

— Tout comme les matériaux fissibles, les TSG font partie des objets au monde les plus difficiles à se procurer, commença Hytner. Pour être précis, la liste de contrôle gouvernementale en dénombre deux mille six cent quarante et un.

— Donc le truc qui excitait Lindros au point qu'il n'a pu s'empêcher de courir s'en occuper lui-même concernait un transport de TSG. »

Comme Hytner retournait à ses tentatives de déchiffrement, Soraya prit le relais. « L'histoire commence en Afrique du Sud. A Cape Town, pour être exact.

— Pourquoi Cape Town ? demanda Bourne.

— Durant l'Apartheid, ce pays est devenu un refuge pour les contrebandiers, surtout par nécessité. » Soraya parlait rapidement, d'une voix claire, mais avec un détachement révélateur. « Maintenant que l'Afrique du Sud figure sur notre "liste blanche", les producteurs américains ont le droit d'y exporter des TSG.

— Ensuite, ils se "perdent", intervint Hytner sans lever les yeux de son écran.

— C'est tout à fait le terme. » Soraya hocha la tête. « Les contrebandiers sont plus difficiles à éradiquer que les cafards. Comme vous l'imaginez, un de leurs réseaux sévit toujours à Cape Town et leurs méthodes ont gagné en sophistication.

— Et ce truc vient d'où ? », demanda Bourne.

Sans le regarder, Soraya lui passa trois feuilles d'imprimante. « Les contrebandiers communiquent par téléphone portable. Ils utilisent des "burners", des portables bon marché sans abonnement, disponibles dans n'importe quelle boutique de quartier. Ils s'en servent pendant une journée, parfois une semaine s'ils peuvent se procurer une autre carte SIM. Ensuite ils les jettent et en achètent d'autres.

— Pratiquement impossible à tracer, je ne vous le fais pas dire. » Le corps de Hytner était tendu comme un arc. Il mettait toute son énergie dans le déchiffrement du code. « Mais il existe un moyen.

— Il y a toujours un moyen, dit Bourne.

— Surtout si votre oncle travaille pour une compagnie de téléphone. » Hytner lança un bref sourire à Soraya.

Elle conserva son allure glaciale. « Oncle Kingsley a émigré à Cape Town voilà trente ans. Londres était trop lugubre pour lui, disait-il. Il avait besoin d'un endroit qui lui offre suffisamment d'opportunités. » Elle haussa les épaules. « Enfin bref, nous avons eu de la chance. Nous avons capté une conversation concernant ce transport particulier – la transcription se trouve sur la deuxième feuille. Un homme explique à un autre que le chargement ne peut passer par les canaux habituels. »

Bourne surprit le regard curieux de Hytner. « Et ce qui vous a mis la puce à l'oreille, dit Bourne, c'est que la "perte" de ce chargement coïncidait avec la menace pesant sur les USA.

— En effet. De plus, le contrebandier en question est chez nous, derrière les barreaux », ajouta Hytner.

Bourne fit courir son doigt sur la deuxième page de la transcription. « Était-il judicieux de l'arrêter ? Vous avez dû alerter son client. »

Soraya secoua la tête. « Probablement pas. Ces gens n'utilisent leurs sources qu'une seule fois. Après, ils vont ailleurs.

— Donc vous savez qui a acheté les éclateurs.

— Disons que nous avons une forte présomption. Voilà pourquoi Lindros s'est déplacé en personne.

— Avez-vous entendu parler de Dujja ? », s'enquit Hytner.

Les données s'affichèrent dans le cerveau de Bourne. « Dujja a été créditée d'au moins une douzaine d'attentats à la bombe en Jordanie et en Arabie Saoudite, le plus récent a tué quatre-vingt-quinze personnes dans la Grande Mosquée de Khanaqin, à 144 kilomètres au nord-est de Bagdad. Si je me rappelle bien, cette organisation serait également responsable de l'assassinat de deux membres de la famille royale saoudienne, du ministre des Affaires étrangères jordanien et du chef de la sécurité intérieure irakienne. »

Soraya reprit le feuillet portant la transcription. « Il semble peu plausible qu'une seule structure soit responsable d'un si grand nombre d'attentats, n'est-ce pas ? C'est pourtant le cas. Ils ont tous un lien : les Saoudiens. Dans la mosquée, se tenait une réunion d'affaires secrète rassemblant des émissaires saoudiens de premier plan. Le ministre des Affaires étrangères jordanien était un ami personnel de la famille royale, le chef de la sécurité irakienne un partisan avoué des États-Unis.

— J'ai eu connaissance du rapport classifié, dit Bourne. Ces attaques étaient très élaborées. Ils ont utilisé du matériel de pointe. La plupart n'ont pas été commises par des kamikazes et aucun des auteurs n'a été capturé. Qui dirige Dujja ? »

Soraya replaça la transcription dans son dossier. « Il s'appelle Fadi.

— Fadi. Le rédempteur, en arabe, dit Bourne. Un nom qu'il s'est choisi lui-même, sans doute.

— En réalité, nous ignorons tout de lui, jusqu'à son vrai nom, avoua Hytner d'un ton amer.

— Mais nous savons quand même quelques petites choses, répondit Bourne. D'abord, les attaques de Dujja sont si bien coordonnées, si sophistiquées qu'on peut raisonnablement supposer que Fadi a fait ses classes en Occident ou qu'il y possède des contacts importants. Ensuite, l'organisation opère avec des armes modernes rarement employées par les groupes fondamentalistes arabes ou musulmans. »

Soraya hocha la tête. « Nous sommes tous d'accord sur ce point. Dujja fait partie de cette nouvelle génération de groupes terroristes qui s'allient au crime organisé, comme les narcotrafiquants du Sud asiatique ou d'Amérique latine.

— Je vais vous dire mon avis, intervint Hytner. Si le directeur adjoint Lindros a si facilement convaincu le Vieux d'approuver la création de Typhon, c'est qu'il lui a dit que la première de nos priorités serait Fadi. Il s'est engagé à le trouver, le débusquer et l'éliminer. » Il leva les yeux. « Chaque année, Dujja gagne en puissance en étendant son influence parmi les extrémistes musulmans. D'après nos renseignements, ils se rassemblent en masse autour de Fadi. On n'a jamais vu cela.

— Pourtant, jusqu'à aujourd'hui, aucune agence n'a été capable d'obtenir le début d'un succès. Et je nous compte dans le lot, dit Soraya.

— Cela dit, nous sommes opérationnels depuis peu, ajouta Hytner.

— Avez-vous contacté les services secrets saoudiens ? », demanda Bourne.

Soraya eut un rire amer. « L'un de nos informateurs jure que les services secrets saoudiens suivent la piste de Dujja. Mais les Saoudiens nient. »

Hytner leva les yeux. « Ils nient également que leurs réserves de pétrole s'assèchent. »

Soraya ferma les dossiers et les rangea en une pile impeccable. « Certains agents de terrain vous surnomment le Caméléon à cause de votre don légendaire pour le déguisement. Mais Fadi – quel qu'il soit – est un vrai caméléon. Nous savons de source sûre que non seulement il organise les attentats mais aussi qu'il a participé à plusieurs d'entre eux. Et pourtant, nous ne disposons d'aucune photo de lui.

— Pas même un portrait-robot », ajouta Hytner visiblement dépité.

Bourne fronça les sourcils. « Qu'est-ce qui vous fait penser que Dujja a acheté les TSG à ce fournisseur ?

— Nous sommes convaincus qu'il nous cache une information essentielle. » Hytner désigna l'écran de son ordinateur. « Nous avons trouvé ce code sur un bouton de sa chemise. Dujja est le seul groupe terroriste connu utilisant des codes aussi élaborés.

— Je veux l'interroger.

— Soraya est l'AIC – l'agent responsable, dit Hytner. Il faudra le lui demander. »

Bourne se tourna vers elle.

Soraya n'hésita qu'un instant. Puis elle se leva et lui montra la porte. « Je vous en prie. »

Bourse se leva. « Tim, faites un tirage papier de ce code, donnez-nous quinze minutes et venez nous retrouver. »

Hytner leva les yeux en plissant les paupières comme si Bourne était à contre-jour. « Je serai loin d'avoir fini dans quinze minutes.

— Mais si. » Bourne ouvrit la porte. « Du moins, vous ferez semblant. »

On accédait aux cellules de détention par quelques marches étroites en acier perforé. Contrastant radicalement avec la vaste et lumineuse salle d'opération de Typhon, cet espace était petit, sombre, confiné, comme si le soubassement de la ville de Washington refusait de concéder davantage de son territoire.

Bourne arrêta la jeune femme au bas des marches. « Vous ai-je offensée d'une quelconque façon ? »

Soraya le dévisagea un instant comme si sa question la laissait pantoise. « Il s'appelle Hiram Cevik, dit-elle en éludant délibérément le sujet. Cinquante et un ans, marié, trois enfants. Il est d'origine turque, a immigré en Ukraine à l'âge de dix-huit ans. A passé les dernières vingt-trois années à Cape Town. Possède une grosse société d'import-export. Pour l'essentiel, ses affaires sont légales, mais de temps à autre, M. Cevik se consacre à de toutes autres activités. » Elle haussa les épaules. « Peut-être que sa maîtresse adore les diamants, peut-être qu'il joue sur internet.

— Joindre les deux bouts devient de plus en plus difficile, de nos jours », lança Bourne.

Soraya parut trouver sa repartie amusante mais s'abstint de rire.

« Je ne suis pas homme à suivre le règlement, dit-il. Mais quoi que je fasse, quoi que je dise, je ne veux pas la moindre intervention. Est-ce clair ? »

Elle plongea ses yeux dans les siens. Que regardait-elle ? se demanda-t-il. Quel était son problème ?

« Je connais parfaitement vos méthodes », rétorqua-t-elle d'un ton glacial.

Adossé au mur de sa cage, Cevik fumait une cigarette. Quand il vit Bourne approcher avec Soraya, il souffla un nuage de fumée et dit : « Vous êtes la cavalerie ou l'inquisiteur ? »

Bourne le fixa d'un regard sombre pendant que Soraya déverrouillait la porte.

« L'inquisiteur, hein ? » Cevik jeta son mégot et l'écrasa sous son talon. « Je devrais vous dire que ma femme connaît ma passion du jeu – et qu'elle sait pour ma maîtresse.

— Je ne suis pas là pour vous faire chanter. » Bourne pénétra dans la cellule. Il sentait la présence de Soraya dans son dos comme si la jeune femme faisait partie de lui. Son cuir chevelu se mit à picoter. Elle était armée et n'hésiterait pas à abattre le prisonnier si jamais la situation dérapait. C'était une perfectionniste, Bourne en avait l'intuition.

Cevik se dégagea du mur et se redressa, les mains sur les hanches, doigts légèrement recourbés. Il était grand, avait les épaules d'un ancien joueur de rugby et les yeux dorés d'un félin. « Si j'en juge d'après votre carrure, il faudra opter pour la contrainte physique. »

Jetant un coup circulaire dans la cellule, Bourne ressentit soudain une impression d'enfermement. Un souvenir à moitié enfoui frémit au fond de lui. Un début de nausée lui souleva l'estomac. « Mais cela ne me mènerait nulle part. » Il parlait surtout pour se départir de son malaise.

« C'est sûr. »

Bourne devina que cette réponse laconique ne relevait pas de la vantardise. Elle venait de lui apprendre davantage qu'une heure d'interrogatoire musclé. Il posa de nouveau les yeux sur le Sud-Africain.

« Comment résoudre ce dilemme ? (Bourne écarta les mains.) Vous voulez sortir d'ici. Je veux des renseignements. C'est aussi simple que cela. »

Cevik laissa échapper un petit rire. « Si c'était aussi simple, mon ami, je serais libre depuis longtemps.

— Je m'appelle Jason Bourne. C'est à moi que vous parlez, à présent. Je ne suis ni votre geôlier ni votre adversaire. » Bourne marqua une pause. « A moins que vous ne le souhaitiez.

— Je ne crois pas que ça me plairait, répliqua Cevik. J'ai entendu parler de vous. »

Bourne fit un mouvement de tête. « Venez avec moi.

— Ce n'est pas une bonne idée. » Soraya s'interposa entre eux et le monde extérieur.

Bourne agita la main comme pour la congédier.

Elle ignora son geste. « C'est une grosse brèche dans la sécurité.

— J'ai pris la peine de vous prévenir, dit-il. Écartez-vous. »

Quand Cevik et lui sortirent de la cellule, Soraya prit son téléphone. Pour appeler Tim Hytner, pas le Vieux.

Bien qu'il fît nuit, les projecteurs transformaient la pelouse et ses sentiers en oasis argentées que les arbres dégarnis zébraient de leurs ombres squelettiques. Bourne marchait à côté de Cevik. Soraya Moore suivait cinq pas derrière, comme une duègne dévouée mais renfrognée, la main sur son holster.

En bas, dans le sous-sol, Bourne avait été victime d'une compulsion déclenchée par le surgissement d'un souvenir – celui d'une technique d'interrogatoire employée sur des sujets particulièrement réfractaires aux pratiques standard de torture et de privation sensorielle. Il en avait déduit que si Cevik respirait l'air frais, se retrouvait soudain dans un espace libre après tous ces jours passés au fond du trou, il comprendrait que son entêtement était vain et qu'il aurait tout à gagner à cracher la vérité.

« A qui avez-vous vendu les TSG ? demanda Bourne.

— Je l'ai déjà dit à cette personne qui marche derrière nous. Je ne sais pas. C'était juste une voix au téléphone. »

Bourne était sceptique. « Vous avez l'habitude de vendre des TSG par téléphone ?

— Pour cinq mille, je fais ce qu'on me dit de faire. »

Plausible, mais était-ce la vérité ?

« Homme ou femme ? renchérit Bourne.

— Homme.

— Accent ?

— Britannique. Je leur ai déjà dit.

— Faites un effort.

— Quoi, vous ne me croyez pas ?

— Je vous demande de réfléchir, de vous creuser la cervelle. Prenez votre temps et après, dites-moi ce qui vous revient.

— Rien, je... » Cevik fit une pause dans l'ombre enchevêtrée d'un pommier de Sibérie. « Attendez. Peut-être, je dis bien peut-être, qu'il y avait un petit quelque chose, une pointe d'accent plus exotique, disons d'Europe de l'Est.

— Vous avez longtemps vécu en Ukraine, n'est-ce pas ?

— C'est bon. » Cevik fit une grimace. « Je dirais comme un accent slave. Il y avait un soupçon... sud de l'Ukraine peut-être. A Odessa, sur la rive nord de la mer Noire, où j'ai vécu, le dialecte est un peu différent, vous savez. »

Bourne le savait, bien sûr, mais il s'abstint de tout commentaire. Il décomptait mentalement le temps qu'il restait avant que Tim Hytner n'arrive avec le code « déchiffré ».

« Vous continuez à mentir, dit Bourne. Vous avez sûrement vu l'acheteur quand il est venu chercher les TSG.

— Et pourtant non. L'affaire s'est faite via une boîte aux lettres morte.

— Dont on vous a donné l'emplacement par téléphone. Allons, Cevik !

— C'est la vérité. Il m'a indiqué un lieu précis, une heure précise. J'ai laissé la moitié de la livraison et je suis repassé une heure plus tard prendre la moitié des cinq mille. Le lendemain, on a terminé l'échange. Je n'ai vu personne et c'était bien mieux comme ça, croyez-moi. »

C'était plausible, encore une fois – un arrangement tout ce qu'il y avait de sensé, pensa Bourne. A condition que cette histoire soit vraie.

« Les humains sont curieux de nature.

— Possible, répondit Cevik en hochant la tête. Mais moi je n'ai aucune envie de mourir. Ce type... ses hommes surveillaient la boîte. Ils m'auraient abattu à vue. Vous savez cela, Bourne. Cette situation vous est familière. »

Cevik fit surgir une cigarette de son paquet, en offrit une à Bourne puis se servit. Il sortit une pochette d'allumettes presque vide, suivit le regard de Bourne et dit : « Rien à brûler dans ce trou, alors ils me l'ont laissée. »

Un écho résonna au fond de son cerveau, comme une voix l'interpellant de très loin. « C'était avant, maintenant c'est différent », dit-il en prenant la pochette des mains de Cevik.

Cevik le laissa faire. Il aspira la fumée et la recracha avec un léger sifflement. Au-delà des fossés herbeux, on entendait les bruits de la circulation.

Rien à brûler dans ce trou. Comme une boule de flipper, ces paroles rebondissaient dans la tête de Bourne.

« Dites-moi, monsieur Bourne, avez-vous déjà été emprisonné ? »

Rien à brûler dans ce trou. La phrase lui revenait inlassablement, empêchant toute pensée, tout raisonnement.

Bourne poussa un soupir tenant du gémissement et d'un geste brusque, obligea Cevik à avancer dans la lumière. Du coin de l'œil, il vit Tim Hytner se précipiter vers eux.

« Savez-vous ce que c'est que d'être privé de liberté ? » D'une chiquenaude, Cevik enleva une miette de tabac collée à sa lèvre inférieure. « Vivre dans la pauvreté. Être pauvre c'est comme regarder des films porno. Quand on commence, on n'arrive plus à s'arrêter. Une vie sans espoir, c'est pareil que la drogue. Vous ne trouvez pas ? »

Une violente migraine cognait sous son crâne. Chaque mot lui faisait l'effet d'un coup de marteau. Au bout de quelques instants, il comprit non sans difficulté que Cevik essayait simplement de diriger la conversation, de renverser les rôles. Un interrogateur ne doit jamais répondre aux questions : c'était une règle élémentaire. Sinon, il perd tout ascendant.

Bourne fronça les sourcils. Il voulait dire quelque chose mais quoi, déjà ? « Ne vous méprenez pas. On vous tient et on ne vous lâchera pas.

— Moi ? Cevik surjoua l'étonnement. Je ne suis rien, un intermédiaire, c'est tout. C'est mon acheteur qui vous intéresse. Que voulez-vous de moi ?

— Vous pouvez nous conduire à votre acheteur.

— Mais pas du tout. Je vous l'ai déjà dit... »

Hytner approchait en passant tour à tour de l'ombre à la lumière. Que faisait-il ici ? Entre deux élancements douloureux, Bourne tenta de se rappeler pourquoi Hytner était censé les rejoindre. La réponse s'afficha dans son esprit ; une seconde après, elle fila entre les mailles de sa mémoire pour finalement réapparaître et se stabiliser. « Le code, Cevik. Nous l'avons déchiffré. »

A point nommé, Hytner se planta devant Bourne et lui tendit le papier. Handicapé par les bourdonnements dans sa tête, Bourne faillit laisser tomber la feuille.

« J'en ai sacrément bavé, déclara Hytner un peu essoufflé. Mais j'ai fini par l'avoir. Le quinzième algorithme que j'ai utilisé s'est avéré... »

La fin de sa phrase se transforma en un hurlement de douleur. Cevik venait de lui enfoncer son mégot dans l'œil gauche. Du même geste, il l'attrapa, le fit glisser devant lui et l'immobilisa en lui passant un bras autour de la gorge.

« Un pas de plus, martela-t-il d'une voix gutturale, et je lui brise la nuque.

— Ça ne sert à rien. On vous aura, de toute façon. » Soraya lança un coup d'œil à Bourne et se mit à avancer, son arme braquée devant elle, sa main gauche maintenant la crosse. « Vous ne voulez pas mourir, Cevik. Pensez à votre femme et à vos trois enfants. »

Bourne ne bougeait pas, comme assommé. Voyant cela, Cevik eut un rictus narquois.

« Pensez aux cinq mille. »

Il tourna un instant ses prunelles dorées vers Soraya. Mais déjà, il commençait à reculer sans lâcher son bouclier humain.

« Vous n'avez nulle part où aller, argumenta Soraya d'un ton posé. Il y a des patrouilles partout dans le secteur. Et mon collègue ralentit vos mouvements.

— Je pense aux cinq mille. » Il reculait toujours. Bientôt il sortit de la zone éclairée par les lampes au sodium. Il se dirigeait vers la 23e Rue au bout de laquelle se dressait l'Académie nationale des Sciences.

Le quartier était très fréquenté – surtout par les touristes. Les agents auraient d'autant plus de mal à le rattraper.

« Je ne veux pas retourner en prison. Pas un jour de plus. »

Rien à brûler dans ce trou. Bourne eut envie de hurler. Tout de suite après, quelque chose explosa dans sa tête : un souvenir si prégnant qu'il recouvrit même cette phrase lancinante. Il se voyait courir sur des pavés anciens ; un vent salé pénétrait dans ses narines. Ses bras faiblissaient sous le poids mort qu'ils portaient. Il baissa les yeux vers Marie – non, ce n'était pas Marie mais le visage ensanglanté de la femme inconnue ! Il y avait du sang partout. La femme se vidait de son sang. Il tentait d'arrêter l'hémorragie mais rien n'y faisait...

« Ne soyez pas stupide, disait Soraya à Cevik. Nous vous retrouverons n'importe où. A Cape Town comme ailleurs. »

Cevik pencha la tête. « Mais regardez ce que je lui ai fait.

— Il est blessé, pas mort, dit-elle en serrant les dents. Laissez-le partir.

— Alors donnez-moi votre arme. » Le sourire de Cevik se teinta d'ironie. « Non ? Vous voyez ? Je suis déjà un homme mort à vos yeux. Pas vrai, Bourne ? »

Bourne semblait surgir très lentement de son cauchemar. Il vit Cevik prendre pied sur la 23e Rue. Coincé devant lui, Hytner dérapa sur le bord du trottoir comme un enfant récalcitrant.

Au moment où Bourne se précipita vers lui, Cevik jeta Hytner dans leur direction.

La suite se déroula en un clin d'œil. Hytner chancelait comme un pantin désarticulé. Il y eut un crissement de pneus. Un Hummer noir arrivant à toute vitesse venait de freiner à mort. Juste derrière lui, le chauffeur d'un semi-remorque chargé de Harley Davidson flambant neuves donna un coup de volant pour éviter la collision. Il fit hurler son klaxon et faillit emboutir une Lexus rouge qui partit dans un violent tête-à-queue qui l'envoya percuter deux autres véhicules. Dans un premier temps, ils virent Hytner trébucher au bord du trottoir. Une fraction de seconde plus tard, un filet de sang jaillissait de sa poitrine. L'impact de la balle le fit pivoter sur lui-même.

« Oh, mon Dieu ! », gémit Soraya.

Le Hummer noir finissait de s'immobiliser en rebondissant sur ses amortisseurs. Sa vitre avant à moitié baissée laissa entrevoir l'espace d'un instant la lueur d'un silencieux. Soraya fit feu à deux reprises puis Bourne et elle durent se mettre à couvert pour éviter la riposte. La portière arrière du Hummer s'ouvrit brusquement. Cevik sauta à l'intérieur et sans attendre qu'il ait refermé derrière lui, le véhicule reprit de la vitesse.

Relevant son arme, Soraya courut vers son partenaire. Elle s'agenouilla et posa la tête de Hytner sur ses cuisses.

Bourne parut se réveiller. L'écho de la fusillade vibrait encore dans sa mémoire ; le vacarme l'avait libéré de son étrange léthargie. Il s'élança, dépassa Soraya, la forme recroquevillée de Hytner et se rua sur la 23e Rue, le regard braqué à la fois sur le Hummer et le semi-remorque. Ayant retrouvé ses esprits, le chauffeur du poids lourd s'apprêtait à reprendre sa route. Bourne courut derrière la remorque, agrippa la chaîne de la rampe de levage et se hissa à bord.

Son esprit fonctionnait à plein régime. Il accéda tant bien que mal à la plate-forme. Les motos enchaînées entre elles étaient alignées comme des soldats à la parade. Il revit l'allumette et sa flamme qui vacillait dans l'obscurité. Cevik avait allumé une cigarette pour deux raisons : se procurer une arme et lancer un signal. Non loin de là, le Hummer noir attendait, prêt à foncer pour récupérer Cevik. Cette évasion avait été méticuleusement planifiée.

Par qui ? Par quel miracle le chauffeur du Hummer savait-il que Cevik se trouverait à cet endroit précis à cet instant précis ?

Il y réfléchirait plus tard. A présent, il fallait agir. Bourne vit le Hummer devant le camion. Il roulait au pas sans chercher à dépasser les autres véhicules. Apparemment, le chauffeur et son passager étaient sûrs d'être tirés d'affaire.

Bourne détacha la dernière moto de la rangée et l'enfourcha. Où étaient les clés ? Il se pencha pour faire de son corps un rempart contre le vent, prit la pochette d'allumettes que Cevik lui avait donnée et en gratta une qui resta allumée juste assez longtemps pour que Bourne repère les clés scotchées sous le réservoir noir brillant.

Il enfonça la clé dans le contact, démarra la Twin Cam 88B en faisant rugir le moteur et porta son poids vers l'arrière. Quand la roue avant décolla, Bourne accéléra et sauta de la remorque.

Il n'avait pas encore touché le sol que déjà les véhicules arrivant derrière le camion freinaient à mort pour éviter la collision. Bourne vit plusieurs capots avant partir dans toutes les directions. Quand il atterrit sur la route, Bourne se pencha pour amortir le choc. La Harley rebondit puis gagna de la traction dès que ses deux roues mordirent le macadam. Au milieu du tumulte, il entendit des crissements de pneus en série. Après un demi-tour sur place, il mit les gaz et se lança à la poursuite du Hummer.

Plusieurs minutes d'angoisse plus tard, il le repéra dans la circulation, au carrefour entre la 23e Rue et Constitution Avenue. Il roulait vers le sud et le Lincoln Memorial. Le profil du Hummer était facilement reconnaissable. D'un coup de pied, Bourne passa à la vitesse supérieure, brûla le feu orange et se mit à zigzaguer entre les véhicules coincés au carrefour, sans prêter attention aux crissements de pneus et au concert d'avertisseurs.

Le Hummer prit sur la droite et décrivit un quart de cercle autour du mémorial illuminé. Pour éviter de se faire remarquer, Bourne suivait à bonne distance. Quand il vit que le Hummer poursuivait en direction de l'embranchement menant au Pont Mémorial Arlington, il accéléra à fond et vint se coller au pare-chocs arrière droit. Comme un éléphant chasse une mouche, le chauffeur donna un petit coup de volant. Puis, sans attendre que Bourne prenne du recul, il appuya sur la pédale de freins. La moto heurta l'énorme capot arrière du Hummer et chassa en direction de la rambarde au-dessus du Potomac. Une VW fonçait sur lui en klaxonnant. Elle allait achever le travail commencé par le Hummer quand, au dernier moment, Bourne reprit le contrôle de sa moto. D'un coup de guidon, il évita la VW et se remit à slalomer pour rejoindre le Hummer.

Un bruit familier lui fit lever les yeux vers le ciel. Un insecte sombre aux yeux brillants vrombissait au-dessus d'eux : un hélicoptère de la CIA. Soraya avait dû passer beaucoup d'appels sur son portable.

A peine l'avait-il évoquée que son téléphone sonna. La voix profonde de la jeune femme résonna à son oreille.

« Je suis juste au-dessus de vous. Il y a un rond-point au milieu de Columbia Island, droit devant. Vous avez intérêt à ce que le Hummer se dirige par là. »

Il dépassa un minivan. « Est-ce que Hytner s'en est sorti ?

— Tim est mort par votre faute, espèce d'enfoiré. »

L'hélico atterrit sur le rond-point. Le vacarme s'arrêta brusquement dès que le pilote coupa les gaz. Le Hummer noir continuait à rouler comme si de rien n'était. Se faufilant entre les quelques véhicules qui le séparaient de sa proie, Bourne se plaça de nouveau derrière lui.

Munis de casques antiémeutes et de fusils d'assaut, Soraya et deux autres agents de la CIA sortirent de l'hélicoptère. Il déboîta brusquement pour se glisser à la hauteur du Hummer et, de son coude replié, fracassa la vitre du chauffeur.

« Arrêtez ! hurla-t-il. Arrêtez-vous au rond-point ou on vous abat ! »

Un deuxième hélicoptère apparut au-dessus du Potomac, approchant très rapidement. Les renforts de la CIA.

Le Hummer ne ralentissait pas. Sans quitter la route des yeux, Bourne recula un bras, fouilla dans la sacoche et trouva une clé en croix. Il devrait réussir du premier coup, il le savait. Ayant calculé les vecteurs et la vitesse, il lança la clé sur la roue arrière, côté conducteur. La roue tournant à pleine vitesse passa sur la clé et la projeta avec une puissance effarante dans le bloc de la roue.

Aussitôt, le Hummer se mit à louvoyer. La clé s'enfonça d'autant plus. Puis on entendit quelque chose claquer, un essieu probablement. Le Hummer ralentit, tourna sur lui-même. Emporté par son élan, il mordit le bas-côté et monta sur le rond-point où il finit sa course. Son moteur cliquetait comme une pendule.

Soraya et ses collègues se déployèrent, leurs armes braquées sur l'habitacle. Quand elle fut assez près, Soraya tira dans les deux roues avant. Un autre agent fit exploser les pneus arrière. Le

Hummer n'irait plus nulle part avant qu'une dépanneuse de la CIA le remorque jusqu'au labo du quartier général.

« C'est bon ! hurla Soraya. Sortez du véhicule ! Tous ! Dehors, immédiatement ! »

Les agents refermèrent le cercle. Bourne vit qu'ils portaient des armures. Depuis la mort de Hytner, Soraya ne prenait plus de risques.

Ils étaient à moins de dix mètres du Hummer quand Bourne sentit son cuir chevelu picoter. Quelque chose clochait dans la scène mais il avait beau faire, il n'arrivait pas à saisir quoi. Tout semblait normal – la cible encerclée, les agents bien en position, le deuxième hélico planait au-dessus, le vacarme produit par ses pales allait crescendo...

Puis il comprit.

Oh, mon Dieu, pensa-t-il. D'un geste brusque, il tourna la poignée de l'accélérateur en hurlant quelque chose aux agents de la CIA. Son cri se perdit, avalé par le bruit de sa moto conjugué au vrombissement des deux hélicos. Soraya marchait en tête. Elle arriverait bientôt au niveau de la portière du chauffeur. Les autres restaient en arrière pour la couvrir de leurs tirs croisés, en cas de besoin.

Le dispositif semblait correct – comme à l'exercice – mais en fait, il n'en était rien.

Penché sur le guidon de sa moto, Bourne traversa le rond-point. Il lui restait une centaine de mètres à couvrir jusqu'au flanc luisant du Hummer. Sa main droite lâcha le guidon et se mit à s'agiter frénétiquement en direction des agents qui ne remarquèrent rien, sans doute trop concentrés sur leur cible.

Bourne déchaîna son moteur dont le rugissement s'amplifia jusqu'à dépasser enfin les vibrations des rotors. Tournant la tête vers lui, un agent aperçut son geste de mise en garde et appela un collègue qui eut à peine le temps de pivoter en direction de Bourne. Déjà la Harley surgissait et dépassait le Hummer dans un bruit assourdissant.

Autour du véhicule noir, le dispositif policier semblait tout droit sorti du manuel de la CIA. Ils avaient simplement négligé un petit détail. Le moteur du Hummer cliquetait comme s'il refroidissait *alors qu'il tournait toujours.*

A moins de cinq mètres de la cible, Soraya, les jambes à demi pliées, le torse tendu en avant, regardait intensément le Hummer quand elle vit la moto foncer sur elle.

De son bras tendu, Bourne la faucha avant de la faire pivoter pour l'asseoir derrière lui. Il redonna un coup d'accélérateur. Plaqué au sol, un agent alerta le deuxième hélico qui reprit brusquement de l'altitude dans la nuit pailletée.

Le cliquetis que Bourne avait entendu ne venait pas du moteur mais d'un détonateur.

L'explosion déchiqueta le Hummer. Des éclats de métal surchauffés explosèrent en hurlant et retombèrent derrière eux. Bourne sentit les bras de Soraya lui entourer le torse. Il se coucha presque sur le guidon. Les seins de la jeune femme se pressèrent contre son dos, comme si leurs deux corps n'en faisaient qu'un. L'air prenait des allures de fournaise; une épaisse fumée noire bouchait le ciel orange vif. Les bouts de métal pleuvaient comme une grêle autour d'eux, se fichant dans le sol, fissurant le macadam, grésillant dans l'eau du fleuve.

Soraya Moore accrochée à lui, Jason Bourne filait à pleine vitesse dans la lumière des projecteurs nimbant les monuments officiels de la capitale.

QUATRE

JAKOB SILVER ET SON FRÈRE revinrent de leur soirée dînatoire à une heure où même une grande ville comme Washington semblait vidée de ses habitants. Une humeur mélancolique repeignait ses rues désertes en bleu indigo. Quand les deux hommes firent leur apparition dans le luxe feutré de l'hôtel Constitution, à l'angle nord-est de la 20ᵉ et de F Street, Thomas le réceptionniste de service se précipita à leur rencontre. Pour ce faire, il dut franchir les colonnes de marbre cannelées et traverser les superbes tapis du grand hall.

Il se dépêchait pour une bonne raison. En arrivant dans l'hôtel, Lev Silver, le frère de Jakob, avait commencé par remettre à chaque concierge, lui compris, un beau billet de cent dollars tout neuf. De toute évidence, ces diamantaires juifs d'Amsterdam étaient richissimes et leur haute position leur donnait droit aux plus grands égards.

Devant la mine réjouie de Jakob, Thomas, petit homme timoré aux mains moites, chercha comme il se doit à anticiper les désirs de son client VIP.

« Monsieur Silver, je m'appelle Thomas. C'est un plaisir de vous rencontrer, monsieur, dit-il. Y a-t-il quelque chose qui vous ferait plaisir ?

— C'est bien possible, répondit Jakob Silver. Une bouteille de votre meilleur champagne.

— Et allez chercher le Pakistanais, ajouta Lev Silver. Comment s'appelle-t-il déjà... ?

— Omar, monsieur Silver.

— Ah oui, Omar. Je l'aime bien. Dites-lui de nous monter le champagne.

— Très bien. » Thomas exécuta une courbette qui le plia en deux parties égales. « Tout de suite, monsieur Silver. »

Pendant qu'il se précipitait dans l'autre sens, les frères Silver pénétrèrent dans l'ascenseur somptueusement décoré qui les emporta sans le moindre bruit jusqu'au quatrième, l'étage des hôtes de marque.

« Comment ça a marché ? », demanda Lev Silver.

Jakob Silver répondit : « A la perfection. »

En entrant dans leur suite, Jakob se débarrassa d'un coup d'épaule de son manteau et de sa veste puis fila dans la salle de bains où il alluma toutes les lumières. Derrière lui, dans le salon, il entendit la télé. Il se défit de sa chemise tachée de sueur.

Dans la salle de bains de marbre rose, tout était prêt.

Torse nu, Jakob Silver se pencha au-dessus du lavabo et décolla ses yeux dorés. De haute taille, taillé comme un ancien joueur de rugby, il tenait une forme olympique : ventre ferme et sculpté, épaules musclées, membres puissants. Refermant d'un coup sec l'étui dans lequel il venait de ranger ses lentilles de contact, il observa son reflet dans le miroir. Au-delà de son visage, il apercevait une grande partie de la suite couleur crème et argent. CNN bourdonnait doucement. Puis, on passa sur Fox News puis MSNBC.

« Rien. » La voix de ténor de Muta ibn Aziz retentit à l'autre bout de la pièce. Ce dernier avait choisi lui-même son nom d'emprunt – Lev. « Quelle que soit la chaîne.

— Et il n'y aura rien, répondit Jakob Silver. La CIA est extrêmement efficace quand il s'agit de manipuler des médias. »

Muta ibn Aziz apparut dans le miroir, une main sur le chambranle de la porte, l'autre cachée dans son dos. Cheveux et yeux noirs, visage de type sémite classique, tendu par la détermination indéfectible du fanatique, Muta était le jeune frère d'Abbud ibn Aziz.

Il traînait une chaise derrière lui, qu'il posa en face des toilettes. Après s'être regardé dans le miroir, il dit : « On a l'air tout nus sans nos barbes.

— C'est l'Amérique. » Jakob eut un petit mouvement de tête. « Retourne dans la chambre. »

De nouveau seul, Jakob Silver entreprit de rentrer dans la peau de Fadi. Il s'était débarrassé du personnage d'Hiram Cevik dès que Muta et lui étaient sortis du Hummer noir. Comme il en avait reçu l'ordre, Muta avait abandonné sur le siège avant le Beretta semi-automatique et son affreux M9SD Suppressor au moment même où les deux hommes s'étaient laissés tomber sur le macadam. Encore une fois, Muta ibn Aziz avait fait la preuve de ses talents de tireur d'élite.

Tandis que le Hummer reprenait de la vitesse, ils s'étaient mis à courir. Tournant rapidement à l'angle de la première rue, ils avaient foncé tout droit sur la 20e en direction de F Street avant de s'évanouir comme des fantômes derrière la façade brillamment éclairée de l'hôtel.

Pendant ce temps, à moins d'un *mile* de là, Ahmad équipé de sa charge de C-4 coincée sous le tableau de bord accédait au rang de martyr et montait droit au paradis. Sa famille, son peuple le célébreraient désormais comme un héros.

« Ton objectif est d'en tuer un maximum », avait dit Fadi quand Ahmad s'était porté volontaire. En fait, les volontaires ne manquaient pas. Tous des hommes de confiance parfaitement interchangeables. Fadi avait choisi Ahmad parce qu'il était son cousin. Un cousin parmi tant d'autres, soit, mais Fadi devait une petite faveur à son oncle. Choisir Ahmad lui permettait de s'acquitter de sa dette.

Fadi plongea deux doigts dans sa bouche pour ôter les dents de porcelaine épaississant la mâchoire d'Hiram Cevik. Il les lava au savon et les replaça dans la valise rigide que les diamantaires utilisent pour le transport des pierres et des bijoux. Toujours aux petits soins pour son chef, Muta l'avait posée sur le rebord de la baignoire de telle façon que son contenu soit facilement accessible. A l'intérieur, une multitude de petits plateaux et compartiments sur mesure abritaient toutes sortes de fards de théâtre. On y trouvait également des produits démaquillants, des colles, des perruques, des lentilles de contact colorées et diverses prothèses de nez, mâchoires, dents et oreilles.

Pressant un flacon de liquide démaquillant sur un disque de coton, il se nettoya méthodiquement le visage, le cou et les mains. Sa peau naturellement bronzée réapparut par bandes successives. Finalement, le vrai Fadi dans son entier. Il allait passer quelques minutes sous sa propre identité au cœur du camp ennemi. Ce laps de temps était pour lui aussi précieux qu'un bijou. Ensuite, Muta ibn Aziz et lui s'envoleraient vers leur prochaine destination.

Après s'être séché le visage et les mains sur une serviette, il revint dans le salon où Muta était en train de regarder *Les Sopranos* sur HBO.

« Cette Carmela, la femme du grand patron, me répugne au plus haut point, dit-il.

— Ça ne m'étonne pas. Regarde ses bras nus ! »

Debout à la porte de sa villa odieusement gigantesque, Carmela regardait son mari odieusement gigantesque monter à bord de sa Cadillac Escalade odieusement gigantesque.

« Et leur fille couche avant le mariage. Pourquoi est-ce que Tony ne la tue pas, comme la loi l'exige ? Pour préserver son honneur et celui de la famille. » Écœuré, Muta ibn Aziz s'avança vers le poste de télévision et l'éteignit.

« Nous nous efforçons d'inculquer à nos femmes la sagesse de Mahomet, le Coran, la foi véritable, dit Fadi. Cette Américaine est une infidèle. Elle n'a rien, elle n'est rien. »

Un coup discret fut frappé à la porte.

« C'est Omar, dit Muta. Puis-je ? »

Fadi acquiesça d'un hochement de tête et retourna dans la salle de bains.

Muta traversa le tapis duveteux pour ouvrir à Omar, un homme de quarante ans à peine, grand, bien bâti, le crâne rasé. Il avait le sourire facile et une tendance à raconter des blagues incompréhensibles. Sur son épaule, trônait un plateau d'argent surmonté d'un énorme seau à glace, de deux flûtes et d'une assiette de salade de fruits frais. Omar tenait toute l'embrasure de la porte, pensa Muta, tout comme Fadi, les deux hommes ayant à peu près la même taille et la même corpulence.

« Votre champagne », dit inutilement Omar. Traversant la pièce, il déposa son chargement sur le plateau en verre d'une table basse. Les glaçons rendirent un son tremblant quand il tira sur la bouteille pour l'en délivrer.

« Je vais l'ouvrir moi-même », dit Muta en prenant la lourde bouteille des mains du garçon.

Au moment où Omar produisit le classeur relié cuir contenant la note à signer, Muta cria : « Jakob, le champagne est arrivé. Il faut que tu signes.

— Dis à Omar de venir dans la salle de bains. »

Omar lança un regard interrogateur à Muta.

« Allez-y. » Muta ibn Aziz sourit d'un air charmeur. « Je vous assure, il ne mord pas. »

Tenant le petit classeur en cuir devant lui comme une offrande, Omar s'avança vers la voix derrière la porte.

Muta laissa retomber la bouteille sur son lit de glace. Il ignorait quel goût pouvait avoir le champagne et s'en fichait comme d'une guigne. Quand il entendit le soudain vacarme venant de la salle de bains, il ralluma la télé avec la télécommande et monta le son. Comme *Les Sopranos* étaient terminés, il passa de chaîne en chaîne jusqu'à tomber sur le visage de Jack Nicholson. La voix de l'acteur remplit la pièce.

« C'est Johnny ! », chantonnait Nicholson derrière la porte d'une autre salle de bains. Son visage grimaçant apparaissait à travers la fissure qu'il avait ouverte à coups de hache.

Sanglé sur une chaise posée au fond de la baignoire, les mains liées dans le dos, Omar contemplait de ses grands yeux bruns Fadi penché au-dessus de lui. Une méchante ecchymose commençait à lui déformer la mâchoire.

« Vous n'êtes pas juif, dit Omar en urdu. Vous êtes musulman. »

Fadi l'ignora et se replongea dans son occupation actuelle, c'est-à-dire la mise à mort.

« Vous êtes musulman, tout comme moi », répéta Omar. A sa grande surprise, il n'avait pas peur. Il avait l'impression de vivre un rêve éveillé, comme si cette rencontre avait été programmée le jour de sa naissance. « Comment pouvez-vous faire cela ?

— Dans un instant, tu deviendras martyr de la cause », dit Fadi en urdu, langue que son père avait tenu à lui faire apprendre dès l'enfance. « De quoi te plains-tu ?

— La cause, fit Omar avec calme. Votre cause. Pas la mienne.

L'Islam est une religion de paix et vous, vous menez une guerre sanglante qui dévaste des familles, des générations entières.

— Les terroristes américains ne nous donnent pas le choix. Ils ne se contentent pas de sucer le pétrole au ventre même de nos nations, ils veulent *posséder* ce ventre. Ils inventent des mensonges pour justifier leurs invasions. Le président américain prétend que son Dieu l'inspire. Il ment bien sûr. Les Américains cherchent uniquement à revenir à l'époque des croisades. Ils ont pris la tête des infidèles du monde entier – l'Europe les suit de gré ou de force. L'Amérique est une gigantesque charrue qui laboure le monde. Ses citoyens broient tout ce qui leur tombe sous la main. Après leur passage, tout se ressemble. Tout est refait à leur image. De la merde. Si personne ne les arrête, nous disparaîtrons. Ils n'attendent que cela. Nous sommes dos au mur. Cette guerre, nous la menons pour notre survie, contre notre volonté. Ils nous ont systématiquement dépouillés de notre puissance, de notre dignité. A présent, ils veulent occuper tout le Moyen-Orient.

— Vous parlez avec une telle haine !

— Je la dois aux Américains. Lave-toi de toute la corruption occidentale.

— Moi je dis qu'une cause alimentée par la haine est condamnée d'avance. La haine vous aveugle et vous empêche de voir autre chose que le but que vous vous êtes fixé. Pourtant, il y a d'autres solutions. »

Fadi ne chercha pas à réprimer le tremblement de rage qui le parcourut. « Je n'ai rien fixé ! Je défends ce qui doit être défendu. C'est notre mode de vie lui-même qui est en jeu. Pourquoi ne le vois-tu pas ?

— C'est vous qui ne voyez rien. Il y a une autre solution. »

Rejetant la tête en arrière, Fadi articula d'une voix sardonique : « Oui, Omar, tu m'as ouvert les yeux. Je vais renoncer à mon peuple, à mon héritage. Je deviendrai comme toi un serviteur attentif à satisfaire les caprices décadents d'Américains pleins aux as. Je me contenterai des miettes qui traînent sur leur table.

— Vous ne voyez que ce que vous voulez bien voir. » Omar prit un air triste. « Il n'y a qu'à regarder le modèle israélien pour comprendre ce qu'on peut obtenir en travaillant dur et...

— Les Israéliens bénéficient de l'argent et de la puissance militaire américains, siffla Fadi dans la figure d'Omar. Ils ont aussi la bombe atomique.

— Bien sûr, c'est votre point de vue. Pourtant, les Israéliens se sont vu décerner plusieurs prix Nobel de physique, d'économie, de chimie, de littérature ; leurs découvertes dans les domaines de l'informatique quantique, de la thermodynamique des trous noirs, de la théorie des cordes leur ont valu de nombreuses récompenses. Les Israéliens ont fondé Packard Bell, Oracle, SanDisk, Akamai, Mercury Interactive, Check Point, Amdocs, ICQ.

— C'est quoi ce charabia ? répliqua Fadi, dédaigneux.

— Pour vous c'est du charabia. Parce que vous ne savez rien faire d'autre que détruire. Ces gens se sont construit une vie de leurs propres mains pour la transmettre à leurs enfants et aux enfants de leurs enfants. Vous devez suivre leur exemple. Regardez autour de vous, aidez votre peuple, éduquez-le, donnez-lui une chance de réussir.

— Tu es fou, tonna Fadi. Jamais. Terminé. Rideau. » Sa main fendit l'air et frappa la nuque d'Omar, lui fracassant les vertèbres cervicales.

Après avoir jeté un dernier regard au visage grimaçant de Jack Nicholson, Muta ibn Aziz entra dans la grotesque salle de bains de marbre rose. Elle lui faisait l'effet d'une chair dépouillée de sa peau, comme un fruit pelé. Il vit Omar assis sur la chaise dans la baignoire et Fadi penché sur lui, l'observant comme pour mémoriser ses traits. Omar agonisant avait renversé d'un coup de pied la valise à maquillage de Fadi. Flacons, bouteilles brisées et autres prothèses jonchaient le sol. Mais quelle importance ?

« Il paraît si triste, affalé là sur la chaise, dit Muta.

— Il est au-delà de la tristesse, rétorqua Fadi. Au-delà de la douleur et du plaisir. »

Muta examina les yeux vitreux d'Omar, ses pupilles fixes et dilatées dans la mort. « Tu lui as brisé le cou. Net et sans bavure. »

Fadi s'assit sur le rebord de la baignoire. Après un moment d'hésitation, Muta ramassa la tondeuse électrique tombée sur le carrelage. Fadi avait ventousé un miroir au mur. Tout en examinant son reflet, il suivait chacun des gestes de Muta occupé à lui raser les cheveux.

Quand ce fut fait, Fadi se leva, vérifia son nouvel aspect dans la glace au-dessus du lavabo puis se tourna vers Omar. Fadi se mit de profil, Muta déplaça la tête d'Omar et lui présenta le même profil. Ensuite, ils passèrent à l'autre.

« Un peu plus ici... » Fadi désigna le sommet de son crâne. « ... Omar a un début de calvitie, là. »

Satisfait de sa coupe de cheveux, Fadi passa au visage. Plongeant dans sa panoplie de théâtre, il se fit le nez d'Omar, sa lèvre supérieure un peu saillante et ses lobes d'oreilles étirés.

Ensemble ils dépouillèrent Omar de sa livrée, lui enlevèrent ses chaussures et ses chaussettes. Fadi enfila même ses sous-vêtements. Il tenait à respecter les moindres détails.

« *La ilaha ill Allah*, sourit Muta. Tu ressembles au larbin pakistanais comme deux gouttes d'eau. »

Fadi hocha la tête. « Alors c'est le moment. »

En traversant la suite, il ramassa le plateau apporté par Omar, sortit, prit l'ascenseur de service et pendant qu'il descendait au sous-sol, fit apparaître le plan de l'hôtel sur un petit écran vidéo. Il lui fallut moins de trois minutes pour localiser la pièce abritant les panneaux électroniques commandant la climatisation, l'alimentation électrique et les systèmes contre l'incendie. Une fois entré, il enleva le couvercle du panneau des douches anti-incendie et remplaça les fils du quatrième étage. Si quelqu'un venait vérifier, il ne verrait aucune modification du code couleur et pourtant les douches du quatrième ne fonctionneraient plus.

Il revint par le même ascenseur. Au deuxième, une femme de chambre monta. Fadi imita si bien la voix d'Omar que la femme descendit au troisième sans avoir rien remarqué.

De retour dans la suite des Silver, il regagna la salle de bains et dans le compartiment inférieur de sa valise à maquillage, prit un petit vaporisateur et deux récipients en métal remplis de disulfure de carbone. Quand il en vida un sur les cuisses d'Omar, une odeur d'œuf pourri se répandit. Revenant dans le salon, il versa le second juste sous la fenêtre, au pied des lourdes tentures qu'il aspergea ensuite avec une substance rendant inflammables les tissus ignifugés.

Il lança à Muta : « Tu as besoin de quelque chose ?

— Je n'ai rien oublié, Fadi. »

Il repassa dans la salle de bains pour allumer l'accélérant répandu sur les jambes d'Omar. La chaleur infernale générée par ce produit détruirait totalement son corps. Il ne resterait quasiment rien de lui, pas même un os ou un bout de chair carbonisée. Sous les yeux de Muta, Fadi enflamma l'ourlet des tentures. Les deux hommes quittèrent la suite par deux chemins différents. Muta Ibn Aziz descendit par l'escalier, Fadi s'engouffra dans l'ascenseur de service. Deux minutes plus tard, il sortait de l'hôtel par-derrière et s'accordait une pause cigarette, comme Omar en avait l'habitude. Quarante-trois secondes plus tard, Muta le rejoignit.

Après avoir tourné à l'angle de la 20e, ils s'engagèrent sur H Street, protégés par la masse d'un bâtiment appartenant à l'université George-Washington. Au même instant, dans un rugissement démentiel, les flammes volatilisèrent les fenêtres du quatrième étage. Dans quelques secondes, les trois pièces de la suite des Silver seraient réduites en cendres.

Ils descendirent la rue à grands pas en direction des hurlements et des sirènes qui approchaient du lieu du sinistre en faisant entendre leur fameux gémissement. Une rougeur incandescente faisait trembler la nuit, une lumière s'élevant vers le ciel, symbolisant le désastre et la mort.

Fadi et Muta ibn Aziz avaient déjà vu cela.

A des années-lumière du luxe et du terrorisme internationaux, le quadrant nord-est de Washington vivait la misère au quotidien, une existence empoisonnée par la pauvreté, la violence urbaine, la privation des droits civiques – substances toxiques que Fadi et Muta ibn Aziz connaissaient bien.

L'essentiel du quadrant était placé sous la coupe des bandes. Drogue et loterie clandestine constituaient le fonds de commerce des caïds du quartier. Chaque nuit, on avait droit à des guerres de territoire, à des coups de feu tirés par des types en voiture. Sans parler des incendies criminels. Aucun policier municipal n'aurait osé s'aventurer à pied dans ces rues sans escorte armée. Quant aux agents patrouillant en voiture, ils ne se déplaçaient jamais seuls. Ils travaillaient par équipe de deux, et même trois ou quatre les nuits particulièrement chaudes ou en période de pleine lune.

Bourne et Soraya fonçaient à travers les rues glauques quand il remarqua pour la deuxième fois la présence d'une Camaro noire derrière eux.

« On est suivis », dit-il en regardant par-dessus son épaule.

Soraya ne prit pas la peine de vérifier. « C'est Typhon.

— Comment le savez-vous ? »

Malgré le sifflement du vent, il remarqua le bruit caractéristique d'un cran d'arrêt. Tout de suite après, le tranchant d'une lame lui effleura la gorge.

« Rangez-vous sur le côté, lui dit-elle dans l'oreille.

— Vous êtes folle. Lâchez ce couteau. »

Elle appuya la lame sur sa peau. « Faites ce que je dis.

— Ne faites pas cela, Soraya.

— C'est plutôt à vous de réfléchir à ce que vous avez fait.

— Je ne vois pas ce que... »

Du talon de la main, elle lui donna un coup dans le dos. « Bon sang. Arrêtez-vous tout de suite ! »

Il obtempéra. La Camaro noire arriva en rugissant sur sa gauche et les coinça contre le trottoir. Soraya n'eut pas le temps de s'en féliciter car déjà Bourne lui attrapait le poignet en appuyant du pouce sur un nerf, ce qui provoqua un réflexe irrépressible. La jeune femme lâcha le couteau que Bourne saisit par le manche, referma et glissa dans sa veste.

Suivant à la lettre la procédure standard, la Camaro avait obliqué vers le trottoir pour lui couper la route. Avant même que la voiture ne s'arrête, la portière côté passager s'ouvrit à la volée. Un agent armé sauta sur le macadam. Bourne tourna le guidon, fit gronder le moteur de sa Harley et fila sur la droite à travers une pelouse desséchée avant de disparaître dans une ruelle entre deux maisons.

Il laissa derrière lui les agents furieux et la Camaro qui rugissait inutilement, la ruelle étant bien trop étroite pour elle. Si jamais les policiers tentaient de contourner le pâté de maisons pour l'attendre de l'autre côté, il avait déjà prévu une parade. Il connaissait ce quartier de Washington comme sa poche et aurait parié sa chemise que ce n'était pas leur cas.

Par ailleurs, il fallait s'occuper de Soraya. Il l'avait désarmée, certes, mais elle pouvait encore se défendre et même attaquer. Ce qu'elle faisait avec une économie de mouvements et une efficacité remarquables, en lui administrant des coups de poing dans les reins, des coups de coude dans les côtes. Elle tenta même de lui crever un œil avec le pouce. A l'évidence, elle rêvait de venger son malheureux collègue, Tim Hytner.

Bourne encaissa tous les coups avec calme, la repoussant du mieux qu'il pouvait pendant que la moto filait comme une fusée le long de la ruelle. De chaque côté, défilaient des murs tachés, quelques poubelles et plusieurs poivrots en train de cuver, ces derniers le contraignant à ralentir de temps à autre.

Soudain, il vit trois ados se profiler au bout de la rue. Deux d'entre eux tenaient des battes de baseball comme s'il s'agissait de machettes. Derrière eux, le troisième pointait un flingue bon marché sur la moto qui se rapprochait.

« Accrochez-vous ! », dit-il à Soraya en sentant les bras de la jeune femme lui enserrer la taille. Se penchant en arrière pour déplacer au maximum leur centre de gravité, il mit les gaz. La roue avant se souleva. Cabrée comme un lion furieux, la Harley fonça sur les trois voyous. Un coup de feu retentit mais le dessous de la moto formait un écran protecteur. Puis ils plongèrent dans la mêlée. Bourne arracha la batte des mains du voyou de gauche, l'abattit sur le poignet du troisième et fit voler l'arme à feu.

Ils débouchèrent en trombe hors de la ruelle. Penché en avant, Bourne reprit le contrôle de sa moto juste à temps pour amorcer un virage serré sur la droite. Ils s'engagèrent dans une rue remplie d'ordures et de chiens errants qui s'égaillèrent en glapissant sur le passage de la Harley.

« Maintenant, on peut résoudre... »

Soraya ne lui laissa pas le temps de terminer sa phrase. Elle lui passa un bras autour du cou en comprimant la trachée. Cette clé à la gorge avait tout l'air d'une prise mortelle.

CINQ

« *VA AU DIABLE, VA AU DIABLE*, va au diable ! » psalmodiait Soraya comme une exorciste.

Bien trop occupé à rester en vie, Bourne l'entendait à peine. La moto dévalait la rue à cent kilomètres à l'heure. A contresens. Il évita de justesse une vieille Ford dont le conducteur l'agonit d'injures en faisant hurler son klaxon. Cette manœuvre le déporta de l'autre côté de la rue. Il alla cogner latéralement contre une Lincoln garée le long du trottoir. La moto rebondit sur la longue barre dentée ornant le pare-chocs avant de la Continental. Soraya appuyait si fort sur la trachée artère de Bourne que l'air n'entrerait bientôt plus dans ses poumons. Des étoiles clignotaient à la périphérie de son champ visuel. A plusieurs reprises, il perdit connaissance l'espace d'une fraction de seconde.

Malgré tout, il avait bien vu la Lincoln démarrer, faire un demi-tour sur place et se lancer à la poursuite de la moto qui venait de l'emboutir. Un camion roulait lentement vers lui, prenant presque toute la largeur de la rue.

La Continental accéléra et vint se placer à sa hauteur. Une vitre fumée s'abaissa ; un homme noir au visage lunaire le menaçait en le traitant de tous les noms. Puis le museau vorace d'un fusil à canon scié apparut.

« Prends ça dans ta gueule, enculé ! »

Face de lune n'eut pas le temps d'appuyer sur la détente. Levant brusquement la jambe gauche, Soraya frappa le canon du fusil du bout de sa botte. L'arme tira en l'air, causant quelques dégâts au feuillage des arbres bordant la rue. Bourne profita de son avantage pour filer à pleine vitesse en direction du gros camion qui venait en face. Le routier vit leur manœuvre suicidaire et, pris de panique, tourna le volant tout en débrayant et en montant sur ses freins à air. Le poids lourd malmené produisit une sorte de hurlement de protestation et se mit en travers du chemin.

Voyant la mort approcher à une vitesse effroyable, Soraya poussa un cri en arabe, desserra sa clé au cou et passa les bras autour de la taille de Bourne.

Bourne toussa, fit entrer une bouffée d'air frais dans ses poumons brûlants, se pencha fortement sur le côté droit et coupa le moteur un instant avant le moment prévu pour l'impact.

Le cri de Soraya resta coincé au fond de sa gorge. Dans un jaillissement d'étincelles, la moto se coucha sur le flanc. Le frottement du macadam entama la jambe droite de Bourne. Ils glissèrent entre les essieux du camion.

Quand ils ressortirent de l'autre côté, Bourne remit le moteur en marche et, se servant à la fois de l'élan et du poids de leurs deux corps, redressa la moto qui repartit de plus belle.

Trop hébétée pour l'agresser de nouveau, Soraya lui cria : « Arrêtez, je vous en prie, arrêtez tout de suite. »

Bourne l'ignora. Il savait où il allait.

Le DCI était en entretien avec Matthew Lerner. Ce dernier lui présentait son rapport sur les circonstances de l'évasion d'Hiram Cevik et ses suites mouvementées.

« A part Hytner, dit Lerner, on déplore peu de dégâts. Deux agents légèrement blessés – l'un d'eux souffre d'une commotion due à l'explosion. Un troisième est porté disparu. Dommages mineurs sur l'oiseau au sol – il parlait de l'hélicoptère –, aucun à l'oiseau en vol.

— C'était un lieu public, bon sang ! tonna le Vieux. A une heure d'affluence en plus.

— Qu'est-ce qui a bien pu passer par la tête de Bourne ? Faire sortir Cevik ! »

Le directeur leva les yeux vers le portrait du président accroché à l'un des murs de la salle de conférences. Sur un autre, trônait le portrait de son prédécesseur. *On a droit à son portrait après qu'on vous a bien lessivé,* pensa-t-il avec amertume. Les années s'étaient accumulées sur ses épaules et, certains jours – comme aujourd'hui –, il sentait que chaque grain tombant dans le sablier l'ensevelissait un peu plus. Lentement mais sûrement. Un Atlas au dos voûté.

Le DCI brassa quelques papiers et leva une feuille vers la lumière. « Le chef de la police municipale a appelé. Et ce putain de FBI aussi. » Son regard perçant accrocha celui de Lerner. « Vous savez ce qu'ils voulaient, Matthew ? Ils voulaient nous proposer un coup de main. Vous imaginez ça ?

— Le Président a téléphoné pour demander ce qui se passait, si nous subissions une attaque terroriste, s'il devait partir pour Oz. » C'était ainsi qu'on appelait le Siège caché du Pouvoir, l'endroit secret d'où le Président et son équipe pouvaient diriger le pays en cas d'urgence déclarée. « Je lui ai dit que tout était sous contrôle. Maintenant je vous pose la même question et, Dieu m'en est témoin, mieux vaut que j'obtienne la bonne réponse.

— On a beau faire, on retombe toujours sur Bourne », répondit Lerner en lisant les notes griffonnées à la hâte par son chef d'état-major, quelques instants avant son rendez-vous avec le DCI. « Mais l'histoire récente de la CIA est truffée d'embrouilles et de désastres qui, si on cherche bien, ont tous Jason Bourne pour origine.

— Je regrette de devoir vous dire ça, mais tout ce bazar aurait pu être évité si vous aviez laissé Lindros ici, au quartier général. Je sais qu'il a été agent de terrain, mais ça ne date pas d'hier. Les instincts animaux ont tendance à s'émousser sous les contraintes administratives. Il faut bien qu'il gère sa boutique. Qui s'en occupera s'il est mort ? La débâcle Cevik n'aurait pas eu lieu si Typhon avait eu un chef.

— Tout ce que vous dites est vrai, sacré bon sang ! Je n'aurais jamais dû laisser Martin m'entraîner là-dedans. Ensuite, on n'a connu que des fiascos dans le Ras Dejen. Bon, au moins cette fois la zone est quadrillée. Bourne ne disparaîtra pas comme ça. »

Lerner secoua la tête. « Pourtant, je me demande si c'est suffisant.

— Qu'est-ce à dire ?

— J'ai tendance à penser que Bourne n'est pas pour rien dans l'évasion de Cevik. »

Les sourcils du Vieux se rejoignirent. « Vous avez une preuve ?

— J'y travaille, répondit Lerner. Mais ça tombe sous le sens. L'évasion était bien organisée. Les hommes de Cevik avaient juste besoin que quelqu'un le fasse sortir de sa cage. Bourne s'en est chargé. C'est quelqu'un de très efficace, nous sommes bien placés pour le savoir. »

Le Vieux écrasa son poing sur la table. « S'il est derrière l'évasion de Cevik, je jure que je l'écorcherai vif.

— Je m'occupe de Bourne.

— Patience, Matthew. Pour le moment, il nous est encore utile. Il faut qu'on récupère Martin Lindros et Bourne est notre seul espoir. Si on regarde les choses en face, le directorat des Opérations a envoyé l'équipe Skorpion Two après Skorpion One, et nous les avons perdues l'une comme l'autre.

— Grâce à mes contacts, je vous ai dit que je pouvais rassembler une petite unité...

— Des francs-tireurs, d'anciens agents de la NSA reconvertis dans le privé. » Le DCI secoua la tête. « C'est une idée pourrie. Je ne donnerai jamais mon accord pour qu'on envoie un escadron de mercenaires, des hommes que je ne connais pas, qui échappent à mon commandement, sur une mission aussi sensible.

— Mais Bourne – bon Dieu, vous connaissez son passé et voilà que les choses se répètent. Ce type-là n'en fait qu'à sa tête. Il se fout éperdument du reste.

— Tout ce que vous dites est juste. Personnellement, je méprise cet individu. J'ai appris à le connaître. Il représente tout ce qu'il y a de pire pour une organisation comme la CIA. C'est une menace ambulante. Mais je sais une chose sur lui : il demeurera toujours loyal envers ses amis. Et Martin en fait partie. Si quelqu'un peut le trouver et réussir son extraction, c'est bien Bourne. »

A ce moment, la porte s'ouvrit. Anne Held passa la tête.

« Monsieur, nous avons un problème interne. Mon accréditation a été invalidée. Quand j'ai appelé Electronic Security, ils ont dit que ce n'était pas une erreur.

— Pas de problème, Anne. Cela fait partie du plan de réorganisation de Matthew. Il a pensé que vous n'aviez pas besoin d'une accréditation de haut niveau pour le boulot que je vous donne à faire.

— Mais monsieur...

— Le personnel administratif possède ses propres accréditations, dit Lerner. Les agents de terrain aussi. C'est clair et net, pas d'ambiguité. » Il la regarda. « Autre chose, mademoiselle Held ? »

Anne était furieuse mais il lui suffit de regarder le Vieux pour comprendre qu'elle n'obtiendrait aucune aide de sa part. Son silence, sa complicité la décevaient atrocement. C'était comme s'il reniait la relation qu'elle avait mis tant de temps à forger entre elle et lui. Elle aurait voulu contre-attaquer mais devinait que le moment et le lieu étaient mal choisis pour une explication en bonne et due forme.

Elle s'apprêtait à refermer la porte quand un messager venant du Directorat des Opérations se présenta. Elle se tourna vers lui, prit la feuille de papier qu'il lui tendait et s'adressa aux deux hommes.

« Nous avons des nouvelles de l'agent qui manque à l'appel », annonça-t-elle.

L'humeur du DCI s'était considérablement assombrie, au cours des cinq dernières minutes. « Qui est-ce ? lâcha-t-il.

— Soraya Moore, répondit Anne.

— Vous voyez, fit Lerner d'un ton sévère, encore une collaboratrice qui m'a été retirée. Comment veut-on que je fasse du bon boulot quand des gens sur lesquels je n'ai aucun contrôle nous filent entre les pattes ? Lindros est le seul responsable de cet état de fait, monsieur. Si vous me donniez la main sur Typhon au moins jusqu'à ce qu'on le retrouve, ou qu'on ait la preuve de sa mort...

— Soraya est avec Bourne, dit Anne Held à son patron en coupant volontairement la parole à Lerner.

— Sacré bon sang ! explosa le DCI. Mais comment diable est-ce arrivé ?

— Apparemment, personne ne le sait », dit Anne.

Le DCI se dressa, le visage cramoisi. « Matthew, je sais parfaitement que Typhon a besoin d'un patron. C'est bon, vous avez le poste. A présent, retroussez-vous les manches, et plus vite que cela. »

« Arrêtez la moto », lui dit Soraya à l'oreille.

Bourne secoua la tête. « Nous sommes encore trop près de...

— Tout de suite. » Elle lui colla la lame de son couteau sur la gorge. « Je ne plaisante pas. »

Bourne tourna dans une rue secondaire, rangea l'engin le long du trottoir et mit la cale. Comme ils descendaient, il se tourna vers elle. « Maintenant, dites-moi un peu ce qui vous prend. »

Les yeux de Soraya étincelaient d'une fureur mal contenue. « Vous avez tué Tim, espèce de salopard.

— Quoi ? Comment pouvez-vous imaginer... ?

— C'est vous qui avez guidé les hommes de Cevik jusqu'à lui.

— Vous êtes malade.

— Vraiment ? C'est bien vous qui avez suggéré de le faire sortir de cellule, non ? J'ai tenté de m'y opposer, mais...

— Je n'ai pas fait tuer Hytner.

— Alors pourquoi n'avez-vous pas réagi pendant qu'on lui tirait dessus ? »

Bourne ne lui fournit pas de réponse pour la bonne raison qu'il n'en avait aucune. Il se rappelait qu'un bruit bizarre l'avait gêné, suivi – il se frotta le front – d'une terrible migraine. Soraya avait raison. L'évasion de Cevik, la mort de Hytner. Comment avait-il pu assister à tout cela sans bouger ?

« L'évasion de Cevik était méticuleusement planifiée, minutée. Mais comment ? insista Soraya. Comment les hommes de Cevik savaient-ils où le trouver ? Comment pouvaient-ils savoir, si ce n'est grâce à vous ? (Elle secoua la tête.) J'aurais dû écouter ceux qui vous traitaient de crapule. Dans toute la CIA, il n'y avait que deux hommes susceptibles de se laisser piéger par vous : l'un est mort et l'autre porté disparu. On ne peut pas vous faire confiance. C'est clair. »

Bourne s'efforça de rassembler ses idées. « Il y a une autre possibilité.

— Elle a intérêt à être valable.

— Je n'ai passé aucun appel pendant que nous étions en bas, dans les cellules, ni dehors...

— Vous auriez pu leur faire des signes, par exemple.

— Vous avez raison sur la méthode mais tort sur la personne. Vous vous rappelez quand Cevik a craqué l'allumette ?

— Comment pourrais-je oublier cela ? dit-elle amèrement.

— C'était un signal destiné au Hummer qui attendait.

— C'est justement ça le problème, le Hummer attendait. Vous le saviez parce que c'était votre plan.

— Si c'était mon plan, pourquoi en discuterais-je avec vous, en ce moment ? Réfléchissez, Soraya ! Vous avez appelé Hytner pour le prévenir que nous sortions. C'est Hytner qui a contacté les hommes de Cevik. »

Elle partit d'un rire narquois. « Ah bon, et juste après ça, voilà que l'un des hommes de Cevik lui tire dessus ? Pourquoi auraient-ils fait un truc pareil ?

— Pour être sûrs d'effacer leurs traces. Hytner mort ne risquait pas d'être démasqué ni interrogé. »

Elle secoua la tête d'un air entêté. « Je connaissais Tim depuis longtemps ; ce n'était pas un traître.

— Ce sont souvent eux les coupables, Soraya.

— La ferme !

— Peut-être n'a-t-il pas agi délibérément. Peut-être qu'ils l'ont forcé d'une manière ou d'une autre.

— Ne dites pas un mot de plus contre Tim. » Elle brandit son couteau. « Vous essayez juste de sauver votre peau.

— Écoutez, vous avez absolument raison de dire que l'évasion de Cevik était planifiée. Mais je ne savais pas où Cevik était détenu - je ne savais même pas que vous déteniez quelqu'un. Je l'ai appris moins de dix minutes avant que vous m'emmeniez le voir. »

Ce dernier argument produisit un effet notable sur Soraya. Elle lui lança un regard étrange. Ce regard qu'il avait déjà remarqué quand il avait fait sa connaissance dans le centre d'opérations de Typhon.

« Si j'étais votre ennemi, pourquoi vous aurais-je sauvée de l'explosion ? »

Un léger frisson la traversa. « Je ne prétends pas détenir toutes les réponses... »

Bourne haussa les épaules. « Si vous aviez tous vos esprits, vous verriez que je dis la vérité. »

Elle inspira, ses narines frémirent. « Je ne sais que croire. Dès que vous êtes entré à Typhon... »

Le temps d'un éclair, il tendit la main vers le couteau et la désarma. Les yeux écarquillés, elle le regarda lui restituer le couteau, le manche vers elle.

« Si j'étais votre ennemi... »

Elle resta à contempler l'arme un long moment sans la toucher puis leva les yeux vers Bourne et prit le couteau avant de le glisser dans le fourreau de néoprène agrafé à l'arrière de sa ceinture.

« OK, disons que vous n'êtes pas mon ennemi. Mais Tim non plus. Il y a sûrement une autre explication.

— Alors nous la trouverons ensemble, dit-il. Je dois me laver de tout soupçon et vous devez faire la même chose pour Hytner.

— Donnez-moi votre main droite », lui dit-elle.

Agrippant le poignet de Bourne, elle retourna sa paume vers le haut. De son autre main, elle posa la lame à plat au bout de son index.

« Ne bougez pas. »

D'un geste agile, elle fit glisser la lame sur sa peau. Sans lui entamer la chair, elle souleva un minuscule ovale de tissu translucide, si fin que Bourne ne l'avait pas remarqué.

« Et voilà. » Elle leva l'objet dans la lueur vacillante des réverbères pour que Bourne le voie bien. « On appelle ça un NET. Une balise nanoélectronique. Une invention des types de la DARPA. » Cet acronyme désignait l'Agence de recherches avancées en matière de Défense, une branche du Département de la Défense. « Ce truc est issu de la nanotechnologie – c'est un serveur microscopique. C'est grâce à cela que je vous ai repéré avec l'hélicoptère. »

En effet, Bourne s'était vaguement demandé pourquoi l'hélico de la CIA l'avait retrouvé si vite. Il s'était dit que le profil caractéristique du Hummer les avait guidés. Il médita un instant. A présent, il revoyait nettement l'étrange regard que lui avait lancé Tim Hytner en lui donnant la transcription de la conversation téléphonique de Cevik : c'est à ce moment-là qu'ils lui avaient refilé le NET.

« Les salauds ! » Il observa Soraya glisser le NET dans un petit coffret de plastique ovale dont elle referma hermétiquement le couvercle. « Ils comptaient me surveiller jusqu'au Ras Dejen, n'est-ce pas ? »

Elle fit oui de la tête. « Ordre du DCI.

— Et dire que j'étais censé avoir les coudées franches, fit Bourne amèrement.

— A présent, vous les avez. »

Il hocha la tête. « Merci.

— Vous me devez une faveur.

— Laquelle par exemple ?

— Laissez-moi vous aider. »

Il secoua la tête. « Si vous me connaissiez mieux, vous sauriez que je travaille seul. »

Soraya voulut répliquer mais changea d'avis. « Écoutez, vous l'avez dit vous-même, vous êtes déjà grillé auprès du Vieux. Vous aurez besoin de quelqu'un dans la place. Quelqu'un en qui vous avez totalement confiance. » Elle fit un pas vers la moto. « Parce que vous savez parfaitement que le Vieux va essayer de vous baiser de toutes les manières possibles et imaginables. Aussi vrai que deux et deux font quatre. »

SIX

KIM LOVETT ÉTAIT FATIGUÉE. Elle avait envie de rentrer chez elle retrouver l'homme qu'elle avait épousé six mois auparavant. C'était un nouveau venu dans le district ; ils étaient des nouveaux venus l'un pour l'autre. Aussi avait-il encore du mal à accepter que sa femme le laisse seul pendant des heures à cause de son boulot.

Kim était toujours fatiguée. La FIU, Unité d'enquête sur les Incendies, fonctionnait sept jours sur sept et vingt-quatre heures sur vingt-quatre. Par conséquent, les meilleurs agents, les plus expérimentés – dont Kim faisait partie – étaient appelés à intervenir à tout moment, comme des chirurgiens urgentistes exerçant en zone de conflit.

Quand la Brigade des sapeurs-pompiers de Washington avait appelé, Kim avait décroché presque machinalement. Elle s'accordait une courte pause entre deux rapports d'enquête. Cette tâche ingrate et abrutissante lui permettait toutefois de penser à autre chose qu'à son métier, pour une fois. En remplissant la pile de formulaires, elle avait laissé son esprit dériver vers des images plus agréables : le corps de l'homme qu'elle aimait, ses larges épaules, ses bras puissants, son odeur. D'un coup, elle retomba sur terre, rassembla son matériel et partit pour l'hôtel Constitution.

En sortant du parking, Kim alluma la sirène. Aller de Vermont Avenue, au coin de la 11e Rue, à l'angle nord-est de la 20e et F Street ne prenait pas plus de sept minutes. Les véhicules de police et les camions de pompiers encerclaient littéralement l'hôtel mais l'incendie était circonscrit. L'eau qui sortait de la plaie béante au quatrième étage se déversait le long de la façade. Les ambulances avaient déjà fait plusieurs allers-retours pour évacuer les blessés. Dans le périmètre du sinistre, elle renifla cette atmosphère très particulière que son père lui avait maintes fois décrite. Comme si la poussée d'adrénaline et les débris calcinés crissant sous les semelles se conjuguaient pour créer cette impression de fébrilité, de fragilité des êtres et des choses.

Le chef O'Grady l'attendait. Elle descendit de voiture, montra son badge. On la laissa franchir la barrière.

« Lovett », grommela O'Grady en guise de salut. L'homme était grand, trapu. Sous ses cheveux blancs, courts mais hirsutes, dépassaient deux oreilles rappelant des tranches de rôti de porc bien épaisses. Il posa sur elle ses yeux tristes et larmoyants. On voyait bien qu'il ne l'appréciait guère. Comme beaucoup, il devait estimer qu'une femme n'avait pas sa place à la brigade.

« Qu'est-ce qu'on a ?

— Explosion et incendie. » D'un mouvement du menton, O'Grady désigna le trou dans la façade.

« Avons-nous des pertes parmi nos hommes ?

— Non, mais merci de vous en inquiéter. » O'Grady s'essuya le front avec une serviette en papier déjà sale. « On a quand même une victime à l'intérieur – probablement le client qui occupait la suite. Mais avec le peu qu'on en a retrouvé, on peut dire adieu à l'identification. A part ça, d'après les flics, un employé serait porté manquant. Avec un feu d'artifice pareil, on s'en tire plutôt bien.

— Vous avez dit *probablement* le client.

— Exact. La chaleur était telle qu'il nous a fallu un sacré bout de temps pour éteindre l'incendie. Une chaleur pareille, c'est pas naturel. Raison pour laquelle on a appelé le FIU.

— Vous avez une idée de la cause de l'explosion ? demanda-t-elle.

— En tout cas, c'était pas un chauffe-eau », répondit laconiquement le chef en s'approchant d'elle. Une forte odeur de caoutchouc brûlé émanait de lui par vagues. Quand il reprit la parole, il changea de ton. D'une voix inquiète, il lui dit en confidence : « Vous avez quelque chose comme une heure avant que la police municipale n'envoie tout ça au Département de la Sécurité intérieure. Et vous savez ce qui arrivera si ces Irlandais de mes deux se mettent à piétiner notre scène de crime.

— Pigé. » Kim hocha la tête.

« OK. On y va. Un certain inspecteur Overton vous attend. »

Actionnant ses jambes légèrement arquées, il s'éloigna d'un pas chaloupé.

Dans le hall, des dizaines de flics et de pompiers s'agitaient comme à l'intérieur d'une ruche. Les premiers prenaient la température du personnel et des clients de l'hôtel, après les avoir parqués dans des endroits différents comme des conspirateurs. Les seconds traînaient leur équipement sur le tapis d'escalier carbonisé et les dalles de marbre. Les lieux sentaient l'anxiété, la frustration. On se serait cru dans le métro à une heure de pointe.

Kim monta au quatrième. Le couloir n'était plus qu'un amas de décombres calcinés. Personne à part elle. A peine entrée dans la suite, elle tomba sur l'inspecteur Overton, un homme légèrement voûté au visage allongé, sinistre, qui semblait captivé par son bloc-notes.

« Mais qu'est-ce qui a bien pu se passer ? dit-elle après s'être présentée. Des idées ?

— C'est possible. » L'inspecteur Overton ouvrit son carnet d'un coup sec. « Les occupants de cette suite panoramique se nommaient Jakob et Lev Silver. Des frères. Diamantaires à Amsterdam. Ils sont arrivés vers 19 h 45. Le concierge est formel. Ils ont échangé quelques mots avec lui... (Il tourna une page.) Il s'appelle Thomas. L'un d'eux a commandé une bouteille de champagne, pour fêter quelque chose. Thomas ne les a plus revus. Il jure qu'ils n'ont pas quitté l'hôtel. »

Ils pénétrèrent plus avant dans la suite.

« Pouvez-vous me fournir des renseignements sur la cause de l'explosion ?

— C'est la raison de ma présence ici. » A ces mots, elle sortit des gants de latex et se mit au travail. Pendant vingt minutes, elle inspecta minutieusement l'épicentre de l'explosion et ses abords. En temps normal, elle aurait prélevé des échantillons de moquette – la plupart des accélérants étaient des liquides hyperinflammables à base d'hydrocarbure, comme l'essence de térébenthine, l'acétone, le kérosène ou autre. Il y avait deux manières de les révéler.

Soit ils imbibaient la moquette voire passaient au travers et se retrouvaient dans la couche inférieure du tapis. Soit on recourait à la technique couramment appelée *headspace* ou chromatographie en phase gazeuse, destinée à mettre en évidence les traces du gaz libéré au moment où l'accélérant s'enflamme. Comme chaque composé libérait sa propre empreinte, la méthode du *headspace* permettait non seulement de prouver l'utilisation d'un accélérant mais aussi de dire lequel.

Dans cette suite, les techniques classiques auraient été inutiles. Le brasier avait dégagé une chaleur telle que la moquette et la couche du dessous avaient disparu. Rien d'étonnant à ce que O'Grady et ses hommes aient eu du mal à l'éteindre.

Elle examina chaque bout de métal, éclat de bois, fibre de tissu, tas de cendres. Elle ouvrit sa valise, préleva des échantillons et les soumit à des myriades de tests. Le reste fut soigneusement déposé dans de petits bocaux qu'elle scella au moyen de couvercles étanches avant de les ranger dans leurs habitacles de mousse.

« Je peux affirmer sans risque d'erreur qu'on a employé de l'accélérant, dit-elle tout en continuant à classer les indices. Je saurai lequel une fois rentrée au labo. Mais dès à présent, il apparaît comme certain qu'il ne s'agit pas d'un accélérant ordinaire. Cette chaleur, les ravages causés... »

L'inspecteur Overton l'interrompit. « Mais l'explosion...

— Je n'ai trouvé aucun résidu d'explosif, dit-elle. Les points d'inflammation des accélérants produisent souvent des explosions sans intervention extérieure. Mais je le répète, je ne serai sûre de rien avant d'avoir effectué des tests en laboratoire. »

Jusqu'à présent, Kim s'était déplacée en cercles toujours plus larges autour du foyer de l'explosion.

Soudain, elle s'accroupit et dit : « Avez-vous découvert pourquoi les arrosoirs n'ont pas fonctionné ? »

Overton fouilla dans ses notes. « Apparemment, ils se sont déclenchés à tous les étages sauf ici. Quand nous sommes descendus au sous-sol, nous avons découvert que le système avait été trafiqué. J'ai dû appeler un électricien pour voir ce qu'il en était, mais il tombe sous le sens que les arrosoirs de cet étage ont été désactivés.

— Donc tout cela a été pensé bien en amont.

— Jakob et Lev Silver étaient juifs. Le garçon d'étage qui leur a monté la bouteille de champagne – le seul employé manquant à l'appel – est pakistanais. D'où mon obligation de balancer cet idiot au Département de la Sécurité intérieure. »

Elle leva les yeux de son travail. « Vous croyez que le garçon d'étage est un terroriste ? »

Overton haussa les épaules. « Je parierais qu'il s'agit d'une vengeance personnelle contre les Silver. Une affaire de gros sous. Mais j'ai vraiment envie d'en avoir le cœur net avant que le Département de la Sécurité intérieure ne fourre son nez dedans. »

Elle secoua la tête. « Ce dispositif est bien trop sophistiqué pour une attaque terroriste.

— Les diamants sont éternels. »

Elle se leva. « Allons voir le corps.

— Le mot corps est un peu exagéré, en l'occurrence. »

Il conduisit Kim dans la salle de bains. Sous leurs yeux, des bouts d'ossements calcinés reposaient dans la baignoire de porcelaine.

« Pas même un squelette », fit Lovett en hochant la tête pensivement. Elle fit un tour complet sur elle-même. « Ici repose Jakob ou bien Lev Silver. Parfait. Mais où est l'autre frère ?

— Incinéré quelque part dans la chambre, non ?

— Avec cette chaleur, c'est parfaitement possible, répondit Kim. Il me faudra des jours, voire des semaines, pour tamiser les débris dans l'espoir de retrouver des restes humains. Mais j'insiste, il se peut également que je ne trouve rien du tout. »

Il avait passé la suite au peigne fin. Elle le savait mais cela ne l'empêchait pas de faire de même. Elle se mit au travail.

Quand ils revinrent dans la salle de bains, il jeta un coup d'œil nerveux à sa montre. « Ça va prendre encore beaucoup de temps ? Je suis pressé, moi. »

Kim grimpa dans la baignoire jonchée de fragments calcinés. « Qu'est-ce qui cloche entre vous et le Département de la Sécurité intérieure ?

— Rien, c'est juste que... (Il haussa les épaules.) J'ai essayé à cinq reprises de me faire embaucher chez eux. A chaque fois, ils ont dit non. Aujourd'hui, je tiens ma chance. Si je fais mes preuves, ils seront bien obligés de m'accepter la prochaine fois que je postulerai. »

A quatre pattes, la tête dans la baignoire, Kim continuait à travailler. « Il y a eu de l'accélérant ici, dit-elle, ainsi que dans l'autre pièce. Vous voyez, la porcelaine qui s'obtient à très haute température supporte la chaleur mieux que n'importe quelle autre matière, y compris certains métaux. » Elle sortit de la baignoire. « Les accélérants étant lourds, ils ont tendance à suinter. Voilà pourquoi on les retrouve souvent dans la couche inférieure des moquettes ou entre les lattes des parquets. Dans le cas présent, l'accélérant a pu couler tout au fond de la baignoire et suinter jusque dans le tuyau d'écoulement. »

Elle se mit à tamponner le siphon en employant plusieurs tissus qu'elle enfonça chacun plus profondément dans le conduit. Tout à coup elle s'arrêta, retira le dernier tampon, le glissa dans une pochette qu'elle rangea dans sa valise. Puis elle approcha du siphon la lampe au xénon de son stylo-torche.

« Tiens, qu'est-ce que ça peut bien être ? »

Elle glissa une pince d'électricien dans le conduit et l'en ressortit un instant plus tard. Coincée entre les tenailles, ils reconnurent l'un comme l'autre une forme familière.

L'inspecteur Overton se plia en deux au-dessus de la baignoire. « Deux dents ! Les dents d'un des frères Silver. »

Sous la lumière blanche de son stylo-torche, Kim les examina sous toutes les coutures. « Peut-être que oui. » Elle fronça les sourcils. *Peut-être que non,* pensa-t-elle.

La maison couleur olive sur la 7e Rue NE ressemblait à ses voisines comme une sœur – délabrée, rongée par le temps, elle avait franchement besoin d'une nouvelle véranda. La bicoque de droite n'était plus qu'un squelette mais tenait encore debout. Le reste avait été ravagé par le feu voilà de nombreuses années. La véranda bancale de la suivante abritait un groupe d'ados. La musique hiphop hardcore qui sortait en hurlant de leur *Ghetto Blaster* [1] bon pour la casse aurait suffi à réveiller un mort. Le réverbère bourdonnant qui tentait de les éclairer aurait mérité un sérieux réglage.

Les gamins se levèrent comme un seul homme dès que la moto

1. Le Ghetto Blaster est un lecteur de musique des années 70-80, connu pour sa taille démesurée et pour sa puissance de son conséquente. *(N.d.T.)*

s'arrêta devant la maison couleur olive. Soraya et Bourne descendirent lentement de l'engin. Bourne leur adressa un geste amical.

Sans se préoccuper de son pantalon déchiré et de sa jambe droite qui saignait en dessous, Bourne s'approcha du plus grand et le salua en cognant ses phalanges contre son poing fermé. « Ça roule, Tyrone ?

— Ça va, répondit Tyrone. Tranquille.

— Je te présente Soraya Moore. »

Les grands yeux noirs de Tyrone se posèrent sur Soraya. « Deron va râler. Personne doit venir ici sauf toi.

— Je prends ça sur moi, dit Bourne. Je m'arrangerai avec Deron. »

A cet instant, la porte d'entrée de la maison vert olive s'ouvrit. Un homme grand et svelte apparut sur la véranda. Il avait un beau visage couleur chocolat au lait avec beaucoup de lait.

« Jason, qu'est-ce qui te prend ? » Deron descendit les marches d'un air renfrogné. Il portait un jean et une chemise d'ouvrier en batiste dont il avait retourné les manches pour montrer ses avant-bras. Apparemment, le froid ne lui faisait pas peur. « Tu connais les règles. C'est toi-même qui les a fixées, avec mon père. Personne ne vient ici à part toi. »

Bourne s'interposa entre Deron et Soraya. « Il me reste à peine deux heures avant de décoller pour Londres, dit-il sans élever la voix. J'ai un millier de choses à faire avant et j'ai besoin de son aide autant que de la tienne. »

Deron avançait vers eux de son pas nonchalant. Quand il fut assez proche, Soraya vit qu'il tenait une arme. Et pas n'importe laquelle : un Magnum .357.

Elle recula d'instinct. Aussitôt, Deron se mit à déclamer dans un anglais châtié : *« Ah, qui est près d'ici ? Venez à moi, ami ou ennemi, et dites-moi qui est vainqueur : York ou Warwick ? A quoi bon cette demande ? Ma personne mutilée prouve, mon sang qui coule, mes forces épuisées, mon cœur défaillant, prouvent qu'il me faut abandonner mon corps à la terre, et, par ma chute, la victoire à mon ennemi. »*

Sans se démonter, Soraya répliqua : *« Voyez qui c'est : et, maintenant que la bataille est finie, ami ou ennemi, qu'il soit traité avec douceur.*

— Je vois que vous connaissez vos classiques, lança Deron.

— Shakespeare, *Henry VI,* Troisième partie. Je l'ai étudié à l'école. C'était l'une de mes pièces préférées.

— Mais la bataille est-elle vraiment finie ?

— Montrez-lui le NET », dit Bourne.

Elle lui tendit la petite boîte ovale.

Coinçant le Magnum dans la ceinture de son jean, Deron tendit une main longue et délicate, digne d'un chirurgien ou d'un pickpocket, et ouvrit la boîte.

« Ah. » Ses yeux brillèrent de plaisir dès qu'il plaça l'objet sous la lumière.

« La dernière invention de la CIA. Une laisse nouveau genre, dit Bourne. Elle m'a sorti ce truc du corps.

— Conçu par la DARPA », s'écria Deron. Il avança les lèvres pour lancer un baiser de ravissement. Les nouvelles technologies le mettaient dans un état proche de la béatitude.

Deron n'était ni chirurgien ni pickpocket. Bourne crut bon d'en informer Soraya pendant qu'ils le suivaient à l'intérieur de la maison couleur olive. C'était l'un des meilleurs faussaires au monde. Les Vermeer étaient sa spécialité – Deron excellait dans le rendu de la lumière – mais il était capable de tout reproduire ou presque. Et il ne s'en privait pas à condition que ses clients aient les moyens. Il leur demandait des sommes astronomiques mais leur en donnait pour leur argent. Deron mettait un point d'honneur à satisfaire sa clientèle.

Deron les fit entrer et referma la porte derrière eux. Le lourd battant produisit un bruit métallique qui étonna Soraya. Ce n'était pas une porte ordinaire malgré les apparences. Le blindage qui la renforçait reflétait la lumière artificielle du vestibule.

Elle jeta un regard stupéfait autour d'elle. On accédait à l'étage supérieur par un escalier en chêne tigré de forme arrondie ; sur la gauche, s'ouvrait un couloir. A droite, elle vit un grand salon dont les parquets vernis étaient couverts de tapis persans ; des chefs-d'œuvre des grands maîtres de la peinture ornaient les murs. Rembrandt, Vermeer, Van Gogh, Monet, Degas, pour ne citer qu'eux. En se répétant qu'il s'agissait de copies, bien entendu, elle s'approcha pour mieux les regarder. Sans être experte en la matière, elle les trouva tous splendides. Dans un musée ou une vente aux enchères, elle n'aurait pas douté une seconde de leur authenticité. Sidérée, elle les observa avec plus d'attention encore. A moins que certains d'entre eux ne soient vraiment des originaux...

En se retournant, elle vit que Deron serrait Bourne dans ses bras.

« Je n'ai jamais eu l'occasion de te remercier d'être venu à l'enterrement, dit Bourne. Ta présence m'a fait chaud au cœur. Je sais combien tu es occupé.

— Mon cher ami, il y a des choses dans la vie qui comptent plus que le commerce, répondit Deron avec un sourire triste. Même s'il est urgent et lucratif. » Puis il le repoussa doucement. « Première chose, occupons-nous de cette jambe. A l'étage, première porte à droite. Tu connais les lieux. Prends une douche. Après, j'ai des trucs nouveaux à te montrer. » Il sourit de toutes ses dents. « On trouve toujours le meilleur choix chez Deron. »

Soraya suivit Deron dans un couloir jaune émaillé, traversa une grande cuisine puis une pièce qui avait dû servir de buanderie et de cellier, autrefois. Sur des placards à hauteur de taille, s'alignaient des compteurs en zinc, divers ordinateurs, et des piles de matériel électronique tarabiscoté.

« Je sais ce qu'il cherche », marmonna Deron comme si Soraya avait cessé d'exister. D'un geste méthodique, il se mit à ouvrir les placards, les tiroirs, en prenant un objet ici, d'autres là.

Penchée par-dessus son épaule, Soraya fut très surprise de voir apparaître des nez, des oreilles, des dents. Elle tendit la main, saisit un nez et le retourna au creux de sa main.

« Ne vous inquiétez pas. Ils sont en latex et porcelaine, dit Deron en soulevant un objet ressemblant à un bridge. Plus vrai que nature, vous ne trouvez pas ? » Il le lui présenta sous un certain angle. « Tout bien pesé, il n'y a pas grande différence entre cette prothèse et la réalité, sauf là, à l'intérieur. Un vrai bridge serait un peu creusé à cet endroit, de façon à s'ajuster à ce qu'il reste de la dent. Vous constatez que celui-ci n'est qu'une coquille de porcelaine destinée à recouvrir une dent normale. »

N'y tenant plus, Soraya s'affubla du nez en latex, ce qui provoqua l'hilarité de Deron qui farfouilla dans un autre tiroir et lui tendit un plus petit modèle. Celui-ci lui allait mieux. Pour parfaire la démonstration, il le colla avec une gomme spéciale.

« Bien sûr, dans la vraie vie on utilise un autre genre de colle et on cache les bords du postiche avec du fard.

— On n'a pas de problème quand on transpire ou – je ne sais pas, pour nager, par exemple ?

— On n'emploie pas du maquillage Chanel, s'esclaffa Deron. Une fois appliqué, il ne s'enlève qu'avec un démaquillant spécial. »

Bourne revint juste au moment où Soraya retirait son faux nez. Sa blessure à la jambe était nettoyée et bandée. Il avait enfilé un pantalon et une chemise propres.

« Soraya, il faut qu'on parle tous les deux », dit-il.

Elle le suivit dans la cuisine. Ils se postèrent à côté d'un gros frigo en aluminium posé contre le mur le plus éloigné du labo de Deron.

« Vous vous êtes bien amusée avec Deron ? lui demanda-t-il.

— Vous voulez savoir s'il a essayé de me soutirer des informations ?

— Vous voulez savoir si je lui ai demandé de le faire ?

— Exact.

— Pas du tout. »

Elle hocha la tête. « Il ne l'a pas fait. » Puis elle attendit.

« Je n'irai pas par quatre chemins. » Bourne la dévisagea. « Tim et vous étiez proches ? »

Elle détourna la tête en se mordant la lèvre. « Qu'est-ce que ça peut vous faire. Pour vous, Tim était un traître.

— Soraya, écoutez-moi, c'est soit Tim Hytner soit moi. Et comme ce n'est pas moi... »

Elle le foudroya du regard. « Alors dites-moi pourquoi vous avez fait sortir Cevik.

— Je pensais qu'en goûtant à nouveau à la liberté, il serait plus enclin à parler.

— Ah ouais ? Je ne vous crois pas. »

Bourne se renfrogna. Pour la énième fois depuis la mort de Marie, il se demanda si ce dernier traumatisme n'aurait pas faussé son jugement. « Hélas, c'est la pure vérité.

— Que je vous croie ou pas n'a aucune importance, lâcha-t-elle. Comment imaginez-vous que le Vieux va prendre cela ?

— Qu'est-ce que ça peut faire ? Le Vieux déteste les individus incontrôlables. »

Elle regarda ses bottes, secoua la tête, inspira profondément et recracha. « C'est moi qui ai fait entrer Tim Hytner chez Typhon. Maintenant il est mort. »

Bourne resta muet. Elle s'efforça de comprendre pourquoi. Ce type était un guerrier, après tout. A quoi s'attendait-elle ? A des larmes, des regrets ? Non, bien sûr, mais il aurait pu manifester un tant soit peu de compassion. Cela ne l'aurait pas tué ! Puis se rappelant la mort récente de sa femme, elle se sentit honteuse.

Elle s'éclaircit la gorge sans parvenir à juguler ses émotions. « Nous étions à l'école ensemble. C'était un de ces garçons dont les filles se moquent.

— Pourquoi pas vous ?

— Je n'étais pas comme les autres filles. Je voyais bien qu'il était doux et vulnérable. Il avait quelque chose en lui. » Elle haussa les épaules. « Il aimait raconter son enfance ; il était né à la campagne, dans le Nebraska. Pour moi, c'était comme entendre parler d'un pays étranger.

— Il n'était pas fait pour Typhon, dit Bourne brutalement.

— Il n'était pas fait pour le terrain, c'est vrai », répliqua-t-elle sur le même ton.

Bourne enfonça ses mains dans ses poches. « Où cela nous mène-t-il ? »

Elle sursauta comme s'il l'avait piquée avec la lame de son cran d'arrêt. « Cela quoi ?

— Je vous ai sauvé la vie, vous m'avez sauvé la vie mais vous avez tenté de me tuer à deux reprises. Conclusion : nous ne nous faisons pas confiance. »

Elle lui adressa un regard peiné. « Je vous ai enlevé le NET ; vous m'avez conduite ici, chez Deron. Quelle est votre définition de la confiance ? »

Bourne dit : « Vous avez pris des photos de Cevik quand il était en prison. »

Elle fit oui de la tête, attendant le coup de grâce. Qu'allait-il lui demander à présent ? Qu'attendait-elle de lui exactement ? Elle le savait, bien sûr, mais l'admettre eût été trop douloureux. Quant à lui avouer...

« OK, appelez Typhon. Demandez-leur d'envoyer les photos sur votre téléphone. » Il passa dans le couloir. Elle lui emboîta le pas.

« Ensuite, qu'ils vous transfèrent le code que Hytner a trouvé sur Cevik.

— Vous oubliez que la CIA est passée en mode verrouillage. Y compris pour les transferts de données.

— Vous pouvez m'obtenir ce que je veux, Soraya. J'ai confiance en vous. »

De nouveau, la jeune femme lui adressa cet étrange regard. Mais il disparut si vite que Bourne crut s'être trompé. Elle avait Typhon au téléphone quand ils entrèrent dans l'atelier de Deron, un espace en L aménagé dans l'ancienne cuisine. Son atelier d'artiste était à l'étage, dans la pièce la plus lumineuse. Quant à Deron, penché sur un établi, il examinait le NET.

A part le directeur de Typhon, personne n'avait l'autorisation de charger des données sensibles durant les périodes de verrouillage. Elle devrait chercher ailleurs ce dont Bourne avait besoin.

Quand elle entendit la voix d'Anne Held, Soraya se présenta.

« Écoutez, Anne. J'ai besoin de votre aide.

— Vraiment ? Vous ne voulez même pas me dire où vous êtes.

— Cela n'a pas d'importance. Je ne suis pas en danger.

— Eh bien, vous m'en voyez soulagée. Pourquoi la balise a-t-elle cessé d'émettre ?

— Je n'en sais rien. » Soraya s'efforçait de maîtriser sa voix. « Une panne peut-être.

— Comme vous êtes encore avec Bourne, il ne devrait pas être difficile de le savoir.

— Vous êtes malade ? Je ne peux pas m'approcher de lui à ce point.

— Et pourtant vous avez besoin d'un service. Dites-moi. »

Soraya le lui dit.

Silence. « Pourquoi ne me demandez-vous jamais quelque chose de facile ?

— Pour les choses faciles, je peux m'adresser à d'autres.

— Parfaitement exact. » Puis : « Si je me fais prendre...

— Anne, je pense que nous sommes sur la piste de Cevik, mais nous avons besoin d'infos.

— OK, dit Anne. En échange, je vous demande de vous occuper de cet émetteur. Le Vieux va m'interroger et je vais devoir lui fournir une explication. Si quelqu'un doit trinquer, je préfère que ce ne soit pas moi. »

Soraya réfléchit un instant sans parvenir à trouver de faux-fuyant. Anne ne se contenterait pas d'une réponse évasive ou mal fondée. « D'accord, je pense pouvoir faire quelque chose.

— Bien. En tout cas, Soraya, en ce qui concerne le nouveau directeur adjoint, je ferais gaffe si j'étais vous. Il ne porte pas Lindros dans son cœur, et Typhon non plus.

— Merci, Anne. Merci mille fois. »

« C'est fait, dit Soraya. Les données ont été envoyées. »

Bourne prit son téléphone et le tendit à Deron qui s'éloigna à contrecœur de son nouveau jouet pour brancher le portable sur son réseau informatique et charger les fichiers.

Le visage de Cevik apparut sur l'un des nombreux moniteurs.

« Amusez-vous bien. » Deron retourna à son étude du NET.

Bourne s'assit dans un fauteuil de bureau et regarda longuement les photos. Il sentait la présence de Soraya penchée sur son épaule droite. Il sentait – quoi ? – le fantôme d'un souvenir. Il eut beau se frotter les tempes pour encourager le processus de mémoire, la lumière à peine entrevue s'éteignit aussitôt. Avec un certain trouble, il se remit à examiner le visage de Cevik.

Il y avait quelque chose dans ce visage. Ses traits ne lui évoquaient rien, en revanche l'impression d'ensemble qui se dégageait de lui nageait dans sa mémoire comme l'ombre d'un poisson à la surface d'un lac. Il zooma pour inspecter chaque détail – bouche, nez, sourcils, tempes, oreilles. Cette opération eut pour seul effet de repousser dans les méandres de son esprit le sentiment de familiarité qui lui échappait depuis le départ. Puis il passa aux yeux – des prunelles dorées. Il remarqua un détail dans le gauche. Agrandir l'image lui permit de remarquer un minuscule croissant de lumière, à la périphérie de l'iris. Il zooma encore mais la résolution n'était pas assez bonne ; la photo devint floue. Il retourna en arrière jusqu'à ce que le croissant de lumière retrouve sa netteté. Il était tout petit. Ce n'était peut-être rien du tout – le reflet d'une ampoule dans la cellule. Mais pourquoi à la périphérie de l'iris ? Normalement, la lumière aurait dû se refléter un poil plus au centre de l'œil, à l'endroit où les globes oculaires étaient plus proéminents et donc plus susceptibles de la capter. Or, cette lueur se dessinait sur le bord de...

Bourne se mit à rire silencieusement.

A cet instant, le téléphone de Soraya bourdonna. Il l'entendit répondre deux mots à son interlocuteur puis elle se tourna vers lui. « D'après les premières conclusions du labo, le Hummer était bourré de C-4.

— Voilà pourquoi ils n'ont pas répliqué.

— Cevik et sa bande étaient des kamikazes.

— Peut-être pas. » Reportant son attention sur le cliché, Bourne désigna le petit croissant de lumière. « Vous voyez cela ? Ce reflet souligne le bord d'une lentille de contact. Étant légèrement plus haute que l'iris, c'est elle qui attrape la lumière. A présent regardez ici. Vous voyez cette paillette dorée dans la courbe gauche de la pupille ? Cevik portait des lentilles de contact ; c'est la seule explication. »

Il la regarda fixement. « Pourquoi Cevik se serait-il déguisé ainsi ? A moins qu'il ne s'agisse pas de Cevik.. » Il guetta sa réaction. « Soraya ?

— Je réfléchis.

— Le déguisement, l'organisation méticuleuse, l'attentat à la bombe.

— Dans la jungle, dit-elle, seul un caméléon peut repérer un autre caméléon.

— Oui, répondit Bourne en scrutant la photo. Je pense que nous sommes en train de regarder le visage de Fadi. »

Le cerveau de la jeune femme fonctionnait avec une telle intensité que Bourne pouvait presque l'entendre penser.

« Donc, il est fort probable que Cevik n'ait pas péri dans l'explosion, conclut-elle.

— Je fais le même pari. » Bourne médita un instant. « Il ne disposait pas de beaucoup de temps pour sortir du Hummer. Je l'ai perdu de vue un seul moment : quand je faisais démarrer la moto. C'est-à-dire juste avant que la 23e Rue ne croise Constitution.

— Un autre véhicule devait l'attendre là.

— Vérifiez si vous voulez mais franchement, ça m'étonnerait », répliqua Bourne. A présent, il comprenait pourquoi Fadi avait utilisé un véhicule si voyant. Il voulait que la CIA suive le Hummer et finisse par le coincer. Il voulait faire un maximum de dégâts. « Il n'avait aucun moyen de prévoir l'endroit où il devrait descendre. »

Soraya hocha la tête. « Je vais faire quadriller le secteur à partir du point où le Hummer a ramassé Fadi. » Elle composait déjà le numéro de Typhon. « Je vais envoyer une ou deux équipes de patrouille. » Elle donna ses instructions, écouta gravement la réponse puis coupa la communication. « Jason, je dois vous avertir que ça barde à la CIA. Le Vieux a pété les plombs suite au fiasco Cevik. Il vous en fait porter toute la responsabilité.

— Naturellement. » Bourne secoua la tête. « S'il n'y avait pas Martin, j'aurais déjà envoyé balader la CIA, et Typhon avec. Mais Martin est mon ami – il croit en moi, il m'a toujours défendu quand l'Agence voulait ma peau. Je ne lui tournerai pas le dos. Pourtant je fais le serment que plus jamais je ne travaillerai pour la CIA. »

Les ombres se résorbaient sous la couche nuageuse se reflétant dans les eaux calmes du lac. Martin Lindros éprouvait une vague sensation de douleur – comme lorsqu'un dentiste passe sa roulette sur une dent mal anesthésiée. La douleur n'était qu'un point diffus, loin sur l'horizon. Elle ne le dérangeait guère, concentré qu'il était sur la truite frétillant au bout de sa canne à pêche. Il rembobina, leva la canne assez haut pour qu'elle se courbe comme un arc, puis ramena encore du fil. Comme son père le lui avait appris. C'était ainsi qu'on fatiguait un poisson, même le plus vigoureux. Avec de la discipline et de la patience, on venait à bout de n'importe quel poisson, une fois qu'il avait mordu à l'hameçon.

Les ombres semblaient se rassembler au-dessus de lui, salissant le soleil. Le froid toujours plus vif le poussait à se focaliser sur sa prise.

Son père lui avait appris bien des choses en plus de l'art de la pêche. Homme aux talents singuliers, Oscar Lindros avait fondé Vaultine, la société de sécurité privée la plus réputée au monde. Parmi sa clientèle, Vaultine comptait de puissantes multinationales dont le personnel voyageait fréquemment dans les régions les plus dangereuses de la planète. Oscar Lindros et ses agents, dont il assurait lui-même la formation, étaient là pour les protéger.

Lindros se pencha sur le bord du bateau. Il vit luire la truite arc-en-ciel. C'était une grosse, visiblement. La plus grosse qu'il ait jamais attrapée. Elle avait beau se débattre, elle était bien ferrée. Lindros regardait sa tête triangulaire, sa bouche osseuse qui happait l'air convulsivement. Il releva sa canne. La truite émergea à moitié en l'éclaboussant de mille gouttelettes.

Le métier d'espion avait attiré Martin dès l'enfance. Bien évidemment, son père s'en était félicité et avait fait en sorte de lui enseigner toutes les ficelles de son art. Avant tout, il lui avait appris comment survivre à toute forme d'emprisonnement ou de torture. *Tout est dans la tête,* disait Oscar Lindros à son fils. *Il faut que tu exerces ton esprit à se couper du monde extérieur. Ensuite, tu dois l'emmener loin des zones cérébrales qui transmettent la douleur. Pour y parvenir, il suffit de créer une image mentale, de la situer dans un temps et un lieu de ton choix. Ce lieu, tu dois le rendre réel – aussi réel qu'une chose dont tu ferais l'expérience au moyen de tes cinq sens. Tu vas là-bas et tu y restes le temps nécessaire. Autrement, soit ils briseront ta volonté soit tu deviendras fou.*

C'était dans ce lieu imaginaire mais bien réel que se trouvait Martin Lindros. Il s'y était réfugié dès que Dujja s'était emparé de son corps pour l'enfermer dans cette cellule où il gisait ensanglanté, secoué d'atroces convulsions.

Lindros finit par hisser la truite sur le bateau. Elle donnait des coups de queue, la gueule béante, l'œil fixé sur son vainqueur. Il se pencha pour décrocher l'hameçon de sa mâchoire cartilagineuse. Combien de poissons avait-il pris depuis qu'il naviguait sur ce lac ? Il n'en savait rien puisqu'ils disparaissaient dès qu'il les avait capturés ; une fois libérés, ils ne lui servaient plus à rien.

Encore une fois, il appâta sa ligne et la lança. Il fallait continuer à pêcher, inlassablement. Sinon la douleur, cet amas de nuages sombres plombant l'horizon, se précipiterait sur lui à la vitesse d'un ouragan.

Quand il monta dans l'avion de Londres, Bourne s'installa dans son fauteuil de la classe Affaires et plaça en évidence l'écriteau NE PAS DÉRANGER. Puis il sortit le Sony PS3 de Deron. Ce dernier avait amélioré l'ordinateur en augmentant sa mémoire et la résolution de son écran. Le disque dur recelait diverses gourmandises fraîchement sorties de son esprit inventif. Les contrefaçons d'œuvres d'art payaient son loyer mais ce qui l'amusait le plus c'était concevoir de nouveaux gadgets miniaturisés et surtout les faire passer du rêve à la réalité – d'où son intérêt pour le NET, que Bourne avait remis à l'abri dans sa boîte.

Deron avait fourni à Bourne trois passeports différents, en plus du passeport diplomatique donné par la CIA. Dans ses fichiers, il possédait de lui diverses photos d'identité avec un physique complètement différent sur chacune. Bourne avait emporté avec lui une panoplie de maquillage, des lentilles de contact colorées et autres accessoires, sans oublier le pistolet que Deron venait de mettre au point. Une arme en plastique enveloppé de caoutchouc. Selon Deron, les balles en caoutchouc revêtues de Kevlar étaient capables d'arrêter un éléphant furieux, à condition de viser au bon endroit.

Bourne fit monter la photo de Hiram Cevik. Fadi. Combien d'autres identités avait adopté ce génie au fil des années ? Les caméras de surveillance, les systèmes vidéo en circuit fermé qui jalonnaient les espaces publics avaient dû enregistrer son image à maintes reprises, mais une image différente chaque fois. Bourne avait conseillé à Soraya de rassembler toutes les photos et enregistrements vidéo couvrant les zones touchées par les attentats commis par Dujja, avant et après ces attentats, et de les comparer avec les photos de Cevik. Mais il ne se faisait guère d'illusions. Lui-même s'était fait filmer des centaines de fois dans des lieux publics et personne ne l'avait jamais reconnu. En bon caméléon, il présentait un visage différent sur chacun des enregistrements. Il savait que Fadi procédait de la même façon.

Après avoir fixé les traits de Fadi pendant quelques minutes, la fatigue eut raison de sa volonté. Il s'endormit...

... Marie s'avance vers lui. Des rues pavées, bordées d'acacias. Dans l'air, flotte une odeur minérale, une odeur d'embruns. Une brise humide soulève ses cheveux qui volent derrière elle comme un étendard.

Il lui parle. « Tu peux me donner ce que je veux. J'ai foi en toi. »

Dans ses yeux, il lit de la peur mais aussi du courage et de la détermination. Elle fera ce qu'il lui demande de faire, quel que soit le danger. Il lui adresse un signe d'adieu. Elle s'efface...

Il se retrouve dans la même rue bordée d'acacias. L'eau noire s'étend devant lui. A présent, il tombe en flottant comme au bout d'un parachute. Il court à toute vitesse sur une plage la nuit. A sa gauche, une rangée de cabanes noyées dans l'ombre. Il porte... il a quelque chose sur les bras. Non, pas quelque chose. Quelqu'un. Du sang partout, un violent battement dans ses veines. Un visage blême, des yeux clos, une joue sur son biceps gauche. Il court le long de la plage, à la vue de tous. Il a violé ses propres règles. A cause de lui, ils vont mourir : lui, la silhouette dans ses bras... la jeune femme couverte de sang. Elle lui parle mais il n'entend rien. Il perçoit des pas derrière lui, on le poursuit. Une pensée lui vient, aussi claire que la lune roulant vers l'horizon : On nous a trahis...

Lorsque Matthew Lerner pénétra dans le premier bureau de la suite directoriale, Anne Held prit son temps pour s'apercevoir de sa présence. Elle ne travaillait sur rien de particulier. Rien de très prenant en tout cas, mais elle tenait à ce que Lerner croie le contraire. Anne concevait l'antichambre où elle exerçait son métier comme un fossé entourant un château fort ; elle nageait dans ces douves comme un poisson carnivore prêt à dévorer les intrus.

Quand elle jugea que Lerner avait assez attendu, elle leva les yeux et lui adressa un sourire glacial.

« Vous disiez que le DCI voulait me voir.

— En fait, c'est moi qui veux vous voir. » Anne se leva et passa les mains sur sa jupe pour lisser les plis qui auraient pu se former pendant qu'elle était assise. Ses ongles parfaitement manucurés lancèrent un éclair nacré. « Une tasse de café, ça vous dirait ? », ajouta-t-elle en traversant la pièce.

Lerner leva les sourcils. « Je pensais que vous préfériez le thé, vous autres Britanniques. »

Elle lui tint la porte et s'effaça pour le laisser passer. « Encore une fausse idée que vous vous faites à mon sujet. »

Dans le plus grand silence, l'ascenseur aux parois métalliques se mit à descendre vers le restaurant de la CIA. Anne regardait droit devant elle. Lerner, lui, devait se demander de quoi il retournait. Le restaurant n'avait rien à voir avec ceux des autres agences gouvernementales. La moquette bleu présidentiel qui couvrait le sol conférait à l'endroit une atmosphère feutrée, encore accentuée par les murs blancs, les banquettes, les chaises en cuir rouge et surtout le plafond composé de caissons acoustiques propres à étouffer les bruits, surtout les voix. Des serveurs en vestes blanches, d'une discrétion extrême, se faufilaient adroitement entre les rangées de tables. En bref, la salle à manger de la CIA ressemblait davantage à un club privé qu'à une cantine d'entreprise.

Repérant Anne sur-le-champ, le maître d'hôtel les fit asseoir à la table réservée au DCI. Une table ronde encastrée dans des banquettes à haut dossier. On leur servit du café puis on s'éclipsa.

Lerner resta quelques instants à remuer le sucre dans sa tasse. « Alors, de quoi s'agit-il ? »

Anne prit une gorgée de café noir, le fit tourner dans sa bouche comme s'il s'agissait d'un grand cru puis, d'un air satisfait, avala et reposa sa tasse.

« Buvez, Matthew. C'est de l'arabica éthiopien. Fort et riche en goût.

— Encore un nouveau protocole que j'ai institué, mademoiselle Held. Nous n'employons jamais nos prénoms pour nous adresser les uns aux autres.

— Le problème avec certains cafés très puissants, dit-elle en ignorant sa remarque, c'est qu'ils sont parfois acides. Un excès d'acidité détruit l'arôme et perturbe tout le système digestif. Il peut même perforer l'estomac. Quand c'est le cas, on ne doit pas hésiter à le mettre au rebut. »

Lerner s'adossa. « Ce qui signifie ? » Il venait de flairer la métaphore.

Elle laissa ses yeux errer sur le visage de son interlocuteur. « On vous a nommé DDCI voilà... quoi, six mois ? Le changement est difficile à vivre pour tout un chacun. Mais certains protocoles ne peuvent pas...

— Venez-en au fait. »

Elle prit une autre gorgée de café. « Vous ne devriez pas dire du mal de Martin Lindros, Matthew. Ce n'est pas une bonne chose.

— Ah ouais ? Qu'est-ce qu'il a de particulier ?

— Si vous aviez davantage d'expérience sur ce poste, vous ne poseriez pas cette question.

— Pourquoi parlons-nous de Martin Lindros ? Il y a de fortes chances pour qu'il soit mort.

— On n'en sait rien, répliqua sèchement Anne.

— De toute façon, ce n'est pas pour parler de Lindros que vous m'avez amené ici, n'est-ce pas, mademoiselle Held ? »

Elle rougit malgré elle. « Vous n'avez aucune raison valable de réduire mon accréditation.

— Si vous croyez que votre poste vous permet de vous arroger certains droits, vous vous trompez. Vous êtes une assistante.

— Je suis la main droite du DCI. Quand il a besoin de renseignements, c'est moi qui me charge de les lui trouver.

— Je suis en train de transférer Reilly qui bossait aux Opérations. C'est lui qui s'occupera des recherches pour le Vieux, dorénavant. » Lerner soupira. « Je vois bien que ça ne vous plaît pas. Ne le prenez pas pour une sanction personnelle. Il s'agit d'une procédure standard. En plus, quand une assistante bénéficie d'un traitement spécial, les autres commencent à éprouver du ressentiment. Le ressentiment alimente la méfiance, et cela nous ne pouvons le tolérer. »

Il repoussa sa tasse. « Que vous le croyez ou pas importe peu, mademoiselle Held. La CIA est moribonde. Ça dure depuis des années. Ce dont elle a le plus besoin, c'est d'un gros intestin. Je suis ce gros intestin.

— Martin Lindros a été chargé de réorganiser la CIA, rétorqua-elle froidement.

— Lindros est le talon d'Achille du Vieux. Sa manière n'est pas la bonne. La mienne si. » Il sourit en se levant. « Oh, et une autre chose. Ne jouez plus jamais ce petit jeu avec moi. Les assistantes ne sont pas censées perturber l'emploi du temps du directeur adjoint avec du café et des opinions. »

Dans son labo du FIU sur Vermont Avenue, Kim Lovett en était au stade le plus important de ses travaux. Elle s'apprêtait à analyser par chromatographie en phase gazeuse les matériaux solides qu'elle avait collectés dans la suite du quatrième étage de l'hôtel Constitution. La théorie était la suivante : tous les accélérants connus étant des hydrocarbures liquides hautement volatiles, les gaz émis par ces composés stagnaient pendant des heures. L'idée consistait à capturer les gaz imprégnant l'air au-dessus du matériau solide imbibé d'accélérant : bouts de bois calciné, fibres de tapis et morceaux de plâtre qu'elle avait détachés avec un ustensile de dentiste. Elle prendrait ensuite un chromatogramme de chacun des gaz, basé sur son point de bouillonnement individuel, et dégagerait ainsi une empreinte digitale de l'accélérant.

Kim enfonça une longue aiguille dans le couvercle de chaque fiole pour aspirer le gaz qui s'était formé au-dessus du matériau solide. Puis elle l'injecta dans le cylindre du chromatographe sans l'exposer à l'air. Quand elle se fut assurée que les réglages étaient corrects, elle enclencha le processus de séparation et d'analyse.

Elle prenait en note la date, l'heure et le numéro d'échantillon quand elle entendit la porte du labo s'ouvrir sur un courant d'air. En se retournant, elle vit entrer l'inspecteur Overton. Vêtu d'un pardessus gris souris, il tenait deux gobelets de café et en posa un devant elle. Elle le remercia.

Il avait l'air de plus en plus morose. « Quelles nouvelles ? »

Kim porta la tasse à ses lèvres. Le café sucré lui réchauffa agréablement la bouche et la gorge. « Nous saurons dans une minute quel accélérant a été utilisé.

— A quoi ça m'avancera ?

— Je pensais que vous transmettiez l'affaire au Département de la Sécurité intérieure.

— Des salopards de la pire espèce. Il y en avait deux dans le bureau de mon chef, ce matin. Ils voulaient me piquer mes notes, se plaignit Overton. Je m'y attendais, faut dire. Du coup, j'en avais fait deux jeux, vu que j'ai l'intention de résoudre l'affaire et de la leur enfoncer dans la gueule. »

On entendit un bip.

« C'est bon. » Kim pivota sur elle-même. « Nous avons les résultats. » Elle examina l'affichage du chromatographe. « Disulfure de carbone. » Elle hocha la tête. « C'est intéressant. D'habitude, on ne rencontre pas cet accélérant dans les affaires d'incendie volontaire.

— Alors pourquoi l'ont-ils choisi ?

— Bonne question. Sans doute parce qu'il provoque une chaleur plus intense et que sa limite d'explosivité est de 50 % – largement plus que les autres accélérants. » De nouveau, elle fit un demi-tour rapide. « Vous vous rappelez que j'ai trouvé des accélérants dans deux endroits – salle de bains et au pied des fenêtres. Cela m'intriguait. Maintenant je sais pourquoi. Le chromatographe annonce deux relevés différents. Dans la salle de bains, ils ont employé du disulfure de carbone. Dans le salon près des fenêtres, j'ai trouvé un autre composant. Un truc bizarre.

— Comme quoi ?

— Pas un explosif. Quelque chose de plus rare. Après vérification, j'ai découvert qu'il s'agissait d'un composant hydrocarbone agissant contre les retardants. Ce qui explique pourquoi les rideaux ont pris feu et pourquoi la déflagration a fait exploser les vitres. Entre l'oxygène qui alimentait les flammes et les arroseurs en panne, nos incendiaires étaient quasiment sûrs de créer un maximum de dégâts en un minimum de temps.

— Voilà pourquoi nous n'avions rien à étudier, pas même un squelette intact ou quelques dents qui nous auraient permis d'identifier le corps. » Il frotta la barbe qui lui bleuissait le menton. « Ils ont pensé à tout, pas vrai ?

— Peut-être pas. » Kim souleva les deux dents de porcelaine qu'elle avait extraites du siphon de la baignoire. Une fois débarrassées de leur couche de cendre, elles brillaient d'un bel ivoire.

« Bien, dit Overton. Nous allons passer par nos réseaux à Amsterdam pour savoir si Jakob ou Lev Silver portait un bridge. Comme cela, on pourra au moins procéder à une identification positive.

— Voilà le hic, répondit Kim. Je ne suis pas sûre qu'il s'agisse d'un bridge. »

Overton lui prit la chose des mains pour l'étudier sous une lampe à haute intensité. Ces dents n'avaient rien d'extraordinaire, à première vue. « Qu'est-ce que ça pourrait être, selon vous ?

— Il faut que j'appelle une amie à moi. Elle pourra peut-être nous renseigner.

— Ah bon. Et elle fait quoi comme métier ? »

Kim le regarda. « Espionne. »

A peine arrivé à Londres, Bourne partit pour Addis-Abeba. Puis d'Addis-Abeba, il s'envola vers Djibouti. Durant ce long voyage, il se reposa fort peu et dormit encore moins, trop occupé à compulser les documents fournis par Soraya sur les déplacements de Lindros. Malheureusement, beaucoup de détails manquaient. Ce n'était pas surprenant. Avant sa capture, Lindros pistait le terroriste le plus dangereux du monde. Il eût été trop compliqué et surtout trop risqué de signaler sa position de quelque manière que ce fût.

Bourne passa une partie de son temps à mémoriser les données et une autre à visionner les infos qu'Anne Held avait transmises à Soraya via son téléphone portable et qui se trouvaient à présent dans le disque dur de son PS3. Il s'attarda plus particulièrement sur les efforts déployés par Hytner pour casser le code trouvé sur Cevik. C'était à Bourne que revenait cette mission désormais. Ce code cachait-il vraiment un message secret destiné à Dujja ou était-ce un faux introduit chez Typhon pour qu'on le découvre et le déchiffre ? Il devait choisir entre les divers embranchements d'un labyrinthe de miroirs. Désormais, à chaque pas, un danger le guettait. Toute fausse supposition pouvait l'éloigner de la piste et l'envoyer se perdre dans les sables mouvants.

A cet instant, Bourne prit vraiment la mesure de son ennemi. Il avait affaire à un individu doté d'une intelligence, d'une volonté hors du commun, un génie du mal comparable à son vieux rival, Carlos.

Il ferma les yeux. Aussitôt l'image de Marie apparut. Cette femme l'avait soutenu, épaulé pendant des années. Elle lui avait fait oublier les tortures du passé. Mais elle était partie. Et chaque jour qui passait effaçait un peu plus son souvenir. Pourtant, il avait beau faire, l'identité Bourne reprenait le dessus ; il ne se laisserait pas submerger par le chagrin et le désespoir. Ces émotions vivaient en lui mais comme des ombres tenues à bonne distance par son exceptionnelle faculté de concentration et son besoin insatiable de dénouer des mystères terribles échappant à l'entendement du commun des mortels. Cette singularité, il en connaissait la source, évidemment. Il n'avait pas attendu que le Dr Sunderland la résume grossièrement : il était mû par l'impérieuse nécessité de découvrir qui il était réellement.

A Djibouti, un hélico de la CIA l'attendait, prêt à décoller. Il traversa en courant le tarmac détrempé sous un ciel menaçant et des rafales tourbillonnantes, et grimpa à bord. C'était le matin du troisième jour suivant son départ de Washington DC. Il avait des crampes dans tous les membres et ses muscles ne répondaient plus.

Impatient de se jeter dans l'action, il devait encore endurer une heure de vol jusqu'au Ras Dejen.

On lui apporta sur un plateau de métal un petit déjeuner qu'il picora pendant le décollage. Il était à ce point braqué sur ses pensées que les aliments perdaient leur goût, le paysage ses couleurs. Pour la millième fois, il repassait dans sa tête le code de Fadi, en le considérant comme un tout puisque la démarche algorithmique de Tim Hytner n'avait abouti nulle part. Si Fadi l'avait effectivement dévoyé – et Bourne ne pouvait raisonnablement envisager un autre scénario –, il voyait mal Tim Hytner se démener pour casser le code. Voilà pourquoi Bourne avait tenu à disposer du travail effectué par Hytner. Si ce dernier avait fait semblant, il tiendrait la preuve de sa culpabilité. Ce qui néanmoins ne répondrait en rien à la question de savoir si le code contenait de véritables infos ou de la désinformation destinée à lancer Typhon sur une fausse piste.

Malheureusement, Bourne avait fait chou blanc. Impossible de résoudre l'algorithme. Impossible de juger du travail de Hytner. Ces deux dernières nuits, il n'avait pas vraiment dormi et encore moins rêvé. Seuls des fragments de souvenirs avaient ressurgi dans son esprit. Le traitement du Dr Sunderland n'avait pas fait effet très longtemps mais il s'y attendait, on l'avait prévenu. Pire, il éprouvait une sensation fort désagréable. Comme si une catastrophe allait bientôt s'abattre. Sa mémoire déchirée lui envoyait toujours les mêmes impressions : les grands arbres, l'odeur minérale de la mer, la course effrénée sur la plage. Désespéré non seulement pour lui mais pour quelqu'un d'autre aussi. Il avait violé une règle cardinale et il allait le payer. Il ignorait ce qui avait bien pu provoquer ces réminiscences mais sentait que là se trouvait la clé d'un épisode important de son passé auquel il n'avait pas accès – ou un accès limité. C'était à devenir dingue. Sa vie était une ardoise vierge, comme au jour de sa naissance. Sans un début de souvenir, comment faire pour déterminer le moment où son passé lui avait été volé ?

En prenant de l'altitude, l'hélico dépassa l'épaisse couverture nuageuse, vira nord-ouest et fonça en direction du Simien. Quand il eut avalé son petit déjeuner, Bourne enfila une combinaison isotherme et des bottes de neige à semelles épaisses, renforcées par des lames de métal spécialement conçues pour l'aider à marcher sur un terrain gelé et rocailleux.

Comme il observait le paysage sous ses pieds, ses pensées dérivèrent à nouveau. Cette fois, il se mit à songer à son ami Martin Lindros. Il avait rencontré Lindros après l'assassinat de son vieux mentor, Alex Conklin. Lindros l'avait soutenu, lui avait fait confiance alors même que le Vieux avait lancé une sanction mondiale contre lui. Depuis, Lindros n'avait cessé de jouer les médiateurs entre lui et la CIA. Bourne s'était préparé au pire. Que son ami fût vivant ou mort, il le ramènerait au pays.

Au bout d'une heure et des poussières, l'hélico survola le versant nord du Ras Dejen. Le soleil écrasant projetait des ombres tranchantes comme des lames de rasoir sur le flanc de la montagne. Le massif baignait au milieu d'une spirale de nuages entre lesquels, de temps à autre, des vautours apparaissaient, portés par les courants d'air chaud.

Sans se retourner vers Bourne, Davis, le jeune pilote, lui désigna un point au sol. Les épaves des deux Chinook gisaient dans la neige fraîche. Les carcasses étaient striées de marques noires, les parois de métal crevées et rabattues comme des peaux de banane. On aurait dit qu'un démon furieux les avait éventrées au moyen d'un gigantesque ouvre-boîte.

« Les missiles sol-air font toujours des dégâts considérables », commenta Davis.

Soraya avait eu raison. Ce genre de matériel de guerre coûtait très cher. Seule une alliance avec le crime organisé permettait de s'offrir ce genre de jouets. Bourne scrutait les épaves qui se rapprochaient. « Mais il y a une différence. Celui de gauche...

— D'après ce qu'on lit encore sur la carlingue, il s'agit de l'hélico qui transportait Skorpion One.

— Regardez les rotors. Celui-ci s'est fait descendre alors qu'il s'apprêtait à décoller. Le deuxième a heurté le sol avec violence. Il a dû être touché peu avant l'atterrissage. »

Davis hocha la tête. « Le camp adverse est bien armé, c'est sûr. Bizarre pour un trou paumé. »

Bourne ne pouvait qu'abonder dans son sens.

Il prit une paire de jumelles et demanda à Davis de décrire des cercles autour de la zone de combat. Dès qu'il fit le point sur le terrain, Bourne fut assailli par une impression de déjà vu. Il était déjà venu dans cette partie du Ras Dejen. Mais quand ? Et pourquoi ? Il connaissait les cachettes de l'ennemi. Sur ses indications, le pilote survola tous les recoins obscurs susceptibles d'abriter des troupes autour de la zone d'atterrissage.

Il savait également que le Ras Dejen, point culminant de la chaîne Simien, se dressait dans la région amhara, l'une des neuf divisions ethniques d'Éthiopie. Les Amharas représentaient trente pour cent de la population nationale. L'amharique, langue officielle de l'Éthiopie, était la langue sémitique la plus parlée au monde après l'arabe.

Il connaissait bien ces tribus montagnardes. Aucune d'entre elles n'avait les moyens – autant sur le plan financier que technologique – d'infliger de tels dégâts. « J'ignore qui c'était mais en tout cas, ils ont fichu le camp. Atterrissez. »

En posant l'hélico au nord des épaves, Davis dérapa légèrement sur la glace présente sous la couche de neige fraîche mais reprit vite le contrôle de l'engin. L'ayant stabilisé, il tendit à Bourne un téléphone satellite Thuraya. A peine plus gros qu'un portable classique, ce modèle fonctionnait en terrain montagneux où les signaux GSM normaux étaient indisponibles.

« Restez ici, ordonna Bourne au pilote qui commençait à détacher ses sangles. Quoi qu'il arrive, attendez-moi ici. Je me signalerai toutes les deux heures. Après six heures sans nouvelles de moi, vous repartez.

— J'peux pas faire ça, monsieur. Je n'ai jamais abandonné un homme.

— Cette fois, c'est différent. » Bourne lui saisit l'épaule. « Vous ne bougez pas d'ici. Sous aucun prétexte. Compris ? »

Davis semblait contrarié. « Oui, m'sieur. » Il attrapa un fusil d'assaut et ouvrit la portière de l'hélico. Un froid mordant s'engouffra dans l'habitacle.

« Vous voulez un truc pour vous occuper? Surveillez cette grotte. Si vous voyez quelque chose bouger, tirez sans sommation. Nous poserons les questions après. »

Bourne sauta de l'hélico. Le froid le saisit aussitôt. L'hiver n'était pas la saison idéale pour se balader sur le Ras Dejen. Bien qu'épaisse, la neige était si sèche que le vent, en la repoussant, formait des dunes aussi hautes que celles du Sahara. Dans d'autres secteurs, le vent avait complètement érodé le sol, découvrant des plaques d'herbe brûlée par le gel, entre des rochers posés là comme des dents cariées dans la bouche d'un vieillard.

Bien qu'il ait effectué un tour d'horizon complet depuis l'hélico, Bourne s'arma de prudence en s'approchant des épaves. La grotte l'inquiétait par-dessus tout. Elle pouvait recéler de bonnes nouvelles – des hommes ayant survécu aux attaques – comme des mauvaises, à savoir des membres de l'escouade ayant anéanti les deux unités Skorpion.

Quand il arriva à la hauteur des Chinook, il vit deux corps à l'intérieur – plus exactement des squelettes carbonisés avec quelques cheveux roussis. Il résista à la tentation de poursuivre son inspection. Il fallait d'abord sécuriser le site.

Il atteignit la grotte sans incident. En slalomant autour des masses rocheuses, le vent émettait un gémissement surnaturel ressemblant aux plaintes d'un homme qu'on torture. L'œil de la grotte l'observait d'une ombre lugubre, comme pour le mettre au défi d'entrer. Il resta appuyé à la paroi gelée jusqu'au cœur, le temps de respirer plusieurs fois à fond, puis il bondit, roula sur lui-même et se laissa happer par l'obscurité.

Une fois, en Égypte, un intermédiaire local l'avait guidé dans les entrailles d'un labyrinthe souterrain. Il y avait reniflé une odeur étrange et totalement inconnue, à la fois douce et épicée. Comme il l'interrogeait, l'homme avait allumé une torche l'espace d'une dizaine de secondes. Et Bourne avait découvert des corps desséchés, entreposés là en attendant leur inhumation. Leur peau noircie tendue sur les os avait la consistance du cuir.

« Ce que vous sentez, avait dit l'Égyptien en éteignant la lampe, *c'est l'odeur de la chair humaine après l'évacuation de tous les fluides. »*

C'était cette odeur particulière qui régnait dans la grotte creusée sur le versant nord du Ras Dejen. De la chair humaine desséchée, et quelque chose d'autre : des miasmes de putréfaction retenus au cœur de cet espace clos, comme des gaz de marais.

Braquant devant lui le faisceau en éventail de sa torche à haute intensité, il se mit à avancer quand quelque chose craqua sous ses pieds. Éclairant le sol, il vit qu'il marchait sur des ossements – les restes mélangés de toutes sortes d'animaux dont des oiseaux, ainsi que des ossements humains. Il continua jusqu'à ce qu'il aperçoive une forme dépassant de la roche. Un corps assis, adossé à la paroi du fond.

Bourne s'accroupit devant le cadavre et se pencha pour mieux voir la tête. Ou ce qu'il en restait. Par un puits rongeant le centre du visage, se déversaient des fluides comme un volcan crache sa lave, oblitérant d'abord le nez, puis les yeux et les joues, emportant la peau, engloutissant la chair en dessous. Le crâne lui-même portait des marques de dévoration laissées par la chose inconnue qui s'était auparavant régalé des tissus plus tendres qui le recouvraient.

Le cœur battant à tout rompre, Bourne s'aperçut qu'il retenait son souffle. Il avait déjà vu cette forme particulière de nécrose. Une seule chose pouvait causer de tels ravages : les radiations.

Cette horrible découverte apportait une réponse à pas mal de questions : pourquoi Martin Lindros s'était précipité sur place sans attendre ; pourquoi cette zone était défendue par des missiles sol-air et Dieu seul savait quoi d'autre. Le cœur lui manqua. Tous les hommes de Skorpion One et Two – dont Martin – avaient péri pour que cet hallucinant secret ne soit pas ébruité. Cette route ne servait pas uniquement au passage des convois d'éclateurs ; les trafiquants possédaient également du minerai d'uranium. Cette personne était sans doute morte par empoisonnement radioactif, suite à une fuite du conteneur d'uranium qu'elle transportait. En soi, le yellowcake d'uranium ne signifiait rien : il était bon marché, assez facile à obtenir et impossible à enrichir à moins de disposer d'une usine de plus d'un kilomètre carré sur quatre étages et de ressources financières presque illimitées.

En outre, le yellowcake n'aurait pas laissé ce genre de signature radioactive. Non, à n'en point douter, Dujja avait mis la main sur du dioxyde d'uranium en poudre, la dernière étape avant l'enrichissement pour usage militaire. La question qui lui venait à présent était sans doute celle qui avait poussé Lindros à se jeter dans la gueule du loup : quel intérêt pour un groupe terroriste de transporter du dioxyde d'uranium et des éclateurs à moins de posséder également une usine disposant du personnel et de la capacité technique nécessaires à la fabrication de bombes atomiques ?

Conclusion logique : les ambitions de Dujja dépassaient largement ce que les agents de Typhon avaient pu imaginer dans leurs cauchemars les plus effroyables. L'organisation terroriste était au cœur d'un réseau nucléaire clandestin de dimension internationale, comparable au réseau démantelé en 2004, quand le scientifique pakistanais Abdul Qadeer Khan avait reconnu avoir vendu des plans d'armes nucléaires à l'Iran, la Corée du Nord et la Libye. Voilà que le spectre de la catastrophe atomique resurgissait.

Abasourdi par cette révélation, Bourne se leva et sortit de la grotte. Dehors, il avala plusieurs bouffées d'air malgré le vent qui lui cisaillait les poumons. Un frisson le secoua des pieds à la tête. Il fit signe à Davis que l'endroit était dégagé et repartit en direction des épaves en ruminant de sombres pensées. Non seulement Typhon avait bien identifié une menace contre l'Amérique mais en plus cette menace était porteuse de conséquences planétaires épouvantables.

Il se rappela l'éclateur à usage unique – l'« arme du crime » derrière laquelle Martin s'était mis à courir. Si personne n'arrêtait Fadi, une grande ville américaine disparaîtrait bientôt sous un champignon atomique.

SEPT

ANNE HELD ABORDA SORAYA dès son arrivée au siège de la CIA.

« Toilettes des dames, murmura-t-elle. Tout de suite. »

Quand elles entrèrent dans les toilettes, Anne vérifia toutes les cabines pour s'assurer qu'il n'y avait personne.

« Ma part du marché, commença Soraya. Le NET est entré en contact avec du feu, ce qui a détruit la moitié des circuits.

— Bien, le Vieux aura au moins un os à ronger, dit Anne. Il veut la peau de Bourne – et Lerner aussi.

— A cause de ce qui est arrivé avec Cevik. » Soraya fronça les sourcils. « Mais que fait Lerner dans cette histoire ?

— C'est pour cela que je vous ai fait venir, rétorqua Anne. Pendant que vous étiez avec Bourne, Lerner a réussi un coup de force.

— Il a fait quoi ?

— Il a convaincu le Vieux de le nommer directeur des Opérations de Typhon.

— Oh, mon Dieu, gémit Soraya. Comme si les choses n'étaient pas assez foireuses comme ça.

— J'ai le sentiment que vous n'avez encore rien vu. Il s'acharne à réorganiser la CIA et maintenant qu'il a la main sur Typhon, il va s'en occuper aussi. A sa manière. »

Quelqu'un essaya d'entrer. Anne l'en dissuada. « Il y a une fuite ici, dit-elle sur un ton d'autorité. Essayez à l'étage du dessus. »

Quand elles furent de nouveau seules, elle poursuivit : « Lerner va se débarrasser de tous ceux dont il n'est pas sûr. Comme vous travaillez avec Bourne, je parie que vous figurez en tête de liste. » Elle s'avança vers la porte. « Courage, ma poupée. »

La tête dans les mains, Bourne tentait de s'extraire de ce cauchemar. Il n'avait pas assez d'informations. Voilà le problème. Il n'avait d'autre choix que continuer à chercher Lindros ou, s'il ne le trouvait pas – si son ami était déjà mort –, poursuivre sa mission jusqu'à découvrir la cachette de Fadi et de son organisation, avant qu'ils ne mettent leurs menaces à exécution.

A la fin, il se leva. Après avoir inspecté le terrain autour des Chinook, il contourna le plus proche de la grotte et grimpa péniblement dans l'hélico où Lindros avait voyagé.

A l'intérieur, il trouva un décor surréaliste digne d'un tableau de Dali : le plastique fondu formait des mares, les métaux s'étaient agglomérés. Tout était calciné. Cela l'étonna. A cette altitude, il n'y avait pas assez d'oxygène pour entretenir très longtemps un brasier capable de produire de tels dégâts. L'incendie avait une autre cause, peut-être un lance-flammes.

Bourne visionna le visage d'Hiram Cevik. L'instigateur de cette embuscade n'était autre que Fadi. L'armement de pointe, la coordination précise des attaques, le haut niveau tactique ayant causé la mort de deux agents de terrain parmi les meilleurs de la CIA : tous les indices concordaient.

Une autre question le turlupinait : pourquoi Fadi s'était-il laissé capturer par la CIA ? Plusieurs réponses se présentèrent d'elles-mêmes. Il avait probablement voulu leur envoyer un message : *Vous croyez me coincer mais vous ignorez à qui vous avez affaire.* Dans une certaine mesure, Bourne savait que Fadi avait raison : ils ignoraient presque tout de lui. Pourtant, par cet acte de défi, Fadi avait peut-être fourni à Bourne l'ouverture dont il avait besoin. Bourne disposait d'un talent auquel il devait le succès de ses missions. Il était capable d'entrer dans la tête de ses adversaires. L'expérience lui avait appris que pour y parvenir, une condition s'imposait : l'ennemi ne devait pas rester dans l'ombre. Or Fadi venait de montrer son vrai visage. Pour la première fois, Bourne disposait d'un modèle – vague et imprécis certes – à partir duquel la poursuite pouvait commencer.

Bourne reprit son inspection. Il dénombra quatre squelettes. Ce n'était pas une mince surprise. Deux hommes manquaient. Étaient-ils encore vivants ? Martin était-il du nombre ?

Les unités Skorpion de la CIA portaient des tenues militaires et des plaques les identifiant à un bataillon de Rangers qui n'existait pas. Il collecta les quatre plaques, les débarrassa de la neige, de la cendre et de la suie qui les couvraient. Les noms correspondaient à ceux qu'il avait mémorisés dans la liste fournie par Typhon. Martin n'en faisait pas partie ! Le pilote – Jaime Cowell– non plus.

Quand il se dirigea vers le lieu où reposaient les restes de Skorpion Two, il découvrit cinq squelettes. D'après le nombre d'os de membres éparpillés, on pouvait affirmer sans risque d'erreur qu'aucun de ces hommes n'était vivant au moment où le Chinook s'était écrasé. On les avait canardés en vol comme au tir au pigeon. Bourne collecta leurs plaques.

Tout à coup, il vit quelque chose remuer dans l'ombre, puis la lueur d'un regard humain. Bourne glissa le bras sous le tableau de bord. Une douleur aiguë lui transperça la main, puis une masse informe se rua vers lui et le renversa.

Bourne se redressa, poursuivit la silhouette qui venait de bondir hors du Chinook et, voyant Davis, lui fit signe de ne pas tirer. La silhouette franchit un petit mur de pierre dans la partie nord-est de la zone. Au même moment, Bourne remarqua sur le dos de sa main la marque rouge formant un demi-cercle. L'autre l'avait mordu.

Bourne sauta sur le mur, retomba sur ses pieds, s'orienta et se laissa tomber sur le dos du fuyard.

Ils roulèrent sur le sol. Bourne l'empoigna par les cheveux pour lui dégager le visage. C'était un enfant de onze ans à peine.

« Qui es-tu ? dit Bourne dans le dialecte amharique local. Que fais-tu ici ? »

Le garçon se débattit, lui cracha au visage et le griffa pour le faire lâcher prise. Après lui avoir croisé les poignets derrière le dos, Bourne l'assit au pied du mur, à l'abri du vent. Le gosse était maigre comme un clou, les pommettes saillantes, les épaules, les hanches osseuses.

« A quand remonte ton dernier repas ? »

Pas de réponse. Au moins, les crachats avaient-ils cessé, sans doute parce que l'enfant n'avait plus de salive. Sa bouche devait être aussi sèche que la neige qui crissait sous leurs pieds. De sa main libre, Bourne décrocha une gourde qu'il déboucha avec les dents.

« Je vais te lâcher. Je n'ai pas l'intention de te faire du mal. Tu veux de l'eau ? » Le garçon ouvrit grande la bouche comme un oisillon dans son nid.

« Mais tu dois promettre de me répondre. C'est donnant-donnant. »

Le garçon le fixa un moment de ses yeux noirs, puis hocha la tête. Bourne lui lâcha les poignets. L'enfant attrapa la gourde, l'inclina et but à grandes goulées convulsives.

Pendant qu'il se désaltérait, Bourne éleva des petits murs de neige tout autour, pour conserver la chaleur qui émanait d'eux. Il reprit la gourde.

« Première question : Sais-tu ce qui s'est passé ici ? »

Le garçon fit non de la tête.

« Tu as dû voir les éclairs des armes, des nuages de fumée s'élevant de la montagne. »

Une petite hésitation. « Je les ai vus, oui. » Il avait une voix aiguë, une voix de fille.

« Et tout naturellement, comme tu es curieux, tu as grimpé jusqu'ici. C'est cela ? »

Le garçon détourna la tête en se mordant la lèvre.

Sa méthode ne marchait pas. Il allait devoir trouver un autre moyen pour l'amadouer.

« Je m'appelle Jason, dit-il. Et toi ? »

De nouveau, une hésitation. « Alem.

— Alem, as-tu perdu quelqu'un ? Quelqu'un que tu aimais de tout ton cœur ?

— Pourquoi ? », demanda Alem, soupçonneux.

« Parce que moi j'ai perdu quelqu'un. Mon meilleur ami. C'est pour ça que je suis ici. Il se trouvait dans l'un de ces engins calcinés. J'ai besoin de savoir si tu l'as vu, ce qu'il lui est arrivé. »

Alem secouait déjà la tête.

« Il s'appelle Martin Lindros. As-tu entendu quelqu'un prononcer ce nom ? »

Alem se mordit encore la lèvre. Son menton tremblait légèrement mais pas à cause du froid, pensa Bourne. Il fit non de la tête.

Bourne posa le dos de sa main blessée sur la neige et frotta. Les yeux d'Alem suivaient chacun de ses mouvements.

« Mon grand frère est mort il y a six mois », dit-il enfin.

Bourne continuait de racler la neige. *Fais comme si de rien n'était*, songea-t-il. « Que lui est-il arrivé ? »

Alem ramena les genoux contre sa poitrine et croisa les bras autour. « Il est mort sous un éboulement. Mon père a été blessé.

— Je suis désolé, dit Bourne avec sincérité. Écoute, à propos de mon ami. Peut-être qu'il est vivant ! Tu voudrais qu'il meure ? »

Alem promenait ses doigts dans les gravats gelés à la base du mur. « Vous allez me frapper, marmonna-t-il.

— Pourquoi ferais-je une chose pareille ?

— J'ai ramassé quelque chose. » D'un geste rapide, il désigna la zone où les hélicos s'étaient écrasés. « Là-bas.

— Alem, je te promets. Tout ce qui m'intéresse c'est retrouver mon ami. »

Sans regarder Bourne, Alem sortit une bague. Bourne la prit, la tint dans la lumière et reconnut l'écu orné d'un livre ouvert dans chaque quadrant ; les armes de la Brown University.

« C'est la bague de mon ami. » Il la rendit à Alem d'un geste prudent. « Peux-tu me montrer où tu l'as trouvée ? »

Alem lui fit franchir le mur. Ils cheminèrent dans la neige jusqu'à un point situé à plusieurs centaines de mètres des hélicos. Il s'agenouilla, Bourne l'imita.

« Ici ? »

Alem hocha la tête. « Elle était sous la neige, à moitié enfouie.

— Comme si on l'avait enfoncée dans la terre, finit Bourne à sa place. Pourtant tu l'as trouvée.

— J'étais avec mon père. » Les poignets d'Alem reposaient sur ses genoux osseux. « On fouillait les épaves.

— Qu'a trouvé ton père ? »

Alem haussa les épaules.

« Tu veux bien me conduire jusqu'à lui ? »

Alem posa les yeux sur la bague dans sa paume sale, ferma le poing et empocha le bijou. Puis il leva les yeux vers Bourne.

« Je ne lui dirai rien, le rassura Bourne. Je te le promets. »

Alem hocha la tête. Ils se levèrent. Bourne demanda à Davis de lui apporter du désinfectant et un pansement pour sa main. Ensuite, le garçon l'emmena. Ils quittèrent la prairie glaciale et descendirent le versant du Ras Dejen par un sentier atrocement raide et sinueux.

Anne ne plaisantait pas quand elle avait dit à Soraya que Lerner voulait sa peau. Lorsque la jeune femme sortit de l'ascenseur pour se rendre dans les bureaux de Typhon, deux gorilles l'attendaient sur le palier. S'ils étaient là, c'est qu'ils possédaient des accréditations délivrées par Typhon. Mauvaise nouvelle. Ça ne présageait rien de bon.

« Le directeur par intérim Lerner veut vous dire un mot, fit celui de gauche.

— Il ordonne que vous nous suiviez », insista celui de droite.

Soraya répondit d'une voix enjôleuse : « J'ai besoin de me rafraîchir un peu avant cela, messieurs. »

Celui de gauche, le plus grand, aboya : « "Sur-le-champ". Ordre du directeur par intérim. »

Stoïciens, eunuques, ou bien les deux. Soraya soupira et les suivit. En fait, elle n'avait guère le choix. Tout en marchant dans le couloir, encadrée par les deux piliers vivants, elle tentait de se calmer. Le mieux à faire pour l'instant était de garder la tête sur les épaules pendant que tout le monde la perdait. Lerner allait sans doute l'asticoter, la pousser à la faute. Ce type était entré à la CIA voilà six mois à tout casser et il s'était déjà bâti une très sale réputation. Sachant qu'elle ne le portait pas dans son cœur, il allait la cuisiner comme un dentiste sadique accroché à une molaire.

Parvenue au bout du couloir, elle s'arrêta devant le bureau panoramique. De ses jointures calleuses, le plus grand des deux agents frappa à la porte. Plusieurs petits coups rythmés comme une marche militaire. Puis il ouvrit et s'effaça pour la laisser passer. Lui et son double ne s'éclipsèrent pas pour autant. Ils la suivirent dans le bureau, fermèrent la porte, firent un pas en arrière et se collèrent au mur comme s'ils étaient chargés de le soutenir sur leurs épaules de déménageurs.

Le cœur de Soraya chavira. En un clin d'œil, Lerner avait investi le bureau de Lindros et fait disparaître ses objets personnels Dieu seul savait où. Les cadres décrochés reposaient à l'envers contre les murs, comme en pénitence.

Le directeur par intérim était assis derrière le bureau de Lindros, son gros postérieur enfoncé dans le fauteuil de Lindros. Il feuilletait un dossier vert clair, un CAD – affaires courantes – tout en répondant sans vergogne aux appels destinés à Lindros. C'était à lui qu'ils étaient destinés, à présent, se rappela Soraya. Son moral descendit encore d'un cran. Elle aurait tant aimé que Lindros revienne. Elle pria le ciel que Bourne le trouve et le ramène en vie.

« Ah, mademoiselle Moore. » Lerner raccrocha. « C'est gentil de vous joindre à nous. » Il sourit sans lui proposer de s'asseoir. De toute évidence, il voulait qu'elle reste debout comme une élève attendant que le proviseur lui donne une colle.

« Mais où étiez-vous ? »

C'était une question de pure forme. Elle savait qu'il savait. Il souhaitait simplement qu'elle se confesse à lui. Pour cet homme, le monde se présentait comme une série de boîtes de taille égale où chaque chose et chaque individu reposaient, impeccablement rangés dans leurs petits habitacles. Ainsi, il pouvait se bercer d'illusions en se racontant à l'envi que, grâce à lui, le chaos du monde réel avait trouvé son maître.

« Je suis allée dans le Maryland apporter mon soutien à la mère et aux sœurs de Tim Hytner.

— Il existe certaines procédures, répondit sèchement Lerner. Elles ne sont pas faites pour les chiens. A moins que cela ne vous ait pas effleuré l'esprit ?

— Tim était mon ami.

— Vous estimiez la CIA incapable de s'en occuper. Quelle arrogance !

— Je connais sa famille. Il valait mieux qu'elle apprenne la nouvelle de ma bouche. Je l'ai aidée.

— En leur mentant, en faisant passer Hytner pour un héros au lieu d'un incapable assez stupide pour se laisser manipuler par l'ennemi ? »

Soraya faisait des efforts désespérés pour garder son calme. Ce type l'intimidait et elle s'en voulait pour cela.

« Tim n'était pas un agent de terrain. » Aussitôt, elle comprit qu'elle avait commis une erreur tactique.

Lerner prit le CAD. « Et pourtant dans votre rapport écrit, je lis que Hytner a été entraîné sur le terrain par Jason Bourne lui-même.

— Tim travaillait au déchiffrement du code trouvé sur Cevik – alias Fadi. Bourne voulait s'en servir pour le faire parler. »

Le visage de Lerner se tendit comme une peau de tambour. Elle vit ses yeux se creuser, étinceler d'une noirceur maligne. A part cela, il avait l'air de Monsieur Tout-le-monde. Il aurait pu être vendeur de chaussures, employé de bureau. Un type moyen d'âge moyen, sans couleur ni saveur. En fait, il n'était rien de plus, se dit-elle. La qualité d'un bon agent de terrain consistait à se faire oublier aussitôt qu'on l'avait vu.

« Ôtez-moi un doute, mademoiselle Moore. Vous défendez Jason Bourne ?

— C'est Bourne qui a identifié Fadi. Il nous a fourni les données initiales pour...

— Cette soi-disant identification a eu lieu après la mort de Hytner, après la fuite de Cevik. Curieux, non ? »

Soraya n'en revenait pas. « Est-ce à dire que vous ne pensez pas que Cevik et Fadi soient une seule et même personne ?

— Je dis que vous ajoutez foi aux affirmations d'un agent double dont la parole me semble plus que douteuse. Vous laissez vos sentiments personnels empiéter sur votre jugement professionnel. C'est sacrément dangereux.

— Je suis sûre que ce n'est pas...

— Vous avez parlé de cette petite excursion dans la famille de Hytner avec qui ?

— Cela ne regardait personne.

— Maintenant si. » D'un geste emphatique, il referma le dossier. « Je vous donne un conseil, mademoiselle Moore : n'outrepassez plus jamais vos prérogatives. Sommes-nous bien d'accord ?

— Tout à fait, dit-elle laconiquement.

— J'en doute. Comme vous n'étiez pas ici ces derniers jours, vous avez raté une importante réunion de service. Ça vous intéresse d'en connaître les aspects principaux ?

— Énormément, marmonna-t-elle entre ses dents.

— Alors, je résume, dit Lerner aimablement. Je change la mission de Typhon.

— Vous faites quoi ?

— Voyez-vous, mademoiselle Moore, cette agence a besoin de moins de nombrilisme et de plus d'action. On se fiche de savoir ce que pensent ou ressentent les extrémistes islamiques. Ils veulent nous anéantir. Donc, on va aller les trouver et les jeter dans la mer Rouge à coups de botte dans le cul. C'est aussi simple que cela.

— Monsieur, si je peux me permettre, cette guerre n'a rien de simple. Elle diffère des autres...

— Je vois que vous vous échauffez, mademoiselle Moore », dit Lerner sur un ton tranchant.

Soraya eut une aigreur d'estomac. Elle avait du mal à en croire ses oreilles. Et pourtant le pire était en train d'arriver. Toute l'organisation de Lindros, leur travail acharné, allait passer à la trappe. Où donc était Lindros ? Ils avaient tous besoin de lui. Était-il même encore en vie ? Il fallait espérer que oui. Mais pour l'instant, en tout cas, c'était cette brute, cet espion à la manque, qui menait le jeu. Au moins, elle en avait le cœur net.

Les coudes plantés sur le bureau, Lerner joignit les doigts. « Je me demandais, dit-il en sautant de nouveau du coq à l'âne, si vous pourriez éclairer ma lanterne sur un point qui me préoccupe. » Il brandit le dossier en le secouant dans un geste de réprimande. « Comment avez-vous fait pour foutre une merde pareille ? »

Elle resta de marbre, malgré la rage qui fusait en elle. Il lui avait fait croire que l'entrevue était terminée. En fait, elle ne faisait que commencer. La vraie raison de sa convocation arrivait enfin sur le tapis.

« Vous avez laissé Bourne sortir Cevik de sa cage. Vous étiez sur place quand Cevik s'est évadé. Vous avez ordonné l'intervention des hélicoptères. » Il laissa tomber le dossier sur le bureau. « Tout ce que j'ai dit jusqu'à présent est-il exact ? »

Soraya hésita un instant. Devait-elle s'abaisser à répondre ? Elle décida de parler. Son silence lui aurait fait trop plaisir. « Parfaitement, dit-elle d'une voix sourde.

— Vous étiez l'agent chargé de Cevik. Vous étiez responsable. »

Difficile de prétendre le contraire. Elle redressa les épaules. « C'est le cas.

— Motif de licenciement, mademoiselle Moore !

— Je ne savais pas.

— C'est justement cela le problème. Vous auriez dû. Comme vous auriez dû vous abstenir de laisser sortir Cevik. »

Quoi qu'elle avance, il s'arrangeait pour la contredire. « Je vous demande pardon mais les ordres du DCI m'enjoignaient d'accéder à toutes les requêtes de Bourne. »

Lerner la dévisagea un long moment. Puis il fit un geste presque paternel. « Pourquoi diable restez-vous debout comme ça ? » dit-il.

Soraya prit une chaise en face de lui.

« Au sujet de Bourne. » Il ne la lâchait pas du regard. « Il semble que vous soyez une sorte d'experte en la matière.

— Je n'irais pas jusque-là.

— D'après votre dossier, vous avez travaillé avec lui à Odessa.

— C'est vrai, on peut dire que je connais Jason Bourne mieux que la plupart des autres agents. »

Lerner se cala au fond de son siège. « Vous ne pensez pas avoir fait le tour de votre métier. N'est-ce pas, mademoiselle Moore ?

— Non, c'est vrai.

— Alors je suis sûr que nous allons nous entendre. En fin de compte, vous serez aussi loyale envers moi que vous l'étiez envers Martin Lindros.

— Pourquoi parlez-vous comme si Lindros était mort ? »

Lerner ne releva pas. « Pour le moment, je dois prendre en main les affaires courantes. Vous portez la responsabilité du fiasco avec Cevik. Je n'ai donc pas le choix. J'attends votre démission. »

Le cœur de Soraya s'arrêta de battre. « Ma démission ? » dit-elle d'une voix blanche.

Le regard acéré de Lerner la transperça. « Une démission fera mieux dans votre dossier. Même vous devriez être capable de comprendre cela », fit-il.

Soraya sursauta. Il l'avait menée en bateau. Il avait agi cruellement mais avec une certaine maestria, ce qui la rendait encore plus furieuse. Elle haïssait cet homme et voulait qu'il le sache. L'essentiel étant de sauver le peu qu'il restait de son amour-propre. « Qui êtes-vous pour ramener votre fraise ici et vous pavaner en roulant des mécaniques ?

— Nous en resterons là, mademoiselle Moore. Emballez vos affaires. Vous êtes virée. »

HUIT

L*A COUCHE DE GLACE RENDAIT TRAÎTRE* l'étroit sentier qu'Alem lui faisait emprunter. Bourne avait l'impression qu'il n'en verrait jamais le bout. Pourtant, après un brusque décrochement, il s'écarta de la façade vertigineuse de la montagne pour déboucher sur une prairie alpestre bien plus vaste que celle où gisaient les deux Chinook. La neige la recouvrait en grande partie.

Le village n'était guère plus qu'un ensemble de cabanes délabrées, de petite taille pour la plupart. Les ruelles en damier semblaient revêtues de fumier détrempé. Ils dépassèrent un troupeau de chèvres brunes. Les bêtes levèrent leur tête triangulaire puis, reconnaissant le garçon, se remirent aussitôt à ruminer des brins d'herbe sèche. Plus loin, des chevaux hennirent en s'ébrouant quand l'odeur des nouveaux venus leur effleura les naseaux.

« Où est ton père ? demanda Bourne.

— Au café, comme d'habitude. » Alem leva les yeux vers lui. « Mais je ne viens pas avec vous. Vous irez seul. Et surtout, ne lui dites pas que je vous ai raconté qu'il pillait les morts. »

Bourne hocha la tête. « Je te l'ai promis, Alem.

— Ni même que vous m'avez rencontré.

— Comment le reconnaîtrai-je ?

— Sa jambe gauche est toute maigre et on voit bien qu'elle est plus courte que la droite. Il s'appelle Zaim. »

Bourne allait s'éloigner quand Alem lui prit la main pour y glisser la bague de Lindros.

« Tu l'as trouvée, Alem...

— Elle appartient à votre ami, dit le garçon. Si je vous la rends peut-être que ça vous portera chance et que vous le retrouverez vivant. »

C'était l'heure du repas. Encore. *Même si tu rejettes tout le reste*, avait dit Oscar Lindros à son fils, *ne refuse jamais de manger. Il faut que tu gardes tes forces. Si tes ravisseurs te privent de nourriture c'est qu'ils ont l'intention de te tuer.* Ce qui n'était visiblement pas le cas. Bien sûr, ils pouvaient très bien droguer ses aliments. D'ailleurs, ils ne s'en étaient pas privés après avoir constaté que Lindros ne parlerait pas sous la torture. Sans résultat. La privation sensorielle s'était révélée tout aussi inefficace. Son esprit était comme verrouillé ; son père l'y avait entraîné. Le sodium de pentothal, par exemple, l'avait fait babiller comme un bébé. Ses ravisseurs n'avaient rien obtenu de plus. Tout ce qu'ils voulaient savoir était enfermé dans la « chambre forte » de son esprit. Ils n'y pénétreraient jamais.

A présent, ils avaient tendance à le laisser tranquille. Ils le nourrissaient régulièrement, bien qu'il arrivât que ses geôliers crachent dans son écuelle. L'un d'eux refusait de le laver quand il se souillait. Lorsque la puanteur devenait insupportable, ils se servaient d'un tuyau d'arrosage. Le puissant jet d'eau glacée projeté sur son corps l'obligeait à se lever et le repoussait brutalement contre la paroi de sa cellule. Ensuite, il demeurait étendu là durant des heures, sang et eau confondus dans des ruisselets rosâtres. Pendant ce temps, la partie de pêche au bord du lac se poursuivait. Accrochées au bout de sa ligne, les truites sortaient des flots. L'une après l'autre.

Des semaines avaient passé depuis – du moins le pensait-il. Il allait mieux aujourd'hui. Ils avaient même fait venir un médecin. L'homme l'avait ausculté puis, après avoir suturé et bandé ses plaies les plus profondes, lui avait administré des antibiotiques pour apaiser la fièvre qui le rongeait.

Désormais, il pouvait s'éloigner du lac pendant des périodes de plus en plus longues. Il prenait conscience de ce qui l'entourait. Il comprenait par exemple qu'il était enfermé dans une grotte. A en juger d'après la température glaciale et le hurlement du vent qui s'engouffrait en tournoyant dans la bouche de la caverne, il put déterminer qu'il se trouvait en montagne, probablement dans le Ras Dejen. Fadi ne se montrait jamais mais, de temps à autre, il voyait son premier lieutenant, le dénommé Abbud ibn Aziz. Après que Fadi eut renoncé à briser sa résistance, dans les premiers jours de son incarcération, c'était lui qui avait pris le relais.

Lindros avait bien cerné le personnage. Abbud ibn Aziz était du genre fruste – autrement dit, réfractaire à la civilisation – et le serait toujours. Il ne se sentait chez lui que dans le désert infini où il était né et avait grandi. Lindros l'avait deviné en l'entendant parler – Abbud ibn Aziz était un bédouin. Pour lui, le bien et le mal étaient deux notions radicalement séparées, gravées dans la pierre. A cet égard, il ressemblait à Oscar Lindros.

Abbud ibn Aziz semblait apprécier ses discussions avec Lindros. Peut-être jouissait-il de son impuissance. Peut-être pensait-il qu'en passant du temps à parler avec lui, Lindros finirait par le prendre en amitié – que, victime du syndrome de Stockholm, il s'identifierait à son ravisseur. Peut-être jouait-il simplement le rôle du bon flic. C'était toujours lui qui épongeait Lindros après les arrosages intempestifs. C'était lui qui l'aidait à changer de vêtements quand Lindros était trop faible pour le faire tout seul.

Lindros n'était pas homme à se laisser attendrir par de telles manœuvres. Il ne se liait pas facilement, préférant rester seul, la plupart du temps. En fait, son père l'avait toujours incité à rechercher la solitude. Quand on aspirait à devenir un espion, le goût pour la solitude était un atout, disait Oscar. Ce trait de caractère figurait dans le dossier personnel de Lindros. Les psys prétentieux et un tantinet sadiques qui lui avaient fait passer l'entretien d'admission à la CIA – une sorte de séance d'analyse épuisante et interminable – n'avaient pas manqué de le noter.

Il savait ce qu'Abbud ibn Aziz attendait de lui. Le terroriste cherchait à lui soutirer des renseignements au sujet d'une mission organisée par la CIA voilà bien des années, mission ayant eu pour cible Hamid ibn Ashef. Pourquoi cela ? Quel lien y avait-il entre Hamid ibn Ashef et Abbud ibn Aziz ? C'était là un complet mystère.

Ils ne s'étaient pas contentés de l'interroger sur ce sujet-là, bien sûr. Leur curiosité s'était avérée bien plus vaste. Devant les autres, Abbud ibn Aziz redoublait d'agressivité, à ces moments-là. Pourtant, chose étonnante, Lindros avait fini par remarquer que dès qu'il se retrouvait seul avec lui, l'homme enfourchait de nouveau son cheval de bataille : la mission de la CIA contre Hamid ibn Ashef.

Il en déduisit que cette affaire l'intéressait personnellement et qu'elle n'avait rien à voir avec son enlèvement par Dujja.

« Comment te sens-tu aujourd'hui ? »

Abbud ibn Aziz était en face de lui. Des deux assiettes de nourriture identiques qu'il tenait à la main il en posa une entre les mains de Lindros. Ce dernier savait que le Coran classait les aliments en deux catégories : *haram* ou *halal*, interdite ou autorisée. Ici bien sûr, on ne trouvait que de la nourriture strictement *halal*.

« Désolé, pas de café aujourd'hui, dit Abbud. Mais les dattes et le lait caillé sont délicieux. »

Les dattes étaient un peu sèches et le lait caillé avait un goût bizarre. Ces détails négligeables en soi en disaient long. Les dattes séchaient, le lait tournait, le café manquait. Ses ravisseurs n'étaient plus approvisionnés. Pourquoi ?

Ils mangèrent en se servant de leur main droite et croquèrent à belles dents dans la chair sombre des dattes. Des pensées tournoyaient dans la tête de Lindros.

« Quel temps fait-il ? demanda-t-il enfin.

— Froid. Le vent n'arrête pas de souffler, ce qui fait encore baisser la température. » Abbud frissonna. « Une nouvelle perturbation arrive. »

Lindros le savait accoutumé aux températures caniculaires, au sable dans les aliments, au soleil aveuglant, au divin réconfort des nuits fraîches parsemées d'étoiles. Ce froid mordant lui était intolérable. Sans parler de l'altitude. Ses os, ses poumons devaient se rebeller comme des vieillards contraints à une marche forcée. Lindros le regarda déplacer son Ruger semi-automatique au creux de son bras gauche.

« Cet endroit doit te paraître horrible. » Lindros ne disait pas cela uniquement pour faire la conversation.

Abbud voulut hausser les épaules quand un autre frisson l'empêcha de finir son geste.

« Le désert te manque. Mais pas seulement le désert. » Lindros posa son assiette. Les coups qu'il recevait tous les jours perturbaient considérablement son appétit. « C'est le monde de tes pères qui te manque, n'est-ce pas ?

— La civilisation occidentale est une abomination, répondit Abbud. Son influence sur notre société est comme une maladie infectieuse qu'il faut éradiquer.

— Tu as peur de la civilisation occidentale parce que tu ne la comprends pas. »

Abbud cracha un noyau de datte blanc comme les fesses d'un bébé. « Je dirais la même chose de vous autres, les Américains. »

Lindros hocha la tête. « Tu as sans doute raison. Mais où cela nous mène-t-il ?

— A nous entre-tuer. »

De l'intérieur comme de l'extérieur, le café arborait le même aspect : des murs mêlant bois et pierres, consolidés par de la boue en guise de mortier. Du fumier tassé tapissait le sol. Une odeur de fermentation frappa les narines de Bourne, émanant autant de l'alcool que des consommateurs. S'ajoutaient à cela la chaleur et les remugles du feu de bouse qui ronflait dans un foyer en pierre. La clientèle composée d'une poignée d'Amharas présentait divers degrés d'imprégnation alcoolique. Sans cela, l'apparition de Bourne n'eût point manqué de provoquer quelque perturbation. En l'occurrence, elle passa presque inaperçue.

Il s'avança vers le bar, laissant derrière lui une trace de neige et commanda une bière qui, à sa grande satisfaction, arriva dans une bouteille. Tout en buvant le breuvage étrangement saumâtre, il laissa errer son regard autour de lui. En fait, il n'y avait pas grand-chose à voir : juste une pièce rectangulaire où s'éparpillaient quelques tables grossières et des chaises sans dossier ressemblant fort à des tabourets. Il s'efforça pourtant de graver l'endroit dans sa mémoire, établissant une sorte de carte mentale, au cas où un danger surgirait, l'obligeant à s'esquiver rapidement. Peu de temps après, il repéra le boiteux. Zaim était assis dans un coin, une bouteille de tord-boyaux dans une main, un verre sale dans l'autre. Sa peau brûlée et ravinée de montagnard lui donnait une mine patibulaire. Quand Bourne s'approcha de sa table, il posa sur lui un regard vague.

Du bout de sa botte, Bourne accrocha un pied de tabouret, le tira vers lui et s'assit face au père d'Alem.

« Casse-toi, saloperie de touriste, marmonna Zaim.

— Je ne suis pas un touriste », répondit Bourne dans le même dialecte.

Le père d'Alem écarquilla les yeux, tourna la tête et cracha par terre. « Tu dois bien chercher quelque chose pour venir sur le Ras Dejen en plein hiver. »

Bourne avala une longue gorgée de bière. « Tu as raison. » Comme la bouteille de Zaim était presque vide, il lui demanda : « Qu'est-ce que tu bois ?

— De la poussière, répondit le père d'Alem. Il n'y a rien d'autre à boire ici. De la poussière et de la cendre. »

Bourne alla lui chercher une autre bouteille qu'il posa sur la table. Il s'apprêtait à remplir le verre quand Zaim arrêta sa main.

« On n'aura pas le temps, murmura-t-il. Tu as emmené ton ennemi avec toi.

— J'ignorais que j'avais un ennemi. » Il n'avait pas l'intention de lui dire la vérité.

« Tu viens du Lieu de la Mort, pas vrai ? » Zaim le fixa intensément de ses yeux vitreux. « Tu es monté dans les carcasses en métal des oiseaux de guerre, tu as fouillé les restes des guerriers couchés à l'intérieur. Pas la peine de nier. Ceux qui font cela attirent les ennemis comme une charogne attire les mouches. » Il lui tapota la main. Aucun savon ne viendrait jamais à bout de la terre qui tatouait ses paumes et ses doigts calleux. « Je sens cela sur toi.

— L'ennemi dont tu parles, moi je ne le connais pas », dit Bourne.

Zaim grimaça un sourire qui découvrit les quelques dents qu'il lui restait. Son haleine était aussi fétide qu'une tombe. « Voilà pourquoi tu es venu à moi. Je suis précieux à tes yeux. Plus précieux qu'une bouteille de gnôle, en tout cas.

— Tu crois que mes ennemis se cachaient près du Lieu de la Mort ? Ils me surveillaient ?

— Combien es-tu prêt à payer pour que je te montre le visage de ton ennemi ? », demanda Zaim.

Bourne glissa de l'argent sur la table.

Zaim s'en empara d'un geste adroit. Sa main se referma comme une serre. « Ton ennemi continue à surveiller le Lieu, nuit et jour.

C'est comme une toile d'araignée, tu comprends ? Une toile qui attire les insectes.

— Qu'est-ce que cela représente pour lui ? »

Zaim haussa les épaules. « Très peu de chose.

— Donc il y a quelqu'un d'autre. »

Zaim se pencha plus près. « Nous sommes des pions. Depuis notre naissance. Que savons-nous faire d'autre à part baisser la tête et accepter ? Il faut bien survivre, non ? » Il haussa encore les épaules. « Et malgré cela, les temps sont toujours aussi difficiles et les jours heureux bien rares. Tôt ou tard, le malheur frappe à notre porte et nous arrache le cœur. »

Bourne pensa au fils de Zaim, enterré vivant sous l'éboulement. Mais il ne pouvait rien dire : il l'avait promis à Alem.

« Je cherche un ami à moi, dit-il doucement. Il a débarqué sur le Ras Dejen à bord du premier oiseau de guerre. Je n'ai pas trouvé son corps sur le Lieu de la Mort. Je pense donc qu'il est encore vivant. Que peux-tu me dire là-dessus ?

— Moi ? Je ne sais rien. Juste des rumeurs qui courent ici ou là. » Zaim se gratta la barbe de ses gros ongles noirs. « Mais je connais quelqu'un qui t'aidera peut-être.

— Tu me conduiras à lui ? »

Zaim sourit. « Ça dépend entièrement de toi. »

Bourne posa une deuxième liasse de billets sur la table tachée. Zaim la prit, grommela et empocha l'argent.

« D'un autre côté, dit-il, on ne peut rien faire tant que ton ennemi nous regarde. » Il pinça les lèvres comme s'il réfléchissait. « L'œil de ton ennemi est posé sur ton épaule gauche – un simple soldat, on dirait, pas un gradé.

— Maintenant, tu es impliqué », dit Bourne en désignant du menton la poche où l'argent avait disparu.

Le père d'Alem haussa les épaules. « Moi je ne m'en fais pas. Je connais cet homme ; je connais son peuple. Il ne se fâchera pas de nous voir discuter, crois-moi.

— Je ne veux plus qu'il soit dans mon dos, dit Bourne. Je veux que l'œil se ferme.

— Pas étonnant. (Zaim se frotta le menton.) Tout peut s'arranger. Et pourtant ton vœu n'est pas facile à réaliser. »

Après que Bourne eut de nouveau mis la main à la poche, Zaim hocha la tête. Il paraissait satisfait, du moins pour l'instant. Ce type était gourmand comme une machine à sous. Bourne sentait qu'il continuerait à lui soutirer de l'argent jusqu'à ce qu'il sorte de cette taverne.

« Attends trois minutes – pas une de plus, pas une de moins – puis sors par la porte de devant. » Zaim se leva. « Fais cent pas sur la rue principale. Tu verras une ruelle sur la gauche. Prends-la. Ensuite tourne à droite. Je ne veux pas qu'on nous voie ensemble. Trop risqué. De toute façon, tu sauras quoi faire. Après, quand tu repartiras, ne reprends pas le même chemin. Je te rejoindrai, ne t'inquiète pas. »

« Il y a un message pour toi, dit Peter Marks lorsque Soraya pénétra dans son bureau pour ramasser ses affaires.

— Occupe-t'en, Pete, marmonna-t-elle. Je viens de me faire virer.

— Mais bon Dieu, pourquoi... ?

— Décision du directeur par intérim.

— Ce type va détruire tout ce que Lindros a voulu bâtir pour Typhon.

— Je crois que c'est l'idée. »

Comme elle allait s'éloigner, il lui prit le bras et l'obligea à se retourner. C'était un jeune homme trapu avec des cheveux couleur champ de maïs et des yeux enfoncés dans leurs orbites. Originaire du Nebraska, il en avait conservé une pointe d'accent nasillard. « Soraya, je voulais juste te dire que je ne t'en veux pas – en fait, tout le monde ici pense comme moi – pour ce qui est arrivé à Tim. C'est la faute à pas de chance. Les risques du métier, malheureusement. »

Soraya remplit ses poumons puis souffla lentement. « Merci, Pete. Ça me touche.

— Je m'imaginais que tu t'en voulais d'avoir laissé Bourne vous casser la baraque, à Tim et à toi. »

Ne sachant comment réagir, elle resta silencieuse quelques secondes. « Bourne n'a rien à voir là-dedans, dit-elle enfin, et ce n'était pas ma faute non plus. C'est arrivé, Pete. Un point c'est tout.

— OK, d'accord. Je voulais juste dire que... tu sais, Bourne, c'est le Vieux qui nous l'a mis dans les pattes. Un type pas trop net, un peu comme ce salopard de Lerner. A mon avis, le Vieux perd la main.

— Ça ne me fait plus ni chaud ni froid, à présent, dit Soraya en s'avançant vers son ancienne table de travail.

— Mais ce message...

— Vraiment, Pete. Occupe-t'en.

— Mais il est marqué urgent. » Il le lui tendit. « C'est de Kim Lovett. »

Après le départ de Zaim, Bourne entra dans des toilettes aussi puantes qu'une cage de zoo. Il sortit le portable Thuraya et se mit en contact avec Davis.

« On vient de me confirmer que le site est sous surveillance, dit-il. Donc ouvre l'œil.

— Toi aussi, répliqua Davis. Le mauvais temps arrive par ici.

— Je sais. Ta manœuvre d'évacuation en sera-t-elle compromise ?

— Ne t'inquiète pas, l'assura Davis. Ça c'est ma partie. »

Bourne sortit du cloaque et régla sa note au bar. Feignant d'être absorbé par la transaction, il coula un regard vers « l'œil de son ennemi », comme l'appelait Zaim et reconnut aussitôt un Amhara. L'homme ne prit pas la peine de baisser les yeux. Au contraire, il lui décocha un regard chargé d'animosité. C'était son territoire, après tout. Les pieds plantés sur sa terre natale, il avait confiance en lui et, dans des circonstances normales, il aurait eu parfaitement raison.

Dès l'instant où Zaim était sorti du bar, Bourne avait entamé le décompte des trois minutes. Il était temps d'agir. Bourne traversa le lieu de manière à passer juste devant l'Œil et constata non sans une certaine satisfaction que les muscles de l'homme commençaient à saillir à son approche. Croyant agir avec discrétion, il glissa sa main gauche vers sa hanche droite, sans doute pour attraper l'arme qui y était sanglée. Bourne sut alors quelle était sa mission.

Il sortit du bar et se mit à compter cent pas. L'Œil le suivait. Bourne pressa l'allure pour le pousser à agir de même mais quand il atteignit le croisement décrit par Zaim, il tourna brusquement sur la gauche et se glissa dans une étroite allée tapissée de neige. Presque aussitôt, il vit la prochaine à droite et s'y engagea prestement.

Au bout de deux pas, il pivota, s'aplatit contre le mur gelé et attendit l'arrivée de l'Œil. Bourne l'empoigna, lui cogna la tête sur le coin du bâtiment, si violemment que ses dents claquèrent avec un bruit surprenant. Un coup de poing sur la tempe lui fit perdre conscience.

Un instant plus tard, Zaim apparut en boitant dans l'allée. « Vite ! dit-il à bout de souffle. Il y en a deux autres sur lesquels je ne comptais pas. »

Il conduisit Bourne au croisement suivant et tourna à gauche. Ils venaient de sortir du village. La neige épaisse crissait sous leurs pas. Zaim avait encore plus de mal à marcher, sans parler de courir. Très vite, ils atteignirent une grange délabrée derrière laquelle trois chevaux paissaient.

« Tu montes à cru ? demanda-t-il.

— Je me débrouillerai. »

Bourne posa la main sur le museau d'un cheval gris, le regarda dans les yeux et sauta sur son dos. Puis il se pencha, saisit Zaim au-dessus du coude et l'aida à enfourcher un bai. Ensemble, ils tournèrent leurs coursiers dans le sens du vent et se mirent au petit galop.

Le vent se levait. Bourne n'était peut-être pas du pays mais il voyait bien qu'une violente tempête de neige arrivait par le nord-ouest. Davis allait souffrir quand il s'agirait de déblayer l'hélicoptère. Et pourtant, il devrait le faire car il n'existait aucun autre moyen de quitter rapidement la montagne.

Zaim se dirigeait droit sur la limite des arbres mais il était déjà trop tard. Jetant un coup d'œil derrière lui, Bourne vit des cavaliers – sans doute les deux Amharas qui inquiétaient Zaim – galoper sur leurs traces. Ils allaient plus vite qu'eux.

Après une rapide évaluation, Bourne estima que les Amharas les auraient rejoints bien avant qu'ils n'aient réussi à se fondre dans la forêt. Posant sa tête sur la crinière du cheval, il lui donna un bon coup de talons dans les flancs. Le gris eut un sursaut et redoubla de vitesse. Se remettant de sa surprise, Zaim traita de même sa propre monture et fila sur les traces de Bourne.

Quand ils furent à mi-chemin, Bourne comprit qu'ils n'y arriveraient pas. Sans réfléchir davantage, il serra les genoux contre les flancs du cheval, tira d'un coup sec sur la droite. Le gris fit demi-tour sans ralentir. Avant que leurs poursuivants aient le temps de réagir, Bourne galopait à fond de train dans leur direction.

Comme il l'avait prévu, les deux cavaliers se séparèrent. Bourne se pencha sur la droite, tendit la jambe gauche et décocha un violent coup de pied dans la poitrine du premier. Les grosses bottes à semelles épaisses eurent raison de sa résistance ; l'homme tomba de cheval. L'autre Amhara avait eu le temps de faire volte-face et de sortir une arme à feu, un vieux mais redoutable Makarov 9 mm.

Une détonation retentit. L'Amhara sursauta sur la couverture qui lui servait de selle. Bourne se retourna vers Zaim qui, une main encore crispée sur son pistolet, agitait l'autre pour lui dire de revenir. Ils se remirent à galoper ventre à terre vers les sapins.

A l'instant où ils pénétrèrent dans la forêt, un nouveau coup de feu arracha quelques branches au-dessus de leurs têtes. L'Amhara que Bourne avait désarçonné était remonté à cheval et les poursuivait.

Zaim se faufilait entre les conifères. La température baissait toujours, l'air se chargeait d'humidité. Même à l'abri des arbres, le vent glacial les transperçait. De temps en temps, des paquets de neige leur tombaient dessus. Quand Bourne songeait à leur poursuivant, il devait se retenir pour ne pas faire demi-tour et lui régler son compte. Mais il valait mieux continuer à suivre le cheval bai.

Le sol se mit à descendre. La pente douce au début devint plus raide. Les chevaux reniflaient nerveusement. Ils avançaient tête baissée comme pour mieux repérer sous la neige les cailloux lisses dont la surface givrée risquait à tout moment de les faire trébucher.

Percevant un craquement derrière eux, Bourne donna un coup de talons pour se rapprocher de Zaim. Il voulait savoir où ils allaient et à quelle distance ils se trouvaient de leur point d'arrivée. Mais élever la voix eût été stupide. Le moindre bruit aurait révélé leur position au sein de ce labyrinthe végétal. Cette pensée venait de lui traverser l'esprit quand il aperçut une clairière un peu plus loin, puis le scintillement d'une plaque de glace. C'était une rivière dont les eaux gelées se déversaient d'une prairie dans une autre, située nettement plus bas.

Au même instant, il entendit une détonation ; le cheval de Zaim s'écroula sous son cavalier qui tomba dans la neige. Bourne pressa sa monture, se pencha vers Zaim et l'aida à s'installer à califourchon derrière lui.

Ils allaient atteindre la rive de la rivière gelée quand éclata un nouveau coup de feu. Des branches chutèrent tout près d'eux.

« Ton arme ! ordonna Bourne.

— Je l'ai perdue tout à l'heure, quand mon cheval a été abattu, répliqua Zaim d'un ton morose.

— Il va faire du tir aux pigeons avec nous. »

Bourne aida Zaim à descendre dans la neige épaisse puis glissa lui-même de son cheval qu'il fit détaler d'une petite tape sur la croupe. L'animal partit le long de la rivière.

« Et maintenant ? grommela Zaim en claquant sa main sur sa patte folle. Pourquoi tu as fait ça ? On est à sa merci désormais.

— Allez, en route. » Bourne l'attrapa par un pan de sa grosse veste en laine et l'entraîna vers la rive.

« Qu'est-ce que tu fabriques ? », fit Zaim les yeux agrandis par la peur.

Un instant avant qu'ils ne touchent la couche de glace, Bourne souleva son compagnon dans ses bras. Pour compenser le poids de Zaim, Bourne adopta le rythme et la foulée du patineur. Grâce à l'inclinaison naturelle de la rivière et aux lames renforçant la semelle de ses bottes, il prit de la vitesse sans trop d'efforts.

S'il parvenait aisément à négocier les virages les plus raides, en revanche il n'avait pratiquement aucun contrôle sur sa vitesse qui, de ce fait, s'accroissait dangereusement en même temps que la déclivité.

Ils passèrent le dernier virage à une allure vertigineuse. Zaim poussa un cri inarticulé. Bourne comprit pourquoi. A moins de cent mètres devant eux, une chute d'eau – figée comme sur un instantané – brisait le cours de la rivière.

« Elle est haute ? hurla Bourne pour tenter de couvrir le hurlement du vent sur son visage.

— Trop haute, gémit Zaim horrifié. Franchement trop haute ! »

NEUF

B*OURNE ESSAYA DE VIRER À GAUCHE* ou à droite, sans y parvenir. Le pli creusé dans la glace, sur lequel il volait presque, lui interdisait tout changement de direction. De toute façon, il était trop tard. Le sommet ridé de la cascade se profilait déjà. Il ne lui restait plus qu'une chose à faire : viser le centre, l'endroit précis où l'eau était la plus profonde et la glace la plus fine.

Leur vitesse combinée à leur poids brisa la fine croûte de glace couvrant l'eau tumultueuse. Ils dévalèrent le torrent figé, comme si jamais ils ne devaient en atteindre le bas. Gelés jusqu'aux os, le souffle coupé, ils n'en finissaient pas de tomber. Interminablement.

Bourne s'acharnait à garder le sens de l'orientation. C'était essentiel. S'il se laissait aller, soit il mourrait de froid soit il se noierait avant d'atteindre le pied de la cascade. Autre chose le tracassait : s'il tombait trop loin de l'endroit prévu, il n'arriverait probablement pas à briser la couche de glace.

Des taches d'ombre et de lumière, des éclaboussures de couleur bleu nuit, gris opalescent, tournoyaient devant ses yeux. Le torrent gelé le secouait comme une immense baratte. Soudain, son épaule heurta un rocher. Telle une décharge électrique, la douleur le transperça. Puis il s'aperçut que son corps n'était plus aspiré vers le bas. Il chercha une lumière dans la confusion des ténèbres, n'en vit aucune ! Il avait touché le fond. Sa tête chavirait, il ne sentait plus ses mains, son cœur s'affolait à cause du manque d'oxygène et des chocs multiples.

Pris de frénésie, il se mit à nager en faisant de grands moulinets avec les bras. Tout à coup, il sentit le corps de Zaim flotter près de lui. Quand il l'attrapa, une lueur pâle filtrant à travers la glace lui permit de distinguer le haut du bas. Zaim semblait inconscient. Il était blessé à la tempe. Un filet de sang dérivait dans le courant. Il avait dû heurter un rocher, lui aussi.

Bourne le saisit à bras-le-corps et donna au fond un violent coup de pied qui le projeta vers la surface. Son crâne percuta la couche de glace plus vite que prévu. La glace ne céda pas.

Sa tête lui faisait mal, les panaches sanglants suintant de la blessure de Zaim brouillaient sa vision. Il voulut planter ses ongles dans la glace mais ne trouva aucune prise. Alors il glissa sous le plafond gelé, à la recherche d'une fissure, d'une craquelure à creuser. Mais la glace était plus épaisse qu'il n'avait cru, même ici, au pied de la chute. La sensation de brûlure dans les poumons, la migraine due au manque d'oxygène devenaient insupportables. Zaim était peut-être déjà mort. Si Bourne ne trouvait pas vite une issue, il subirait le même sort.

Soudain, un puissant remous le déstabilisa, menaçant de l'envoyer tourbillonner dans les ténèbres, là où l'épaisseur de la glace le vouerait à une mort certaine. Il luttait de toutes ses forces quand ses ongles rencontrèrent quelque chose – pas vraiment une fissure, plutôt une sorte de lézarde dont l'une des commissures admettait plus de lumière que l'autre. C'est là qu'il concentra ses efforts. Hélas, ses poings engourdis lui semblaient aussi inutiles que des poids morts.

Ne restait plus qu'une solution. Il lâcha Zaim et plongea dans le noir jusqu'au lit de la rivière. Puis il se retourna, plia les jambes, prit appui et fonça tête la première vers le haut, à la verticale. Le sommet de son crâne percuta la fissure qu'il entendit craquer puis s'entrouvrir. Sa tête creva la surface, suivie de ses épaules. Trois fois de suite, Bourne emplit ses poumons d'un air bienfaisant. Puis il replongea. Zaim n'était plus là, sans doute emporté par les remous. Soudain, il le vit dériver à travers les ténèbres.

Se servant de ses jambes pour lutter contre le courant, Bourne s'étira de tout son long et saisit Zaim par la cheville. Lentement mais sûrement, il le ramena vers la lumière en le faisant passer à travers la déchirure. Puis il l'allongea sur la couche gelée avant de s'extraire lui-même de l'eau.

Ils se trouvaient dans la partie orientale des chutes. La forêt de conifères qui s'étalait uniformément du nord à l'est commençait là.

Bourne resta un moment accroupi sous les arbres pour reprendre son souffle. Mais il n'avait pas de temps à gaspiller. Il se pencha sur Zaim pour guetter des signes de vie. Après avoir examiné son pouls, sa respiration, ses pupilles, il conclut que l'homme était vivant. Sa blessure à la tempe paraissait superficielle. Zaim avait la peau dure. Son puissant squelette lui avait évité le pire.

A présent, il fallait agir vite : étancher le sang coulant de la tempe de Zaim et le sécher afin qu'il ne meure pas de froid. Grâce à sa combinaison isotherme, Bourne était moins exposé. Pourtant sa chute brutale dans la cascade l'avait endommagée. Il remarqua plusieurs accrocs dus au frottement contre les rochers. L'eau avait pénétré et déjà, elle gelait sur sa peau. Il descendit sa fermeture Éclair, déchira une bande de tissu sur la manche de sa chemise, la bourra de neige et en enveloppa la blessure de Zaim. Puis il hissa sur son épaule valide l'homme encore inconscient et entreprit d'escalader la berge glissante. Quand il pénétra dans la forêt, il sentit le froid s'insinuer lentement en lui par les coudes et l'épaule, là où la couche externe de sa combinaison était déchirée.

Zaim pesait davantage à chaque instant. Sans faillir, Bourne obliqua vers le nord-est, s'éloignant toujours plus de la rivière. Un vague souvenir refit surface – un éclat de mémoire semblable à celui qui l'avait assailli quand il s'était posé sur le Ras Dejen, mais en plus précis. Ce souvenir lui disait qu'il existait un autre village – plus grand que celui où il avait rencontré Zaim – à quelques kilomètres de là.

Soudain, un son familier lui fit dresser l'oreille : un cheval s'ébrouait non loin de là. Avec maintes précautions, il déposa Zaim contre un tronc d'arbre et s'avança vers le bruit. Quelque cinq cents mètres plus loin, il arriva aux abords d'une petite clairière. Le cheval gris fouillait la neige de ses naseaux à la recherche d'un peu d'herbe à brouter. L'animal avait dû suivre le cours de la rivière. Il tombait à point nommé pour les transporter tous les deux jusqu'à un endroit sûr.

Bourne allait entrer dans la clairière quand le cheval dressa la tête en dilatant ses naseaux. Qu'avait-il senti ? Quel danger avait-il flairé dans le vent tourbillonnant ?

Bourne devina ce qui se passait. Il remercia silencieusement le cheval, et se retranchant à l'abri des conifères, partit sur la gauche, bien décidé à contourner la clairière sans la perdre de vue. Il avait parcouru le quart de sa circonférence quand il remarqua une tache colorée puis un léger mouvement. En s'approchant de biais, il aperçut l'Amhara qu'il avait désarçonné. N'étant pas certain que ses proies aient succombé à leur chute dans le torrent, l'homme se servait du cheval gris comme d'un appât.

Sans se redresser, Bourne courut vers lui et le frappa dans le dos. L'homme s'écroula en grognant. Lorsque Bourne se jeta sur lui pour le rouer de coups, il libéra sa main gauche et brandit un poignard courbe. L'arme fendit l'air et faillit toucher Bourne juste au-dessus des reins mais ce dernier eut le temps de rouler sur lui-même pour se mettre hors de portée. Dans le même geste, il referma ses chevilles sur le cou de l'homme, effectua un mouvement tournant et, en un clin d'œil, lui brisa la nuque.

Il se leva, ramassa le couteau, son fourreau, le Makarov 9 mm et entra dans la clairière. Puis tenant le cheval par la bride, il chemina jusqu'à l'endroit où reposait Zaim. Quand il l'eut hissé sur le dos musculeux de l'animal, Bourne grimpa à son tour et reprit sa route à travers la forêt de résineux. Si ses souvenirs étaient exacts, le village devait se trouver au pied de la colline.

Lorsque Soraya Moore débarqua dans le labo FIU, Kim Lovett et l'inspecteur Overton étaient encore penchés sur les indices.

Une fois les présentations faites, Kim mit Soraya au courant des derniers rebondissements de l'affaire. Puis elle lui tendit les deux dents de porcelaine.

« Je les ai trouvées dans le siphon de la baignoire de la suite, dit-elle. A première vue, on peut facilement les confondre avec un bridge, mais je ne pense pas qu'il s'agisse de cela. »

Après avoir observé les creux à l'intérieur, Soraya se dit qu'elle avait vu quelque chose d'approchant dans l'atelier de Deron. Un examen plus poussé la força à reconnaître qu'il s'agissait là d'un travail remarquable. Sans aucun doute, ce petit bijou sortait de l'arsenal d'un caméléon de classe internationale. Elle savait parfaitement ce qu'elle avait entre les mains et quel en était le propriétaire. Quand Lerner l'avait virée de Typhon, elle s'était dit qu'elle en avait terminé avec tout cela. Mais à présent, elle savait la vérité. Peut-être la savait-elle depuis le début. Elle n'en avait pas terminé avec Fadi. Loin de là.

« Tu as raison, Kim, dit-elle. C'est une prothèse.

— Une prothèse ? répéta Overton comme en écho. Je ne vous suis pas.

— Une sorte de coquille qu'on glisse par-dessus une dent saine pour en modifier la forme et redessiner la ligne de la joue », expliqua Soraya. Elle glissa la prothèse dans sa bouche. Bien que trop grand pour elle, l'objet modifiait radicalement la forme de sa bouche et de ses lèvres. Kim et Overton en furent stupéfaits. « Ce qui signifie que votre Jakob Silver et son frère circulaient sous diverses identités », dit-elle en crachant ses fausses dents. A l'adresse de Kim, elle ajouta : « Ça t'ennuie si je te l'emprunte ?

— Vas-y, dit Kim. Mais il va falloir que je la sorte du système. »

Overton secoua la tête. « Tout cela n'a aucun sens.

— Mais si, ça en a. A condition de connaître les tenants et les aboutissants. » Soraya leur exposa l'incident qui s'était produit au siège de la CIA. « Le soi-disant Hiram Cevik, entrepreneur à Cape Town, est en fait un Saoudien se faisant appeler Fadi. Il dirige un réseau terroriste bénéficiant d'énormes financements. Nous ignorons son vrai nom. Il a disparu à quelques centaines de mètres de l'endroit où le Hummer l'a ramassé. » Elle leva la prothèse. « A présent, nous savons où il est allé. »

Kim restait songeuse. « Alors, les restes humains que nous avons trouvés dans la suite appartiennent à l'autre frère.

— J'en doute fort. L'incendie a dû être allumé pour faire diversion et leur permettre de quitter Washington, et le pays par la même occasion. » Soraya se dirigea vers le récipient en métal où Kim conservait les os trouvés dans la baignoire. « Je crois que nous avons devant les yeux le peu qu'il subsiste du garçon d'étage pakistanais, Omar.

— Mon Dieu ! » *Enfin une piste*, pensa Overton. « Donc lequel des deux frères était Fadi ? »

Soraya se tourna vers lui. « Jakob, très certainement. C'est Lev qui a réservé la suite. A ce moment-là, Fadi était à Cape Town et ensuite en prison chez nous. »

Overton ne se tenait plus de joie. Enfin sa chance tournait. C'était l'affaire de sa vie. Très bientôt, il posséderait assez d'informations pour faire son rapport à la Sécurité intérieure. Pour le remercier, ils s'empresseraient de l'embaucher. Il deviendrait le héros du jour.

Soraya se retourna vers Kim. « Qu'as-tu trouvé d'autre ?

— Très peu de chose. Hormis l'accélérant. » Kim ramassa une sortie d'imprimante. « Du disulfure de carbone. Cela fait des siècles que je n'ai pas eu affaire à cette substance. D'habitude, les incendiaires emploient de l'acétone, du kérosène, des produits qu'on trouve facilement. » Elle haussa les épaules. « D'un autre côté, dans ce cas précis, l'utilisation du disulfure de carbone ne m'étonne qu'à moitié. Il est plus dangereux que les autres parce que sa température d'auto-inflammation est particulièrement basse. Une fois enflammé, le risque d'explosion est très important. Fadi voulait que les vitres explosent pour que l'oxygène alimente l'incendie. Mais il faut être un professionnel pour ne pas se faire sauter avec. »

Soraya jeta un œil sur la feuille que lui tendait Kim. « C'est du Fadi tout craché. Où peut-on se procurer ce truc ?

— Il faut avoir accès à une usine de fabrication ou à l'un de ses fournisseurs, dit Kim. Cette substance est utilisée pour produire de la cellulose, du tétrachlorure de carbone et autres composés organiques soufrés.

— Je peux me servir de ton ordinateur ?

— Je t'en prie », répondit Kim.

Soraya s'assit devant le poste de travail de Kim, chercha Google et tapa « disulfure de carbone » dans la barre de recherches.

« La cellulose entre dans la fabrication de la rayonne et de la cellophane, lut-elle à haute voix. Le carbone est un composant essentiel des extincteurs et des systèmes de réfrigération, bien qu'on l'ait abandonné en raison de sa toxicité. Les dithiocarbamates, le dmit, le xanthate sont des agents de flottaison pour le traitement de certains minerais. Il entre aussi dans la composition du métam sodium, un insecticide agricole.

— Une chose est sûre, dit Kim. On ne risque pas d'en trouver chez l'épicier du coin. Va falloir chercher. »

Soraya opina. « Et cela présuppose une connaissance préalable du composé et de ses caractéristiques. » Elle prit quelques notes sur son PDA, puis se leva. « OK. Je vous quitte.

— Ça vous ennuie si je vous suis ? demanda Overton. Avant votre arrivée, cette affaire était comme un mur de brique dressé devant moi.

— Ce n'est pas une bonne idée. » Le regard de Soraya glissa en direction de Kim. « J'allais vous le dire quand je suis entrée. Je suis virée.

— Quoi ? dit Kim qui n'en revenait pas. Mais pourquoi ?

— Le nouveau directeur adjoint n'apprécie pas ma tendance à l'insubordination. Je crois qu'il cherche à asseoir son autorité. Et aujourd'hui, il a décidé de me faire ma fête. »

Kim s'approcha d'elle et la serra gentiment dans ses bras. « Si je peux faire quelque chose... »

Soraya sourit. « Je sais qui appeler. Merci. »

Trop préoccupée, elle ne vit pas la moue de contrariété qui assombrit les traits de l'inspecteur Overton. Personne ne lui couperait l'herbe sous le pied. Surtout pas si près du but.

Lorsque Bourne et Zaim arrivèrent en vue du village, la neige avait commencé à tomber. Il était là, lové dans une étroite vallée, telle une boule de papier au creux d'une paume, semblable au souvenir que Bourne en avait gardé. Sous les nuages bas et lourds, les montagnes paraissaient petites, insignifiantes, comme sur le point de succomber sous le poids de guerriers titanesques. Le clocher de l'église dépassait de l'ensemble. Bourne y mena son cheval.

Zaim remua en poussant un grognement. Il s'était réveillé quelques minutes auparavant. Bourne l'avait fait descendre de cheval à temps pour qu'il vomisse tout le contenu de son estomac au milieu des sapins bruissants. Il lui avait donné de la neige à manger, seule façon de l'hydrater. Malgré sa faiblesse et ses vertiges, il écouta Bourne lui raconter les derniers événements. Il lui avait expliqué que leur destination finale était un campement situé à l'extérieur du village, si l'on se fiait aux souvenirs de Bourne.

Ils entrèrent dans le village. Bien qu'impatient de rencontrer la personne censée le mener jusqu'à Lindros, Bourne estima qu'il y avait plus urgent. Les vêtements de Zaim avaient gelé. Il devait se réchauffer doucement sinon le tissu lui arracherait la peau quand il se déshabillerait.

Bourne traversa au triple galop les congères hautes d'un mètre. Le cheval gris était épuisé quand ils arrivèrent aux abords du camp. Comme surgis de nulle part, trois Amharas apparurent en brandissant des poignards courbes pareils à celui que Bourne avait pris sur l'homme dont il avait brisé le cou.

Bourne s'attendait à cet accueil. Les campements étaient tous étroitement surveillés. Il resta tranquillement assis sur le cheval écumant pendant que les Amharas faisaient descendre Zaim. Quand ils le reconnurent, l'un d'eux se précipita vers une tente placée au centre du camp et revint quelques minutes plus tard escorté d'un Ahmara qui ne pouvait être que le chef de la tribu ; le nagus.

« Zaim, dit-il, qu'est-ce qui t'est arrivé ?

— Cet homme m'a sauvé la vie, marmonna Zaim.

— Et inversement. » Bourne se laissa glisser de son cheval. « On nous a attaqués sur le chemin qui nous menait ici. »

Si le nagus fut surpris d'entendre Bourne parler l'amharique, il n'en laissa rien paraître. « Comme tous les Occidentaux, vous avez amené vos ennemis avec vous. »

Bourne frissonna. « Ce n'est pas tout à fait juste. Nous avons été attaqués par trois soldats amharas.

— Tu sais qui les paie », dit faiblement Zaim.

Le nagus hocha la tête. « Conduisez-les dans ma tente. Il y fait chaud. Nous discuterons autour du feu. »

Les sens en alerte, Abbud ibn Aziz guettait un bruit de rotors tout en lorgnant les nuages menaçants qui enveloppaient la face nord du Ras Dejen.

Que faisait Fadi ? Son hélico était en retard. Abbud ibn Aziz avait surveillé la météo toute la matinée. Le front qui arrivait ne laisserait au pilote qu'une fenêtre extrêmement étroite pour effectuer son atterrissage.

C'était embêtant mais, au fond de lui, il savait qu'il pestait contre une chose n'ayant rien à voir avec le froid ou l'air raréfié. Fadi et lui étaient les fondateurs de leur mouvement. Le plan. Il savait qui se trouvait derrière ce plan. Un seul homme au monde était capable de concevoir cette entreprise à haut risque, parfaitement aléatoire : le frère de Fadi, Karim al-Jamil. Fadi était peut-être le fer de lance de Dujja mais Karim al-Jamil en était le cœur. Des nombreux fidèles de Fadi, Abbud ibn Aziz était le seul à comprendre cela. Cet homme était comme un champion d'échecs, une araignée tissant patiemment de multiples toiles dans l'avenir. Le simple fait de songer à ce que Karim al-Jamil avait en tête actuellement lui donnait des vertiges. Tout comme Fadi et Karim al-Jamil, Abbud avait fait ses études en Occident. Il connaissait l'histoire, la politique, l'économie du monde non arabe – une condition indispensable, aux dires des deux frères, pour grimper au sommet de l'organisation.

Or Abbud ibn Aziz avait un problème : il ne faisait aucunement confiance à Karim al-Jamil. Ce type était du genre taciturne. En plus, pour autant qu'il le sache, Karim al-Jamil ne parlait qu'à Fadi. Mais il pouvait se tromper. Il se faisait peut-être des idées sur lui. Au lieu de le rassurer, cette éventualité le mettait encore plus mal à l'aise.

En tout cas, il avait une dent contre Karim al-Jamil. Il l'estimait responsable de sa mise à l'écart. En tant que fidèle lieutenant de Fadi, il aurait dû participer aux prises de décisions. Bien que sa loyauté envers Fadi demeurât pleine et entière, cette situation lui paraissait des plus injustes. Bien sûr, le sang était plus épais que l'eau – tous les hommes du désert savaient cela. Pourtant Fadi et Karim al-Jamil n'étaient qu'à moitié arabes. Leur mère était anglaise. Ils étaient nés à Londres après que le père eut transféré en Angleterre sa compagnie saoudienne.

Plusieurs questions le taraudaient, auxquelles il ne souhaitait pas vraiment trouver de réponse. Pourquoi Abu Sarif Hamid ibn Ashef al-Wahhib avait-il quitté l'Arabie Saoudite ? Pourquoi s'était-il lié à une infidèle ? Pourquoi avait-il persisté dans son erreur en l'épousant ? Abbud ibn Aziz n'admettait pas qu'un Saoudien pût agir de la sorte. En fait, contrairement à lui, Fadi et Karim al-Jamil n'étaient en rien des fils du désert. Ils avaient grandi en Occident, suivi toute leur scolarité à Londres, cette métropole qui ne dort jamais. Que savaient-ils du silence absolu, de la sévère beauté du désert, de ses odeurs si singulières ? Ce désert où la grâce et la sagesse d'Allah se manifestaient en toute chose.

Comme il convient d'un grand frère, Fadi protégeait Karim al-Jamil. C'était une attitude louable, certes. Abbud ibn Aziz l'acceptait d'autant mieux qu'il agissait de même avec ses propres frères cadets. Mais depuis quelque temps, il se demandait si Karim al-Jamil ne conduisait pas Dujja vers de dangereux marécages. Il se demandait surtout s'il avait vraiment envie de le suivre dans cette voie. Jusqu'à présent, sa loyauté envers Fadi l'avait dissuadé de s'opposer ouvertement à Karim al-Jamil. Il devait tout à Fadi. Il l'avait initié à la lutte terroriste imposée par les incursions du monde occidental sur les terres de leurs ancêtres. Il l'avait envoyé étudier en Europe, une période fort pénible qui s'était toutefois révélée profitable. Connaître l'ennemi c'est le vaincre, lui avait maintes fois répété Fadi.

Il suivrait Fadi sans jamais rechigner. Mais par ailleurs, il n'était ni sourd ni muet ni aveugle. Si un jour, une information lui parvenait selon laquelle Karim al-Jamil menait Dujja – et donc Fadi – à la ruine, il interviendrait, il prendrait enfin la parole, quelles qu'en soient les conséquences.

Un souffle aride cingla sa joue. Comme issu d'un rêve, le tournoiement des rotors de l'hélicoptère se matérialisa devant ses yeux. Mais le monde autour de lui était bien réel. C'était lui qui rêvait. Il devait se secouer et vite. Levant les yeux, il sentit les premiers flocons de neige se déposer sur ses joues et ses cils.

Se dessinant contre les nuages gris qui roulaient dans le ciel, le point noir se mit à grossir. Abbud ibn Aziz agita les bras au-dessus de sa tête en s'éloignant de la zone d'atterrissage. Trois minutes plus tard, l'hélico se posait. La porte s'ouvrit. Muta ibn Aziz sauta sur le sol couvert de neige et de glace.

A l'abri du violent courant d'air produit par les pales qui ralentissaient, Abbud ibn Aziz attendait que Fadi apparaisse, mais ne vit que son frère. Ce dernier le rejoignit.

« Tout s'est bien passé, dit Abbud ibn Aziz en l'accueillant d'une accolade purement formelle. Fadi m'a contacté. »

Muta se dressait tel un mur de silence dans le vent cruel.

Ils ne s'entendaient plus. Une querelle les divisait depuis un bout de temps. Comme une crevasse créée par un tremblement de terre, ce différend les avait éloignés l'un de l'autre plus qu'ils n'auraient voulu l'admettre. De cette crevasse avait jailli une lave corrosive. Elle avait tant rongé leurs plaies qu'à présent, des années plus tard, leurs vieilles blessures s'étaient muées en scories – dures, sèches et déformées telle une peau mal cicatrisée.

Muta plissa les yeux. « Dis-moi, frère, où Fadi est-il allé après que lui et moi nous sommes séparés ? »

Abbud ne supportait pas le ton supérieur qu'il employait pour lui parler. « Ses affaires le mènent un peu partout. »

Muta grommela. Un goût amer, bien trop familier, lui emplissait la bouche. *Comme toujours. Abbud se sert de son ascendant pour me tenir à l'écart de Fadi et de Karim al-Jamil, les centres de notre univers. C'est ainsi qu'il règne sur moi. C'est ainsi qu'il m'a fait jurer de ne rien révéler C'est mon frère aîné. Comment puis-je le combattre ?* Il grinça des dents. *Je dois lui obéir en toute chose.*

Un violent frisson le secoua. Fuyant le vent, Muta alla s'abriter derrière un rocher. « Mon frère, dis-moi ce qui se passe ici ?

— Bourne est arrivé sur le Ras Dejen ce matin. Il progresse. »

Muta ibn Aziz hocha la tête. « Alors nous devons conduire Lindros vers un endroit plus sûr.

— Ça va se faire », lâcha Abbud d'une voix coupante.

Le cœur plein de ressentiment, Muta hocha la tête. « C'est presque fini à présent. Bientôt, Jason Bourne ne nous sera plus d'aucune utilité. » Il dessina un grand sourire sur sa bouche. « Comme le dit Fadi, la vengeance est douce. Quel plaisir ce sera pour lui de voir Jason Bourne mort ! »

La hutte du nagus était étonnamment vaste et confortable pour une habitation nomade. Des tapis se chevauchaient sur le sol. Les peaux de bêtes ornant les cloisons contribuaient à conserver la chaleur que dispensait un feu où brûlaient des briques de bouse séchée.

Enveloppé dans une couverture de laine rêche, Bourne était assis en tailleur près du feu pendant que les hommes du nagus déshabillaient Zaim avec des gestes lents et délicats. Quand ce fut fait, ils le couvrirent de même et l'installèrent près de Bourne. Puis ils leur servirent du thé chaud et bien fort.

D'autres hommes vinrent soigner la blessure de Zaim. Ils appliquèrent une compresse d'herbes et refirent le bandage. Pendant ce temps, le nagus s'assit près de Bourne. De petite taille, il n'avait rien d'impressionnant hormis ses yeux noirs qui brûlaient comme deux lampes posées dans un crâne d'airain. Son corps était maigre et noueux mais on ne devait pas s'y fier. Bourne s'aperçut bien vite que cet homme était un vrai guerrier, capable de se battre pour attaquer autant que pour défendre les membres de sa tribu.

« Mon nom est Kabur, dit le nagus. Zaim me dit que le vôtre est Bourne. » Il prononça Bourne en le détachant en deux syllabes : *Boh-orne.*

Bourne hocha la tête. « Je suis venu dans le Ras Dejen pour retrouver mon ami. Il se trouvait dans l'un des hélicoptères qui ont été abattus voilà près d'une semaine. Vous êtes au courant ?

— Oui », répondit Kabur.

Sa main se déplaça vers sa poitrine. Il saisit un objet argenté qu'il montra à Bourne. Les plaques du pilote.

« Il n'en avait plus besoin », dit simplement Kabur.

Le cœur de Bourne chavira. « Il est mort ?

— C'est comme si.

— Et mon ami ?

— Ils l'ont emmené et cet homme aussi. » Le nagus tendit à Bourne un bol en bois rempli d'un ragoût fortement épicé dans lequel était fichée une tranche de pain noir. Pendant que Bourne mangeait, se servant du pain comme d'une cuiller, Kabur poursuivit. « Nous n'avons rien à voir là-dedans, tu comprends. Pourtant, tu l'as vu par toi-même, certains d'entre nous les ont aidés contre de l'argent. » Il secoua la tête. « Mais c'est mal. Ils se sont asservis et l'ont payé de leur vie.

— Qui, ils ? » Ayant mangé à satiété, Bourne posa son bol. « Dis-moi qui. »

Kabur inclina la tête. « Je suis surpris. Je croyais que tu en savais plus que moi. Ils sont venus jusqu'à nous par le golfe d'Aden. Depuis le Yémen, j'imagine. Mais ils ne sont pas yéménites, non. Dieu seul sait où se trouve leur base. Certains sont égyptiens, d'autres saoudiens, d'autres encore afghans.

— Et le chef ?

— Ah, Fadi ! Il est saoudien. » Les yeux noirs féroces du nagus se voilèrent. « Nous avons peur de Fadi, tous sans exception.

— Pourquoi ?

— Pourquoi ? Parce qu'il est puissant, parce qu'il est cruel au-delà de toute imagination. Parce qu'il tient la mort au creux de sa main. »

Bourne songea aux transports d'uranium. « Vous avez vu à quoi ressemble cette mort ? »

Le nagus hocha la tête. « De mes propres yeux. L'un des fils de Zaim...

— Le garçon dans la caverne ? »

Kabur se retourna vivement vers Zaim dont les yeux n'étaient qu'un océan de douleur. « Un garçon indocile qui n'a jamais suivi les conseils de ses aînés. A présent, on ne peut pas le toucher, même pour l'enterrer.

— Moi je peux le faire », dit Bourne. A présent, il comprenait pourquoi Alem se cachait dans le Chinook le plus proche de la caverne : il voulait rester près de son frère. « Je peux l'enterrer là-bas, près du sommet. »

Le nagus gardait le silence. Mais Zaim posa sur Bourne un regard rempli d'espoir. « Ce serait une vraie bénédiction – pour lui, pour moi, pour ma famille.

— Ce sera fait, je le promets », déclara Bourne. Il se retourna vers Kabur. « M'aideras-tu à trouver mon ami ? »

Le nagus hésita un instant, le temps d'étudier la réaction de Zaim. Finalement, il poussa un soupir. « Est-ce que le fait de trouver ton ami blessera Fadi ?

— Oui, dit Bourne, cela lui infligera une grave blessure.

— C'est un voyage très difficile que tu nous demandes d'entreprendre avec toi. Mais par amitié pour Zaim, en raison de ses liens avec toi et de la promesse que tu lui as faite, je me dois d'accepter ta requête. »

Il leva la main droite. Un homme lui apporta un objet semblable à un narguilé. « Nous fumerons ensemble pour conclure l'accord que nous venons de passer. »

Soraya avait pourtant pris la décision de rentrer chez elle. Mais elle s'aperçut soudain qu'elle roulait vers le quadrant nord-est de Washington. Ce ne fut qu'en tournant sur la 7e Rue qu'elle comprit enfin pourquoi. Elle vira encore une fois et s'arrêta devant la maison de Deron.

Pendant un instant, elle resta assise à écouter le moteur cliqueter. Cinq ou six individus à la mine patibulaire faisaient le pied de grue sur la partie gauche de la véranda. Ils l'observaient comme une bête curieuse mais ne firent aucun geste hostile quand elle descendit de voiture pour escalader le perron.

Elle frappa à plusieurs reprises, attendit puis recommença. Pas de réponse. En entendant quelqu'un monter les marches, elle se retourna, pensant voir Deron. Mais non. C'était l'un des types de la véranda, un jeune homme grand et mince.

« Yo, Miss Spook [1], moi c'est Tyrone. Tu fais quoi là ?

— Sais-tu où se trouve Deron ? »

Tyrone adopta une expression blasée. « T'as qu'à voir ça avec moi, Miss S.

— Je le ferais bien volontiers, Tyrone, dit-elle prudemment, si tu pouvais m'expliquer l'usage du disulfure de carbone.

— Hé, tu m'prends pour un négro qui connaît rien, ou quoi !?

— Pour être honnête, je ne sais rien de toi. »

Sans changer d'expression, il dit : « Ramène-toi. »

Soraya hocha la tête. Elle savait d'instinct que toute hésitation aurait de graves conséquences pour elle.

Ils descendirent ensemble les marches, tournèrent à droite et passèrent devant la terrasse où les membres de la bande étaient perchés comme des corbeaux sur un câble électrique.

« Deron, il est chez son vieux. Rentre pas avant deux jours.

— Sans blague ?

— Ouais, sérieux. » Tyrone pinça les lèvres. « Alors. Tu veux savoir quoi sur moi ? Si ma reum est une junkie ? Si mon daron pourrit en zonzon ? Si ma petite reos élève un gosse au lieu d'aller au bahut ? Tu veux que je te cause de mon grand frère qui touche qu'dalle pour conduire le tromé ? Vas-y, la galère t'as déjà entendu parler de ça. Alors tu veux quoi de plus ?

— Cette vie c'est ta vie, dit Soraya. Du coup, à mes yeux, elle est différente de tout ce que j'ai pu entendre ailleurs. »

Tyrone renifla mais à son regard, elle devina qu'il appréciait sa réponse.

« Moi, j'suis peut-être un gars de la rue, mais j'suis né avec un

---

1. Jeu de mots intraduisible en français *Spook* signifiant à la fois fantôme et espionne. *(N.d.T.)*

cerveau d'ingénieur. Ça me sert à quoi ? » Il haussa les épaules et montra quelque chose au loin. « Sur Florida, on trouve des trucs mortels. J'y vais dès que j'ai l'occase, histoire de voir ce qui se passe, tu vois ? »

Soraya soutint un instant son regard. « Si je te dis qu'il existe des opportunités pour un gars intelligent comme toi, tu me prendras pour une idiote ?

— Pour toi peut-être. » Il eut un sourire entendu, une expression d'homme mûr sur un visage de gosse. « Mais ici ça se passe pas comme ça, miss. »

Soraya fut tentée de répliquer mais décida qu'elle en avait assez dit pour l'instant. « Faut que je parte. »

Tyrone pinça les lèvres. « A toi de voir. Mais tu fais quoi de la caisse qui t'a suivie jusqu'ici ? »

Soraya s'arrêta net. « C'est quoi ce délire ? »

Le garçon tourna la tête et la regarda comme un cobra fixe sa proie. « Un cadeau pour toi. »

Soraya se mit à pester contre elle-même. Elle était tellement perdue dans ses pensées qu'elle n'avait même pas songé à vérifier si on la suivait. D'habitude, c'était un réflexe chez elle. De toute évidence, ce salopard de Lerner l'obsédait davantage qu'elle ne l'aurait cru. Son manque de vigilance allait lui coûter cher.

« Tyrone, je te dois une fière chandelle. »

Il haussa les épaules. « C'est pour ça que Deron me paie. La protection c'est pas cher. La loyauté ça a pas de prix. »

Elle le regarda comme si elle le voyait pour la première fois. « Où est-elle, la voiture en question ? »

Ils se remirent à marcher. « Là-bas, à l'angle de la 8e, dit Tyrone. Trottoir d'en face, comme ça le chauffeur t'a bien en vue. » Il haussa les épaules. « Mes potes vont s'occuper de lui.

— Ne crois pas que je n'apprécie pas ta proposition, Tyrone. » Elle lui adressa un regard empreint de gravité. « Mais c'est à cause de moi qu'il est là. C'est à moi de me débrouiller.

— Respect. » Il s'arrêta et resta immobile en face d'elle quelques secondes. Son visage exprimait la même gravité. Elle lut dans ses yeux une effrayante détermination. Ce quartier était son territoire. « Écoute, faut réagir avant qu'il fourre son nez dans les affaires de Deron. Sinon, personne pourra rien pour lui. Même toi.

— Je m'en occupe tout de suite. » Elle baissa la tête, prise d'une soudaine timidité. « Merci. »

Tyrone hocha la tête et alla rejoindre sa bande. Soraya inspira profondément avant de poursuivre son chemin vers le coin de la 8e Rue où l'inspecteur Overton, assis au volant, griffonnait sur une feuille de papier quadrillée.

Quand elle frappa contre la vitre, il leva les yeux et fourra le papier en toute hâte dans la poche de sa chemise.

La vitre descendit dans un murmure. Elle demanda : « Dites-moi un peu, qu'avez-vous l'intention de faire ? »

Il rangea son stylo. « M'assurer de votre sécurité. Ça craint dans ce quartier.

— Je n'ai nul besoin de votre aide. Merci bien.

— Écoutez, je sais que vous êtes sur une piste – une piste importante dont la Sécurité intérieure ignore tout. Il me faut cette info. »

Elle le foudroya du regard. « Je vous conseille de partir. Tout de suite. »

Soudain, le visage de l'inspecteur se transforma en un masque de granit. « Je veux tout savoir en même temps que vous. »

Soraya sentit le feu du combat lui monter aux joues. « Sinon ? »

Sans prévenir, il ouvrit violemment la portière et la heurta au ventre. Elle tomba à genoux, le souffle coupé.

Lentement, Overton descendit de voiture et se posta devant elle, la dominant de toute sa hauteur. « Ne joue pas à ce petit jeu avec moi, gamine. J'suis plus vieux que toi. Je me fous du règlement et je connais tous les trucs du métier. J'en ai oublié plus que tu n'en apprendras jamais. »

Soraya ferma les yeux un instant comme si elle tentait de recouvrer ses esprits et son sang-froid. Pendant ce temps, de sa main gauche, elle sortit son ASP compact de l'étui discrètement placé au creux de ses reins. Elle le braqua sur Overton. « Il est chargé avec du 9 mm Parabellum, dit-elle. A cette distance, une seule balle suffira pour vous couper en deux. » Elle respira profondément à deux reprises. La main qui tenait l'arme resta ferme. « Foutez-moi le camp d'ici. Et que ça saute. »

Il recula lentement en décomposant bien ses mouvements et se rassit derrière le volant sans la quitter des yeux. Puis il secoua son paquet de cigarettes, en glissa une entre ses lèvres exsangues, l'alluma d'un geste languide et tira dessus.

« Bien m'dame. » Sa voix n'exprimait rien de particulier mais ses yeux étaient injectés de venin. Il claqua la portière.

En la regardant se relever, il fit rugir son moteur puis démarra. L'œil rivé à son rétroviseur, il la vit braquer son arme en direction du pare-brise arrière jusqu'à ce que la voiture disparaisse dans le flot de la circulation.

Dès qu'il la perdit de vue, il sortit son portable et pressa une touche de raccourci. Lorsque la voix de Matthew Lerner retentit dans l'écouteur, Overton déclara : « Vous aviez raison, monsieur Lerner. Soraya Moore farfouille dans le secteur, et pour dire la vérité, elle est devenue dangereuse. »

Kabur les envoya en direction de l'église dont le clocher avait servi de guide à Bourne. Comme toutes les églises du pays, elle appartenait à l'Église orthodoxe Tewahedo d'Éthiopie. Forte de plus de trente-six millions de fidèles, cette croyance ancestrale figurait au premier rang des Églises orthodoxes orientales. En fait, dans cette partie de l'Afrique, elle était la seule Église chrétienne précoloniale.

En pénétrant dans la lumière aqueuse de l'édifice religieux, Bourne crut un instant que Kabur lui avait joué un mauvais tour. Que non seulement le fils irradié de Zaim mais le nagus lui-même étaient au service de Fadi ; qu'on l'avait mené dans un piège. Il sortit son Makarov. Puis, très vite, les ombres étranges et les taches de lumière se dissipèrent et une silhouette silencieuse se dressa devant lui.

« C'est le père Mihret, murmura Zaim. Je le connais. »

Malgré sa blessure, Zaim avait insisté pour l'accompagner. Il était lié à Bourne, désormais. Ils se devaient mutuellement la vie.

« Mes fils, murmura le père Mihret, je crains qu'il ne soit trop tard.

— Le pilote, dit Bourne. Conduisez-moi à lui, s'il vous plaît. »

Comme ils traversaient l'église en toute hâte, Bourne demanda : « Est-il encore vivant ?

— Si peu. » Grand et maigre comme un clou, le prêtre avait les yeux démesurés et le visage émacié d'un ascète. « Nous avons fait tout ce que nous avons pu.

— Comment est-il parvenu jusqu'à vous, Père ? s'enquit Zaim.

— Des bergers l'ont trouvé aux abords du village, dans un bosquet de sapins près de la rivière. Ils sont venus m'avertir et je leur ai ordonné de le ramener sur une litière. Mais je crains que cela n'ait aggravé son état.

— J'ai un hélico à ma disposition, dit Bourne. Je peux l'emmener loin d'ici. »

Le père Mihret secoua la tête. « Il souffre de fractures au cou et à la moelle épinière. Nous n'avons aucun moyen de l'immobiliser. Le moindre déplacement le tuerait. »

Jaime Cowell était couché dans le lit du père Mihret. Deux femmes le veillaient. L'une enduisait d'onguent sa peau écorchée, l'autre pressait un tissu gorgé d'eau sur ses lèvres entrouvertes. Une étincelle s'alluma dans les yeux de Cowell quand Bourne se plaça dans son champ de vision.

Bourne lui tourna le dos le temps de demander au prêtre : « Peut-il s'exprimer ?

— A peine, répondit le père Mihret. Dès qu'il bouge, la douleur devient insoutenable. »

Bourne se pencha au-dessus du lit de telle manière que Cowell n'ait pas à bouger la tête pour le regarder. « Je suis venu pour te ramener au bercail, Jaime. Tu comprends ce que je dis ? »

Les lèvres de Cowell remuèrent, un léger sifflement en sortit.

« Écoute, je vais faire court, dit Bourne. Il faut que je retrouve Martin Lindros. Vous étiez les deux seuls survivants de l'attaque. Lindros est-il en vie ? »

Bourne dut se pencher pour que son oreille effleure la bouche de Cowell.

« Oui. La dernière fois... que je l'ai vu. » La voix de Cowell ressemblait au bruit du sable glissant le long d'une dune.

L'odeur était insupportable. Le prêtre n'avait pas tort : la mort était déjà dans la pièce, elle l'empuantissait.

« Jaime, c'est très important. Sais-tu où se trouve Lindros ? »

De nouveau, Bourne fut assailli par cette odeur atroce.

« Trois clics ouest par sud-ouest... de l'autre côté de la rivière. » L'effort et la douleur le faisaient transpirer. « Un camp... lourdement défendu. »

Bourne était sur le point de s'éloigner quand Cowell recommença à râler. Sa poitrine se soulevait et retombait à un rythme inquiétant. Soudain, elle se mit à tressauter, comme si des spasmes contractaient ses muscles déjà trop tendus. Cowell ferma les yeux, des larmes roulèrent sous ses paupières.

« Doucement, lui intima Bourne. Repose-toi maintenant.

— Non ! Oh mon Dieu ! »

Les paupières de Cowell s'ouvrirent d'un coup. Ses yeux cherchèrent ceux de Bourne. Dans son regard, on voyait déjà se dessiner les ténèbres abyssales de la mort.

« Cet homme... le chef...

— Fadi, l'aida Bourne.

— Il tort... torture Lindros. »

L'estomac de Bourne se mua en un bloc de glace. « Est-ce qu'il tient le coup ? Cowell ! Cowell, réponds-moi.

— Il ne répondra plus à vos questions. Il est loin de tout cela maintenant. » Le père Mihret approcha et posa sa main sur le front trempé de sueur de Cowell. « Dieu miséricordieux a mis fin à ses souffrances. »

Ils allaient le déplacer. Martin Lindros le devinait à l'agitation qu'il sentait autour de lui. Abbud ibn Aziz ne cessait d'aboyer des ordres, se résumant tous à une seule injonction : fichons le camp de cette grotte. Puis il entendit le bruit des bottes ferrées, le claquement métallique des armes, les ahanements des hommes soulevant de lourdes charges. Un moteur grinça. Un camion entrait en marche arrière dans la bouche dc la caverne.

Un instant plus tard, Abbud ibn Aziz en personne vint lui bander les yeux.

Il s'accroupit à côté de Lindros. « Ne t'inquiète pas, dit-il.

— Je suis au-delà de l'inquiétude », répondit Lindros d'une voix cassée qu'il eut du mal à reconnaître.

Abbud ibn Aziz tripotait la cagoule noire sans trous pour les yeux, dont il s'apprêtait à l'affubler. « Quoi que tu saches sur la tentative d'assassinat de Hamid ibn Ashef, c'est le moment de tout révéler.

— Je te l'ai répété maintes et maintes fois, je ne sais rien. Tu ne me crois toujours pas ?

— Non. » Abbud ibn Aziz lui enfonça la cagoule sur la tête. « Je ne te crois pas. »

Puis, de manière assez inattendue, sa main saisit l'épaule de Lindros.

Comment interpréter ce geste ? se demanda Lindros, *est-ce un signe d'empathie ?* C'était assez amusant bien qu'en l'état actuel des choses, Lindros fût incapable d'apprécier le comique de la situation. Il observait, constatait et rien de plus. Depuis ces derniers jours, il regardait tout ce qui lui arrivait à travers la vitre blindée qu'il s'était fabriquée. Une vitre symbolique certes, mais fort efficace. Depuis qu'il avait émergé de sa cachette intérieure, Lindros vivait entre deux eaux, comme s'il n'arrivait pas à réintégrer totalement son corps. Son corps agissait – mangeait, dormait, déféquait, faisait un peu d'exercice, discutait de temps en temps avec Abbud ibn Aziz – comme s'il appartenait à quelqu'un d'autre. Lindros avait même du mal à se persuader qu'il était retenu contre son gré. Que cette dissociation psychique découlât de son enfermement prolongé sur lui-même – un état destiné à disparaître petit à petit – semblait relever de l'illusion. Il avait l'impression qu'il vivrait désormais dans ces limbes, qu'il continuerait à exister mais sans vivre réellement.

On le poussa sans ménagement pour l'inciter à se lever. Lui n'en finissait pas de nager dans son rêve. Il flottait sur le paisible lac qu'il s'était construit au fil des jours. Pourquoi cette hâte à le déplacer ? Quelqu'un était-il venu le sauver ? Il doutait qu'il s'agisse de la CIA ; d'après les conversations qu'il avait surprises ces derniers jours, le deuxième hélicoptère envoyé à son secours avait été détruit par Dujja. Non. Une seule personne au monde possédait le savoir, la ténacité et l'habileté nécessaires pour parvenir au sommet du Ras Dejen sans se faire tuer : Jason Bourne ! Jason allait le ramener au bercail !

Matthew Lerner était attablé au fond du Golden Duck. Bien que situé à Chinatown, ce petit restaurant figurait dans plusieurs guides de la ville. De ce fait, on y trouvait nombre de touristes et quelques résidents du quartier parmi lesquels les membres de la confrérie secrète, constituée d'espions et d'agents du gouvernement, chapeautée par Lerner. Raison pour laquelle ce dernier l'avait choisi comme lieu de rendez-vous. Il fréquentait ainsi une bonne demi-douzaine de lieux semblables, disséminés dans le district, où il rencontrait comme par hasard les divers contacts et autres individus dont il utilisait les services.

L'endroit sombre et crasseux sentait l'huile de sésame, la poudre aux cinq parfums et cette mixture indéfinissable qui bouillonnait au fond d'une poêle à fond creux dont on extrayait rouleaux de printemps et morceaux de poulet panés.

Il sirotait une Tsingtao à même le goulot parce que les relents huileux des verres à eau le dégoûtaient. A dire vrai, il aurait préféré s'envoyer une lampée de Johnnie Walker mais le moment était mal choisi. Il avait un rendez-vous important.

Son téléphone portable bourdonna. Il consulta le message qui venait de s'afficher : « PAR-DERRIÈRE SUR LA 7e RUE. CINQ MINUTES. »

Il l'effaça dans la seconde, empocha le téléphone et entreprit de vider ce qu'il restait de sa bière. La dernière gorgée avalée, il posa bruyamment quelques billets sur la table, prit son manteau et se rendit aux toilettes. Bien sûr, il connaissait par cœur l'aménagement intérieur de tous les restaurants lui servant de lieux de rencontre. Après avoir uriné, il ressortit en passant devant la cuisine embuée de vapeur où les cris en cantonais rivalisaient avec les grésillements stridents des grands woks posés sur des fourneaux ardents.

La porte arrière coulissa. Il déboucha sur la 7e Rue. La Ford dernier modèle passait inaperçue à Washington car toutes les agences gouvernementales étaient censées se doter de véhicules de marque américaine. Avec un regard rapide à droite et à gauche, il ouvrit la portière arrière et monta. La Ford démarra.

Lerner s'installa sur la banquette. « Salut Franck.

— Bonjour monsieur Lerner, dit le chauffeur. Alors quoi de neuf ?

— Pas grand-chose, répondit sèchement Lerner. Comme d'habitude.

— Je comprends, opina Franck, un malabar au cou de taureau, sans doute un drogué de la gym en salle.

— Comme va le secrétaire cet aprèm ?

— Eh bien... (Frank fit claquer ses doigts.) Comment dit-on ?

— En colère ? Excédé ? Envie de meurtre ? »

Franck lui décocha un regard dans le rétroviseur. « Un peu de tout ça, oui. »

Ils franchirent le George Mason Memorial Bridge avant de virer sud-est sur le Washington Memorial Parkway. Dans ce district, tous les lieux s'appelaient *memorial* quelque chose, se dit Lerner. Rien que des trucs bâtis par des politicards à des fins électorales. Le genre de connerie qui emmerdait royalement le secrétaire.

La limousine l'attendait aux abords du terminal de fret de l'aéroport national Washington. Son moteur colossal ronronnait comme un réacteur d'avion sur le point de décoller. Franck freina en douceur, Lerner descendit de la Ford pour passer dans la limousine, comme il l'avait fait des dizaines de fois au cours de ces dernières années.

A l'intérieur, ce palace ne ressemblait à aucun des véhicules que Lerner connaissait, hormis Air Force One, l'avion présidentiel. Des cloisons en ronce de bois venaient obturer les vitres en cas de nécessité – c'était le cas en ce moment. Un bureau en noyer, un centre de communication wi-fi dernier cri, un canapé en velours convertible, une paire de fauteuils pivotants assortis et un petit réfrigérateur complétaient le tableau.

Un homme distingué sur la fin de la soixantaine, coiffé d'un halo de cheveux gris coupés court, était assis derrière le bureau, occupé à pianoter sur le clavier d'un ordinateur portable. Ses grands yeux légèrement exorbités, aussi perçants et scrutateurs que dans sa jeunesse, contrastaient curieusement avec ses joues creusées, son teint livide et la peau flasque qui tremblait sous son menton.

« Monsieur le Secrétaire, dit Lerner sur un ton mêlant savamment le respect et la crainte.

— Prenez donc un siège, Matthew. » L'accent texan bien marqué du secrétaire à la Défense Halliday révélait qu'il avait passé les premières années de sa vie dans la jungle urbaine de Dallas. « Je serai à vous dans quelques minutes. »

Pendant que Lerner choisissait un fauteuil, la limousine démarra. Bud Halliday détestait rester trop longtemps au même endroit. Cela le rendait anxieux. Lerner l'appréciait avant tout pour ses origines modestes. Ce type s'était fait tout seul puisqu'il avait grandi loin des champs pétrolifères dont étaient issus la plupart des hommes que Lerner avait croisés depuis qu'il fréquentait ce district. Le secrétaire s'était enrichi selon les bonnes vieilles méthodes. Par conséquent, c'était un indépendant qui ne devait rien à personne, pas même au Président. Les affaires qu'il traitait au nom de ses électeurs et en son nom propre étaient de tels chefs-d'œuvre de sagacité et de savoir-faire politique qu'elles ajoutaient à son influence tout en lui évitant de devenir le débiteur de ses pairs.

Après avoir terminé la tâche qui l'occupait, le secrétaire Halliday leva les yeux pour esquisser un sourire raté. Unique séquelle de l'attaque mineure dont il avait souffert dix ans auparavant, le côté gauche de sa bouche ne fonctionnait pas toujours comme il le souhaitait.

« Jusque-là tout va bien, Matthew. Quand vous m'avez appris que le DCI avait proposé votre transfert, j'ai eu du mal à y croire tant la chose était inespérée. Cela fait des années que je tente de prendre le contrôle de la CIA par tel ou tel biais. Le DCI est un dinosaure, le dernier fleuron du cénacle des initiés. Mais il se fait vieux et cela ne risque pas de s'arranger. Si l'on en croit certaines rumeurs, il commence à perdre la main. Je veux attaquer maintenant, pendant qu'il est assailli de toutes parts. Je ne peux pas le combattre ouvertement ; à l'intérieur du Beltway, il reste d'autres dinosaures encore verts, même s'ils sont retirés des affaires. Voilà pourquoi je vous ai engagé, vous et Mueller. Je dois me tenir à distance pour pouvoir plaider l'absence de responsabilité le jour où ça commencera à chier dans le ventilo.

« Cela dit, l'essentiel c'est qu'il parte ; son agence a besoin d'un bon coup de balai. Ils ont toujours dirigé le soi-disant "renseignement humain", c'est-à-dire les espions pour employer le mot juste et éviter de parler comme ces snobinards du Beltway. Le Pentagone, que je contrôle, et la NSA, que le Pentagone contrôle, n'avaient droit qu'à un strapontin. Nous étions chargés des satellites de reconnaissance, des écoutes en tout genre – nous préparions le champ de bataille, comme se plaît à le dire Luther LaValle, mon fidèle bras droit au Pentagone.

« Mais aujourd'hui, nous sommes en guerre et je crois fermement que le Pentagone doit chapeauter le renseignement humain, en plus du reste. Seul un contrôle absolu fera du Pentagone une machine de pointe, capable d'anéantir tous les foutus réseaux et cellules terroristes travaillant à notre destruction autant à l'intérieur de nos frontières qu'à l'extérieur. »

Lerner observait le visage du secrétaire. Pourtant il savait d'avance ce qui allait suivre. Ils se connaissaient bien et depuis longtemps. Un autre se serait contenté des progrès effectués. Pas Halliday. Lerner se recroquevilla mentalement. Dès que le secrétaire lui faisait un compliment, il l'assortissait d'une demande parfaitement impossible à satisfaire. Mais Halliday n'en avait rien à battre. Il était issu du même moule que Lyndon Johnson. Un fieffé salopard.

« Ça vous ennuie de me dire ce que vous entendez par là ? »

Halliday l'étudia un moment. « Vous venez de me confirmer que la CIA est depuis peu un repaire d'Arabes et de musulmans. En conséquence, après que nous nous serons occupés du DCI, vous aurez pour mission de les virer de l'Agence. Une purge.

— Qui sont-ils ? demanda Lerner. Avez-vous une liste ?

— Une liste ? Je n'ai pas besoin d'une foutue liste, rétorqua Halliday. Je vous parle d'une purge, vous pigez ? Je veux qu'ils disparaissent *tous*. »

Lerner réprima une grimace. « Cela prendra un certain temps, monsieur le Secrétaire. Que ça plaise ou pas, la religion est devenue une question très sensible, de nos jours.

— Épargnez-moi ces conneries, Matthew. J'ai une douleur dans la fesse droite depuis bientôt dix ans. Et vous savez ce qui cause cette douleur ?

— Oui, monsieur. La sensibilité religieuse.

— Ah ça oui ! Nous sommes en guerre avec ces satanés musulmans Je ne tolérerai pas qu'un seul d'entre eux sape nos agences de sécurité de l'intérieur. Compris ?

— Compris, monsieur. »

C'était comme une routine bien réglée entre eux, même si Lerner doutait que le secrétaire fût de son avis. Ce type avait peut-être de l'humour mais dans ce cas, il devait être enfoui aussi profondément qu'un squelette d'homme de Neandertal.

« Puisque nous parlons de mal au cul, j'aimerais évoquer l'affaire Anne Held. »

Lerner savait qu'il allait bientôt assister au clou du spectacle.

Tout ce qui venait de se dérouler n'était qu'une entrée en matière, une sorte d'échauffement. « Que se passe-t-il avec elle ? »

Halliday ramassa une enveloppe kraft sur son bureau et la lança à Lerner. Ce dernier l'ouvrit, feuilleta rapidement son contenu puis leva les yeux.

Halliday hocha la tête. « C'est exact, mon ami. Anne Held est en train de mener sa petite enquête sur votre compte.

— La salope. Je pensais qu'elle se tiendrait à carreau.

— C'est une petite maligne, Matthew. En plus, elle est d'une loyauté indéfectible envers le DCI. Ce qui signifie qu'elle ne tolérera jamais que vous accédiez au premier échelon de la CIA. Cette femme est une vraie menace pour nous. CQFD.

— Je ne peux pas l'éliminer comme ça. Même si je maquille son assassinat en crime crapuleux ou en accident...

— Oubliez cela. Un tel incident ferait l'objet d'une enquête minutieuse. Vous seriez coincé jusqu'au jugement dernier. » Halliday se tapotait les lèvres avec le capuchon d'un stylo-plume. « C'est pourquoi je vous conseille de trouver un moyen de la briser d'une manière très embarrassante et très douloureuse, autant pour elle que pour le DCI. Un embarras parmi tant d'autres. Privé de sa loyale main droite, le DCI sera d'autant plus vulnérable. Votre étoile montera plus rapidement, précipitant la fin du dinosaure. J'y veillerai. »

DIX

DÈS QU'ILS EURENT TRAVERSÉ la rivière gelée coulant ouest par sud-ouest, ils pénétrèrent dans l'ombre épaisse des sommets. Bourne et Zaim avançaient en compagnie des trois combattants prêtés par Kabur. Ces hommes connaissaient la région mieux que Zaim.

Bourne éprouvait un certain malaise. Il n'aimait pas se déplacer à l'intérieur d'un groupe aussi important. Son mode opératoire reposait sur la discrétion, l'invisibilité – deux éléments impossibles à réunir dans les circonstances présentes. Il devait pourtant admettre que les hommes de Kabur étaient rapides, silencieux et qu'ils semblaient concentrés sur leur mission consistant à les conduire sains et saufs jusqu'au camp de Fadi.

Depuis la rive ouest de la rivière, le terrain s'était élevé selon une pente régulière. Il s'aplanit soudain lorsqu'ils pénétrèrent sur un plateau boisé. La montagne les écrasait de sa masse infranchissable : une paroi presque verticale, haute de trente mètres, s'achevant sur une brusque saillie.

La violente averse de neige avait fait place à une petite douche floconneuse qui n'entravait pas leur progression. Ils couvrirent donc les premiers deux kilomètres et demi sans incident. L'un des soldats de Kabur leur fit signe d'arrêter pendant que son camarade partait reconnaître le terrain. Ils attendirent, accroupis parmi les sapins bruissants, regardant la neige blanchir leurs vêtements. L'orage naissant répandait peu à peu un silence pesant sur toute la zone, comme si l'énorme saillie rocheuse absorbait tous les bruits du versant.

L'Amhara revint signaler que la voie était libre. Ils sortirent de leur abri et se remirent à marcher dans la neige, leurs sens en alerte. Comme ils approchaient de la saillie, le sol recommença à grimper. Le terrain devenait à la fois plus caillouteux et plus boisé. Bourne songea que Fadi avait eu raison d'établir son camp sur les hauteurs.

Au bout de cinq cents mètres, le chef du groupe fit halte de nouveau pour envoyer un éclaireur qui resta absent plus longtemps que la fois précédente. Quand il réapparut, une vive discussion s'engagea entre lui et son commandant. Finalement, ce dernier s'approcha de Bourne et Zaim.

« L'ennemi est devant nous. Nous avons repéré deux hommes à l'est de notre emplacement.

— Leur camp ne doit plus être loin, à présent, supposa Bourne.

— Ces types-là ne sont pas des gardes. Ils patrouillent la forêt et viennent dans notre direction. » Le commandant fronça les sourcils. « Ils savent peut-être que nous marchons vers eux.

— Aucun moyen de s'en assurer, dit Zaim. En tout cas, il faut qu'on les tue. »

Le visage du commandant s'assombrit davantage. « Ce sont des hommes de Fadi. Il y aura des représailles.

— Laissez tomber, intervint Bourne. Zaim et moi agirons seuls.

— Tu me prends pour un lâche ? » Le commandant secoua la tête. « Notre mission consiste à vous mener au camp de Fadi. Nous irons jusqu'au bout. »

A son signal, ses hommes s'ébranlèrent vers l'est. « Nous trois nous poursuivons notre route. Mes frères vont s'occuper d'eux. »

La déclivité était très forte à présent. On aurait dit que la montagne s'étirait pour tenter de toucher l'énorme saillie. Il avait cessé de neiger ; le soleil transperçait la couverture nuageuse.

Tout à coup, un bruit de mitraille se répercuta sur les parois rocheuses. Ils s'immobilisèrent et s'accroupirent derrière les arbres. Une deuxième rafale retentit tout de suite après. Puis le silence revint.

« Il faut se dépêcher », dit le commandant. Ils se levèrent et recommencèrent à progresser ouest par sud-ouest.

Ils entendirent les trilles d'un oiseau. Tout de suite après, les deux soldats les rejoignirent. L'un était légèrement blessé. Leur colonne repartit en rang serré, l'éclaireur en tête.

Presque aussitôt, le sol s'aplanit, les arbres devinrent plus rares. Soudain l'éclaireur sembla trébucher sur un caillou ou une racine. Quand il tomba sur les genoux, la neige rougit. Le deuxième soldat reçut une balle en pleine tête. Le reste du groupe se mit à couvert. Les tirs venaient de l'ouest. Bourne comprit que le détachement de deux hommes était un leurre faisant partie d'un dispositif destiné à les prendre en tenailles. Il commençait à mieux percevoir l'esprit de Fadi. Il avait pris le risque de perdre deux hommes rien que pour leur tendre une embuscade.

On entendit d'autres coups de feu. Une fusillade si nourrie qu'on avait du mal à dénombrer les hommes qui leur faisaient face. Bourne s'éloigna de Zaim et du commandant qui répliquaient, cachés derrière des abris de fortune. Il prit à droite et gravit une pente escarpée qui fournissait toutefois suffisamment de prises pour les pieds et les mains. Depuis le départ, il savait que la présence des hommes de Kabur était une erreur – il aurait même préféré se passer de l'aide de Zaim – mais dans ce pays, on ne refusait pas les cadeaux des amis.

Parvenu sur une sorte de promontoire, il rampa jusqu'au bord et regarda les rochers cascader jusqu'au pied de la montagne. Il repéra quatre hommes armés de fusils et de pistolets. Même à cette distance, il était impossible de les confondre avec des Amharas. Ils devaient faire partie du groupe de Fadi.

A présent, le problème reposait sur la logistique. Bourne ne disposait que d'armes de poing. Dans ces conditions, comment affronter un ennemi équipé de fusils ? Pour effacer le handicap, une seule solution : s'approcher. Ce plan comportait pas mal de dangers mais il n'avait pas le choix.

Bourne amorça un mouvement tournant, destiné à les prendre par-derrière. Mais très vite, il s'aperçut que ce serait plus compliqué que prévu. Les terroristes avaient posté un homme pour surveiller leurs arrières. Il était assis sur un rocher dont il avait balayé la neige et tenait un fusil de précision de fabrication allemande – un Mauser SP66. Cette arme acceptant des balles 7.62 x 51 mm était équipée d'un viseur télescopique Zeiss Diavari. Pour bien calculer son prochain mouvement, il devrait tenir compte de ces précisions techniques. Le Mauser n'avait pas son pareil pour les cibles éloignées ; son principal défaut résidait dans son canon lourd et sa culasse fonctionnant manuellement. Les tirs rapides, dans l'urgence, n'étaient donc pas son fort.

Il arriva en rampant à quinze mètres de l'homme, sortit le poignard courbe pris au soldat amhara et se redressa brusquement. Surpris, le terroriste bondit de son rocher, lui fournissant par ce geste irréfléchi une cible idéale. Il tentait encore de viser avec son Mauser quand Bourne lança son poignard. Dans un sifflement, la lame déchira l'air et s'enfonça jusqu'à la garde sous le sternum du terroriste. L'acier incurvé trancha les tissus et les organes. L'homme se noya dans son propre sang avant même de s'écrouler dans la neige.

Le pied sur le cadavre, Bourne récupéra le poignard, nettoya la lame dans la neige, le rengaina puis ramassa le Mauser et se mit en quête d'une cachette.

Les tirs au pistolet, les rafales d'armes automatiques claquaient au rythme d'un message en morse, chaque point, chaque trait correspondant à la mort d'un homme. Il se mit à courir vers les terroristes qui déjà s'éloignaient. Alors, il se débarrassa du Mauser et empoigna le Makarov.

En courant le long de la crête, il aperçut en bas le commandant étendu dans la neige, au centre d'un nuage sanglant. Un peu plus loin, il repéra deux terroristes. Il abattit le premier dans le dos ; la balle toucha le cœur. Le deuxième se tourna et répliqua. Bourne plongea derrière un rocher.

D'autres coups de feu retentirent, des rafales erratiques que la saillie rocheuse renvoya en écho aux oreilles de Bourne. Il se mit à genoux. Trois projectiles heurtèrent un rocher proche en produisant une gerbe d'étincelles.

Décidant de feinter, il fit semblant d'aller à droite en tirant puis cessa le feu, se jeta à plat ventre et rampa vers la gauche. L'épaule du terroriste s'encadra dans sa ligne de mire. Ses deux tirs suscitèrent un grognement de douleur. Bourne se leva et fit quelques pas sans se cacher. Quand l'homme leva la tête, Bourne tendit son Makarov à bout de bras et toucha l'homme entre les deux yeux.

Le troisième terroriste se trouvait non loin de là, étendu dans la neige. Il se tordait de douleur en se tenant le ventre. A la vue de Bourne, ses yeux lancèrent un éclair et, curieusement, un faible sourire se peignit sur ses traits. Puis, dans un dernier spasme, il cracha un flot de sang. Son regard s'éteignit.

Bourne se mit à courir. Trente mètres plus loin, il vit Zaim. L'Amhara se tenait agenouillé. Il avait reçu deux balles dans la poitrine. Ses yeux louchaient de douleur. Quand il remarqua Bourne, il réussit à articuler : « Non, laisse-moi. Je suis foutu.

— Zaim...

— Va-t'en. Trouve ton ami. Ramène-le chez lui.

— Je ne peux pas te laisser. »

Zaim se composa un sourire. « Tu ne comprends toujours pas. Je n'ai pas de regrets. Grâce à toi, mon fils sera enterré. C'est tout ce que je demande. »

Avec un long soupir râpeux, il bascula sur le côté et ne bougea plus.

Bourne s'agenouilla près de son compagnon pour lui fermer les yeux puis reprit la route du camp terroriste. Quinze minutes plus tard, après avoir traversé des forêts de conifères toujours plus denses, il le vit : plusieurs tentes militaires, plantées sur un terrain plat récemment défriché, à en juger d'après les souches d'arbres encore fraîches.

Accroupi près d'un tronc, il prit le temps d'observer le camp : neuf tentes, trois foyers pour la cuisine, des latrines. Pas âme qui vive. L'endroit paraissait inoccupé.

Pour en avoir le cœur net, il décida de contourner le camp mais dès qu'il quitta l'abri des branchages, des balles percèrent la neige autour de lui. Il repéra au moins une douzaine d'hommes.

Bourne se mit à courir.

« Par ici ! Venez ! Vite ! »

Bourne leva les yeux vers une plate-forme rocheuse couverte de neige. Là-haut, il vit Alem étendu sur le ventre. Trouvant un appui pour son pied, il sauta sur la corniche et se coucha dans la même position. Alem recula en glissant, laissant Bourne observer les hommes de Fadi qui se dispersaient en éventail.

Suivant l'exemple d'Alem, Bourne recula lui aussi. Quand ils furent assez loin pour se redresser, Alem dit : « Ils ont déplacé votre ami. Il y a des grottes sous la grande saillie. C'est là qu'ils l'ont emmené.

— Qu'est-ce que tu fais ici ? demanda Bourne quand ils se mirent à grimper.

— Où est mon père ? Pourquoi il n'est pas avec toi ?

— Je suis désolé, Alem. Ils l'ont abattu. »

Bourne voulut prendre le garçon dans ses bras mais Alem s'esquiva, le regard tourné vers l'intérieur.

« Il s'est battu comme un diable, si cela peut faire une différence. » Bourne s'accroupit près d'Alem. « Il est mort en paix. Je lui ai promis d'enterrer ton frère.

— Tu peux faire ça ? »

Bourne hocha la tête. « Je crois. Oui. »

Le regard sombre d'Alem erra sur le visage de Bourne. Puis il hocha la tête et, dans le plus grand silence, ils reprirent leur escalade. La neige était revenue – un épais rideau blanc qui les cachait du reste du monde. Elle assourdissait tous les bruits ; ce qui pour eux comportait autant d'avantages que d'inconvénients car elle supprimait tous les bruits de pas, les leurs comme ceux de leurs poursuivants.

Sans manifester aucune peur, Alem avançait résolument le long d'un chemin courant en diagonale sur la paroi renflée de la saillie. Pas une fois il ne trébucha. En quinze minutes, ils gagnèrent le sommet.

Alem et Bourne se mirent à ramper. « Il y a des cheminées qui mènent directement aux grottes, dit l'enfant. J'ai souvent joué à cache-cache ici, avec mon frère. Je sais quelles cheminées il faut prendre pour rejoindre votre ami. »

Malgré la neige, Bourne voyait nettement que la saillie était percée de plusieurs orifices. La pression exercée par la glace avait fini par perforer le granit de la montagne.

Penché au-dessus d'une cheminée, Bourne dégagea la neige accumulée et coula un regard vers le bas. La lumière ne parvenait pas jusqu'au fond mais le puits semblait descendre à plusieurs centaines de mètres.

A côté de lui, Alem dit : « Tes ennemis regardaient.

— Ton père me l'a dit. »

Alem hocha la tête. De toute évidence, il n'était pas surpris. « Ils avaient déjà sorti ton ami du camp car ils avaient peur que tu le trouves. »

Bourne s'assit et contempla le visage du garçon « Pourquoi tu me racontes cela maintenant ? A supposer que ce soit la vérité.

— Ils ont tué mon père. Ils voulaient le tuer depuis le départ. Je viens de le comprendre. Ces gens disent qu'ils s'occupent de nous mais quand ils n'ont pas ce qu'ils veulent, ils nous tuent ou nous rendent infirmes. Ils m'avaient dit qu'ils ne toucheraient pas à mon père et j'ai été assez bête pour les croire. Maintenant, je les emmerde. Je t'aiderai à sauver ton ami. »

Bourne ne dit rien, ne fit aucun geste.

« Je sais que tu ne me crois pas. Je dois faire mes preuves. Donc je descendrai le premier. Si c'est un piège, si tes soupçons sont justes, s'ils t'attendent dans cette cheminée, alors c'est moi qui mourrai. Et tu seras sauvé.

— Peu importe ce que tu as fait, Alem. Je ne veux pas qu'ils te fassent du mal. »

Le visage de l'enfant se crispa un instant. Il ne comprenait pas. Visiblement, c'était la première fois qu'un étranger exprimait de l'intérêt pour son bien-être.

« Je t'ai dit la vérité, répéta Alem. Les terroristes ne connaissent pas l'existence de ces cheminées. »

Après un moment d'hésitation, Bourne déclara : « Tu peux prouver ta loyauté envers ton père et moi, mais pas de cette façon. » Il chercha dans sa poche et sortit un petit objet octogonal en plastique gris foncé au centre duquel dépassaient deux boutons, un noir et un rouge.

En le mettant dans la main d'Alem, il dit : « J'ai besoin que tu redescendes d'ici et que tu marches vers le sud. Tu risques fort de rencontrer les hommes de Fadi. Dès que tu les verras, appuie sur le bouton noir et quand tu seras à un mètre d'eux, appuie sur le rouge. Ensuite jette-leur l'objet aussi fort que tu peux. Tu as bien compris ? »

Le garçon regarda l'octogone. « C'est une bombe ?

— On ne peut rien te cacher.

— Tu peux compter sur moi, fit Alem d'un air solennel.

— Bien. Je ne bougerai pas avant d'avoir entendu l'explosion. Ensuite, je descendrai dans la cheminée.

— L'explosion va les attirer. » Alem se leva pour partir. « Aux deux tiers de la descente, tu trouveras un embranchement. Prends la voie de droite. Arrivé au bout, tourne à droite. Tu seras à cinquante mètres de l'endroit où ils détiennent ton ami. »

Bourne regarda l'enfant progresser au sommet de la saillie et se fondre dans la neige tourbillonnante. Dès qu'il eut disparu, il appela Davis sur son téléphone satellite Thuraya.

« Ta position est compromise, dit-il. As-tu remarqué de l'activité ? Rien du tout ?

— Tranquille comme une tombe, dit le pilote. Tu peux me situer ton heure d'arrivée ? Un front de ouf est en train de se former vers le nord-est.

— Je suis au courant. Écoute. Il faut que tu décolles. J'ai traversé une prairie alpestre à treize ou quatorze clics de ta position actuelle. Vas-y. Mais d'abord, je veux que tu enterres le corps qui se trouve dans la grotte. Comme la terre est gelée, utilise des rochers. Fais-lui un tumulus. Et dis une prière. Oh ! autre chose – n'oublie pas d'enfiler la combinaison antiradiations que j'ai vue dans le cockpit. »

Bourne songea au jeune Alem. Il avait tendance à penser que l'enfant lui avait dit la vérité et pourtant il fallait aussi envisager le contraire. Au lieu d'attendre la détonation, il plongea tout de suite dans la cheminée. Si jamais le garçon remettait la grenade aux hommes de Fadi, ces derniers ne le trouveraient pas à l'endroit prévu.

En jouant des genoux, des chevilles et des coudes, Bourne descendit le long de la cheminée. Seule la pression de ses membres sur la paroi l'empêchait de dégringoler jusqu'en bas.

Comme Alem le lui avait annoncé, la cheminée se divisait environ aux deux tiers de sa hauteur. Bourne resta un moment suspendu au-dessus du croisement, à se demander que faire. Alem avait-il dit la vérité ? Avait-il menti ? Le dilemme était simple. Sauf qu'en réalité rien n'était simple quand il s'agissait de démêler l'écheveau des motivations et des pulsions humaines.

Bourne prit à droite. Quelques mètres plus loin, le goulot se resserra légèrement si bien que par moments, il dut forcer le passage. Il fut même obligé de pivoter à quarante-cinq degrés pour faire passer ses épaules. Finalement, il déboucha de la cheminée sur le sol de la caverne. Empoignant son Makarov, il regarda à droite et à gauche. Pas de terroriste en embuscade. En revanche, une stalagmite s'élevait sur une hauteur d'un mètre cinquante.

D'un coup de pied, Bourne la brisa à trente centimètres de sa base. Il se pencha, l'attrapa de sa main libre et s'enfonça dans le tunnel de droite. Rapidement, le passage tourna sur la gauche. Bourne ralentit l'allure puis s'arrêta et s'accroupit.

En passant la tête au coin, il vit un terroriste planté quelques mètres plus loin, un fusil Ruger semi-automatique coincé sur la hanche. Bourne resta caché, le temps de maîtriser son souffle. Soudain l'homme bougea ; Martin Lindros s'inscrivit dans le champ de vision de Bourne. Ligoté, bâillonné, il était à demi couché sur un sac de toile. Le cœur de Bourne cognait à tout rompre. Martin était vivant !

Il n'eut pas le temps de juger pleinement de l'état de santé de son ami car soudain, l'écho d'une explosion ricocha sur les parois de la grotte. Alem avait fait ses preuves ; il venait de balancer la grenade de Deron sur ses ennemis, comme il l'avait promis.

Le terroriste repassa devant Lindros. Bourne vit deux autres hommes approcher. Ils se mirent à discuter avec le premier qui parlait comme une mitraillette dans son téléphone satellite. Fadi avait donc assigné trois hommes à la garde de son prisonnier. Bourne disposait d'une information capitale.

Apparemment les trois terroristes avaient décidé d'un plan. Ils se placèrent en formation défensive triangulaire : un homme près de la bouche de la grotte, les deux autres derrière Lindros, près de l'endroit où Bourne était accroupi.

Bourne rangea le Makarov. Utiliser une arme à feu dans ce contexte était hors de question. Le bruit aurait rameuté le reste de la troupe en un clin d'œil. Il se leva, les pieds bien plantés dans le sol, la stalagmite dans une main, le poignard à lame courbe dans l'autre ; il le lança en premier, d'une main ferme et puissante. L'acier pénétra jusqu'à la garde dans le dos du garde de gauche. L'autre se retourna. Aussitôt, Bourne lança la stalagmite comme un javelot. Elle transperça la gorge du terroriste. Par simple réflexe, l'homme attrapa la lance improvisée puis bascula en arrière sur son camarade.

Le terroriste posté à l'entrée de la caverne tenait Bourne en respect avec son Ruger. Voyant cela, Bourne leva les mains sans cesser de marcher.

Le terroriste dit « Halte ! » en arabe.

Mais Bourne s'était déjà jeté sur lui. L'homme n'était pas encore revenu de sa surprise que Bourne, écartant le canon du Ruger, lui cogna le nez avec le talon de la main. Du sang et des morceaux de cartilage jaillirent de la blessure. Du tranchant de la main, Bourne lui cassa la clavicule. Dès que le terroriste tomba à genoux, à demi inconscient, Jason lui arracha le Ruger et lui défonça la tempe avec la crosse.

Bourne ne le vit même pas s'écrouler. Il s'était déjà retourné vers son ami. Quelques secondes lui suffirent pour couper les cordes qui entravaient les mains et les chevilles de Lindros. Comme il l'aidait à se lever, il lui arracha son bâillon.

« Doucement, dit-il. Ça ira ? »

Lindros fit oui de la tête.

« OK. Fichons le camp d'ici. »

Tout en le poussant légèrement pour lui indiquer le chemin, Bourne lui détacha les poignets. Symptôme le plus flagrant des tortures qu'il avait subies, le visage de Martin était bouffi et décoloré. Par quelles souffrances physiques et mentales Fadi l'avait-il fait passer ? Bourne avait connu la torture plus d'une fois. Il savait que certains la supportent mieux que d'autres.

Évitant le bout de stalagmite qui restait fiché dans le sol, ils gagnèrent le pied de la cheminée.

« Il faut grimper, dit Bourne. C'est la seule façon de sortir d'ici.

— Je ferai ce que j'ai à faire.

— Ne t'inquiète pas, dit Bourne. Je vais t'aider. »

Il était sur le point de se hisser dans le conduit quand Lindros lui posa la main sur le bras.

« Jason, je n'ai jamais perdu espoir. Je savais que tu me trouverais, fit-il. Je ne pourrai jamais m'acquitter de cette dette envers toi. »

Bourne lui serra le bras. « Allez viens. Suis-moi. »

L'ascension prit plus de temps que la descente. L'exercice s'avérait nettement plus difficile et fatigant, et la présence de Lindros n'arrangeait rien. A plusieurs reprises, Bourne fut obligé de s'arrêter et de redescendre un mètre ou deux, pour aider son ami à franchir un passage plus redoutable que les autres. Pour passer les goulets les plus étroits, il dut carrément le hisser.

Enfin, après trente minutes épuisantes, ils émergèrent au sommet de la saillie. Pendant que Martin reprenait haleine, Bourne estima le temps qu'il faisait. Le vent avait changé de direction. Il soufflait du sud, à présent. On n'entendait rien à part le doux bruit de la neige. Le front orageux s'était éloigné. Pour une fois, les vieux démons du Ras Dejen s'étaient montrés cléments.

Bourne aida Lindros à se relever. Puis ils partirent rejoindre l'hélicoptère qui les attendait.

ONZE

Anne Held vivait dans une maison de style fédéral, située à un jet de pierre de Dumbarton Oaks à Georgetown. Construite en brique rouge, elle comportait un rez-de-chaussée et un étage, des volets noirs, un toit d'ardoise et une haie de troènes bien taillés sur le devant. Elle avait appartenu à sa sœur Joyce. Elle et son mari Peter étaient morts trois ans auparavant. Leur petit avion s'était écrasé dans le brouillard alors qu'ils se rendaient à Martha's Vineyard. Anne avait ainsi hérité d'une demeure qu'elle n'aurait jamais pu s'offrir autrement.

La plupart du temps, quand elle rentrait du bureau le soir, son Amoureux ne lui manquait pas. Et cela pour deux raisons. D'abord, le DCI la retenait tard presque tous les jours. Il avait toujours été un bourreau de travail mais depuis que sa femme l'avait quitté, deux ans auparavant, il n'avait plus aucune raison de regagner ses pénates. Ensuite, dès qu'elle était chez elle, elle s'occupait en faisant des tas de choses jusqu'au moment où elle prenait un Ambien, se glissait sous les couvertures et éteignait sa lampe de chevet.

Pourtant certaines autres nuits – comme celle-ci –, elle ne parvenait pas à penser à autre chose. Son odeur lui manquait, la fermeté de ses membres musclés sous ses doigts, le frémissement de son ventre plat contre le sien, le plaisir exquis qu'elle ressentait quand il la prenait – ou quand elle le prenait. Le vide de son absence lui causait une douleur physique qui ne s'apaisait qu'avec le travail acharné et les somnifères.

Son Amoureux. Il avait un prénom, bien sûr. Ainsi qu'un millier de petits noms tendres qu'elle lui avait trouvés au fil des ans. Mais quand elle pensait à lui, rêvait de lui, elle l'appelait son Amoureux. Elle l'avait rencontré à Londres, lors d'une réception consulaire – pour célébrer ses soixante-quinze ans, un quelconque ambassadeur avait invité le ban et l'arrière-ban. A l'époque, elle travaillait pour le directeur du MI6, un vieil ami du DCI.

Soudain, elle s'était sentie prise de vertiges. Elle venait de l'apercevoir ; l'effet qu'il produisait sur elle lui avait fait un peu peur. Malgré ses vingt ans, elle avait déjà eu pas mal d'expériences amoureuses mais surtout avec des gamins de son âge. Son Amoureux était un homme. A présent, la douleur de son absence lui nouait la poitrine.

La gorge sèche, elle traversa le vestibule et pénétra dans la bibliothèque prolongée d'un couloir menant à la cuisine où elle comptait se verser un peu d'eau. Elle n'avait pas fait plus de trois ou quatre pas qu'elle s'arrêta net.

Plus rien n'était à sa place. En voyant cela, elle oublia complètement sa déprime. Sans quitter la pièce des yeux, elle ouvrit son sac à main d'où elle sortit son Smith & Wesson J-frame. Elle était devenue bonne tireuse à force de s'entraîner deux fois par mois sur le terrain de la CIA. Les armes à feu ne la passionnaient pas particulièrement, mais tout le personnel administratif avait obligation de s'exercer au tir.

Dûment armée, elle entreprit d'examiner les lieux. Un cambrioleur entré par effraction aurait tout mis sens dessus dessous. Or les objets n'avaient pas été vraiment dérangés. Son visiteur avait fait un boulot remarquable. En fait, si elle n'avait pas été affligée d'une maniaquerie pathologique, elle n'aurait sans doute rien remarqué, tant les changements étaient infimes. Les papiers sur son bureau n'étaient plus aussi nettement empilés, la vieille agrafeuse en chrome avait légèrement pivoté, ses crayons de couleur ne s'alignaient plus dans le même ordre, les livres sur les étagères n'étaient plus aussi bien rangés.

Elle commença par visiter chaque pièce, chaque placard de la maison, pour s'assurer qu'elle était seule. Puis elle vérifia les portes et les fenêtres. Aucune n'avait été forcée ni endommagée. De deux choses l'une : soit l'intrus disposait des clés de chez elle, soit il avait crocheté la serrure. La deuxième hypothèse lui parut la plus probable.

Quand elle revint dans la bibliothèque, elle entreprit d'examiner chaque objet. Lentement. Méthodiquement. Elle espérait ainsi deviner la personnalité de l'individu. C'était important pour elle. Passant d'un rayonnage à l'autre, elle le voyait la suivre, s'introduire chez elle, fouiller ses affaires dans l'espoir de découvrir ses secrets les plus intimes.

Dans un sens, étant donné son métier, c'était relativement prévisible. Pourtant, ce viol de son espace privé la remplissait d'épouvante. Elle savait se défendre, bien entendu, et elle avait de quoi. Elle prenait autant de précautions chez elle qu'au boulot. Celui qui s'était introduit ici n'avait trouvé aucun objet de valeur, elle en était certaine. C'était l'acte en lui-même qui la tracassait. Elle se sentait agressée. Pourquoi ? Par qui ? Autant de questions sans réponses immédiates.

Oublie ce verre d'eau, pour l'instant, pensa-t-elle. A la place, elle se servit un bon scotch pur malt et tout en sirotant le remontant, monta dans sa chambre. Elle s'assit sur le lit, enleva ses chaussures d'un coup de pied. L'adrénaline courait encore dans ses veines, lui interdisant le repos. Alors elle se leva, marcha jusqu'à la commode où elle posa son verre en cristal taillé. Debout devant le miroir, elle déboutonna son chemisier, s'en débarrassa d'un mouvement d'épaules puis ouvrit le placard et fit coulisser tous les cintres pour en trouver un de libre. A peine eut-elle levé la main qu'elle s'arrêta net. Son cœur battait comme un marteau-pilon. Une vague de nausée la submergea.

Devant ses yeux, suspendu à la tringle chromée, se balançait un minuscule nœud coulant. Et dans ce nœud, à la place du cou du condamné, on avait glissé deux petites culottes à elle.

« Ils voulaient me faire parler. Ils voulaient savoir pourquoi je les pourchassais. » Martin Lindros était assis dans l'avion, les yeux mi-clos, la tête appuyée au dossier spécialement moulé. « Je me serais donné des gifles. Mon interrogateur m'a dit qu'ils m'emmenaient en Zambie. Je ne me suis rendu compte de rien.

— Pas besoin de te fustiger, dit Bourne. Tu n'es pas habitué aux missions de terrain. »

Lindros secoua la tête. « Ce n'est pas une excuse.

— Martin, fit-il gentiment, qu'est-il arrivé à ta voix ? »

Lindros grimaça. « J'ai dû passer des jours à hurler. Je ne me rappelle pas. » Il réfléchit intensément. « Je n'ai jamais compris ce qui se passait vraiment. »

Comme tous les rescapés, son ami était en état de choc. Bourne le voyait bien. Il lui avait demandé à deux reprises ce qu'était devenu Jaime Cowell, son pilote. Peut-être n'avait-il pas entendu la première réponse de Bourne. Peut-être avait-il occulté la mauvaise nouvelle. Bourne avait décidé de passer sous silence le sort du deuxième hélicoptère ; on verrait cela plus tard. Tant de choses s'étaient déroulées en si peu de temps qu'ils n'avaient pas réussi à discuter vraiment, jusqu'à présent. Après avoir décollé du Ras Dejen, Davis avait envoyé un message radio à l'aéroport Ambouli de Djibouti pour qu'on leur trouve un médecin de la CIA. Durant ce vol en hélicoptère, Lindros était resté allongé sur un brancard, passant sans cesse de la veille au sommeil. Bourne ne l'avait jamais vu aussi maigre. Il le reconnaissait à peine, avec ce visage gris à l'expression hagarde, cette barbe qui le faisait ressembler à l'un de ses geôliers.

Comme le pilote émérite qu'il était, Davis avait réussi à décoller et à se faufiler à travers le chas de l'aiguille : un espace de calme relatif, comme une déchirure dans le vent qui hurlait autour d'eux. Il avait suivi ce couloir étroit pour descendre vers une couche atmosphérique plus clémente. Près de Bourne, Lindros respirait dans le masque à oxygène qui couvrait presque entièrement son visage blême.

Au cours de ce vol plus que mouvementé, la figure criblée du frère d'Alem n'avait cessé de se présenter devant les yeux de Bourne. Il aurait aimé l'enterrer lui-même mais c'était infaisable. Alors il avait dû opter pour une autre solution. En évoquant le cairn de pierre que Davis avait érigé, il récita une prière silencieuse, comme il l'avait fait plusieurs mois auparavant, sur la tombe de Marie.

A peine posés à Djibouti, ils avaient embarqué le médecin de la CIA, un homme encore jeune malgré son air austère et ses cheveux déjà gris. Il passa près d'une heure à examiner Lindros puis descendit de l'appareil pour discuter avec Bourne.

« De toute évidence, il a subi de graves sévices, avait dit le médecin. J'ai relevé toutes sortes de contusions, une côte fêlée. Et bien sûr, il est déshydraté. La bonne nouvelle c'est qu'il ne présente aucun signe d'hémorragie interne. Je l'ai placé sous perfusion saline et antibiotique, donc pas question de le déplacer pendant une heure au moins. Allez vous rafraîchir, mangez quelque chose de riche en protéines. »

Il avait esquissé un sourire. « Physiquement, il s'en remettra. Mais je ne peux pas mesurer ce qu'il a enduré au point de vue tant mental qu'émotionnel. L'évaluation officielle devra attendre notre retour à Washington, mais pour l'instant vous avez un rôle à tenir. Durant le voyage de retour, suscitez ses souvenirs autant que possible. Je crois savoir que vous êtes proches. Parlez-lui des moments que vous avez passés ensemble, essayez de deviner si des changements se sont produits en lui. »

« Qui était chargé de t'interroger ? » Bourne s'adressait à Lindros assis à côté de lui dans le jet de la CIA.

Les yeux de son ami se fermèrent un instant. « Leur chef. Fadi.

— Donc Fadi en personne était présent sur le Ras Dejen.

— Oui. » Un léger frisson parcourut l'échine de Lindros, comme un courant d'air. « Cette cargaison était trop importante pour qu'on la laisse entre les mains d'un simple lieutenant.

— C'est ce que tu as découvert avant qu'ils te capturent.

— Oui, de l'uranium. J'avais emporté des détecteurs de radiations. » Lindros se tourna vers le hublot en Perspex et coula son regard dehors. « Au départ, je croyais que Dujja cherchait des TSG. Mais c'était absurde. Je veux dire, quel besoin auraient-ils eu d'éclateurs à moins que... » De nouveau, son corps fut secoué par un spasme. « Nous devons supposer qu'ils disposent déjà de tout cela, Jason. Les TSG et, pis encore, les moyens d'enrichir l'uranium. Ils sont en train de fabriquer un engin nucléaire.

— C'est la conclusion à laquelle j'étais arrivé moi aussi.

— Et je ne te parle pas d'une "bombe sale" qui raserait un ou deux pâtés de maisons. Il s'agit d'une vraie bombe, assez puissante pour dévaster une grande ville et irradier le territoire alentour. Des millions de vie sont en jeu ! »

Lindros avait raison. A Djibouti, pendant que le docteur examinait Martin, Bourne avait appelé le Vieux pour lui fournir un bref compte rendu de la situation en insistant sur les intentions de Dujja et sa capacité à mettre ses menaces à exécution. Mais pour l'instant, Bourne ne pouvait rien faire d'autre qu'essayer d'estimer l'état mental de son ami. « Parle-moi de ta captivité.

— Il n'y a pas grand-chose à dire, franchement. La plupart du temps, j'avais une cagoule sur la tête. Crois-le ou pas, j'en suis venu à redouter qu'on me l'enlève parce que ça signifiait que Fadi allait m'interroger. »

Bourne savait qu'il s'aventurait en terrain dangereux mais tant pis, il devait connaître la vérité même s'il n'avait pas forcément envie de l'entendre. « Savait-il que tu appartenais à la CIA ?

— Non.

— Le lui as-tu dit ?

— Je lui ai dit que j'étais de la NSA, et il m'a cru. Il n'avait aucune raison de ne pas me croire. Toutes les agences de renseignements américaines se ressemblent, pour ces gens-là.

— Cherchait-il des informations sur le déploiement du personnel de la NSA, les objectifs des missions ? »

Lindros secoua la tête. « Comme je l'ai dit, il me demandait comment j'en étais venu à le pister et ce que je savais réellement. »

Bourne hésita un bref instant. « L'a-t-il découvert ?

— Je sais où tu veux en venir, Jason. Si j'avais lâché le morceau, il m'aurait tué. J'en suis persuadé. C'est cela qui m'a permis de tenir. »

Bourne ne dit rien de plus sur le moment. La respiration de Lindros devenait plus rapide, une sueur froide coulait sur son front. Le docteur l'avait prévenu que s'il allait trop loin, trop vite avec Lindros, il risquait une réaction indésirable.

« Dois-je appeler le docteur ? »

Lindros secoua la tête. « Donne-moi une minute. Ça va aller. »

Bourne alla dans la kitchenette préparer quelque chose à manger pour tous les deux. Il n'y avait pas de personnel à bord, juste un médecin, un pilote de la CIA, et un copilote armé. Il regagna son siège, tendit une assiette à son ami et posa l'autre devant lui. Bourne mangeait en silence. Lindros était à présent assez calme pour picorer un peu de nourriture.

« Dis-moi ce qui s'est passé en mon absence.

— J'aurais aimé t'apporter de bonnes nouvelles. Mais le fait est que tes agents ont capturé le revendeur de Cape Town, celui qui a fourni les TSG à Dujja.

— Ah oui, Hiram Cevik. »

Bourne sortit le PS3, fit monter la photo de Cevik et la montra à Lindros.

« C'est lui ?

— Non, dit Lindros. Pourquoi ?

— C'est l'homme qu'on a arrêté à Cape Town et ramené à Washington. Pendant qu'il s'échappait, l'un de ses hommes a descendu Tim Hytner.

— C'est pas vrai ! Hytner était un brave type. » Lindros tapota l'écran du PS3. « Alors qui c'est ?

— Je crois que c'est Fadi. »

Lindros n'y croyait pas. « On l'a attrapé et on l'a perdu ?

— J'en ai peur. D'un autre côté, c'est la première fois qu'un document nous montre à quoi ressemble Fadi.

— Fais-moi voir un peu. » Lindros fixa la photo. Au bout d'un bon moment, il dit : « Seigneur, c'est bien Fadi !

— Tu en es sûr ? »

Lindros hocha la tête. « Il était là quand ils nous ont enlevés. Il a une bonne couche de maquillage, mais je reconnais la forme de son visage. Et ses yeux. » Il hocha la tête en lui rendant le PS3. « C'est Fadi, aucun doute.

— Peux-tu me faire un croquis de lui ? »

Lindros hocha la tête. Bourne se leva et revint un moment plus tard avec un calepin et quelques crayons empruntés au copilote.

Pendant que Lindros se mettait au travail, Bourne évoqua une chose qui le tracassait. « Martin, tu as l'air de vouloir me dire autre chose. »

Lindros leva les yeux de son dessin. « Ce n'est probablement rien mais... » Il secoua la tête. « Quand j'étais seul avec un autre de mes interrogateurs – un certain Abbud ibn Aziz, le bras droit de Fadi –, je l'ai entendu prononcer un nom : Hamid ibn Ashef.

— Je ne le connais pas.

— Vraiment ? Je croyais avoir vu son nom dans ton fichier.

— Dans ce cas, c'était sans doute une mission organisée par Alex Conklin. Mais je ne me rappelle pas y avoir été mêlé.

— Je me demandais simplement pourquoi Abbud ibn Aziz voulait des informations sur cette mission en particulier. Je suppose que je ne le saurai jamais. » Lindros prit une bonne gorgée d'eau, suivant docilement les ordres du docteur de se reposer et de beaucoup boire. « Jason, je marche peut-être encore à côté de mes godasses, mais je ne suis plus en état de choc. Je sais que les autorités vont mettre en branle toute une batterie de tests pour évaluer mon état de santé.

— Tu vas reprendre du service, Martin.

— Tu joueras un rôle majeur dans cette décision. J'espère que tu le sais. Après tout, tu me connais très bien. La CIA devra se fier à ton opinion. »

Bourne ne put s'empêcher de rire. « Une fois n'est pas coutume. »

Lindros inspira profondément et relâcha l'air avec un petit sifflement de douleur. « Cela mis à part, je veux que tu me promettes quelque chose. »

Bourne examina son visage à la recherche d'un indice révélateur. Les autorités allaient chercher à savoir si on lui avait lavé le cerveau, s'il s'était transformé en bombe à retardement, en missile humain lancé contre la CIA. Pendant qu'il recherchait son ami, Bourne n'avait cessé d'évoquer cette éventualité. Qu'y a-t-il de pire ? se demandait-il. Découvrir que son ami est mort ou qu'il est devenu un ennemi ?

« Dujja est une organisation rigide, méthodique, avec des ressources illimitées en armement de pointe et un chef ayant visiblement étudié en Occident – tous ces facteurs cumulés font de ce groupement une entité totalement différente des réseaux terroristes contre lesquels nous avons pu lutter jusqu'à présent, poursuivit Lindros. Construire une usine d'enrichissement d'uranium coûte des sommes faramineuses. Qui est assez riche pour payer cela ? J'opte pour un cartel du crime. L'argent de la drogue qui vient des récoltes d'Afghanistan ou de Colombie. Ferme ce robinet et tu couperas leurs sources de revenus. Plus d'uranium enrichi, plus d'armement de pointe. On les renverra à l'âge de fer. A coup sûr. » Sa voix devint un murmure. « Au Botswana, je suis tombé sur une piste qui semble remonter jusqu'à Odessa. J'ai obtenu un nom : Lemontov. Edor Vladovich Lemontov. C'est à Odessa que sévit le banquier Lemontov. »

Ses yeux brillaient d'excitation comme autrefois. « Pense à cela,

Jason ! Jusqu'à présent, le seul moyen réaliste de détruire un réseau terroriste islamique était de l'infiltrer. Tactique tellement complexe qu'elle n'a jamais réussi. A présent, pour la première fois, nous disposons d'une autre option. Un moyen tangible de démanteler de l'intérieur le réseau terroriste le plus dangereux du monde.

— J'en fais mon affaire.

— Quant à ce banquier, tu es le seul en qui j'aie vraiment confiance. Il faut que tu te rendes à Odessa le plus vite possible. Trouve la trace de Lemontov et tue-le. »

La maison de pierre, pleine de coins et de recoins, avait été construite voilà plus d'un siècle. Depuis lors, elle avait eu tout le temps de se fondre dans le paysage vallonné de Virginie, avec ses fenêtres mansardées, son toit d'ardoises, son haut mur en pierre percé d'un portail en fer forgé à ouverture télécommandée. Les voisins disaient qu'elle appartenait à un vieil ermite doublé d'un écrivain. Si jamais quelqu'un avait pris la peine de consulter l'exemplaire de l'acte notarié conservé dans les archives de la mairie à cinquante kilomètres de là, il aurait appris que le bonhomme l'avait payée 240 000 dollars vingt-deux ans auparavant, après que le comté eut fermé l'asile d'aliénés qu'elle abritait. Cet écrivain était une sorte de paranoïaque, disait-on. Sinon pourquoi aurait-il électrifié le mur d'enceinte ? Sinon pourquoi ces deux dobermans perpétuellement affamés arpenteraient-ils le terrain, reniflant et grognant de manière sinistre ?

En réalité, le domaine appartenait à la CIA. Des vétérans, des types au parfum, l'avaient surnommé la Bleak House [1] parce que c'était ici que la CIA organisait ses réunions solennelles. S'ils faisaient des blagues macabres sur cet endroit, c'était que son existence même les angoissait. C'est là qu'on conduisit Bourne et Lindros dès leur arrivée à l'aéroport de Dulles. Il gelait à pierre fendre, ce matin-là.

« Mettez votre tête ici. C'est bien. »

L'agent de la CIA posa ses mains ouvertes derrière la tête de Martin Lindros, comme un instant auparavant il l'avait fait avec Jason Bourne.

---

1. Nom emprunté au roman de Dickens pareillement intitulé. *(N.d.T.)*

« Regardez droit devant, je vous prie, en essayant de ne pas cligner les yeux, poursuivit l'agent,

— J'ai fait cela des milliers de fois », grommela Lindros.

L'agent l'ignora, actionna le lecteur rétinien et regarda défiler les données résultant de l'examen de l'œil droit. Ayant pris la photo, le lecteur compara le modèle rétinien à celui présent dans le dossier. Ils correspondaient parfaitement.

« Bienvenue chez vous, directeur adjoint. » L'agent lui fit un grand sourire assorti d'une poignée de main. « Vous êtes autorisé à pénétrer dans la Bleak House. Deuxième porte sur votre gauche. Pour vous, monsieur Bourne, c'est la troisième porte à droite. »

D'un signe de tête, l'agent leur indiqua l'ascenseur qui datait de l'époque où la CIA avait acheté le domaine. Il en ouvrit les portes à distance. La cabine en acier brillant les attendait. On y aurait cherché en vain des boutons marqués de chiffres ; cet ascenseur menait uniquement au sous-sol, un dédale de couloirs en béton ponctués de salles dépourvues de fenêtre et de mystérieux laboratoires peuplés d'une cohorte d'experts médicaux et autres psychologues. Un vrai cauchemar pour claustrophobe doublé d'une chambre de torture médiévale.

Tous les gens de la CIA connaissaient la sinistre réputation de la Bleak House. On vous y conduisait quand vous aviez commis une erreur impardonnable. C'était la résidence temporaire des déserteurs, des agents doubles, des incompétents et des traîtres.

Après leur séjour en ces lieux, on n'entendait plus parler d'eux. Leur destin supposé venait alimenter les effroyables rumeurs qui n'en finissaient pas de circuler dans les couloirs de l'Agence.

Arrivés au sous-sol, Bourne et Lindros sortirent dans le couloir sentant vaguement le détergent et l'acide. Ils restèrent face à face un moment, sans parler. Puis, comme des gladiateurs sur le point d'entrer dans l'arène sanglante, ils échangèrent une poignée de main appuyée et se séparèrent.

Dans la troisième pièce sur la droite, Bourne était assis sur une chaise métallique à dossier à barreaux, vissée au sol. Au plafond, de longs tubes fluorescents couverts d'une grille d'acier bourdonnaient comme un taon contre une vitre. Ils éclairaient crûment une table de métal et une autre chaise, toutes deux scellées dans le béton elles aussi. Dans un coin, il y avait des toilettes en inox, genre cellule de prison, ainsi qu'un minuscule lavabo. Rien d'autre, hormis un miroir par lequel la personne chargée de son interrogatoire pouvait l'observer à loisir.

Il attendit pendant deux heures, avec pour seule compagnie le bourdonnement furibond des néons. Puis tout à coup, la porte s'ouvrit, un agent entra et s'assit face à lui. L'homme posa un petit magnétophone sur la table, l'alluma, ouvrit un dossier et l'interrogatoire commença.

« Racontez-moi dans les moindres détails ce qui s'est passé depuis l'instant où vous avez atterri sur la face nord du Ras Dejen jusqu'à celui où vous avez décollé avec le sujet à bord. »

Pendant que Bourne parlait, l'interrogateur ne le quittait pas des yeux. C'était un homme d'une bonne quarantaine d'années, de taille moyenne, avec un front haut, bombé et légèrement dégarni, un menton fuyant et des yeux de fouine. Jamais il ne regardait Bourne en face, se contentant de l'étudier du coin de l'œil, soit qu'il crût que l'intuition lui viendrait ainsi plus facilement, soit qu'il voulût l'intimider.

« Quelle était la condition du sujet quand vous l'avez trouvé ? »

L'interrogateur posait plusieurs fois les mêmes questions. C'était la procédure classique pour démêler la vérité du mensonge. Quand un sujet mentait, son récit finissait par varier tôt ou tard. « Il était attaché, bâillonné. Il paraissait très amaigri – plus qu'il ne l'est actuellement –, comme si ses ravisseurs l'avaient à peine nourri.

— J'imagine qu'il a eu beaucoup de mal à remonter vers l'hélicoptère.

— Au début surtout. J'ai cru que j'allais devoir le porter. Il avait des crampes musculaires et presque plus d'énergie. Quand je lui ai donné deux barres protéinées, il a repris des forces. Une heure après, il marchait déjà mieux.

— Qu'a-t-il dit en premier ? », demanda l'interrogateur avec une fausse douceur.

Plus le ton semblait badin, plus la question était importante aux yeux de celui qui la posait. Bourne connaissait la règle. « Je ferai ce que j'ai à faire. »

L'interrogateur hocha négativement la tête. « Je veux dire quand il vous a vu pour la première fois. Quand vous avez ôté le bâillon.

— Je lui ai demandé s'il allait bien... »

L'interrogateur fixait le plafond, comme perclus d'ennui. « Et qu'a-t-il répondu, précisément ? »

Bourne resta de marbre. « Il a hoché la tête sans prononcer un mot. »

L'interrogateur joua l'incompréhension. Visiblement, il faisait tout pour coincer Bourne. « Et pourquoi ? On aurait pu croire qu'il aurait dit quelque chose, après plus d'une semaine de captivité.

— L'endroit n'était pas sûr. Mieux valait ne pas trop parler. Il le savait. »

De nouveau, Bourne se retrouva confiné dans le coin de l'œil de son interrogateur. « Donc quelles ont été ses premières paroles ?

— Je lui ai dit qu'on devait grimper la cheminée rocheuse afin de pouvoir s'enfuir. Et c'est là qu'il a dit "Je ferai ce que j'ai à faire". »

L'interrogateur ne semblait pas convaincu. « Très bien, passons à autre chose. A votre avis, avait-il toute sa raison à ce moment-là ?

— Il paraissait bien. Soulagé. Il voulait sortir de là.

— Vous ne l'avez pas trouvé désorienté ? Il n'avait pas de pertes de mémoire ? Il n'a rien dit de bizarre, hors de propos ?

— Non, rien de tout cela.

— Vous paraissez très sûr de vous, monsieur Bourne. Ne souffrez-vous pas vous-même d'un problème de mémoire ? »

Bourne repéra la manœuvre. L'autre croyait le piéger. Il chercha le calme au fond de lui. On employait cette méthode de harcèlement en dernier ressort, quand tout le reste avait échoué. « J'ai oublié certains événements du passé. En revanche, je me souviens parfaitement de ce qui s'est passé hier, la semaine ou le mois derniers. »

L'interrogateur rétorqua du tac au tac : « Le sujet a-t-il subi un lavage de cerveau ? A-t-il été retourné ?

— L'homme de l'autre côté du couloir est le Martin Lindros que j'ai toujours connu, répondit Bourne. Durant le vol de retour, nous avons parlé de choses que nous sommes les seuls à connaître.

— Soyez plus précis, je vous prie.

— Il a confirmé l'identité du terroriste Fadi. Il m'en a fait un portrait-robot. C'est un énorme progrès pour nous. Avant cela, Fadi n'était qu'un code. Martin m'a également donné le nom du bras droit de Fadi, Abbud ibn Aziz. »

L'interrogateur lui posa encore une douzaine de questions, souvent les mêmes qu'avant quoique formulées différemment. Bourne répondit à toutes avec la plus grande patience. Il ne laisserait rien le perturber.

Aussi brusquement qu'elle avait commencé, la séance d'interrogatoire se termina. Sans remerciement ni explication, l'agent éteignit son magnétophone et sortit de la pièce en l'emportant avec lui, ainsi que ses notes.

S'ensuivit une autre période d'attente interrompue une seule fois par un agent, plus jeune que le précédent, qui lui apporta un plateau-repas. L'homme s'éclipsa sans un mot.

Il était tout juste six heures du soir, selon la montre de Bourne – un jour entier venait de s'écouler –, quand la porte se rouvrit.

Bourne s'attendait à tout sauf à voir le DCI s'encadrer sur le seuil. Le Vieux resta planté là, à le dévisager. Des émotions contradictoires semblaient l'empêcher de parler. Il avait dû se faire violence pour effectuer cette démarche et voilà qu'à présent, les mots lui manquaient. Ils restaient coincés dans sa gorge comme une arête de poisson.

Finalement il articula : « Vous avez tenu votre promesse. Vous avez ramené Martin Lindros.

— Martin est mon ami. Je n'allais pas le laisser tomber.

— Vous savez, Bourne, j'aimerais ne jamais vous avoir connu. Ce n'est pas un secret. » Le Vieux secoua la tête. « Mais je dois avouer que vous êtes une foutue énigme.

— J'en suis une pour moi aussi. »

Le DCI cligna les yeux plusieurs fois. Puis il tourna les talons et repartit très vite sans fermer la porte. Bourne se leva. Apparemment, il était libre de s'en aller, ainsi que Martin. C'était tout ce qui importait. Martin avait passé l'épuisante ribambelle d'examens physiques et psychologiques. Ils avaient tous deux survécu à la Bleak House.

Confortablement installé dans son fauteuil de directeur de Typhon, derrière son bureau de directeur de Typhon, Lerner comprit que quelque chose ne tournait pas rond au moment où retentirent les acclamations. Il s'écarta du terminal d'ordinateur sur lequel il travaillait à un nouveau système de classement des fichiers internet.

Il se leva, traversa le bureau directorial, ouvrit la porte et tomba aussitôt sur une scène de liesse. Martin Lindros était là, entouré des membres de l'équipe Typhon. Certains souriaient, d'autres riaient franchement. Transportés de joie, ils lui secouaient la main ou l'applaudissaient à qui mieux mieux.

Lerner pouvait à peine en croire ses yeux. *Le retour de César,* pensa-t-il amèrement. *Pourquoi le DCI n'a-t-il pas jugé bon de me prévenir ?* Avec un mélange de répulsion et d'envie, il regarda le prodigue général marcher vers lui d'un pas lent et triomphal. *Qu'est-ce que tu fiches ici. Pourquoi n'es-tu pas mort ?*

Il parvint non sans mal à feindre un sourire et lui tendit la main.

« Un ban pour le retour du héros. »

Lindros lui retourna son sourire avec une ironie en acier trempé. « Merci d'avoir gardé mon fauteuil au chaud, Matthew. »

Puis en le bousculant presque, il passa près de lui et entra dans son bureau. Planté au milieu de la pièce, il entreprit de passer l'inspection. « Quoi, vous n'avez pas encore repeint ? » Sans attendre que Lerner l'eût rejoint, il ajouta : « J'aimerais un bref compte rendu oral, avant que vous ne regagniez votre bureau. »

Lerner s'exécuta tout en ramassant ses affaires personnelles disséminées dans la pièce. Quand il eut fini, Lindros dit : « J'aurais aimé retrouver mon espace dans l'état où je l'avais laissé, Matthew. »

Lerner le foudroya du regard pendant une microseconde, puis remit à leur place toutes les photos, gravures et autres objets personnels qu'il avait écartés en espérant ne jamais les revoir. En parfait commandant, il savait quitter à temps le champ de bataille. Mais il se retirait avec la certitude que la guerre ne faisait que commencer.

Trois minutes après le départ de Lerner, le téléphone de Lindros sonna. C'était le Vieux.

« Ça fait du bien d'être assis derrière ce bureau, je parie.

— Vous n'avez pas idée, répondit Lindros.

— Bienvenue chez vous, Martin. Et je suis sincère. Vous avez obtenu des informations inestimables. A présent, nous sommes sûrs des intentions de Dujja.

— Oui, monsieur. J'ai déjà élaboré un plan détaillé destiné à les contrecarrer.

— Bravo, dit le DCI. Rassemblez votre équipe et mettez cela en route, Martin. Jusqu'à ce que la crise soit jugulée, votre mission est une mission CIA. Dès à présent, vous disposez d'un accès illimité à toutes les ressources de l'Agence.

— Je réussirai, monsieur.

— Je compte sur vous, Martin, insista le DCI. Vous me ferez votre premier compte rendu ce soir au dîner. Huit heures pétantes.

— J'attends ce moment avec impatience, monsieur. »

Le DCI s'éclaircit la gorge. « Bon, qu'allons-nous faire de Bourne ?

— Je ne comprends pas, monsieur.

— Ne me racontez pas d'histoires, Martin. Cet homme est une menace, nous le savons l'un comme l'autre.

— Il m'a libéré, monsieur. Personne d'autre n'aurait pu faire une chose pareille. »

Le Vieux écarta les dernières paroles de Lindros d'un mouvement de tête. « Nous vivons une crise nationale d'une ampleur et d'une gravité sans précédent. Ce n'est vraiment pas le moment de s'encombrer d'un franc-tireur. Je veux que vous nous en débarrassiez. »

Tout en changeant de position dans son fauteuil, Lindros contemplait les gouttelettes de neige fondue qui scintillaient derrière les vitres. Il fallait qu'il pense à vérifier si le vol de Bourne risquait d'être retardé. Interrompant le silence qui commençait à s'installer, il dit : « J'aimerais éclaircir un point d'abord.

— Oh non, pas besoin. De toute façon, ce type a neuf vies. » Le DCI marqua une pause. « Je sais que vous êtes très liés, tous les deux, mais c'est malsain. Faites-moi confiance, je sais. N'oubliez pas que nous avons enterré Alex Conklin il y a trois ans. Sa fréquentation est dangereuse pour tout le monde.

— Monsieur...

— Si ça peut vous aider, considérez cela comme un dernier test de loyauté, Martin. Votre avenir chez Typhon en dépend. Je n'ai pas besoin de vous rappeler que votre place est convoitée. Il est grandement temps de couper tous vos liens avec Jason Bourne. Il ne doit recevoir aucune information – aucune, j'insiste – venant de votre bureau ou de tout autre bureau dans cet immeuble. Sommes-nous bien d'accord ?

— Oui monsieur. » Lindros coupa la communication.

Sans lâcher le téléphone sans fil, il se leva et alla se poster devant la fenêtre, la joue contre la vitre. Il sentit le froid l'envahir. Des douleurs intenses le torturaient encore, ainsi qu'une migraine dont il n'avait pas parlé aux médecins de la CIA – comme autant de souvenirs vivaces de ce qu'il avait enduré, du long voyage qui l'avait mené jusqu'ici.

Il composa un numéro. « Le vol de Bourne partira-t-il à l'heure prévue ? » Quand on lui répondit, il hocha la tête. « Bien. Il est à Washington National ? Vous avez établi un contact visuel ? Excellent, revenez. C'est parfait. » Il raccrocha. Quoi qu'il puisse se passer ici, Bourne était en route pour Odessa.

Il se rassit derrière son bureau, alluma l'interphone et demanda à sa secrétaire d'organiser sur-le-champ une conférences téléphonique avec tous les agents Typhon opérant outre-Atlantique. Quand ce fut fait, il ouvrit le micro de la salle de conférences où le personnel de Typhon à Washington était rassemblé sur son ordre, leur donna tous les détails du problème puis décrivit son plan. Il répartit les agents en équipes de quatre avant d'assigner à chacun sa mission en précisant qu'elle prenait effet immédiatement.

« Vous laissez tomber tout le reste, leur dit-il. Nous n'avons plus qu'une seule priorité : mettre la main sur Dujja et stopper ses agissements. Jusqu'à ce que ce soit fait, toutes les demandes de congés sont annulées. Va falloir vous habituer à ces murs, les gars. Nous travaillerons nuit et jour, selon un calendrier d'urgence. »

Dès qu'il vit que les choses se mettaient en place comme il le souhaitait, il sortit dans l'intention de se rendre chez Soraya. Il devait absolument savoir ce que Matthew Lerner avait manigancé avec elle. Dans la voiture, il ouvrit son portable GSM quad-band et composa un numéro à Odessa.

Quand la voix familière répondit, Lindros annonça : « C'est fait. Bourne arrivera demain à 16 h 40 heure locale, en provenance de Munich. » Il brûla un feu rouge, tourna à droite. L'immeuble de Soraya se trouvait trois pâtés de maisons plus loin. « Ne le lâche pas d'une semelle, comme convenu... Non, je veux simplement m'assurer que tu n'as pas décidé de changer les plans sans m'en parler. Très bien. Il se dirigera de lui-même vers la cabane sur la plage parce qu'il croira que Lemontov s'y trouve. Tu le tueras avant qu'il ne s'aperçoive de son erreur. »

Livre deux

DOUZE

SUR LA PLAGE D'ODESSA, il y a des tas de cabanes pour touristes plantées face à la mer Noire. Et une cabane en particulier, aussi grise que la vague quand elle roule sur l'écume sale laissée par la marée haute en se retirant. Penché devant la porte, Bourne crochette la serrure et se faufile à l'intérieur. Où est la personne qu'il portait tout à l'heure ? Il ne se rappelle pas. Mais ses mains sont couvertes de sang. L'odeur de la mort violente imprègne ses vêtements. Qu'est-il arrivé ? se demande-t-il. Pas le temps, pas le temps ! Quelque part une horloge marque les secondes ; il doit se dépêcher.

La cabane d'habitude si animée est aussi calme qu'un sépulcre. Dans le fond, une cuisine avec une fenêtre, violemment éclairée par des néons. Il voit quelque chose bouger à travers la vitre, s'accroupit et va se cacher entre les caisses de bière et de soda dont les hautes piles font penser aux colonnes d'une cathédrale. Il aperçoit la silhouette de l'homme qu'il est chargé de tuer et qui a tout fait pour lui échapper.

En vain.

Il est sur le point d'éliminer sa cible quand un mouvement sur sa gauche l'oblige à se retourner. Une femme sort de l'ombre et s'avance vers lui – Marie ! Que fait-elle à Odessa ? Comment a-t-elle su où il était ?

« Chéri, dit-elle. Viens avec moi, va-t'en d'ici.

— Marie. » La panique lui écrase la poitrine. « Tu ne devrais pas être là. C'est trop dangereux.

— T'épouser était dangereux, chéri. Je l'ai quand même fait. »

Un gémissement d'angoisse prend naissance au fond de sa gorge et remplit l'espace vide au-dedans de lui. « Mais tu es morte.

— Morte ? Oui, tu dois avoir raison. » L'espace d'un instant, une grimace détruit l'harmonie de son visage. « Pourquoi n'étais-tu pas là, chéri ? Pourquoi ne nous as-tu pas protégés, les enfants et moi ? Je serais encore en vie si tu n'étais pas allé courir à l'autre bout de la Terre, avec elle.

— Elle ? » Le cœur de Bourne cogne comme un marteau-pilon ; son sentiment de panique ne cesse de croître.

« Tu peux tromper n'importe qui sauf moi, chéri.

— Que veux-tu dire ?

— Regarde tes mains. »

Il baisse les yeux vers ses paumes dont le sang séché souligne les nervures. « C'est le sang de qui ? »

Comme il veut désespérément connaître la réponse, il regarde de nouveau vers Marie. Mais elle est partie. Il ne voit rien d'autre que cette lumière criarde qui se répand sur le sol comme le sang d'une plaie mortelle.

« Marie, appelle-t-il à mi-voix. Marie, ne me laisse pas ! »

Martin Lindros et ses ravisseurs avaient voyagé un certain temps. D'abord par hélicoptère puis, après une courte attente, à bord d'un petit jet qui s'était posé au moins une fois pour refaire le plein. Il n'en était pas tout à fait certain. Il avait peut-être dormi, à moins qu'ils ne lui aient administré un sédatif. Mais quelle importance ? Désormais, il était loin du Ras Dejen, loin du nord-ouest de l'Éthiopie. Loin du continent africain.

Jason. Qu'était devenu Jason ? Était-il vivant ou mort ? De toute évidence, il n'était pas arrivé à temps pour le sauver. Lindros se refusait à croire que Jason était mort. Même si Fadi le lui annonçait, il n'y croirait pas. Il connaissait trop bien Bourne. Ce type s'arrangeait toujours pour sortir de sa tombe juste après la dernière pelletée de terre. Lindros avait la certitude que Jason était vivant.

Mais qu'est-ce que cela changeait à sa situation, au juste ? Jason soupçonnait-il que Karim al-Jamil s'était substitué à lui ? A supposer qu'il ait survécu à la tentative de sauvetage sur le Ras Dejen, Bourne aurait tout laissé tomber en s'apercevant de la supercherie.

Mais il y avait pire comme scénario. Et celui-là lui donnait des sueurs froides. Si Jason avait trouvé Karim al-Jamil et l'avait ramené au siège de la CIA... Dieu du ciel, c'était certainement là l'objectif de Fadi depuis le départ... !

Son corps se mit à tressauter. L'avion entrait dans une zone de turbulences. Pour garder l'équilibre, il s'adossa contre la paroi froide et concave de la carlingue. Un moment plus tard, il posa la main sur le bandage couvrant la moitié de son visage. En dessous, à la place de son œil droit, il y avait un trou. Ce geste était devenu une habitude. Dans sa tête, pulsait une douleur innommable. Il avait l'impression que son œil brûlait – sauf que son œil n'était plus à lui mais au frère de Fadi, Karim al-Jamil ibn Hamid ibn Ashef al-Wahhib. Au début, cette pensée le faisait vomir ; d'ailleurs, il vomissait souvent, comme un drogué en manque. A présent, elle lui soulevait le cœur, sans plus.

On avait violé son corps, on s'était servi éhontément en lui volant ses organes alors qu'il était encore en vie. Il ne se remettrait jamais d'une telle abomination. A plusieurs reprises, tandis qu'il pêchait la truite arc-en-ciel sur le lac d'argent, l'idée du suicide lui avait traversé l'esprit. Mais jamais il n'y avait songé sérieusement. Le suicide était une issue pour les lâches.

En plus, il voulait vivre, ne serait-ce que pour se venger de Fadi et Karim al-Jamil.

Bourne se réveilla dans un spasme. Il regarda autour de lui pour tenter de se repérer. Où était-il ? Il vit un bureau, une table de nuit, des rideaux cachant la lumière du jour. Des meubles anonymes, lourds, minables. Une chambre d'hôtel. Où ?

Il se glissa hors du lit, posa les pieds sur la moquette chinée et tira les rideaux. Le jaillissement de la lumière lui causa un choc physique. Il grimaça. Comme de minuscules cimeterres, des pépites de soleil scintillaient sur le gris foncé de la mer. La mer Noire. Il était à Odessa.

Avait-il seulement rêvé de cette ville ? Ou ces images mentales étaient-elles un véritable souvenir ?

Il se tourna vers sa chambre, l'esprit encore encombré de songes qui s'étiraient comme des fils de soie dans le matin bleu. Marie à Odessa ? Jamais ! Alors, que faisait-elle dans ce fragment de...

Odessa !

C'était dans cette ville qu'avait pris naissance ce fragment de souvenir. Il était déjà venu ici. On l'y avait envoyé pour tuer... quelqu'un. Qui ? Il n'en avait aucune idée.

Il s'assit au bord du lit et se frotta les yeux. La voix de Marie résonnait encore dans son crâne.

« Je serais encore en vie si tu n'étais pas allé courir à l'autre bout de la Terre, avec elle. » Son ton n'avait rien d'accusateur. Il était juste triste.

Où il était, ce qu'il faisait à ce moment-là n'avaient pas la moindre importance. Il n'était pas à ses côtés, point. Au téléphone, Marie lui avait dit qu'elle avait pris froid. Le deuxième coup de fil avait failli le rendre fou de douleur. Et de culpabilité.

Il aurait dû être là pour protéger sa famille. Comme, des années auparavant, il aurait dû être là pour protéger sa première famille. L'histoire se répétait, pas identique mais tragiquement semblable. Par une ironie du sort, en mettant des milliers de kilomètres entre lui et le lieu de la catastrophe, il se rapprochait d'autant plus du vide atroce qui béait au fond de lui. Quand il plongeait son regard à l'intérieur de ce vide, il sentait ressurgir ce désespoir trop familier – ce besoin de s'autopunir ou de punir quelqu'un d'autre.

Il était seul. Totalement, absolument seul. Cet état le perturbait au plus haut point. Il avait l'impression d'exister en dehors de lui-même, comme s'il se voyait agir en rêve. Or cette vie était tout sauf un rêve. Pour la énième fois, il se demanda si la tourmente émotionnelle qu'il vivait actuellement ne perturbait pas son jugement. Certaines anomalies restaient inexpliquées. Pourquoi avoir fait sortir Hiram Cevik de sa cellule ? Pourquoi venait-il de se réveiller sans savoir où il se trouvait ? Un bref accès de désespoir fit émerger une autre question, plus inquiétante encore. La mort de Marie avait-elle coupé les derniers fils qui retenaient ensemble ses multiples identités ? *Suis-je en train de devenir fou ?*

Son portable bourdonna.

« Jason, où êtes-vous ? » C'était Soraya.

« A Odessa », dit-il d'une voix pâteuse comme si sa bouche était remplie de coton.

Il perçut un léger hoquet de surprise à l'autre bout de la ligne, puis elle reprit : « Mais qu'est-ce que vous fichez là-bas ?

— Lindros m'a demandé d'y aller pour suivre une piste. D'après lui, Dujja serait financée par un dénommé Lemontov. Edor Vladovich Lemontov. Cartel criminel – drogue, probablement. Ce nom vous évoque-t-il quelque chose ?

— Non. Mais je vérifierai dans la base de la CIA. »

Brièvement, elle lui parla de l'incendie à l'hôtel Constitution. « Il n'y a qu'une seule chose qui cloche vraiment. Ils ont employé un accélérant très peu courant – du disulfure de carbone. Mon amie dit que c'est la première fois qu'elle en trouve sur une scène de crime.

— Ça sert à quoi ?

— A fabriquer de la cellulose, du tétrachlorure de carbone, toutes sortes de composés sulfurés. Il entre dans la composition des fumigènes pour les sols et on l'emploie comme agent de flottaison dans le raffinage des minéraux. Par le passé, on l'utilisait aussi dans les substances réfrigérantes et les extincteurs. Elle pense que c'est son bas degré d'allumage qui a poussé les incendiaires à le choisir. »

Bourne hocha la tête. Au loin, un tanker aux cales vides arrivait du port d'Istanbul. « Pour en faire un explosif.

— Très efficace. La suite a littéralement explosé. Une tempête de feu. On a eu de la chance de trouver la prothèse. Elle était dans le bassin de rétention de la baignoire. C'est ce qui l'a protégée. A part cela, rien d'intéressant. Pas même un corps susceptible d'être identifié.

— On dirait que la chance de Fadi est partie dans le siphon avec l'eau de la baignoire », répliqua Bourne.

Soraya rit. « La piste Lemontov m'intéresse. Les anciens produits réfrigérants et les vieux extincteurs n'ont plus cours aux États-Unis, mais ils doivent encore être employés ailleurs. En Europe de l'Est par exemple, en Ukraine, à Odessa.

— C'est une idée qui mérite d'être creusée », dit Bourne, et il coupa la communication.

Bien qu'il soit plus d'une heure du matin, Martin Lindros entrait encore des informations dans son ordinateur. La CIA était toujours en Code Mesa. Étant donné la situation de crise, l'ensemble du personnel était assigné à son poste vingt-quatre heures sur vingt-quatre. Personne ne pouvait s'offrir le luxe de dormir.

On frappa discrètement à la porte. Soraya passa la tête et lui lança un regard interrogateur auquel il répondit par un signe de la main. Elle entra, referma derrière elle, s'assit devant le bureau de Lindros et posa quelque chose dessus.

« Qu'est-ce que c'est ? demanda-t-il.

— Une prothèse. Une amie à moi – spécialiste des incendies volontaires auprès de l'Unité d'enquête sur les incendies – me l'a confiée. » Soraya lui avait déjà donné le détail des événements ayant eu lieu à l'hôtel Constitution. « Elle l'a trouvée dans la suite des Silver au Constitution. Ce genre d'accessoire sert aux déguisements très élaborés. »

Il ramassa la prothèse. « Oui. Jason m'a montré quelque chose de semblable, une fois. Cela permet de changer d'apparence. »

Soraya acquiesça d'un hochement de tête. « Nous avons assez de preuves pour affirmer que Jakob Silver était Fadi, son prétendu frère un autre terroriste et que l'incendie a été allumé par eux.

— N'a-t-on pas trouvé un corps dans la suite ? Ce n'était pas celui de Silver ?

— Je réponds oui à la première question. Et non à la seconde. Il semblerait plus probable qu'il s'agisse d'un garçon d'étage pakistanais.

— Ingénieux, médita Lindros en retournant la prothèse entre ses doigts. Mais cela ne nous sert plus à grand-chose.

— Au contraire. » Soraya reprit l'objet et le reposa sur le bureau. « Je vais essayer de trouver qui l'a fabriquée. »

Lindros resta un moment perdu dans ses pensées.

« J'ai parlé à Bourne voilà moins d'une heure, poursuivit Soraya.

— Ah ?

— Il voulait que je me renseigne sur un caïd de la drogue nommé Edor Vladovich Lemontov. »

Lindros posa les coudes sur son bureau et joignit les doigts en pointe. S'il n'y remédiait pas au plus vite, cette situation risquait d'échapper à son contrôle. Feignant l'indifférence, il répondit : « Et qu'avez-vous découvert ?

— Rien encore. Je voulais d'abord vous montrer la prothèse.

— Vous avez bien fait.

— Merci patron. » Elle se leva. « J'ai encore des heures de veille devant moi.

— Oubliez cette recherche. Moi-même, je n'ai rien trouvé sur ce salaud. Quel qu'il soit, il doit bénéficier d'une couverture en béton. Exactement le genre de type que Dujja utiliserait comme homme d'affaires. » Lindros s'était déjà retourné vers son ordinateur. « Je veux que vous preniez le prochain avion pour Odessa. Je veux que vous aidiez Bourne. »

Soraya ne cacha pas sa surprise. « Il n'appréciera pas.

— On ne lui demande pas d'apprécier », répondit laconiquement Lindros.

Quand Soraya voulut reprendre la prothèse, Lindros la devança. « Je m'en occuperai moi-même.

— Monsieur, sauf votre respect, vous avez d'autres chats à fouetter. »

Lindros la dévisagea. « Soraya, je tenais à vous l'annoncer moi-même. Il y avait une taupe à l'intérieur de Typhon. » Il vit qu'elle retenait son souffle et cela le ravit. Dans un tiroir, il pêcha le dossier peu épais qu'il avait préparé à son intention.

Soraya le prit, l'ouvrit et se mit à lire. Aussitôt, des larmes tièdes troublèrent sa vision. La taupe était Tim Hytner. C'était Bourne qui avait raison, finalement. Hytner s'était mis au service de Dujja.

Elle regarda Lindros. « Pourquoi ? »

Il haussa les épaules. « L'argent. Tout est là. En suivant la piste électronique, nous sommes tombés sur un compte ouvert aux îles Caïman. Hytner est issu d'une famille pauvre, n'est-ce pas ? Son père est hospitalisé pour une longue période dans un établissement de soins que son assurance ne paiera pas. Sa mère n'a pas un sou vaillant. Tout le monde a son point faible, Soraya. Même votre meilleur ami. »

Il lui reprit le dossier. « Oubliez Hytner, c'est de l'histoire ancienne. Vous avez du pain sur la planche. Je veux que vous décolliez pour Odessa aussi vite que possible. »

Quand il entendit la porte se refermer dans un soupir, Lindros la regarda intensément comme si ses yeux avaient le pouvoir de transpercer le bois pour suivre la jeune femme qui s'éloignait dans le couloir. *Mais oui, ma petite,* pensa-t-il. *A Odessa, tu mourras avant d'avoir pu découvrir qui a fabriqué cette prothèse.*

TREIZE

BOURNE ÉTAIT DESCENDU À L'HÔTEL Samarin, un vieux bâtiment massif, tapi juste en face du terminal des passagers d'où l'on suivait les allers-retours réguliers des ferries. Depuis son dernier séjour, on avait construit un hôtel ultramoderne sur la jetée. L'hôtel Odessa, avec ses lignes élancées, lui semblait aussi déplacé qu'un costume Dolce & Gabbana sur un clochard.

Après s'être rasé, baigné, habillé, il descendit dans l'immense hall somnolent, décoré comme un chapeau de catherinette : gros fauteuils mauves à franges, papier peint à motifs floraux...

La salle à manger inondée de soleil donnait sur la baie. Il prit son petit déjeuner parmi des hommes d'affaires rubiconds. Flottait une vague odeur de beurre brûlé et de bière. Quand le serveur apporta l'addition, Bourne lui demanda : « A cette période de l'année, où va-t-on pour prendre un peu de bon temps ? »

Bourne parlait russe. On était en Ukraine mais le russe était la langue officielle à Odessa.

« L'Ibitza est fermé, dit le garçon, comme tous les clubs d'Arkadia. » Arkadia était le quartier en bord de mer ; l'été, les plages regorgeaient de jeunes touristes russes des deux sexes. Des richards en quête d'aventure. « Ça dépend... Vous préférez quoi ? Homme ou femme ?

— Ni l'un ni l'autre », fit Bourne. Il posa son index sur son nez en inspirant bruyamment.

« Ah, ce commerce-là est ouvert toute l'année », dit le garçon.

C'était un homme mince aux épaules voûtées, vieux avant l'heure. « De combien avez-vous besoin ?

— Plus que vous ne pourrez me trouver Je fais dans le commerce de gros.

— C'est une tout autre affaire, dit le garçon méfiant.

— Voilà de quoi vous rassurer. » Bourne lui glissa un rouleau de billets américains.

Le garçon le fit disparaître sans la moindre hésitation. « Vous connaissez le marché Privoz ?

— Je trouverai.

— Allée des Œufs, troisième étal en venant de l'est. Dites à Yevgeny Feyodovich que vous voulez des œufs marron, seulement marron. »

Le Samarin, comme toute la vieille Odessa, relevait du style néoclassique à la française. Rien d'étonnant à cela puisque l'un des fondateurs de la ville n'était autre que le duc de Richelieu. Ayant occupé le poste de gouverneur d'Odessa pendant onze ans, au début des années 1800, il avait entrepris de la construire à sa convenance. Le poète russe Alexandre Pouchkine, lors de son exil à Odessa, avait déclaré qu'il flottait dans ses boutiques et ses cafés un parfum d'Europe.

Bourne s'engagea dans une rue sombre bordée de tilleuls, la rue Primorskaya. Un vent humide et glacé se précipita vers lui, en giflant ses joues rougies par le froid. Vers le sud, sur la ligne d'horizon, des nuages sombres et lourds frôlaient l'eau et aspergeaient les vagues frileuses de neige fondue.

Les relents saumâtres de la mer provoquèrent en lui un afflux de souvenirs d'une agressivité hallucinante. Une nuit à Odessa, du sang sur ses mains, une vie sur le point de s'éteindre ; il poursuivait une cible, il la trouvait dans la cabane et...

Il tourna son regard vers la terre et les collines qui s'élevaient en terrasses au-dessus de la baie en forme de cimeterre. Après avoir consulté une carte donnée par le concierge de l'hôtel, il sauta dans un tram qui ralentissait. La ligne passait par la gare, sur le boulevard Italiansky.

Situé à un jet de pierre de la gare, le marché Privoz rassemblait sous son toit en tôle ondulée des tonnes de nourriture, viande de boucherie et autres produits alimentaires. Les étals installés derrière des dalles posées à la verticale et montant à hauteur de taille lui évoquèrent les barricades antiterroristes de Washington. Tout autour du marché, des sacs de couchage, des baraques construites de bric et de broc. Les fermiers venaient d'un peu partout ; ceux qui habitaient trop loin pour rentrer chez eux passaient la nuit ici.

A l'intérieur de la grande halle, les senteurs par milliers se mêlaient au brouhaha traversé d'exclamations en diverses langues – russe, ukrainien, roumain, yiddish, géorgien, arménien, turc – dans leurs versions les moins châtiées. Les odeurs de fromage se mêlangeaient à celles de la viande fraîche, des tubercules, des herbes aromatiques, de la volaille plumée. Bourne vit des femmes taillées comme des piliers de rugby, vêtues de fichus et de pulls mangés aux mites, rafistoler les baraques de l'allée des Dindes. Pour les non-initiés, le marché ne ressemblait à rien. Ce n'était qu'une accumulation hallucinante d'éventaires sur lesquels des hordes de marchands obèses pressaient leurs énormes bedaines.

Après avoir demandé son chemin à plusieurs personnes, Bourne fendit la clameur palpitante jusqu'à l'allée des Œufs. Il s'orienta et repéra enfin le troisième étal en venant de l'est, aussi bondé que les autres. Une femme rougeaude et un homme corpulent – sans doute le fameux Yevgeny Feyodovich – étaient très occupés à échanger leurs œufs contre de l'argent. Il se rangea dans la file et quand vint son tour, dit : « Vous êtes Yevgeny Feyodovich ? »

L'homme le regarda en plissant les yeux. « Qui le demande ?

— Je cherche des œufs marron, seulement marron. On m'a dit de venir ici et de demander Yevgeny Feyodovich. »

Yevgeny Feyodovich grogna, se pencha et marmonna deux ou trois mots à la femme qui hocha la tête sans perdre le rythme. D'un geste expert, elle continua d'emballer ses œufs tout en ramassant l'argent pour le glisser dans les poches surdimensionnées de sa robe décolorée.

« Par ici », fit Yevgeny avec un mouvement de tête. Il enfila une veste en laine miteuse, s'extirpa de la barricade en béton pour conduire Bourne hors du marché. Ils traversèrent la rue Srednefontanskaya et pénétrèrent sur la place Kulikovo Pole. A présent, le ciel était blanc comme si un nuage colossal tombé des cieux bordait la ville à la manière d'une couverture. La lumière plate et sans ombres était un rêve de photographe. Elle dessinait chaque surface, ciselait chaque ligne.

« Comme vous pouvez le voir, cette place est tout à fait soviétique, très laide, rétro mais pas dans le bon sens, fit Yevgeny Feyodovich non sans ironie. Pourtant, elle nous empêche d'oublier le passé – les famines, les massacres. »

Il continua de marcher jusqu'à une statue haute de dix mètres. « C'est l'endroit que je préfère pour mes transactions : au pied de Lénine. Dans l'ancien temps, les communistes avaient coutume de se rassembler ici. » Il haussa ses épaules charnues. « Pas mieux comme endroit, hein ? A présent, Lénine me surveille comme un salopard de saint patron alors qu'il grille au fin fond de l'enfer. Enfin, j'espère. »

Ses yeux se plissèrent de nouveau. Il répandait une odeur de bébé : lait caillé sucré. Ses sourcils touffus surmontés d'un halo de cheveux bruns, frisaient dans tous les sens comme une paille de fer usée.

« Donc, c'est des œufs marron que vous voulez.

— Un bon paquet oui, dit Bourne. Et un approvisionnement constant.

— Ah bon ? » Yevgeny posa son postérieur sur le socle en calcaire de la statue de Lénine, secoua son paquet de cigarettes et prit une turque noire qu'il alluma lentement selon un rituel quasi religieux avant d'avaler une grosse bouffée. Puis il la tint à la manière d'un hippy qui savourait un joint d'Acapulco Gold. « Comment je peux être sûr que vous n'êtes pas d'Interpol ? dit-il en soufflant doucement la fumée. Ou un agent du SBU qui travaille sous une fausse identité ? » Il faisait allusion au Service de Sécurité ukrainien.

« Il faut me croire sur parole. »

Yevgeny se mit à rire. « Vous savez ce qui est marrant dans cette ville ? On a beau être collés à la mer Noire, on est toujours à court d'eau potable. Ce qui en soi aurait peu d'intérêt, si le nom d'Odessa ne venait pas du mot français "eau". Comme on parlait français à la cour impériale de Catherine, un petit farceur a suggéré qu'elle appelle la ville Odessa parce qu'on avait l'impression d'entendre *assez d'eau* mais à l'envers. C'est une foutue blague que nous ont jouée les Français.

— Si nous en avons terminé avec les leçons d'histoire, l'interrompit Bourne, j'aimerais rencontrer Lemontov. »

Yevgeny loucha vers lui à travers la fumée âcre. « Qui ?

— Edor Vladovich Lemontov. C'est lui le patron ici. »

En regardant quelque chose derrière Bourne, Yevgeny se leva du socle et le fit passer de l'autre côté du monument.

Sans tourner la tête, Bourne aperçut dans sa vision périphérique un homme promenant un grand doberman. La gueule longue et étroite du chien obliqua vers Yevgeny, ses yeux jaunes s'attardèrent sur lui, comme s'il sentait sa peur.

Quand ils arrivèrent de l'autre côté de la statue, Yevgeny dit : « Au fait, où en étions-nous ?

— Lemontov, dit Bourne. Votre patron.

— Mon quoi ?

— Si vous travaillez pour quelqu'un d'autre, dites-le tout de suite, répliqua Bourne. C'est avec Lemontov que je veux faire affaire. »

Bourne sentit qu'un autre homme se faufilait derrière lui mais il ne bougea pas, pour ne pas alerter Yevgeny, jusqu'à ce qu'un canon froid vienne se coller derrière son oreille droite.

« Je vous présente Bogdan Illiyanovich. » Yevgeny Feyodovich fit un pas en avant pour déboutonner le manteau de Bourne. « Maintenant, tu vas me dire la vérité, *tovarich.* » Avec un minimum d'effort, ses doigts trouvèrent le portefeuille et le passeport dans la poche intérieure.

Yevgeny recula d'un pas en ouvrant le passeport. « Comme ça, tu es moldave ? Ilias Voda. » Il regarda attentivement la photo. « Oui, c'est bien toi. » Il tourna une page. « Et tu viens tout droit de Bucarest.

— Les personnes que je représente sont de nationalité roumaine », précisa Bourne.

Bourne regarda Yevgeny Feyodovich fouiller le portefeuille puis feuilleter soigneusement trois sortes de documents officiels dont un permis de conduire et une licence d'import-export. *Cette licence, quelle délicate attention,* pensa Bourne. *Il faudra que je remercie Deron à mon retour.*

Yevgeny finit par lui restituer portefeuille et passeport. Sans quitter Bourne des yeux, il sortit un portable et composa un numéro local.

« Nouvelle affaire, dit-il laconiquement. Ilias Voda, représentant des intérêts roumains, qu'il dit. » Il écarta un instant l'appareil et demanda à Bourne : « Combien ?

— C'est Lemontov ? »

Le visage de Yevgeny s'assombrit. *« Combien ?*

— Cent kilos pour l'instant. »

Yevgeny le dévisagea, fasciné.

« Deux fois plus le mois prochain, si tout se passe bien. »

Yevgeny s'éloigna un peu et se remit à discuter au téléphone en tournant le dos à Bourne. Un moment plus tard, il revint, son portable dans la poche.

Sur un nouveau signe de tête, l'arme s'écarta du crâne de Bourne. Bogdan Illiyanovich la rangea dans le manteau de laine qui lui battait les chevilles. L'homme avait un cou de taureau et des cheveux très noirs, pommadés et coiffés de droite à gauche dans un style qui rappelait vaguement la coiffure de Hitler. Ses yeux luisaient telles des agates tombées au fond d'un puits.

« Demain soir. »

Bourne le regarda droit dans les yeux. Il voulait en finir ; le temps était essentiel. Chaque jour, chaque heure rapprochait le monde du moment où Fadi et ses sbires déchaîneraient le feu nucléaire. Pourtant, il reconnaissait dans le visage de Yevgeny la froide détermination du professionnel endurci. Mieux valait ne pas insister pour obtenir un rendez-vous plus rapide. Ils étaient en train de le tester pour savoir s'il était aussi endurci qu'eux. Lemontov voulait avoir le temps de l'observer avant de lui accorder une audience. Protester eût été téméraire ; pire encore, cela l'aurait fait passer pour un débutant à leurs yeux.

« Indiquez-moi le lieu et l'heure, dit Bourne.

— Après dîner. Tiens-toi prêt. Quelqu'un t'appellera dans ta chambre. Le Samarin, c'est ça ? »

Le garçon d'hôtel qui lui avait donné le nom de Yevgeny, pensa Bourne. « Je n'ai donc pas besoin de vous préciser mon numéro de chambre.

— En effet. »

Yevgeny Feyodovich tendit la main et dit, en serrant celle de Bourne : « *Gospadin,* Voda, je te souhaite bonne chance dans ta quête. » L'Ukrainien ne desserra pas tout de suite son étau.

« Maintenant, on t'a dans le collimateur. Pour l'instant, tu n'es ni ami ni ennemi. Je t'en supplie, rappelle-toi que si tu t'avises de communiquer avec quiconque par n'importe quel moyen pour n'importe quelle raison, tu deviendras un ennemi. Il n'y aura pas de deuxième chance. » Ses dents jaunes apparurent sous ses lèvres retroussées. « Une telle trahison a un prix. Tu ne quitteras pas Odessa vivant, tu peux me croire sur parole. »

QUATORZE

ARMÉ DE SES DOSSIERS, Martin Lindros marchait vers le bureau du Vieux pour un briefing imprévu quand son portable vibra. C'était Anne Held.

« Bonjour, monsieur Lindros. Il y a un petit changement de plan. Veuillez rejoindre le DCI dans le Tunnel.

— Merci, Anne. »

Lindros coupa la communication et appuya sur la touche DOWN. Le Tunnel était le garage souterrain où la CIA assurait la maintenance de ses véhicules. Des techniciens dûment accrédités y travaillaient sous la surveillance d'agents armés et équipés de gilets pare-balles.

Il prit l'ascenseur pour descendre dans le Tunnel et montra sa carte à l'un des hommes en faction. L'endroit ressemblait à un énorme bunker en béton armé : à l'épreuve des bombes et du feu. Une rampe unique donnait sur la rue. On pouvait la fermer hermétiquement des deux côtés en l'espace d'une seconde. La Lincoln blindée du Vieux ronronnait sur le sol bétonné. La portière arrière était ouverte. Lindros pencha la tête, monta et s'assit à côté du DCI sur les somptueux fauteuils en cuir. La porte se referma sans qu'il fasse un geste. Le verrouillage électronique s'enclencha. Le chauffeur et son fusil le saluèrent puis la vitre de séparation remonta tout de suite après et enferma les passagers dans le vaste compartiment arrière dont les vitres spécialement teintées décourageaient le regard des curieux sans boucher la vue des passagers.

« Vous avez apporté les deux dossiers ?

— Oui, monsieur, répondit Lindros en hochant la tête et en les lui tendant.

— Bon travail, Martin. » Le Vieux fit la grimace. « POTUS m'a convoqué. » *POTUS* était un acronyme par lequel le personnel de sécurité du district aimait à désigner le président des États-Unis. « A en juger d'après la crise où nous pataugeons – à l'extérieur comme à l'intérieur –, une seule question se pose : cette entrevue sera-t-elle désagréable ou très désagréable ? »

En fait, l'entrevue fut très désagréable. Pour la bonne raison qu'elle se déroula non pas dans le Bureau ovale mais dans la Salle des Opérations, la *War Room*, située trois étages en dessous, et que le Président n'était pas seul. Il y avait là six personnes assises autour de la table oblongue, au centre de la salle en béton armé, seulement éclairée par les écrans géants qui clignotaient sur ses quatre murs. Y défilaient, à un rythme étourdissant, des films qui montraient des bases militaires, des missions de reconnaissance aérienne et autres simulations digitales.

Le Vieux connaissait certains des participants ; le Président lui présenta les autres. De gauche à droite, on avait Luther LaValle, le tsar du renseignement au Pentagone, un homme grand, baraqué, avec un front bombé couvert de rides et des cheveux gris peu épais, coupés en brosse. Sur sa gauche, le Président lui désigna Jon Mueller, une huile du Département de la Sécurité intérieure, un individu à l'œil perçant dont l'immobilité totale donna au DCI une vague idée de la dangerosité. Le suivant n'avait pas besoin de présentations : Bud Halliday, secrétaire à la Défense. Puis venait le Président lui-même, svelte et soigné, cheveux argentés, visage franc, esprit vif. A sa gauche, trônait le Conseiller pour la Sécurité nationale, un homme brun aux épaules voûtées, doté d'un regard scrutateur et trop brillant, avait toujours estimé le Vieux, qui faisait penser à un gros rongeur. Gundarsson, le dernier sur la droite, portait des lunettes et travaillait pour l'Agence internationale de l'Énergie Atomique.

« A présent que nous voilà tous rassemblés, commença le Président sans sacrifier à l'habituel protocole, venons-en au fait. » Ses yeux se posèrent sur le DCI. « Nous vivons une crise sans précédent. Nous avons tous été informés de la situation mais comme les choses évoluent très vite, veuillez nous mettre au courant des dernières nouvelles, Kurt. »

Le Vieux opina du bonnet en ouvrant le dossier Dujja. « Le fait d'avoir récupéré le directeur adjoint Lindros nous a permis d'accéder à de nombreuses informations sur les mouvements de Dujja tout en remontant considérablement le moral de notre personnel. Il est donc confirmé que Dujja se trouvait dans les monts Semien au nord-ouest de l'Éthiopie et qu'elle transportait de l'uranium ainsi que les TSG servant à la mise à feu d'un engin nucléaire. Après analyse des toutes dernières traductions des échanges téléphoniques de Dujja, nous pensons avoir repéré l'endroit où ils enrichissent l'uranium.

— Excellent, dit LaValle. Dès que vous nous confirmerez les coordonnées, nous lancerons une frappe chirurgicale qui détruira ces enfoirés et les ramènera à l'âge de pierre.

— Monsieur le Directeur, intervint Gundarsson, comment pouvons-nous être certains que Dujja possède la capacité d'enrichir l'uranium ? Après tout, pour obtenir la forme d'uranium enrichi nécessaire pour fabriquer ne serait-ce qu'une seule bombe, il faut non seulement un savoir-faire spécialisé mais aussi une installation équipée de milliers de centrifugeuses.

— Nous ne pouvons jurer de rien, répondit nerveusement le directeur, mais nous disposons à présent du témoignage oculaire du directeur adjoint Lindros et de l'agent qui l'a rapatrié. D'après eux, Dujja trafique à la fois de l'uranium et des TSG.

— C'est bien beau tout ça, repartit LaValle, mais nous savons tous que le *yellowcake* est à la fois abondant et bon marché. Pour en faire une arme, il faut pas mal d'autres choses.

— Je suis d'accord. Seulement voilà, la signature résiduelle nous porte à croire que Dujja organise des transports de poudre de dioxyde d'uranium, répliqua le DCI. Contrairement au *yellowcake*, l'U02 est un stade très proche de l'uranium à usage militaire. Tout labo digne de ce nom peut le transformer en métal. Par conséquent, les manigances de Dujja doivent être prises très au sérieux.

— A moins que tout cela ne soit que de la désinformation », s'obstina LaValle. Cet homme se servait souvent de son indéniable pouvoir pour caresser les gens à rebrousse-poil. Pire, il semblait adorer cela.

Gundarsson s'éclaircit la gorge d'un air arrogant. « Je suis d'accord avec le directeur. L'idée qu'un réseau terroriste puisse posséder du dioxyde d'uranium fait froid dans le dos. Quand il est question de bombardement nucléaire potentiel, on n'a pas le droit d'évacuer le problème en tablant sur la désinformation. » Il tendit le bras pour fouiller dans la serviette posée par terre à côté de lui et en sortit une liasse de feuilles qu'il distribua à tous les participants. « Un engin nucléaire, qu'il s'agisse d'une soi-disant bombe sale ou pas, possède une taille, des spécificités et des composants invariables. J'ai pris la liberté d'en dresser une liste, illustrée de croquis détaillés montrant comment tout cela fonctionne et comment le détecter. Je suggère d'envoyer ces documents aux autorités de chaque grande ville américaine. »

Le Président acquiesça d'un signe de tête. « Kurt, je veux que vous coordonniez la distribution.

— Très bien, monsieur, dit le DCI.

— Juste un instant, monsieur le Directeur, intervint LaValle. Je voudrais qu'on reparle de cet agent que vous avez mentionné tout à l'heure. Il s'agit bien de Jason Bourne, n'est-ce pas ? L'homme impliqué dans la regrettable évasion de ce terroriste. C'est bien lui qui l'a fait sortir de sa cellule sans autorisation, non ?

— Il s'agit d'une affaire strictement interne, monsieur LaValle.

— J'estime qu'ici, dans cette pièce, la transparence doit prévaloir sur les rivalités entre agences, déclara le tsar du Pentagone. Franchement, je me demande ce que valent les élucubrations de ce Bourne.

— Vous avez eu des difficultés avec lui autrefois, pas vrai, monsieur le Directeur ? » Cette intervention venait du secrétaire Halliday.

Le DCI semblait comme anesthésié. En fait, son cerveau fonctionnait à plein régime. Il savait que le moment tant redouté était arrivé. Il essuyait une attaque en règle sur plusieurs fronts. « Et alors ? »

Halliday eut un petit sourire. « Avec tout le respect que je vous dois, monsieur le Directeur, je soutiens que cet homme représente une gêne pour votre Agence, le gouvernement et nous tous. Il a laissé fuir un suspect extrêmement dangereux et, ce faisant, il a mis en danger la vie de je ne sais combien d'innocents citoyens. Je maintiens que nous devons régler cela, et le plus tôt sera le mieux. »

Le DCI évacua l'intervention du secrétaire d'un revers de main. « Pouvons-nous revenir à la question qui nous occupe, monsieur le Président ? Dujja...

— Le secrétaire Halliday a raison, insista LaValle. Nous sommes en guerre avec Dujja. Nous ne pouvons nous permettre de perdre le contrôle d'un de nos éléments. Or c'est ce qui s'est passé. Dites-nous, je vous prie, quelles mesures votre agence compte prendre contre Jason Bourne.

— La remarque de M. LaValle me semble frappée au coin du bon sens, monsieur le Directeur », intervint le secrétaire Halliday dans son imitation la plus onctueuse de Lyndon Johnson version texane. « Cette débâcle publique sur le Pont Mémorial Arlington nous a fichu un sacré coup et a remonté le moral de nos ennemis. Ça ne pouvait pas tomber plus mal. Juste après la mort d'un de vos hommes... » Il claqua les doigts. « Comment s'appelait-il ?

— Timothy Hytner, l'informa le DCI.

— C'est cela, Hytner, poursuivit le secrétaire comme s'il confirmait la réponse du DCI. Avec tout mon respect, monsieur le Directeur, si j'étais vous, je m'intéresserais bien plus à la sécurité interne que vous ne semblez le faire. »

C'était la réplique que le DCI attendait. Il ouvrit le plus fin des deux dossiers remis par Martin Lindros dans le Tunnel. « Justement, à ce propos, voici les conclusions de l'enquête interne menée sur les sujets que vous venez d'évoquer, monsieur le Secrétaire. Les résultats sont irréfutables. » Il fit glisser la première feuille sur la table et regarda Halliday s'en emparer avec moult précautions.

« Pendant que le secrétaire à la Défense prend connaissance de ce document, je me propose de vous le résumer. » Le DCI croisa les doigts et se pencha en avant comme un professeur s'adressant à ses étudiants. « Nous avons découvert une taupe à l'intérieur de la CIA. Son nom ? Timothy Hytner. C'est Hytner qui a reçu l'appel de Soraya Moore l'informant qu'on avait sorti le détenu de sa cellule. C'est Timothy Hytner qui a contacté les complices du détenu pour qu'ils viennent le chercher. Malheureusement pour lui, il a été atteint par une balle destinée à Mlle Moore et il en est mort. »

Le DCI regarda tous les participants les uns après les autres. « Comme je le disais, notre sécurité interne est sous contrôle. A présent, nous pouvons nous consacrer pleinement aux sujets qui exigent notre attention : comment mettre un terme aux exactions de Dujja et traduire ses membres devant la justice. »

Quand son regard tomba enfin sur le secrétaire Halliday, il s'attarda intentionnellement. Là se trouvait l'origine de l'attaque dont il venait de faire les frais. Il en était certain. On l'avait prévenu que Halliday et LaValle voulaient s'infiltrer dans la sphère traditionnellement contrôlée par la CIA. Il s'était donc attaché à faire courir des rumeurs sur son propre compte. Durant les six derniers mois, au cours de ses réunions sur la colline du Capitole, lors de ses déjeuners et dîners entre collègues et rivaux, il avait donné des signes de surmenage, s'était montré distrait, fatigué, déprimé. Tout cela pour leur faire croire que l'âge commençait à se faire sentir ; qu'il n'était plus l'homme qu'il avait été. Qu'il n'avait plus les moyens de contrer les attaques politiques.

Comme il l'avait espéré, le complot présumé venait de se révéler au grand jour. Pourtant, une chose l'inquiétait. Pourquoi le Président n'était-il pas venu à son secours ? Son rôle de vieillard sénile avait-il été si convaincant ? Les comploteurs avaient-ils persuadé le Président de son incapacité à poursuivre sa mission à la tête de la CIA ?

L'appel arriva vingt minutes après minuit, précisément. Une voix d'homme lui donna rendez-vous à trois pâtés de maisons de son hôtel. Bourne avait eu des heures pour s'y préparer. Il saisit son pardessus et passa la porte.

La nuit était douce, agrémentée d'une légère brise. Un ruban de nuages flottants habillait la lune aux trois quarts pleine. Elle était vraiment belle : très blanche, très claire, comme vue à travers un télescope.

Il se tenait au coin de la rue, les bras ballants. Depuis sa rencontre avec Yevgeny, voilà un jour et demi, il n'avait fait que se promener, marchant sans but apparent. En fait, ces balades lui avaient permis de repérer qui le suivait, combien ils étaient, le rythme de rotation des équipes. Il avait si bien mémorisé leurs visages qu'il aurait pu les reconnaître dans une foule, en cas de besoin. De plus, il avait eu tout loisir d'observer leurs méthodes, leurs habitudes. A présent, il pouvait imiter n'importe lequel d'entre eux. Se couler dans sa peau. Il lui suffirait de changer de visage. Mais cela prendrait du temps et le temps manquait. Une chose le tracassait : parfois, alors qu'il était sûr que ses pisteurs avaient disparu – à cause d'un changement d'équipe ou parce qu'il les avait semés, pour passer le temps –, il persistait à sentir une présence dans son dos. Son instinct aiguisé ne le trompait jamais. Quelqu'un l'observait. L'un des gardes du corps de Lemontov ? Impossible à affirmer car il n'arrivait pas à le voir.

Le gargouillis poussif d'un moteur diesel s'éleva derrière lui. Il ne se retourna pas. Le *marshrutka* freina en faisant grincer son embrayage. Sa portière s'ouvrit de l'intérieur. Bourne monta.

Les yeux d'agate de Bogdan Illiyanovich le dévisageaient. Il préféra ne pas lui demander où ils allaient.

Le *marshrutka* les déposa au pied du Boulevard Français. Ils marchèrent sous les grands acacias qui lui évoquaient des souvenirs étrangement familiers. Au bout de la rue pavée se dressait le terminus d'un téléphérique qui descendait vers la mer. Il connaissait cet endroit, il en était sûr.

Bogdan s'avança vers le terminus. Bourne était sur le point de le suivre quand son sixième sens lui intima de se retourner. Leur chauffeur ne s'était pas éloigné. Affalé sur son siège, son portable collé à la joue, ses yeux glissaient avec vivacité de droite à gauche, sans jamais se poser sur Bourne ou sur Bogdan.

Comme des wagonnets de fête foraine, les nacelles du téléphérique n'acceptaient que deux personnes. Colorées comme des bonbons, elles étaient suspendues au câble d'acier qui grinçait dans le ciel et s'étirait au loin, au-dessus d'une colline plantée d'arbres et de buissons épais où zigzaguaient des sentiers coupés par des escaliers raides descendant vers la plage d'Otrada. En plein cœur de l'été, cette plage attirait des centaines de baigneurs et autres adorateurs du soleil, mais à cette époque de l'année, à cette heure tardive, avec ce vent de mer qui balayait le sable humide, elle était presque déserte. Étirant le cou au-dessus de la rambarde, Bourne vit un grand boxer tacheté batifoler dans le mousseux clair de lune vert pâle, pendant que son maître – un homme mince coiffé d'un chapeau à larges bords, les mains enfoncées dans les grandes poches de son manteau de tweed trop grand pour lui – tentait de le suivre le long de la plage. Une bouffée de musique pop à la russe jaillit comme un coup de canon d'une paire de minuscules enceintes, pour s'arrêter tout aussi soudainement.

« Demi-tour. Les mains en l'air. »

Bourne fit ce que Bogdan ordonnait. Il sentit les grandes mains de l'autre homme le palper, sans doute à la recherche d'une arme ou d'un micro censé enregistrer la transaction, piéger Lemontov. Bogdan grogna, fit un pas en arrière et alluma une cigarette. Son regard devint vitreux.

Comme il pénétrait dans le terminus du téléphérique, Bourne vit s'arrêter une voiture noire remplie d'hommes d'affaires vêtus de costumes bon marché, dans le style Europe de l'Est. Curieusement, ces hommes semblaient engourdis, mal à l'aise. Ils regardèrent autour d'eux, s'étirèrent, bâillèrent, puis se remirent à observer le paysage. En fait, ils ne le lâchaient pas du regard. Nouvelle impression de déjà-vu. Ce manège lui rappelait quelque chose. C'était déjà arrivé.

Un des hommes d'affaires sortit un appareil numérique et entreprit de photographier ses compagnons. Un rire fusa, assorti de quelques blagues grivoises.

Pendant que les hommes en costume s'en donnaient à cœur joie, Bourne et Bogdan attendaient que la nacelle rouge comme une pomme d'amour touche le terminus en béton. Bourne leur tournait le dos.

« Bogdan Illiyanovich, on nous suit.

— Bien sûr qu'on nous suit. Ce qui m'étonne c'est que tu en parles.

— Pourquoi ?

— Tu me prends pour un imbécile ? » Bogdan sortit son Mauser et le braqua négligemment sur Bourne. « Ces types sont avec toi. On t'avait prévenu. Pas de deuxième chance. La cabine de monsieur est avancée. Grimpe, *tovarich*. Quand on sera au-dessus des arbres, je te tuerai. »

A 17 h 33 précises, le DCI entra dans la Bibliothèque où Lerner le retrouva. La Bibliothèque, vaste salle haute sous plafond et de plan vaguement carré, ne contenait aucun livre. Pas l'ombre d'un volume. Chaque fragment de données, qu'il s'agisse de travaux historiques, théoriques, d'études stratégiques ou tactiques – en bref, toute la science rassemblée depuis la création de la CIA par ses directeurs et officiers de renseignements –, était numériquement condensé dans les disques durs d'un serveur spécialement dédié à cet usage. Seize terminaux s'alignaient le long des murs.

Le Vieux avait consulté les fichiers concernant Abu Sarif Hamid ibn Ashef al-Wahhib et l'opération lancée par Alex Conklin, le seul échec dans la carrière de Bourne, pour autant qu'il le sache. Hamid était propriétaire d'un conglomérat multinational englobant des activités telles que le raffinage du pétrole, l'industrie chimique, la métallurgie – fer, cuivre, argent, acier et autres. La compagnie, Integrated Vertical Technologies, était basée à Londres où le Saoudien avait émigré après son mariage – le second – avec une Britannique de la bonne société, une dénommée Holly Cargill, dont il avait eu deux garçons et une fille.

La CIA – Conklin en particulier – avait décidé d'éliminer Hamid ibn Ashef. Au moment voulu, Conklin avait confié cette délicate mission à Jason Bourne. Ce dernier avait localisé sa cible dans la ville d'Odessa mais tout ne s'était pas passé comme prévu. Bourne n'avait réussi qu'à blesser le Saoudien. Grâce à son vaste réseau, Hamid ibn Ashef avait disparu dans la nature. Quant à Bourne, il avait failli y laisser sa peau.

Lerner se racla la gorge. Le Vieux se tourna vers lui.

« Ah, Matthew, asseyez-vous. »

Lerner tira une chaise et s'assit. « On ravive les vieilles blessures, monsieur ?

— L'affaire Hamid ibn Ashef ? J'essayais de savoir ce qui était arrivé à la famille. Le père est-il vivant ou mort ? S'il est vivant, où se trouve-t-il ? Peu après le fiasco d'Odessa, son plus jeune fils, Karim al-Jamil, a pris la tête de la compagnie. A la suite de quoi, le fils aîné, Abu Ghazi Nadir al-Jamuh, a disparu. Envolé. On suppose qu'il s'occupe de son père, selon la tradition tribale saoudienne.

— Et la fille ? demanda Lerner.

— Sarah ibn Ashef. La plus jeune de la fratrie. Aussi laïque que sa mère, à ce qu'on sait. Pour des raisons évidentes, ses faits et gestes n'intéressaient pas nos services. »

Lerner s'avança un peu. « Et à présent, y a-t-il une raison pour que vous vous intéressiez à cette famille ?

— Il demeure un point obscur. Un détail qui me turlupine. Il s'agit du seul échec de Bourne. Cette idée m'obsède, surtout avec ce qui s'est passé dernièrement. » Il resta un instant à ruminer, les yeux perdus dans le vague. « J'ai dit à Lindros de couper les ponts avec Bourne.

— Sage décision, monsieur.

— Ah bon ? (Le DCI le fixa d'un œil sinistre.) Je pense avoir commis une erreur. Je veux que vous arrangiez cela. Martin travaille jour et nuit à la tête de ses équipes Typhon. Ils remuent ciel et terre pour coincer Fadi. Votre mission est d'une autre nature. Je veux que vous trouviez Bourne et que vous l'éliminiez.

— Comment cela, monsieur ?

— Ne la jouez pas bégueule avec moi ! s'écria le DCI. Je vous ai observé alors que vous montiez les échelons de la CIA. Je connais vos succès sur le terrain. Le nettoyage, c'est votre truc. Mais il y a plus important : vous feriez parler une pierre. »

Lerner ne répondit rien, ce qui valait acquiescement. Il se taisait mais son esprit fonctionnait à plein régime. *Voilà donc la véritable raison de ma promotion,* pensait-il. *Le Vieux se fiche de réorganiser la CIA. Il veut utiliser mes talents. Il veut qu'un outsider se charge d'une opération homicide impossible à confier à un type de chez lui.*

« Continuons. » Le Vieux leva un index. « J'en ai ras le bol de ce salopard prétentieux. Il n'en fait qu'à sa tête depuis le départ. Parfois j'ai l'impression que nous travaillons pour lui. Le fait qu'il ait sorti Cevik de taule, par exemple. Il avait ses raisons, j'en suis sûr, mais jamais il ne dira lesquelles. C'est comme pour Odessa. Nous ignorons ce qui s'est passé là-bas. »

Lerner n'en revenait pas. Il se demandait s'il n'avait pas sous-estimé le Vieux.

« Vous voulez dire que personne ne l'a jamais interrogé comme il convient ? »

Le DCI parut attristé. « Bien sûr qu'on l'a interrogé, ainsi que toutes les autres personnes impliquées. Mais il a prétendu ne se souvenir de rien – que dalle. Martin l'a cru. Pas moi.

— Donnez-moi l'autorisation, monsieur. Je lui soutirerai la vérité.

— Ne vous méprenez pas, Lerner. Bourne préférera se donner la mort plutôt que lâcher une information.

— J'ai appris une chose sur le terrain. On peut briser n'importe qui.

— Pas Bourne. Faites-moi confiance. Non, je veux qu'il meure. Qu'il paie de sa vie. Cela me suffira.

— Oui, monsieur.

— Pas un mot à quiconque, même à Martin. Il a lui sauvé la vie un nombre incalculable de fois. Ce coup-ci, il n'en aura pas l'occasion, bon sang. Il prétend avoir cessé toute relation avec Bourne. Maintenant, à vous de jouer.

— Je comprends. » Lerner se leva prestement.

Le DCI dressa la tête. « Matthew, un petit conseil pour votre bien. Ne revenez pas bredouille. »

Lerner soutint son regard. « Et quand je reviendrai ? »

Le Vieux savait reconnaître un défi mieux que quiconque. Il s'enfonça dans son siège, rassembla ses mains comme pour prier et tapota l'extrémité de ses doigts dans un geste de profonde contemplation. « Vous n'aurez peut-être pas ce que vous souhaitez, dit-il. Mais vous pourriez avoir ce dont vous avez besoin. »

Bourne grimpa dans l'étroite nacelle, suivi de près par Bogdan. La cabine quitta le terminus et commença à se balancer au-dessus des falaises de craie.

Bourne dit : « Je suppose que c'étaient vos hommes.

— Trop drôle.

— Je suis venu seul, Bogdan Illiyanovich. Je veux simplement faire affaire avec Lemontov. »

Les deux hommes se dévisagèrent un moment. Entre eux, régnait une hostilité presque palpable. Le manteau de laine de Bogdan sentait le moisi et le tabac froid. Des pellicules en blanchissaient les revers.

Le câble gémissait. Les roues d'acier au-dessus de la nacelle continuaient à tourner. Au dernier moment, les quatre hommes sautèrent dans les deux dernières cabines. Ils braillaient comme s'ils étaient soûls.

« Une telle chute te serait fatale, observa Bogdan d'une voix douce. Personne n'y survivrait. »

Bourne regarda les hommes derrière eux.

La mer était agitée. Des tankers au lourd chargement traversaient la baie. En revanche, les ferries comme les mouettes étaient au repos. Plus loin, le clair de lune ourlait de blanc la crête des vagues.

Sur la plage, le boxer trottinait sur le sable gris. Il leva la tête, montra son museau carré barbouillé d'écume et de brins de varech. Il aboya. Son maître lui intima de se taire en lui tapotant les flancs. Ils passèrent sous la jetée de bois dont les piliers vert sale craquaient sous les assauts de la marée. Sur la gauche, s'étendait un labyrinthe de poutres et de piliers intriqués, pareil à un gigantesque squelette ; il soutenait la base de la colline boisée, menacée par la mer. Au-delà, s'alignaient des cabanes pour touristes, abritant des cafés, des restaurants qui n'ouvraient qu'en période estivale. Un kilomètre au sud environ, lové dans la courbe de la plage, on apercevait le yacht-club où des lumières scintillaient comme dans un petit village.

Les quatre hommes du téléphérique étaient arrivés sur la plage.

Bogdan dit : « Il faut faire quelque chose. »

Bourne sentit qu'on le testait encore. Un dernier coup d'œil lui apprit que les hommes en costume avaient disparu, comme par magie. Ils étaient toujours sur la plage, bien sûr. Peut-être se cachaient-ils dans l'échafaudage labyrinthique qui supportait une partie de la colline ou dans l'un des cabanons qui servaient de buvettes.

Il tendit la main. « Donnez-moi le Mauser et j'irai les chercher.

— Vous croyez que je vous fais assez confiance pour vous confier une arme ? Vous vous croyez capable de les abattre ? cracha Bogdan. Quitte à partir en chasse, allons-y tous les deux. »

Bourne hocha la tête. « Je suis déjà venu ici. Je connais le coin. Suivez-moi. » Ils traversèrent la plage et s'éloignèrent de la mer en suivant une diagonale. Arrivé devant le labyrinthe de piliers et de poutres, Bourne se pencha pour y pénétrer, ramassa un bout de bois qu'il cogna sur un montant pour évaluer sa résistance. Bogdan le regarda faire sans protester, avec indifférence même. C'était lui qui tenait le Mauser, après tout.

Ils parcoururent le labyrinthe obscur en baissant la tête de temps à autre, tant certaines poutres étaient basses.

« Approchons-nous du lieu de rendez-vous ? », murmura Bourne.

Le regard toujours méfiant, Bogdan partit d'un rire silencieux.

Bourne se disait qu'il rencontrerait Lemontov sur l'un des bateaux ancrés dans le bassin de plaisance. Il reporta son attention vers les ombres au loin. Juste devant lui, se trouvait la première cabane – il la connaissait pour y être entré, autrefois.

Ils poursuivirent leur chemin, Bourne marchant un pas devant Bogdan. Le reflet du clair de lune sur le sable transperçait de ses doigts pâles l'enchevêtrement de poutres massives, solives et autres espars. Ils avançaient parallèlement à la jetée. La cabane en question n'était plus bien loin, à présent, songea Bourne.

Du coin de l'œil, il perçut un mouvement furtif. Il ne tourna pas la tête, ne changea pas de direction, mais se contenta de bouger les yeux. D'abord il ne vit rien que des ombres indistinctes. Puis, entre les lignes droites du gigantesque échafaudage, il remarqua une courbe – un corps humain, forcément. Il en dénombra un, deux, trois. Parfaitement placés, éparpillés dans l'ombre comme sur une toile d'araignée, ils les attendaient.

Ils connaissaient sa destination. Lisaient-ils dans ses pensées ? Mais c'était impossible. Devenait-il fou ? On aurait dit que ses souvenirs le précipitaient dans la gueule du loup.

Que faire à présent ? Il s'arrêta et voulut reculer mais le canon de l'arme de Bogdan enfoncé dans ses côtes l'en dissuada. Bodgan travaillait-il avec eux ? L'Ukrainien faisait-il partie du complot destiné à le piéger ?

Tout à coup, Bourne bondit sur la gauche, en direction de la plage. Il s'élança, fit pivoter son torse et jeta le bout de bois à la tête de Bogdan. Ce dernier l'évita sans difficulté mais tira une seconde trop tard. Bourne eut juste le temps de plonger derrière un espar dont la balle du Mauser érafla la surface.

Bourne feinta à droite, fonça à gauche. Il prenait soin de courir en faisant de plus grandes enjambées avec la jambe droite qu'avec la gauche pour empêcher Bogdan de prévoir son allure. Un autre coup de feu retentit. La balle se perdit.

La troisième déchira un pan de son pardessus qui volait derrière lui. Il venait d'atteindre le premier pilier de la jetée. Provisoirement à l'abri, il disparut dans l'ombre.

Bogdan Illiyanovich soufflait comme un phoque en poursuivant le pseudo-Ilias Voda. Il grimaçait, découvrait des dents serrées par l'effort. Plus il approchait de la jetée, plus ses pieds s'enfonçaient dans le sable qui emplissait ses chaussures, encroûtait son manteau.

L'eau était glaciale. Il n'irait pas plus loin. Soudain, il aperçut sa proie et se remit à courir. L'eau lui arrivait aux genoux. L'instant d'après, elle clapotait contre ses cuisses. La marée montait, ralentissant considérablement sa progression. C'était devenu une lutte pour...

Un bruit explosa sur sa gauche. Il se retourna vivement mais l'eau entravait ses mouvements, suçait son long manteau de lainage. Elle le ralentissait. En même temps, les flots de la marée montante le déséquilibraient. Il trébucha et tout en perdant l'équilibre, comprit pourquoi Voda était passé par là. C'était pour l'attirer dans l'eau où son manteau limiterait ses mouvements.

Un chapelet d'injures jaillit de ses lèvres mais ne se déroula pas entièrement. Sa voix se cassa. Dans le clair de lune, il vit se profiler trois hommes en complet-veston. Arme au poing, ils couraient comme des fous dans sa direction.

Sans ralentir l'allure, le premier leva son pistolet, visa et tira.

Bourne les avait vus arriver avant Bogdan. Il avait presque rejoint l'Ukrainien quand la première balle entama le pilier le plus proche. Bogdan allait se tourner vers lui mais glissa et perdit l'équilibre. Bourne le retint, l'empoigna à bras-le-corps et le fit pivoter de manière à le placer entre lui et les tireurs.

Un deuxième homme fit feu. La balle percuta l'épaule gauche de Bogdan, le projeta en arrière un peu sur la gauche. Bourne s'y attendait. Il para le coup en adoptant la posture du karatéka – pieds écartés à largeur de hanches, genoux légèrement fléchis, torse relâché, prêt à bondir. La force jaillissait comme une fontaine depuis la partie inférieure de son corps. Il remit Bogdan en position devant lui. Les trois hommes s'étaient beaucoup rapprochés. Disposés en triangle, ils avançaient vers les vagues. Bourne les voyait se découper sous la froide clarté de la lune.

La balle suivante toucha l'Ukrainien à l'abdomen, le pliant presque en deux. Bourne le redressa, saisit la main toujours crispée sur le Mauser, la leva et pressa la détente, son index sur celui de Bogdan. L'homme sur sa droite, le plus proche, s'écroula tête la première. La troisième balle atteignit Bogdan à la cuisse peu après que Bourne eut tiré de nouveau. L'homme du milieu tomba à la renverse, les bras écartés.

Bourne traîna Bogdan sur la droite. Deux autres balles manquèrent la tête de l'Ukrainien de quelques centimètres. Bourne pressa la détente et rata son coup. Les pieds dans l'eau, le troisième homme arrivait en zigzaguant, ce qui ne l'empêchait pas de tirer en même temps. Mais les vagues de plus en plus violentes le déséquilibraient. Bourne lui mit une balle entre les deux yeux.

Pendant que l'écho de la détonation se dissipait, Bourne entendit un animal remuer quelque part, une sorte de léger frétillement. Bogdan glissa la main sous son pardessus et sortit l'arme sanglée à l'intérieur. Le Mauser avait disparu dans l'eau noire marbrée du sang coulant de ses blessures. Bourne lui frappa le poignet du tranchant de la main. Bogdan lâcha le deuxième pistolet qui alla rejoindre le Mauser dans les flots agités.

Avec la force d'un damné, Bogdan leva les bras et referma ses mains sur la gorge de Bourne. Heurté par une vague, ce dernier tomba à genoux. Les pouces de Bogdan cherchaient à tâtons la zone cartilagineuse qu'il comptait briser. Repérant l'une des blessures de l'Ukrainien, Bourne frappa dessus de toutes ses forces avec le talon de la main. Bogdan hurla, la tête penchée en arrière.

Bourne se leva en vacillant, terrassa Bodgan d'un dernier coup bien ajusté puis le saisit et le rejeta en arrière. Sa tempe heurta un pilier. Du sang jaillit de sa bouche.

Il fixa Bourne l'espace de quelques secondes. Un petit sourire relevait les commissures de ses lèvres.

« Lemontov », dit-il.

Il n'y avait pas d'autre bruit sur la plage que celui des vagues qui martelaient les piliers. Pas de moteur de bateau, aucun son venant de la terre. Puis, soudain, le boxer poussa un cri entre l'aboiement et le gémissement, comme un appel de détresse.

Bogdan partit d'un rire gargouillant.

Bourne l'attrapa par le col. « Pourquoi tu te marres, Bogdan Illiyanovich ?

— Lemontov. » La voix de l'Ukrainien évoquait un filet d'air sortant d'un ballon. Les yeux révulsés, il lutta pour prononcer ces derniers mots : « Lemontov n'existe pas. »

Bourne laissa le cadavre s'enfoncer dans l'eau. Quelque chose venait de sortir de l'ombre et se dirigeait vers lui. Il pivota sur la gauche. Le quatrième homme !

Trop tard. Une douleur violente lui perça le flanc, suivie d'un flot tiède. Son assaillant retourna le couteau dans sa chair. Bourne le repoussa des deux mains, libérant par ce geste le couteau fiché en lui. Le sang gicla.

« Il avait raison, vous savez, dit l'homme. Lemontov est un fantôme. Nous lui avons donné vie pour t'appâter.

— Nous ? »

L'homme au couteau s'approcha un peu plus. S'élevant derrière les planches de la jetée, la lune claire révéla un visage étrangement familier.

« Tu ne me reconnais pas, Bourne. » Son sourire était aussi sauvage que venimeux.

Dans un sursaut, Bourne revit le visage griffonné dans l'avion par Martin Lindros. Il comprit.

« Fadi », s'écria-t-il.

QUINZE

« ÇA FAIT LONGTEMPS QUE j'attends cet instant », dit Fadi, un Makarov dans une main, un poignard à la lame sinueuse et sanglante dans l'autre.

« Longtemps que j'attends de te revoir en face. »

Bourne sentait la marée lui aspirer les jambes. Le bras droit fermement ramené contre les côtes, il tentait d'arrêter l'hémorragie.

« Et d'exercer ma vengeance.

— Vengeance », répéta Bourne. Il avait un goût de métal dans la bouche en même temps qu'une soif intense. « Quelle vengeance ?

— Ne fais pas semblant de l'ignorer. Tu ne peux pas avoir oublié – pas ça. »

La marée, qui devenait plus puissante à mesure qu'elle montait, apportait avec elle quantité d'algues et de varech. Sans quitter Fadi des yeux, Bourne plongea la main droite dans l'eau, saisit une poignée de goémons et jeta cette boule détrempée sur Fadi en visant la tête. A l'instant où il recevait les algues en pleine figure, Fadi tira sans viser.

Bourne lui avait déjà faussé compagnie mais la marée jouait contre lui, après s'être faite son alliée contre Bogdan et les sbires de Fadi. Une grosse vague vint se fracasser sur lui, à l'oblique. Il chancela. La douleur le transperçait. Son bras gauche s'écarta de sa blessure. Le sang se remit à couler.

Fadi s'était ressaisi. Tout en visant Bourne avec son Makarov, il bondissait à travers les vagues. Dans son poing, le poignard à la lame sinueuse avec laquelle il avait l'intention très nette de le tailler en pièces.

Bourne serra les dents et voulut partir à droite pour échapper à l'assaut imminent de Fadi quand une autre vague le frappa dans le dos et le rabattit vers son agresseur.

Au même instant, il discerna le grognement d'un chien. Le boxer tacheté courait dans l'eau. Il prit son élan, propulsa son corps musculeux sur Fadi et le percuta du côté droit. Pris au dépourvu, Fadi bascula et tomba dans l'eau avec le boxer furieux dont les mâchoires claquaient près de son visage. Les pattes antérieures posées sur lui pour mieux l'immobiliser, le chien le tenait à sa merci.

« Allez, venez ! »

Bourne entendit quelqu'un chuchoter sous les ombres de la jetée. Puis il sentit un bras mince mais vigoureux l'entourer, le pousser vers les piliers moussus qui formaient un sentier tortueux débouchant sur le clair de lune.

Il hoqueta : « Il faut que je retourne et...

— Pas maintenant. » Les mots étaient murmurés mais le ton ne souffrait pas de contradiction. Cette voix appartenait à l'homme au grand chapeau, aperçu quelques minutes plus tôt sur la plage – le maître du boxer. Quand il siffla, le chien les rejoignit. Il sortit de sous la jetée en fendant l'eau à grands coups de pattes.

C'est alors que Bourne entendit gémir les sirènes. Dans le yacht-club voisin, quelqu'un alerté par les coups de feu avait dû appeler la police.

Il se remit donc en marche avec l'aide de son compagnon. La douleur lancinante pulsait en lui et le déchirait à chacun de ses pas, comme si la lame serpentine lui fouillait encore les entrailles. A chaque battement de cœur, il perdait un peu plus de sang.

Lorsque Fadi refit surface en recrachant l'eau qu'il avait bue, la première silhouette qui se présenta devant ses yeux rougis fut celle d'Abbud ibn Aziz, penché par-dessus la rambarde d'un voilier sans lumière. Le navire, peu chargé, avait profité de la brise de mer pour se rapprocher du rivage. Il risquait moins de s'échouer que la plupart des bateaux à moteur.

Abbud ibn Aziz lui tendit un bras puissant. Son front plissé trahissait son inquiétude. Comme Fadi grimpait sur le pont, Abbud ibn Aziz cria ses ordres au second qui montait déjà les voiles. L'homme hissa la vergue et le voilier s'éloigna de la rive.

Juste à temps. Comme ils viraient de bord, Fadi vit ce qui inquiétait tant Abbud ibn Aziz. Trois vedettes de la police venaient de contourner le promontoire et filaient en direction de la jetée.

« On va se mettre à l'abri dans le yacht-club, dit Abbub ibn Aziz à l'oreille de Fadi. Quand la police sera assez proche pour voir ce qui se passe ici, nous serons déjà hors d'atteinte. » Il ne fit aucune allusion aux trois hommes. Ils n'étaient pas là et, de toute évidence, on ne les attendrait pas. Ils étaient morts.

« Bourne ? demanda-t-il.

— Blessé mais toujours vivant.

— Grièvement ? »

Couché sur le dos, Fadi essuyait le sang qui maculait son visage. Ce foutu chien l'avait mordu à trois endroits, dont le biceps droit. Il avait l'impression que son bras était en feu. Dans le clair de lune, ses yeux brillaient comme ceux d'un loup. « Assez pour qu'il finisse ses jours dans le même état que mon père.

— Juste retour des choses. »

A la proue, les lumières du yacht-club grossissaient rapidement. « Les papiers. »

Abbud ibn Aziz lui tendit un paquet enveloppé de papier huilé étanche.

Fadi s'en empara et se tournant de côté, cracha dans l'eau. « Mais est-ce une juste vengeance ? » Répondant à sa propre question, il hocha la tête en signe de dénégation. « Je ne crois pas, non. Pas encore. »

« Par ici, par ici ! disait la voix pressante à l'oreille de Bourne. Accrochez-vous, on n'est plus très loin. »

Plus très loin ? répéta-t-il en son for intérieur. Trois pas lui faisaient l'effet d'un kilomètre tant son souffle était pénible, tant ses jambes lui pesaient, telles des colonnes de granit. Il éprouvait une difficulté grandissante à les remuer. Submergé par des vagues d'épuisement successives, il lui arrivait de perdre l'équilibre et de basculer en avant. Quand il tomba la première fois, son compagnon ne s'y attendait pas. Bourne s'étala à plat ventre dans l'eau. L'autre le remit sur ses pieds. Il retrouva la nuit humide d'Odessa.

Il voulait dresser la tête, voir où ils étaient, où ils allaient. Mais cette marche dans l'eau lui prenait toutes ses forces. Il sentait la présence de son compagnon à ses côtés. Il avait l'impression de le connaître et cette étonnante familiarité se répandait à la surface de sa conscience comme une nappe de pétrole dont l'opacité l'empêchait de voir plus loin. Qui était cette personne ? Un être surgi de son passé ? Quelqu'un...

« Qui êtes-vous ? hoqueta-t-il.

— Allons, venez ! murmura la voix. Il faut se dépêcher. La police nous cherche. »

Tout à coup, il entrevit des lumières qui dansaient dans l'eau. Il cligna les yeux. Non, pas dans l'eau, *sur* l'eau. Les reflets ondoyants de lampes électriques. Quelque part, au fond de son crâne, une alerte retentit et il pensa : *Yacht-club.*

Avant d'atteindre la limite nord de la zone touristique, constituée de jetées, de cabanes et de promenades en planches, son compagnon le fit obliquer. Les vagues rendaient leur progression de plus en plus pénible. Bourne tomba à genoux. Furieux, il était sur le point de se redresser brutalement quand son compagnon vint de nouveau à son secours. Une matière molle lui enveloppa le torse et le comprima à tel point que le souffle faillit lui manquer. La chose s'enroula plusieurs fois autour de lui. La pression fut bénéfique. Le saignement s'arrêta. Mais quand il se releva et qu'ils passèrent sur le sable, une petite tache apparut et se mit à grossir, imprégnant le tissu. L'écharpe lui éviterait malgré tout de laisser des traces de sang derrière lui. L'inconnu qui le guidait était une personne aussi intelligente que courageuse.

Sur la plage, il retrouva le boxer, un grand mâle tacheté. C'était un animal noble et magnifique. Ils venaient d'atteindre la dernière cabane. Côté terre, une falaise les dominait de sa masse. Juste devant eux se profilait un abri en bois vert sombre. L'édicule haut d'un mètre à peine servait à ranger les parasols en été. Il était cadenassé.

Le boxer émit un petit jappement en trémoussant son arrière-train. Signe d'anxiété.

« Vite ! Vite ! »

Ils se baissèrent sans cesser d'avancer. De la mer, leur parvint un fort vrombissement de moteurs. Tout à coup, le bout de plage sur leur droite s'illumina. Les vedettes de la police balayèrent le sable de leurs projecteurs. Les faisceaux se rapprochaient dangereusement. Dans un instant, ils seraient sur eux.

Ils roulèrent derrière l'édicule et se recroquevillèrent du mieux qu'ils purent. La lumière intense leur glissa dessus. Sans relâche, les faisceaux fouillèrent la zone, comme si l'abri les attirait. Les nerfs tendus à se rompre, ils attendirent. Enfin les projecteurs s'éloignèrent.

Mais des cris, des appels ne cessaient de retentir à bord des vedettes. Bourne vit une autre unité de police investir le yacht-club. Les hommes portaient des casques en acier, des gilets pare-balles, des fusils semi-automatiques.

Son compagnon le secoua pour l'inciter à le suivre vers la falaise. Quand ils traversèrent en courant le haut de la plage, Bourne comprit à quel point il était faible et vulnérable. Il n'aurait pas la force de se défendre et encore moins de les défendre tous les deux.

On le poussa dans le dos. Il tomba à plat ventre dans le sable. Son compagnon se jeta par terre, à côté de lui. D'autres faisceaux lumineux tressautaient dans la nuit. Ceux-là venaient d'ailleurs. Plusieurs policiers postés dans le yacht-club fouillaient la plage avec leurs torches. Les faisceaux passèrent au-dessus des deux corps allongés, les manquant de vingt centimètres à peine. Dans sa vision périphérique, Bourne vit des formes bouger au loin. Un groupe de policiers venait de sauter du quai et se dirigeait vers eux.

Sur un signal silencieux de son compagnon, Bourne rampa tant bien que mal jusqu'au pied de la falaise. Le chien les y attendait, tapi dans l'ombre épaisse. Bourne se retourna vers son compagnon. Ce dernier avait retiré son manteau et s'en servait pour effacer leurs traces dans le sable.

Il se leva, hors d'haleine, titubant comme un lutteur ayant combattu trop longtemps contre un adversaire plus fort que lui.

Son compagnon agenouillé s'acharnait sur une sorte de grille d'égout. Les cris des policiers se rapprochaient.

Il se pencha pour l'aider. Ensemble, ils empoignèrent les barreaux et tirèrent. Quelqu'un avait déjà ôté les cadenas.

L'homme le poussa à l'intérieur. Tout excité, le boxer entra avec lui. Lorsque son compagnon voulut se pencher pour les suivre, son grand chapeau tomba. Le clair de lune éclaira son visage.

Stupéfait, Bourne ne put s'empêcher d'inspirer brusquement, ce qui lui causa une violente douleur.

« Vous ? »

La personne qui venait de lui sauver la vie, l'inconnu dont les manières lui avaient paru si familières n'était pas un homme.

C'était Soraya Moore.

SEIZE

A *18 H 46, LE PDA D'ANNE HELD* se mit à vibrer. C'était son PDA à elle, pas celui fourni par la CIA. Un cadeau de son Amoureux. Quand elle s'en saisit, l'étui noir était tiède d'avoir séjourné sur sa cuisse où elle le gardait sanglé. Comme le message d'un bon génie, les mots suivants s'affichèrent à l'écran : VINGT MINUTES. SON APPARTEMENT.

Son cœur s'emballa, son sang fila joyeusement dans ses veines car ce message provenait vraiment d'un génie : son Amoureux. Son Amoureux était de retour.

Devant le Vieux, elle prétexta un rendez-vous chez le gynécologue, ce qui la fit rire intérieurement. En tout cas, il la crut sur parole. En ce moment, le siège de la CIA tenait du service d'urgences : depuis le retour de Lindros, personne n'avait quitté son poste de travail.

Elle sortit de l'immeuble, héla un taxi, se fit arrêter à six blocs de Dupont Circle et fit le reste du chemin à pied. Dans le ciel vaste et clair, nimbé d'un beau clair de lune, jouait un vent cinglant qui intensifiait l'impression de froid. Malgré ce temps de chien, Anne se sentait bien. Elle avançait, les mains enfoncées dans les poches, couvant une douce chaleur au fond d'elle-même.

L'appartement se trouvait sur la 20e Rue, dans un immeuble de trois étages dessiné au XIXe siècle par Stanford White dans le style néocolonial. Une porte en verre dépoli au chambranle de bois s'ouvrit devant elle en bourdonnant. Derrière, elle découvrit un couloir lambrissé qui parcourait tout le rez-de-chaussée et se terminait par une porte en verre et bois donnant, à l'arrière, sur une cour étroite, un espace peu aménagé servant de parking privé.

Elle s'immobilisa devant les boîtes aux lettres. Ses doigts cherchèrent puis effleurèrent le 401 gravé sur une petite plaque de cuivre : le nom de MARTIN LINDROS était inscrit dessus.

Arrivée au troisième palier, elle s'accorda une pause devant la porte couleur crème et posa la main sur le bois épais. On eût dit qu'il en émanait une subtile vibration, comme si l'appartement longtemps inoccupé bourdonnait d'une vie nouvelle. Le corps tiède et électrique de son Amoureux habitait les pièces qui s'étendaient au-delà de cette porte, les emplissait d'énergie et de chaleur, telle la lumière du soleil à travers une vitre.

Elle se remémora leur dernière séparation. Ce moment diffusait encore en elle cette même douleur aiguë, comme un air glacé qu'on inspire trop fort. Une douleur qui tambourinait à l'intérieur de sa poitrine, lui martelait le cœur. Ce jour-là, elle avait ressenti quelque chose de plus car elle savait qu'elle ne le reverrait pas avant neuf mois, au minimum. En réalité, onze mois avaient passé depuis. Ce n'était pourtant pas une simple question de temps – encore que si. Elle savait que d'importants changements interviendraient durant cette longue absence.

Bien sûr, elle avait relégué la peur tout au fond de son esprit, dans un placard fermé à clé. Mais à présent, là, devant la porte de cet appartement, elle prenait conscience du fardeau qu'elle avait porté durant tout ce temps, comme un enfant non désiré.

Elle appuya son front contre le bois peint. Leur dernière conversation lui revenait en mémoire.

« *Tu sembles troublée,* avait-il dit. *Je t'ai dit de ne pas t'inquiéter.*

— *Comment ne pas m'inquiéter ?* avait-elle répondu. *Ça n'a jamais été fait.*

— *Je me suis toujours considéré comme une sorte de pionnier.* » Il avait souri pour l'encourager, puis, voyant que cela ne marchait pas, l'avait prise dans ses bras. « *Les circonstances extrêmes nécessitent des mesures extrêmes. Tu es bien placée pour le savoir, non ?*

— *Oui, oui. Je sais.* » Un frisson. « *C'est plus fort que moi. Je me demande ce qui va nous arriver... de l'autre côté.*

— *Pourquoi dis-tu cela ? Rien ne changera.* »

Elle s'était écartée juste assez pour plonger son regard dans les yeux de son amant. « *Tu sais pourquoi*, avait-elle murmuré.

— *Non, je ne sais pas. Je serai toujours le même au fond de moi. Tu dois me croire, Anne.* »

Et voilà qu'elle était de l'autre côté – ils y étaient tous les deux. C'était le moment de vérité. Bientôt, elle découvrirait quels changements s'étaient opérés en lui durant ces onze mois. Elle lui faisait confiance. De tout son être. Mais à présent la peur qu'elle avait si longtemps jugulée se répandait, s'écoulait dans son ventre. Elle était sur le point de basculer dans l'inconnu. Il n'y avait pas de précédent. Elle redoutait de trouver son Amoureux à ce point changé qu'elle ne le reconnaîtrait plus.

Elle se reprit en se morigénant d'un grognement assourdi, tourna la poignée de cuivre. En prévision de sa visite, il n'avait pas mis le verrou. Quand elle posa le pied dans le vestibule, elle eut l'étrange impression de fouler un chemin qui l'attendait depuis les lustres. Telle une hindou, elle vivait sous l'emprise d'un destin qui la dépassait. Qui le dépassait lui aussi. L'éducation privilégiée que ses parents lui avaient imposée lui paraissait si lointaine. Elle devait en remercier son Amoureux. Anne avait parcouru seule une partie du chemin, certes, mais à l'époque sa rébellion n'avait pas de base solide. Il l'avait apprivoisée, transformant sa révolte débridée en un faisceau de lumière qui éclairait une voie toute tracée. Elle n'aurait plus rien à craindre.

Elle était sur le point de l'appeler quand elle entendit sa voix, cette mélopée qu'elle connaissait si bien et qui dérivait vers elle comme emportée par le courant les reliant l'un à l'autre. Elle le trouva dans la chambre, agenouillé sur l'un des tapis de Lindros puisque, bien évidemment, il n'avait pu emporter le sien.

Il était pieds nus, la tête couverte d'une calotte blanche, plié en deux, le front posé contre la laine rase du tapis. Tourné vers La Mecque, il priait.

Craignant de le déranger, elle resta sans bouger et laissa la langue arabe couler sur elle comme une pluie bienfaisante. Elle parlait arabe couramment – elle connaissait même plusieurs dialectes, chose qui l'avait fort intrigué lors de leur première rencontre.

A la fin de la prière, il se leva, l'aperçut et sourit avec le visage de Martin Lindros.

« Je sais ce que tu veux voir en premier, susurra-t-il en arabe, tout en faisant passer sa chemise par-dessus sa tête.

— Oui, montre-moi tout », répondit-elle dans la même langue.

Elle vit ce corps si familier. Ses yeux se posèrent sur son ventre, sa poitrine. Dans leur course vers le haut, ils croisèrent les siens – son œil droit porteur d'une nouvelle rétine. Le visage de Martin Lindros avec la rétine droite de Lindros. C'était Anne qui avait fourni les photos et les scanners rétiniens ayant permis cette remarquable transformation. Elle se mit à étudier son visage mieux qu'elle n'avait pu le faire au bureau, les deux fois où il était passé devant elle, avant et après son rendez-vous avec le Vieux. Ils avaient échangé un bref hochement de tête, un simple bonjour comme s'il s'était agi du vrai Martin Lindros.

Elle n'en revenait pas. La ressemblance était parfaite – le Dr Andursky avait fait de l'excellent travail. Il avait admirablement tenu ses promesses.

Il leva les mains et les posa sur son visage, en riant doucement au contact des hématomes, des égratignures et autres coupures. Il paraissait fort content de lui. « Tu vois, le "traitement de choc" que j'ai subi de la part de mes "ravisseurs" a été finement calculé pour dissimuler les dernières cicatrices de mon opération.

— Jamil », murmura-t-elle.

Il s'appelait Karim al-Jamil ibn Hamid ibn Ashraf al-Wahhib. *Karim al-Jamil* signifiait « Karim le Beau ». Anne adorait l'appeler Jamil, aussi le lui permettait-il. Personne d'autre au monde n'aurait songé à le faire.

Sans le quitter du regard, elle fit glisser son manteau d'un mouvement d'épaule, se débarrassa pareillement de sa veste, déboutonna son chemisier, descendit la fermeture de sa jupe. Avec des gestes lents et précis, elle dégrafa son soutien-gorge et fit glisser son slip. Puis resta immobile, perchée sur ses hauts talons, avec ses bas soyeux, son porte-jarretelles en dentelle et son cœur frissonnant de le voir là, face à elle, qui la dévorait des yeux.

D'un pas, elle sortit du cercle de vêtements amassés puis s'avança vers lui.

« Tu m'as manqué », dit-il.

Elle se réfugia dans ses bras, colla sa peau nue contre la sienne, écrasa ses seins contre son torse et gémit. Elle fit courir ses mains sur le plus grand de ses muscles, effleurant du bout des doigts les reliefs qu'elle avait mémorisés dès la première nuit passée ensemble à Londres. Elle prenait son temps. Il la laissa faire sans la brusquer, comprenant qu'elle agissait comme une aveugle vérifiant le terrain à tâtons avant de s'aventurer plus loin.

« Dis-moi ce qui s'est passé. Comment c'était ? »

Karim al-Jamil ferma les yeux. « Pendant six semaines, j'ai eu terriblement mal. Le Dr Andursky redoutait surtout qu'une infection ne se déclenche pendant la cicatrisation des greffes de peau et de muscles. Personne n'avait le droit de me voir, sauf lui et son équipe. Ils portaient des gants de caoutchouc, un masque sur la bouche et le nez. Ils m'ont bourré d'antibiotiques.

« Après la greffe de rétine, mon œil droit est resté fermé plusieurs jours. Ils l'avaient protégé sous une grosse compresse de coton retenue par du sparadrap. Je n'ai pas eu le droit de bouger pendant vingt-quatre heures et, les dix jours suivants, ils m'ont obligé à me reposer le plus possible. Comme je n'arrivais pas à dormir, ils m'ont mis sous sédatifs. J'ai perdu la notion du temps. Mais quelle que soit la substance qu'ils m'injectaient, la douleur ne me quittait pas. C'était comme un deuxième cœur qui battait à l'unisson à côté du mien. J'avais le visage en feu. Un pic à glace était fiché au fond de mon œil droit et je ne pouvais pas l'enlever. Voilà ce qui s'est passé. C'était comme cela. »

Déjà, elle l'escaladait comme un arbre. Il lui empoigna les fesses, la fit reculer contre le mur en la pressant contre lui. Elle enroula ses jambes autour de ses hanches. Un peu maladroitement, il détacha sa boucle de ceinture et descendit son pantalon. Son sexe était si dur qu'il lui faisait mal. Quand il la mordit, elle poussa un petit cri puis un autre lorsqu'il la pénétra.

Anne avait la chair de poule ; sa peau se hérissait de plaisir. Elle était dans sa cuisine et versait du champagne dans deux flûtes de cristal. Elle laissa tomber une fraise dans chacune et regarda s'épanouir la nuée de petites bulles. La cuisine donnait sur la façade ouest de l'immeuble. De ses fenêtres, on apercevait la cour séparant les bâtiments.

Elle lui tendit une flûte. « Je devine encore ta mère à ta couleur de peau.

— Allah soit loué. Sans ces gouttes de sang anglais, je n'aurais jamais pu me faire passer pour Martin Lindros. Son arrière-grand-père était originaire d'une ville de Cornouailles située à moins de quatre-vingts kilomètres du domaine appartenant à la famille de ma mère. »

Anne rit. « C'est assez cocasse, non ? » Ses mains si longtemps privées du toucher de sa peau auraient pu le caresser jusqu'à la fin des temps. Posant sa flûte sur le comptoir de granit, elle attrapa son amant et, comme pour jouer, le fit reculer jusqu'à la fenêtre. « Je ne peux pas croire que nous soyons réunis ici. Je ne peux pas croire que tu sois sain et sauf. »

Karim al-Jamil lui embrassa le front. « Tu doutais de mon plan.

— Je te l'ai dit. J'avais des doutes et des craintes. Il paraissait si... téméraire, si difficile à mettre en œuvre.

— C'est juste une question de point de vue. Imagine une horloge. Une horloge n'accomplit qu'une seule fonction : mesurer les secondes et les minutes. Et quand l'heure arrive, elle fait sonner son carillon. Simple et pourtant fiable. Voilà pourquoi à l'intérieur d'une horloge, on trouve des éléments précisément conçus, huilés, polis, de telle sorte qu'ils s'emboîtent parfaitement lorsque la mécanique entre en action. »

A cet instant, il vit son regard dévier et se projeter derrière lui. Une terrible lumière éclaira les prunelles d'Anne.

Il se tourna vers la vitre pour regarder le parking entre les immeubles. Deux voitures américaines dernier modèle étaient garées côte à côte, tête-bêche. L'une des deux avait laissé tourner son moteur. Les vitres côté conducteur étant baissées, on pouvait en conclure que les deux hommes discutaient.

« Qu'est-ce que c'est ?

— Ces deux voitures, murmura-t-elle. On dirait une patrouille de police.

— Ou bien deux types qui parlent de la pluie et du beau temps.

— Non, il y a quelque chose... »

Anne ne finit pas sa phrase. L'un des deux hommes venait de se pencher par la vitre. Elle le connaissait.

« C'est Matthew Lerner. Merde ! » Elle frissonna. « Je n'ai pas eu le temps de te le dire mais il a fait fouiller ma maison. Dans mon placard, j'ai trouvé un nœud coulant passé autour d'une de mes culottes. »

Karim al-Jamil rit jaune. « Il a le sens de l'humour, il faut lui reconnaître ça. Il te soupçonne ?

— Non. S'il avait eu le moindre soupçon, il serait allé voir le DCI. Il veut juste que je dégage. Je subodore qu'il agit ainsi pour mieux asseoir son influence auprès du Vieux et lui piquer sa place. »

Sur le parking, les deux hommes s'étaient tout dit, visiblement. Lerner s'en alla, laissant l'autre assis au volant de son véhicule. Il n'avait pas l'air pressé de partir, la preuve en était qu'il alluma une cigarette.

Karim al-Jamil conclut : « Dans un cas comme dans l'autre, il t'a fait suivre. Notre sécurité a donc été compromise. » Il s'éloigna de la fenêtre. « Habille-toi. Nous avons un travail à faire. »

Dès que le voilier s'amarra au quai du yacht-club, la police sauta à bord et, comme à son habitude, se mit à fouiller partout. Le capitaine du voilier et ses hommes, dont Abbud ibn Aziz, se composèrent une expression de frayeur très convaincante et sortirent leurs papiers d'identité devant le zélé lieutenant de police. Lequel se tourna ensuite vers Fadi.

Sans un mot ni la moindre trace d'inquiétude, Fadi lui tendit les papiers que lui avait remis Abbud ibn Aziz, l'identifiant comme le major général Viktor Leonidovich Romanchenko du SBU, service de contre-espionnage. Il y joignit son ordre de mission signé du colonel général Igor P. Smeshko, chef du SBU.

La scène le divertissait fort. Le lieutenant de police perdit aussitôt sa suffisance et son visage prit une teinte cadavérique. En un clin d'œil, le superflic s'était métamorphosé en larbin.

« Je suis ici pour arrêter un meurtrier, un homme très dangereux ayant échappé à la justice, expliqua Fadi en reprenant ses faux papiers confondants de vérité. C'est lui qui a tué les quatre hommes sur la plage. Vous voyez combien cet homme est redoutable. Rien ne l'arrête.

— Je suis le lieutenant Kove. A vos ordres, major général. »

Sur l'énergique invitation de Fadi, le lieutenant et ses hommes descendirent du voilier au petit trot. « Et surtout n'oubliez pas, ajouta-t-il à leur intention. Je tuerai de mes propres mains celui qui abattra ce fugitif. Tenez-vous-le pour dit. Ce criminel m'appartient. »

L'inspecteur Bill Overton fumait tranquillement derrière son volant. Il n'avait pas été aussi heureux depuis un an. Ce boulot que lui avait confié Lerner tombait à pic. Une mission un peu spéciale, comme il les aimait. Une fois accomplie, Lerner lui décrocherait le poste qu'il convoitait, au département de la Sécurité intérieure. Lerner était un type franc du collier, puissant et malin. Il disait ce qu'il pensait et pensait ce qu'il disait. L'inspecteur n'avait qu'à exécuter les ordres de ce Lerner sans poser de questions. Rien de plus facile pour lui. Il se fichait éperdument de ses intentions. Tout ce qui lui importait c'était d'obtenir enfin son ticket d'entrée à la Sécurité intérieure.

Overton mâchonnait sa cigarette. Ce poste signifiait tout pour lui. Qu'y avait-il d'autre dans sa vie ? Une femme qu'il n'aimait pas, une mère affligée de la maladie d'Alzheimer, une ex qu'il haïssait, et deux gosses qu'elle montait contre lui. En dehors de son boulot, rien ne venait égayer sa morne existence.

C'était chose courante dans les forces de l'ordre, supposait-il.

Il avait beau fumer en rêvassant, il restait vigilant, comme tout policier se doit de l'être. Aussi précis qu'une horloge, il jetait des coups d'œil autour de lui toutes les quinze secondes. Il s'était placé de manière à bien voir le couloir de l'immeuble à travers la porte en verre donnant sur l'arrière et, dans l'enfilade, la porte d'entrée principale. Parfait dispositif.

Il se raidit. Anne Held venait de sortir de l'ascenseur. Elle pivota sur elle-même et enfila le couloir menant au parking. Elle marchait vite, le visage crispé. Quand elle sortit par la porte de derrière, il remarqua ses traits rouges et gonflés. On aurait dit qu'elle avait pleuré. Que lui était-il arrivé ?

Peu lui importait. Il avait pour mission de la suivre où qu'elle aille et lui filer la frousse de sa vie. Il comptait pour cela lui faire un tête-à-queue et lui administrer une petite correction dans une ruelle déserte. Une aventure qu'elle n'oublierait pas de si tôt, lui avait dit Lerner. Il ne s'encombrait pas de sentiments, le salopard ! pensa Overton qui admirait cette qualité chez un homme.

Anne traversa le parking d'un bon pas. Overton descendit de voiture, balança son mégot d'une pichenette et, les mains dans les poches de son pardessus, la suivit à bonne distance. Dans cet espace entre les immeubles, il n'y avait personne. Juste la femme et lui. Il ne risquait pas de la perdre.

Une fois sortie du parking désert, sa cible déboucha sur Massachusetts Avenue NW. Overton dut allonger le pas.

A cet instant même, quelque chose le bouscula si violemment qu'il perdit l'équilibre et partit sur le côté. Sa tête heurta le mur de brique de l'immeuble voisin. Il vit trente-six chandelles. Par pur instinct, sa main allait saisir son revolver de service quand son poignet droit reçut un coup si puissant que la main qui le prolongeait perdit toute mobilité. Du sang recouvrait une partie de son visage. L'une de ses oreilles était presque arrachée. Lorsqu'il tourna la tête, il vit un visage masculin penché sur lui. A quatre pattes, il tentait de récupérer son revolver quand un formidable coup de pied lui défonça les côtes, et le transforma en tortue fouillant la poussière.

« Que... que... ? »

Tout se brouillait. Une seconde plus tard, son agresseur pointait sur lui une arme équipée d'un silencieux.

« Non. » Il cligna les yeux pour tenter de reconnaître le visage cruel du tueur. A sa grande honte, il découvrit qu'il était du genre à supplier. « Non, je vous en prie. »

Ses oreilles s'emplirent d'un bruit bizarre, comme si sa tête plongeait sous l'eau. Pour n'importe qui d'autre, ce bruit tenait du toussotement ; pour lui, c'était un vacarme titanesque. Puis la balle pénétra dans son cerveau et un terrible silence engloba la terre entière.

« Le problème qui se pose à présent, dit Soraya tandis que Bourne l'aidait à replacer la grille, c'est comment trouver un médecin. »

La plage résonnait sous les cris des policiers. Il y en avait plus que tout à l'heure. Les vedettes de la police étaient sans doute venues s'amarrer dans le bassin du yacht-club afin que leur équipage participe à la chasse à l'homme. Des projecteurs puissants quadrillaient la zone que Bourne et elle apercevaient à travers la grille. Bien que médiocre, cet éclairage permit à Soraya d'examiner la blessure de son compagnon.

« Elle est profonde mais on dirait qu'elle est propre, lui annonça-t-elle. A première vue, aucun organe n'a été touché. Autrement, vous ne seriez déjà plus sur vos jambes. » Une question la taraudait, d'autant qu'elle en ignorait la réponse : combien de sang avait-il perdu et, par conséquent, aurait-il assez d'énergie pour marcher ? D'un autre côté, elle l'avait déjà vu se balader tranquillement pendant trente-six heures avec une balle dans l'épaule.

« C'était Fadi, dit-il.

— Quoi ? Il est ici ?

— C'est lui qui m'a poignardé. Le boxer...

— Oleksandr. » En entendant son nom, le chien dressa les oreilles.

« C'est contre Fadi que vous l'avez lancé. »

Ils étaient seuls, démunis, dans un environnement hostile, pensa Soraya. Non seulement la plage grouillait de flics ukrainiens mais à présent, voilà que Fadi était à leurs trousses. « Qu'est-ce qu'il fait ici ?

— Il a parlé de se venger. De quoi, je ne sais pas. Il ne m'a pas cru quand je lui ai dit que je ne me rappelais rien. »

Bourne était livide et couvert de sueur. Mais Soraya savait d'expérience que cet homme possédait une force intérieure et une détermination hors du commun, tournées non seulement vers la survie mais le triomphe à tout prix. Elle lui emprunta un peu de cette force pour le tirer loin de la grille. Guidés par le cône de lumière lunaire qui diminuait rapidement, ils s'engouffrèrent en trébuchant dans le tunnel.

L'air âcre avait l'odeur insipide d'une mue de serpent. Tout autour d'eux, ce n'était que craquements, plaintes, gémissements, comme si des âmes en peine voulaient se faire entendre. Par endroits, les parois de grès entamées par des travaux d'extraction étaient bouchées par de grosses mottes de terre. Ailleurs, des blocs avaient chu du plafond soumis à trop forte pression. Des poutres massives et grossières de six sur six, cerclées de fer et couvertes d'une couche de moisissure noire avec ici et là une croûte noir rougeâtre, se dressaient par intervalles, boulonnées à des joints et des boutisses. Des couloirs s'élevait une puanteur de matière en décomposition, comme si la terre à travers laquelle ils serpentaient mourait à petit feu.

Soraya avait des crampes d'estomac. Les flics avaient-ils trouvé quelque chose ? Quel indice avait-elle laissé derrière elle ? Bon Dieu, pourvu qu'elle n'ait rien oublié. C'était à Odessa qu'elle avait commis sa plus grave erreur. Un cauchemar qui depuis la hantait nuit et jour. A présent, le destin les ramenait sur les lieux, Bourne et elle. Elle était farouchement déterminée à réparer leur faute.

Oleksandr trottait devant eux, le nez collé au sol, comme s'il suivait sa truffe. Bourne marchait sans se plaindre. Il avait l'impression qu'un brasier consumait son torse. Son entraînement lui avait appris à ralentir son souffle, à l'approfondir même, lorsque la douleur culminait. D'abord, il avait cru que Soraya lui faisait emprunter le système d'égouts municipal, mais cet endroit n'avait pas l'odeur caractéristique des égouts. En plus, le sol suivait une forte pente. Puis il se souvint que la plus grande partie d'Odessa était construite en grès, pierre ayant jadis servi à édifier un immense réseau de catacombes. Durant la Seconde Guerre mondiale, les partisans avaient établi leurs bases à l'intérieur des catacombes d'où ils lançaient leurs opérations de guérilla contre les armées d'invasion allemande et roumaine.

Soraya avait prévu le coup : elle alluma la puissante torche au xénon liée à son poignet. Ce qu'il découvrit ne le rassura guère. Les catacombes étaient très anciennes. Pire encore, elles tombaient en ruine. Une bonne consolidation n'aurait pas été un luxe. Par endroits, ils devaient escalader des monticules composés de cailloux et de gravats, ce qui ralentissait considérablement leur progression.

Derrière eux, un bruit métallique retentit. Une sorte de grincement évoquant une énorme roue mangée par la rouille qu'on chercherait à actionner malgré tout. Ils s'immobilisèrent, à demi tournés vers le bruit.

« Ils ont trouvé la grille, murmura Soraya. Il n'y avait aucun moyen de revisser les boulons qui la maintenaient en place. La police est dans le tunnel. »

« C'est un flic. » Karim al-Jamil tenait le portefeuille d'Overton ouvert. « Un inspecteur de la police métropolitaine, pas moins. »

Anne était partie chercher la voiture d'Overton et l'avait garée près de son cadavre affalé contre le mur de l'immeuble. La brique pâle portait la couleur de son sang.

« De toute évidence, c'était un homme de main de Lerner, dit-elle. Peut-être celui qui s'est introduit chez moi. » Elle observa le visage aux traits grossiers et chevalins. « Je parie qu'il a trempé là-dedans.

— La question qui nous intéresse est la suivante, dit Karim al-Jamil en se levant. De combien d'hommes Matthew Lerner dispose-t-il encore ? »

Sur un signe de tête de Karim al-Jamil, Anne ouvrit le coffre. Il se baissa et souleva Overton avec un grognement d'effort. « Trop de beignets, trop de Big Mac.

— Comme tous les Américains », commenta Anne en le regardant enfourner le corps dans le coffre puis le refermer d'un coup sec. Elle descendit de voiture, alla décrocher un tuyau d'arrosage de son support mural et entreprit d'asperger le trottoir et le mur tachés de sang. Elle n'éprouvait aucun remords. Au contraire, voir verser le sang de cet homme avait fait battre son deuxième cœur. Un cœur empli de haine contre les privilégiés, les membres de la jet-set américaine, si appliqués à se reproduire entre eux qu'ils étaient sourds, muets et aveugles à la misère du monde. Elle avait toujours éprouvé cela, supposait-elle. Du plus loin qu'elle se souvienne. Après tout, elle savait de quoi elle parlait. Sa mère avait été mannequin, puis éditrice à *Town & Country*. Son père était issu d'une famille d'aristocrates fortunés. Rien d'étonnant à ce qu'Anne ait toujours vécu à l'abri, entourée de chauffeurs, de maîtres d'hôtel, de secrétaires particuliers, d'avions privés, de vacances à Chamonix, de boîtes de nuit à Ibiza, tout cela dans les limites fixées par les gardes du corps de ses parents. Il y avait toujours quelqu'un d'autre pour faire à votre place ce que vous auriez dû faire vous-même. Tout cela était si artificiel, si éloigné de la réalité. A l'époque, la vie pour elle était une prison dont elle rêvait de s'enfuir. Pour exprimer cette haine, elle avait choisi la rébellion. Mais il avait fallu l'arrivée de Jamil pour que son cerveau comprenne ce que ses émotions lui criaient depuis si longtemps. Les vêtements qu'elle portait dans la journée – des créations de grands couturiers – n'étaient qu'une couverture. Sous le tissu, sa peau cuisait comme attaquée par une colonie de fourmis venimeuses. Le soir, elle s'en débarrassait au plus vite et n'y accordait plus un regard jusqu'à ce qu'elle les remette le lendemain matin.

Tout en ruminant ce genre de pensées, elle remonta en voiture. Karim al-Jamil se glissa près d'elle. Sans hésitation, elle s'engagea sur Massachusetts Avenue.

« Où va-t-on ? demanda-t-elle.

— Tu devrais regagner la CIA, dit Karim al-Jamil.

— Toi aussi, fit-elle remarquer. (Puis elle força son regard.) Jamil, quand tu m'as recrutée, je n'étais pas une de ces idéalistes avec des étoiles plein les yeux qui rêvent de combattre l'inégalité et l'injustice. C'est comme cela que tu me voyais au début, je le sais. Je ne pense pas que tu m'aies crue en possession d'un cerveau en état de marche. J'espère que tu as changé d'avis depuis.

— Tu en doutes ?

— Jamil, l'Islam orthodoxe opprime les femmes. Les hommes comme toi sont élevés dans l'idée que les femmes doivent se voiler la tête, le visage, qu'elles ne doivent ni étudier ni penser par elles-mêmes. Qu'Allah leur vienne en aide si jamais elles se prennent pour des êtres indépendants.

— Ce n'est pas l'éducation que j'ai reçue.

— Grâce à ta mère, Jamil. Je suis sérieuse. Sans elle, tu aurais cru que lapider une femme à mort pour des péchés imaginaires était une bonne chose.

— Le péché d'adultère n'est pas imaginaire.

— Il l'est pour les hommes. »

Comme il restait silencieux, elle eut un petit rire. Un rire triste, teinté d'amertume et de désillusion, sortant du fond de son cœur. « Ce qui nous sépare est plus grand qu'un continent, Jamil. Est-ce si étonnant que je tremble pour nous quand nous sommes loin l'un de l'autre ? »

Karim al-Jamil la fixa d'un air approbateur. Il ignorait pourquoi mais il était incapable de lui en vouloir. « Ce n'est pas la première fois que nous avons cette discussion.

— Et ce ne sera pas la dernière.

— Pourtant tu dis que tu m'aimes.

— C'est vrai, je t'aime.

— Malgré ce que tu considères comme mes péchés.

— Il ne s'agit pas de péchés, Jamil. Nous avons tous nos points aveugles, même toi.

— Tu es dangereuse », dit-il sincèrement.

Anne haussa les épaules. « Je ne suis pas différente des femmes musulmanes, sauf que je reconnais la force qui est en moi.

— C'est ce qui te rend dangereuse, justement.

— D'accord, mais seulement si on me provoque. »

Un silence s'installa. Elle l'avait poussé dans ses retranchements. Jamais personne n'aurait osé lui parler ainsi. Mais cela lui convenait. Au moins, cette femme ne donnait pas dans l'hypocrisie, contrairement à la plupart des hommes de son entourage, toujours prêts à lui servir n'importe quelle connerie pour gagner un peu d'influence et de pouvoir. Dans des moments comme celui-ci, elle aurait aimé se faufiler dans son esprit, tant elle sentait que jamais il ne lui dévoilerait ses pensées, ne serait-ce que par une attitude, une expression particulière. Cet homme était une énigme et c'était justement cela qui l'avait attirée vers lui, entre autres choses. D'habitude, les hommes étaient si transparents. Pas Jamil.

Finalement, elle posa doucement sa main sur la sienne. « C'est un peu comme si nous étions mariés, tu ne trouves pas ? Nous sommes liés, pour le meilleur et pour le pire. Jusqu'à ce que la mort nous sépare. »

Il la contempla un moment. « Direction est par sud-est. 8e Rue, nord-est, entre L Avenue et West Virginia Avenue. »

Fadi aurait volontiers mis une balle dans la tête du lieutenant Kove mais ce geste aurait entraîné toutes sortes de complications indésirables. Il se contenta donc de jouer son rôle jusqu'au bout.

Ce n'était pas très difficile ; Fadi était un acteur né. Avec l'instinct infaillible propre aux mères, la sienne avait vite décelé ce talent en lui et l'avait fait entrer à la Royal Theatrical Academy à l'âge de sept ans. A neuf ans, il connaissait toutes les ficelles du métier, ce qui lui rendit un fier service ensuite, quand il s'engagea sur la voie du radicalisme. Rassembler des fidèles – gagner les cœurs et les esprits des pauvres, des opprimés, des laissés-pour-compte, des désespérés – n'était au fond qu'une question de charisme. Fadi avait une perception intime de la notion de leader. Pour être un chef adulé, peu importait l'idéologie ; il fallait juste s'attacher à la vendre au mieux. Non pas que Fadi fût un cynique. Il avait simplement bien assimilé les lois régissant la manipulation des marchés.

A cette évocation, un vague sourire joua sur ses lèvres charnues. Devant lui, les halos des projecteurs passaient en bondissant d'une surface à l'autre.

« Ces catacombes courent sur deux mille kilomètres, annonça le lieutenant Kove en s'efforçant d'être utile. Une vraie ruche se prolongeant jusqu'au village de Nerubaiskoye, à une demi-heure de route d'ici.

— Tous les passages ne sont sans doute pas praticables », dit Fadi en observant les poutres pourries, craquelées, les murs de guingois qui menaçaient de s'écrouler, les tunnels secondaires obturés par des monceaux de gravats.

« En effet, monsieur, répondit le lieutenant Kove. Le musée de Nerubaiskoye organise des petites visites mais la plupart de ceux qui s'aventurent ici sans guide ne reviennent pas vivants. »

Fadi sentait monter l'anxiété des trois policiers que le lieutenant Kove avait choisis pour les accompagner. Quant à Kove lui-même, il parlait beaucoup pour calmer sa nervosité.

Un autre que Fadi se serait laissé gagner par l'angoisse de ses compagnons. Mais Fadi était incapable de ressentir la peur. Il abordait les situations nouvelles et dangereuses avec la confiance inébranlable d'un alpiniste, sans songer à l'échec. Non qu'il ne prêtât aucune valeur à la vie ; il ne craignait pas la mort, point. Pour se sentir exister, on devait affronter des situations extrêmes.

« Si notre homme est blessé, comme vous me l'avez dit, il n'ira pas bien loin », reprit le lieutenant Kove – sans qu'on sache si ces paroles étaient destinées à Fadi ou à rassurer ses hommes. « J'ai un peu l'habitude des lieux. Nous sommes tout près de l'eau. Ici, les effondrements ne sont pas rares. Nous devons également nous méfier des fossés remplis de boue. A certains endroits, le suintement est si important qu'il délite la matière du sol. Ces fosses sont particulièrement dangereuses car elles vous aspirent comme des sables mouvants. Il suffit d'une minute pour être englouti. »

Le lieutenant interrompit soudain son discours. Tous les membres du groupe s'arrêtèrent net. L'homme placé en tête de file s'était retourné à demi vers ses compagnons. A son geste, on compris qu'il avait entendu quelque chose devant. Chacun tendit l'oreille. Les policiers transpiraient à grosses gouttes.

Puis le bruit recommença : un raclement sourd, comme du cuir frottant contre la pierre. Le talon d'une botte ?

Le visage du lieutenant avait changé d'expression. Il ressemblait à présent à un chien d'arrêt ayant reniflé une proie. Sur un signe de tête, ils reprirent leur marche dans le plus grand silence.

Au volant de la voiture de l'inspecteur Overton, Anne traversait un quartier incroyablement misérable. Aux carrefours, les feux fonctionnaient rarement et les panneaux de signalisation salis par des inscriptions obscènes ne servaient à rien. Il faisait nuit à présent. Le crépuscule hivernal couleur cendre avait disparu avec les jolies maisons bien alignées, les rues propres, les musées et les monuments. C'était une autre ville sur une autre planète mais cette ville-là, Karim al-Jamil la connaissait par cœur et s'y sentait à l'aise.

Ils descendaient la 8e Rue quand Karim al-Jamil désigna un immeuble en béton sur lequel une enseigne peu lisible annonçait encore : M&N RÉPARATION AUTOMOBILE. Suivant ses indications, Anne tourna le volant, pénétra sur une aire de stationnement en ciment craquelé et s'arrêta devant des portes en métal.

Il sauta du véhicule. Tout en marchant, il inspecta longuement les environs. Les quelques réverbères encore en état de marche ne parvenaient pas à dissiper les ombres épaisses que les phares des voitures, longeant L Street NE vers le nord et West Virginia Avenue vers le sud, trouaient de temps à autre. Les deux ou trois véhicules garés dans le secteur se trouvaient à des dizaines de mètres d'eux. Les trottoirs étaient déserts, aucune lumière n'éclairait les fenêtres des habitations.

Il sortit une clé cachée sous un petit bloc de béton fendillé, ouvrit le gros cadenas, fit rouler la porte coulissante et fit signe à Anne d'avancer.

Quand elle arriva à sa hauteur, elle baissa la vitre.

« C'est ta dernière chance, dit-il. Tu peux encore t'en aller. »

Elle ne répondit rien, restant stoïquement assise au volant. Dans la lumière incertaine des voitures qui passaient dans la rue, il chercha ses yeux pour y lire la vérité. Puis d'un geste, il lui ordonna d'entrer dans l'atelier de réparations. « Dans ce cas, remonte tes manches. Au boulot. »

« Je les entends, chuchota Soraya. Mais je ne vois pas encore leurs torches. C'est bon signe.

— Fadi sait que je suis blessé, dit Bourne. Que je ne peux pas leur échapper.

— Mais il ignore ma présence, fit remarquer Soraya.

— Qu'avez-vous l'intention de faire ? »

Elle frotta le pelage tacheté du boxer qui colla sa truffe sur ses genoux. Le passage principal se divisait en deux. Sans hésitation, elle les conduisit dans le tunnel de gauche.

« Comment m'avez-vous trouvé ?

— Simple filature. »

C'était donc Soraya qui le suivait, même quand les hommes de Yevgeny Feyodovich n'étaient pas en service.

« En plus, ajouta-t-elle, je connais cette ville comme ma poche.

— Comment cela ?

— J'étais chef de station ici, quand vous êtes arrivé.

— Quand je suis... ? »

Aussitôt, des souvenirs affluèrent...

... Marie s'avance vers lui. Des rues pavées, bordées d'acacias. Dans l'air, flotte une odeur minérale, une odeur d'embruns. Une brise humide soulève ses cheveux qui volent derrière elle comme un étendard.

Il lui parle. « Tu peux me donner ce que je veux. J'ai foi en toi. »

Il y a de la peur dans ses yeux mais aussi du courage et de la détermination. « Je serai bientôt de retour, dit-elle. Je ne te laisserai pas tomber... »

Bourne vacillait sous les assauts de sa mémoire. Les acacias, la rue pavée. Il les avait revus près de la station de téléphérique. Le visage, la voix. Ce n'était pas Marie. C'était...

« Soraya ! »

Elle l'avait saisi par le bras, craignant que l'hémorragie ne l'ait trop affaibli pour qu'il continue.

« C'était vous ! Je suis venu à Odessa voilà des années. Avec vous !

— J'étais la correspondante de la CIA à Odessa. Au début, vous avez refusé mon aide mais finalement vous n'avez pas eu le choix. C'était par mon intermédiaire que vous obteniez les renseignements nécessaires à la localisation de votre cible.

— Je me souviens d'avoir discuté avec vous sous les acacias du Boulevard Français. Que faisais-je ici ? Qu'est-ce qui a bien pu arriver ? Ça me rend dingue.

— Je comblerai les blancs. »

Il trébucha. D'une main vigoureuse, elle le redressa.

« Pourquoi ne pas m'avoir dit que nous avions travaillé ensemble, quand je suis arrivé dans le centre d'opérations de Typhon ?

— Je voulais le...

— Ce regard sur votre visage...

— Nous y sommes presque, dit Soraya.

— Où ?

— L'endroit où vous et moi étions cachés la dernière fois. »

Ils se trouvaient à quelque mille mètres après l'embranchement. L'état du tunnel était particulièrement déplorable ici. Partout ce n'était que poutres fendues, eau suintante. Des catacombes semblait monter un terrible grondement, comme si des forces inconnues menaçaient de les éventrer.

Elle venait de le faire passer par un trou dans le mur de gauche. Ce trou n'était pas dû à un écroulement. Les pierres avaient été rongées par l'eau suintante, au fil du temps, comme la marée finit par creuser une crique. Ils rencontrèrent vite un amas de débris qui bouchaient le passage presque jusqu'en haut.

Il regarda Soraya escalader le monticule et se faufiler à plat ventre entre le sommet du tas et le plafond. Il la suivit. Chaque pas, chaque geste du bras vers le haut provoquaient une nouvelle douleur fulgurante dans son flanc. Par moments, quand il rampait, tout son corps semblait pulser au rythme de son cœur.

Soraya le fit tourner à droite. Ils tombèrent sur une sorte de réduit avec une plate-forme en planches en guise de lit, recouverte d'une fine couverture. En face, trois planches clouées entre deux montants de bois supportaient quelques bouteilles d'eau et des boîtes de nourriture en conserve.

« Ça date de la dernière fois », dit Soraya en l'aidant à s'installer sur le lit en planches.

« Je ne peux pas rester ici, protesta Bourne.

— Mais si, vous pouvez. Vous avez besoin d'une bonne dose d'antibiotiques, et le plus vite possible. Comme malheureusement nous n'en avons pas, je vais aller voir le médecin de la CIA. Je la connais. On peut lui faire confiance.

— Vous ne croyez quand même pas que je vais rester couché là !

— Oleksandr vous tiendra compagnie. » Elle caressa le museau luisant du boxer. « Il vous protégera au péril de sa vie, n'est-ce pas bonhomme ? » Le chien sembla comprendre et vint s'asseoir près de Bourne. Le petit bout rose de sa langue apparut entre ses incisives.

« C'est dingue. » Bourne balança les jambes sur le bord du lit, pour se lever. « Nous y allons ensemble. »

Elle le regarda un moment. « Très bien. Allons-y. »

Au prix d'un gros effort, il se redressa mais, dès qu'il se retrouva à la verticale, ses genoux se dérobèrent. Soraya l'attrapa à bras-le-corps et le repoussa sur le lit.

« Laissons tomber cette idée, OK ? » D'un air absent, elle frottait le crâne d'Oleksandr, juste entre ses oreilles triangulaires. « Je vais faire demi-tour jusqu'à l'embranchement que nous avons passé tout à l'heure. Pour aller chez le médecin, je dois prendre le tunnel de droite. Je ferai juste assez de bruit pour les attirer vers moi.

— C'est trop dangereux. »

Elle attendit un instant. « Une autre idée ? »

Il fit non de la tête.

« OK, je ne serai pas longue, c'est promis. Je ne vous laisserai pas tomber.

— Soraya ? »

Elle le regarda par-dessus son épaule.

« Pourquoi ne m'avez-vous rien dit ? »

Elle hésita une fraction de seconde. « J'ai merdé dans les grandes largeurs. Tout compte fait, je trouvais préférable que vous ne vous en souveniez pas. »

En la regardant partir, il entendait ces paroles résonner dans sa tête.

Au bout de quinze minutes de marche difficile, ils arrivèrent à un carrefour.

« Nous voilà devant une jonction importante », dit le lieutenant Kove. Les torches éclairèrent le dédoublement en forme de Y.

Fadi n'aimait pas hésiter. Pour lui, l'incertitude était synonyme de faiblesse. « Par conséquent, il nous reste à déterminer quel chemin il a pris. Faites fonctionner vos méninges, Kove. » Ses yeux fouillèrent ceux du policier. « C'est vous l'expert. Allez-y. »

En présence de Fadi, personne n'avait le courage d'émettre une opinion personnelle et encore moins de se montrer indécis. Kove dit : « A droite. C'est le côté que je choisirais si j'étais à sa place.

— Très bien », lança Fadi.

Ils s'engagèrent donc à droite. C'est alors qu'ils entendirent le même bruit, comme le frottement du cuir sur la pierre. Mais cette fois, plus distinct et répétitif. Plus aucun doute n'était permis. Quelqu'un marchait. Ses pas résonnaient dans le tunnel. La distance entre eux et leur gibier était en train de s'amenuiser.

Se tournant vers ses hommes, Kove ordonna de presser l'allure. « Allez dépêchons ! Nous l'aurons rejoint dans peu de temps.

— Attendez ! »

La voix impérieuse les arrêta net.

« Oui, monsieur ? »

Fadi réfléchit deux secondes. « Donnez-moi une torche. Et continuez dans cette direction. Moi je prends sur la gauche, juste pour voir.

— Monsieur, je crains que ce ne soit pas raisonnable. Comme je vous l'ai dit...

— J'ai parfaitement entendu ce que vous m'avez dit, le coupa Fadi. Ce criminel est d'une intelligence démoniaque. Les bruits de pas sont peut-être une feinte, un subterfuge destiné à vous semer. Il y a de fortes chances pour que vous trouviez notre homme dans la voie de droite. D'autant plus qu'il a perdu beaucoup de sang. Mais je veux en avoir le cœur net. »

Sans rien ajouter, il prit la torche qu'on lui tendait, fit quelques pas en arrière, retrouva la bifurcation et s'engagea dans le tunnel de gauche. Un instant plus tard, il saisissait le poignard à lame ondulée.

DIX-SEPT

VÊTU D'UN ÉPAIS TABLIER de caoutchouc et de grosses chaussures de travail, Karim al-Jamil tira sur la cordelette pour démarrer la tronçonneuse et attendit que l'engin émette son épouvantable vrombissement pour dire : « Il a fallu dix ans pour concevoir et mettre au point notre projet d'atomiser une grande ville américaine. » En soi, cette précaution était inutile car il n'y avait bien sûr aucun micro dans le secteur, mais son entraînement lui dictait de respecter à la lettre les consignes de sécurité.

Il s'approcha du cadavre de l'inspecteur Overton qui reposait sur une table couverte d'une plaque de zinc. Autour d'eux, un espace vide et caverneux : l'atelier de réparation automobile M&N. Au-dessus d'eux, grésillaient trois tubes au néon.

« Mais pour que notre réussite soit totale, renchérit Anne Held, il fallait faire en sorte que Jason Bourne se porte garant de toi après ta métamorphose en Martin Lindros. Bien entendu, il ne l'aurait jamais fait en toute connaissance de cause. Nous avons donc cherché un moyen de le manipuler et de l'utiliser à notre guise. Comme j'avais accès à son dossier, je connaissais son unique faiblesse – la mémoire – et ses nombreux points forts – la loyauté, la ténacité et une intelligence aiguë à tendance paranoïaque. »

Anne avait enfilé un tablier elle aussi. Ses mains gantées serraient un marteau et un ciseau à tête large. Karim al-Jamil attaqua les pieds et les jambes d'Overton. De son côté, Anne coinça le ciseau à la saignée du coude gauche du cadavre avant de l'enfoncer d'un coup de marteau bien ajusté. On aurait dit que l'atelier de réparation reprenait vie. On s'activait à la tâche comme au temps de sa prospérité.

« Mais dis-moi quel élément déclencheur t'a permis d'exploiter sa faille », demanda-t-elle.

Il lui décocha un petit sourire sans pour autant se détourner de son effroyable labeur. « Mes recherches sur le phénomène de l'amnésie m'ont appris que les personnes qui souffrent réagissent plus fortement que les autres aux situations à forte charge émotionnelle. Il ne nous restait qu'à lui provoquer un choc assez sévère pour ébranler sa mémoire. »

Karim al-Jamil se passa l'avant-bras sur le visage pour essuyer une éclaboussure sanglante. « Comme nous disons, nous autres bédouins : La vie n'est que la volonté d'Allah. » Il ponctua le proverbe d'un hochement de tête. « Dans l'état de deuil où il se trouvait, son amnésie menaçait de s'aggraver. Je t'ai donc chargée de lui trouver un traitement approprié.

— Je comprends mieux, à présent. » Elle se détourna pour éviter une éruption gazeuse. « Naturellement, il fallait que ce traitement lui soit conseillé par son ami Martin Lindros. J'ai donc donné à Lindros le nom et l'adresse du Dr Allen Sunderland.

— Et nous avons intercepté son coup de fil, reprit Karim. Nous lui avons donné rendez-vous un mardi, le seul jour de la semaine où Sunderland et ses assistants ne travaillent pas. C'est ainsi que notre dévoué Costin Veintrop a pu recevoir Bourne en se faisant passer pour Sunderland.

— C'est brillant, mon chéri ! » Les yeux d'Anne étincelaient d'admiration.

Au fur et à mesure du dépeçage, ils jetaient les morceaux dans une grande baignoire ovale en zinc. Scène digne du laboratoire du Dr Frankenstein. Karim al-Jamil surveillait Anne du coin de l'œil, à la fois étonné et ravi de la voir si déterminée, si courageuse. Elle accomplissait sa tâche sans émotion apparente. Cette fille avait raison sur une chose au moins : il l'avait toujours sous-estimée. Mais cela s'expliquait aisément : Karim n'avait jamais connu de femme possédant les qualités d'un homme. Sa sœur Sarah avait été une personne modeste et soumise portant l'honneur de la famille sur ses frêles épaules. Elle n'avait pas mérité de mourir jeune. A présent, seule la vengeance ressusciterait l'honneur familial, enterré avec elle.

Côté paternel, la tradition familiale interdisait aux femmes de prendre part aux activités masculines. La mère de Karim al-Jamil faisait exception à la règle, bien entendu, mais elle ne s'était pas convertie à l'Islam. Son père n'en avait jamais pris ombrage, ce qui demeurait une énigme pour Karim al-Jamil. Au contraire, avoir une femme laïque semblait lui plaire, en dépit des inimitiés que cette situation lui causait parmi les imams et autres religieux. Cette mise au ban ne lui faisait ni chaud ni froid. Autre énigme à laquelle Karim al-Jamil n'avait jamais trouvé de réponse. Sa mère portait le deuil de leur fille perdue. Et lui, le vieil infirme, noyé jour après jour sous le chagrin de sa femme, il n'avait d'autre choix que de pleurer avec elle.

« Qu'est-ce que Veintrop lui a fait subir, exactement ? », demanda Anne.

Tout en désarticulant un genou d'un geste adroit, Karim répondit : « Veintrop est un grand spécialiste de l'amnésie. Un génie méconnu. Il lui a injecté des protéines synthétiques de sa fabrication, destinées à stimuler certaines synapses cérébrales en modifiant sensiblement leur conformation et leur fonction. La stimulation affecte les souvenirs à la manière d'un trauma. L'injection de protéines affecte des synapses *spécifiques*, d'où la création de *nouveaux* souvenirs. Chacun de ces souvenirs peut dès lors être mis en action par le biais d'un stimulus externe.

— J'appelle cela un lavage de cerveau », dit Anne.

Karim hocha la tête. « Dans un sens, oui. A ceci près que cette nouvelle méthode évite la contrainte physique, la privation sensorielle et la torture. »

Lorsque le bassin ovale fut presque plein, Karim fit un signe à Anne. Ils déposèrent leurs outils sur le torse d'Overton – qui, avec sa tête, était la seule partie intacte de son individu.

« Donne-moi un exemple », dit-elle.

Ils joignirent leurs forces pour hisser la baignoire par ses énormes poignées et la transporter jusqu'au puits asséché qui servait jadis à se débarrasser – discrètement et en toute illégalité – des huiles de moteur usées.

« En voyant Hiram Cevik, Bourne a été victime d'un souvenir "additionnel". Ce souvenir lui suggérait une tactique d'interrogatoire consistant à libérer temporairement un prisonnier dans l'espoir de provoquer ses aveux. Sans cela, jamais Bourne n'aurait faire sortir Hiram Cevik de sa cellule. En agissant ainsi, il a servi deux objectifs : Fadi a pu s'échapper et la CIA regarde Bourne d'un très sale œil. »

Ils firent basculer le bassin au-dessus du puits. Son contenu se déversa et disparut dans les ténèbres.

« Mais j'avais le sentiment qu'un unique souvenir additionnel ne suffirait pas à ralentir Bourne, poursuivit Karim. J'ai donc demandé à Veintrop de rajouter un élément physique – une violente migraine se déclenche à chaque fois que Bourne passe sous l'emprise d'un souvenir additionnel. »

Comme ils ramenaient le bassin près de la table à découper, Anne dit : « Je comprends parfaitement. Mais Fadi n'a-t-il pas pris des risques inconsidérés en se laissant capturer à Cape Town ?

— Tout ce que je conçois, tout ce que je fais comporte à la base une part de danger, répliqua Karim al-Jamil. Nous sommes partis en guerre pour sauver le cœur, l'esprit et l'avenir de nos frères. Il n'est pas d'action trop périlleuse pour nous. Quant à Fadi, il tenait le rôle d'Hiram Cevik, le marchand d'armes, tout en sachant que nous avions fait en sorte que Bourne le sauve malgré lui.

— Et si jamais la méthode du Dr Veintrop n'avait pas fonctionné comme prévu ?

— Eh bien, grâce à toi ma chérie, nous avions un plan B. Je t'aurais expliqué quoi faire pour libérer mon frère. »

Il redémarra la tronçonneuse et se mit à trancher ce qui restait d'Overton. Le résultat de son travail finit également dans le puits à sec. « Heureusement, nous n'avons pas eu besoin de recourir au plan B.

— Nous pensions que Soraya Moore appellerait le DCI pour lui dire que Bourne demandait la libération de Fadi, reprit Anne. Au lieu de cela, elle a dit à Tim Hytner de la rejoindre dehors en lui indiquant l'endroit précis. Comme je surveillais tous ses appels, il t'a été facile de régler les derniers détails de son évasion. »

Karim ramassa un bidon d'essence, dévissa le bouchon et versa le tiers de son contenu dans la fosse. « Allah nous a même fourni le parfait bouc émissaire : Hytner. »

Puis il s'approcha de la voiture, enleva le bouchon d'essence et aspergea l'habitacle avec une partie de ce qui restait dans le bidon.

Les meilleurs experts seraient incapables de tirer quoi que ce soit d'intéressant de cette carcasse calcinée. Tout en versant la fin du bidon sur le sol, il marcha à reculons jusqu'à la porte arrière de l'atelier.

Quand ce fut fait, ils ôtèrent leurs gants et penchés au-dessus de l'énorme évier en stéatite, lavèrent leurs bras et leurs joues ensanglantés. Puis ils dénouèrent leurs tabliers et les abandonnèrent en tas sur le sol.

Arrivée à la porte, Anne dit : « Il faut qu'on s'occupe de Lerner. »

Karim al-Jamil hocha la tête. « Il va falloir que tu te méfies de lui jusqu'à ce que je décide de son sort. On ne peut pas s'en débarrasser aussi facilement que d'Overton. »

Il gratta une allumette qu'il jeta par terre. Dans un souffle, une grande flamme bleue jaillit et courut droit vers la voiture.

Anne ouvrit la porte de l'atelier. Ils s'enfoncèrent dans les ténèbres du ghetto.

Longtemps avant que l'incendie ne se déclare dans l'atelier de réparation automobile M&N, Tyrone avait déjà repéré l'étrange comportement du couple. Il se tenait accroupi sur un pan de mur, caché dans l'ombre d'un vieux chêne aux branches noueuses et aussi tarabiscotées qu'un chignon de Méduse. Vêtu d'un sweat noir, la capuche rabattue sur la tête, Tyrone attendait que DJ Tank lui amène une paire de gants. Il faisait sacrément froid.

Tyrone se réchauffait les doigts en soufflant dessus quand la voiture était apparue devant le hangar délabré qu'il surveillait depuis des mois, en espérant qu'il était abandonné. Il avait eu dans l'idée d'y installer le QG de sa bande. Hélas, six semaines auparavant, on lui avait signalé une activité louche dans le secteur. Ça se passait la nuit, longtemps après la fermeture de tous les commerces légaux. Il était donc parti en reconnaissance avec DJ Tank.

Visiblement, il y avait du monde à l'intérieur : deux hommes barbus. Un troisième barbu faisait le planton dehors. Quand le type s'était retourné, Tyrone avait vu luire le métal de l'arme passée à sa ceinture. Deux sortes de gens portaient ce genre de barbe : les juifs orthodoxes et les extrémistes arabes.

Lorsque DJ Tank et lui s'étaient glissés sur le côté du bâtiment pour jeter un coup d'œil à travers une vitre crasseuse, ils avaient vu les deux hommes disposer sur le sol divers bidons, outils et autres engins. Le courant avait été rétabli mais apparemment aucun travaux de rénovation n'étaient en cours. En partant, les barbus avaient refermé la porte avec un gros cadenas impossible à fracturer. Tyrone en savait long sur le sujet.

Il existait une autre porte à l'arrière, donnant sur une ruelle sombre. Personne ne la connaissait. Sauf Tyrone. Sur son territoire, rien ou presque ne lui était inconnu. Ses informateurs le tenaient au courant de tout dans la minute.

Après leur départ, Tyrone et DJ Tank s'étaient introduits dans l'atelier après avoir crocheté la serrure de la porte de derrière. Qu'avaient-il trouvé ? Un méli-mélo d'appareils électriques qui ne leur avait rien appris de passionnant sur cette clique et ses intentions. En revanche, les bidons, c'était une autre histoire. Tyrone les avait examinés les uns après les autres : trinitroluène, penthrite, disulfure de carbone, octogène. Il savait que le trinitroluène s'appelait plus couramment TNT. Les autres substances lui étaient étrangères. Deron lui avait donc donné un rapide cours de chimie. Mis à part le disulfure de carbone, il s'agissait d'explosifs très puissants. Le penthrite, aussi connu sous l'abréviation PETN, s'employait dans les amorces de détonateurs. L'octogène, ou HMX, était un explosif à liant polymère, un solide comparable au C-4. Contrairement au TNT, il n'était sensible ni au mouvement ni aux vibrations.

Cette nuit-là était restée gravée dans sa mémoire comme les pleurs d'un bébé. Voulant comprendre ce que disait le bébé, Tyrone s'était posté chaque soir en sentinelle devant M&N jusqu'à ce qu'enfin ses efforts soient récompensés.

Vise un peu : un macchabée étendu sur la table de zinc au milieu de l'atelier. Un homme et une femme en tablier et gants de travail découpaient ce machin comme une carcasse de veau. C'est dingue ce que les gens peuvent faire, des fois ! Le nez collé à la vitre sale, DJ Tank et Tyrone n'en croyaient pas leurs yeux. Soudain, Tyrone sentit un léger élancement au niveau de la nuque. Il venait de reconnaître le cadavre ! C'était l'homme qui avait suivi Miss S, deux jours plus tôt, celui dont elle avait dit qu'elle s'occuperait.

Focalisé sur sa découverte, il continuait à regarder travailler le couple mais sans faire attention à leurs gestes. Leurs visages l'intéressaient davantage. Il s'efforça de les mémoriser en se disant que Miss S serait ravie d'apprendre ce que ces deux-là trafiquaient la nuit dans le hangar.

Puis une lumière intense balaya la pénombre. Il sentit un souffle chaud lui cuire les joues. Des flammes jaillirent du bâtiment.

Ayant l'habitude du feu – ou plus exactement des incendies –, Tyrone n'en fut pas choqué, juste attristé. Il venait de perdre le superbe local tant convoité. Soudain une idée surgit. Il chuchota à l'oreille de DJ Tank.

Quand il était venu fouiller le hangar, il y avait trouvé toutes sortes d'explosifs et d'accélérants. Ces produits n'étaient plus à l'intérieur, sinon l'incendie aurait provoqué une explosion assez gigantesque pour volatiliser tout le pâté de maisons, et lui et DJ Tank avec.

A présent il s'interrogeait : puisque les explosifs n'étaient plus là, où pouvaient-ils bien être, putain ?

Le secrétaire à la Défense E.R. « Bud » Halliday prenait ses repas à n'importe quelle heure du jour et de la nuit. Quand il n'était pas convoqué dans le bureau du Président pour une session de stratégie politique ou pour prendre la température du Sénat, quand il ne discutaillait pas avec le vice-président ou les chefs d'État-Major, il mangeait dans sa limousine. Cette dernière avait un point commun avec le requin : elle circulait sans jamais s'arrêter à travers les rues et les avenues de Washington, à l'exception des quelques étapes indispensables à son bon fonctionnement et aux divers besoins de ses passagers.

En la compagnie du secrétaire, Matthew Lerner jouissait de certains privilèges dont le moindre n'était pas de rompre le pain avec Bud. C'était justement ce qu'il s'apprêtait à faire, ce soir-là. Dans le monde qui défilait à l'extérieur des vitres fumées, il était encore trop tôt pour dîner. Mais à l'intérieur, dans le monde du secrétaire, l'heure du repas avait sonné.

Après une courte prière, ils attaquèrent leurs assiettes de barbecue texan – d'énormes côtes de bœuf rouge foncé ; des haricots agrémentés de piments incendiaires ; et, autre concession au règne végétal, des patates frites. Pour faire passer le tout, quelques bouteilles de Shiner Blonde, fièrement brassée – comme dirait Bud – à Fort Worth.

Ayant tout englouti en un temps record, le secrétaire s'essuya les mains et la bouche, puis s'emparant d'une autre bière, s'enfonça dans la banquette. « Alors comme ça, le DCI vous a nommé son assassin personnel.

— Ça m'en a tout l'air », dit Lerner.

Sur les joues cramoisies du secrétaire, un soupçon de graisse bovine luisait d'un éclat charmant. « Qu'en pensez-vous ?

— Je n'ai jamais refusé un boulot surtout quand il s'agit de relever un défi », déclara Lerner.

Bud baissa les yeux sur le papier que Lerner lui avait donné en montant dans la limousine. Il l'avait déjà lu, bien sûr ; il voulait juste se donner une contenance, activité où il excellait.

« Ça n'a pas été facile, mais j'ai trouvé Bourne. Les caméras de surveillance de l'aéroport Kennedy l'ont repéré. » Bud leva les yeux et aspira un bout de viande coincé entre deux molaires. « Cette mission va vous conduire à Odessa. C'est plutôt loin du siège de la CIA. »

Lerner savait ce qui préoccupait le secrétaire. Ce voyage l'éloignerait de la mission que Bud lui avait déjà confiée. « Pas nécessairement, répondit-il. Si je fais ça pour le Vieux, il me devra une fière chandelle. Il le saura, je le saurai. Je peux en tirer parti.

— Et pour Held ?

— J'ai choisi quelqu'un de confiance pour la surveiller. » Lerner finit d'éponger la sauce épicée avec une tranche de Wonder Bread. « Ce type est un vicelard de première. Pour le faire lâcher prise, il faudrait d'abord l'abattre. »

Bourne rêvait encore. Mais cette fois, il savait que ce n'était pas un rêve. Il revivait un souvenir. Une autre pièce s'insérait à sa place dans le puzzle. *Soraya est agenouillée au-dessus de lui. Ils sont à Odessa, dans une ruelle jonchée de détritus. Elle parle et sa voix est chargée d'amertume. « Cet enfoiré de Tariq ibn Saïd me mène en bateau depuis le commencement, dit-elle. C'est le fils de Hamid ibn Ashef, Nadir al-Jamuh. Ses soi-disant renseignements nous ont conduits tout droit dans ce piège. Jason, j'ai merdé. »*

Bourne s'assoit. Hamid ibn Ashef. Il devait trouver sa cible, l'abattre. Ordre de Conklin. « Savez-vous où se trouve Hamid en ce moment ?

— Oui, et cette fois l'info est fiable, répond Soraya. Il est sur la plage d'Ostrada. »

Oleksandr s'agitait. Il fourra son gros museau noir contre la cuisse de Bourne. Ce dernier cligna plusieurs fois les yeux pour se débarrasser de ce souvenir nauséeux et rester concentré sur le présent. Il avait dû s'assoupir malgré lui. Oleksandr était resté vigilant pour deux.

Il s'assit sur le lit en planches de la petite cellule souterraine. Au cœur de la pénombre, se formaient d'inquiétantes perles grisâtres. Soudain le pelage sur le cou du boxer se hérissa. Quelqu'un approchait !

Ignorant la douleur, Bourne s'assit au bord de sa couche. Il était trop tôt pour que Soraya revienne. Appuyé contre le mur, il réussit à se redresser et resta immobile un instant. Il sentait la chaleur d'Oleksandr, son corps musculeux contre lui. Bien que faible encore, il estimait avoir profité au mieux de ce court répit. La méditation et le travail sur le souffle lui avaient redonné un peu d'énergie. Malgré l'hémorragie, il se sentait capable de mobiliser les quelques forces qu'il lui restait.

La lumière avait changé, il en était sûr à présent. Il pouvait même affirmer que cette pâle lueur ne provenait pas d'une source fixe. Elle montait, descendait... Quelqu'un tenant une lampe marchait vers lui dans le tunnel.

Tout excité, Oleksandr se léchait les babines par anticipation, les poils dressés au ras du cou. Bourne le gratta entre les deux oreilles, comme il avait vu Soraya le faire. Qui était vraiment cette femme ? se demanda-t-il. Avait-elle compté pour lui ? Sur le coup, sa réaction en le voyant apparaître dans les bureaux de Typhon lui avait paru étrange. A présent, il se l'expliquait mieux. Elle avait cru qu'il se souviendrait d'elle, de leur séjour ici. Qu'avaient-ils fait ? Pourquoi l'avait-il emmenée avec lui sur le terrain ?

La lumière prenait forme peu à peu. Pour l'instant, fini de recoller les morceaux de mémoire. Il allait devoir passer à l'action. Il s'apprêtait à bouger quand un vertige le fit vaciller comme une vague trop puissante. Il se rattrapa au mur. Ses genoux se dérobaient. La lumière brillait toujours plus fort et il ne pouvait rien faire.

Tout en progressant le long du tunnel de gauche, Fadi ouvrait grand ses oreilles. Chaque fois qu'il entendait quelque chose, il braquait sa lampe en direction du bruit. Mais il ne voyait rien à part des rats aux yeux rouges qui détalaient en s'aidant d'un petit coup de queue. Il portait en lui un sentiment d'inaccomplissement. Quand il songeait à son père – cet homme brillant, robuste, puissant – réduit à l'état de mollusque, cloué dans un fauteuil roulant, le regard refermé sur la brume grise de son cerveau, il sentait un tison lui fouiller les entrailles. Bourne était responsable de cela. Bourne et cette femme. Pas très loin d'ici et si proches de leur fin puisqu'il allait bientôt les abattre comme des chiens. Jason Bourne était un magicien. Il changeait d'apparence, se matérialisait soudain pour disparaître aussi mystérieusement. En fait, c'était de lui qu'il s'inspirait. Bourne lui avait appris à passer d'une identité à l'autre, à la manière d'un caméléon.

Le cours de son existence s'était infléchi à la seconde où la balle de Bourne s'était logée dans la moelle épinière de son père, entraînant une paralysie immédiate. Pire encore, le traumatisme initial avait provoqué une attaque, privant son père de la parole et de toute pensée cohérente.

Fadi avait intériorisé sa philosophie radicale. Aux yeux de ses fidèles, rien n'avait changé. Mais au-dedans de lui, rien n'était plus comme avant. Depuis que Bourne avait mutilé son père, il suivait un programme bien défini : attraper Bourne et Soraya et leur faire endurer les plus grandes souffrances avant de les tuer. Il n'était pas question de leur accorder une mort rapide. Son frère Karim al-Jamil était d'accord avec lui. Le malheur de leur père les liait comme rien d'autre n'aurait pu le faire. Deux corps habités par un même esprit tout entier tourné vers la vengeance à venir. Leur prodigieuse intelligence était totalement vouée à cette œuvre.

Fadi – alias Abu Ghazi Nadir al-Jamuh ibn Hamid ibn Ashef al-Wahhib – franchit une ouverture dans la paroi gauche du tunnel. Sa torche éclaira plusieurs passages de chaque côté. Il les visita les uns après les autres sans découvrir le moindre indice.

Décidant qu'il perdait son temps, il fit demi-tour pour regagner l'embranchement. Il marchait d'un bon pas afin de rattraper le lieutenant Kove et ses hommes. Il fallait absolument qu'il soit présent au cas où ils trouveraient les fugitifs. Dans l'excitation de la lutte, ces types risquaient fort d'enfreindre ses ordres et d'abattre Bourne.

Il venait de passer devant le tunnel où Bourne se cachait quand il marqua une pause et revint en arrière. Balayant l'obscurité de son faisceau, il ne vit rien d'extraordinaire mais résolut pourtant de s'y aventurer. Assez vite, il tomba sur le tas de gravats, vit les parois déformées, les fissures dans la pierre, les poutres de bois grinçantes. Ce trou était un vrai capharnaüm dont les murs menaçaient de s'écrouler à tout moment.

Le faisceau glissa sur le monticule. Fadi vit un petit espace entre son sommet et le plafond. Au moment où il se demandait s'il était assez grand pour qu'on homme s'y faufile, la fusillade éclata en faisant vibrer tout le réseau des catacombes.

Ils l'ont trouvé ! pensa-t-il. Tournant les talons, il émergea dans le tunnel principal et se mit à courir vers l'embranchement.

DIX-HUIT

S*ORAYA COURAIT DANS LE TUNNEL.* Des éclats de pierre détachés par les ricochets sifflaient à ses oreilles. Elle faillit crier quand l'un d'eux se ficha dans son épaule. Elle s'en débarrassa aussitôt et le jeta par terre pour que ses poursuivants le trouvent. Elle sauverait Bourne coûte que coûte, elle expierait l'épouvantable erreur de jugement qu'elle avait commise la dernière fois, à Odessa.

Elle avait éteint sa torche et avançait au jugé, se servant de ses souvenirs, ce qui était loin d'être l'idéal pour progresser à travers ce labyrinthe. Mais elle n'avait pas le choix. Elle avait compté ses pas. D'après ses calculs, aussi approximatifs fussent-ils, elle avait parcouru cinq kilomètres depuis l'embranchement. Encore deux avant la sortie la plus proche de la maison du Dr Pavlyna.

Mais d'abord, elle devait bifurquer trois fois et prendre un autre embranchement. Elle entendit un bruit. Un instant plus tard, une faible lueur éclaira brièvement les catacombes derrière elle. Quelqu'un avait suivi sa trace ! Cette lumière lui permit de s'orienter. Elle s'engouffra dans le tunnel sur sa droite. Il faisait noir. Pour le moment, on n'entendait aucun bruit.

Puis du bout de sa chaussure, elle heurta quelque chose, trébucha et tomba à quatre pattes. Devant elle, le sol s'élevait irrégulièrement. Son cœur se serra. Encore un tas de gravats. Quelle hauteur ? Pour le savoir, elle allait devoir allumer sa torche, juste une ou deux secondes.

Elle alluma, escalada les gravats, passa de l'autre côté. Aucun bruit de poursuite. Peut-être avait-elle semé la police. Il ne fallait pas trop y compter.

Sa pénible progression la conduisit au deuxième virage à gauche, puis vint le troisième. Encore un kilomètre et elle arriverait au deuxième embranchement. Après cela, elle serait en sécurité.

Lorsque Fadi comprit que la police n'avait pas seulement aperçu Bourne mais lui avait tiré dessus, il frappa si violemment l'officier fautif qu'il faillit lui fendre le crâne. Pour ce faire, Fadi se passa de la permission de Kove. Le visage cramoisi, celui-ci se mordit la lèvre mais ne dit rien, même quand Fadi leur ordonna d'avancer. Quelques centaines de mètres plus loin, le faisceau lumineux éclaira un morceau de caillou taché de sang. Fadi le ramassa et referma son poing dessus. Ils étaient sur le bon chemin.

Au cœur des catacombes, il devenait absurde d'avancer groupés. Fadi se tourna vers Kove et dit : « Plus longtemps il restera dans les catacombes, plus il aura de chances de nous semer. Divisez vos hommes, déployez-les comme pour une battue dans une forêt en territoire ennemi. »

Il vit que les hommes de Kove commençaient à s'affoler – et qu'ils communiquaient leur anxiété à leur chef. Il fallait qu'ils bougent très vite ou tout serait définitivement compromis.

Fadi se rapprocha de Kove pour lui chuchoter au creux de l'oreille : « Nous perdons la course contre la montre. Donnez l'ordre sur-le-champ ou c'est moi qui le ferai. »

Kove sursauta comme s'il avait touché un câble sous tension. Il recula d'un pas, se passa la langue sur les lèvres et regarda Fadi, comme hypnotisé. Puis, avec un frisson, il se tourna vers ses hommes et leur ordonna de se déployer, chacun dans un tunnel.

Soraya devinait que l'embranchement était proche. Un courant d'air frais lui frôlait la joue comme la caresse d'un amant : la sortie. Elle quitterait bientôt les ténèbres. Il faisait très humide. L'eau souterraine pénétrait la terre et le bois qui se décomposait lentement en émettant une odeur de putréfaction. Elle prit le risque d'allumer sa torche. Son regard ne s'attarda pas sur les parois suintantes car la jonction en Y se trouvait à moins de vingt mètres devant elle. Elle devait prendre le tunnel de gauche.

A cet instant, le passage derrière elle s'éclaira. Elle éteignit sa torche. Son pouls cognait dans ses tempes ; son cœur battait la chamade. Son poursuivant avait-il compris qu'elle était là ? Elle se trouvait devant un dilemme. Il fallait continuer à avancer mais elle se refusait à compromettre le Dr Pavlyna. Cette femme travaillait pour la CIA.

Sans bouger, elle regarda le tunnel qu'elle venait de parcourir. La lumière avait disparu. Non, ça recommençait. Un minuscule fanal au cœur des ténèbres. Plus intense, à présent. Aucun doute, quelqu'un marchait vers elle.

Son pied d'appui s'enfonça dans la boue. Elle essaya de faire passer son poids vers l'avant, mais sans parvenir à rétablir l'équilibre. Le sol aspirait ses chaussures. Elle bascula en arrière et tomba en écartant les bras pour tenter de se rattraper. En vain. Elle avait déjà de la boue jusqu'aux cuisses. Elle commença à se débattre.

Soudain, une lumière intense dessina les moindres recoins du tunnel. La tache noire qui grossissait devant ses yeux se transforma en une silhouette reconnaissable : un policier ukrainien. D'autant plus massif que le boyau était étroit.

Il la vit, écarquilla les yeux et braqua son arme.

A 22 h 45 précises, l'ordinateur de Karim al-Jamil émit une sonnerie discrète. Dans quinze minutes, il devrait rejoindre le DCI pour leur deuxième réunion de la journée. Ce rendez-vous l'inquiétait moins que la mystérieuse disparition de Matthew Lerner. Quand il lui avait posé la question, le vieux salaud s'était contenté de lui dire que Lerner était « en service commandé ». Cela pouvait tout dire. Comme tous les grands inventeurs, Karim al-Jamil détestait le flou. Et justement Lerner était devenu flou. Même Anne ignorait où il était. Chose étrange en soi. En temps normal, elle aurait personnellement organisé son voyage. Le DCI était sur un coup. La soudaine disparition de Lerner avait peut-être un lien avec Anne. Karim al-Jamil ne pouvait négliger cette possibilité. Il allait devoir éclaircir cette histoire, et au plus vite. Il poserait la question au DCI, les yeux dans les yeux. C'était la seule chose à faire.

Son écran se remit à carillonner : l'heure était venue. Il rassembla les transcriptions des dernières discussions de Dujja, collectées par l'équipe Typhon, en prit deux de plus, sortit de son bureau et se mit à les lire en marchant.

Anne l'attendait, assise derrière son bureau. Comme d'habitude, elle se tenait bien droite, ne laissant rien paraître. Ses yeux brillèrent un dixième de seconde quand elle le vit. Puis elle dit : « Il va vous recevoir. »

Karim al-Jamil hocha la tête en passant devant elle. Anne appuya sur un bouton, la porte s'ouvrit. Le DCI était au téléphone mais il lui fit signe d'entrer.

« Très bien. Tous les postes doivent rester en alerte rouge. »

De toute évidence, il parlait au chef du directorat des Opérations.

« Le directeur de l'IAEA a été informé hier matin », poursuivit le DCI après avoir écouté la réponse de son interlocuteur. « Leur personnel a été mobilisé et se trouve temporairement sous notre commandement. Oui. Maintenant, il va falloir empêcher la Sécurité intérieure de tout faire foirer. Non, pour l'instant nous gardons le secret absolu sur tout cela. Il ne manquerait plus que les médias provoquent la panique parmi la population civile. » Il hocha la tête. « Parfait. Tenez-moi informé, de jour comme de nuit. »

Posant le récepteur, il désigna un siège à Karim al-Jamil. « Qu'avez-vous pour moi ?

— Une faille, enfin. » Karim al-Jamil lui tendit l'une des feuilles qu'il avait apportées. « Nous avons noté une activité inhabituelle au Yémen. Ça vient de Dujja. »

Le DCI hocha la tête en examinant les documents. « Surtout à Shabwah, dans le sud, à ce que je constate.

— Shabwah est située dans une région montagneuse faiblement peuplée, confirma Karim al-Jamil. Parfaite pour accueillir une installation nucléaire souterraine.

— Je suis d'accord, dit le Vieux. Envoyons des unités Skorpion là-bas au plus vite. Mais cette fois, je veux une assistance au sol. » Il saisit le téléphone. « Il y a deux bataillons de Marine Rangers stationnés à Djibouti. Je leur demanderai d'envoyer une compagnie renforcer nos troupes. » Ses yeux brillaient. « Bon travail, Martin. Grâce à vos hommes, nous allons peut-être tuer ce monstre dans l'œuf.

— Merci monsieur. »

Karim al-Jamil sourit. Le Vieux aurait eu raison si ce renseignement avait été exact. Or, il ne s'agissait que d'une manœuvre de Dujja. De la désinformation, ni plus ni moins. Certes, les espaces désertiques de Shabwah auraient fourni d'excellentes cachettes – pendant un temps son frère et lui avaient pensé y installer leur usine –, mais le véritable emplacement de l'installation nucléaire souterraine de Dujja ne se trouvait certainement pas au Yémen du Sud.

Dans son malheur, Soraya avait de la chance, même si de prime abord la chose ne sautait pas aux yeux. A cause des veines de métal sillonnant les parois des catacombes, le policier n'avait pas pu contacter ses collègues par téléphone. Il était seul.

Il fallait qu'elle cesse de remuer. Ses gestes désordonnés n'avaient servi qu'à l'enfoncer plus profondément dans la fosse boueuse creusée dans le sol des catacombes. Elle en avait jusqu'aux hanches, à présent. Le policier ukrainien approchait en plastronnant.

Quand il fut tout près d'elle, Soraya comprit son erreur. En fait il avait peur. Peut-être avait-il perdu un frère ou une fille dans les catacombes. En tout cas, on voyait bien qu'il connaissait les multiples dangers tapis à chaque détour. Et voilà que cette femme était tombée dans le piège que lui-même redoutait de rencontrer depuis qu'on lui avait ordonné de descendre dans ces sinistres boyaux.

« Pour l'amour de Dieu, aidez-moi ! »

Tout en se rapprochant de la fosse, le policier faisait glisser le faisceau de sa torche sur Soraya qui se tenait un bras en avant, l'autre replié dans le dos.

« Qui êtes-vous ? Que faites-vous ici ?

— Je suis une touriste. Je me suis perdue. » Elle se mit à pleurer. « J'ai peur. J'ai peur de me noyer.

— Une touriste, ça m'étonnerait. Je sais qui vous êtes. » Il hocha la tête d'un air navré. « Pour vous et votre ami, il est trop tard. Vous avez passé les bornes. » Il braqua son arme vers elle. « De toute façon, vous mourrez ce soir, tous les deux.

— Pas si sûr », dit Soraya en lui tirant une balle dans le cœur avec le pistolet ASP.

Le policier écarquilla les yeux et tomba en arrière d'un seul bloc, comme une cible en carton sur un pas de tir. Il lâcha la torche qui heurta bruyamment le sol et s'éteignit.

« Merde », maugréa-t-elle.

Elle rengaina le pistolet dans son holster d'épaule. Elle avait eu la présence d'esprit de le sortir et de le dissimuler derrière son dos, juste avant que le policier n'approche. Maintenant, il s'agissait d'attraper les pieds de l'homme couché. Elle étira le haut de son corps pour tenter de se placer à l'horizontale sur la boue. Par cette manœuvre, elle glissa légèrement vers le policier mort.

Flotte, pensa-t-elle. *Flotte, bordel!*

Relâchant les muscles de ses jambes, elle se servit uniquement de son torse et de ses bras pour progresser, les mains tendues devant elle. Elle sentait la boue l'aspirer, immobilisant ses jambes et ses hanches comme dans un étau. De nouveau, une vague de panique. Elle se morigéna en se concentrant sur ses mouvements. Elle devait avancer un centimètre après l'autre. Ne penser qu'à cela. Dans l'obscurité, ce n'était pas une mince affaire. A une ou deux reprises, elle se crut déjà morte, engloutie par la boue.

Puis ses doigts touchèrent une surface caoutchouteuse : des semelles! Serrant les dents, elle gagna encore un ou deux centimètres, assez pour saisir les bottes du policier. Elle inspira profondément, tira de toutes ses forces mais ne bougea pas. Le policier si. Ses pieds puis ses jambes plongèrent dans la fosse. Parfait. Son corps était trop lourd pour glisser davantage.

C'était exactement ce dont elle avait besoin. Se servant du cadavre comme d'une rampe de fortune, elle s'arracha lentement mais sûrement de la boue en s'agrippant à ses jambes, une main après l'autre, jusqu'à son gros ventre qu'elle empoigna. Finalement, Soraya réussit à dégager tout son corps de la fosse.

Elle resta un bon moment affalée sur le cadavre à surveiller les battements furieux de son cœur, à écouter l'air qui sifflait entre ses dents. Finalement, elle roula de côté, retomba sur le sol humide des catacombes et se releva.

Comme elle le craignait, la torche du policier était fichue. Elle essuya la sienne en priant pour qu'elle fonctionne encore. La torche produisit un halo vacillant, s'éteignit, se ralluma, s'éteignit, se ralluma. Ayant retrouvé son équilibre, Soraya en profita pour faire rouler le policier dans le puits. Puis elle racla le sol avec ses pieds pour recouvrir les taches de sang, de terre et de gravats.

Comme les piles donnaient des signes de faiblesse, elle fonça dans le tunnel de gauche vers la sortie la plus proche du Dr Pavlyna.

Quand il s'arrêta une deuxième fois pour faire le plein, l'avion qui transportait Martin Lindros prit un passager. L'individu s'assit près de Lindros et prononça quelques mots en arabe bédouin, la langue d'Abbud ibn Aziz.

« Mais tu n'es pas Abbud ibn Aziz », dit Lindros en tournant la tête à la manière d'un aveugle. Il portait toujours la cagoule noire.

« Non, en effet. Je suis son frère. Muta ibn Aziz.

— Tu es aussi doué que lui pour mutiler les êtres humains ?

— Je laisse ce genre de choses à mon frère », répondit Muta ibn Aziz assez sèchement.

Lindros, dont l'ouïe s'était s'affinée pour compenser la privation de la vue, perçut l'émotion dans sa voix et chercha à l'exploiter. « Tu as les mains propres, j'imagine. » Il sentait l'autre l'étudier comme s'il venait de découvrir une nouvelle espèce de mammifère.

« J'ai la conscience nette. »

Lindros haussa les épaules. « Que tu dis. Enfin, peu importe. »

Muta ibn Aziz le gifla en pleine face.

Du sang coula dans sa bouche. Sa lèvre enflée pouvait difficilement l'être davantage, songea-t-il vaguement. « Finalement, tu as plus de points communs avec ton frère que tu ne le penses, cracha-t-il.

— Mon frère et moi sommes à l'opposé l'un de l'autre. »

Un silence gêné s'ensuivit. Lindros, comprenant que Muta regrettait de s'être ainsi livré, se demanda quel différend opposait Abbud et Muta et s'il y avait un moyen de l'exploiter à son avantage.

« J'ai passé plusieurs semaines avec Abbud ibn Aziz, dit Lindros. Il m'a torturé et quand il a vu que cela ne marchait pas, il a tenté de faire ami-ami.

— Ah !

— C'est justement ce que je lui ai répondu, fit Lindros. Il voulait que je lui parle des circonstances dans lesquelles Hamid ibn Ashef a été blessé. »

Il entendit Muta changer de position. L'homme se rapprochait de lui. Lorsque Muta reprit la parole, sa voix était presque couverte par le bourdonnement des moteurs. « Pourquoi cela l'intéressait-il ? Il vous l'a dit ?

— C'eût été stupide de sa part. » Le radar interne de Lindros était braqué sur ce qui venait de se passer. Apparemment, l'incident ayant rendu Hamid ibn Ashef infirme à vie revêtait une énorme importance pour les deux frères. Pourquoi ? « Abbud ibn Aziz a de nombreux défauts mais il n'est pas stupide.

— Non, il n'est pas stupide. » La voix de Muta était dure comme de l'acier. « En revanche, c'est un menteur et un traître. »

Karim al-Jamil ibn Hamid ibn Ashraf al-Wahhib, l'homme qui, ces derniers jours, s'était fait passer pour Martin Lindros, était sur le point de s'infiltrer dans l'ordinateur central de la CIA. Seulement voilà, il ignorait comment s'introduire dans le système. Personne n'avait réussi à faire cracher le code d'accès au vrai Martin Lindros. Ce qui ne l'étonnait guère au demeurant. Karim avait donc imaginé une alternative aussi élégante qu'efficace. Inutile de s'introduire par effraction dans l'ordinateur principal. Tous les petits génies de l'informatique s'y étaient cassé les dents. Le pare-feu de la CIA – connu sous le nom de Sentinel – était aussi invincible qu'un coffre-fort. Tout le monde savait cela.

Mais alors, comment pénétrer dans un ordinateur protégé dont on ne possédait pas le code d'accès ? Si Karim parvenait à mettre en panne le serveur principal, les techniciens de la CIA distribueraient à tout le monde – lui compris – de nouveaux codes d'accès. Le seul moyen d'en arriver là consistait à introduire un virus informatique dans le système. De l'extérieur c'était impossible – Sentinel veillait. Il devrait donc agir de l'intérieur.

Il fallait donc trouver un moyen absolument infaillible pour introduire le virus dans l'immeuble de la CIA. Anne ou lui ne pouvaient s'en charger ; c'eût été bien trop dangereux, étant donné les procédures de sécurité pléthoriques. Non. On ne pouvait même pas se servir d'un agent de la CIA. Tel était le problème que Fadi et lui avaient passé des mois à tenter de résoudre.

Ils en étaient arrivés à la solution suivante : le message codé gravé sur le bouton de chemise de Fadi n'en était pas un, raison pour laquelle Tim Hytner n'avait pas réussi à le déchiffrer. Il s'agissait en fait d'une série d'instructions destinées à programmer le virus en utilisant le code binaire informatique ordinaire – une chaîne de commandes à la racine agissant en tâche de fond. Totalement invisible donc. Une fois introduites sur un ordinateur de la CIA, les commandes à la racine attaqueraient le système d'exploitation – dans le cas présent, UNIX – en corrompant ses commandes basiques. L'infection était censée produire un dommage massif et rendre inopérants les terminaux de la CIA en l'espace de six minutes.

Ils avaient même prévu une solution de secours. Si, par un improbable mais heureux hasard, Hytner avait deviné qu'il ne s'agissait pas d'un message chiffré, il n'aurait pu enclencher la chaîne des instructions par inadvertance car ils en avaient inversé l'écriture.

Il accéda au fichier informatique sur lequel travaillait Hytner, tapa la chaîne binaire à l'envers et sauvegarda. Puis il sortit de Linux et passa au langage C++. Le fait d'y insérer la chaîne d'instructions installait les étapes nécessaires pour construire le virus avec C++.

Karim al-Jamil regardait fixement le virus. Il ne lui restait plus qu'à appuyer sur une touche pour le compiler. En un dixième de seconde, il s'insinuerait dans le système d'exploitation – pas seulement dans le chemin principal mais dans toutes ses arborescences. En d'autres termes, il bloquerait et corromprait les flux de données entrant ou sortant de l'ordinateur central de la CIA, tout en évitant le pare-feu Sentinel. L'opération n'était réalisable qu'à partir d'un ordinateur branché sur le réseau interne de la CIA, puisque Sentinel aurait bloqué toute attaque hors réseau, aussi sophistiquée fût-elle.

Mais au préalable, il avait quelque chose à faire. Sur un autre écran, il fit monter un fichier personnel auquel il joignit une série d'objets irréfutables, dont le message codé qui avait servi à créer le virus.

Cela fait, il imprima le fichier, glissa les feuilles dans un dossier CIA et plaça le tout en lieu sûr. Puis après avoir effacé le fichier, il appela le programme patiemment conçu. Enfin, avec un petit soupir de satisfaction, Karim appuya sur la touche.

Le virus était activé.

DIX-NEUF

RUMINANT DE SOMBRES PENSÉES, seul devant la mer, Abbud ibn Aziz fut le premier à voir Fadi émerger du trou. Cela faisait plus de trois heures qu'il était parti avec les policiers. Habitué aux expressions faciales et corporelles de son chef, il comprit sur-le-champ qu'ils n'avaient pas trouvé Bourne. C'était très mauvais pour Fadi, par conséquent c'était très mauvais pour lui aussi. Puis, à leur tour, les policiers sortirent en titubant du souterrain. Il les vit inspirer plusieurs fois à fond.

Abbud ibn Aziz entendit la voix plaintive du lieutenant Kove. « J'ai perdu un homme dans cette opération, le major général Romanchenko.

— Moi j'ai perdu bien plus que cela, lieutenant, cracha Fadi. Votre homme n'a pas réussi à intercepter ma cible. C'est son incompétence qui l'a tué. Une juste punition, dirais-je. Au lieu de pleurnicher, vous devriez en tirer des leçons. Vos hommes ne sont pas assez aguerris – et c'est peu dire. »

Sans laisser Kove répondre, Fadi tourna les talons et se mit à marcher en direction de la jetée où le voilier était amarré.

« On y va », lâcha-t-il en montant à bord.

Il était d'une telle humeur que des étincelles semblaient jaillir de lui. Dans ces moments-là, Fadi était parfaitement imprévisible. Abbud ibn Aziz le savait mieux que personne, hormis peut-être Karim al-Jamil. C'était justement de Karim al-Jamil qu'il voulait entretenir son chef, à présent.

Il attendit que les amarres soient larguées, les voiles réglées. Peu à peu, ils virent disparaître dans la nuit le groupe de policiers restés sur le rivage. Le voilier fendait les eaux de la mer Noire en direction du mouillage où une voiture les attendait pour les conduire à l'aéroport. Abbud ibn Aziz avait tout organisé. Assis à l'avant près de Fadi, loin des deux hommes d'équipage, il sortit la nourriture qu'il avait préparée. Pendant un moment, ils mangèrent sans rien dire. On n'entendait que le bruit sur la coque des vagues déchirées par la proue et, de temps en temps, le mugissement d'une sirène de navire, lugubre comme le cri d'un enfant perdu.

« Pendant que tu étais parti, j'ai reçu un appel du Dr Senarz, dit Abbud ibn Aziz. Il soutient que le Dr Veintrop est sur le point d'achever les procédures de finalisation de l'engin nucléaire, mais que Veintrop prétend le contraire.

— Le Dr Veintrop nous retarde sciemment », déclara Fadi.

Abbud ibn Aziz hocha la tête. « C'est ce qu'affirme le Dr Senarz, et je suis porté à le croire. C'est un physicien nucléaire, après tout. En tout cas, ce ne serait pas la première fois que Veintrop nous causerait des problèmes. »

Fadi resta songeur. « Très bien. Appelle ton frère. Dis-lui d'aller chercher Katya Veintrop. Qu'il la conduise à Miran Shah. Nous le retrouverons là-bas. A mon avis, dès que le Dr Veintrop verra ce que nous comptons faire subir à sa femme, il redeviendra docile. »

Abbud ibn Aziz regarda ostensiblement sa montre. « Le dernier vol est parti voilà des heures. Le prochain n'est pas prévu avant ce soir. »

Toujours aussi immobile, Fadi regardait fixement l'horizon. Ça recommençait, se dit Abbud ibn Aziz, sa conscience s'enfouissait dans le passé. Il revivait l'attentat contre son père. Le sentiment de culpabilité distillait son poison en lui. Plus d'une fois, Abbud ibn Aziz avait tenté de conseiller son chef et ami. Mieux valait garder son esprit et son énergie intacts pour le moment présent. Mais l'affaire s'était envenimée. Il y avait eu traîtrise, assassinat. La mère de Fadi ne lui avait jamais pardonné la mort de sa fille unique. La mère d'Abbud ibn Aziz n'aurait jamais fait porter un tel fardeau à son fils. Mais c'était une musulmane ; la mère de Fadi était chrétienne et cela faisait toute la différence. Lui-même avait croisé Sarah ibn Ashef d'innombrables fois, mais il n'y avait pas repensé jusqu'à cette nuit à Odessa. Par ailleurs, Fadi était à moitié anglais ; qui pouvait deviner ses pensées ou ses sentiments envers sa sœur ?

Les muscles de son abdomen se contractèrent. Abbud ibn Aziz avait bien répété son discours. Il se lécha les lèvres et se lança.

« Fadi, le plan de Karim al-Jamil commence à m'inquiéter. » Fadi ne disait toujours rien ; son regard restait fixe. L'avait-il entendu ? Abbud ibn Aziz décida de faire comme si et poursuivit : « D'abord, pourquoi ces cachotteries ? Je te pose des questions, tu refuses de répondre. Je tente d'appliquer les mesures de sécurité mais vous m'en empêchez, ton frère et toi. Ensuite, je trouve que c'est très dangereux. Si nos projets sont contrecarrés, tout le réseau Dujja sera menacé, notre principale source de financement exposée au grand jour.

— Pourquoi dire cela maintenant ? » Fadi n'avait pas bougé. Ses yeux contemplaient toujours le passé. Il avait l'air d'un fantôme, songea Abbud ibn Aziz en frissonnant.

« Ça me trotte dans la tête depuis le début. Mais dernièrement, j'ai découvert l'identité de la femme que fréquente Karim al-Jamil.

— Sa maîtresse, dit Fadi. Et alors ?

— Votre père a pris une infidèle pour maîtresse, Fadi. Il en a fait sa femme. »

Brusquement, Fadi se retourna vers lui avec les yeux d'une mangouste ayant repéré un cobra. « Tu vas trop loin, Abbud ibn Aziz. C'est de ma mère que tu parles. »

Abbud ibn Aziz frissonna de nouveau, bien malgré lui. « Je parle de l'Islam et de la chrétienté. Fadi, mon ami, nos pays subissent l'occupation chrétienne. Elle menace notre mode de vie. Telle est la bataille que nous avons juré de mener, et de gagner. C'est notre identité culturelle, notre essence même, qui pèse dans la balance.

« Aujourd'hui, Karim al-Jamil dort avec une infidèle, plante sa graine en elle, se confie à elle – qui sait ? Si cela venait à se savoir parmi nos hommes, ils se dresseraient de colère, ils réclameraient sa mort. »

Le visage de Fadi s'assombrit. « Dois-je prendre cela comme une menace entre tes lèvres ?

— Comment peux-tu penser cela ? Je ne dirai jamais rien. »

Fadi se leva, jambes écartées pour combattre le roulis, et baissa les yeux vers son second. « Alors comme ça, tu as fouiné, tu as espionné mon frère. Et maintenant tu m'en parles comme pour me placer devant mes responsabilités.

— Mon ami, je ne cherche qu'à te protéger de l'influence de l'infidèle. Contrairement aux autres, je sais que ce plan a été conçu par Karim al-Jamil. Ton frère pactise avec l'ennemi. Je le sais parce que c'est toi-même qui m'as fait pénétrer dans la citadelle de l'ennemi. Je sais que la culture occidentale fourmille de distractions et de corruptions. Leur puanteur me retourne l'estomac. Mais d'autres peuvent ne pas éprouver le même dégoût que moi.

— Mon frère, par exemple ?

— Peut-être bien, Fadi. Je ne peux rien affirmer car un mur infranchissable se dresse entre lui et moi. »

Fadi brandit les deux poings. « Ah, voilà enfin la vérité. Tu souffres d'être laissé dans l'ombre, même si c'est la volonté de mon frère. » Il se pencha et gifla violemment son second. « Je sais ce que c'est. Tu veux t'élever au-dessus des autres. Tu désires ardemment la connaissance, Abbud ibn Aziz, parce que la connaissance c'est le pouvoir. Tu ne cherches qu'à accroître ton pouvoir. »

Bien qu'ébranlé, Abbud ibn Aziz ne bougea pas, n'osa pas poser la main sur sa joue cuisante. Fadi était fort capable de le balancer par-dessus bord. Il ne le savait que trop bien. Fadi le laisserait se noyer sans une once de remords. Pourtant, il ne pouvait revenir en arrière. S'il avait péché par manque de lucidité, il ne se le pardonnerait jamais.

« Fadi, si je te montre une poignée de sable, que vois-tu ?

— Tu me poses des devinettes, maintenant ?

— Je vois le monde. Je vois la main d'Allah, se dépêcha de répondre Abbud ibn Aziz. C'est l'homme tribal qui parle en moi. Je suis né, j'ai grandi dans le désert. Le désert pur, magnifique. Karim al-Jamil et toi avez grandi dans une métropole occidentale. Tu avais raison, Fadi, quand tu me disais : “Tu dois connaître ton ennemi afin de le vaincre.” Mais s'il te plaît, réponds à cette simple question : Qu'arrive-t-il quand on commence à s'identifier à l'ennemi ? Ne risque-t-on pas de devenir l'ennemi ? »

Fadi se balançait d'un pied sur l'autre, prêt à exploser. « Tu oses sous-entendre...

— Je ne sous-entends rien, Fadi. Crois-moi. C'est une question de confiance – ou de foi. Si tu ne me fais pas confiance, si tu n'as pas foi en moi, renvoie-moi tout de suite. Je m'en irai sans ajouter un mot. Mais nous nous connaissons depuis toujours. Je te dois tout. Quand toi tu t'efforces de sauver Karim al-Jamil, moi je forme le vœu de te protéger de tous les dangers qui te guettent, au sein de Dujja et en dehors.

— Ton obsession t'a rendu fou.

— C'est une possibilité, évidemment. » Abbud ibn Aziz resta dans la même position, sans se recroqueviller ni plisser les yeux. S'il l'avait fait, Fadi aurait été tenté de le jeter à l'eau d'un coup de pied. « Je dis juste que l'isolement que s'est imposé Karim al-Jamil s'est retourné contre lui-même. Tu ne peux pas dire le contraire. Peut-être est-ce uniquement pour te laisser le champ libre. Mais je crois que vos relations en ont lourdement pâti. Vous vous nourrissez l'un de l'autre. Il n'y a pas d'intermédiaire, pas de tierce partie pour équilibrer la balance. »

Abbud ibn Aziz prit le risque de se lever mais sans faire de geste brusque. « Maintenant, je te soumets ce problème et je te supplie d'y réfléchir : tes intentions et celles de Karim al-Jamil sont-elles pures ? Tu connais la réponse : elles ne le sont pas. Elles ont été souillées, corrompues par votre désir obsessionnel de vengeance. Je te dis que Karim al-Jamil et toi devez oublier Jason Bourne, oublier ce que votre père est devenu. C'était un grand homme, je ne le conteste pas. Mais sa vie est derrière lui ; elle ne fait que commencer pour vous. C'est ainsi que va le monde. Refuser d'avancer sur le chemin de la vie n'est que pure arrogance ; on risque de se faire écraser.

« Tu dois regarder vers l'avenir, pas le passé. Tu dois penser à ton peuple. Tu es notre père, notre protecteur, notre sauveur. Sans toi, nous sommes poussière dans le vent, nous ne sommes rien. Tu es l'étoile qui nous guide. Mais seulement si tes intentions redeviennent pures. »

Pendant un long moment, ils n'émirent aucun son. Pour sa part, Abbud ibn Aziz avait l'impression de s'être déchargé d'un poids énorme. Il avait laissé parler son cœur. Si sa sincérité devait lui coûter la vie, alors qu'il en soit ainsi. Il mourrait avec le sentiment d'avoir accompli son devoir envers son chef et son ami.

Fadi, quant à lui, ne le regardait plus. Il ne voyait ni la mer ni les lumières d'Odessa clignotant dans les ténèbres. Ses yeux étaient de nouveau tournés vers l'intérieur. Son être s'envolait vers des profondeurs où Abbud ibn Aziz soupçonnait – non, espérait de toute son âme – que Karim al-Jamil ne serait jamais admis.

Tous les ordinateurs de la CIA étaient en panne. Le chaos régnait partout dans l'immeuble. Chaque membre disponible du directorat des Signaux et Codes avait reçu ordre de plancher sur ce virus. Un tiers d'entre eux avait coupé Sentinel – le pare-feu de la CIA – afin dc pratiquer des diagnostics de niveau trois. Le reste des agents inspectaient chaque veine, chaque artère de l'intranet de la CIA à l'aide du logiciel *hunt and destroy*. Ce logiciel, conçu par la DARPA pour la CIA, se servait d'un algorithme heuristique avancé, en clair c'était un code censé résoudre des problèmes. Il changeait continuellement en s'adaptant à chaque forme de virus rencontré.

Les locaux étaient totalement verrouillés – rien ni personne n'entrait ni ne sortait. Dans la salle de conférences ovale insonorisée, placée face au bureau du Vieux, neuf hommes étaient assis autour d'une table en palissandre verni. A chaque emplacement, un terminal d'ordinateur encastré dans le bois et des bouteilles d'eau glacée. L'homme siégeant à la gauche du DCI, le chef du directorat des Signaux et Codes, était continuellement tenu au courant des progrès accomplis par ses légions enfiévrées. Les informations s'affichant sur son propre terminal étaient nettoyées – rendues intelligibles aux profanes présents dans la pièce – puis diffusées sur un écran plat parmi la demi-douzaine d'autres fixés aux murs tendus de feutre noir.

« Rien ne sort d'ici », dit le DCI. Il avait soixante-dix-huit ans et, en ce moment, ne le sentait que trop bien. « Ce qui est arrivé ici aujourd'hui ne doit pas filtrer. » L'histoire pesait sur lui de tout son poids, tel le fardeau d'Atlas. Un de ces jours, il le savait, il se briserait l'échine. Mais pas aujourd'hui. Pas aujourd'hui, nom de Dieu !

« Rien n'a été compromis. » Ces paroles venaient d'être prononcées par le chef des S&C. L'homme passait en revue les données défilant sur son terminal. « Apparemment, le virus ne vient pas de l'extérieur. Les diagnostics de Sentinel ont été finalisés. Le pare-feu a fait son boulot. Il n'y a pas eu d'effraction. Je répète : pas d'effraction.

— Mais alors, que diable s'est-il passé ? » aboya le DCI. Il remerciait déjà sa bonne étoile que le secrétaire à la Défense ne soit pas au courant de ce lamentable désastre.

Le directeur des S&C leva sa tête chauve et brillante. « Pour autant qu'on puisse le déterminer à ce stade, nous avons été attaqués de l'intérieur.

— De l'intérieur ? dit Karim al-Jamil, incrédule, assis à la droite du Vieux. Vous voulez dire que nous avons un traître à l'intérieur de la CIA ?

— Ça me semble fort probable », répondit Rob Batt, le chef des Opérations, le plus influent des Sept – nom sous lequel le personnel de la CIA désignait les grands directeurs.

« Rob, je veux tout savoir sur cette probabilité, aussi vite que possible, dit le Vieux. Soit vous confirmez, soit vous certifiez que tout est réglo.

— Je peux m'occuper de cela », intervint Karim. Immédiatement, il regretta sa précipitation.

Le regard reptilien de Rob Batt coulissa dans sa direction. « Vous n'avez pas assez de pain sur la planche, Martin ? », siffla-t-il.

Le DCI s'éclaircit la gorge. « Martin, j'ai besoin que vous concentriez toutes vos ressources sur Dujja. » Il ne manquerait plus qu'une guerre de territoire entre directeurs, maintenant, pensa-t-il amèrement. Il se tourna vers le directeur des S&C. « J'ai besoin de savoir quand le parc informatique sera de nouveau en état de marche.

— Ça pourrait prendre un jour ou plus.

— Inacceptable, lâcha le Vieux. J'exige que nous soyons de nouveau opérationnels dans deux heures. »

Le directeur des S&C gratta son crâne chauve. « Eh bien, nous pourrions passer sur le réseau de secours. Mais cela supposerait de distribuer de nouveaux codes d'accès à tous les occupants de l'immeuble.

— Faites-le ! », dit sèchement le DCI. Il frappa la table du plat de la main. « Très bien, messieurs. Nous savons tous ce que nous avons à faire. Enlevons cette merde de nos godasses avant qu'elle ne commence à puer ! »

Par des allers-retours successifs entre veille et inconscience, Bourne revisitait les événements de son passé qui le hantaient depuis la mort de Marie.

... *Il est à Odessa, il court. C'est la nuit ; venant de la mer Noire, un vent glacial aux senteurs minérales l'entraîne le long de la rue pavée. Elle est dans ses bras – la jeune femme se vide de son sang à une vitesse terrifiante. Il voit sa blessure, il sait qu'elle va mourir. A l'instant où cette pensée le traverse, les yeux de la femme s'ouvrent. Ils sont pâles, leurs pupilles dilatées de douleur. Elle tente de l'apercevoir à travers les ténèbres de l'agonie.*

Il ne peut rien faire, rien sauf la porter loin de la place où on l'a abattue. Ses lèvres remuent. Elle n'arrive pas à projeter sa voix. Quand Bourne approche l'oreille de sa bouche, il la récupère tachée de sang.

Sa voix, fragile comme du verre, résonne contre son tympan, mais il n'entend que le flux et le reflux des vagues. Elle respire à peine. Il ne reste rien d'autre que le battement irrégulier de ses chaussures contre les pavés...

Il chancelle, tombe. Il se traîne jusqu'à un mur de brique visqueux où il s'adosse, incapable de lâcher la femme mourante. Qui est-elle ? Il baisse les yeux vers elle. S'il parvient à la ramener à la vie, il le lui demandera. J'aurais pu la sauver, *pense-t-il, bourrelé de remords.*

Et maintenant, dans un éclair, voilà que Marie est là, dans ses bras. Plus de sang, mais la vie s'est enfuie. Marie est morte. J'aurais pu la sauver, *pense-t-il, bourrelé de remords...*

Il s'éveilla en pleurant son amour perdu, sa vie perdue. « J'aurais dû te sauver ! » Et tout à coup, il comprit pourquoi la mort de Marie avait provoqué le retour du passé.

La culpabilité. Il se sentait coupable. Terriblement coupable. De n'avoir pas été là pour sauver Marie. Quelque temps avant la mort de Marie, il aurait pu sauver la femme ensanglantée, et il ne l'avait pas fait.

« Martin, j'ai un mot à vous dire. »

Karim al-Jamil se retourna. Rob Batt le dévisageait. Le directeur des Opérations n'était pas parti avec les autres. Karim et lui étaient seuls dans la pièce éteinte.

Karim le regarda sans manifester le moindre sentiment. « Comme vous le disiez, Rob, j'ai du pain sur la planche. »

Batt avait des mains larges comme des battoirs, des paumes étrangement sombres, comme perpétuellement tachées de sang. Il les ouvrit dans un geste qui aurait pu signifier l'apaisement. Mais non. On y lisait une menace claire, un rituel animal, l'agressivité du gorille à dos argenté s'apprêtant à charger.

« Pardonnez-moi. Cela ne prendra qu'une minute. »

Karim revint sur ses pas et s'assit en face de lui. Batt était le genre d'homme à végéter derrière un bureau. Il se tenait aussi raide que si son costume avait été doublé de crin. Son visage buriné, sillonné de rides profondes, pouvait aussi bien révéler un récent séjour de ski à Gstaad qu'un baroud sanglant dans les montagnes afghanes. Karim trouvait cela fort intéressant, car lui-même avait passé tellement de temps dans les boutiques des tailleurs chic à choisir des habits occidentaux raffinés, qu'un costume Savile Row lui semblait à présent aussi naturel qu'un burnous.

Il joignit le bout des doigts en esquissant un maigre sourire. « Que puis-je faire pour vous, Rob ?

— Franchement, je suis un peu inquiet. » Apparemment Batt n'y allait pas par quatre chemins, mais peut-être la conversation n'était-elle pas son fort.

Son cœur battait la chamade mais Karim lui répondit poliment. « Comment cela ?

— Eh bien, vous avez vécu des choses épouvantables. Pour être honnête, je me disais que vous auriez pu prendre quelques semaines de vacances – pour vous détendre, consulter d'autres médecins.

— Des psys, vous voulez dire. »

Batt poursuivit sans relever. « Le DCI a rejeté ma demande. Il a dit que votre travail était trop important – spécialement durant cette crise. » Ses lèvres s'étirèrent. Chez quelqu'un d'autre, cette expression aurait pu passer pour un sourire.

« Et voilà que maintenant vous cherchez à vous immiscer dans mon enquête sur le propagateur du virus. » Pareils à des serpents, ses yeux noirs comme de la lave solidifiée glissèrent sur Karim pour une fouille en règle de son esprit. « Vous ne braconniez pas sur mes terres, avant. En fait, nous avions passé un pacte de non-braconnage. »

Karim resta coi. Cette déclaration pouvait être un piège. Et si Lindros et Batt n'avaient jamais passé un tel pacte ?

« Je voudrais savoir pourquoi vous êtes revenu sur votre promesse, dit Batt. J'aimerais savoir pourquoi, dans votre état actuel, vous voudriez vous charger d'un travail supplémentaire. » Sa voix avait baissé en volume, son débit s'était ralenti comme du miel qui se fige. S'il avait été un animal, il aurait tourné autour de Karim en guettant le moment favorable pour attaquer.

« Désolé, Rob. Je veux juste aider, c'est tout. Il n'y a pas... »

Batt pencha la tête vers lui. Il l'avança tant que Karim dut se retenir pour ne pas reculer.

« Écoutez, je me fais du souci pour vous, Martin. » Les lèvres de Batt, déjà fines, n'étaient plus qu'une ligne exsangue. « Mais à la différence de notre incomparable chef, qui vous aime comme un fils et vous pardonne tout, mon inquiétude ressemble plus à celle d'un frère aîné envers son cadet. »

Batt posa entre eux les battoirs qui lui servaient de mains. « Vous avez vécu avec l'ennemi, Martin. L'ennemi a tenté de vous baiser. Je le sais et vous le savez. Et vous savez comment je le sais ? Hein ?

— Je suis sûr que le résultat de mes examens...

— Je m'en fous de vos tests, rétorqua Batt. Les examens c'est pour les étudiants. Nous ne sommes pas des étudiants, ni vous ni moi. Vos résultats ! Ces guignols sont encore en train de se gratter la tête ; ils sortiront de leur trou quand il gèlera en enfer. Pardessus le marché, on a été obligés de consulter Jason Bourne, ce déséquilibré, pour ne pas dire pire. Une terrible menace pour le protocole et la discipline de la CIA. Seulement voilà, c'est la seule personne qui vous connaisse à fond. Marrant, non ? » Il pencha la tête. « Pourquoi le fréquentez-vous encore ?

— Jetez un œil dans son dossier, dit Karim. Bourne a plus de valeur pour moi – pour nous – que tous vos meilleurs limiers. » *Me voilà en train de chanter les louanges de Jason Bourne,* pensa-t-il. *On aura tout entendu.*

Batt ne lâchait pas prise. « Écoutez, c'est votre *comportement* qui m'inquiète, Martin. Dans un certain sens, tout va bien – vous êtes comme avant, dirons-nous. Mais si on y regarde de plus près... » Il secoua la tête. « Eh bien, ça ne cadre pas. Dieu sait que vous avez toujours été un type sacrément solitaire. “Il nous snobe”, disaient les autres chefs de directorat. Pas moi. Je vous ai tout de suite catalogué. Vous êtes un réservoir à idées à vous tout seul ; vous n'avez pas besoin de ces bavardages de couloir que les gens d'ici prennent pour de l'amitié. »

Karim se demanda si le temps était venu où l'un des collègues de Lindros formerait des soupçons – éventualité qu'il avait bien sûr intégrée dans son plan. D'après ses calculs, les probabilités étaient faibles – il comptait passer quelques jours à la CIA, pas plus. Et comme Batt l'avait dit lui-même, Lindros avait toujours été du genre solitaire. Malgré les risques, le moment était peut-être venu d'envisager la neutralisation d'un chef de directorat.

« Si vous avez remarqué quoi que ce soit d'étrange dans mon comportement, c'est certainement en raison du stress que nous vivons actuellement. Je suis passé maître dans l'art de compartimenter ma vie. Je vous assure que le passé n'est pas un problème pour moi. »

Il y eut un moment de silence. Karim eut une drôle d'impression, comme si une bête très dangereuse rôdait dans les parages, si proche qu'il pouvait renifler son odeur musquée.

Batt hocha la tête. « Alors restons-en là, Martin. » Il se leva, lui tendit la main. « Je suis heureux d'avoir eu cette conversation à cœur ouvert. »

En sortant de la salle, Karim jubilait. Il venait de détourner habilement les soupçons de ce type. Sinon, Batt n'aurait pas hésité à planter ses crocs dans sa nuque.

« Salut Oleksandr. Brave chien. »

Soraya portait un lourd cartable en bandoulière. Lorsqu'elle arriva dans la planque souterraine, un terrible pressentiment l'assaillit. Mais dès qu'elle alluma la lampe à pétrole, elle découvrit Bourne allongé. Il n'était pas mort mais évanoui. L'hémorragie l'avait affaibli. Le boxer montait la garde près de lui. Ses yeux brun liquide plongèrent dans ceux de la jeune femme comme pour l'appeler à l'aide.

« Ne vous inquiétez pas, dit-elle en s'adressant autant au chien qu'à l'homme. Je suis là. »

Elle sortit de son cartable le gros sac de médicaments en tout genre que le Dr Pavlyna lui avait remis : des poches en plastique remplies de divers liquides. Elle toucha le front de Bourne pour s'assurer qu'il n'avait pas de fièvre tout en se récitant les indications que le Dr Pavlyna lui avait fait apprendre par cœur.

D'une poche, elle extirpa une aiguille qu'elle planta dans une veine sur le dos de la main gauche de Bourne. Après y avoir ajusté un cathéter, elle enfonça l'autre extrémité du tube dans le premier sac de liquide contenant deux antibiotiques à large spectre. Le goutte-à-goutte commença. Ensuite, elle ôta le bandage improvisé imbibé de sang pour irriguer la blessure avec une grande quantité de solution saline stérile. Un antiseptique ne ferait que retarder le processus de cicatrisation, avait dit le docteur.

Rapprochant la lampe, elle vérifia si la blessure était souillée par des corps étrangers – fils, fragments de tissu ou autres. A son grand soulagement, elle n'en trouva aucun. En revanche, elle vit des tissus nécrosés sur les lèvres de la plaie. Elle allait devoir les enlever avec des ciseaux chirurgicaux.

Quand ce fut fait, elle saisit par son support la minuscule aiguille incurvée et perça la peau. Le fil de suture en nylon suivit le mouvement de l'aiguille. Le Dr Pavlyna lui avait montré comment réussir un point rectangulaire. Avec maintes précautions, elle resserra les lèvres de la plaie, en prenant garde de ne pas trop tirer sur le fil, ce qui accroîtrait le risque d'infection. Elle noua la dernière suture et coupa le reste du nylon encore attaché à l'aiguille. En dernier lieu, elle plaça un tampon de gaze stérile sur son ouvrage de couture puis l'entoura plusieurs fois d'un bandage pour bien maintenir le tampon.

La poche d'antibiotiques était vide. Elle la décrocha et la remplaça par une autre, remplie de fluides hydratants et nourrissants.

Une heure plus tard, Bourne dormait d'un sommeil paisible. Encore une heure et il commença à reprendre conscience.

Il ouvrit les yeux.

Soraya le regarda en souriant. « Vous savez où vous êtes ?

— Vous êtes revenue, murmura-t-il.

— C'est ce que j'avais dit, non ?

— Fadi ?

— Je n'en sais rien. J'ai tué l'un des policiers mais je n'ai vu personne d'autre. Je pense qu'ils ont abandonné les recherches. »

Ses yeux se fermèrent un moment. « Je me rappelle, Soraya. Je me rappelle. »

Elle secoua la tête. « Reposez-vous. Nous parlerons plus tard.

— Non. » Ses traits se tendirent. « Il faut qu'on parle maintenant. »

Que lui était-il arrivé ? Dès son réveil, il s'était senti différent, plus lucide. Il était comme libéré du défilé incessant qui l'obsédait ces derniers temps. Ces phrases lancinantes qui lui tournaient dans la tête. Il se rappelait très nettement les paroles du Dr Sunderland : la façon dont se formaient les souvenirs, les conséquences d'un trauma ou de conditions extrêmes sur l'activité cérébrale et la naissance ou la résurgence des souvenirs.

« Pour la première fois, je réalise combien j'ai été stupide de sortir Hiram Cevik de sa cellule, dit-il. Il s'est passé d'autres choses étranges. Par exemple, au moment où Fadi s'est évadé, j'ai été pris d'une migraine épouvantable.

— Puis Tim a été abattu.

— Oui. » Il tenta de s'asseoir en grimaçant de douleur.

Soraya s'avança vers lui. « Non, ne bougez pas. »

Il ne l'écouta pas. « Aidez-moi à m'asseoir.

— Jason...

— Aidez-moi », ordonna-t-il.

Elle lui passa un bras autour du corps pour accompagner son mouvement puis l'aida à s'adosser au mur.

« Ces malaises bizarres m'ont poussé à commettre de dangereuses erreurs, poursuivit-il. A chaque fois, ils ont modifié mon comportement et Fadi en a profité.

— Mais c'est sûrement une coïncidence », dit-elle.

Il eut un sourire presque douloureux. « Soraya, la vie m'a appris une chose : les coïncidences sont souvent la partie émergée des conspirations. »

Soraya ne put s'empêcher de rire un peu. « Vous êtes un vrai parano.

— Une chose est sûre, c'est grâce à cela que je suis en vie. » Bourne s'agita. « Et si j'avais mis le doigt sur quelque chose ? »

Soraya croisa les bras sur la poitrine. « Comme quoi ?

— OK. Partons de l'hypothèse que ces coïncidences, comme vous les appelez, plongent leurs racines dans une conspiration. Comme je disais, elles ont toutes bénéficié à Fadi.

— Continuez.

— Les migraines ont commencé après ma visite au Dr Sunderland, le spécialiste de la mémoire que Martin m'a recommandé. »

Soraya se rembrunit. Tout à coup, elle ne trouvait plus rien de comique dans cette histoire. « Pourquoi êtes-vous allé le consulter ?

— Je devenais dingue. J'étais assailli par des souvenirs décousus dans lesquels je revoyais mon premier séjour ici, à Odessa. Mais je ne savais ni qu'il s'agissait d'Odessa, ni ce que j'étais venu y faire.

— Mais comment ces souvenirs pourraient-ils faire partie de cette fameuse conspiration ?

— Je l'ignore, admit Bourne.

— Ils ne peuvent pas en faire partie. » Soraya s'aperçut qu'elle le contredisait systématiquement.

Bourne fit un geste de la main. « Laissons cela pour l'instant. Quand je ramenais Martin au pays, il m'a dit de me rendre ici – impérativement – pour intercepter un dénommé Lemontov, le banquier de Dujja. Selon lui, une fois Lemontov neutralisé, Dujja perdrait ses financements. »

Soraya hocha la tête. « Finement analysé.

— Oui, à condition que ce Lemontov existe. Or, ce n'est pas le cas. » Le visage de Bourne demeurait indéchiffrable. « Non seulement il n'existe pas, mais en plus Fadi le savait. *Il savait que Lemontov était une invention !*

— Et alors ? »

Bourne s'appuya contre le mur et la regarda dans les yeux. « Alors, pouvez-vous me dire par quel miracle Fadi était au courant de cela ?

— Vous oubliez que Lindros a été interrogé par Dujja. Peut-être lui ont-ils bourré le crâne avec de faux renseignements.

— Cela supposerait qu'ils aient prévu le sauvetage de Lindros. »

Soraya le considéra un moment. « Ce Lemontov m'intéresse. Lindros aussi m'a parlé de lui. C'est la raison de ma présence ici. Mais pourquoi ? Pourquoi nous a-t-il envoyés tous les deux à Odessa ?

— Pour chasser un fantôme, dit Bourne. Lemontov était une ruse destinée à nous attirer ici. Fadi nous attendait. Il savait que nous venions. Il s'était préparé à me tuer – en fait, si je suis bon juge, il en avait besoin. Je l'ai vu dans ses yeux, je l'ai entendu dans sa voix. Cela faisait un bout de temps qu'il y pensait. »

Soraya semblait secouée.

« Autre chose, insista Bourne. Dans l'avion qui nous ramenait, Martin m'a dit que ses interrogateurs ne cessaient de le questionner à propos d'une mission contre Hamid ibn Ashef. Une mission qui m'aurait été confiée, autrefois. Il m'a demandé avec insistance si je m'en souvenais.

— Jason, pourquoi Lindros s'intéressait-il à une mission orchestrée par Alex Conklin ?

— Vous savez pourquoi, dit Bourne. Fadi et Martin sont liés, d'une façon ou d'une autre.

— Quoi ?

— De même que le Dr Sunderland. » Sa théorie suivait une logique implacable. « Le traitement que Sunderland m'a administré m'a fait commettre des erreurs fatales à des moments cruciaux.

— Comment est-ce possible ?

— Certaines techniques de lavage de cerveau utilisent une couleur, un son, un mot-clé ou une phrase censés déclencher chez le sujet une réponse donnée à un moment donné. »

Rien à brûler dans ce trou. Ces quelques mots avaient tournoyé sous le crâne de Bourne jusqu'à le rendre à moitié fou.

Bourne répéta la phrase à Soraya. « Fadi l'a prononcée. Cette phrase enclenche le phénomène migraineux. Fadi a demandé au Dr Sunderland d'instiller cette phrase dans mon cerveau.

— Je me rappelle l'expression de votre visage au moment où il a dit cela, abonda Soraya. Mais il a aussi dit qu'il avait séjourné à Odessa.

— La mission qui m'a conduit à Odessa pour tuer Hamid ibn Ashef est la clé de l'énigme, Soraya. Tout me ramène à cela. » Sa peau virait au gris ; il semblait soudain épuisé. « La conspiration est en place. Mais quel est son but ultime ?

— Je n'y comprends rien. En plus, comment auraient-ils fait pour obliger Lindros à les aider ?

— Ils ne l'ont pas fait. Je connais Martin mieux que quiconque. Ils n'ont pas pu faire de lui un traître. »

Elle écarta les mains. « Quelle autre explication alors ?

— Et si l'homme que j'ai sauvé des griffes de Dujja, l'homme que j'ai ramené au siège de la CIA, l'homme dont je me suis porté garant, n'était pas Martin Lindros ?

— OK, on arrête là. » Elle leva les mains, paumes en avant. « Vous venez de passer de la simple parano à la psychose déclarée. »

Il ignora son intervention. « Et si l'homme que j'ai ramené, l'homme qui dirige Typhon en ce moment, était un imposteur ?

— Jason, c'est impossible. Il a le visage de Lindros, parle comme Lindros. Pour l'amour du ciel, il a passé le scanner rétinien.

— Le scanner rétinien n'est pas infaillible, fit remarquer Bourne. C'est extrêmement rare et difficile à accomplir – il faut un implant de la rétine ou de l'œil entier. Mais si cet imposteur s'est donné la peine de changer de visage, se faire poser un implant rétinien a dû lui paraître simple comme bonjour. »

Soraya secoua la tête. « Avez-vous une idée des implications de ce que vous avancez ? Un imposteur au siège de la CIA, contrôlant plus d'un millier d'agents à travers le monde. Je répète que c'est impossible, totalement dingue.

— Voilà précisément pourquoi ça a marché. Vous, moi, tout le monde à Typhon et à la CIA – nous avons tous été manipulés. C'était leur objectif depuis le début. Pendant que nous volions vers Washington, Fadi a eu tout loisir d'infiltrer ses hommes aux États-Unis, pour acheminer l'engin nucléaire – en pièces détachées, sans doute – vers le lieu où il est censé exploser.

— Ce que vous dites est monstrueux. » Soraya était abasourdie. « Personne ne vous croira. Moi-même, je n'arrive pas à imaginer une chose pareille. »

Elle tomba assise au bord du lit improvisé. « Écoutez, vous avez perdu beaucoup de sang. Vous êtes épuisé, vous n'avez pas les idées claires. Il faut que vous dormiez et après...

— Il existe un moyen infaillible de vérifier si oui ou non le Martin Lindros que j'ai ramené en Amérique est un imposteur, poursuivit Bourne sans l'écouter. Je dois retrouver le vrai Martin Lindros. Si mon raisonnement est juste, il est encore vivant. L'imposteur a besoin de lui vivant. » Il voulut se glisser hors du lit. « Nous devons... »

Un terrible vertige le saisit, l'obligeant à se radosser au mur. Soraya l'aida à se recoucher. Ses paupières paraissaient lourdes.

« Quoi que nous décidions de faire, pour l'instant vous devez vous reposer, dit-elle avec une fermeté renouvelée. Nous sommes tous les deux épuisés, et il faut que vous guérissiez. »

Un moment après, le sommeil s'empara de lui. Soraya se leva et s'installa sur le sol, près du lit en planches. Elle ouvrit les bras ; Oleksandr se pelotonna contre sa poitrine. De sinistres pensées l'empêchèrent de s'assoupir. Et si Bourne avait raison ? Les conséquences seraient inimaginables. Elle n'arrivait pas à penser à autre chose.

« Oh, Oleksandr, murmura-t-elle. Qu'allons-nous faire ? »

Le boxer tourna son museau vers elle et lui lécha la figure.

Elle ferma les yeux, se força à respirer profondément. Petit à petit, grâce au battement réconfortant du cœur d'Oleksandr contre sa poitrine, elle s'abandonna à l'approche furtive du sommeil.

VINGT

MATTHEW LERNER ET JON MUELLER s'étaient rencontrés dix ans plus tôt par le plus pur des hasards, dans un bordel de Bangkok. En plus des prostituées, de l'alcool et du meurtre, les deux hommes avaient pas mal de points communs. Comme Lerner, Mueller était un solitaire, un génie autodidacte passé maître dans l'art de la tactique opérationnelle et de l'analyse stratégique. En faisant connaissance, ils perçurent très vite cette ressemblance, même si Lerner appartenait à la CIA et Mueller à la NSA, en ce temps-là.

Lerner traversa le terminal de l'aéroport d'Odessa pour se rapprocher de sa cible. Il songeait à Jon Mueller et à tout ce qu'il lui avait enseigné, quand son portable sonna. C'était Weller de la Police municipale de Washington au sein de laquelle Lerner disposait de plusieurs informateurs.

« Que se passe-t-il ? », demanda Lerner dès qu'il reconnut la voix du sergent de service.

« Je pensais que ça vous intéresserait. Overton est porté disparu. »

Lerner s'immobilisa. Les voyageurs circulant dans les deux sens le bousculèrent sans qu'il y prenne garde. « Quoi ?

— Il n'a pas pris son service. Il ne répond pas au téléphone. Il n'est pas passé chez lui. Il s'est envolé, Matt. »

Le cerveau en feu, Lerner regarda passer deux policiers qui s'arrêtèrent un moment pour parler à un collègue venant de la direction opposée, puis repartirent en patrouille.

Le silence de Lerner dut lui paraître éloquent car Weller ajouta pour bien marquer le coup : « Overton travaillait sur une enquête que vous lui aviez confiée, n'est-ce pas ?

— C'était il y a longtemps », mentit Lerner. Ce qu'Overton faisait pour lui ne regardait pas Weller. « En tout cas, merci de m'avoir informé.

— C'est pour ça qu'on me paie », dit Weller avant de raccrocher.

Lerner attrapa sa petite valise et se déplaça un peu à l'écart de la foule, contre le mur du couloir qui menait au terminal. Son instinct lui soufflait qu'Overton n'était pas seulement introuvable – il était mort. Ce qui amenait la question suivante : comment Anne Held l'avait-elle tué ? Parce qu'il ne faisait aucun doute que cette salope de Held trempait dans l'affaire.

Peut-être l'avait-il sous-estimée. De toute évidence, l'effraction de son domicile par Overton ne l'avait guère intimidée. Non seulement cela, mais en plus elle osait contre-attaquer. Dommage qu'il soit si loin. Sinon, elle verrait de quel bois il se chauffait. Cela dit, pour l'instant, il avait un plus gros poisson à attraper.

Il ouvrit son téléphone portable, composa un numéro non répertorié à Washington, attendit que le signal franchisse les habituels commutateurs de sécurité, puis une voix familière résonna à son oreille.

« Salut, Matt.

— Salut, Jon. J'ai un job intéressant pour toi. »

Jon Mueller rit. « Tous tes jobs sont intéressants, Matt. »

C'était vrai. En deux ou trois mots, Lerner lui décrivit Anne Held et le mit au courant de la situation.

« Tu t'es laissé déborder, pas vrai ?

— Je l'ai sous-estimée », admit Lerner. Jon et lui n'avaient pas de secrets l'un pour l'autre. « Ne fais pas la même bêtise.

— Tu rêves ! Je m'occupe d'elle.

— J'insiste, Jon. C'est une vraie salope. Elle possède des ressources que j'ignore. Je ne l'aurais jamais crue capable de liquider Overton. Mais ne fais rien avant d'avoir parlé au secrétaire. C'est lui qui dirige la partie. C'est lui qui décide quand lancer les dés. »

Le Dr Pavlyna l'attendait au-delà des guérites abritant les fonctionnaires des Douanes et de l'Immigration. A son nom, Lerner aurait dû deviner qu'il s'agissait d'une femme. En plus, elle dirigeait la station de la CIA à Odessa. Une femme. Lerner se jura d'y remédier dès son retour à Washington.

Le Dr Pavlyna était plutôt jolie, grande, impressionnante même par son tour de poitrine et ses épais cheveux bruns mêlés de gris. D'après son visage, elle ne devait pas avoir plus de quarante ans.

Quand ils sortirent de l'aéroport, il fut surpris par la douceur de l'air. Il n'était jamais venu à Odessa et s'attendait à trouver un temps comparable à celui de Moscou, qu'il connaissait mieux pour l'avoir enduré à plusieurs reprises.

« Vous êtes en veine, monsieur Lerner », déclara le Dr Pavlyna comme ils traversaient une route pour rejoindre le parking. « J'ai eu un contact avec l'homme que vous recherchez. Bourne. Pas directement, toutefois. Il semble être blessé au côté. Les organes vitaux n'ont pas été touchés mais il souffre d'une plaie profonde. Il a perdu beaucoup de sang.

— Comment faites-vous pour savoir tout cela sans avoir eu de contact direct avec lui ?

— Heureusement, il n'est pas seul. Quelqu'un de chez nous l'accompagne. Soraya Moore. Elle a sonné à ma porte la nuit dernière. Bourne était trop grièvement blessé pour l'accompagner, disait-elle. Je lui ai donné des antibiotiques, de quoi faire des points de suture, et tout le reste.

— Où sont-ils ?

— Elle ne l'a pas dit, et je n'ai rien demandé. SOP [1].

— Quel dommage », répliqua sincèrement Lerner. Il se demanda ce que Soraya pouvait bien fabriquer à Odessa. Comment savait-elle que Bourne était ici ? A moins qu'elle n'agisse sur ordre de Martin Lindros ? Mais pourquoi aurait-il fait cela – Bourne travaillait seul, c'était bien connu... une telle mission n'aurait eu aucun sens. Lerner aurait bien aimé appeler Lindros pour lui poser la question, mais bien sûr c'était impossible. Personne ne devait le savoir ici. Quand le Vieux avait appelé le Dr Pavlyna, il lui avait demandé de tenir sa langue.

Ils s'arrêtèrent devant une Skoda Octavia RS gris métallisé, une

---

1. SOP, Standard Operating Procedures, qu'on peut traduire par Procédure opérationnelle standard. *(N.d.T.)*

voiture de sport petite mais bien profilée. Le Dr Pavlyna déverrouilla les portières. Ils montèrent.

« Le DCI lui-même m'a demandé de vous aider par tous les moyens à ma disposition. » Le Dr Pavlyna traversa le parking, paya le ticket. « L'affaire a connu certains rebondissements récemment. Il semble que Bourne soit recherché par la police pour le meurtre de quatre hommes.

— Cela veut dire qu'il doit quitter Odessa aussi vite et aussi discrètement que possible.

— C'est en tout cas ce que je ferais à sa place. » Elle attendit une ouverture dans la circulation pour s'y glisser.

L'œil expert de Lerner saisissait tout ce qui se passait autour de lui. « C'est une assez grande ville. Je suis sûr qu'on peut en sortir de multiples façons.

— Naturellement. » Le Dr Pavlyna hocha la tête. « Mais la plupart lui sont interdites. Par exemple, la police quadrille l'aéroport. Il ne peut donc pas prendre l'avion.

— N'en soyez pas si sûre. Ce type est un foutu caméléon. »

Le Dr Pavlyna vira sur la voie de gauche et accéléra. « Vous oubliez qu'il est gravement blessé. La police le sait. Ce serait courir un trop grand risque.

— Alors quoi ? reprit Lerner. Train ? Voiture ?

— Ni l'un ni l'autre. Le système ferroviaire ne lui permettra pas de sortir d'Ukraine ; par la route, cela prendrait trop de temps, sans compter les barrages routiers, les contrôles... Ce serait trop hasardeux, surtout dans l'état où il est.

— Cela nous laisse le bateau. »

Le Dr Pavlyna hocha la tête. « Un ferry acceptant les passagers fait la navette entre Odessa et Istanbul, mais il ne fonctionne qu'une fois par semaine. Le prochain départ est dans quatre jours. Ce qui l'obligerait à rester caché jusque-là. » Elle réfléchit un moment tout en appuyant sur l'accélérateur. « L'économie d'Odessa repose sur le commerce. Les transports de marchandises circulent nuit et jour entre ici et les pays de la région : Bulgarie, Géorgie, Turquie, Chypre, Égypte. Les consignes de sécurité sont mal respectées. A mon avis, c'est par ce biais qu'il aura le plus de chances de s'enfuir.

— Alors on ferait mieux d'y arriver avant lui, dit Lerner, ou on le perdra pour de bon. »

Yevgeny Feyodovich pénétra d'un pas décidé sur le marché des fermiers de Privoz et se dirigea droit vers l'allée des Œufs sans s'arrêter pour fumer et bavarder avec ses potes, son rituel en temps normal. Ce matin-là, il n'avait pas de temps à leur consacrer. Il ne pensait qu'à une chose : ficher le camp d'Odessa et au plus vite.

Magda, son associée, était déjà là. Les œufs provenaient de sa ferme et c'était lui qui amenait le capital.

« Tu sais si quelqu'un a demandé à me voir ? », dit-il en passant derrière le comptoir.

Elle sortait les œufs de leur caisse et les disposait par couleur et par taille. « Ici c'est calme comme dans une église.

— Pourquoi tu dis ça ? »

Une étrange inflexion dans le ton de sa voix lui fit lever la tête vers lui. « Yevgeny Feyodovich, qu'est-ce qui cloche ?

— Rien. » Il était en train de rassembler ses affaires personnelles.

« Vraiment ? T'as l'air de quelqu'un qu'a vu le soleil à minuit. » Elle cala ses poings sur ses larges hanches. « Et où que tu comptes aller comme ça ? On va crouler sous le boulot jusqu'au coucher du soleil, aujourd'hui.

— Je dois m'occuper de quelque chose », dit-il précipitamment.

Elle lui bloqua le passage. « Tu n'imagines pas que tu vas te tirer comme ça. On a un accord.

— Demande à ton frère de t'aider. »

Magda bomba le torse. « Mon frère est un idiot.

— Alors il est taillé pour ce boulot. »

Il l'écarta d'un bon coup d'épaule. Le visage de la femme s'empourpra. Tournant le dos à la scène, il s'esquiva à grandes enjambées, ignorant les cris indignés de son associée et les regards curieux des autres marchands.

Ce matin, sur la route du marché, il avait reçu un appel l'informant que Bogdan Illiyanovich avait été abattu alors qu'il conduisait le Moldave Ilias Voda dans le piège tendu par le terroriste Fadi. Yevgeny avait reçu une bonne somme pour jouer l'intermédiaire, le passeur chargé d'emmener la cible – Voda, en l'occurrence – au point de rendez-vous. Jusqu'à ce que l'un de ses amis policiers lui en parle au téléphone, il ignorait tout des intentions de Fadi envers Ilias Voda. Il avait été loin de se douter que cette histoire déboucherait sur plusieurs meurtres. A présent, Bogdan Illiyanovich plus trois hommes de Fadi étaient morts. Et, cerise sur le gâteau, un officier de police aussi.

Yevgeny savait que si quelqu'un se faisait prendre, son nom figurerait en premier sur la liste. Une enquête de police était la pire chose qui puisse lui arriver. Son gagne-pain – sa vie même – dépendait de son anonymat. Dès qu'on braquerait le projecteur sur lui, il serait un homme mort.

Voilà pourquoi il prenait la fuite, pourquoi il se voyait contraint de laisser son passé derrière lui pour s'installer ailleurs, loin d'Ukraine si possible. Il songeait à Istanbul, bien sûr. L'homme qui l'avait embauché pour ce satané boulot vivait à Istanbul. Comme Yevgeny était le seul survivant de ce lamentable fiasco, ce type aurait peut-être pitié de lui. Il ne pensa pas une seconde à s'adresser aux pourvoyeurs de drogue de Yevgeny. Mieux valait couper les ponts avec ces gens-là. Dans le domaine d'activités de Yevgeny, Istanbul était une base plus accueillante que la plupart des autres villes de la région, surtout en raison de son éloignement.

Les clients commençaient à s'agglutiner aux points d'entrée du marché. Il se jeta dans la cohue, stimulé par un picotement désagréable à la nuque. Il s'imaginait être la cible d'un assassin invisible.

Il passait à côté d'une pile de caisses remplies de poulets sans bec quand il vit deux policiers fendre la foule. Interroger les passants sur la raison de cette descente de flics lui aurait fait perdre trop de temps.

Comme il hésitait sur la direction à prendre, une femme sortit de derrière une pile de caisses. La surprise le fit reculer instinctivement. Ses doigts se recroquevillèrent sur la crosse de son arme.

« La police est ici. Ils ont tendu un filet », dit la femme.

Elle avait l'air vaguement arabe mais cela ne voulait rien dire. La moitié des gens qui l'entouraient étaient en partie arabes.

Elle lui fit signe de se dépêcher. « Venez avec moi. Je peux vous sortir d'ici.

— C'est bon, arrête ton char. Je sais bien que tu travailles pour le SBU. »

Il fit le geste de s'éloigner mais Soraya lui lança en secouant la tête : « N'allez pas par là. Ils vous attendent. »

Il continua. « Je ne te crois pas. »

Elle le suivit en jouant des coudes pour se frayer un chemin dans la foule. Puis elle le dépassa, s'arrêta net et de la tête lui désigna un point dans la cohue. Une boule de glace se forma dans le bas-ventre de Yevgeny.

« Je vous avais prévenu que c'était un piège, Yevgeny Feyodovich.

— Comment sais-tu mon nom ? Comment sais-tu que la police me recherche ?

— Je vous en prie. Le temps presse. » Elle le tira par la manche. « Par ici, vite ! C'est votre seul espoir de leur échapper. »

Il hocha la tête. Quel autre choix avait-il ? Elle lui fit faire demi-tour. Ils traversèrent les forêts de poulets en caisses. Les allées, si étroites qu'ils devaient marcher de profil, leur garantissaient la discrétion. Plus grandes qu'eux, les piles de caisses les dissimulaient aux yeux des patrouilles.

Finalement, ils débouchèrent dans une rue qu'ils traversèrent en courant sans se soucier des voitures. Une vieille Skoda cabossée les attendait un peu plus loin.

« Montez à l'arrière, s'il vous plaît », dit-elle, laconique, tout en s'asseyant au volant.

Trop paniqué pour réfléchir, Yevgeny Feyodovich lui obéit. Quand il eut claqué la portière, la femme se mit à rouler. C'est alors qu'il aperçut une forme immobile assise à côté de lui.

« Ilias Voda ! fit-il d'une voix éteinte.

— Tu t'es bien fait avoir, cette fois-ci. » Jason Bourne le soulagea de son pistolet et de son couteau.

« Quoi ? » Déjà choqué de se voir ainsi désarmer, Yevgeny Feyodovich considéra avec stupéfaction le visage exsangue de Voda.

Bourne se tourna vers lui. « Dans cette ville, tu es complètement grillé, *tovarich.* »

Deron avait coutume de dire que Tyrone pouvait se comporter comme un chien avec son os. Quand il avait une idée en tête, il en étudiait tous les aspects. Après avoir vu l'homme et la femme découper puis brûler le corps du flic dans l'atelier de réparation automobile M&N, il était resté sur place, histoire de ne rien rater des épisodes suivants, aussi accro que le plus enragé des fans d'*A la recherche de la nouvelle star*. Les pompiers firent leur apparition, puis ce fut le tour des flics. A ceci près qu'il n'y avait plus rien à voir. A l'intérieur du bâtiment, les autorités ne trouvèrent que des cendres. En outre, on était dans le District NE. Tout le monde se fichait royalement de ce qui pouvait s'y passer. Une heure plus tard, les cow-boys avaient rengainé leurs flingues et, avec un soupir de soulagement général, étaient bien vite allés rejoindre les quartiers blancs de la capitale.

Tyrone, lui, avait assisté au crime, mais personne ne lui avait posé de questions. S'ils avaient pris la peine de l'interroger, il ne les aurait pas forcément envoyés se faire voir. En fait, il aurait pu appeler son ami Deron en Floride pour lui en parler mais il ne le fit pas.

Dans le monde de Tyrone, la violence commençait dès l'enfance. Si un type vous parlait mal ou insultait votre sœur, votre petite amie, ou autre, il fallait le tabasser et lui piquer son couteau. Ainsi, quand vous arriviez à l'âge de dix ou onze ans, on commençait à vous respecter. Et quand le caïd de la bande vous refilait un calibre avec du ruban adhésif autour de la crosse et les numéros de série masqués, c'était la consécration.

Après cela, bien sûr, il valait mieux s'en servir, sous peine de passer pour un bouffon, un mec avec qui personne ne veut traîner ou, pire, un débile. En fin de compte, ce n'était pas si difficile quand vous aviez déjà passé des heures à exploser la tête des gens sur Postal 2 et Soldier of Fortune. La réalité n'était pas si différente. Il fallait juste faire un peu plus attention parce que, dans le monde réel, si on tuait quelqu'un, on risquait de finir ses jours en taule.

Pourtant, en dépit des apparences, Tyrone n'était pas un type comme les autres. En lui, comme une obscure certitude, une voix insistante répétait que cette vie n'était pas la seule possible. Son ami Deron était né et avait grandi dans la zone mais sa maman l'avait bien élevé et il avait connu l'amour d'un père. Tyrone avait du mal à comprendre ces choses et plus encore à les exprimer, mais il sentait qu'elles avaient de l'importance. Ensuite Deron était parti étudier chez les Blancs. A l'époque, tout le quartier lui en avait voulu, même Tyrone. Ils avaient cru qu'il leur tournait le dos. Mais en le voyant revenir, ils avaient compris leur erreur et lui avaient pardonné. Plus encore, il était devenu leur protégé, leur enfant chéri.

Assis sous un arbre face au squelette calciné de l'atelier de réparation, Tyrone méditait, tiraillé entre deux sentiments contraires. Jamais il n'installerait sa bande dans ce local. C'était une grosse déception mais, en même temps, il avait l'impression que ce rêve n'avait jamais eu tant d'importance pour lui. Cette découverte le rendait malade. Il se disait que sa vie ressemblait au pan de mur noirci dont il n'arrivait pas à détacher son regard.

Il sortit son portable. Miss S ne lui avait pas donné son numéro. Comment la contacter, comment lui faire savoir qu'il avait des infos – Deron appelait ça comment, déjà ? Ah oui, des renseignements ! – pour elle ? Lui et seulement lui. Pourquoi n'était-elle pas revenue le voir ? Cette fille l'intriguait bien qu'il s'en défende. Il n'était pas encore en mesure de comprendre pourquoi.

Il appela le 411. La CIA ne possédait qu'un seul numéro accessible au grand public : celui d'un soi-disant service des relations publiques. Tyrone n'était pas dupe mais il le composa quand même. De nouveau, la vie ne lui offrait pas d'autre alternative.

« Oui ? Que puis-je pour vous aider ? demanda un jeune homme légèrement pédant.

— J'voudrais reparler à l'agent à qui j'ai causé y a deux jours, répondit Tyrone en prenant soudain conscience qu'il parlait l'argot du ghetto.

— Quel est son nom ?

— Soraya Moore.

— Un moment, je vous prie. »

Il y eut un déclic sur la ligne. Tyrone se mit à paniquer. Il sauta de son perchoir et s'engagea dans la rue.

« Monsieur ? Puis-je avoir votre nom et votre adresse, je vous prie ? »

La crise de parano dans toute sa splendeur. Tyrone allongea le pas comme si appuyer sur la touche « accélérer » pouvait le faire passer à la question suivante. « Je veux juste parler à...

— Si vous me donnez votre nom et votre numéro, je veillerai à ce que l'agent Moore ait votre message. »

A ces mots, Tyrone se sentit vraiment coincé, perdu dans un monde dont il ignorait tout. « Dites-lui juste que je sais qui lui a mis du sel sur la queue.

— Je vous demande pardon, monsieur, j'ai mal compris. Vous savez... ? »

Tyrone comprit que son ignorance se retournait contre lui. Il se sentait totalement impuissant. Son petit monde était englobé dans un autre, bien plus vaste. Autrefois, il était fier de cela. Aujourd'hui, il s'apercevait que c'était une faiblesse.

Il répéta sa phrase puis coupa la communication. Dégoûté, il jeta le portable dans le caniveau en se disant que DJ Tank lui en trouverait un autre. Il faudrait juste qu'il pense à lui en parler. Celui-là lui brûlait les mains.

« Mais qui êtes-vous réellement ? demanda Yevgeny Feyodovich d'un ton las.

— C'est important ? répondit Bourne.

— Pas vraiment. » Yevgeny regardait la ville défiler derrière la vitre. Chaque fois qu'il voyait une voiture de police ou un policier à pied, ses muscles se crispaient. « Vous n'êtes pas moldave, hein ?

— Ton pote Bogdan Illiyanovich a tenté de me tuer. » Bourne scruta le visage de son interlocuteur. « Cela n'a pas l'air de te surprendre.

— De nos jours, rien ne me surprend, répliqua Yevgeny Feyodovich.

— Tu travailles pour qui ? », rétorqua Bourne.

Yevgeny tourna brusquement la tête vers lui. « Tu ne crois pas que je vais te le dire.

— Pour le Saoudien nommé Fadi ?

— Je ne connais pas de Fadi.

— Mais tu connais Edor Vladovich Lemontov, le soi-disant caïd de la drogue.

— Je n'ai jamais prétendu le connaître. » Yevgeny Feyodovich essaya de se repérer. D'après la position du soleil, ils se dirigeaient vers le sud-ouest. « Où allons-nous ?

— Vers le lieu de ton exécution. »

Yevgeny affecta la nonchalance. « Je devrais dire mes prières, dans ce cas.

— Certes. »

Soraya conduisait vite mais sans jamais dépasser les limites légales. Ce n'était franchement pas le moment d'attirer l'attention d'une patrouille de police. Au bout de quelques minutes, le paysage urbain laissa place à une étendue grisâtre ponctuée d'usines immenses, d'entrepôts en tout genre et de dépôts ferroviaires.

Le panorama industriel s'interrompit brusquement sur trois ou quatre kilomètres quand ils traversèrent une petite ville dont les boutiques et les habitations leur parurent minuscules et presque incongrues face aux gigantesques structures qu'ils venaient de croiser. Arrivée à l'extrémité de l'agglomération, Soraya s'engagea dans une rue secondaire bientôt ornée de divers feuillages autant naturels qu'artificiels.

Oleksandr les attendait dans le petit jardin de son maître et dresseur – un ami de Soraya. Ce dernier semblait absent. Lorsque la Skoda cabossée s'engagea dans l'allée devant la maison, le boxer leva la tête. De taille modeste, la datcha était construite au creux d'un petit vallon, protégée des voisins par d'épais bosquets de sapins et de cyprès.

Quand il vit Soraya descendre de voiture, Oleksandr se dressa sur ses pattes et trotta vers elle en aboyant pour lui dire bonjour.

« Mon Dieu, mais il est énorme », marmonna Yevgeny Feyodovich.

Bourne lui sourit. « Bienvenue sur le lieu de ton exécution. » Saisissant l'Ukrainien par le col, il l'extirpa sans ménagement de la voiture.

A la vue de ce visage inconnu, Oleksandr dressa les oreilles, posa son arrière-train et se mit à grogner en montrant les crocs.

« Laisse-moi te présenter ton bourreau. » Bourne poussa Yevgeny vers le chien.

L'Ukrainien sursauta, comme frappé par la foudre. « Le chien ?

— Depuis qu'Oleksandr a arraché la figure de Fadi, il n'a plus rien avalé », dit Bourne.

Yevgeny Feyodovich frémit. Il ferma les yeux. « Tout ce que je veux c'est partir d'ici.

— Comme nous tous, rétorqua Bourne. Dis-moi juste pour qui tu travailles. »

Yevgeny Feyodovich essuya la sueur qui lui couvrait le visage. « Il me tuera. C'est sûr. »

Bourne désigna le boxer Au moins avec lui, tu prendras de l'avance. »

A ces mots, Soraya comprit que c'était à son tour d'agir. D'un geste, elle capta l'attention d'Oleksandr qui aussitôt bondit sur Yevgeny. Ce dernier poussa une sorte de jappement frisant le ridicule.

Avant que le chien ne s'abatte sur sa victime, Bourne le saisit par le collier pour le retenir. Ce geste lui coûta plus qu'il n'aurait dû ; réveillée, sa blessure au côté diffusa des ondes de douleur à travers tout son corps. Il ne laissa rien paraître mais vit que Soraya remarquait son malaise. Elle lisait en lui comme dans un livre ouvert.

« Yevgeny Feyodovich, dit Bourne en se redressant, comme tu peux le constater par toi-même, Oleksandr est une bête très puissante. Ma main fatigue. Tu as cinq secondes avant que je ne le lâche. »

L'adrénaline de la terreur ayant préalablement huilé les rouages intellectuels de Yevgeny, il ne lui fallut que trois secondes pour se décider. « D'accord. Éloigne ce chien. »

Bourne s'avança vers lui, suivi d'Oleksandr toujours sur ses gardes. Yevgeny écarquillait tant les yeux qu'on voyait le blanc autour de ses prunelles.

« Pour qui travailles-tu, Yevgeny Feyodovich ?

— Un nommé Nesim Hatun. » L'Ukrainien ne pouvait détacher son regard du boxer. « Il exerce à Istanbul – dans le quartier de Sultanahmet.

— Où exactement à Sultanahmet ? », dit Bourne.

Yevgeny se recroquevilla comme pour mettre de la distance entre lui et le chien qui venait de se dresser sur ses pattes arrière sans que Bourne l'en empêche. Dans cette position, il était aussi grand que l'Ukrainien. « Je ne sais pas, s'écria Yevgeny. Je le jure. Je vous ai tout dit. »

Dès que Bourne lâcha son collier, Oleksandr bondit comme une flèche. Yevgeny Feyodovich hurla. Lorsque le chien le renversa, une tache apparut à l'entrejambe de son pantalon.

Un instant plus tard Oleksandr, assis sur son torse, lui léchait le visage.

« Si nous considérons en priorité les ports de marchandises, nous avons le choix entre deux endroits, dit le Dr Pavlyna. Odessa et Ilyichevsk, à environ sept kilomètres vers le sud-ouest.

— A votre avis ? », demanda Matthew Lerner. Ils roulaient vers les quartiers nord d'Odessa et la zone des chantiers navals.

« Odessa est plus proche, évidemment, répondit-elle. Mais la police a certainement posté des équipes de surveillance dans le secteur. D'un autre côté, Bourne pourrait choisir Ilyichevsk en raison de son éloignement. Il risque moins de tomber entre les griffes de la police – à supposer qu'elle soit là. En outre, ce port est plus grand, plus animé et les départs de ferries y sont plus fréquents.

— Va pour Ilyichevsk, alors. »

Elle changea de voie dans l'intention de faire demi-tour pour partir vers le sud. « Leur seul problème c'est les barrages routiers. »

Quittant la route principale, Soraya emprunta une série de rues secondaires, voire de simples allées juste assez larges pour laisser passer la Skoda.

« On a beau faire, dit Bourne, je crains fort qu'on ne tombe quand même sur un barrage avant Ilyichevsk. »

Ils avaient laissé Yevgeny Feyodovich sous la garde d'Oleksandr dans le jardin de son maître, l'ami de Soraya. Il était censé le libérer dans trois heures, quand ils seraient loin.

« Comment vous sentez-vous ? » Soraya suivait toujours des rues étroites bordées d'entrepôts. Au loin, on apercevait par intermittence le port d'Ilyichevsk et, tels des cous de dinosaures, son portique d'entrée et ses grues flottantes. Cet itinéraire était certes plus long mais moins risqué que la grande route.

« Ça va », répondit-il. Elle voyait bien qu'il mentait. La souffrance creusait son visage encore blême. Sa respiration était irrégulière et superficielle.

« Heureuse de l'apprendre, fit-elle avec une ironie appuyée. Parce que dans trois minutes, on va avoir droit à un barrage routier. »

Il regarda devant eux. Plusieurs voitures et camions à l'arrêt attendaient de passer entre les deux blindés de la police qui, garés en travers de la route, présentaient aux véhicules qui arrivaient leurs flancs impressionnants, dignes d'un char d'assaut. Deux policiers en tenue anti-émeute interrogeaient les passagers, fouillaient les coffres ou – pour les camions – vérifiaient les chargements sans oublier l'espace sous la remorque. Leurs traits tendus laissaient deviner qu'ils ne prenaient pas leur tâche à la légère. Ils travaillaient avec lenteur et méthode, sans rien laisser au hasard.

Soraya secoua la tête. « Pas moyen d'y couper. Je ne vois pas d'autre issue. A droite, la mer, à gauche, l'autoroute. » Dans son rétroviseur, elle repéra la présence d'une autre voiture de police. « Je ne peux même pas tenter un demi-tour sans risquer de me faire arrêter.

— C'est le moment d'engager le plan B, fit Bourne d'un ton sinistre. Vous surveillez les flics derrière nous et moi ceux de devant. »

Une fois sa vessie soulagée contre la façade en brique d'un immeuble, Valery Petrovich reprit son poste. Son coéquipier et lui avaient pour mission de veiller à ce qu'aucun véhicule attendant de passer à la fouille ne fasse demi-tour. Une tâche sans gloire qui le mettait en rogne. On l'avait collé là parce qu'il avait déplu à son sergent. En réalité, il savait que son supérieur lui en voulait de l'avoir battu aux dés puis aux cartes, et de l'avoir délesté par deux fois de six cents roubles. Ce type était un bileux. C'était connu. Il s'en était déjà pris au pauvre Mikhail Arkanovich parce qu'il avait mangé ses pierogi par simple mégarde. Depuis, Arkanovich était sur la touche.

Il songeait à la manière de retourner la situation en sa faveur quand il vit quelqu'un sortir discrètement d'une Skoda cabossée, placée en début de file. Poussé par la curiosité, Valery Petrovich longea les entrepôts sans quitter la silhouette des yeux. Il réalisa qu'il s'agissait d'un homme quand l'individu s'engouffra dans une allée jonchée de détritus, entre deux immeubles. Jetant un regard furtif devant et derrière lui, l'agent constata que personne d'autre n'avait rien remarqué.

L'espace d'une demi-seconde, il fut tenté de prendre son talkie-walkie pour alerter son coéquipier. Cette demi-seconde lui suffit pour comprendre que cet incident pourrait bien être son ticket de retour dans les bonnes grâces du sergent. Il n'était pas question de laisser filer sa chance en laissant quelqu'un d'autre capturer le fugitif qu'ils recherchaient tous. Car il ne pouvait s'agir que de lui. Valery Petrovich ne connaîtrait pas le triste sort de Mikhail Arkanovich. Il sortit son arme et, se léchant les babines comme un loup sur le point de fondre sur sa proie, il fonça bille en tête.

Ayant estimé d'un rapide coup d'œil l'espace qui s'ouvrait derrière les entrepôts alignés, Bourne avait déjà déterminé la meilleure façon de contourner le barrage. En temps normal, il aurait fait cela les yeux fermés. Malheureusement, on n'était pas en temps normal. Ce n'était pas la première blessure qu'il recevait en mission – loin de là. Mais cette fois-ci, il était salement amoché. Dans la voiture, avant d'arriver chez le dresseur de chien, il avait commencé à se sentir fiévreux. A présent, il grelottait. Son front était chaud, sa bouche sèche. Il lui faudrait non seulement du repos mais une bonne dose d'antibiotiques – un traitement complet – s'il voulait se remettre de ce coup de couteau.

Il n'était pas question de se reposer, bien entendu. Quant aux antibiotiques, il ignorait où s'en procurer. S'il n'avait pas eu besoin de quitter Odessa en toute hâte, il serait allé consulter le médecin de la CIA. Mais mieux valait ne plus y penser.

Il pénétra dans un espace dégagé entre les entrepôts et les quais. Une large route pavée donnait accès aux quais de chargement. Ici et là, des camions réfrigérés, des semi-remorques rangés en épi le long de la jetée, ou stationnés de l'autre côté de la route, attendaient le retour de leurs chauffeurs.

Toujours protégé par les bâtiments sur sa gauche, il arriva à hauteur du barrage. Dépassant deux chariots élévateurs, il en évita plusieurs autres qui transportaient de grandes caisses d'un quai de chargement à un autre.

Dans le reflet d'un chariot, il repéra l'homme qui le suivait. Un policier. Sans changer de rythme, il grimpa péniblement sur le quai de chargement et se glissa dans l'entrepôt, entre deux piles de caisses. Tout le monde ici portait un badge, remarqua-t-il.

Il se faufila jusqu'à un vestiaire. Comme les équipes venaient de changer, la pièce carrelée était déserte. Dans le troisième placard, il trouva ce qu'il cherchait : un uniforme d'agent de maintenance qu'il enfila en grimaçant de douleur. Il fouilla le placard de fond en comble sans trouver de badge. Tant pis, il avait une autre solution. En sortant, il bouscula un ouvrier qui entrait, marmonna quelques mots d'excuse et se dépêcha de regagner le quai de chargement. Tout en marchant, il agrafa le badge volé sur sa combinaison de travail.

Son poursuivant n'était visible nulle part. Il se mit à serpenter entre les cabines des camions qu'on déchargeait sur les quais en béton. Chaque caisse, chaque baril, chaque conteneur était vérifié au regard d'un manifeste ou d'une facture.

« Halte ! », cria une voix derrière lui. « Arrêtez ! » Le policier avait pris les commandes d'un chariot élévateur. Il démarra et se mit à rouler dans sa direction.

L'engin n'était peut-être pas rapide mais Bourne se trouvait quand même dans une situation embarrassante. Le chariot était placé de telle manière qu'il lui coupait la route. Bourne se trouvait coincé dans un espace assez étroit, avec d'un côté les camions à l'arrêt et de l'autre les bâtiments en béton, genre bunker, qui abritaient les bureaux des compagnies de fret.

Il y avait tellement d'agitation sur le quai que personne ne remarqua le manège du chariot élévateur. Mais à tout instant, quelqu'un pouvait s'apercevoir de sa présence incongrue.

Bourne fit volte-face et se mit à courir. A chacune de ses enjambées, le chariot gagnait du terrain. L'engin roulait à pleine vitesse tandis que Bourne avait trop mal pour donner son maximum. A deux reprises, il parvint à l'éviter. Quand il racla un mur de béton, une gerbe d'étincelles jaillit du bout des fourches.

Bourne allait atteindre l'extrémité du quai le plus proche du barrage routier. Sur la dernière voie, on procédait au chargement d'un énorme semi-remorque. Bourne décida de tenter sa chance en courant vers la cabine pour se glisser en dessous à la dernière seconde. C'est du moins ce qu'il aurait fait si, au moment de passer sous le camion, les muscles de sa jambe gauche ne l'avaient pas trahi.

Il trébucha et bascula contre la cabine, tombant en plein sur sa blessure. Un battement de cœur plus tard, les fourches s'enfonçaient dans l'acier peint de chaque côté de Bourne, le clouant sur place. Il voulut se dégager par le bas, sans succès ; il était bloqué.

Déterminé à se débarrasser de cette douleur qui le rendait impuissant, il tenta de se concentrer. Soudain le policier passa une vitesse. Le chariot se remit à avancer et la fourche à pénétrer plus avant dans l'acier du semi-remorque, projetant Bourne vers l'avant, aplati contre la surface peinte.

Ce chariot allait lui broyer les os. Dans une fraction de seconde, il serait mort.

VINGT ET UN

BOURNE VIDA SES POUMONS, se tortilla, leva les bras, posa les mains sur les fourches horizontales, prit appui et se hissa. De cette manière, il parvint à dégager son torse puis ses jambes. Ensuite, il tendit les jambes à l'équerre, les posa sur le rebord métallique à l'avant de la cabine, donna un coude de reins et se retrouva perché au niveau du pare-brise.

Le policier voulut faire marche arrière mais les fourches du chariot restèrent coincées à l'intérieur de la carrosserie.

Profitant de cette ouverture inespérée, Bourne roula sur lui-même, loin de l'engin. Le policier sortit son arme, la braqua sur Bourne qui ne lui laissa pas le temps de s'en servir. D'un coup de pied au visage, il lui déboîta et lui fractura la mâchoire.

Bourne saisit le pistolet du policier avant de lui enfoncer son poing dans le plexus solaire. L'homme se recroquevilla. Quand Bourne sauta du camion, il eut l'impression qu'une lance lui transperçait le côté gauche.

Pourtant, il réussit à courir vers un petit bois dans lequel il pénétra. Quand il ressortit de l'autre côté, le barrage était derrière lui, ce qui ne l'empêcha pas de continuer au même rythme jusqu'à la route, deux kilomètres au-delà du cordon de sécurité. Enfin, il s'arrêta, hors d'haleine. La Skoda l'attendait, portière ouverte. Il vit le visage de Soraya, tendu par l'anxiété. Pendant qu'il montait à bord, elle ne le quitta pas des yeux. Puis elle passa la première et accéléra.

« Comment ça va ? dit-elle en regardant tour à tour la route et lui. Mais qu'est-ce qui s'est passé ?

— J'ai dû passer au plan C, dit Bourne. Puis au D.

— Il n'y a ni plan C ni plan D. »

Bourne posa sa tête contre le dossier. « C'est exactement ce que je voulais dire. »

En arrivant à Ilyichevsk, les nuages s'amoncelaient dans le ciel. Lerner dit : « Conduisez-moi à l'embarquement des ferries. C'est là qu'il s'est rendu.

— Je ne suis pas d'accord. » Le Dr Pavlyna roulait à travers le labyrinthe du port avec l'assurance d'une habituée des lieux. « Le port possède sa propre polyclinique. Croyez-moi, pour l'instant, Bourne a surtout besoin de soins médicaux. »

Lerner, qui n'avait jamais reçu un ordre d'une femme de toute sa vie, refusa d'admettre que le Dr Pavlyna avait peut-être raison. En fait, il n'appréciait pas de se laisser mener par elle. Pour l'instant, cela lui était utile mais, quand même, l'évidente compétence de cette créature le mettait hors de lui.

Ilyichevsk était vaste comme une ville et peuplée d'affreux bâtiments ramassés sur eux-mêmes, de hangars démesurés, de silos, d'installations de stockage réfrigérées et de grues dont les silhouettes colossales flottaient sur des barges. A l'ouest, des chalutiers attendaient à quai qu'on les décharge ou les renfloue. Édifié dans une sorte d'arc de cercle autour d'une baie naturelle sur la mer Noire, le port comprenait sept complexes de chargement. Six spécialisés dans l'acier, la fonte brute, les huiles tropicales, le bois de construction, les légumes et les engrais. L'un d'eux était spécialisé dans le rechargement des silos à céréales. Le septième était réservé aux ferries et aux navires transbordeurs qu'on surnommait « ro-ro », abrégé de « roll on-roll off [1] ». Ces navires accueillaient dans leurs soutes d'énormes conteneurs qui venaient par train ou par transport routier, sur des semi-remorques. Arrivés au port, on les entreposait dans les entrailles du ro-ro dont le niveau supérieur était réservé aux passagers, au capitaine et à l'équipage. Son principal inconvénient était son instabilité. Un ou deux centimètres d'eau sur le pont de chargement suffisaient à le faire chavirer. Pourtant considéré comme un navire parfaitement adapté à sa

1. Pour illustrer l'idée d'un fort roulis. *(N.d.T.)*

fonction, il continuait à sillonner les mers d'Asie et du Moyen-Orient.

La polyclinique se trouvait à mi-chemin entre les Terminaux Trois et Six. L'architecture purement utilitaire de ce bâtiment à deux étages n'avait vraiment rien de remarquable. Le Dr Pavlyna se gara sur l'un des côtés et coupa le moteur.

Elle se tourna vers Lerner. « J'y vais seule. Le service de sécurité ne posera pas de questions. »

Comme elle s'apprêtait à ouvrir sa portière, Lerner lui saisit le bras. « Je crois qu'il vaut mieux que je vous accompagne. »

Elle garda un instant les yeux baissés sur sa main avant de répondre : « Vous ne me facilitez pas les choses. Laissez-moi faire ; je connais les gens qui travaillent ici. »

Lerner serra plus fort. Son sourire découvrit une rangée de dents étonnamment grandes. « Puisque vous les connaissez, docteur, les services de sécurité ne poseront pas de questions, n'est-ce pas ? »

Elle le scruta un long moment comme si elle le voyait pour la première fois. « Qu'est-ce qui ne va pas ?

— Pour ma part, tout va bien. »

Le Dr Pavlyna fit un effort pour récupérer son bras. « Parce que dans le cas contraire, nous devrions en rester là. Nous évoluons sur un terrain...

— Je sais précisément où nous évoluons, docteur.

— ... où la moindre erreur de jugement ou de compréhension peut avoir une issue fatale. »

Lerner descendit de voiture et s'avança d'un pas résolu vers la porte principale de la polyclinique. Un instant plus tard, il entendit les bottes du Dr Pavlyna crisser sur le gravier derrière lui.

« Vous êtes peut-être envoyé par le DCI mais c'est moi qui commande ici.

— Pour l'instant, rétorqua-t-il sur un ton joyeux.

— Est-ce une menace ? » Le Dr Pavlyna n'était pas femme à se laisser faire. Depuis qu'elle était petite, toutes sortes d'individus de sexe masculin avaient tenté de l'intimider. Avant d'apprendre à répliquer avec ses propres armes, elle avait dû encaisser pas mal de coups. « Vous êtes sous mes ordres. Mettez-vous ça dans le crâne. »

Il fit une pause devant la porte. « Oui, je comprends. Je suis obligé de négocier avec vous tant que je suis ici.

— Lerner, avez-vous jamais été marié ?

— Marié, divorcé et heureux de l'être.

— Ça ne m'étonne pas. » Elle voulut lui passer devant pour entrer la première mais il l'arrêta.

Le Dr Pavlyna dit : « Vous n'aimez pas beaucoup les femmes, n'est-ce pas ?

— Pas celles qui se prennent pour des hommes, non. »

Sur ces bonnes paroles, il lui lâcha le bras.

Elle ouvrit la porte et se tint de manière à le cacher encore quelques secondes. « Pour l'amour du ciel, ne dites pas un mot sinon vous allez me griller. » Elle s'écarta. « Même quelqu'un d'aussi grossier que vous peut comprendre cela. »

Sous prétexte de lui exposer les dernières nouvelles concernant une mission, Karim al-Jamil s'arrangea pour se faire inviter à déjeuner par le Vieux. Des nouvelles fraîches, il en avait. En revanche, cette mission était bidon et tout ce qu'il avait l'intention d'en dire également. Faire avaler des conneries au DCI pour le petit déjeuner lui plaisait au plus haut point. De son côté, il avait déjà de vraies infos à digérer. Grâce aux souvenirs implantés par le Dr Veintrop dans son cerveau, Bourne s'était jeté dans la gueule du loup. Chose incompréhensible, il avait trouvé la force d'abattre quatre hommes et d'échapper à Fadi. Ce dernier avait quand même réussi à lui infliger une blessure au couteau. Bourne était-il mort ou vivant ? Si les paris lui avaient été autorisés, Karim al-Jamil aurait misé sur vivant.

Comme il venait d'arriver au dernier étage du siège de la CIA, il fit un effort de concentration et se glissa de nouveau dans la peau de Martin Lindros.

Même en temps de crise, le Vieux prenait toujours ses repas aux mêmes endroits.

« Rester rivé au même bureau à fixer le même écran vingt-quatre heures sur vingt-quatre, suffit à vous rendre fou », dit-il pendant que Karim al-Jamil s'asseyait face à lui. L'étage était divisé en deux. L'aile ouest abritait une salle de gym entièrement équipée et une piscine de taille olympique. L'aile est, où ils se trouvaient actuellement, était interdite à tous sauf au Vieux.

Dans cette pièce, il lui arrivait de recevoir les sept chefs des directorats. Ses épaisses dalles en terracotta, son atmosphère extrêmement humide, propice à la culture d'une large variété de plantes tropicales et d'orchidées, donnaient l'impression de pénétrer dans une serre. Nul ne savait qui était chargé d'entretenir tout cela mais le sujet faisait fantasmer pas mal de gens. Autre mystère : nul ne savait qui occupait les dix ou douze bureaux constamment verrouillés de l'aile est.

Bien entendu, Karim al-Jamil n'avait jamais mis les pieds dans le Gerbille Circuit, comme on l'appelait ici. Pourquoi ce nom ? Parce que le DCI y gardait enfermées trois gerbilles dans trois cages placées côte à côte, chacune munie d'une roue dans laquelle les bestioles passaient leur vie à trotter inlassablement. Exactement comme les agents de la CIA.

Les rares chefs de directorat qui osaient évoquer leurs petits déjeuners avec le Vieux prétendaient que la vision de ces gerbilles s'activant dans leurs cages possédait des vertus relaxantes – comme regarder des poissons dans un aquarium. Une autre version avait cours parmi les collaborateurs. On disait que le DCI éprouvait un plaisir pervers à contempler ce spectacle qui lui rappelait le mythe de Sisyphe et par extension le travail de la CIA, un labeur sans gloire ni fin.

« D'ailleurs, ce boulot par lui-même a de quoi rendre fou », ajouta le Vieux.

Sur la table couverte d'une nappe blanche amidonnée trônaient un service en porcelaine, un panier rempli de croissants et de muffins, ainsi que deux carafes, l'une de café corsé fraîchement moulu, l'autre de thé Earl Grey, le préféré du Vieux.

Karim al-Jamil se servit un café noir. Le DCI buvait son thé avec du sucre et du lait. En l'absence de personnel pour faire le service, un chariot en métal placé à côté de la table gardait les plats à la bonne température.

Karim al-Jamil fouilla dans ses papiers. « Dois-je commencer le briefing maintenant ou attendre l'arrivée de Lerner ?

— Lerner ne sera pas des nôtres », répondit le DCI d'un air énigmatique.

Karim al-Jamil entama sa présentation. « Les unités Skorpion ont parcouru les trois quarts du chemin en direction de Shabwah dans le Yémen du Sud. Les Marines basés à Djibouti ont été mobilisés. » Il jeta un coup d'œil à sa montre. « Voilà environ vingt minutes, ils ont débarqué à Shabwah et se sont placés sous les ordres des commandants Skorpion.

— Excellent. » Le DCI se resservit du thé et ajouta de la crème et du sucre. « Des progrès dans le repérage des transmissions ?

— J'ai assigné deux équipes Typhon à cette tâche. Ils ont analysé les différents groupes de données. A ce jour, nous avons tout lieu de croire que l'usine de Dujja se trouve quelque part dans un rayon-cible de quatre-vingts kilomètres. »

Le DCI contemplait les gerbilles s'activant dans leurs cages. « Pouvons-nous préciser ces données ?

— Le gros problème c'est les montagnes. Elles ont tendance à déformer, à diffracter les signaux. Mais nous y travaillons. »

Le Vieux hocha la tête d'un air absent.

« Monsieur, si je peux me permettre, qu'avez-vous en tête ? »

L'espace d'un instant, on aurait pu croire que le Vieux n'avait pas entendu. Puis il tourna la tête et ses yeux rusés croisèrent ceux de Karim al-Jamil. « Je ne sais pas mais j'ai l'impression que quelque chose m'échappe... quelque chose d'important. »

Aussitôt, Karim al-Jamil contrôla son souffle et se composa une expression légèrement inquiète. « Si je peux vous aider en quoi que ce soit, monsieur... C'est peut-être Lerner...

— Que vient faire Lerner là-dedans ? répliqua le DCI sur un ton un peu trop sec.

— Nous n'avons jamais parlé de cela mais il a quand même pris ma place à la tête de Typhon.

— Vous étiez parti ; Typhon n'avait plus de chef.

— Et vous avez choisi quelqu'un de l'extérieur pour me remplacer ? »

Le DCI reposa sa tasse d'un geste précipité. « Remettez-vous en cause mon jugement, Martin ?

— Bien sûr que non. » *Sois prudent*, pensa Karim al-Jamil. « Mais franchement, cela m'a fait un drôle d'effet de le voir installé dans mon fauteuil, à mon retour. »

Le Vieux fronça les sourcils. « Oui, je comprends.

— Et maintenant, en plein cœur de cette crise, personne ne sait où il est.

— Déjeunons, voulez-vous, Martin ? dit le DCI. J'ai faim. »

Se penchant vers le chariot, Karim al-Jamil prit deux assiettes garnies d'œufs au bacon. Il s'en tint là car il sentait monter la nausée. Il n'avait jamais réussi à s'habituer aux aliments à base de porc ni, en l'occurrence, aux œufs frits dans le beurre. Tout en posant une assiette devant le DCI, il dit : « Si vous éprouviez encore un peu de méfiance envers moi après mon épreuve, je le comprendrais parfaitement.

— Ce n'est pas cela », rétorqua le Vieux sur un ton encore trop brutal.

Karim al-Jamil posa l'assiette qui lui revenait. « Alors de quoi s'agit-il ? J'aimerais savoir. Ces mystérieux incidents avec Matthew Lerner me donnent l'impression d'être mis sur la touche.

— Comme je vois que cette histoire vous tient à cœur, Martin, je vais vous faire une proposition. »

Le Vieux s'interrompit le temps de mâcher une bouchée d'œufs au bacon. Il avala, puis, d'un mouvement distingué, correctement calqué sur les manières de l'aristocratie, essuya ses lèvres tachées de graisse.

Songeant que Martin Lindros avait dû maintes fois endurer ce comportement insultant, Karim al-Jamil faillit le plaindre. *Et à les entendre, c'est nous les barbares.*

« Je sais que vous avez du pain sur la planche en ce moment, finit par dire le DCI. Mais si vous pouviez vous arranger pour mener certaines enquêtes discrètes pour moi...

— Sur qui ? Sur quoi ? »

Le DCI coupa ses œufs puis, avec une exquise délicatesse, déposa par-dessus le tiers d'une tranche de bacon. « Via des sources secrètes, j'ai appris dernièrement que je possède un ennemi dans le Beltway.

— Après toutes ces années, observa Karim al-Jamil, je suppose que vous en avez plus d'un.

— Bien entendu. Mais celui-là a quelque chose de spécial. Je dois vous recommander la plus grande prudence. C'est quelqu'un de très puissant.

— Pas le Président, quand même ! plaisanta Karim al-Jamil.

— Non, mais vous brûlez. » Le Vieux était très sérieux. « Le secrétaire à la Défense Ervin Reynolds Halliday, Bud pour ceux qui lui lèchent les bottes. Car je doute fort qu'il ait ce qu'on appelle des amis.

— Personne n'en a, dans cette ville. »

Le DCI émit un petit gloussement. « Très juste. » Il enfourna de nouveau un assortiment d'œufs et de bacon qu'il fit passer dans sa joue pour continuer à parler. « Mais nous sommes des amis, vous et moi, n'est-ce pas, Martin ? Enfin presque. Donc ce petit arrangement restera entre nous.

— Vous pouvez compter sur moi, monsieur.

— Je le sais, Martin. Ma meilleure décision au cours de ces dix dernières années a été de vous hisser jusqu'au sommet de l'échelle de la CIA.

— J'apprécie votre confiance, monsieur. »

Le DCI ne signala en aucune façon qu'il avait entendu la réponse de son interlocuteur. « Après que Halliday et LaValle, son fidèle pitbull, ont tenté de me piéger dans la *War Room*, j'ai mené ma petite enquête. Et j'ai découvert que ces deux types ont tranquillement constitué des unités de renseignements parallèles. Ils marchent sur nos plates-bandes.

— Ce qui signifie que nous devons les arrêter. »

Les yeux du Vieux se plissèrent. « Oui, en effet, Martin. Et malheureusement ils découvrent leur jeu au pire moment, alors que Dujja prépare une attaque de grande envergure.

— C'est peut-être délibéré, monsieur. »

Le DCI songeait à l'embuscade que Halliday et LaValle lui avaient tendue dans la *War Room*. Ils avaient voulu le mettre dans l'embarras devant le Président. Il revoyait le Président enfoncé dans son siège, en train de les regarder se bouffer le nez. Avait-il déjà pris le parti du secrétaire à la Défense ? Souhaitait-il que le Pentagone prenne en main la CIA ? Le Vieux frissonna à cette pensée : des militaires contrôlant le renseignement humain ! On imaginait sans peine quelles libertés ces deux-là s'arrogeraient avec une telle puissance. Si la CIA et le Pentagone jouissaient de pouvoirs séparés c'était pour une bonne raison : empêcher l'instauration d'un État policier.

« Que cherchez-vous ?

— De la boue. » Le DCI avala. « Plus il y en aura, plus je serai content. »

Karim al-Jamil hocha la tête. « J'aurai besoin de quelqu'un...

— Qui voulez-vous ? Donnez-moi juste son nom.

— Anne Held. »

Le DCI resta interdit. « Ma Anne Held ? » Il secoua la tête. « Prenez quelqu'un d'autre.

— Vous avez parlé de discrétion. Je ne peux pas recourir à un agent. C'est Anne ou rien. »

Le DCI le scruta comme s'il le soupçonnait de le mener en bateau. Apparemment, il ne vit rien de louche. « C'est bon, concéda-t-il.

— Maintenant, parlez-moi de Matthew Lerner. »

Le Vieux le regarda droit dans les yeux. « C'est Bourne. »

Un long silence gêné s'ensuivit, seulement troublé par le grincement des roues actionnées par les douze petites pattes des gerbilles. D'un ton calme, Karim al-Jamil demanda enfin : « Qu'est-ce que Jason Bourne a à voir avec Matthew Lerner ? »

Le DCI posa ses couverts. « Je sais ce que Bourne représentait pour vous, Martin. Vos liens sont forts quoique inexplicables. Mais le fait est que ce type est un poison mortel pour la CIA. En conséquence, j'ai demandé à Matthew Lerner de lui régler son compte. »

Pendant un instant, Karim al-Jamil eut du mal à en croire ses oreilles. Le DCI avait envoyé un tueur exécuter Bourne ? Et lui ôter à lui et à son frère la satisfaction d'une vengeance longtemps attendue et minutieusement préparée ? Non. Il ne l'accepterait pas.

La rage meurtrière – cette terrible pulsion que son père appelait le Vent du Désert – prit possession de son cœur, l'enflamma, le martela jusqu'à ce qu'il devienne pareil à une lame forgée. Cette violente tourmente intérieure se manifesta par un simple frémissement de narines – que d'ailleurs son compagnon, ayant repris ses couverts, ne remarqua nullement.

Karim al-Jamil coupa ses œufs en regardant les jaunes couler. Sous la surface luisante de l'un d'eux, il vit un point rouge.

« C'est un acte radical, répliqua-t-il quand il eut totalement repris le contrôle de ses émotions. Je vous avais pourtant dit que je m'occuperais de lui.

— J'y ai réfléchi et j'ai décidé que ce n'était pas la bonne solution.

— Vous auriez dû m'en parler.

— Pour que vous tentiez de m'en dissuader ? », répliqua le DCI. De toute évidence, il se félicitait d'avoir si bien géré cette situation délicate. « A présent, il est trop tard. Vous ne pouvez pas l'arrêter, Martin, donc pas la peine d'essayer. » Il s'essuya les lèvres. « Le bien collectif l'emporte sur les désirs individuels. Vous savez cela aussi bien que n'importe qui. »

Karim al-Jamil se renfrogna. Le DCI venait de générer une situation extrêmement dangereuse. Non seulement la présence de Lerner pouvait les empêcher d'exercer leur vengeance comme ils le voulaient, mais en plus ce type était un joker que ni lui ni Fadi n'avaient prévu dans leurs plans. Toute modification du scénario menaçait la réussite de l'entreprise dans sa totalité. Via un canal brouillé, greffé sur les communications de la CIA à l'étranger, Fadi lui avait appris qu'il avait poignardé Bourne. Si on ne faisait rien, Lerner allait fourrer son nez dans cette histoire et il finirait par découvrir l'identité de l'homme au couteau. Par ailleurs, si Bourne était déjà mort et qu'il l'apprenne, il chercherait à mettre la main sur son meurtrier. D'un côté comme de l'autre, cette histoire sentait mauvais.

Karim al-Jamil recula sur sa chaise et dit : « Avez-vous envisagé que Bourne puisse tuer Lerner ?

— J'ai embarqué Lerner dans cette affaire en raison de ses compétences. » Le Vieux prit sa tasse et, constatant que le thé avait refroidi, la reposa. « On ne fait plus d'homme comme lui. C'est un tueur né. »

Bourne aussi, pensa Karim al-Jamil avec une amertume aussi brûlante qu'un acide.

Soraya remarqua les gouttes de sang frais sur le siège de la voiture. « On dirait que des points ont sauté. Vous ne vous en sortirez pas sans une véritable assistance médicale.

— Pas question, rétorqua Bourne. Il faut qu'on se tire d'ici tous les deux. Le cordon de police va se resserrer davantage. » Il regarda vers le port. « En plus, où irais-je me faire soigner ?

— Il y a une clinique sur le port. »

Soraya traversa Ilyichevsk et se gara au pied d'un bâtiment de deux étages, près d'une Skoda Octavia RS dernier modèle. Elle vit Bourne grimacer en descendant de voiture. « On devrait passer par l'entrée de service.

— Ça ne va pas plaire au service de sécurité », dit-il. Déchirant la doublure de son manteau, il sortit un jeu de papiers d'identité et les feuilleta brièvement bien qu'il ait déjà mémorisé l'ensemble des faux documents fournis par Deron, alors qu'il était dans l'avion. « Je m'appelle Mykola Petrovich Tuz, lieutenant général du DZND, le Département du SBU pour la Protection intérieure nationale et la lutte contre le terrorisme. » Il s'approcha d'elle et lui prit le bras. « On va procéder comme cela. Vous êtes ma prisonnière. Une terroriste tchétchène.

— Dans ce cas, dit Soraya. Je ferais mieux de mettre ce foulard sur ma tête.

— On ne vous regardera même pas. Quant aux questions, personne n'osera vous en poser, l'assura Bourne. Ils seront morts de peur rien qu'en vous voyant apparaître. »

Il ouvrit la porte et poussa rudement la jeune femme devant lui. Presque immédiatement, le planton appela un vigile.

Bourne sortit ses accréditations du DZND. « Lieutenant général Tuz, aboya-t-il. J'ai reçu un coup de poignard et j'ai besoin d'un docteur. » Il vit le regard du vigile coulisser vers Soraya. « Cette femme est ma prisonnière. Une kamikaze tchétchène. »

Le visage exsangue, le vigile hocha la tête. « Par ici, lieutenant général. »

Après avoir prononcé quelques mots dans son talkie-walkie, il leur fit emprunter plusieurs couloirs jusqu'à une salle d'examens dont l'austérité rappelait les salles d'urgence du monde entier.

Il désigna une table. « J'ai contacté le directeur de la polyclinique. Mettez-vous à votre aise, lieutenant général. » De toute évidence déconcerté par le statut de Bourne et la présence de Soraya, il sortit son pistolet et le braqua sur la jeune femme. « Allez vous mettre là, que je puisse voir le lieutenant général. »

Bourne lâcha le bras de Soraya en lui adressant un signe de tête presque imperceptible. Elle alla s'asseoir dans un coin sur une chaise aux pieds métalliques pendant que le vigile accomplissait l'exploit de surveiller son déplacement tout en évitant de la regarder en face.

« Un lieutenant général du SBU, dit le directeur de la polyclinique assis à son bureau. C'est peut-être votre homme.

— Nous en jugerons », répondit Matthew Lerner dans un russe passable.

Le Dr Pavlyna lui décocha un regard noir avant de se tourner vers le directeur. « Vous disiez qu'il souffrait d'une blessure au couteau. »

Le directeur fit oui de la tête. « C'est ce qu'on m'a rapporté. »

Le Dr Pavlyna se leva. « Alors je crois que je devrais le voir.

— Nous y allons tous les deux », intervint Lerner, planté sur le seuil. On aurait dit qu'un courant électrique invisible sortait de lui par vagues comme chez un cheval de course piaffant dans son starting-gate.

« Ce ne serait pas raisonnable. » La tranquille fermeté avec laquelle le Dr Pavlyna prononça ces mots lui fit l'effet d'une insulte.

« Je suis d'accord, abonda le directeur en se levant pour passer devant son bureau. Si le patient est vraiment celui qu'il prétend être, c'est sur moi que retombera cette infraction au protocole.

— Peu importe, insista Lerner. J'accompagne le docteur.

— Vous allez m'obliger à appeler la sécurité, dit le directeur sans se démonter. Le lieutenant général ignore qui vous êtes et ce que vous faites ici. En fait, il pourrait très bien ordonner qu'on vous arrête ou qu'on vous abatte. Je ne veux pas de désordre de ce genre dans mon établissement.

— Restez ici, conclut le Dr Pavlyna. Je vous appellerai dès que j'aurai procédé à son identification. »

Lerner ne broncha pas lorsque le Dr Pavlyna et le directeur de la clinique sortirent du bureau mais il n'avait pas l'intention de se tourner les pouces pendant que cette femme dirigeait les opérations. Elle ignorait complètement ce qu'il faisait à Odessa, pourquoi il cherchait Jason Bourne – car le patient ne pouvait être que Bourne. Un lieutenant général de la police secrète ukrainienne ayant reçu un coup de couteau dans le flanc ? C'était trop énorme.

Il n'allait pas la laisser tout ficher par terre. Elle allait s'empresser de raconter à Bourne que le DCI avait envoyé Lerner à sa recherche. Apprenant cela, Bourne ne moisirait pas longtemps dans le secteur. Et cette fois, pour lui remettre la main dessus, ce serait une autre affaire.

Mais tout d'abord, il allait devoir se renseigner pour savoir où se trouvait le fameux patient. Il franchit la porte, accosta la première personne qu'il vit et lui demanda où était soigné le lieutenant général. La jeune femme lui indiqua le chemin, il la remercia et fonça dans le couloir sans même remarquer qu'elle décrochait le combiné d'un interphone fixé au mur et demandait à parler au directeur.

« Bonjour, lieutenant général, je suis le Dr Pavlyna », dit-elle en entrant dans la salle de consultation. A l'intention du directeur, elle ajouta : « Ce n'est pas notre homme. »

Assis sur la table d'examens, Bourne ne décela que de la sincérité dans son regard mais quand elle se tourna vers Soraya, il réagit. « Ne vous approchez pas de ma prisonnière, docteur. Elle est dangereuse.

— Allongez-vous, je vous prie, lieutenant général. » Le Dr Pavlyna enfila des gants de chirurgien, découpa la chemise ensanglantée de Bourne et entreprit de décoller le bandage. « C'est elle qui vous a blessé ?

— Oui », dit Bourne.

Elle palpa le pourtour de la blessure pour évaluer l'intensité de la douleur. « La personne qui vous a recousu a fait un excellent travail. » Elle regarda Bourne au fond des yeux. « Malheureusement, vous vous êtes un peu trop agité depuis. Je vais devoir resuturer en partie la plaie. »

Sans attendre, le directeur lui désigna les instruments puis déverrouilla le placard où étaient stockés les médicaments. Elle choisit une boîte sur la deuxième étagère et compta quatorze pilules qu'elle enveloppa dans un papier épais. « Je veux que vous preniez cela. Une pilule deux fois par jour pendant une semaine. C'est un puissant antibiotique à large spectre qui vous prémunira contre l'infection. Prenez-les tous, je vous prie. »

Bourne empocha les médicaments.

Le Dr Pavlyna posa un flacon de désinfectant, des tampons de gaze, une aiguille et du matériel de suture sur la table. Puis elle remplit une seringue.

« Qu'est-ce que c'est ? dit Bourne méfiant.

— Un anesthésique. » Elle enfonça l'aiguille près de la zone infectée. En appuyant sur le piston, ses yeux croisèrent de nouveau ceux de Bourne. « Ne vous inquiétez pas, lieutenant général, ce n'est qu'un anesthésique local. Il calmera la douleur mais ne vous privera ni de vos facultés physiques ni de votre acuité mentale. »

Comme elle commençait à le recoudre, l'interphone fixé au mur bourdonna discrètement. Le directeur saisit le combiné et écouta un instant. « Très bien, je vois. Merci, mademoiselle. » Il raccrocha.

« Docteur Pavlyna, dit-il. Il semble que votre ami n'ait pas réussi à vaincre son impatience. Il vient par ici. » Marchant vers la porte, il ajouta : « Je m'occupe de lui. » Puis il se glissa dehors.

« Quel ami ? s'enquit Bourne.

— N'ayez crainte, lieutenant général », dit le Dr Pavlyna en lui adressant un nouveau regard appuyé. « Un ami à vous. Il vient du siège. »

Lerner passa devant trois salles d'examen vides qu'il prit le temps d'inspecter de loin. Ayant remarqué qu'elles étaient identiques, il en mémorisa la disposition, localisant la table, les divers sièges, les placards, le lavabo... Connaissant la réputation de Bourne, il allait devoir lui exploser la tête du premier coup. Ce type ne lui offrirait pas une deuxième chance.

Sortant son Glock, il vissa le silencieux au bout du canon. Il aurait préféré s'en passer car un silencieux diminuait à la fois la portée et la précision du tir. Mais dans cet environnement, il n'avait guère le choix. S'il voulait réussir sa mission et sortir vivant du bâtiment, il devait tuer Bourne de la manière la plus discrète possible. Dès l'instant où le DCI lui avait confié cette mission, il avait compris que Bourne ne parlerait pas sous la torture. En outre, le meilleur moyen de se débarrasser de lui consistait à le descendre aussi vite que possible, sans lui offrir la moindre occasion de répliquer.

A cet instant, le directeur apparut au détour du couloir. Lerner vit son regard désapprobateur.

« Excusez-moi, mais je vous ai demandé d'attendre dans mon bureau jusqu'à ce qu'on vous appelle, dit-il en se postant devant Lerner. Je dois vous prier de retourner... »

Le bout du silencieux heurta sa tempe gauche. L'homme s'écroula assommé. Lerner l'attrapa par le col, le tira jusqu'à la salle d'examen la plus proche et le posa derrière la porte.

Sans perdre une seconde, il repassa dans le couloir et parcourut le reste du chemin sans rencontrer âme qui vive. Debout derrière la porte close, il se concentra quelques instants. Lorsque son esprit accéda à la zone de calme propice au meurtre, il saisit la poignée de sa main libre, la tourna lentement jusqu'au bout et ne bougea plus. L'instinct du tueur avait pris possession de lui. Il était prêt.

Dans le même élan, il lâcha la poignée, donna un coup de pied dans la porte, franchit le seuil et tira trois coups de feu sur la silhouette couchée sur la table d'examen.

VINGT-DEUX

LE CERVEAU DE LERNER n'enregistra pas aussitôt ce que ses yeux voyaient. Quand enfin il identifia les rouleaux de gaze disposés sur la table, il se retourna.

Ce léger décalage entre l'action et la réaction suffit à Bourne, qui l'attendait près de la porte, pour enfoncer dans le cou de Lerner une seringue remplie d'un anesthésique général. Pourtant, Lerner ne s'avoua pas vaincu. Il avait la constitution d'un taureau, la rage d'un damné. Il parvint à briser la seringue avant que Bourne ne lui administre la dose complète et se jeta sur son agresseur.

Bourne le frappa à deux reprises. Par réflexe, Lerner appuya sur la détente et blessa le vigile à la poitrine.

« Qu'est-ce que vous faites ? hurla le Dr Pavlyna. Vous disiez... »

Lerner ne la laissa pas finir sa phrase. Il décocha un coup de coude dans la blessure de Bourne puis visa la tête du Dr Pavlyna dont le corps projeté en arrière retomba inanimé dans les bras de Soraya.

Bourne tomba à genoux. La douleur lancinante paralysait ses muscles, incendiait ses extrémités nerveuses. Lerner voulut l'attraper par le cou. Soraya l'en empêcha en lui jetant une chaise à la figure. Il lâcha Bourne, recula en vacillant. Plusieurs coups de feu claquèrent. Il tirait n'importe où. Repérant l'arme du vigile, de l'autre côté de la pièce, Soraya voulut courir la prendre mais Lerner, qui récupérait à une vitesse effrayante, lui coupa la route.

Soraya esquiva et bondit vers Bourne pour l'obliger à se relever. Elle sortait de la salle avec lui quand elle entendit deux *ffut !* Les tirs silencieux écaillèrent le mur à quelques centimètres de son coude. Bourne et elle se mirent à courir, passèrent le coin du couloir et sortirent de la clinique.

Arrivée près de la Skoda, elle empoigna Bourne, le jeta presque sur le siège du passager, se glissa au volant, mit le contact et démarra en trombe dans un hurlement de pneus accompagné d'une pluie de gravier.

Appuyé à la table d'examens, Lerner se relevait difficilement. Il secoua la tête pour s'éclaircir les idées sans y parvenir. Portant la main à son cou, il retira l'aiguille brisée. Qu'est-ce que Bourne avait bien pu lui injecter ?

Il resta un moment à tituber comme un marin d'eau douce surpris par la tempête. Agrippé au plan de travail, il se pencha sur le lavabo et s'aspergea le visage d'eau froide, ce qui ne lui apporta aucun soulagement. Au contraire, il voyait de plus en plus mal, il avait du mal à respirer.

Glissant la main le long du comptoir, il tomba sur un flacon en verre bouché par du caoutchouc, comme ceux qui servent aux injections. Il l'attrapa et le plaça devant ses yeux. Déchiffrer l'étiquette lui prit un petit bout de temps. Midazolam. C'était donc cela. Un anesthésique à effet rapide censé provoquer un demi-sommeil. Il savait comment y remédier. Il fouilla tous les placards et découvrit une fiole d'épinéphrine, le principal composant chimique de l'adrénaline. Il ne lui restait plus qu'à trouver une seringue. Ce fut chose facile. Il aspira le liquide dans le réservoir, en fit jaillir quelques gouttes par l'aiguille pour évacuer les éventuelles bulles d'air et se l'injecta.

L'effet du midazolam se dissipa instantanément. L'hébétude laissa place à une complète lucidité comme si un brasier venait de s'allumer dans son cerveau. Quand il eut retrouvé un souffle normal, il s'agenouilla près du cadavre de feue le Dr Pavlyna pour lui prendre son trousseau de clés.

Quelques minutes plus tard, il sortait de la polyclinique. A deux mètres de la voiture du Dr Pavlyna, il vit les marques laissées dans le gravier par un véhicule qui venait de partir. Le conducteur devait être pressé. Il s'engouffra dans la Skoda Octavia. L'orientation des marques de pneus ne laissaient aucun doute. Bourne et Soraya avaient pris la route du terminal des ferries.

Le Dr Pavlyna lui ayant fait un cours sur le fonctionnement du port d'Ilyichevsk, Lerner savait exactement où aller. Droit devant lui, il vit un énorme ro-ro en phase de chargement. Il plissa les yeux. Comment s'appelait ce navire ? *Itkursk.*

Un sourire carnassier déforma ses traits. Finalement, il aurait peut-être une deuxième chance.

Le capitaine de l'*Itkursk* était tellement enchanté d'accueillir le lieutenant général Tuz du DZND et son assistante qu'il leur attribua la cabine de luxe réservée aux VIP, avec hublots et salle de bains privée. Les murs blancs suivaient la courbe de la coque. Sur le plancher, un lit, un petit bureau étroit, deux chaises. Deux portes ouvraient sur un minuscule dressing et un cabinet de toilette.

Bourne se débarrassa de son manteau et s'assit sur le lit. « Vous allez bien ?

— Couchez-vous. » Jetant son manteau sur une chaise, Soraya s'empara d'une aiguille incurvée et de fil à suture. « J'ai du travail. »

Bourne, reconnaissant, lui obéit. Son corps n'était que douleur. Avec toute l'expertise d'un sadique professionnel, Lerner avait veillé à frapper aux endroits névralgiques. Quand elle entreprit de recoudre la plaie, il laissa échapper un cri.

« Le salaud ne vous a pas raté, dit Soraya en travaillant. Qu'est-ce qu'il fabrique ici ? Que compte-t-il obtenir en s'en prenant à vous ? »

Bourne regardait fixement le plafond bas. La CIA l'avait si souvent trahi au fil des ans, il avait tant de fois échappé à ses tueurs, que plus rien ne l'étonnait. Il s'était bâti une carapace d'insensibilité. Mais au fond de lui, il cherchait encore à comprendre la raison d'une telle hypocrisie. Quand les circonstances l'y contraignaient, le DCI n'avait jamais hésité à faire appel à lui et pourtant, il haïssait Bourne et le haïrait toujours.

« Lerner est le pitbull attitré du Vieux, dit Bourne. Je suppose qu'il l'a envoyé ici pour m'éliminer. »

Soraya baissa les yeux vers lui. « Comment pouvez-vous dire cela avec autant de calme ? »

De nouveau, l'aiguille s'enfonça dans sa chair. Bourne grimaça. « Le calme est le seul moyen d'estimer correctement la situation.

— Mais votre propre agence...

— Soraya, il faut que vous compreniez une bonne fois pour toutes que la CIA n'a jamais été mon agence. J'y suis entré par l'intermédiaire d'une organisation menant des opérations clandestines. Le Vieux n'a jamais été mon supérieur. Je n'ai jamais rendu de compte à quiconque à la CIA. Même pas à Martin. D'après les codes de la CIA, je suis franc-tireur, un élément incontrôlable. »

Elle passa dans la salle de bains dont elle ressortit un instant plus tard munie d'un gant de toilette imbibé d'eau chaude qu'elle appuya longuement sur la blessure recousue, en attendant que le saignement s'arrête.

« Jason, dit-elle. Regardez-moi. Pourquoi vous ne me regardez pas ?

— Parce que, dit-il en plongeant son regard dans les beaux yeux de Soraya, quand je vous regarde ce n'est pas vous que je vois mais Marie. »

Les jambes coupées, Soraya s'assit au bord du lit. « Nous nous ressemblons à ce point ? »

Il se remit à scruter le plafond de la cabine. « Au contraire. Vous n'avez rien de commun avec elle.

— Alors pourquoi ? »

Le mugissement puissant du ro-ro emplit la cabine. Un moment plus tard, ils sentirent une petite secousse puis un léger balancement. Ils sortaient du port. La traversée de la mer Noire jusqu'à Istanbul venait de commencer.

« Je crois que vous me devez une explication, murmura-t-elle.

— Avons-nous... Je veux dire avant ?

— Non. Je ne vous l'aurais jamais demandé.

— Et moi ? Vous l'ai-je jamais demandé ?

— Oh Jason, je pensais que vous vous connaissiez mieux que cela.

— Si je me connaissais, je n'aurais jamais sorti Fadi de sa cellule. On ne m'aurait pas piégé sur la plage. » Son regard glissa vers le visage attentif de la jeune femme. « C'est déjà terrible de ne pas se souvenir. » En fait, sa mémoire se composait de bribes de souvenirs – les siens et... ceux de quelqu'un d'autre. « Mais quand vos souvenirs vous entraînent sur une fausse piste...

— Mais comment ? Pourquoi ?

— Le Dr Sunderland a introduit certaines protéines dans les

synapses de mon cerveau. » Bourne fit un effort pour s'asseoir, refusant son aide d'un geste de la main. « Sunderland est en cheville avec Fadi. Cette procédure faisait partie de ses plans.

— Jason, nous en avons déjà parlé. C'est insensé. D'abord, comment Fadi aurait-il pu savoir que vous aviez besoin d'un spécialiste de la mémoire ? Ensuite, comment aurait-il pu savoir quel médecin vous iriez consulter ?

— Deux bonnes questions. Malheureusement, je n'en possède pas encore les réponses. Mais réfléchissez : Fadi avait assez d'informations sur la CIA pour savoir qui était Lindros. Il connaissait l'existence de Typhon. Ses renseignements étaient si détaillés qu'il a pu fabriquer un imposteur capable de tromper tout le monde, y compris moi, y compris le scanner rétinien de la CIA.

— Pourrait-il faire partie de la conspiration ? dit-elle. La conspiration de Fadi ?

— Cela tient du cauchemar paranoïaque. Mais je commence à croire que tous ces incidents – l'intervention de Sunderland, l'enlèvement de Martin et son remplacement, la haine personnelle que me porte Fadi – sont liés comme autant d'éléments d'une conspiration brillamment conçue destinée à m'anéantir et la CIA avec moi.

— Comment faire pour découvrir si vous avez raison ? Comment trouver un sens à tout cela ? »

Il posa les yeux sur Soraya. « Il faut revenir au point de départ. A mon premier séjour à Odessa. Mais pour cela, j'ai besoin que vous remplissiez certaines de mes lacunes. »

Soraya se leva, marcha vers le hublot et se mit à contempler l'étendue marine toujours plus vaste et la courbe du rivage nimbé de brouillard qui rapetissait derrière eux.

Malgré sa souffrance, il balança ses jambes hors du lit et se leva. L'effet de l'anesthésie locale commençait à se dissiper. Il ressentait à présent l'étendue des dommages que Lerner lui avait causés en le frappant sur sa blessure. La douleur le percuta avec la force d'un train de marchandises. Il vacilla et faillit retomber sur le lit. Rassemblant toute sa volonté, il travailla sa respiration, si bien que peu à peu, la douleur se calma jusqu'à devenir tolérable. Puis il marcha vers Soraya toujours absorbée par le paysage.

« Vous devriez vous recoucher, dit-elle d'une voix lointaine.

— Soraya, c'est si difficile de me raconter ce qui s'est passé ? »

Elle attendit avant de répondre : « Je pensais en avoir fini avec cette histoire. Je croyais que je n'aurais plus jamais à en reparler. »

La prenant par les épaules, il l'obligea à se retourner. « Pour l'amour du ciel, qu'est-il arrivé ? »

Ses yeux sombres et lumineux débordaient de larmes. « Nous avons tué quelqu'un, Jason. Vous et moi. Un civil, une personne innocente. Une jeune femme à peine sortie de l'adolescence. »

Il court dans la rue. Il porte quelqu'un dans ses bras. Ses mains sont couvertes de sang. Son sang...

« Qui cela ? demanda-t-il sèchement. Qui avons-nous tué ? »

Soraya grelottait presque. « Elle s'appelait Sarah.

— Sarah qui ?

— C'est tout ce que je sais. » Ses larmes coulèrent. « Et c'est vous qui me l'avez dit. Ses dernières paroles ont été : "Je m'appelle Sarah. Souvenez-vous de moi." »

Où suis-je à présent ? se demanda Martin Lindros. Quand on l'avait fait descendre de l'avion, encore aveuglé par la cagoule, il avait senti la chaleur, la poussière râpeuse contre sa peau. Cela faisait longtemps qu'il n'avait plus été exposé à la chaleur ou à la poussière. On l'avait embarqué dans une Jeep – ou un camion léger peut-être – qui s'était mise à rouler le long d'une pente douce. En bas, l'air était climatisé. Le véhicule avait encore parcouru quelque mille mètres puis il y avait eu un bruit de cadenas, une porte qu'on ouvrait. Ensuite, quelqu'un l'avait poussé à l'intérieur, avant de claquer la porte et de mettre le verrou. Il resta debout un long moment, se concentrant exclusivement sur son souffle. Puis il retira la cagoule.

Il se trouvait plus ou moins au centre d'une pièce de cinq mètres de côté environ dont le sol et les murs étaient en béton armé. Il nota la présence d'une table d'examens médicaux qui avait fait son temps. Près d'un lavabo en acier, s'alignaient plusieurs petits placards bas contenant des gants de latex, des compresses, des bouteilles de désinfectant, divers liquides et ustensiles.

Le fait que l'infirmerie soit dépourvue de fenêtres ne le surprit guère. Cet endroit devait se situer dans une région au climat aride mais pas dans un vrai désert – le sol d'un désert interdisait toute construction. Il s'agissait donc d'un pays chaud et montagneux. D'après les bribes de conversation grappillées en chemin, l'installation avait des dimensions considérables. Par conséquent, on l'avait sûrement bâtie dans un endroit isolé, à l'abri des regards. Il connaissait une demi-douzaine d'endroits répondant à ces critères – la Somalie par exemple – qu'il élimina en raison de la proximité du Ras Dejen. Il fit le tour de la pièce dans le sens inverse des aiguilles d'une montre pour mieux la voir de son œil gauche. Ne restait plus qu'une possibilité. Il était quelque part sur la frontière entre l'Afghanistan et le Pakistan. Une bande de territoire accidentée, soumise à aucune loi connue, entièrement quadrillée par quelques tribus dont les chefs comptaient parmi les terroristes les plus dangereux du monde.

Il aurait aimé interroger Muta ibn Aziz à ce sujet. Mais le frère d'Abbud avait débarqué quelques heures avant que l'avion n'arrive.

En entendant le verrou claquer et la porte s'ouvrir, il se tourna vers le nouveau venu. C'était un homme mince qui avait des lunettes, la peau du visage grêlée et des cheveux blonds argentés bizarrement coiffés en arrière, comme un rocker des années cinquante. Avec un grognement guttural, Lindros se rua vers lui. L'autre l'esquiva d'un pas de côté, révélant les deux gardes postés derrière lui. Leur présence ne refroidit en rien la rage qui le dévorait ; en revanche, les crosses de leurs pistolets semi-automatiques le plaquèrent au sol.

« Vous avez envie de me casser la figure et je ne vous en blâme pas », dit le Dr Andursky en considérant de toute sa hauteur le corps prostré de Lindros. « Je ressentirais sans doute la même chose si j'étais à votre place.

— J'aimerais que vous y soyez. »

Cette réponse déclencha chez le Dr Andursky un rictus hypocrite censé être un sourire. « Je suis venu m'assurer que vous allez bien.

— C'était aussi pour ma santé que vous m'avez arraché l'œil droit ? », hurla Lindros.

Un garde pressa le canon de son semi-automatique sur la poitrine de Lindros.

Le Dr Andursky resta serein. « Comme vous le savez pertinemment, j'avais besoin de votre œil. Je devais en transplanter la rétine sur Karim al-Jamil. Sans cette partie de votre personne, le scanner rétinien de la CIA l'aurait repéré et jamais il n'aurait pu se faire passer pour vous, malgré l'excellent travail que j'ai accompli sur son visage. »

Lindros s'assit et écarta d'un geste le canon de l'arme. « Dans votre bouche, ça paraît tellement évident !

— La science est une chose évidente, fit remarquer le Dr Andursky. Bon. A présent, allongez-vous sur cette table, que je regarde votre œil. »

Lindros se leva et alla s'allonger. Toujours flanqué de ses gardes, le Dr Andursky prit une paire de ciseaux et découpa les bandages sales couvrant l'œil droit de Lindros. Quand il vit la cavité encore à vif, il poussa un petit gloussement.

« Ils auraient pu mieux faire, lâcha-t-il, visiblement fâché. Ils ont abîmé... »

Après s'être lavé les mains au lavabo, il enfila des gants de latex et se mit à désinfecter la plaie. Lindros ne ressentit pas grand-chose hormis la douleur sourde à laquelle il commençait à s'habituer et qu'il comparait à un visiteur importun qui se serait invité chez lui pour ne plus jamais repartir. A présent, qu'il le veuille ou non, la souffrance était installée à demeure.

« J'imagine que vous êtes déjà accoutumé à la monovision. » Comme à son habitude, le Dr Andursky travailla vite et bien. Il savait quoi faire et comment.

« J'ai une idée, dit Lindros. Pourquoi ne pas me donner l'œil droit de Fadi en échange ?

— Ça rappelle trop l'Ancien Testament. » Le Dr Andursky replaça un bandage sur la cavité. « Vous êtes seul, Lindros. Personne ne viendra vous aider. »

Quand il en eut terminé, il retira ses gants d'un coup sec. « Vous ne sortirez jamais de ce piège infernal. »

Jon Mueller accosta le secrétaire à la Défense Halliday à sa sortie du Pentagone. Halliday était accompagné, comme il se devait, de deux assistants, un garde du corps et plusieurs poissons pilotes – des lieutenants généraux qui cherchaient à entrer dans les petits papiers du grand homme.

Halliday repéra Mueller à l'extrémité de son champ visuel et lui fit un signe de connivence. Mueller recula au bas des escaliers, de manière à se mêler au cortège du secrétaire pendant que ce dernier se penchait pour monter dans sa limousine. Ils gardèrent le silence jusqu'à ce qu'on dépose les deux assistants devant les bureaux du secrétaire. Puis la cloison de sécurité s'abaissa, sépara les deux passagers du chauffeur et du garde du corps assis à l'avant. Aussitôt, Mueller mit Halliday au courant des derniers événements.

Le large front du secrétaire s'assombrit soudain. « Lerner m'a assuré que tout était sous contrôle.

— Matt a commis l'erreur de confier le travail à un autre. Je m'occuperai de la fille Held moi-même. »

Le secrétaire hocha la tête. « Très bien. Mais attention, Jon. Ne faites rien qui risque de me compromettre, vous comprenez ? Si ça foire, je ne lèverai pas le petit doigt. En fait, je serai sans doute le premier à vous enfoncer. A partir de cet instant, vous naviguez seul. »

Mueller eut un sourire carnassier. « Pas d'inquiétude, monsieur le Secrétaire. Je navigue seul depuis si longtemps que je ne me rappelle pas avoir fonctionné autrement un jour. C'est inscrit dans mes os. »

« Sarah. Juste Sarah. Vous n'avez jamais creusé davantage ?

— Il n'y avait rien à creuser. Je ne me rappelais même plus son visage. C'était la nuit, tout est arrivé si vite. Ensuite, on vous a tiré dessus. Ils nous ont poursuivis. Nous nous sommes cachés dans les catacombes. Tout ce que je savais d'elle, c'était son prénom. Les rapports officiels ne mentionnent pas la découverte de son cadavre. On aurait pu croire que nous n'avions jamais mis les pieds à Odessa. » Soraya baissa la tête. « Et même si j'avais disposé d'une piste... franchement, je... ne pouvais pas. Je voulais oublier cette fille. Faire comme si cette scène n'avait jamais eu lieu.

— Mais je me revois en train de courir dans une rue pavée. Je la portais dans mes bras. J'étais couvert de sang. »

Soraya hocha la tête. Le chagrin se lisait sur son visage. « Vous l'avez vue bouger. Vous l'avez soulevée. C'est là que vous avez été blessé. Quand j'ai riposté, ils nous ont littéralement mitraillés. Dans la fusillade, nous avons été séparés. Vous êtes parti de votre côté pour exécuter la cible, Hamid ibn Ashef. Après, quand nous

nous sommes retrouvés dans les catacombes, vous m'avez raconté que vous lui aviez tiré dessus. Mais vous n'étiez pas sûr qu'il soit mort.

— Et Sarah ?

— Elle était morte depuis longtemps à ce moment-là. »

Un ange passa. Bourne se tourna vers la carafe, se versa un demi-verre d'eau puis ouvrit le rouleau de papier que le Dr Pavlyna lui avait donné et avala une pilule d'antibiotique. L'eau était fade, légèrement amère.

« Comment est-ce arrivé ? » Il lui tournait le dos car il ne voulait pas voir son visage quand elle répondrait.

« Elle est apparue à l'endroit où nous avions rendez-vous avec mon contact. Le type nous a dit où se trouvait Hamid ibn Ashef et nous lui avons remis la somme demandée. A peine la transaction terminée, nous l'avons vue. Elle courait. Je ne sais pas pourquoi. Elle ouvrait la bouche comme si elle criait. Au même instant, mon contact s'est mis à crier lui aussi. Nous avons cru qu'il nous avait trahis – ce qui était effectivement le cas, nous l'avons compris ensuite. Nous avons tiré sur la fille et elle est tombée. »

Pris d'un brusque accès de fatigue, Bourne se rassit sur le lit.

Soraya fit un pas vers lui. « Vous allez bien ? »

Il fit oui de la tête et inspira à fond. « C'était une erreur, dit-il.

— Vous croyez que ça fait une différence pour elle ?

— Il se peut que vous ne l'ayez même pas touchée.

— On peut dire cela mais on peut dire aussi le contraire. De toute façon, est-ce que cela m'absoudrait ?

— Vous vous complaisez dans la culpabilité ! »

Elle émit un petit rire triste. « Peut-être. Dans ce cas, nous avons le même problème vous et moi. »

Ils se regardèrent à travers l'espace restreint de la cabine. La sirène de l'*Itkursk* résonna de nouveau. Une plainte sourde et lugubre. Le ro-ro tanguait doucement en fendant la houle mais le silence était tel dans la cabine qu'elle avait l'impression d'entendre son esprit se débattre avec le profond mystère qui l'obsédait depuis si longtemps.

Bourne reprit : « Soraya, écoutez-moi, je pense que la mort de Sarah est la clé de tout ce qui se passe maintenant.

— Vous n'êtes pas sérieux. » Mais quand elle vit l'expression de son visage, elle comprit qu'il l'était et regretta sa repartie. « Continuez, dit-elle.

— Je crois que Sarah est le point nodal. Je crois que sa mort a tout déclenché.

— Quand même, faire exploser une bombe nucléaire dans une grande ville américaine ! C'est énorme !

— Je ne veux pas parler du plan en lui-même. Je suis sûr que Dujja y pensait déjà, dit Bourne. Mais la mort de Sarah a dû modifier le timing. Elle a mis le feu aux poudres.

— Ce qui signifie que Sarah avait un rapport avec l'ordre que vous aviez reçu d'exécuter Hamid ibn Ashef. »

Il hocha la tête. « C'est ce que je pense, oui. Elle n'était pas là par hasard.

— Mais que faisait-elle sur les lieux ? Comment aurait-elle pu savoir ?

— Votre contact l'avait peut-être informée. N'oubliez pas qu'il nous avait vendus, répondit Bourne. Quant à ce qu'elle faisait sur les lieux, je n'en ai aucune idée. »

Soraya fronça les sourcils. « Mais quel lien y a-t-il entre Hamid ibn Ashef et Fadi ?

— J'ai réfléchi à ce que vous a dit votre amie de l'Unité d'enquête sur les Incendies.

— Le disulfure de carbone – l'accélérant employé par Fadi à l'hôtel Constitution.

— Exactement. Vous disiez que le disulfure de carbone était employé pour ses qualités de flottabilité – il sert à dissocier les mélanges. La flottabilité a été développée sur une échelle commerciale à la fin du XXe siècle, pour le traitement du minerai d'argent principalement. »

Les yeux de Soraya s'éclairèrent. « L'une des filiales d'Integrated Vertical Technologies se consacre au traitement du minerai d'argent. Et IVT appartient à Hamid ibn Ashef. »

Bourne hocha la tête. « Je pense qu'IVT a financé Dujja durant toutes ces années.

— Mais Sarah ?

— Pour Sarah, et tout le reste d'ailleurs, nous devrons attendre d'arriver à Istanbul. Internet seul nous fournira les réponses. Pour l'instant, nos téléphones portables sont inutiles. »

Soraya se leva. « Dans ce cas, je vais nous chercher de quoi manger. Je ne sais pas pour vous, mais moi je meurs de faim.

— Nous y allons ensemble. »

Bourne entreprit de se lever mais elle le força à se rasseoir. « Il faut vous reposer, Jason. Je rapporterai de quoi manger pour nous deux. »

Elle lui sourit, se retourna et passa la porte.

Bourne s'étendit sur le dos pour tenter de rassembler ses souvenirs. Il évoqua l'image de la jeune Sarah traversant la place en courant, la bouche ouverte. Que criait-elle ? A qui s'adressait-elle ? Ses bras sentaient encore le poids de sa présence. Tout son être se tendit. Il aurait tant voulu entendre sa voix.

Mais c'était la voix de Fadi sous la jetée à Odessa qui lui revenait en tête.

« Ça fait longtemps que j'attends cet instant. Longtemps que j'attends de te revoir en face et d'exercer ma vengeance. »

A n'en point douter, le plan de Fadi comportait un élément personnel déterminant. Fadi avait tout fait pour le retrouver puis il l'avait conduit tout doucement et très habilement jusqu'au centre de sa toile. Une conspiration aux ramifications incroyables. C'était Bourne qui avait ramené l'imposteur au pays. Il avait répondu de lui devant les enquêteurs de la Bleak House. Tout cela faisait partie du plan. Fadi s'était servi de lui pour infiltrer les plus hautes sphères de la CIA.

Trop agité pour rester couché, Bourne se leva tant bien que mal, tenta de s'étirer et marcha doucement vers la salle de bains : un bassin de douche en alu, un minuscule lavabo métallique, des toilettes en porcelaine, un miroir hexagonal. Sur une tringle pendaient deux serviettes élimées. Il repéra deux gros savons ovales : de la soude de potasse et pas grand-chose d'autre.

Il tourna le robinet de la douche, attendit que l'eau devienne chaude et entra dans la cabine.

En fin d'après-midi, le ciel avait viré au gris. Le soleil déclinant disparaissait sous les nuages chargés de pluie. Un vent humide soufflait de la côte turque, au sud-ouest. Avec beaucoup d'imagination, on aurait déjà pu renifler les senteurs âcres du sumac et de l'origan.

Accoudé à la rambarde tribord de l'*Itkursk*, Matthew Lerner fumait une cigarette quand il vit Soraya Moore sortir d'une cabine VIP, sur le pont amiral.

Il la regarda s'éloigner, descendre un escalier de métal conduisant à l'un des ponts inférieurs. Il brûlait de la suivre et de lui planter dans la nuque le pic à glace qu'il avait sur lui. C'eût été une énorme satisfaction personnelle mais un suicide sur le plan professionnel – de même, il n'était pas question de se servir de son pistolet sur le bateau. C'était Jason Bourne, sa cible. Tuer Soraya Moore eût compliqué une situation déjà mal engagée. Il allait devoir improviser. Ce n'était pas le scénario idéal mais sur le terrain, l'improvisation s'avérait presque inévitable.

Il se retourna prestement vers les vagues au moment où, atteignant le palier, elle dirigea un instant son regard vers lui. Tirant une dernière bouffée de sa cigarette turque, il jeta le mégot par-dessus bord.

Quand il reprit sa position initiale, Soraya Moore avait disparu. Il n'y avait aucune couleur dans ce paysage. La mer tirait sur le gris anthracite. Le navire lui-même était peint en noir et blanc. Il traversa vite le pont, grimpa les quelques marches qui menaient au pont amiral et ouvrit la porte de la cabine VIP.

Prenant garde à ne pas érafler sa blessure, Bourne était en train de se savonner. Déjà l'eau bienfaisante apaisait ses douleurs. La crasse collée par la sueur glissait le long de son corps. Peu à peu ses muscles se détendaient. Il aurait aimé rester plus longtemps sous la douche mais l'*Itkursk* était un navire marchand, pas un paquebot de luxe. L'eau devint rapidement froide puis le jet s'interrompit brusquement, avant qu'il ait fini de se rincer.

Presque au même instant, il vit quelque chose remuer. Il s'accroupit aussitôt. Ses réflexes et sa peau glissante le sauvèrent. Sans cela, il aurait reçu le pic à glace de Lerner en plein cou. Acculé au fond de la cabine, il se colla brusquement contre la cloison. Lerner se jeta sur lui.

Du tranchant de sa main calleuse, Lerner lui administra deux coups rapides à l'aine. Censés lui permettre de réattaquer avec son pic à glace, ces deux coups ne furent pas assez violents pour affaiblir Bourne, qui, au troisième, riposta en s'appuyant à la cloison de la cabine. Il enfonça le talon de son pied gauche dans la poitrine de Lerner au moment même où ce dernier entrait dans la douche. Lerner partit en arrière et glissa sur le carrelage humide de la salle de bains.

En un clin d'œil, Bourne sortit de la douche, saisit un savon et le coinça au centre d'une serviette qu'il enroula sur elle-même. Comme Lerner repartait à l'attaque, Bourne lui bloqua la main avec son avant-bras gauche et dans le même mouvement, lui écarta le bras pour créer une ouverture. Puis il balança la fronde improvisée dans le bas-ventre de son agresseur.

Lerner ne s'attendait pas à un choc si douloureux. Il recula en titubant et sortit de la salle de bains, mais comme il était au mieux de sa forme, récupéra presque tout de suite. Bien campé sur ses jambes, il se préparait à parer un autre coup vicieux lorsque Bourne, le prenant par surprise, déploya sa fronde vers le sol pour obliger Lerner à baisser le pic à glace.

La feinte ayant porté, Bourne posa le pied gauche sur le poignet droit de Lerner et le maintint contre la moquette de la cabine. Mais son pied nu encore mouillé ne l'immobilisa pas très longtemps. Lerner se dégagea et tenta de lui transpercer le pied avec son pic à glace. Bourne esquiva de justesse. Lerner feinta sur la droite puis balança son genou dans la cage thoracique de Bourne.

La douleur se répercuta dans tout son corps. Il grimaça affreusement. Lerner profita de l'occasion pour lui envoyer son poing dans l'épaule. Quand Bourne s'affaissa, Lerner lui fit un crochet à la cheville qui le renversa sur le dos.

Il lui sauta dessus. Bourne contre-attaqua en lui assénant un direct sur le nez. Du sang gicla, l'os se rompit tout net. Sans attendre que Lerner essuie ses yeux aveuglés par le sang, il le jeta par terre en enfonçant ses doigts au bas de sa cage thoracique. Lerner grogna de surprise et de douleur quand il sentit deux côtes se briser.

Dans un rugissement, il fit pleuvoir sur Bourne une grêle de coups de poing presque impossibles à parer. Bourne en esquiva pourtant certains mais il était tellement affaibli que ces quelques coups suffirent à l'étourdir.

Avant de comprendre ce qui lui arrivait, il sentit la main de Lerner se refermer comme un étau sur sa gorge. Cloué au sol, il vit la pointe du pic à glace se rapprocher de son œil droit.

La mort était là, devant lui. Soudain, renonçant à agir de manière consciente, il s'en remit totalement à l'instinct du tueur. Bourne l'assassin se réveilla. La pensée engendre la peur. Pas de pensée, pas de peur. Il tendit les bras, ouvrit les mains et les claqua violemment sur les oreilles de Lerner. La double gifle eut deux conséquences sur son agresseur. D'abord, elle le désorienta puis elle produisit sur ses conduits auditifs l'effet d'un bouchon semi-hermétique qui, lorsque Bourne écarta les mains, sauta en endommageant gravement les tympans.

La course du pic à glace s'arrêta net, l'arme se mit trembler dans la main paralysée de Lerner. Bourne écarta le pic, saisit Lerner par le devant de sa chemise, le jeta par terre et dans le même mouvement, lui porta un terrible coup de tête. L'os de son front vint s'écraser entre les deux sourcils de Lerner, juste en haut du nez.

Sans lâcher le pic à glace, Lerner bascula en arrière, les yeux révulsés. Même à moitié évanoui, son puissant instinct de survie reprenait le dessus. Il se redressa sur les genoux, abaissa son arme et réussit à écorcher le bras droit de Bourne.

Ce dernier abattit ses deux mains jointes sur le cou de Lerner, au niveau de la carotide. Lorsqu'il tomba sur le dos, Bourne tendit les doigts et les lui enfonça comme une pointe de flèche sous la mâchoire, broyant peau, muscles et viscères.

La cabine vira au rouge.

Un voile obscur se déploya devant ses yeux. Ses forces l'abandonnaient, elles refluaient comme une marée descendante. Dans un frisson, Bourne tomba à plat ventre, inconscient.

VINGT-TROIS

DANS L'ASCENSEUR EN ACIER qui descendait vers l'usine nucléaire de Miran Shah, Muta ibn Aziz tenait fermement le joli bras de Katya Veintrop.

« Est-ce que je vais voir mon mari maintenant ? demanda Katya.

— Oui, répondit Muta ibn Aziz, mais vos retrouvailles ne vous apporteront aucun plaisir, vous pouvez me croire. »

L'ascenseur s'ouvrit. Quand ils sortirent de la cabine, Katya frémit.

« J'ai l'impression de marcher dans les boyaux de l'enfer », dit-elle en regardant autour d'elle les couloirs en béton.

L'éclairage glauque du lieu n'altérait pas la beauté de la jeune femme, que Muta ibn Aziz, comme tout Arabe qui se respecte, s'était efforcé de couvrir avec décence. Grande, mince, blonde, les yeux clairs, la poitrine généreuse, sa peau sans défaut semblait luire comme du marbre poli. Une petite constellation de taches de rousseur chevauchait l'arête de son nez. Tous ces appâts n'impressionnaient en rien Muta ibn Aziz, l'homme du désert.

Ils avaient parcouru un paysage morne et poussiéreux à bord d'une Land Rover, jusqu'à Miran Shah Huit heures de trajet qu'il avait passées à réfléchir sans trop s'occuper d'elle. Il était déjà venu trois ans auparavant, avec son frère Abbud ibn Aziz et le Dr Costin Veintrop. A l'époque, le brillant médecin les avait suivis avec une certaine réticence. En fait il n'aurait jamais entrepris ce voyage de lui-même. Fadi les avait donc envoyés à Bucarest pour le ramener de force à Miran Shah.

Veintrop était d'une humeur massacrante car il venait de se faire renvoyer de la société Integrated Vertical Technologies pour des méfaits dont il se prétendait innocent. Il l'était, certes, mais le problème se situait ailleurs. Les accusations portées contre lui étaient tellement lourdes qu'elles avaient suffi à l'exclure de tous les programmes de recherche subventionnés, de toutes les universités, de toutes les entreprises privées.

Fadi était arrivé à point nommé avec une offre alléchante, sans même se soucier de déguiser ses intentions. Pourquoi l'aurait-il fait ? Veintrop aurait vite compris, de toute façon. Naturellement, il fut ébloui par l'argent mais Fadi s'aperçut vite que l'homme avait autant de scrupules que de génie. Il troqua donc la carotte contre le bâton. Et ce bâton s'appelait Katya. Fadi savait Veintrop capable de tout ou presque pour assurer la sécurité de Katya.

« Votre femme est en sécurité avec moi », avait dit Fadi quand Veintrop, Muta ibn Aziz et son frère étaient arrivés à Miran Shah. « Plus en sécurité que n'importe où sur cette planète. » Et pour le prouver, il avait montré à Veintrop une vidéo tournée quelques jours avant où l'on voyait Katya pleurer, implorer son mari de venir la chercher. Veintrop lui aussi avait versé quelques larmes puis s'était essuyé les yeux et avait accepté l'offre de Fadi. Pourtant son regard démentait ses paroles, ce qui n'avait pas échappé aux trois hommes.

Le Dr Senarz avait conduit Veintrop dans les labos de Miran Shah. Dès qu'ils furent partis, Fadi avait demandé à Muta et Abbud ibn Aziz : « Qu'en pensez-vous ? Fera-t-il ce que nous voulons de lui ? »

Les deux frères avaient acquiescé à l'unisson. « Il fera tout ce qu'on lui demande tant que nous tiendrons le bâton. »

Ils étaient tombés d'accord, ce qui ne se reproduisit pas une seule fois durant les quatre jours qu'ils passèrent dans la ville de béton souterraine. Ces montagnes arides marquaient la frontière entre l'ouest du Pakistan et l'Afghanistan. On pouvait facilement se faire tuer en les traversant – tel avait été le sort de nombreux combattants bien entraînés, bien armés. Aucun représentant du gouvernement pakistanais n'osait s'aventurer dans cette région. Les talibans, al-Qaïda, les jihadistes et fondamentalistes musulmans de tous poils, se retrouvaient tous à Miran Shah. La plupart d'entre eux se détestaient cordialement. Contrairement à ce que prétendaient les Américains – mensonge entretenu avec une certaine réussite –, ces groupements n'étaient pas coordonnés. A leur tête, ne régnait pas un chef, ni deux ni même une poignée. En fait, la réalité était plus pittoresque : les sectes cultivaient toujours de vieilles inimitiés, leurs objectifs très différents s'avéraient antagoniques. Pourtant, le mythe persistait. Ayant fait ses classes en Occident, Fadi maîtrisait parfaitement les principes de la communication de masse. Retournant le mensonge américain contre ses inventeurs, il avait bâti la terrible réputation de Dujja, et la sienne par la même occasion.

Tandis que Muta ibn Aziz conduisait Katya à travers les couloirs, il ne pouvait s'empêcher de songer au désaccord fondamental qui l'opposait à son frère. Cette tension était née trois ans auparavant. Le temps n'avait fait que durcir leurs positions respectives. Ce désaccord avait un nom : Sarah ibn Ashef, la sœur de Fadi et de Karim al-Jamil. Son meurtre avait changé leurs vies, créé des secrets, des mensonges et de l'animosité. Sa mort avait détruit leurs deux familles, d'une manière à la fois évidente et mystérieuse. Depuis cette nuit à Odessa, quand la jeune femme était tombée sur les pavés de la place, le torchon brûlait entre Muta ibn Aziz et son frère. En apparence, ils agissaient comme si rien n'avait eu lieu mais au fond, leurs pensées ne suivaient plus des chemins parallèles. Ils s'étaient irrémédiablement perdus.

Au détour du couloir, Muta ibn Aziz vit son frère sortir d'une pièce et lui faire signe d'approcher. Muta détestait ce geste. C'était celui d'un professeur envers un élève pris en faute.

« Ah, tu es là », dit Abbud ibn Aziz, comme si son frère arrivait en retard, après s'être égaré.

Muta ibn Aziz se maîtrisa. Quand il fit entrer Katya dans la pièce où on l'attendait, il le frôla volontairement pour lui montrer qu'il gênait le passage.

L'endroit était spacieux bien que bas de plafond pour des raisons compréhensibles. En fait de meubles, on y trouvait le strict minimum : six chaises en plastique moulé, une table en zinc, des placards vitrés le long du mur de gauche, un évier et un brûleur électrique.

Fadi leur faisait face, les mains posées sur les épaules du

Dr Veintrop assis sur une chaise, comme pour le contraindre à l'immobilité.

« Katya ! », cria-t-il en la voyant apparaître. Son visage s'éclaira puis se rembrunit aussitôt lorsque Fadi réprima d'une poigne de fer son élan vers elle.

Sur un signe de son chef, Muta ibn Aziz libéra la jeune femme. Avec un cri inarticulé, elle courut vers son mari et s'agenouilla devant lui.

Veintrop lui caressa les cheveux, le visage. Ses doigts voletaient sur elle, suivaient les contours de sa tête, comme pour s'assurer qu'elle n'était ni un mirage ni un sosie. Il savait de quoi était capable le Dr Andursky, le chirurgien qui avait métamorphosé Karim al-Jamil. Rien ne l'aurait empêché de donner le visage de sa Katya à n'importe quelle femme russe travaillant pour eux.

Dès le moment où Fadi l'avait « recruté », il était devenu foncièrement paranoïaque. Pour lui, tout n'était que complot destiné à l'asservir. Et il n'avait pas tout à fait tort.

« A présent que vous voilà réunis, enfin plus ou moins, dit Fadi au Dr Veintrop, j'aimerais que vous cessiez de tergiverser. Nous avons un emploi du temps spécifique et le fait que vous traîniez les pieds nous contrarie beaucoup.

— Je ne tergiverse pas, dit Veintrop. Les microcircuits... » La fin de sa phrase se fondit dans une grimace. Fadi lui broyait les épaules.

Fadi fit un signe de tête. Abbud ibn Aziz sortit de la pièce et revint accompagné du Dr Senarz, le physicien nucléaire.

« Docteur Senarz, lança Fadi. Dites-moi je vous prie pourquoi l'engin nucléaire que je vous ai ordonné de fabriquer n'est pas encore fini. »

Le Dr Senarz dévisagea Veintrop. Il avait été l'élève de Abdul Qadeer Khan, le célèbre physicien nucléaire pakistanais. « J'ai terminé mon travail, dit-il. La poudre de dioxyde d'uranium que vous m'avez livrée a été transformée en HEU, la forme métallique requise pour l'ogive. En d'autres termes, nous disposons du matériau fissible. Le revêtement est achevé lui aussi. Nous n'attendons plus que le Dr Veintrop. Sa participation est essentielle, comme vous le savez. Sans lui, vous n'aurez pas l'engin que vous souhaitez.

— Ainsi donc, Costin, nous voilà au cœur du problème. » Fadi parlait sur un ton posé. « Avec votre aide, mon plan réussira, sans votre aide mon plan est voué à l'échec. Une équation aussi simple qu'élégante, comme disent les physiciens. Pourquoi ne m'aidez-vous pas ?

— Le processus est plus complexe que je ne le croyais. » Veintrop ne pouvait détacher les yeux de sa femme.

Fadi intervint : « Docteur Senarz ?

— Le travail de miniaturisation du Dr Veintrop est achevé depuis plusieurs jours.

— Que sait-il de la miniaturisation ? répliqua sèchement Veintrop. C'est totalement faux.

— Je ne me contenterai pas d'une opinion, docteur Senarz », s'écria Fadi tout aussi sèchement.

Quand Senarz sortit le petit calepin en cuir rouge foncé, Veintrop poussa un gémissement involontaire. Alarmée, Katya se rapprocha davantage de lui.

Le Dr Senarz brandit le calepin. « Nous avons là les notes personnelles du docteur Veintrop.

— Vous n'avez pas le droit ! hurla Veintrop.

— Ah mais si, il a tous les droits. » Fadi prit le calepin que lui tendait Senarz. « Vous m'appartenez, Veintrop. Tout ce que vous faites, tout ce que vous pensez, écrivez ou rêvez m'appartient. »

Katya gémit. « Costin, qu'est-ce que tu as fait ?

— J'ai vendu mon âme au diable », murmura Veintrop.

Abbud ibn Aziz dut recevoir un signal silencieux de la part de Fadi, car il tapota l'épaule du Dr Senarz et le fit sortir de la pièce. Le bruit de la porte qui se refermait fit sursauter Veintrop.

« Très bien », dit Fadi de sa voix la plus aimable.

Aussitôt, Muta ibn Aziz attrapa Katya par le col et le dos de son chemisier et l'écarta sans ménagement de son mari. De son côté, Fadi immobilisa de nouveau le docteur qui tenta en vain de se débattre pour échapper à son emprise.

« Je vous le demande pour la dernière fois », dit Fadi sur le ton indulgent d'un père aimant envers un enfant indiscipliné.

Muta ibn Aziz administra un coup d'une violence extrême à l'arrière du crâne de Katya.

« Non ! », hurla Veintrop tandis que la jeune femme tombait à plat ventre sur le sol.

Personne ne lui accorda la moindre attention. Muta ibn Aziz la souleva pour la faire asseoir. Puis il se mit devant elle et la frappa si fort qu'il brisa son nez parfait. Du sang gicla sur la victime et son tortionnaire.

« Non ! », brailla Veintrop.

Muta ibn Aziz l'attrapa par les cheveux et de l'autre main, lui cogna la joue gauche. Des larmes roulèrent sur le visage tuméfié de la malheureuse qui se mit à sangloter.

« Arrêtez ! cria Veintrop. Pour l'amour de Dieu, arrêtez ! Je vous en supplie ! »

Le poing de Muta ibn Aziz était couvert de sang.

« Que je n'aie plus à vous le redemander, murmura Fadi à l'oreille du docteur. Ne m'obligez pas à me défier de vous, Costin.

— Non, c'est bon. » Veintrop sanglotait lui aussi. Son cœur venait de se briser en mille morceaux qu'il ne pourrait jamais recoller. « Je ferai ce que vous voulez. J'aurai achevé la miniaturisation dans deux jours.

— Deux jours, Costin. » Fadi le saisit par les cheveux, lui bascula la tête en arrière et plongea ses yeux dans ceux de son prisonnier. « Pas une seconde de plus. Compris ?

— Oui.

— Autrement, même le Dr Andursky ne pourra réparer le visage de Katya. »

Muta ibn Aziz trouva son frère dans la salle d'opération du Dr Andursky. Là où Karim al-Jamil était devenu le sosie de Lindros. Là où Karim al-Jamil s'était fait greffer un nouvel iris, une nouvelle pupille et, mieux encore, une rétine grâce à laquelle les scanners de la CIA l'identifieraient comme Lindros.

Au grand soulagement de Muta ibn Aziz, son frère était seul dans la salle.

« Il est temps d'avouer la vérité à Fadi. » Muta ibn Aziz parlait d'une voix sourde, insistante.

Les yeux posés sur les ustensiles chirurgicaux, Abbud ibn Aziz répondit : « Décidément, tu ne penses qu'à cela. C'est mot pour mot ce que tu m'as sorti voilà trois ans.

— Les circonstances ont changé, du tout au tout. Il faut le lui dire. C'est notre devoir.

— Je ne suis pas d'accord. Pas plus aujourd'hui qu'il y a trois ans, répondit Abbud ibn Aziz. En fait, si nous avons un devoir envers Fadi c'est justement de lui cacher la vérité.

— Je ne saisis pas la logique de ton raisonnement.

— Vraiment ? Le problème central n'a pas varié depuis le début. Ils ne se sont jamais remis de la mort de Sarah ibn Ashef. Pourquoi attiser leur douleur ? Sarah ibn Ashef était la fleur d'Allah, une beauté innocente née pour vivre dans le bonheur. Sur elle, reposait l'honneur de la famille. Il est essentiel de préserver sa sainte mémoire. Notre devoir consiste à protéger Fadi et Karim al-Jamil de tout ce qui peut les distraire de leur objectif.

— Distraire ! hurla Muta in Aziz. D'après toi, leur révéler la vérité sur leur sœur serait une distraction ?

— Quel autre mot dois-je employer, alors ?

— Désastre. C'est un désastre absolu, une disgrâce dépassant tout ce...

— Et tu te chargerais d'apprendre la terrible vérité à Fadi ? Dans quel but ? Que cherches-tu à faire ?

— J'ai répondu à cette question il y a trois ans. Je veux juste dire la vérité, dit Muta ibn Aziz. A présent, leur plan a évolué. Ils cherchent aussi à se venger de Jason Bourne.

— Je ne vois pas pourquoi on les arrêterait. Bourne est une menace pour nous tous – toi compris. Tu étais présent cette nuit-là, tout comme moi.

— Leur désir de vengeance les aveugle, les obsède. Rien d'autre ne compte vraiment. Et s'ils présumaient de leurs forces ?

— Face à un homme seul ? se moqua Abbud ibn Aziz.

— Tu as accompagné Fadi à Odessa à deux reprises. Dis-moi, frère, a-t-il réussi à tuer Bourne ? »

Abbud ibn Aziz réagit au ton glacial de son frère. « Bourne a été grièvement blessé. Fadi l'a pourchassé dans les catacombes sous la ville. Je doute fort qu'il ait survécu. Mais en réalité, cela n'a pas d'importance. Il est handicapé ; il ne peut plus nous faire de mal. Telle est la volonté d'Allah. Ce qui est fait est fait. Ce qui doit s'accomplir s'accomplira.

— Et moi je dis que rien n'est résolu. Tant qu'il reste la moindre possibilité que Bourne soit encore en vie, ni l'un ni l'autre ne lâcheront. Ils continueront à être distraits, comme tu dis. Alors que si on leur dit...

— Silence ! Telle est la volonté d'Allah ! »

Abbud ibn Aziz n'avait jamais parlé à son frère cadet avec une telle virulence. La mort de Sarah ibn Ashef dressait un mur entre eux, Muta ibn Aziz le savait parfaitement. Ils y songeaient souvent mais n'en parlaient jamais. Or, le silence ne produisait rien de bon. C'était un poison versé dans le puits de leurs liens fraternels. Muta ibn Aziz était fermement convaincu qu'un jour, ce silence forcé causerait leur perte à tous les deux.

Il sentit une vague de désespoir l'envahir. Cela lui arrivait souvent. Dans ces moments-là, il était comme pris au piège. Désormais, où qu'il décide d'aller, quoi qu'il décide de faire, il était condamné à brûler en Enfer avec les scélérats. Comme son frère. *La ilaha ill Allah ! Qu'Allah éloigne de nous les flammes de l'Enfer !*

Pour clore la discussion, Abbud réaffirma la position qu'il avait adoptée la nuit où la jeune fille était morte, et qui n'avait pas varié depuis : « En ce qui concerne Sarah ibn Ashef, nous garderons cela pour nous, dit-il platement. Tu m'obéiras sans poser de questions, comme tu l'as toujours fait. Comme tu dois le faire. Nous ne sommes pas des individus, frère, nous sommes des maillons de la chaîne familiale. *La ilaha ill allah !* Le destin de l'un est le destin de tous. »

L'homme, assis en tailleur devant une table basse en bois couverte d'objets divers, considérait Fadi d'un œil torve. D'ailleurs, il n'avait qu'un seul œil valide, le gauche. L'autre, sous son bandeau de coton blanc, n'était plus qu'un cratère noirci.

Fadi se défit de ses chaussures d'un coup de pied et s'avança sur le sol en ciment. A Miran Shah, les sols, les murs, les plafonds étaient en ciment. Tous identiques. Il s'assit à la table, de manière à montrer son profil à l'homme borgne.

D'un bocal en verre, il versa une poignée de grains de café fraîchement torréfiés dans un mortier de laiton, leva le pilon, et les broya jusqu'à obtenir une poudre fine. Un pot en cuivre reposait sur le brûleur d'un fourneau à gaz. Fadi le remplit d'eau avant d'allumer. Un cercle de flammes bleues lécha le fond du pot.

« Ça fait un bout de temps, dit Fadi.

— Tu espères vraiment que je vais boire avec toi ? cracha le vrai Martin Lindros.

— J'espère que tu te comporteras en être humain civilisé. »

Lindros eut un rire amer et toucha le centre de son bandeau du bout de l'index. « Cela en fera au moins un dans cette pièce.

— Prends une datte, dit Fadi en poussant vers lui une assiette ovale garnie de fruits secs. Elles sont excellentes quand on les trempe dans ce beurre de chèvre. »

Au moment où l'eau se mit à bouillir, Fadi retourna le mortier et versa la poudre de café dans le pot. Puis il rapprocha une coupelle odorante remplie de graines de cardamome broyées. Il resta un instant les yeux rivés sur le café en préparation. Peu avant que la mousse ne se forme, il retira le pot du fourneau et avec les doigts de sa main droite, jeta quelques graines de cardamome broyées dans le café qu'il versa ensuite dans une sorte de petite théière. Quelques fibres de palme enfoncées dans le bec verseur protégeraient la table des projections liquides. Fadi écarta le pot et versa le *qahwah arabiyah* – le café arabe – dans deux minuscules tasses sans anse. Il servit d'abord Lindros, comme tout bédouin le ferait pour son hôte. Encore qu'aucun bédouin n'ait jamais eu l'occasion de s'asseoir en tailleur sous telle tente : immense, souterraine, protégée par des parois de béton de cinquante centimètres d'épaisseur.

« Que fait ton frère ? J'espère que l'œil qu'il m'a volé changera sa façon de voir les choses. Il lui donnera peut-être envie de faire autre chose que détruire le monde occidental.

— Tu veux vraiment qu'on parle de destruction, Martin ? Alors parlons de l'exportation forcée par l'Amérique d'une culture reposant sur la décadence d'une populace blasée, qui veut tout tout de suite, qui ne comprend plus la signification du mot *sacrifice*. Parlons de l'occupation du Moyen-Orient par l'Amérique, de la destruction délibérée de toutes les traditions.

— Je suppose que c'est la tradition qui commande de faire exploser des statues religieuses, comme les talibans l'ont fait en Afghanistan. Les traditions justifient sans doute la lapidation des femmes adultères pendant que leurs amants rentrent tranquillement chez eux.

— En tant que bédouin saoudien, j'ai autant de points communs avec les talibans que vous-mêmes. Quant aux femmes adultères, il s'agit de la loi islamique. Nous ne sommes pas des individus, Martin, mais les membres d'une unité familiale. Notre honneur repose sur nos filles. Si nos sœurs vivent dans la honte, cette honte rejaillira sur toute la famille jusqu'à ce que la femme fautive en soit extirpée.

— Tuer sa chair et son sang ? C'est inhumain.

— Parce que ça ne vous arrive jamais, à vous ? » Fadi fit un geste de la tête. « Bois. »

Lindros porta la tasse à ses lèvres et avala d'un trait.

« Il faut boire à petites gorgées, Martin. » Fadi remplit la tasse de Lindros puis dégusta son propre café en trois courtes lampées. De sa main droite, il prit une datte qu'il plongea dans le beurre odorant avant de l'engloutir. Il mâcha lentement, perdu dans ses pensées, puis cracha le noyau effilé. « Cela te ferait du bien d'en manger une. Ces dattes sont délicieuses et si nourrissantes. »

Lindros le dévisagea, raide et silencieux, comme sur ses gardes.

Fadi s'essuya la main sur une petite serviette. « Tu sais, mon père faisait le café du matin au soir. C'est le plus beau compliment que je puisse lui adresser – comme à tout bédouin. Cela veut dire que c'est un homme généreux. » Il remplit sa tasse. « Hélas, aujourd'hui, mon père ne peut plus faire le café. En fait, il ne peut plus rien faire à part regarder dans le vide. Ma mère lui parle mais il ne peut pas répondre. Tu sais pourquoi, Martin ? » Il vida sa tasse en trois coups. « Parce qu'il s'appelle Abu Sarif Hamid ibn Ashef al-Wahhib. »

A ces mots, l'œil valide de Lindros cligna légèrement.

« Oui, c'est cela, dit Fadi. Hamid ibn Ashef. L'homme que Jason Bourne a descendu sur ton ordre.

— C'est pour cela que je suis ici.

— Tu crois ?

— Ce n'est pas moi qui ai donné l'ordre, imbécile. Je ne connaissais même pas Jason Bourne à l'époque. Son contrôleur était Alex Conklin, et Conklin est mort. » Lindros se mit à rire.

D'un geste brusque, Fadi se pencha au-dessus de la table et attrapa Lindros par le col de sa chemise. Il le secoua si violemment que les dents de Lindros s'entrechoquèrent.

« Tu te crois malin, Martin. Mais vous allez payer pour ce crime. Toi et Bourne. »

Fadi saisit Lindros à la gorge comme pour lui arracher la trachée artère. Il prenait un plaisir évident à voir sa victime étouffer.

« Bourne est encore vivant, m'a-t-on dit, mais à peine. Quoi qu'il en soit, je sais qu'il remuera ciel et terre pour te retrouver, surtout s'il croit pouvoir faire d'une pierre deux coups avec moi.

— Que... que vas-tu faire ? » Lindros avait juste assez de souffle pour émettre ces quelques mots.

« Je vais lui fournir les renseignements qui lui permettront de te retrouver, ici à Miran Shah. Et quand il y sera parvenu, Martin, je t'étriperai devant ses yeux. Ensuite, je m'occuperai de lui. »

Fadi colla son visage contre celui de Lindros en scrutant son œil gauche comme pour y lire tout ce qu'il lui cachait. « Bourne suppliera qu'on l'achève, Martin. Mais je m'en garderai bien. Pour lui, la mort sera lente à venir. Avant qu'il ne meure, je ferai en sorte qu'il assiste à l'anéantissement de la capitale américaine par le feu nucléaire. »

Livre trois

VINGT-QUATRE

Le cercueil est porté en terre. Des reflets ternes jouent sur les poignées. La plaque gravée vissée au couvercle s'orne de petites spirales de lumière. Sur un geste impérieux du prêtre, le cercueil reste suspendu, immobile. L'homme vêtu d'un costume impeccable, de coupe européenne, se penche sur la tombe. Bourne est persuadé qu'il va tomber. Mais non. Avec une force surhumaine, il arrache violemment le couvercle du cercueil.

« Que faites-vous ? », demande Bourne.

Le prêtre se tourne vers lui, lui adresse un signe de tête et jette le lourd couvercle d'acajou dans le trou. Bourne s'aperçoit que le prêtre a disparu. Fadi a pris sa place.

« Allez. Jetez un coup d'œil », dit Fadi en arabe. Il allume une cigarette, tend la boîte d'allumettes à Bourne.

Bourne fait un pas en arrière, baisse les yeux vers le cercueil ouvert...

... et se retrouve assis à l'arrière d'une voiture. Par la vitre, il aperçoit un paysage familier qu'il ne parvient pourtant pas à identifier. Il secoue l'épaule du chauffeur.

« Où allons-nous ? »

Le chauffeur se retourne. C'est Lindros. Mais il y a quelque chose qui cloche dans son visage. Il est sombre, couvert de cicatrices : c'est le Lindros qu'il a conduit au siège de la CIA. « A ton avis ? » dit l'imposteur en appuyant sur le champignon.

Bourne se penche en avant. Il vient de repérer une silhouette debout sur le bas-côté. Ils vont bientôt la croiser. C'est une jeune femme qui fait de l'auto-stop : Sarah. Ils vont arriver à sa hauteur quand elle pose un pied sur la route et se place sur la trajectoire de la voiture.

Bourne tente de hurler un avertissement, mais aucun son ne sort de sa bouche. La voiture fait une embardée. Le corps de Sarah est projeté en l'air. Du sang gicle. Furieux, Bourne tend la main vers le chauffeur...

... et se retrouve à bord d'un bus. Les passagers l'ignorent complètement. Bourne s'avance dans l'allée séparant les rangées de sièges. Le conducteur porte un costume de coupe européenne. C'est le Dr Sunderland, le spécialiste de la mémoire.

« Où allons-nous ? lui demande Bourne.

— Je vous l'ai déjà dit », rétorque le Dr Sunderland.

A travers l'immense pare-brise, Bourne aperçoit la plage d'Odessa. Il voit Fadi fumer une cigarette en souriant. Il l'attend.

« Tout a été calculé, dit le Dr Sunderland, depuis le début. »

Le bus ralentit. Bourne remarque un pistolet dans la main de Fadi. Le Dr Sunderland ouvre la portière ; Fadi monte à bord, braque son arme sur Bourne, presse la détente...

Le coup de feu le réveilla en sursaut. Quelqu'un était penché au-dessus de lui. Avec sa barbe naissante très noire, ses yeux enfoncés et son implantation de cheveux qui lui mangeait le haut du front, l'homme ressemblait vaguement à un singe. Une lumière diaphane pénétrait en biais par le hublot, éclairait son visage allongé. Derrière lui, des rayures bleues et blanches diapraient le ciel.

« Ah, vous vous réveillez, lieutenant général Mykola Petrovich Tuz. » L'homme avait bu, ce qui n'arrangeait pas son élocution. Il parlait un russe de cuisine. « Je suis le Dr Korovin. »

Bourne mit quelques secondes à se rappeler où il se trouvait. Sentir le lit se balancer doucement sous son corps lui donna un coup au cœur. Il était déjà venu dans cet endroit – avait-il de nouveau perdu la mémoire ?

Puis tout lui revint. Il reconnut la petite infirmerie, se souvint du nom du navire, l'*Itkursk*. Aussitôt, il rentra dans la peau du lieutenant général Mykola Petrovich Tuz et d'une voix pâteuse, articula : « J'ai besoin de mon assistante.

— Bien sûr. » Le Dr Korovin fit un pas en arrière. « Elle est ici. »

A son visage se substitua celui de Soraya Moore. « Lieutenant général, dit-elle d'un ton sec. Vous allez mieux. »

Il remarqua l'inquiétude dans ses yeux. « Il faut qu'on parle », murmura-t-il.

Elle se tourna vers le médecin. « Laissez-nous, je vous prie, ordonna-t-elle.

— Certainement, répondit le Dr Korovin. J'en profiterai pour informer le capitaine que le lieutenant général est en voie de guérison. »

Dès que la porte se referma derrière lui, Soraya s'assit au bord du lit. « Lerner est allé nourrir les poissons, souffla-t-elle. Quand j'ai dit au capitaine qu'il espionnait pour le compte de l'étranger, le brave homme m'a donné un sacré coup de main. En fait, ça l'arrange. Il n'aime pas la mauvaise publicité. Même chose pour sa compagnie de transports maritimes. Résultat, il a passé Lerner par-dessus bord.

— Où sommes-nous ? demanda Bourne.

— A environ quarante minutes d'Istanbul. » Quand il voulut s'asseoir, Soraya lui saisit le bras avec douceur. « Quant à la présence de Lerner à bord, je crois qu'on s'est fait avoir. Ni vous ni moi n'avions rien remarqué.

— Je pense que je me suis fait avoir sur autre chose. Une chose beaucoup plus importante, répliqua Bourne. Donnez-moi mon pantalon. »

Il pendait sur le dossier d'une chaise. Soraya le lui passa. « Il faut que vous mangiez quelque chose. Le docteur vous a injecté beaucoup de liquide pendant qu'il vous réparait. D'après lui, vous aurez récupéré vos forces dans deux heures.

— Dans une minute. » Il sentait pulser la douleur sourde du coup de couteau. Le coup de pied de Lerner lui cuisait également. Son biceps droit portait un bandage couvrant la plaie laissée par le pic à glace, mais il ne lui faisait pas mal. Lorsqu'il ferma les yeux, les images de son rêve réapparurent. Fadi, l'imposteur, Sarah, le Dr Sunderland.

« Jason, qu'y a-t-il ? »

Il ouvrit les yeux. « Soraya, le Dr Sunderland n'est pas le seul à m'avoir trituré le cerveau.

— Que voulez-vous dire ? »

Il fouilla ses poches et sortit une boîte d'allumettes. *Fadi allume une cigarette, tend la pochette d'allumettes à Bourne.* Cette scène sortait de son rêve mais elle avait bel et bien eu lieu dans la réalité. Sous l'influence des souvenirs implantés par le Dr Sunderland, Bourne avait extrait Fadi de sa cellule. Une fois dehors, Fadi s'était servi d'une allumette pour allumer une cigarette – *« Rien à brûler dans ce trou, alors ils me l'ont laissée »*, avait-il dit avant de tendre la pochette à Bourne.

Pourquoi avoir fait cela ? Un geste très banal qui ne s'était pas vraiment imprimé dans sa mémoire, surtout à cause des événements qui avaient suivi. Fadi avait tout calculé, même cela.

« Une pochette d'allumettes ? dit Soraya.

— La pochette que Fadi m'a donnée ce soir-là. » Bourne l'ouvrit. Elle était complètement écrasée, les coins enfoncés, son inscription effacée par le bain forcé de Bourne dans la mer Noire.

D'intactes, il ne restait que les souches, toutes les allumettes ayant été arrachées. Avec l'ongle du pouce, Bourne détacha les agrafes métalliques qui retenaient l'ensemble. En dessous, il trouva un petit ovale de métal et de céramique.

« Mon Dieu, il vous suivait à distance. »

Bourne examina attentivement l'objet. « En effet, c'est un microémetteur ». Il le lui tendit. « Je veux que vous le jetiez par-dessus bord. Tout de suite. »

Soraya le prit, quitta la cabine et revint un instant plus tard.

« Autre chose, dit-il en la dévisageant. De toute évidence, c'est Tim Hytner qui informait à Fadi.

— Tim n'était pas la taupe, dit Soraya avec fermeté.

— Je sais que Tim était votre ami...

— Ce n'est pas cela, Jason. Celui qui se fait passer pour Lindros voulait me convaincre que Tim était un traître. Il m'a montré une preuve indiscutable. »

Bourne inspira profondément et, ignorant la douleur causée par ce mouvement, posa les pieds par terre. « Dans ce cas, Hytner ne peut pas être la taupe, j'en conviens. »

Soraya hocha la tête. « Ce qui signifie que la taupe œuvre toujours au sein de la CIA. »

Ils étaient attablés au Kaktüs Café, à deux cents mètres de Istiklal Caddesi – l'avenue de l'Indépendance – à Beyoglu, le quartier chic et branché d'Istanbul. Sur leur table, étaient disposées plusieurs petites assiettes de mezze et de minuscules tasses de café turc. L'endroit bondé bruissait de conversations en diverses langues, ce qui leur convenait très bien.

Bourne avait mangé à sa faim. A la troisième tasse de café, commençant à se sentir de nouveau humain, il dit : « Impossible de faire confiance à qui que ce soit à l'intérieur de la CIA. Si vous trouvez un ordinateur par ici, pourrez-vous franchir le pare-feu Sentinel ? »

Soraya secoua la tête. « Même Tim en aurait été incapable. »

Bourne acquiesça d'un hochement de tête. « Alors il va falloir que vous rentriez à Washington pour identifier la taupe. Tant que cet individu sévira, toutes les opérations seront compromises, y compris l'enquête sur le plan de Dujja. Vous allez devoir surveiller l'imposteur. Il pourrait vous conduire à la taupe puisqu'ils sont tous les deux au service de Fadi.

— J'irai voir le Vieux.

— Voilà justement ce qu'il faut éviter. Vous n'avez aucune preuve solide. Ce serait votre parole contre celle de l'imposteur. Depuis que vous avez travaillé avec moi, vous êtes devenue suspecte. En plus, le Vieux adore Lindros, il lui fait totalement confiance. C'est justement ce qui rend le plan de Fadi si génial. » Il secoua la tête. « Non, vous n'obtiendrez rien en accusant Lindros. Mieux vaut regarder, écouter et ne rien dire. Dès votre retour, il va commencer à se méfier de vous. Après tout, il vous a envoyée pour me surveiller. »

Un sourire sinistre se dessina sur le visage tuméfié de Bourne. « Nous lui donnerons ce qu'il veut. Vous lui direz avoir assisté à la bagarre entre Lerner et moi sur le ferry. Bagarre qui s'est soldée par la mort des deux protagonistes.

— C'est pour cela que vous m'avez demandé de jeter l'émetteur par-dessus bord. »

Bourne hocha la tête. « Fadi confirmera qu'il est au fond de la mer Noire. »

Soraya rit. « Maintenant je vois où nous allons. »

A quelques centaines de mètres du Kaktüs se trouvait un cybercafé. Soraya passa à la caisse pendant que Bourne s'asseyait devant un ordinateur, dans le fond. Quand Soraya s'installa près de lui, les données sur le Dr Allen Sunderland s'affichaient déjà. Le savant s'était vu décerner maintes récompenses. On avait publié des tas de livres sur ses travaux. Sur un site, Bourne trouva une photo de l'éminent spécialiste de la mémoire.

« Ce type n'est pas l'homme qui m'a reçu, déclara Bourne en fixant la photo. Fadi s'est juste servi de son nom. Il a dû soudoyer un autre médecin ou le contraindre par la force à bricoler les synapses de mon cerveau, à y introduire des neurotransmetteurs. Ils ont supprimé certains souvenirs tout en en créant de faux censés endormir ma méfiance, m'inciter à reconnaître Martin dans l'homme qui a pris son visage. Des souvenirs censés me conduire docilement à l'abattoir.

— C'est affreux, Jason. C'est comme si on s'était faufilé à l'intérieur de votre tête. » Soraya lui posa la main sur l'épaule. « Comment combattre une horreur pareille ?

— J'en suis incapable. A moins de trouver l'homme qui m'a fait cela. »

Sa conversation avec le faux Sunderland lui revint à l'esprit. Il revit la photo de la magnifique blonde que Sunderland avait appelée Katya. Faisait-elle partie de sa couverture ? Bourne se concentra et tendit tout son être vers cette voix. Non, il était sincère en parlant de cette femme. C'était peut-être la seule chose vraie dans le discours du pseudo-Allen Sunderland.

En outre, il y avait son accent. Bourne avait cru identifier un accent roumain. Encore un indice important. L'homme était médecin, spécialiste de la reconstruction mémorielle ; un Roumain, marié à une dénommée Katya. Cette Katya devait être ou avoir été mannequin, étant donné sa manière de poser devant l'objectif. Ces petits fragments ne valaient pas grand-chose, pensa-t-il, mais c'était mieux que rien du tout.

« Maintenant, reprenons tout du début. » Ses doigts volaient sur le clavier. Un instant plus tard, il faisait monter une note biographique sur Abu Sarif Hamid ibn Ashef al-Wahhib, fondateur d'Integrated Vertical Technologies. « Il s'est marié voilà trente-trois ans avec Holly, la fille cadette de Simon et Jacqui Cargill de Cargill et Denison, le fameux cabinet d'avocats. Ces gens font partie de la haute société londonienne. La famille prétend remonter à l'époque d'Henry VIII. » Ses doigts continuaient leur danse ; l'écran continuait de cracher de l'information. « Holly a donné trois enfants à Hamid ibn Ashef. Le premier s'appelle Abu Ghazi Nadir al-Jamuh bin Hamid bin Ashef al-Wahhib. Son frère cadet est Jamil bin Hamid bin Ashef al-Wahhib. L'année où vous et moi sommes venus à Odessa pour la première fois, c'était lui qui assumait la présidence d'IVT.

— Il a pris son poste deux semaines après que vous avez abattu Hamid bin Ashef, dit Soraya penchée sur l'épaule de Bourne. Et leur troisième enfant ?

— J'y arrive. » Bourne fit défiler la page. « Nous y voilà. Le dernier enfant est une fille. » Il s'arrêta, le cœur battant à tout rompre, et prononça son nom d'une voix étranglée. « Sarah ibn Ashef. Décédée.

— Notre Sarah, souffla Soraya dans son oreille.

— Ça m'en a tout l'air. » Voilà que tous les éléments s'emboîtaient. « Mon Dieu, Fadi est le fils de Hamid ibn Ashef. »

Soraya semblait comme hébétée. « L'aîné, je suppose, puisque Karim occupait la présidence de IVT. »

Bourne se rappela sa rencontre violente avec Fadi dans les vagues de la mer Noire. *« Ça fait longtemps que j'attends cet instant,* avait dit Fadi. *Longtemps que j'attends de te revoir en face et d'exercer ma vengeance. »* Quand Bourne lui avait enjoint de s'expliquer, Fadi avait craché : *« Tu ne peux pas avoir oublié... pas ça. »* Il parlait du meurtre de Sarah, bien sûr.

« J'ai tué leur sœur, dit Bourne en s'adossant à la chaise. Voilà pourquoi ils tiennent tant à m'impliquer dans leur plan de destruction.

— Mais cela ne nous renseigne pas sur l'identité de notre imposteur, fit remarquer Soraya.

— Ni sur la raison qui les a poussés à ne pas tuer Martin. » Bourne reporta son attention sur l'ordinateur. « Mais peut-être trouverons-nous quelque chose sur l'autre imposteur. » Bourne consultait à présent le site d'International Vertical Technologies. Il trouva la liste du personnel, dont les noms des salariés travaillant au service Recherche et Développement. Le conglomérat s'étendait sur une douzaine de pays.

« Autant chercher une aiguille dans une meule de foin.

— Pas forcément, dit Bourne. N'oubliez pas, cet homme est un spécialiste.

— En reconstruction de la mémoire.

— C'est exact. » Aussitôt, Bourne se rappela que Sunderland avait évoqué un autre sujet. « Mais pas seulement. En miniaturisation aussi. »

Dans ce domaine, trois chercheurs tenaient le haut du pavé. Bourne leur rendit visite sur le Net. Aucun d'entre eux n'était l'homme qu'il connaissait.

« Et maintenant ? », demanda Soraya.

Il quitta le site d'IVT et fit monter des données spécialisées liées à l'activité du conglomérat. Après avoir passé quinze minutes à feuilleter des articles sur des annonces de fusion, des produits dérivés, des rapports financiers trimestriels, des listings répertoriant les embauches et les licenciements, il tomba sur une fiche concernant un certain Dr Costin Veintrop, spécialiste en nanoscience biopharmaceutique, microscopie à force atomique et médecine moléculaire.

« Il semble que le Dr Veintrop se soit fait salement virer d'IVT pour vol de propriété intellectuelle.

— Doit-on le rayer de la liste pour autant ? s'enquit Soraya.

— Bien au contraire. Imaginez. Son licenciement a dû faire du bruit dans le milieu. Veintrop a vu toutes les portes se fermer devant lui. Plus moyen de décrocher le moindre emploi dans un laboratoire. Je ne parle même pas de l'enseignement universitaire. Il est passé d'un coup de la gloire à l'oubli.

— Tout à fait le genre de situation que le frère de Fadi est capable de fabriquer de toutes pièces. Désormais, Veintrop n'avait plus le choix. Travailler pour Fadi ou rien. »

Bourne hocha la tête. « Cette théorie mérite confirmation. » Il tapa le nom de Costin Veintrop et obtint un curriculum vitae. Très intéressant mais guère concluant. La photographie attachée au site l'était autrement plus. Elle représentait le docteur lors d'une remise de récompenses. A ses côtés, son épouse posait, tel un trophée ; la belle blonde dont la photo ornait le bureau de Sunderland. L'adorable créature avait travaillé comme mannequin pour *Perfect Ten*, le célèbre magazine de charme. Elle se nommait Katya Stepanova Vdova.

Le commandant Marlin Dorph de la CIA, officier de terrain en charge des unités Skorpion Cinq et Six, s'était vu attribuer le grade de capitaine d'armée, ce qui lui fut très utile lorsqu'à la tête de ses troupes il parvint aux abords de la ville d'Al Ghaydah, dans la région de Shabwah, Yémen du Sud, pour rejoindre le détachement de la Marine.

Dorph était l'homme idéal pour ce boulot. Il connaissait Shabwah comme sa poche pour y avoir vécu maintes victoires et autant de défaites. Son histoire sanglante était tatouée dans sa chair. Contrairement à ce que proclamait le gouvernement yéménite, Shabwah abritait encore une masse indifférenciée de groupes terroristes islamistes. Durant la guerre froide, l'Union soviétique, l'Allemagne de l'Est et Cuba avaient développé un réseau de camps d'entraînement dispersés dans ces montagnes inhospitalières. A l'époque, le camp d'al-Ghaydah dirigé par des instructeurs cubains s'était rendu tristement célèbre pour son soutien au Front populaire de Libération d'Oman. Dans une ville voisine, les Allemands de l'Est avaient formé les leaders du parti communiste saoudien et du Front de Libération de Bahrein, leur enseignant l'art de la déstabilisation, en particulier comment manipuler les médias afin de répandre leur idéologie à travers leurs pays respectifs, ou décourager la pratique religieuse parmi la population. Bien que les Soviétiques et leurs satellites aient quitté le Yémen du Sud en 1987, les cellules terroristes étaient restées ancrées sur place ; l'avènement d'al-Qaïda n'avait fait que renforcer leur virulence.

« On y va ? »

Dorph se retourna vers le capitaine Lowrie, qui commandait les forces navales chargées d'escorter les unités Skorpion Cinq et Six jusqu'à l'installation nucléaire de Dujja. Lowrie était un homme grand avec des cheveux blonds, une carrure d'ours et un air très désagréable.

Dorph, qui avait déjà vu ce genre de type mourir en héros au champ d'honneur, leva ostensiblement son téléphone satellite Thuraya. « J'attends confirmation. »

Ils se trouvaient à l'est d'al-Ghaydah, sur un haut plateau écrasé de soleil. Comme décapée par le vent incessant, la ville scintillait dans la lumière de l'aube. Autour ce n'étaient que montagnes et désert. Très haut au-dessus de leur tête, des nuages déchiquetés par les courants traversaient le dôme céleste bleu profond. Avec leurs dix ou douze étages, les immeubles crépis de boue, pareils à des boîtes trouées de fenêtres oblongues, évoquaient des édifices sacrés datant des origines de l'humanité. On aurait dit que le temps s'était arrêté, que le mouvement de l'histoire avait épargné cette région.

Sur le plateau, les hommes des deux corps d'armée, tendus comme des ressorts, attendaient dans le plus grand silence l'ordre de déploiement qu'ils savaient imminent. Ils connaissaient l'enjeu ; chacun était prêt à donner sa vie pour assurer la sécurité de son pays.

Dorph sortit son GPS pour montrer à son homologue de la Marine l'emplacement de la cible située à moins de cent kilomètres au sud-sud-ouest de leur position actuelle.

Le Thuraya bourdonna. Dorph entendit l'homme qu'il prenait pour Martin Lindros confirmer les coordonnées entrées dans son GPS.

« Oui, monsieur, dit-il. Attaque dans vingt minutes. Vous pouvez compter sur nous, monsieur. »

Coupant la connexion, il adressa un signe de tête à Lowrie. Aussitôt, ils rassemblèrent leurs troupes respectives, leur transmirent les ordres et tout le monde grimpa sans mot dire dans les quatre hélicoptères Chinook. Un instant plus tard, les rotors commençaient à tourbillonner, de plus en plus vite. Les engins de combat décollèrent deux par deux, soulevant d'énormes nuages de poussière et de sable qui s'élevèrent en spirale. Ce brouillard les dissimula jusqu'à ce qu'ils gagnent en altitude, puis ils basculèrent un peu en avant et foncèrent direction sud-sud-ouest.

Quarante-cinq mètres sous la Maison-Blanche, la *War Room* bourdonnait comme une ruche. Sur les écrans plasma, défilaient des photos satellites plus ou moins détaillées du Yémen du Sud, allant de la vue aérienne jusqu'à des clichés topographiques très précis pris dans le périmètre d'al-Ghaydah. Des images de synthèse en trois dimensions permettaient de visionner la zone cible et la progression des quatre Chinook.

Étaient présentes, à peu de choses près, les personnalités qui avaient assisté quelques jours auparavant à la tentative d'hallali sur le Vieux. A savoir : le Président, Luther LaValle, le tsar des renseignements du Pentagone, plus deux généraux de rangs inférieurs, le secrétaire à la Défense Halliday, le conseiller à la Sécurité nationale, Gundarsson de l'IAFA. Ne manquait que Jon Mueller.

« Dix minutes avant le contact », dit le Vieux. Il avait chaussé un casque à écouteurs connecté au réseau de communications brouillé du commandant Dorph.

« Rappelez-moi quel est l'armement de la force d'intervention, dit d'une voix traînante le secrétaire Halliday assis à la gauche du Président.

— Ces Chinook sont spécialement conçus pour nous par McDonnell Douglas, fit le Vieux d'un ton neutre. En fait, ils ont plus de points communs avec les hélicos d'attaque Apache fabriqués par McD que les Chinook standard. Comme les Apache, ils sont équipés de systèmes d'acquisition de cible, de télémètres et de désignateurs de cible laser. Nos Chinook peuvent résister à des projectiles allant jusqu'à vingt-trois millimètres. En ce qui concerne l'armement offensif, ils transportent un plein chargement de missiles antichars Hellfire, trois mitrailleuses M230 trente millimètres et douze roquettes Hydra 70, tirées depuis des lance-roquettes M261 à tube de dix-neuf. Les roquettes sont équipées d'ogives unitaires avec amorce explosant à l'impact ou amorces multi-options à distance. »

Le Président partit d'un rire un peu trop bruyant. « Ce genre de détails devrait parvenir à vous satisfaire, Bud.

— Pardonnez ma confusion, monsieur le Directeur, insista Halliday, mais je suis perplexe. Vous n'avez pas fait allusion au grave incident qui a compromis la sécurité du siège de la CIA.

— Quel incident ? » D'abord déconcerté, le Président devint cramoisi de colère. « De quoi parle Bud ?

— Nous avons été touchés par un virus informatique », répondit le DCI sans se troubler. *Comment diable a-t-il fait pour le savoir ?* « Nos informaticiens nous assurent que l'intégrité de notre infrastructure centrale n'a pas été violée. Grâce à notre pare-feu Sentinel. Pendant que nous parlons, ils sont en train de purger le système.

— Si j'étais à votre place, monsieur le Directeur, insista le secrétaire Halliday, je ne sous-estimerais aucun incident d'origine électronique mettant en péril la sécurité de l'Agence. Pas avec ces foutus terroristes qui nous soufflent dans le cou. »

Comme le loyal vassal qu'il était, LaValle intervint à point nommé. « Monsieur le Directeur, vous nous dites que votre personnel purge le virus. Mais le fait n'en demeure pas moins que votre agence a subi une attaque électronique.

— Ce n'est pas la première fois, répondit le DCI. Et croyez-moi, ce ne sera pas la dernière.

— Pourtant, poursuivit LaValle, une attaque venant de l'extérieur...

— Elle ne venait pas de l'extérieur. » Le DCI toisa le tsar des renseignements de son regard formidable. « Grâce à l'enquête minutieuse de mon adjoint, Martin Lindros, nous avons remonté la piste jusqu'à la taupe – feu Tim Hytner. Avant de mourir, il a inséré le virus dans le système sous prétexte de "déchiffrer" un code de Dujja. En réalité, ce code est l'élément responsable de l'infection. »

Le Vieux tourna les yeux vers le Président. « A présent, je vous prie, revenons au sujet qui nous préoccupe. » *Combien d'embûches minables devrai-je encore déjouer de la part de ces deux-là avant que le Président ne mette un terme à cette mascarade ?* se demanda-t-il avec aigreur.

L'atmosphère dans la *War Room* devenait électrique au fur et à mesure que, sur les nombreux écrans, défilaient les images clignotantes de l'attaque. La bouche sèche, l'œil rivé aux écrans plasma qui montraient les quatre Chinook survolant les reliefs montagneux, les participants gardèrent un instant le silence. Le graphisme en trois dimensions rappelait celui des jeux vidéo mais ce n'était pas un jeu et toute ressemblance s'arrêterait dès que les belligérants commenceraient à tirer.

« Ils ont dépassé le wali le plus à l'ouest, expliqua le DCI. A présent, seule une chaîne de montagnes peu élevée les sépare de l'usine nucléaire. Ils s'engagent dans le passage au sud-ouest de leur position actuelle. Ils y entreront deux par deux. »

« Nous avons un RF », reporta Marlin Dorph au DCI. RF signifiant brouillard de radiation, un phénomène étrange qu'on constate parfois à l'aube ou durant la nuit. Cette brume provient du refroidissement radiationnel de la terre, suite à la superposition de deux couches d'air, l'une assez humide, plaquée au sol par une autre plus sèche.

La voix métallique du DCI bourdonna dans son oreille. « Disposez-vous d'un visuel de la cible ?

— Négatif, monsieur. Nous nous approchons pour jeter un œil. Deux Chinook restent à l'arrière en formation de patrouille. » Il se tourna vers Lowrie qui hocha la tête. « Norris », dit-il au pilote de l'hélico de gauche, « Vas-y, descends. »

Il regarda l'hélicoptère plonger dans une couche de brume vite dissipée par le battement de ses rotors.

« Là ! », cria Lowrie.

Dorph baissa les yeux vers le sol. Un groupe d'environ six hommes armés levèrent la tête, visiblement surpris. Suivant du regard le chemin qu'ils empruntaient, il discerna un ensemble de bâtiments bas, pareils à des bunkers. Les camps d'entraînement terroristes possédaient tous ce genre de structures. Mais ici elles servaient simplement à camoufler la base de Dujja.

Le Chinook qui volait le plus près du sol actionna sa mitrailleuse M230 : une rafale de 30 mm souleva la terre en un chapelet de miniéruptions. Les hommes se jetèrent à plat ventre, répliquèrent, s'éparpillèrent, tirèrent de nouveau et furent fauchés.

« On y va ! fit Dorph dans son micro. Le complexe est à cinq cents mètres devant. » Le Chinook entama sa plongée. Dorph entendit le vacarme produit par les deux autres hélicos qui quittaient leur position de soutien et s'élançaient à sa suite.

« Missiles Hellfire ! cria-t-il. Je veux un tir simultané. Un missile par engin. A mon signal. » Le mur le plus solide ne résistait pas à des tirs multiples provenant d'angles différents.

Il vit les trois autres hélicos converger vers la cible. « A mon commandement, aboya Dorph. Feu ! »

Quatre missiles Hellfire se détachèrent des quatre trains d'atterrissage et tombèrent sur le complexe de bâtiments. Ils explosèrent à quelques secondes d'intervalle. Une boule de feu se forma. L'onde de choc vint percuter l'hélico. Des langues de fumée noire et grasse s'élevèrent de la cible.

Puis l'enfer ouvrit toutes grandes ses portes.

A l'aéroport international Atatürk, Soraya Moore attendait dans la file d'embarquement. Elle sortit son téléphone portable. Depuis qu'elle avait quitté Bourne, elle n'avait cessé de songer à la situation régnant au siège de la CIA. Bourne avait raison : le faux Lindros occupait une position idéale. Mais pourquoi s'était-il donné tant de mal ? Pour espionner et voler des renseignements à la CIA ? Soraya n'y croyait pas. Fadi était trop intelligent pour avoir ordonné à cet individu de briser les barrières de sécurité pour s'emparer de données sensibles. Non. Sa présence n'avait qu'une seule explication : il était chargé de saper le travail de Typhon dans sa lutte contre Dujja. Pour elle, cela supposait un plan d'attaque précis passant par des méthodes de désinformation active. Si la CIA s'engageait sur une fausse piste et se mettait à courir après des ombres, Fadi et son équipe profiteraient de la diversion pour s'introduire furtivement aux États-Unis. Il s'agissait là d'un truc classique, aussi vieux que le métier d'illusionniste, mais souvent très efficace.

Bourne lui avait fortement déconseillé d'approcher le DCI mais il existait une autre possibilité : contacter Anne Held. Si elle lui racontait tout, Anne trouverait un moyen d'informer le Vieux en toute discrétion. C'en serait fait de la taupe, quelle que soit son identité.

Soraya avança d'un pas. L'avion pour Washington décollerait bientôt. Mettant son idée à exécution, elle composa le numéro privé d'Anne Held. Plusieurs sonneries s'égrenèrent, chacune augmentant son anxiété. Il n'était pas question de laisser un message, même pour lui demander de la rappeler. A la septième sonnerie, Anne répondit.

« Anne, enfin ! Dieu merci. » La file avançait plus vite, à présent. « C'est Soraya. Écoutez, j'ai très peu de temps. Je suis en route pour Washington. Laissez-moi finir avant de parler. Le Martin Lindros que Bourne a ramené d'Éthiopie est un imposteur.

— Un imposteur ?

— C'est ce que j'ai dit.

— Mais c'est impossible !

— Je sais, ça paraît dingue.

— Soraya, j'ignore ce qui vous est arrivé là-bas, mais croyez-moi, Lindros est bien celui qu'il prétend être. Il a passé un scanner rétinien.

— Je vous en prie, laissez-moi terminer. Cet homme – je ne sais pas qui c'est – travaille pour Fadi. Dujja l'a introduit à la CIA pour déjouer nos recherches. Anne, il faut que vous en parliez au Vieux.

— Bon j'ai compris, vous avez pété les plombs. Si je dis au Vieux que Lindros est une taupe, il va me faire enfermer. »

Soraya était presque arrivée au comptoir d'embarquement. Elle n'avait plus le temps. « Anne, vous devez me croire. Vous devez trouver un moyen de le convaincre.

— Pas sans preuve, répondit Anne. Il faut quelque chose de solide.

— Mais je ne...

— J'ai un stylo. Donnez-moi votre numéro de vol. Je vous retrouve à l'arrivée. Nous trouverons bien quelque chose avant de regagner les bureaux de la CIA. »

Soraya lui donna son numéro de vol et son heure d'arrivée. Elle salua d'un hochement de tête l'employé de l'aéroport et lui tendit son titre d'embarquement.

« Merci, Anne, je savais que je pouvais compter sur vous. »

Les missiles Sidewinder arrivèrent de nulle part.

« Flanc droit ! », cria Dorph mais déjà les sirènes d'alarme emplissaient l'habitacle du Chinook. Il vit un missile heurter de plein fouet l'hélico le plus proche du sol. L'engin se transforma en boule de feu, aussitôt engloutie par les gigantesques rouleaux de fumée qui s'élevaient des bâtiments en ruine. Alors qu'il amorçait son retrait, un deuxième hélico fut touché au niveau de la queue. Toute la partie arrière se détacha ; le corps bascula sur le côté et tomba en spirale dans le brasier qui enflait en dessous.

Dorph oublia l'hélico restant ; il avait besoin de se concentrer sur le sien. Au moment même où son Chinook donnait de la bande pour entamer les manœuvres de retrait, il se pencha en titubant sur l'épaule du pilote.

« Missile en vue, chef, dit le pilote. Juste derrière nous. » Il actionnait son joystick dans tous les sens. Le Chinook exécuta une série acrobatique de boucles et de plongeons vertigineux.

« Garde le cap, ordonna Dorph, puis il fit un signe à l'officier d'artillerie. J'ai besoin d'une amorce multi-option à distance pour cinq secondes. »

L'officier écarquilla les yeux. « C'est bien trop proche, chef. On pourrait être pris dans l'explosion.

— C'est ce que j'espère, répliqua Dorph. Enfin plus ou moins. »

Pendant que l'officier exécutait les ordres, Dorph jeta un coup d'œil par le hublot. Moins de cent mètres plus loin, un autre missile Sidewinder ayant trouvé sa cible, explosa au centre du troisième Chinook qui tomba comme une pierre. Ne restait qu'eux.

« Missile à l'approche, chef, annonça le pilote. Impossible de tenir plus longtemps. »

J'espère que tu n'auras pas à le faire, pensa Dorph. Il donna une claque sur l'épaule du pilote. « A mon commandement, vire à gauche vers le bas, aussi sec que tu peux. Compris ? »

Le pilote hocha la tête. « Roger, chef.

— Ne lâche pas le manche », lui dit Dorph. Juste derrière, il entendit le cri strident du Sidewinder déchirant l'air. Il fallait agir immédiatement.

L'officier d'artillerie lui fit un signe de tête. « Prêt, chef.

— Envoie la purée », hurla Dorph.

La roquette Hydra 70 émit un petit gazouillis. Dorph compta : « Un-Deux. » Il donna une bonne tape dans le dos du pilote. « Maintenant ! »

Brusquement, l'hélico plongea sur sa gauche et perdit de l'altitude. Le sol se rapprochait terriblement vite quand l'Hydra explosa. La détonation projeta tout le monde vers l'avant-droit. La chaleur était si intense qu'elle perça la cuirasse blindée du Chinook. C'était justement ce que Dorph espérait. Le Sidewinter – missile air-air guidé par un mécanisme de recherche thermique – fonça droit sur la boule de feu et s'autodétruisit dans un geyser d'escarbilles incandescentes.

Accroché à ses commandes, le pilote luttait pour redresser l'appareil. Le Chinook trembla, hésita, puis, se balançant à la manière d'un pendule, se stabilisa.

« Jolie manœuvre. » Dorph serra l'épaule du pilote. « Tout le monde va bien ? » Du coin de l'œil, il vit ses hommes hocher la tête en levant le pouce. « OK, maintenant on va s'occuper de l'avion ennemi qui a abattu nos copains. »

Dès que Soraya l'eut quitté pour se rendre à l'aéroport, Bourne se mit à réfléchir à la manière de trouver et d'interroger Nesim Hatun, le commanditaire d'Yevgeny Feyodovich. Aux dires de ce dernier, Hatun travaillait dans le quartier de Sultanahmet, à une bonne distance de l'endroit où Bourne se trouvait en ce moment.

Il tenait à peine sur ses jambes. Même s'il évitait de s'appesantir sur la question, il devait admettre que la blessure infligée par Fadi le privait encore d'une bonne partie de ses forces. Sa bagarre avec Matthew Lerner n'avait rien arrangé. Il savait qu'il serait stupide, voire suicidaire, de se lancer sur les traces de Nesim Hatun dans son état actuel.

Il résolut donc de partir en quête d'un El Achab. Ces herboristes traditionnels étaient une particularité typiquement marocaine mais comme la Turquie jouissait de plusieurs microclimats favorisant la croissance de plus de onze mille espèces de plantes, il y avait donc de fortes chances pour qu'il déniche à Istanbul un apothicaire supervisé par un expert marocain en phytopharmacie.

Après avoir passé quarante-cinq minutes à errer dans les rues en interrogeant passants et boutiquiers, il découvrit ce qu'il cherchait au beau milieu d'un marché grouillant de monde. Une minuscule devanture à la vitrine poussiéreuse.

A l'intérieur, El Achab, assis sur un tabouret, broyait des herbes en poudre dans un mortier. Quand Bourne s'avança vers lui, il leva son regard myope.

Dans la boutique, l'air était lourd, presque suffocant, chargé de senteurs agressives, inconnues. Herbes, tiges, champignons, feuilles, spores, pétales, il y avait de tout et plus encore. Du sol au plafond, les murs étaient recouverts de tiroirs et de casiers en bois contenant les stocks. La poussière aromatique accumulée au cours des années de broyage étouffait les maigres rayons de lumière qui filtraient péniblement à travers la vitrine crasseuse.

« Oui ? dit El Achab dans un turc mâtiné d'accent marocain. Que puis-je pour vous ? »

En manière de réponse, Bourne se dévêtit jusqu'à la taille, révélant ses blessures bandées, ses hématomes livides, ses coupures couronnées de sang séché.

De son index interminable, El Achab lui fit signe d'approcher.

C'était un petit homme plus maigre que mince, à la peau sombre et parcheminée des habitants du désert. « Plus près, je vous prie. »

Bourne s'exécuta.

Les yeux délavés de l'herboriste clignèrent fortement. « Que demandez-vous ?

— Continuer », dit Bourne en arabe marocain.

El Achab se leva et prit dans un tiroir ce qui ressemblait à une poignée de poils de chèvre. « *Huperzia serrata.* Une mousse rare qu'on trouve dans le nord de la Chine. » Il s'assit sur son tabouret, repoussa mortier et pilon, et entreprit d'émietter la mousse séchée « Croyez-le ou pas, tout ce dont vous avez besoin est ici. La mousse attaquera l'inflammation qui vide votre corps de son énergie. En même temps, elle améliorera considérablement votre acuité mentale. »

Il se tourna, prit une bouilloire sur un réchaud, versa un peu d'eau frémissante dans une théière en cuivre rouge, puis ajouta les touffes de mousse, remit un peu d'eau, couvrit la théière et plaça la bouilloire près du mortier et du pilon.

Bourne reboutonna sa chemise et s'assit sur un tabouret.

Ils attendirent dans un silence amical que le « thé » médicinal macère. Les yeux d'El Achab avaient beau être myopes et délavés, ils fixaient le visage de Bourne comme pour en décrypter chaque détail. « Qui êtes-vous ? »

Bourne répondit : « Je l'ignore.

— Peut-être le saurez-vous un jour. »

La macération terminée, El Achab versa de ses longs doigts une dose précise dans un verre. Le liquide était épais, sombre, opaque. En émanait une horrible odeur de marécage.

« Buvez. » Il tendit le verre. « Sans rien laisser. D'un coup, je vous prie. »

Le goût était innommable. Néanmoins, Bourne but jusqu'à la dernière goutte.

« Dans une heure, votre corps se sentira plus fort, votre esprit plus alerte, dit El Achab. L'effet se prolongera pendant plusieurs jours. »

Bourne se leva, paya et remercia l'apothicaire. De retour dans le marché, il dirigea d'abord ses pas vers un magasin de vêtements où il s'offrit un costume traditionnel turc et des chaussures à semelles fines. Le vendeur lui indiqua le chemin d'Istiklal Caddesi, grande artère commerçante située de l'autre côté de la Corne d'Or, où il avait repéré une boutique de fournitures de théâtre. Il y acheta une barbe ainsi qu'un petit pot de colle. Sans attendre, il ajusta sa barbe devant un miroir.

Puis il se mit à fouiner dans les étals, se procura les autres articles dont il avait besoin et glissa le tout dans un petit cartable en cuir râpé. Tout en faisant ses emplettes, il ne cessait de remâcher sa rage, incapable de penser à autre chose qu'à la mutilation que Veintrop et Fadi lui avaient infligée. L'ennemi s'était insinué dans son cerveau, influant subtilement sur ses pensées, pervertissant ses décisions. Comment Fadi avait-il fait pour installer Veintrop dans le bureau du vrai Sunderland ?

Il sortit son téléphone portable, fit défiler son répertoire jusqu'au numéro de Sunderland et le composa. Le cabinet n'était pas ouvert à cette heure. Une voix enregistrée lui fit plusieurs propositions : prendre rendez-vous, connaître les heures de consultation du Dr Sunderland ou l'itinéraire à suivre depuis Washington, le Maryland ou la Virginie. Sans hésiter, il opta pour le deuxième choix. La voix enregistrée lui annonça que le docteur consultait de 10 h à 18 h le lundi et du mercredi au vendredi. Le cabinet était fermé le mardi. Or Bourne avait vu Sunderland un mardi. Qui donc avait pris le rendez-vous pour lui ?

De grosses gouttes de sueur jaillirent de la racine de ses cheveux, son cœur se mit à battre la chamade. Comment les hommes de Fadi avaient-ils appris que Bourne s'apprêtait à faire sortir leur chef de cellule ? Soraya en avait averti Tim Hytner par téléphone, raison pour laquelle Bourne l'avait soupçonné d'être la taupe. Mais ce n'était pas le cas. Qui avait accès aux appels passés sur les portables du réseau CIA ? Qui avait la possibilité d'écouter aux portes, à part la taupe ? Cette personne ne faisait qu'une avec celle qui avait pris le rendez-vous avec Sunderland le jour de fermeture de son cabinet.

Anne Held !

Bon Dieu, pensa-t-il. La main droite du Vieux. C'était impossible. Et pourtant aucune autre explication ne cadrait mieux avec les derniers événements. Anne Held était l'espionne idéale pour Fadi et pour quiconque désirant pénétrer au centre de la toile d'araignée de la CIA.

Ses doigts coururent sur les touches du téléphone. Il devait prévenir Soraya avant qu'elle ne monte à bord de l'avion. Or, sa messagerie se déclencha dès avant la première sonnerie. Elle avait éteint son portable. Elle avait embarqué. Elle volait vers Washington, vers la catastrophe.

Il laissa un message expliquant ce qu'il venait d'apprendre. La fameuse taupe n'était autre qu'Anne Held.

VINGT-CINQ

« *ENTREZ DONC,* MARTIN », lança le DCI en accompagnant son invite d'un geste d'accueil à l'intention de Karim posté sur le seuil de son sanctuaire privé. « Je suis heureux qu'Anne ait réussi à vous joindre. »

Karim franchit la longue distance qui séparait la porte du fauteuil posé devant l'immense bureau du DCI. Ces quelques pas lui rappelèrent l'épreuve de la lapidation réservée aux traîtres chez les bédouins. Si l'homme en sortait vivant, on lui accordait une mort rapide et miséricordieuse. Dans le cas contraire, on donnait son cadavre en pâture aux vautours.

Des bruits insolites lui parvinrent. Dans tout l'immeuble, régnait une ambiance fort étrange. Le personnel hésitait entre pleurer les collègues tués au cours du raid et célébrer la destruction de l'installation nucléaire de Dujja dans le Yémen du Sud. Le DCI était resté en contact permanent avec le commandant Dorph. Ce dernier ainsi que son homologue de Skorpion plus quelques Marines avaient seuls survécu à l'attaque. On déplorait de lourdes pertes – trois Chinook remplis de Marines et de Skorpions. Bien que leur cible ait été farouchement défendue par deux Mig soviétiques équipés de missiles Sidewinder, l'hélico de Dorph avait abattu les chasseurs après que son unité eut rasé l'usine.

Karim s'assit. Chaque fois qu'il s'installait dans ce fauteuil, il avait les nerfs à vif. « Monsieur, nous avons payé le prix fort, je sais. Mais quand je considère le succès de notre mission, je m'étonne de vous voir si déprimé.

— Je pleure mes hommes, Martin. » Le Vieux grogna comme s'il souffrait. « Certes j'éprouve un certain soulagement – surtout après ce qu'ils m'en ont fait baver dans la *War Room.* » Ses épais sourcils se rapprochèrent. « Mais de vous à moi, quelque chose ne tourne pas rond. »

Un frisson d'angoisse parcourut l'échine de Karim. Inconsciemment, il glissa ses fesses au bord du fauteuil. « Je ne vous suis pas, monsieur. Dorph a confirmé que l'installation avait essuyé quatre tirs directs, à partir d'angles différents. Il ne reste que des ruines et les deux chasseurs ennemis qui en assuraient la défense ne sont plus que des carcasses calcinées.

— C'est certain. » Le DCI hocha la tête. « Toutefois... »

En une fraction de seconde, l'esprit de Karim envisagea toutes les possibilités. Le DCI possédait une intuition remarquable. Il était devenu fin politicien au fil du temps mais pour conserver un tel poste aussi longtemps, cela ne suffisait pas. Il fallait être doté d'autres talents, plus rares. Se contenter de le rassurer eût été la pire des tactiques. « Pourriez-vous être plus précis ? »

Le Vieux secoua la tête. « J'aimerais bien.

— Nos renseignements disaient vrai pour l'argent, monsieur. »

Le DCI s'enfonça dans son siège en se frottant le menton. « Je vais vous dire ce qui me reste en travers du gosier. Pourquoi les Mig ont-ils attendu que l'installation soit détruite pour lancer leurs missiles ?

— Peut-être ont-ils décollé en retard. » Karim marchait sur des œufs et il le savait. « Vous avez entendu Dorph – il y avait un brouillard de radiation.

— Le brouillard stagnait au ras du sol et les Mig venaient du ciel. Aucun rapport donc. Je me demande s'ils n'auraient pas sciemment attendu la destruction de l'usine pour... »

Karim tenta d'ignorer le bourdonnement qui lui emplissait les oreilles. « C'est absurde, monsieur.

— Pas forcément. Imaginez qu'il se soit agi d'une installation factice », rétorqua le Vieux.

Karim devait absolument éviter que le Vieux – ou un autre membre de la CIA – ne se mette à creuser dans ce sens. « Vous avez peut-être raison, monsieur. Tout bien considéré. » Il se leva. « Je vais creuser cette piste sans tarder. »

Sous ses sourcils broussailleux, le regard acéré du Vieux accompagna ses paroles. « Asseyez-vous, Martin. »

Une chape de silence s'abattit sur le bureau. On n'entendait presque plus les bruits de la fête. Le personnel se remettait peu à peu au travail.

« Et si Dujja voulait juste nous faire croire que nous avons détruit leur installation nucléaire ? »

Le DCI avait deviné la vérité. Karim faisait des efforts désespérés pour maîtriser les battements de son cœur.

« Bon, d'accord, j'ai affirmé au secrétaire Halliday que Tim Hytner était la taupe, poursuivit obstinément le DCI. Mais je n'en suis pas persuadé. Si mon pressentiment se révèle exact, si le signal intercepté n'était que de la désinformation, nous avons le choix entre deux hypothèses : soit Hytner s'est fait manipuler par la vraie taupe, soit Hytner n'était pas la seule pomme pourrie dans notre panier.

— Cela nous fait pas mal de si, monsieur.

— Dans ce cas, je vous charge de découvrir lequel est le bon, Martin. Faites-en une priorité. Prenez toutes les ressources nécessaires. »

Le Vieux posa les mains à plat sur le bureau et se leva. Son visage était pâle et terreux. « Bon sang de bonsoir ! Si Dujja nous a menés en bateau, ça veut dire que nous ne sommes pas débarrassés d'eux. Au contraire, ils s'apprêtent à nous attaquer. »

Muta ibn Aziz débarqua à Istanbul un peu après midi et fila directement chez Nesim Hatun. Ce dernier dirigeait un bain turc, le Miraj Hammam, dans le quartier de Sultanahmet. Situé à l'intérieur d'un vaste bâtiment ancien, rempli de coins et recoins, l'établissement donnait sur une rue secondaire. Comme il se trouvait à proximité de Sainte-Sophie, la basilique édifiée par Justinien en 532, il bénéficiait d'une clientèle nombreuse malgré ses prix plus élevés que ceux des quartiers moins touristiques. Ce hammam existait depuis longtemps – il avait été créé bien avant la naissance de Hatun.

Son commerce figurait en bonne place dans les meilleurs guides de voyage. Hatun s'enorgueillissait d'avoir obtenu ce prestigieux classement en soudoyant qui de droit. Le hammam lui apportait de quoi vivre à son aise, selon les critères turcs. Mais ce n'était rien face aux millions que Fadi lui avait fait gagner en échange de ses services.

Hatun était un homme vorace à tout point de vue. Son corps grassouillet cadrait mal avec son visage de vautour. Quand on plongeait au fond de son regard noir, on discernait sans peine le venin qui pourrissait son âme – un venin que Fadi avait identifié, alimenté, cultivé avec soin. Hatun avait eu plusieurs femmes ; les unes étaient mortes, les autres exilées à la campagne. En revancne, il aimait avec tendresse ses douze enfants auxquels il avait confié la gestion du hammam. Hatun, dont le cœur était aussi fermé qu'un poing, préférait qu'il en fût ainsi. Et Fadi aussi.

« *Merhaba, habibi !* », lança Hatun en guise de bienvenue lorsque Muta ibn Aziz franchit le seuil. Il embrassa son hôte sur les deux joues et lui fit traverser les salles publiques, ornées de lourdes mosaïques. Ils débouchèrent dans les appartements privés, situés à l'arrière, au centre desquels s'ouvrait un petit jardin qui abritait le palmier dattier dont Hatun s'était entiché alors qu'il n'était qu'une jeune pousse à peine plus grosse que son index, dans un caravansérail du Sahara. Il lui consacrait plus d'attentions qu'il ne l'avait jamais fait pour aucune de ses épouses.

Ils s'assirent sur des bancs de pierre à l'abri du soleil. Deux des filles de Hatun leur servirent du thé sucré et des petits gâteaux. Puis l'une d'elles leur apporta un narguilé joliment décoré.

Ces rituels et le temps consacré à les accomplir faisaient partie intégrante de la vie quotidienne orientale. Ils cimentaient l'amitié, entretenaient la politesse et le respect qui prévalent entre gens civilisés. Encore de nos jours, à l'époque de l'électronique, il restait des hommes comme Nesim Hatun, désireux d'observer les coutumes anciennes, soucieux d'entretenir la flamme de la tradition.

Au bout d'un certain temps, Harun écarta le narguilé. « Tu as fait un long voyage, mon ami.

— Parfois, pour plus de sûreté, on doit choisir de communiquer à l'ancienne. Tu es bien placé pour le savoir.

— Je comprends très bien, acquiesça Hatun. Moi-même je change de téléphone portable tous les jours et quand je l'utilise, je ne parle qu'en termes très évasifs.

— Nous n'avons aucune nouvelle de Yevgeny Feyodovich. »

Hatun fronça les sourcils. « Bourne n'est pas mort à Odessa ?

— Nous l'ignorons. Mais le silence de Feyodovich nous inquiète. Fadi est mécontent et cela se comprend. »

Hatun tendit les mains pour lui montrer qu'il partageait ses préoccupations. Des mains étonnamment petites, avec des doigts délicats comme ceux d'une fille. « Moi aussi. Je m'occuperai en personne de Yevgeny Feyodovich. Sois-en assuré. »

Muta ibn Aziz acquiesça d'un hochement de tête. « Ce fameux Bourne, on le compare à un caméléon. S'il est encore vivant, s'il parvient jusqu'ici, comment ferai-je pour le reconnaître ?

— Fadi l'a blessé au côté droit. Grièvement. Son corps est meurtri. S'il a décidé de venir, je parie qu'il ne tardera pas. Il se peut même que tu le voies aujourd'hui. »

Le messager était nerveux. Nesim Hatun le sentait. *Le plan de Fadi est sur le point de s'accomplir*, supposa-t-il.

Ils se levèrent, passèrent dans les appartements, un ensemble de pièces aussi calmes et richement ornées que le jardin.

« Je resterai ici jusqu'au matin. Si demain Bourne ne s'est pas montré, c'est qu'il aura renoncé à venir. De toute façon, ce sera trop tard. »

Hatun hocha la tête. Il avait donc raison. L'attaque de Fadi contre les États-Unis était imminente.

Muta ibn Aziz tendit le doigt. « Tu vois ce paravent à l'autre bout du jardin ? Je vais me mettre là. Si jamais Bourne se présente, il demandera à te voir. Tu accepteras de discuter avec lui mais à un certain moment, j'enverrai l'un de tes fils te chercher. Nous aurons une petite conversation.

— Que Bourne entendra. Je comprends. »

Muta ibn Aziz s'approcha d'un pas. Sa voix n'était plus qu'un soupir. « Je veux que Bourne sache qui je suis. Je veux qu'il sache que je vais rejoindre Fadi. »

Nesim Hatun hocha la tête. « Il te suivra.

— Précisément. »

D'emblée, Jon Mueller comprit pourquoi Overton, l'homme de main de Lerner, avait foiré. En filant Anne Held, il découvrit sans problème le dispositif de surveillance. Il existait une différence entre surveillance et filature. Pour sa part, il ne cherchait pas à suivre Held mais à dénicher l'équipe chargée de la protéger d'une éventuelle filature. De ce fait, il se fondait aisément dans le paysage. Au début, il avait laissé ses jumelles dans leur étui, préférant observer Held dans son environnement, au sens large. Les jumelles auraient trop ciblé les détails. En revanche, dès qu'il eut identifié l'homme qui la surveillait, il les sortit.

En fait, ils étaient trois à se relayer par tranches de huit heures. Cette attention constante ne le surprit qu'à moitié. Le fiasco d'Overton avait sans doute accru leur méfiance. Mueller s'y attendait ; il savait déjà ce qu'il allait faire pour les avoir.

Vingt-quatre heures durant, il les avait observés, notant leurs habitudes, leurs manies, leurs préférences, leurs méthodes. Chacun avait ses particularités. L'homme qui faisait la nuit avait besoin de se gaver de café pour rester vigilant ; celui du petit matin passait son temps à jouer avec son téléphone portable. Celui qui prenait sa suite en fin d'après-midi fumait comme un sapeur. Ce fut lui que Mueller choisit car sa nervosité le rendait plus vulnérable.

Sachant qu'il devrait faire mouche du premier coup, il s'arrangea pour mettre toutes les chances de son côté. Quelques heures auparavant, il avait volé un véhicule utilitaire sur le parking de la compagnie d'électricité Potomac Electric Power, sur Pennsylvania Avenue. Installé au volant de la camionnette, il vit Anne Held monter dans un taxi devant le siège de la CIA.

Le taxi s'engagea dans la circulation. Mueller attendit, patient comme un pêcheur à la mouche. Très vite, il entendit un moteur démarrer. De l'autre côté de la rue, une berline Ford blanche quitta sa place de stationnement. A son bord, l'homme de l'après-midi. Il laissa passer deux voitures entre lui et le taxi avant de se mettre à rouler.

Dix minutes plus tard, la fille Held descendait du taxi pour continuer à pied. Mueller connaissait par cœur ce modus operandi. Elle se rendait à un rendez-vous. La circulation était si intense que l'homme de l'après-midi ne pouvait la suivre en voiture. Ayant prévu la manœuvre avant le conducteur de la Ford blanche, Mueller avait garé la camionnette sur la 17e Rue NW, dans une zone interdite au stationnement, sachant que personne ne chercherait d'ennuis au chauffeur d'un véhicule de service public.

Il sauta de la camionnette, marcha d'un bon pas vers l'endroit où l'homme de l'après-midi finissait son créneau et donna un petit coup sur sa vitre. Quand l'homme la descendit, Mueller lui adressa un « Hé, mon pote ! » avant de lui décocher un coup de poing vicieux sous l'oreille gauche.

Le choc eut pour effet immédiat de calmer le paquet de nerfs ambulant. Mueller redressa l'homme évanoui derrière son volant puis s'engagea sur le trottoir à la suite de Held qui marchait toujours droit devant elle, sans se douter de rien.

Anne Held et Karim parcouraient les salles de la Corcoran Gallery sur la 17e Rue, NW. Cette magnifique bâtisse de style géorgien en marbre blanc que Frank Lloyd Wright avait en son temps qualifiée d'immeuble le mieux conçu de Washington, abritait une impressionnante collection d'œuvres d'art. Karim s'arrêta devant une grande toile du peintre californien Robert Bechtel, un tableau hyperréaliste dont il avait du mal à estimer la valeur artistique.

« Le DCI soupçonne que l'attaque portait sur une cible factice, dit Karim. Par conséquent, il soupçonne que l'info émise par Dujja, interceptée et décodée par Typhon, est de la désinformation. »

Anne parut choquée. « D'où viennent ses soupçons ?

— Les pilotes des Mig ont commis une grave erreur. Ils ont attendu que les Américains aient rasé les bâtiments désaffectés pour lancer leurs missiles. Ils avaient pour ordre de les laisser bombarder pour leur faire croire à leur victoire mais ils sont arrivés bien trop tôt sur les lieux. Ils pensaient que le brouillard les cacherait mais les rotors des Chinook ont dispersé la purée de pois. Le Vieux m'a demandé d'enquêter sur une fuite à l'intérieur de la CIA.

— Je croyais que tu avais réussi à convaincre tout le monde de la culpabilité de Hytner.

— Tout le monde sauf lui, apparemment.

— Qu'allons-nous faire ? dit Anne.

— Brûler les étapes. »

Anne jeta autour d'elle un regard discret mais anxieux.

« Pas de panique, conseilla Karim. Après avoir incinéré Overton, j'ai installé tous les garde-fous nécessaires. » Il regarda sa montre et se dirigea vers la sortie. « Viens. Soraya Moore doit atterrir dans trois heures. »

Assis au volant de la camionnette de la compagnie Potomac Electric, Jon Mueller attendait toujours de voir Anne Held ressortir du musée Corcoran. Il était à présent certain qu'elle y avait donné rendez-vous à quelqu'un. Un tel détail aurait retenu l'attention de Lerner. Lui ne fonctionnait pas ainsi. Peu lui importait qui elle voyait pourvu qu'elle sorte de là.

Dès qu'il l'aperçut, il se remit à rouler droit devant. Le feu au carrefour de Pennsylvania Avenue était encore vert au moment où la femme descendit les marches ; il passa vite à l'orange. Une voiture le précédait. En faisant crisser son embrayage et rugir son moteur, Mueller accéléra et la doubla si rapidement qu'il esquinta la peinture des portières. Puis il brûla le feu rouge et franchit le carrefour sous les insultes, les quolibets et les coups de klaxon des autres automobilistes.

Le pied au plancher, Mueller fonça sur Anne Held.

La balle à haute vélocité qui brisa la vitre latérale de la camionnette produisit un vague carillon. Mueller n'eut pas le temps de réfléchir aux possibles provenances de ce son cristallin car le projectile pénétra dans sa tête et ressortit aussitôt en emportant un bon morceau de la calotte crânienne.

Un moment avant que le véhicule utilitaire ne parte dans le décor, Karim saisit Anne par le bras et lui fit regagner le trottoir. Laissant la camionnette emboutir les deux voitures qui roulaient devant lui, il l'emmena très vite loin du mortel carambolage.

« Que s'est-il passé ? demanda-t-elle.

— Le conducteur de la camionnette avait l'intention de se servir de toi pour gonfler la liste des victimes de la circulation routière.

— Quoi ? »

Il dut presque lui broyer le bras pour l'empêcher de regarder en arrière. « Continue à marcher, dit-il. Il faut quitter les lieux au plus vite. »

Trois pâtés de maisons plus loin, une Lincoln Aviator noire avec des plaques diplomatiques attendait le long du trottoir. D'un seul mouvement fluide, Karim ouvrit la portière arrière et fit monter Anne. Il la suivit, claqua la portière et l'Aviator décolla.

« Tu vas bien ? », s'enquit-il.

Anne hocha la tête. « Juste un peu secouée. Qu'est-il arrivé ?
— J'ai pris des dispositions pour qu'on ne te lâche pas d'une semelle. »

A l'avant, le chauffeur et son acolyte ressemblaient à des diplomates arabes. Anne supposa qu'ils l'étaient réellement. En fait, elle préférait ne pas s'appesantir sur la question. Elle préférait aussi ignorer leur destination actuelle. Dans son métier, le surcroît d'information tout comme la curiosité mal placée pouvaient s'avérer fatals.

« J'ai appris pour Lerner. Dès que le Vieux m'a dit qu'il l'envoyait à Odessa, j'ai soupçonné qu'un type encore plus haut placé que lui dans la chaîne alimentaire du renseignement serait chargé de te suivre à la trace. Un nommé Jon Mueller du Département de la Sécurité intérieure. Mueller et Lerner étaient des copains de beuverie. Le plus intéressant c'est que Mueller est à la solde du secrétaire à la Défense Halliday.
— Par conséquent, il y a des chances pour que Lerner le soit aussi. »

Karim hocha la tête, se pencha en avant et dit au chauffeur de ralentir, le temps de laisser passer les véhicules de la police, des services d'urgence et les camions de pompiers. « Halliday semble vouloir accroître le pouvoir du Pentagone en prenant les commandes de la CIA pour la refaire à son image. Cette guerre interagences tombe à point nommé pour nous. »

L'Aviator avait atteint les faubourgs nord de la ville. Contournant Rock Creek Park par le nord-est, ils s'arrêtèrent à l'arrière d'une vaste morgue tenue par une famille pakistanaise.

La famille possédait également l'immeuble autour, grâce à l'argent d'International Vertical Technologies. Les sommes transitaient par l'une des compagnies indépendantes montées aux Bahamas et aux Caymans par Karim depuis qu'il avait repris la firme paternelle. Les Pakistanais avaient abattu les murs intérieurs pour tout reconstruire selon les indications fournies par Karim.

Ce dernier avait particulièrement insisté pour qu'on installe à l'arrière une structure ressemblant à une aire de chargement. Aux yeux des fournisseurs, c'en était une. Le chauffeur de l'Aviator s'y arrêta pendant qu'un « mur » de béton s'enfonçait dans une fente aménagée dans le sol, révélant une rampe d'accès où la berline noire s'engagea. Une fois arrivés au sous-sol, ils descendirent tous de voiture.

Des tonneaux, des caisses contenant le matériel de l'ancien atelier de réparation s'alignaient le long du mur le plus proche. A gauche des explosifs, était stationnée une limousine Lincoln noire portant des plaques étrangement familières.

Anne s'en approcha, l'effleura du bout des doigts puis se tourna vers Karim. « Où as-tu déniché la voiture du Vieux ?

— C'est une réplique exacte, depuis le blindage jusqu'aux vitres spéciales antiballes. » Il ouvrit une portière arrière. « Une seule chose diffère. »

Le plafonnier s'était allumé à l'ouverture de la portière. Anne jeta un coup d'œil à l'intérieur, émerveillée par la perfection de la copie. Rien ne clochait, pas même l'épaisse moquette bleu roi. Elle regarda Karim en soulever un coin. Avec la lame d'un canif, il la décolla suffisamment pour qu'elle voie ce qu'il y avait en dessous.

Dans toute la largeur du plancher de la limousine, s'alignaient des briques rectangulaires bien nettes, serrées les unes contre les autres. Leur matière gris clair faisait penser à de l'argile.

« Absolument, dit-il en réponse au léger hoquet de surprise qu'elle venait d'émettre. Il y a ici suffisamment de C-4 pour détruire de fond en comble le sous-sol blindé du siège de la CIA. »

VINGT-SIX

LE QUARTIER OÙ NESIM HATUN exerçait un commerce dont Bourne ignorait encore la nature tenait son nom du Sultan Ahmet I qui, durant la première décennie du XVIIe siècle, avait bâti la Mosquée Bleue au cœur de la ville que les Européens du XIXe siècle baptiseraient Istanbul, ancienne capitale de l'empire Byzantin qui, à son apogée, s'étendait du sud de l'Espagne jusqu'à la Bulgarie en passant par l'Égypte.

Le Sultanahmet contemporain conserve de ce prestigieux passé son architecture spectaculaire et son impressionnante beauté. Au centre, la petite colline appelée l'Hippodrome côtoie la Mosquée Bleue et Sainte-Sophie, construite un siècle plus tôt. Les deux édifices religieux sont reliés par un parc. De nos jours, Akbiyik Caddesi, l'avenue de la Moustache blanche, menant au nord vers le palais de Topkapi, constitue le secteur le plus animé. Le long de cette grande artère, s'ouvrent nombre de boutiques, bars, épiceries, restaurants. Un marché s'y installe tous les mercredis matin.

Au milieu de la foule tonitruante d'Akbiyik Caddesi, Bourne passait totalement inaperçu. Il faut dire qu'il portait le costume traditionnel turc et que son menton s'ornait d'une barbe épaisse.

Il s'arrêta devant la carriole d'un vendeur ambulant pour acheter du *simit* – pain au sésame – et du yogourt jaune pâle qu'il mangea tout en surveillant les alentours. Les prostituées se consacraient à leur métier, les marchands vantaient leur marchandise à pleine voix, les clients pinaillaient sur les prix, les touristes naïfs se faisaient pigeonner. Des hommes d'affaires circulaient l'oreille collée à leurs téléphones portables, des enfants se photographiaient les uns les autres avec le même genre d'appareil, servant également aux réjouissances des adolescents amateurs de musique téléchargée. Des rires, des larmes, des sourires de tendresse, des cris de colère. Cet amalgame bouillonnant d'émotions humaines emplissait tout l'espace de l'avenue comme un parfum chargé d'énergie vitale, flottant au-dessus des nuages de fumées aromatiques qui montaient en volutes des lits de braise où des kebabs d'agneau et de légumes brunissaient en crépitant.

Ayant englouti son repas improvisé, Bourne entra dans une boutique où il acheta un tapis de prière en marchandant comme il se doit. Quand il s'en alla, le commerçant et le client se félicitèrent de la bonne affaire qu'ils venaient de conclure.

La Mosquée Bleue vers laquelle Bourne dirigeait ses pas, son tapis de prière coincé sous le bras, était cernée de six fins minarets. Cette particularité était née d'un malentendu. Le Sultan Ahmet I avait demandé à son architecte de lui construire une mosquée avec un minaret d'or. Le mot « or » se dit *altin* en turc ; malheureusement, l'architecte comprit que son maître souhaitait *alti* – six – minarets. Ahmet I se réjouit toutefois du résultat, car à cette époque aucun autre sultan ne possédait de mosquée aussi riche en minarets.

Comme il convient à un édifice de cette magnificence, la mosquée possède plusieurs portes. La plupart des touristes passent par le côté nord ; les musulmans entrent par l'ouest. C'est cette porte que Bourne emprunta. A peine entré dans la cour, il s'arrêta, ôta ses chaussures et les rangea dans un sac en plastique tendu par un jeune garçon. Il se couvrit la tête et s'avança vers un bassin de pierre pour y baigner ses pieds, son visage, son cou et ses avant-bras. Franchissant pieds nus le seuil de la mosquée elle-même, il s'agenouilla sur le sol en marbre entièrement couvert de tapis immenses.

Les murs étaient décorés à la manière byzantine de motifs intriqués et de gravures en filigrane. Les lampes en métal ouvragé diffusaient leurs halos sur les immenses colonnes bleu et or. Sur quatre étages, de splendides vitraux s'élevaient jusqu'aux cieux du dôme central. Cette merveille d'architecture vous tenait littéralement en son pouvoir.

Le front posé sur le tapis qu'il venait d'acheter, Bourne récita les prières musulmanes. Il priait de tout son cœur, sans feindre l'émotion que lui inspiraient les siècles d'histoire gravés dans la pierre, le marbre, l'or et le lapis-lazuli, les générations ayant œuvré avec ferveur à la construction, à l'embellissement de cette mosquée. La spiritualité peut revêtir des apparences, des noms différents, mais elle se révèle pareillement à tous. Elle parle un langage universel, aussi vieux que l'humanité.

Bourne se leva, roula son tapis mais ne sortit pas tout de suite de la mosquée. Il laissa les échos du silence l'envahir ; le froissement de la soie et du coton, le bourdonnement des prières murmurées, la rumeur des conversations chuchotées, chaque son, chaque geste s'élevaient vers le grand dôme en tourbillonnant comme le sucre qui fond dans une tasse de café en modifie subtilement l'arôme.

La pieuse contemplation dans laquelle il s'abîmait ne l'empêchait pas d'observer à la dérobée les fidèles qui l'entouraient. Il vit un vieil homme à la barbe blanche rouler son tapis et marcher lentement vers les chaussures alignées. Bourne le rejoignit juste au moment où il enfilait les siennes.

Le vieillard infirme d'un bras se rechaussa en regardant Bourne faire de même. « Vous êtes nouveau ici, monsieur, dit-il en turc. Votre visage m'est inconnu.

— Je viens d'arriver, répondit Bourne avec un sourire déférent.

— Qu'est-ce qui t'amène à Istanbul, mon fils ? »

Ils sortirent par la porte ouest.

« Je cherche un parent, dit Bourne. Un homme nommé Nesim Hatun.

— Plutôt courant comme nom, répliqua le vieil homme. Sais-tu quelque chose à son sujet ?

— Juste qu'il dirige une affaire ici à Sultanahmet, mais j'ignore laquelle, dit Bourne.

— Dans ce cas, je peux t'aider. » Le vieil homme plissa les yeux dans le soleil. « Je connais un Nesim Hatun qui, avec ses douze enfants, dirige le Miraj Hammam sur Bayramfirini Sokak, à deux pas d'ici. »

Bayramfirini Sokak – la rue du Four de fête, coupant en son milieu Akbiyik Caddesi – était un tantinet plus calme que les grandes avenues d'Istanbul. Pour autant, on était loin du silence total. Les appels des boutiquiers, les rengaines des vendeurs ambulants, les inlassables discussions sur les prix, envahissaient cette petite rue comme un brouillard sonore. Bordée d'une ribambelle de pensions de famille, elle descendait assez abruptement vers la mer de Marmara. Bourne trouva sans difficulté le hammam de Nesim Hatun, l'homme qui, sur la demande de Fadi, avait engagé Yevgeny Feyodovich pour conduire l'Américain dans le piège mortel d'Odessa.

L'épaisse porte en bois sombre, sculptée de motifs byzantins, était flanquée d'une paire d'urnes en pierre colossales, ayant autrefois servi à stocker l'huile des lampes. L'ensemble conférait à l'entrée une allure fort majestueuse.

Bourne dissimula son cartable en cuir derrière l'urne de gauche et poussa la porte. Dès qu'il pénétra dans l'avant-cour mal éclairée, le vacarme de la ville s'éteignit, remplacé par le silence ouaté qui s'abat sur les forêts par temps de neige. Un instant plus tard, ses oreilles se mirent à siffler. Il se trouvait dans un espace hexagonal au centre duquel une gracieuse fontaine de marbre crachait son eau. Sur quatre côtés, des colonnes flûtées soutenaient des arches sculptées. Au-delà, on apercevait un assortiment de jardins clos et de corridors silencieux, éclairés par des lampes.

Ce vestibule eût aussi bien convenu à une mosquée ou à un monastère médiéval. Comme dans tout édifice musulman de quelque importance, l'architecture jouait un rôle primordial. L'Islam interdisant la représentation d'Allah – de tout être vivant, en fait – l'inspiration des bâtisseurs se focalisait sur le bâtiment lui-même et ses multiples ornements.

Que le hammam ait des airs de mosquée n'était pas dû au hasard. Il s'agissait dans les deux cas de lieux dédiés au recueillement et à la rencontre. L'Islam étant basé sur la purification du corps, les fidèles devaient réserver une place privilégiée à la lustration dans le déroulement de leurs journées.

Bourne fut accueilli par un *tellak* – masseur –, un jeune homme mince au visage de loup. « J'aimerais beaucoup rencontrer Nesim Hatun. Nous avons un partenaire d'affaires en commun. Yevgeny Feyodovich. »

Ayant franchi d'un bon pas la zone de sécurité de l'aéroport de Washington, Soraya était sur le point de rallumer son téléphone quand elle vit Anne Held lui faire signe. Elle se précipita vers elle et l'embrassa, enfin soulagée.

« Ça fait vraiment plaisir de vous revoir », dit Anne.

Soraya jeta un regard furtif autour d'elle. « Vous a-t-on suivie ?

— Bien sûr que non. Je m'en suis assurée. »

Soraya lui emboîta le pas. Elle avait les nerfs à vif. Traquer l'ennemi sur le terrain était une chose, c'en était une autre que de rentrer chez soi pour y trouver une vipère lovée dans son nid. Comme le ferait une bonne actrice travaillant ses émotions, elle se concentra sur un épisode tragique de son existence : le jour où son chien Ranger s'était fait écraser devant ses yeux. *Très bien,* pensa-t-elle, *les larmes viennent.*

Le visage d'Anne se voila d'inquiétude. « Qu'y a-t-il ?

— Jason Bourne est mort.

— Quoi ? » Anne était si choquée qu'elle s'arrêta net, au milieu de la foule. « Qu'est-il arrivé ?

— Le Vieux a chargé Lerner d'exécuter Bourne. Il l'a retrouvé, il y a eu une bagarre. Ils se sont entre-tués. » Soraya secoua la tête. « Si je suis revenue c'est pour surveiller l'homme qui se fait passer pour Martin Lindros. Tôt ou tard, il commettra une erreur. »

Anne la prit par les épaules et la maintint à bout de bras. « Êtes-vous sûre et certaine de ce que vous dites ? Lindros vient de lancer une attaque massive sur l'installation nucléaire de Dujja au Yémen du Sud. Nous l'avons rasée. »

Le sang monta aux joues de Soraya. « Mon Dieu, j'avais raison ! C'est pour cela que Dujja s'est donné tant de mal pour infiltrer la CIA. Si Lindros est bien la tête pensante que je crois, je parie tout ce que vous voulez que cette installation était un leurre. La CIA se fiche le doigt dans l'œil si elle pense avoir écarté la menace.

— Dans ce cas, plus vite nous regagnerons le siège mieux cela vaudra, ne croyez-vous pas ? » Anne prit Soraya par les épaules et lui fit passer les portes coulissantes. Elles débouchèrent dans la froidure humide de l'hiver. Les monuments illuminés de Washington se découpaient tel un décor majestueux sur l'horizon barré de nuages noirs. Anne conduisit Soraya vers une berline Pontiac de la CIA et se glissa derrière le volant.

Elles s'encastrèrent dans la longue file de véhicules roulant en cercle comme des poissons autour d'un récif, sortirent du périmètre de l'aéroport et prirent la route de Washington. Soraya se pencha en avant pour jeter un œil dans le rétroviseur extérieur. C'était une habitude ancrée en elle depuis longtemps. Elle le faisait sans y penser, qu'elle soit ou non en mission. Quand elle vit la Ford noire derrière elles, elle n'y prêta pas attention tout de suite. Quelques minutes plus tard, la Ford était toujours là, roulant à distance constante sur la voie de droite. Rien de franchement inquiétant pour l'instant. Mais, lorsqu'elle consulta le rétroviseur pour la troisième fois, elle décida qu'il ne s'agissait pas d'une simple coïncidence. Elles étaient suivies.

Elle se tourna vers Anne qui elle aussi regardait dans son rétro. Pas de doute, elle avait vu la Ford noire mais elle ne bronchait pas, ne faisait rien pour la semer. Soraya sentit la peur lui tordre les entrailles. Pour se calmer, elle tenta de se convaincre qu'Anne n'était après tout qu'une secrétaire, une bureaucrate ignorant tout des dangers qu'un agent de terrain rencontre couramment dans l'exercice de son métier.

Elle s'éclaircit la voix. « Anne, je pense qu'on nous suit. »

Anne mit son clignotant et passa sur la voie de droite. « Je ferais mieux de ralentir.

— Quoi ? Mais non. Que faites-vous ?

— S'ils ralentissent aussi, nous en aurons le cœur net.

— Non, il faut accélérer, s'écria Soraya. Éloignez-vous d'eux le plus vite possible.

— Je veux voir qui est dans la voiture », répondit Anne en ralentissant encore plus. Elle tourna le volant vers le bas-côté.

« Vous êtes dingue. »

Soraya tendit la main pour attraper le volant mais recula brusquement en voyant Anne braquer sur elle un Smith & Wesson J-frame.

« Mais qu'est-ce que vous fichez, bon Dieu ? »

Elles roulaient sur la bande d'arrêt d'urgence à présent, à quelques centimètres de la barrière métallique. « Après ce que vous m'aviez dit, j'ai préféré prendre une arme.

— Est-ce que vous savez vous en servir, au moins ? »

La Ford noire quitta la voie rapide et se gara derrière la Pontiac. Deux hommes au teint sombre en sortirent.

« Je m'entraîne au tir deux fois par mois », précisa Anne en pressant le canon du S&W sur la tempe de Soraya. « Maintenant, descendez de cette voiture.

— Anne, mais que... ?

— Faites ce que je dis. »

Soraya hocha la tête. « Très bien. » Elle appuya sur la poignée de la portière et quand elle vit Anne suivre son geste du regard, lui donna un coup sur le bras droit, du bas vers le haut. Le pistolet cracha une balle qui troua le toit de la Pontiac.

De son coude replié, Soraya frappa violemment Anne au visage. Affolés par le bruit de la détonation, les hommes coururent vers la Pontiac. Soraya les voyant venir se pencha par-dessus Anne à demi assommée, ouvrit la portière et la poussa dehors.

Au moment où les hommes, armes au poing, atteignaient l'arrière de la Pontiac, Soraya se mit au volant, tourna la clé de contact et démarra. Elle descendit de l'accotement en rebondissant sur son siège puis, profitant d'un trou dans la circulation, accéléra à fond. Ses pneus crissèrent en dégageant de la fumée. Dans le rétroviseur, les hommes se mirent à courir vers la Ford noire. Ils soutenaient Anne Held évanouie. Soraya les vit l'installer sur la banquette arrière. Cette vision lui provoqua un tel choc que ses mains se mirent à trembler sur le volant.

Nesim Hatun se tenait alangui sur un banc de bois sculpté, garni d'un monceau de coussins soyeux. On l'aurait cru allongé sur une couche de guimauve. Il contemplait les vertes et frémissantes frondaisons de son dattier chéri en savourant des dattes fraîches qu'il engouffrait à la file, puis mâchait d'un air pensif. Avalant leur chair sucrée, il crachait dans une assiette plate les noyaux blancs en forme de pointe de flèche. A son coude droit, une petite table octogonale surmontée d'un plateau d'argent repoussé supportait une théière et deux petits verres à thé.

Tandis que sous l'escorte de son fils, Bourne – qui avait retiré sa barbe avant d'entrer dans le bain turc – passait dans l'ombre du palmier, son visage de vautour demeura impassible. Seuls ses yeux vert olive exprimèrent une certaine curiosité.

« *Merhaba,* mon ami.

— *Merhaba,* Nesim Hatun. Je m'appelle Abu Bakr. »

Hatun gratta sa barbiche taillée en pointe. « Comme le compagnon de notre prophète Mahomet.

— Mille excuses de troubler la tranquillité de ton splendide jardin. »

Nesim Hatun approuva d'un hochement de tête les délicates manières de son hôte. « Mon jardin n'est qu'un misérable lopin de terre. » Congédiant son fils, il tendit le bras dans un geste d'accueil. « Joins-toi à moi, je t'en prie, mon ami. »

Bourne déroula le tapis de prière de telle manière que ses fils de soie scintillent dans les taches dorées du soleil filtrant entre les palmes.

Hatun fit glisser sa pantoufle de son pied qu'il posa nu sur le tapis. « Quelle pièce magnifique ! Un bel exemple de l'art du tissage. Je te remercie, mon ami, pour cette largesse inattendue.

— Et pourtant indigne de toi, Nesim Hatun.

— J'avoue que jamais Yevgeny Feyodovich ne m'a fait ce genre de cadeau. » Ses yeux transpercèrent son interlocuteur. « Comment va notre ami commun ?

— Quand je l'ai quitté, dit Bourne, il était dans un vrai sac de nœuds. »

Le visage d'Hatun se changea en pierre. « Je ne vois pas du tout de quoi tu parles.

— Alors, permets-moi d'éclairer ta lanterne, répondit Bourne d'une voix suave. Yevgeny Feyodovich a suivi tes ordres à la lettre. Comment je le sais ? Parce que j'ai moi-même conduit Bourne jusqu'à la plage d'Otrada. Je l'ai fait tomber dans le piège tendu par Fadi. Yevgeny Feyodovich m'avait payé pour ce service.

— Voilà ce qui cloche, Abu Bakr. » Hatun se pencha en avant. « Yevgeny Feyodovich n'aurait jamais engagé un Turc pour ce genre de travail.

— Bien sûr que non. Bourne ne se serait pas fié à un Turc. »

Hatun épia Bourne de son regard de vautour. « Donc, la question demeure. Qui es-tu ?

— Je m'appelle Bogdan Illiyanovich », dit-il empruntant l'identité de l'homme qu'il avait tué sur la plage d'Ostrada. Grâce aux prothèses achetées dans la boutique de fournitures de théâtre de Beyoglu, il avait considérablement remodelé ses mâchoires et ses joues. Il avait même les incisives légèrement écartées.

« Tu parles parfaitement turc. Bizarre pour un Ukrainien. » Hatun prononça ces paroles avec un certain mépris. « Et maintenant, je suppose que ton patron réclame son deuxième versement.

— Yevgeny Feyodovich n'est pas en situation de réclamer quoi que ce soit. Loin s'en faut. Quant à moi, je veux toucher ce que j'ai gagné. »

Une émotion inavouée sembla submerger Nesim Hatun. Il remplit deux verres de thé chaud et en tendit un à Bourne.

Quand ils eurent siroté leur breuvage, Nesim reprit : « Peut-être qu'on devrait s'occuper de cette blessure à ton côté gauche. »

Bourne baissa les yeux. Des taches de sang salissaient ses vêtements. « Une égratignure. Ce n'est rien. »

Nesim Hatun était sur le point de répliquer quand son fils réapparut, porteur d'un signal silencieux.

Il se leva. « Je te prie de m'excuser un instant. J'ai une affaire à conclure. Je t'assure que je ne serai pas long. » Suivant son fils sous une arche, il disparut derrière un paravent de bois doré à la feuille.

Bourne laissa passer un peu de temps avant de se lever pour arpenter le jardin en faisant semblant de l'admirer. Il passa sous l'arche et s'immobilisa non loin du paravent. Deux hommes discutaient à voix basse. L'un était Nesim Hatun. L'autre...

«... par un messager, Muta ibn Aziz, dit Nesim Hatun. Tu prétendais qu'à ce stade du plan, il valait mieux éviter d'utiliser les portables à cause des risques d'interception. Et voilà que maintenant tu me dis le contraire.

— La nouvelle était vitale pour nous deux, répondit Muta ibn Aziz. Fadi a eu son frère au téléphone. Jason Bourne est mort. » Muta ibn Aziz fit un pas vers son interlocuteur. « Si c'est le cas, ton rôle est terminé. »

Muta ibn Aziz serra Hatun comme lui et l'embrassa sur les deux joues. « Je pars ce soir à vingt heures. Je vais retrouver Fadi. Bourne mort, il n'y aura plus de report. Nous aurons bientôt gagné la partie.

— *La ilaha ill Allah!* souffla Hatun. Viens mon ami, je vais te reconduire. »

Bourne revint discrètement sur ses pas, enfila le corridor et sortit du hammam.

Le pied collé à la pédale d'accélérateur, Soraya se disait qu'elle était dans un fameux pétrin. Tout en gardant un œil sur le rétro, elle sortit son téléphone et l'alluma. Il carillonna doucement. Un message. Elle le leva à hauteur des yeux et lut l'avertissement de Bourne.

Un goût amer se répandit dans sa bouche. C'était donc Anne la taupe. *La salope ! Comment pouvait-elle ?* Soraya écrasa son poing sur le volant. *Qu'elle aille se faire f...*

Alors qu'elle reposait son portable, elle entendit un froissement métallique. En même temps, une violente secousse déporta la Pontiac. Agrippée au volant, Soraya réussit de justesse à éviter le poids lourd qui arrivait sur la voie d'à côté.

« Mais que... ! »

Une Lincoln Aviator, aussi massive et sinistre qu'un tank M1 Abrams, venait de la doubler en raclant ses portières. Elle ralentit sans prévenir. Soraya l'emboutit par-derrière. Ses feux de stop ne fonctionnaient pas – ou on les avait débranchés.

Soraya changea de voie pour se placer à la hauteur de l'Aviator et tenter d'apercevoir le chauffeur. Mais les vitres fumées l'empêchèrent de distinguer la moindre silhouette.

Après une embardée sur la gauche, l'Aviator enfonça la portière de la Pontiac, côté passager. Soraya essaya en vain d'appuyer sur les boutons commandant l'ouverture des vitres. Voyant qu'elles étaient coincées, elle fit passer son pied gauche sur l'accélérateur et, avec le talon du droit, donna un coup dans la portière endommagée qui ne céda pas. Bloquée elle aussi. Sentant monter l'angoisse, elle se remit en position normale. Son cœur battait à tout rompre ; son pouls résonnait dans ses oreilles.

A présent, l'Aviator devant elle serpentait à toute vitesse entre les véhicules. Soraya la perdit de vue. Il fallait qu'elle quitte l'autoroute. Elle se mit à guetter des panneaux indiquant la prochaine sortie. Encore trois kilomètres. En transpirant abondamment, elle passa sur la voie de droite dans l'intention de prendre la prochaine bretelle.

A cet instant, l'Aviator arriva en rugissant sur sa gauche et emboutit sa portière. De toute évidence, elle ne s'était enfoncée dans la circulation que pour mieux la surprendre ensuite, par-derrière. De nouveau, Soraya pressa le bouton de la vitre, s'acharna sur la poignée. Rien ne lui obéissait. Rien ne s'ouvrait. Elle était prise au piège, enfermée dans la Pontiac roulant à toute allure vers l'inconnu.

VINGT-SEPT

BOURNE RÉCUPÉRA SON CARTABLE derrière l'urne et s'éloigna prestement. Il contourna le hammam de Nesim Hatun, à la recherche de la porte de service qu'il trouva sans difficulté. Un homme venait d'en sortir.

Muta ibn Aziz, le messager, allait le mener jusqu'à Fadi.

Tout en marchant, Bourne ouvrit le cartable, prit le pot de colle et réajusta sa barbe. Parvenu au bout de la ruelle, Muta ibn Aziz déboucha dans la cohue de Sultanahmet. Pendant presque quarante minutes, Bourne conserva la même allure que son gibier. L'homme marchait sans s'arrêter ni chercher son chemin. Il semblait savoir où il allait. Dans ce quartier bondé, sillonné de piétons circulant dans tous les sens, filer quelqu'un n'était pas une mince affaire. D'un autre côté, cette agitation permanente lui garantissait un certain anonymat. Noyé dans la foule, Bourne devenait invisible. Même si l'homme avait tenté de l'épier dans le reflet des pare-brise ou des vitrines, il en aurait été pour ses frais. Ils passèrent ainsi de Sultanahmet à Eminonou.

Le dôme massif de la gare Sirkeci se présenta devant lui. Muta ibn Aziz allait-il rejoindre Fadi par le train ? Non. Bourne le vit passer devant l'entrée principale sans s'arrêter. Il replongea dans la mêlée.

Bourne et son gibier contournèrent un vaste groupe de touristes placés en demi-cercle autour de trois *mevlevi*, des derviches tourneurs virevoltant comme des toupies, leurs longues robes blanches déployées autour d'eux, au son d'anciens hymnes musulmans.

Perdus dans leur *sema* extatique, les *mevlevi* projetaient des gouttes de sueur parfumées au safran et à la myrrhe. L'air environnant semblait chargé d'une intensité mystique inconnue, comme un autre monde aperçu le temps d'un battement de cils et aussitôt disparu.

Face à la gare, Bourne aperçut le quai Adalar Iskelesi. Par précaution, Bourne se fondit dans un groupe de touristes allemands. Muta ibn Aziz achetait un ticket aller pour Büyükada. Il partirait donc de là, pensa Bourne, très probablement par bateau. Mais pour aller où ? Peu importait, Bourne suivrait Muta ibn Aziz jusqu'au bout, quel que soit son moyen de transport.

Pour l'instant, sortir de la Pontiac défoncée était le cadet de ses soucis. Le gros problème c'était que l'énorme Lincoln Aviator ne la lâchait pas. Elle vit dans un brouillard le panneau indiquant la sortie. Sur la bretelle, elle choisit la voie de gauche. L'Aviator suivait deux mètres derrière. Les deux voies étaient encombrées mais après une rapide vérification dans le rétro, elle repéra un espace entre deux voitures. Si seulement la transmission de la Pontiac voulait bien résister au mauvais traitement qu'elle était sur le point de lui faire subir...

Elle tourna brusquement le volant. La Pontiac vira sur la voie de droite. Avant que le chauffeur de la Lincoln Aviator ne comprenne ce qui se passait, Soraya fit marche arrière, pied au plancher.

Elle glissa en trombe le long de l'Aviator qui s'apprêtait à virer sur la voie de droite et dont le pare-chocs arrière heurta le phare avant gauche de la Pontiac. Soraya fonçait toujours à reculons sur la bretelle, au milieu d'un concert d'avertisseurs, de hurlements et de crissements de pneus. Les voitures derrière elle s'écartaient pour la laisser passer.

Le chauffeur de l'Aviator appuya longuement sur son klaxon tout en faisant marche arrière. Parvenu presque en haut de la bretelle, il vit un motocycliste sur une Toyota grise arriver en trombe. Le motard paniqua, freina, et percuta la voiture placée derrière l'Aviator. La moto se coucha en travers de la chaussée, coupant la route à la limousine.

Ayant atteint la bande d'arrêt d'urgence, Soraya repassa en première et fila en direction de Washington.

« Je vais faire dégager la Toyota. Il suffit de la pousser, dit le chauffeur de l'Aviator.

— Ne t'inquiète pas, répondit l'homme à l'arrière. Laisse-la partir. »

Ces hommes étaient à la fois des diplomates de l'ambassade saoudienne et des membres de la cellule dormante de Karim à Washington. Quand la Lincoln Aviator pénétra dans la ville, l'individu assis sur la banquette arrière activa son GPS. Apparut aussitôt un quadrillage avec un point en mouvement. Il composa un numéro sur son portable.

« La cliente nous a filé entre les pattes, dit l'homme à l'arrière. Elle roule à bord d'une Pontiac équipée d'un microémetteur. Elle se dirige vers vous. D'après sa vitesse, vous devriez la voir dans trente secondes. »

Il attendit patiemment que le chauffeur de la Ford noire réponde, « Vue. On dirait qu'elle va vers le nord-est.

— Suivez-la, ordonna l'homme à l'arrière. Vous savez quoi faire. »

Sur le ferry qui voguait vers l'île de Büyükada, Bourne s'approcha d'une famille de touristes chinois et engagea la conversation. Il leur parla en mandarin, plaisanta avec les enfants, leur montra les principaux édifices de la ville qui s'éloignait tout en leur narrant l'histoire mouvementée d'Istanbul. Tout cela sans lâcher du regard Muta ibn Aziz.

Le messager de Fadi se tenait dans son coin, penché sur la rambarde du ferry, à fixer la mer et la côte embrumée. Il restait immobile, comme perdu dans ses pensées.

Quand enfin Muta ibn Aziz se retourna pour passer dans la cabine, Bourne s'excusa auprès de la famille chinoise et le suivit. Le messager commanda du thé au comptoir. L'air de rien, Bourne se mit à regarder les cartes postales et les plans d'Istanbul disposés sur un présentoir. Choisissant un plan de Büyükada et des environs, il s'arrangea pour passer à la caisse juste avant Muta ibn Aziz et s'adressa en langue arabe au vendeur moustachu portant une croix en or au bout d'une chaîne. L'homme secoua la tête et lui répondit en turc. Par gestes, Bourne lui expliqua qu'il ne comprenait pas.

Muta ibn Aziz se pencha et dit : « Excuse-moi, mon ami, mais ce chien d'infidèle demande qu'on le paie. »

Bourne exhiba une poignée de pièces. Muta ibn Aziz y piocha la monnaie nécessaire, tendit l'argent au caissier auquel il régla également son thé. Bourne le remercia tout en précisant : « La langue turque ressemble à des cris de cochon. »

Muta ibn Aziz s'esclaffa. « Expression appropriée. » D'un geste aimable, il lui proposa de l'accompagner sur le pont.

Bourne suivit le messager jusqu'à la rambarde. Le soleil tapait fort, luttant contre le vent glacé qui soufflait de la mer de Marmara. Quelques mèches de cirrus striaient le bleu profond du ciel hivernal.

« Les chrétiens sont des porcs, dit Muta ibn Aziz.

— Et les juifs des singes, répondit Bourne.

— La paix soit sur toi, mon frère. Je vois que nous avons étudié les mêmes manuels.

— Le Jihad dans la voie de Dieu est le sommet de l'Islam, déclara Bourne. Je n'ai pas eu besoin de maître d'école pour comprendre cela. Il me semble que je l'ai toujours su.

— Tu es wahhabite, comme moi. » Muta ibn Aziz lui adressa un long regard entendu. « Autrefois, aux côtés des musulmans nous avons expulsé les Croisés de Palestine. De même, aujourd'hui, nous vaincrons les nouveaux Croisés qui occupent nos terres. »

Bourne hocha la tête. « Nous sommes sur la même longueur d'onde, mon frère. »

Muta ibn Aziz sirotait son thé. « Ces pieuses croyances te poussent-elles à l'action, mon frère ? Ou s'agit-il d'une philosophie de comptoir ou de salon de thé ?

— A Sharm el-Sheikh et à Gaza, j'ai versé le sang de l'infidèle.

— Les efforts individuels doivent être applaudis, plaisanta Muta ibn Aziz, mais plus vaste est l'organisation, plus importants sont les dommages infligés à nos ennemis.

— Absolument. » *Il est temps de ferrer le poisson,* pensa Bourne. « Maintes fois, j'ai songé à m'engager dans les rangs de Dujja mais une chose, toujours la même, m'en a empêché. »

Le gobelet de thé s'arrêta à quelques centimètres des lèvres de Muta ibn Aziz. « Quelle chose ? »

Tout doux, tout doux, s'admonesta Bourne. « Je ne sais si je peux en parler, frère. Après tout, nous venons à peine de nous rencontrer. Tes intentions...

— Sont les mêmes que les tiennes, dit Muta ibn Aziz soudain impatient. Sois-en assuré. »

Pourtant Bourne hésitait encore à se confier.

« Frère, nous partageons la même philosophie, n'est-ce pas ? Nous avons la même vision du monde et de son avenir !

— C'est vrai. » Bourne plissa les lèvres. « Très bien, frère. Mais je te préviens, si tu as menti sur tes intentions, je jure que je le découvrirai et que je t'infligerai le châtiment que tu mérites.

— *La ilaha ill Allah.* Je t'ai parlé avec mon cœur. »

Bourne commença : « J'ai fait mes études à Londres avec le chef de Dujja.

— Je ne connais pas...

— Je t'en prie, je n'ai pas l'intention de prononcer le vrai nom de Fadi. Mais je suis un des rares hommes au monde à le connaître, lui et sa famille. »

Muta ibn Aziz ne feignait plus la curiosité. « Dans ce cas, pourquoi hésites-tu à rejoindre Dujja ?

— Eh bien, c'est à cause du père, vois-tu. Enfin, plutôt à cause de sa deuxième épouse. Elle est anglaise. Pire, elle est chrétienne. » Bourne secoua la tête d'un air farouche pour ajouter au mordant de ses paroles. « Un vrai musulman ne doit pas jurer fidélité à quiconque ne croit pas en Dieu et en son Prophète. Et pourtant cet homme a épousé une infidèle, il s'est accouplé à elle. Fadi est leur progéniture. Dis-moi, frère, comment puis-je suivre une telle créature ? Comment puis-je croire un mot de ce qu'il dit, quand le diable se tapit en lui ? »

Muta ibn Aziz se trouva pris au dépourvu. « Mais Fadi a tant fait pour notre cause !

— C'est indéniable, dit Bourne. Mais son sang n'est pas pur. On ne doit ni ignorer ni nier cet aspect des choses, tu le sais. Fadi est comme le jeune tigre qu'on sort de la jungle pour l'implanter dans un nouvel environnement. Une famille d'accueil l'élève avec amour, veut le domestiquer. Mais il est impossible de domestiquer un tigre. Tôt ou tard, il retrouve sa vraie nature et se retourne contre ceux qui l'ont adopté. » Il secoua de nouveau la tête, cette fois pour exprimer des regrets parfaitement plausibles. « On se trompe à vouloir changer la nature du tigre, mon frère. Cela ne fait aucun doute. »

Muta ibn Aziz tourna la tête vers la mer, d'un air morose. Une image floue de Büyükada se découpait sur l'horizon comme l'Atlantide légendaire ou l'île d'un calife depuis longtemps oublié. Il aurait voulu réfuter les arguments de son interlocuteur mais ne parvenait pas à trouver de réponse satisfaisante. *C'est doublement déprimant,* pensa-t-il, *d'entendre la vérité de la bouche de cet homme.*

Les pensées tourbillonnaient dans la tête de Soraya. Elle revivait sa fuite éperdue devant la Lincoln Aviator mais surtout elle s'interrogeait sur la trahison d'Anne Held. Quand elle y pensait, son sang se figeait dans ses veines. Mon Dieu, que ne lui avait-elle pas raconté depuis le temps qu'elle la connaissait ? Même chose pour tous ses collègues de la CIA. Combien de secrets avaient-ils livrés à Dujja sans le savoir ?

Elle conduisait son cercueil roulant sans trop faire attention à ce qui l'entourait. Les couleurs du jour avaient quelque chose de surnaturel ; elles vibraient d'une étrange pulsation rendant les autres véhicules, les rues, les immeubles, même les nuages qui passaient dans le ciel, insolites, menaçants, dangereux. L'affreuse vérité l'emprisonnait dans ses serres crispées.

La perspective du Jugement dernier lui causait d'effroyables maux de tête. Le reflux de l'adrénaline faisait trembler son corps.

Elle avait besoin de se reprendre, de rassembler ses idées, de décider quoi faire ensuite. Elle avait besoin d'un allié ici, à Washington. Elle pensa à son amie Kim Lovett mais changea rapidement d'avis. Pour deux raisons. D'abord, sa situation était trop précaire, trop dangereuse pour qu'elle y implique Kim. Ensuite, certaines personnes de la CIA, dont Anne, connaissaient leur amitié.

Elle devait trouver de l'aide auprès d'un inconnu aux yeux de la CIA. Elle alluma son téléphone et composa le numéro de Deron en priant pour qu'il soit revenu de Floride. Son cœur chavira quand elle entendit son message enregistré.

Où aller ? s'affola-t-elle. Il lui fallait un port où s'abriter de l'ouragan qui menaçait, et tout de suite. Juste avant de passer du désespoir à la panique, elle se souvint de Tyrone. Ce n'était qu'un adolescent, bien sûr, mais Deron lui faisait confiance. Il l'avait engagé comme garde du corps. L'autre jour, Tyrone l'avait prévenue qu'on la suivait. Pourtant, même si Tyrone consentait à l'aider, même si elle décidait de se confier à lui, il restait une question insoluble. Comment diable allait-elle faire pour le joindre ?

Puis elle se rappela qu'il avait l'habitude de traîner sur un chantier. Où était-ce ? Elle se creusa la cervelle.

« Sur Florida, on trouve des trucs mortels. J'y vais dès que j'ai l'occase, histoire de voir ce qui se passe, tu vois ? »

Pour la première fois depuis qu'elle était entrée dans Washington, elle repéra où elle se trouvait. Dans le secteur nord-est, là où elle voulait se rendre, justement.

Les îles du Prince, archipel au large d'Istanbul, devaient leur nom aux empereurs byzantins qui avaient eu coutume d'y exiler les princes en disgrâce. La plus vaste d'entre elles, Büyükada, avait accueilli trois années durant Léon Trotski qui y rédigea l'*Histoire de la révolution russe.*

Leur sinistre réputation leur valut de demeurer désertes de nombreuses années. Elles traversèrent l'histoire sanglante de l'Empire ottoman dont elles devinrent l'un des nombreux cimetières. Plus récemment, leur destin avait changé du tout au tout. Büyükada avait été transformée en parc de loisirs de luxe, avec ses champs jonchés de fleurs, ses allées ombragées et ses villas s'inspirant du baroque byzantin.

Bourne et Muta ibn Aziz descendirent ensemble du ferry. Sur le quai, ils s'embrassèrent et se souhaitèrent mutuellement grâce et protection d'Allah.

« *La ilaha ill Allah*, dit Bourne.

— *La ilaha ill Allah* », répondit le messager de Fadi quand ils se séparèrent.

Bourne attendit de voir quel chemin il prenait avant de déplier sa carte de l'île. A demi caché derrière, il lui suffit de tourner un peu la tête pour surveiller sa cible du coin de l'œil. L'homme venait de louer une bicyclette. Comme la circulation automobile était interdite sur l'île, les visiteurs disposaient de trois moyens de locomotion : les vélos, les calèches et les pieds. L'île était trop grande pour envisager la troisième solution.

Renseigné sur l'option choisie par Muta ibn Aziz, Bourne reporta son attention sur la carte. Il savait que le messager repartirait le soir même à huit heures, mais d'où exactement et par quel moyen ? Mystère.

Entrant dans la boutique de location, il choisit un vélo muni d'un panier à l'avant. Il n'était pas aussi rapide que celui de Muta ibn Aziz, mais Bourne avait besoin d'un panier pour son cartable. Il paya et s'engagea sur la route qui s'enfonçait dans les terres, sur les traces du messager.

Quand le quai eut disparu, Bourne s'arrêta à l'ombre d'un palmier et fourragea dans son cartable pour récupérer le transpondeur correspondant au NET, la balise nanoélectronique que Soraya lui avait implantée pour suivre ses déplacements. Il avait profité des embrassades d'adieu, sur le port, pour la refiler à Muta ibn Aziz. Dans un lieu interdit aux voitures comme cette île, il voyait mal comment filer discrètement quelqu'un à vélo.

Il alluma le transpondeur, entra sa position et vit le bip apparaître sur l'écran. Appuyant sur une autre touche, il localisa le signal émis par sa cible. Sans écouter la douleur qui se réveillait, il enfourcha son vélo et pédala assez vite pour parvenir à une allure satisfaisante malgré la forte déclivité.

Soraya longeait la limite sud de l'immense chantier de construction bordé par la 9e Rue et Florida Avenue. Les travaux destinés à remplacer les dents cariées du quartier par des implants de verre et d'acier étaient bien avancés. Les squelettes de métal de deux tours semblaient en voie d'achèvement. Partout, des grues titanesques balançaient dans l'air des poutrelles d'acier aussi aisément que des bâtons de sucettes. Pendant que les bulldozers pelletaient les gravats, plusieurs semi-remorques attendaient leur déchargement près d'une rangée de cabanes en préfabriqué desquelles sortait une poignée de câbles électriques.

Au volant de son tas de boue, Soraya fit le tour du chantier à petite vitesse. Elle cherchait Tyrone. C'était là qu'il aimait traîner. Il y passait ses journées, lui avait-il dit.

La Pontiac se mit à siffler comme un asthmatique à Bangkok puis retrouva un ronronnement normal. Depuis une dizaine de minutes, les bruits sortant du moteur étaient devenus franchement inquiétants. Soraya priait pour que la voiture ne rende pas l'âme avant qu'clle ait trouvé Tyrone.

Ayant longé la limite sud du chantier, elle vira vers le nord et Florida Avenue, en quête d'endroits discrets, susceptibles de servir de cachette à Tyrone. Elle en trouva un ou deux mais aucun n'était dans l'ombre, à cette heure matinale. Pas de Tyrone. Elle comprit soudain qu'elle aurait dû commencer ses recherches par le nord.

Elle voyait déjà se profiler Florida Avenue, à cinq cents mètres devant elle, quand elle entendit un violent cliquetis Aussitôt, la Pontiac blessée fit une embardée et se mit à trembler lamentablement. Elle venait de trépasser ; son dernier cri tenait plus du sanglot que du rugissement. Soraya poussa un juron en assénant du talon de la main un coup rageur sur le tableau de bord, comme si la voiture était une vieille télé mal réglée.

Lorsqu'elle dégrafa sa ceinture, la Ford noire apparut au coin de la rue. Elle roulait dans sa direction.

« Dieu du ciel », marmonna-t-elle.

Le dos collé au dossier, elle se recroquevilla et balança ses deux pieds dans le pare-brise. Le verre de sécurité tint bon. Elle ramassa ses jambes et recommença. En vain.

Elle risqua un œil au-dessus du tableau de bord. Grave erreur. La Ford était si proche qu'elle vit nettement les deux hommes à l'intérieur. Avec un petit gémissement, elle se remit en position et frappa le verre encore deux fois. Le pare-brise céda mais la feuille de plastique centrale empêchait les morceaux de tomber.

Tout à coup, le pare-brise explosa dans un bruit de tonnerre. Une pluie de verre dégringola sur elle. On l'avait brisé de l'extérieur. L'un des hommes passa la main dans l'habitacle. Elle se jeta sur lui mais à la seconde où elle lui saisit le bras, le deuxième type la paralysa avec un Taser.

Le corps de Soraya devint mou comme un chiffon. Les deux individus n'eurent plus qu'à l'attraper pour la hisser sans ménagement hors de la Pontiac. L'atroce bourdonnement qui lui martelait le crâne laissa passer quelques mots d'arabe, un éclat de rire. Leurs mains fouillaient son corps sans défense.

Puis on lui colla une arme sur la tempe.

VINGT-HUIT

MARTIN LINDROS ÉTAIT ENFERMÉ dans une cellule sans fenêtre, au fin fond du complexe souterrain de Dujja, à Miran Shah. Il effleurait les murs de la main. Ce geste, il l'avait si souvent répété depuis qu'il se trouvait ici, que les armatures en acier coulées dans le béton lui faisaient l'effet d'un squelette étrange.

La cellule mesurait exactement quinze pas de côté. Quand il l'arpentait, le seul obstacle qu'il rencontrait était un châlit fixé au mur. En face, un lavabo et des toilettes en inox. Il tournait comme un animal en cage rendu fou par la solitude. Encastrés au plafond, les trois tubes au néon violet-bleu avaient perdu leur grille de protection. Ils brillaient sans merci seize heures par jour. Il aurait voulu les atteindre mais il avait beau sauter, ils étaient trop haut perchés.

Quand on les éteignait et qu'il s'étendait à la recherche du sommeil, ces néons avaient la fâcheuse habitude de se rallumer d'un coup, le réveillant en sursaut tel un poisson qu'on ferre. Lindros en avait rapidement déduit qu'on le surveillait en permanence. Une fouille en règle lui avait permis de découvrir un tout petit trou dans le plafond, caché entre deux tubes – ce qui expliquait sans doute cet éclairage agressif. Par ce trou, un œil en fibre optique l'observait avec un calme olympien. Tous ces dispositifs sophistiqués étaient clairement signés Dujja. Ce qui le confortait dans ses soupçons. Il se trouvait bien au cœur du réseau terroriste.

Il n'avait pas besoin de faire un gros effort d'imagination pour comprendre que Fadi ne le lâchait pas des yeux. Peut-être ne restait-il pas constamment devant l'écran. En tout cas, il visionnait régulièrement les captures vidéo. Le terroriste devait se frotter les mains en voyant Lindros arpenter sa cellule. Peut-être attendait-il le moment où son prisonnier passerait de l'être humain à l'animal ? Pour Lindros, c'était évident. Quand il pensait à cela, il serrait les poings et se mettait à trembler.

La porte de la cellule s'ouvrit bruyamment. Fadi apparut, le visage assombri par la colère. Sans un mot, il marcha vers Lindros et lui asséna un coup formidable sur le côté de la tête. A demi assommé, Lindros tomba sur le sol en ciment. Fadi lui décocha un coup de pied.

« Bourne est mort. Tu m'entends, Lindros ? Mort ! » Lindros perçut dans ce cri quelque chose de terrifiant, un trémolo révélateur d'une angoisse infinie tapie aux tréfonds de son être. « L'impensable s'est produit. On m'a privé de la vengeance que j'avais munitieusement échafaudée. Tout est anéanti par l'impensable. »

Lindros s'ébroua et se hissa sur un coude. « Le futur est insondable, dit-il. Il est inconnaissable. »

Fadi s'accroupit. Son visage touchait presque celui de Lindros. « Infidèle. Allah connaît le futur. Il le montre au vertueux.

— Fadi, je te plains. La vérité se dresse là devant tes yeux et tu ne la vois pas. »

Le visage déformé par la rage, Fadi saisit Lindros, le souleva et de nouveau le précipita à terre. Ses mains se refermèrent sur sa gorge.

« Je n'aurai pas la satisfaction de tuer Bourne de mes propres mains, mais toi tu es là. Tu vas prendre sa place. » Les yeux exorbités, il appuya de toutes ses forces sur la gorge de Lındros qui se débattait, lançant des coups de pied désespérés. Il n'avait ni l'énergie ni la position nécessaires pour se dégager.

Il perdait conscience, son œil unique roulait dans son orbite. Soudain, Abbub ibn Aziz apparut sur le seuil.

« Fadi...

— Sors d'ici ! hurla Fadi. Fiche-moi la paix ! »

Sans l'écouter, Abbud ibn Aziz entra dans la cellule. « Fadi, c'est Veintrop. »

Les yeux de Fadi lui sortaient des orbites. Le Vent du Désert – la folie meurtrière – avait pris possession de lui.

« Fadi, insista Abbud. Il faut que tu viennes tout de suite. »

Relâchant sa prise, Fadi se leva et se tourna vers son lieutenant. « Pourquoi ? Pourquoi dois-je venir tout de suite ? Dis-le avant que je te tue toi aussi.

— Veintrop a fini.

— Toutes les sauvegardes sont en place ?

— Oui, répondit Abbud. L'engin nucléaire est prêt à être déployé. »

Tyrone croquait dans un hamburger géant tout en lorgnant d'un œil d'expert autodidacte la levée d'une poutre métallique, lorsque la Pontiac cabossée se fit attaquer. Une Ford noire venait de lui couper la route. Deux hommes en costume sombre en sortirent. Impossible de saisir ce qu'ils se disaient à cause du bruit du chantier.

Tyrone se leva de la caisse qui lui servait de tabouret et s'avança vers eux. L'un était armé : pas d'un couteau ni d'un pistolet mais d'un Taser.

Soudain, l'autre enfonça la vitre de la Pontiac, côté conducteur. Tyrone reconnut l'un des deux barbus qui avaient surveillé les abords de M&N. Décidément, ces types-là marchaient sur ses plates-bandes.

Il jeta son sandwich et accéléra l'allure. La Pontiac était salement abîmée. On aurait dit qu'elle avait percuté un semi-remorque à vingt roues. Après avoir fait exploser le verre de sécurité, l'homme passa la main au travers. Puis le porteur du Taser glissa son arme à l'intérieur et s'en servit sur le conducteur. Un instant plus tard, les deux individus traînaient ce dernier hors de son véhicule.

A la distance où il se trouvait à présent, Tyrone vit que la victime était une femme. Toujours aussi sauvagement, ils l'obligèrent à se relever et la tournèrent de telle façon qu'il aperçut son visage. Aussitôt, un filet de sueur froide lui dégoulina le long de l'échine. Miss Spook ! En un quart de seconde, sa décision fut prise. Il se mit à courir.

Les travaux sur le chantier faisaient tellement de bruit que les tueurs ne l'aperçurent qu'au tout dernier moment. Le type retira son pistolet de la tempe de Miss S pour le braquer sur Tyrone qui s'arrêta en pleine course, à un mètre d'eux, les bras levés. Il regarda la jeune femme du coin de l'œil. Sa tête pendait sur sa poitrine, ses jambes la portaient à peine. Ils l'avaient bien arrangée.

« Tire-toi de là, connard, cracha l'homme au pistolet. Fais demi-tour et casse-toi. »

Tyrone se composa une expression terrorisée. « Oui, m'sieur. »

Comme il pivotait sur lui-même pour s'en aller, il laissa retomber ses bras et le couteau à cran d'arrêt glissa dans la paume de sa main droite ; il l'ouvrit d'un coup sec et, se retournant vivement, l'enfonça jusqu'à la garde entre les côtes du tueur, comme il avait appris à le faire lors des combats de rue entre bandes ennemies.

L'homme lâcha son arme, les yeux révulsés. Ses jambes se dérobèrent sous lui. Son comparse cherchait son Taser à tâtons, mais la présence de Miss S gênait ses mouvements. Il la jeta donc contre le flanc cabossé de la Pontiac. Au même instant, le poing de Tyrone lui brisa le cartilage du nez. Aveuglé par le sang, il fut incapable de parer le coup suivant. Après lui avoir enfoncé un genou dans les parties, Tyrone lui attrapa la tête à deux mains et la cogna contre le rétro extérieur de la Pontiac.

Sans attendre qu'il s'écroule, Tyrone lui décocha un méchant coup de pied dans les côtes, ce qui eut pour effet de lui en briser quelques-unes. Puis Tyrone se pencha pour récupérer son cran d'arrêt, attrapa Miss S, la hissa sur son épaule et la porta jusqu'à la Ford noire pour l'allonger délicatement sur la banquette arrière. Quand il s'assit au volant, il jeta un dernier coup d'œil en direction du chantier. Par chance, la Pontiac ayant caché la scène, les ouvriers n'avaient rien remarqué de l'incident.

Avant de démarrer, Tyrone cracha sur les hommes qui gisaient dans la poussière puis il se mit à rouler en prenant bien garde de ne pas dépasser les limitations de vitesse. Il n'aurait plus manqué qu'un flic l'arrête pour infraction au code de la route.

En suivant les lacets de la route qui grimpait vers le sommet de la colline, Bourne passa devant une série de villas construites au XIXe siècle par des banquiers grecs et arméniens. Elles appartenaient aujourd'hui à des milliardaires stambouliotes dont le terrain de chasse couvrait la terre entière, tout comme leurs ancêtres ottomans.

Tout en roulant sur les traces de Muta ibn Aziz, il songeait au frère de Fadi, Karim, l'homme qui avait volé le visage de Lindros, son œil droit, son identité. Si l'on se fiait aux seules apparences, on avait du mal à croire qu'un tel homme fût impliqué dans un complot terroriste. Héritier d'une riche famille, il avait pris la tête d'Integrated Vertical Technologies après que Bourne eut cloué son père dans un fauteuil de paralytique. Des deux frères, c'était lui le plus sérieux, un homme d'affaires tout ce qu'il y avait de raisonnable, à l'image des bâtisseurs de ces luxueuses villas.

C'est alors que pour la première fois, Bourne mesura à quel point les deux frères étaient déterminés à venger la mort de leur sœur. Il s'agissait d'une véritable obsession. Sarah avait été comme une étoile brillant sur toute leur famille : l'honneur de Hamid ibn Ashef al-Wahhib. Un honneur plongeant ses racines dans les siècles passés, dans les étendues infinies du désert d'Arabie et l'histoire trois fois millénaire de la péninsule arabique, du Sinaï, de la Palestine. Un honneur plus fort que le temps. Leurs ancêtres étaient sortis du désert puis s'étaient vu refouler, défaite après défaite. Ils avaient effacé leur honte en reprenant la péninsule Arabique des mains de leurs ennemis. Leur patriarche, Muhammad ibn Abd al-Wahhab, faisait partie des grands réformateurs musulmans. Au milieu du XVIIIe siècle, il s'était allié à Muhammad ibn Saud pour créer une nouvelle entité politique. Cent cinquante ans plus tard, les deux familles prenaient Riyad, donnant naissance à l'Arabie Saoudite moderne.

Pour un Occidental, la chose était difficile à saisir mais, à elle seule, Sarah ibn Ashef avait incarné cette glorieuse épopée. Dès lors, quoi d'étonnant à ce que ses frères remuent ciel et terre pour tuer son meurtrier ? Voilà pourquoi ils avaient patiemment élaboré un plan dont l'objectif principal était la destruction de Bourne – en commençant par son esprit pour s'attaquer ensuite à son corps. Ils ne se contenteraient pas de le débusquer et de lui loger une balle dans la nuque. Non, ce serait insuffisant. Ils prévoyaient de le briser avant que Fadi ne l'achève de ses propres mains.

Bourne savait que la nouvelle de sa mort les rendrait fous de rage. Dans cet état, ils risquaient fort de commettre une erreur. Tant mieux pour lui.

Pour l'heure, la première chose à faire était d'apprendre à Soraya l'identité de l'homme qui se faisait passer pour Martin Lindros. Sortant son téléphone portable, il composa l'indicatif du pays et de la ville, puis le numéro. Il consulta sa montre. A moins d'un important retard, son avion avait dû atterrir à Washington.

De nouveau, le téléphona sonna dans le vide. Cela devenait inquiétant. Par précaution, il ne laissa pas de message, cette fois. Après tout, il était censé être mort. Pourvu qu'elle ne soit pas tombée entre des mains ennemies. Pourtant il fallait prévoir le pire. S'il avait attrapé Soraya, Karim vérifierait certainement les numéros des appels entrants et sortants sur son téléphone. Il se promit de réessayer dans une heure environ, après sept heures du soir, moins de soixante minutes avant l'heure où Muta ibn Aziz était censé quitter Büyükada pour rejoindre Fadi.

« *La partie se termine* », avait dit le messager à Hatun. Bourne sentit un frisson lui parcourir l'échine. Il lui restait peu de temps pour trouver Fadi et l'empêcher de faire exploser la bombe.

D'après la carte achetée sur le ferry, l'île consistait en deux collines séparées par une vallée. Il grimpait actuellement la colline sud, Yule Tepe, au sommet de laquelle se trouvait le monastère Saint-George, datant du XIIe siècle. Bientôt, la route se mua en sentier, les palmiers laissèrent place à des terres plantées d'épais conifères. Une forêt mystérieuse et vide. Les villas avaient disparu, elles aussi.

Le monastère se composait de plusieurs chapelles construites sur trois niveaux et de quelques bâtiments annexes. L'image radar indiquant la position de Muta ibn Aziz resta stationnaire une poignée de minutes. Comme le chemin devenait trop rocailleux et accidenté, Bourne prit son cartable dans le panier, rangea le vélo sous un arbre et continua à pied.

Il ne voyait ni touristes ni carrioles ; personne. Mais il commençait à se faire tard ; le soir tombait. Contournant les ruines de l'édifice principal, il continua de grimper. D'après le transpondeur, Muta ibn Aziz se trouvait dans le petit bâtiment juste devant. Une lampe brillait à travers les vitres.

Comme il approchait, le point lumineux se mit à bouger. Bourne se cacha sous un grand pin et vit sortir le messager de Fadi muni d'une vieille lampe à pétrole. Il marcha vers la forêt et s'enfonça entre deux énormes rochers.

Après avoir effectué une rapide reconnaissance du secteur pour s'assurer que le bâtiment n'était pas surveillé, Bourne franchit la porte en bois fendillé. Il faisait frais à l'intérieur. Plusieurs lampes à pétrole perçaient l'obscurité. Sa carte indiquait que l'endroit avait autrefois servi d'asile aux fous dangereux. Il n'y avait presque rien entre ces murs ; de toute évidence, le bâtiment était désaffecté. Et pourtant, des traces de son effroyable passé demeuraient. Sur le sol dallé, on voyait encore les anneaux de fer ayant servi à entraver les membres des pensionnaires trop violents. Un passage à gauche menait à une petite pièce où gisaient des bâches et divers outils.

Il regagna la pièce principale. Contre la rangée de fenêtres qui donnaient sur les bois au nord, une longue table de réfectoire en bois sombre servait de support à une grande feuille de papier épais, éclairée par une lampe. En s'approchant, Bourne vit le plan de vol tracé dessus. Il l'étudia, fasciné. La route aérienne filait vers le sud-est en traversant la Turquie dans presque toute sa longueur, puis elle coupait l'extrême sud de l'Arménie et de l'Azerbaïdjan, franchissait la mer Caspienne avant de passer par l'Iran et de parcourir l'Afghanistan en diagonale. Le point d'atterrissage se situait dans une région montagneuse de l'autre côté de la frontière, dans l'ouest du Pakistan, zone infestée de terroristes.

Ce n'était donc pas par bateau que Muta ibn Aziz comptait quitter Büyükada, mais à bord d'un jet privé ayant l'autorisation de pénétrer dans l'espace aérien iranien et assez d'autonomie pour parcourir trois mille cinq cents kilomètres sans refaire le plein.

Bourne regarda par la fenêtre l'épaisse forêt de pins où Muta ibn Aziz avait disparu. Il se demandait où pouvait bien se trouver la piste d'atterrissage quand il entendit un bruit. Il allait se retourner mais une douleur explosa à l'arrière de son crâne. Il se sentit tomber. Puis tout s'assombrit.

VINGT-NEUF

ANNE N’AVAIT JAMAIS VU KARIM AL-JAMIL aussi furieux. Il en voulait au DCI. Il lui en voulait à elle. Il ne lui avait fait subir aucune violence, ni physique ni verbale. C’était encore pire que cela : il l’ignorait.

Au travail, elle remâchait son chagrin toute la journée. Ce désespoir, ce sentiment d’abandon, elle avait cru ne plus jamais les connaître. Être une maîtresse supposait un certain état d’esprit auquel on devait s’habituer, comme on s’habitue à la douleur sourde d’une dent dévitalisée. Il fallait apprendre à passer seule le jour de son anniversaire, la Saint-Valentin, Noël. Il fallait mettre son mouchoir sur les dates anniversaires de la première rencontre, du premier plaisir, de la première nuit passée ensemble, du premier petit déjeuner partagé dans une joie enfantine. Une maîtresse n’avait pas droit à tout cela.

Au début de leur relation, Anne n’arrivait pas à supporter cette solitude. Les jours – et les nuits ! – où son absence la faisait le plus souffrir, elle avait essayé de l’appeler. Il avait mis les points sur les i en lui expliquant gentiment mais fermement qu’elle devait changer de comportement. Quand ils n’étaient pas ensemble, elle devait faire comme s’il n’existait pas. *Comment peux-tu me demander une chose pareille ?* avait-elle hurlé intérieurement tout en acquiesçant d’un sourire. Elle devait jouer le jeu, lui faire croire qu’elle comprenait, qu’elle était forte. C’était essentiel. Elle devinait d’instinct qu’à la moindre faiblesse de sa part, il la laisserait tomber. Et s’il la laissait tomber, elle en mourrait.

Alors, elle faisait semblant pour préserver leur relation et se préserver elle-même, par la même occasion. Peu à peu, elle avait appris à vivre ainsi. Quand il partait, elle ne l'oubliait pas, bien entendu. C'était impossible. Mais elle en était venue à considérer le temps passé ensemble comme un film qu'elle ne se lassait pas de voir et de revoir encore. Entre deux séances, elle repassait les images dans sa tête. Ce subterfuge lui avait permis de mener une existence plus ou moins normale. Parce que, au fond d'elle-même, là où elle n'osait pas trop s'attarder, elle savait que sans lui, sa vie ne vaudrait pas la peine d'être vécue.

Depuis que Soraya s'était échappée par sa faute, il lui battait froid. Quand il entrait ou sortait du bureau du Vieux, il ne lui accordait pas un regard. Il ne s'inquiétait même pas de sa joue gauche tuméfiée suite au coup de coude de Soraya. Dès l'instant où elle était tombée profondément, follement, irrémédiablement amoureuse de lui, elle avait vécu dans l'appréhension de ce revirement. Et voilà que le pire était arrivé. Elle l'avait déçu.

Avait-il obtenu les renseignements qu'il voulait du secrétaire à la Défense Halliday ? Pendant un moment, elle aurait juré que oui. Mais ensuite, le Vieux lui avait demandé de prendre rendez-vous avec Luther LaValle, le tsar des renseignements du Pentagone. Que comptait-il faire ?

Elle ignorait tout du sort de Soraya. L'avait-on capturée ? Tuée ? Jamil l'avait tenue hors du coup. Elle ne partageait plus ses secrets. Elle ne pouvait plus se blottir contre son corps chaud comme le vent du désert. Dans son cœur, elle soupçonnait que Soraya vivait encore. Si les hommes de Jamil l'avaient rattrapée, il lui aurait sûrement pardonné son erreur. Un froid soudain l'envahit. Soraya savait tout sur elle. Cette fille était comme une épée de Damoclès. Si elle parlait, tout le monde découvrirait que la vie d'Anne n'avait été qu'un long mensonge. On la jugerait pour trahison.

Avec une partie de son cerveau, elle effectuait ses tâches quotidiennes. Elle écoutait le Vieux parler quand il la convoquait dans son bureau, saisissait ses notes de service et les imprimait pour les lui faire signer. Elle téléphonait pour lui, programmait sa longue journée aussi précisément qu'une campagne militaire. Elle le protégeait des coups de fil intempestifs aussi jalousement qu'auparavant. Avec l'autre moitié de son cerveau, elle passait et repassait en revue les derniers événements. Comment allait-elle pouvoir rattraper l'erreur fatale qu'elle avait commise ?

Elle devait reconquérir Jamil. C'était une question de vie ou de mort, elle le savait. Pour la plupart des gens, le pardon pouvait emprunter des voies diverses, mais pas pour Jamil. C'était un bédouin ; il appliquait à la lettre les traditions ancestrales. L'exil ou la mort, telle était la seule alternative. Anne devait retrouver Soraya. Elle reviendrait vers Jamil les mains tachées du sang de cette fille. Si elle voulait le récupérer, elle devrait d'abord supprimer Soraya.

Bourne ouvrit les yeux, voulut bouger mais renonça aussitôt. On l'avait attaché avec des cordes passées dans les deux anneaux de fer scellés au sol de l'asile. Un homme de type caucasien aux joues creuses, aux yeux bleu glacier était accroupi sur lui. Il portait un blouson d'aviateur en cuir et une casquette ornée d'un insigne en argent en forme d'ailes.

Le pilote du jet. A son air, Bourne le rangea dans la catégorie « as de la voltige », un de ces types qui se prenaient pour les cowboys du ciel.

Bourne eut droit à un sourire tenant de la grimace. « Qu'est-ce que tu fais ici ? » Trompé par le déguisement de Bourne, il tentait de se faire comprendre en parlant arabe, langue qu'il baragouinait. « Tu regardais mon plan de vol. Tu m'espionnes. » Il secoua la tête d'un air chagrin comme une bonne d'enfant grondant un bambin. « C'est interdit. Compris ? In-ter-dit. » Il pinça les lèvres. « Toi comprendre ? » ajouta-t-il en anglais.

Puis il montra à Bourne ce qu'il tenait en main ; le transpondeur NET. « C'est quoi ce truc, espèce de sale espion ? Hein ? Qui t'es, putain ? Qui t'envoie ? » Il sortit un couteau dont il approcha la longue lame du visage de Bourne. « Réponds-moi, bordel, ou je te découpe comme une dinde de Noël ! Toi comprendre Noël ? Hein ? »

Bourne le fixa d'un regard inexpressif, ouvrit la bouche et dit une phrase à mi-voix.

« Quoi ? Le pilote se pencha davantage. Qu'est-ce que tu racontes ? »

Bourne donna un coup de reins, leva les jambes à la verticale et les croisa en ciseaux. Ses chevilles se joignirent derrière la nuque du pilote. Il verrouilla sa prise, projetant l'homme en l'air avant de le laisser retomber. Sa tête heurta le sol en marbre avec une telle force qu'il se fracassa la pommette et s'évanouit dans la seconde.

Bourne tourna la tête et vit le couteau posé derrière lui, de l'autre côté des anneaux de fer. Il leva les jambes, se recroquevilla et se mit à se balancer. Quand il jugea l'élan suffisant, il se jeta en arrière. Malgré les anneaux qui retenaient ses poignets au sol, il réussit sa roulade arrière, passa par-dessus les anneaux et atterrit à genoux.

La jambe tendue, il toucha le couteau du bout du pied, l'accrocha et le fit glisser vers l'anneau cerclant sa main droite. Le manche heurta le métal. Il rabattit l'anneau vers le sol, s'empara du couteau qu'il coucha contre la corde et commença à scier le chanvre.

La tâche n'avait rien de facile car il était très mal installé. Incapable d'appuyer correctement sur la lame, il travaillait très lentement. Agenouillé comme il l'était, il ne voyait pas l'écran du transpondeur et donc ignorait où se trouvait Muta ibn Aziz qui pouvait faire irruption dans la pièce à tout moment.

Finalement la corde céda. Bourne s'occupa de celle qui retenait sa main gauche puis sauta sur le transpondeur, constatant avec soulagement que Muta ibn Aziz n'était pas dans les parages.

Bourne fit rouler le pilote sur le sol et lui enleva ses vêtements qu'il enfila l'un après l'autre. La chemise était trop petite, le pantalon trop large. Il lui fallut donc quelques secondes pour adopter un aspect présentable. Cela fait, il prit son cartable et sortit les divers objets achetés à la boutique d'articles de théâtre. Devant le petit miroir carré qu'il posa par terre pour mieux voir son visage, il ôta ses prothèses buccales puis engagea sa nouvelle métamorphose.

Bourne se tailla les cheveux, modifia la couleur de son visage, ajusta deux autres prothèses conçues pour effiler la mâchoire. Il ne disposait pas de lentilles colorées mais dans la pénombre, c'était relativement inutile. Par chance, il pouvait rabattre la casquette du pilote sur ses yeux.

Après avoir de nouveau vérifié le transpondeur, il fouilla dans le portefeuille du pilote. L'homme s'appelait Walter B. Darwin. Un expat américain. Il possédait trois passeports délivrés par trois pays différents, un tatouage militaire sur une épaule, JE T'EMMERDE sur l'autre. Pourquoi convoyait-il des terroristes autour du globe ? C'était une énigme sur laquelle Bourne n'avait pas le temps de se pencher pour l'instant. La carrière de Walter Darwin, le fou volant, était terminée. Bourne traîna son corps nu dans une pièce au fond et le couvrit d'une bâche poussiéreuse.

De retour dans la salle principale, il alla prendre le plan de vol sur la table. Il était huit heures moins vingt. Gardant un œil sur le point lumineux du transpondeur, il glissa le plan dans son cartable, ramassa une lampe et partit à la recherche de la piste d'atterrissage.

Anne savait Soraya trop maligne pour se montrer aux abords de son appartement. Se faisant passer pour Kim Lovett, l'amie de Soraya qui travaillait au FIU, le Service d'enquêtes sur les incendies, elle appela la mère et la sœur de Tim Hytner. Ni l'une ni l'autre n'avaient revu Soraya depuis qu'elle était venue leur annoncer la mort de Tim. Elles n'avaient plus de ses nouvelles. Si Soraya était passée les voir, elle leur aurait dit de se méfier d'une certaine Anne Held. En revanche, elle voudrait certainement parler à sa meilleure amie. Anne était sur le point d'appeler Kim Lovett mais changea d'avis. Quand elle quitta le bureau ce soir-là, elle monta dans un taxi direction les laboratoires du FIU sur Vermont Avenue et la 11e Rue.

Elle trouva le labo de Kim et entra.

« Je suis Anne Held, dit-elle. Soraya travaille avec moi. »

Kim leva les yeux de son travail : deux plateaux de métal remplis de cendres, de bouts d'os calcinés et de tissu à moitié carbonisé. Elle s'étira comme un chat, enleva ses gants en latex et lui tendit une main ferme.

« Alors, dit Kim, qu'est-ce qui vous amène dans cet endroit sinistre ?

— Eh bien, en fait, c'est Soraya. »

Kim s'alarma. « Quelque chose lui est arrivé ?

— C'est ce que je tente de savoir. Je me demandais si vous aviez de ses nouvelles. »

Kim secoua la tête. « Non, mais c'est assez courant chez elle. » Elle réfléchit un instant. « Cela n'a peut-être rien à voir mais, voilà une semaine ou deux, j'ai remarqué qu'un inspecteur de police s'intéressait à elle. Ils se sont rencontrés ici, dans ce labo. Il voulait qu'elle l'emmène sur une enquête, je crois, mais Soraya a dit non. J'ai eu l'impression que son intérêt pour elle dépassait le plan professionnel.

— Vous rappelez-vous la date ? Le nom de l'inspecteur ? »

Kim lui donna la date. « Quant à son nom, j'ai dû l'inscrire quelque part. » Elle fouilla dans une pile de dossiers posés sur le comptoir. « Ah, le voilà », dit-elle en extirpant du fouillis une bande de papier déchiré. « L'inspecteur William Overton. »

Que le monde est petit, songea Anne en sortant de l'immeuble du FIU. *Et truffé de coïncidences.* Le flic qui l'avait suivie filait également Soraya. Il était mort à présent, mais il pourrait quand même lui être utile, qui sait.

Grâce à son téléphone portable, Anne localisa rapidement la circonscription de l'inspecteur William Overton et le nom de son officier supérieur. En débarquant dans le commissariat, elle montra son accréditation et dit au sergent qui assurait l'accueil qu'elle voulait rencontrer le capitaine Morrell pour une question de la plus haute importance. Comme elle s'y attendait, il hésita. Alors, elle prononça le nom du Vieux. Le sergent sauta sur le téléphone. Cinq minutes plus tard, un jeune homme en uniforme l'escortait vers le bureau panoramique du capitaine Morrell.

Il renvoya le planton, offrit un siège à sa visiteuse puis ferma la porte. « Que puis-je pour vous, mademoiselle Held ? » C'était un petit homme dégarni, avec une moustache hérissée et des yeux las d'avoir vu défiler trop de cadavres et de compromis. « Le sergent parlait d'une urgence. »

Anne alla droit au but. « La CIA enquête sur la disparition de l'inspecteur William Overton.

— Bill Overton ? *Mon* Bill Overton ? » Le capitaine Morrell semblait perplexe. « Pourquoi... ?

— C'est une affaire de sécurité nationale », répondit Anne en employant l'imparable formule passe-partout que personne n'osait réfuter, ces temps-ci. « J'ai besoin de voir toutes les notes qu'il a prises au cours du mois qui vient de s'écouler, ainsi que ses effets personnels.

— Bien sûr. D'accord. » Il se leva. « Comme l'enquête est en cours, nous avons tout sur place.

— Nous vous tiendrons personnellement informé de chaque étape, capitaine, l'assura-t-elle.

— C'est très aimable à vous. » Il ouvrit la porte et brailla : « Ritchie ! » Le même planton apparut. « Ritchie, Mlle Held veut avoir accès aux effets d'Overton. Accompagne-la.

— Oui, chef. » Ritchie se tourna vers Anne. « Veuillez me suivre, madame. »

Madame. Mon Dieu, cela lui donnait un sacré coup de vieux.

Ils s'enfoncèrent dans le couloir, descendirent une volée de marches en métal qui donnait sur une pièce en sous-sol fermée par une grille allant du sol au plafond et percée d'une porte qu'il déverrouilla. Puis il la conduisit dans une sorte de corridor bordé d'étagères à archives remplies de cartons étiquetés et rangés par ordre alphabétique.

Il attrapa deux boîtes qu'il transporta jusqu'à une table collée au mur du fond. « Celui-là c'est l'officiel, dit-il en désignant le carton de gauche. Et celui-ci contient des affaires personnelles. »

Il la regarda comme un chiot qui attend une caresse. « Si je peux vous aider en quoi que ce soit...

— Tout va bien, officier Ritchie, dit Anne avec un sourire. Je vais me débrouiller.

— Parfait, alors je vous laisse. Je serai dans la pièce à côté, si vous avez besoin de moi. »

Quand elle fut seule, Anne ouvrit le carton de gauche, étalant méticuleusement son contenu. Elle disposa les carnets d'Overton sur le côté. Quand elle eut vérifié que les objets étalés n'avaient pas d'intérêt, elle passa aux carnets qu'elle examina l'un après l'autre, accordant une attention particulière aux notes rédigées à partir de la date fournie par Kim Lovett, correspondant à la rencontre d'Overton et de Soraya dans les locaux du FIU. Il n'y avait rien d'inscrit.

« Bordel ! », marmonna-t-elle en ouvrant le carton de droite, celui qui contenait les effets personnels d'Overton. Les objets qu'elle y trouva étaient encore plus pathétiques qu'elle n'aurait cru : un méchant peigne en plastique emprisonnant encore quelques cheveux fins ; deux paquets de TUMS, l'un ouvert ; une chemise bleue avec des taches de sauce tomate sur le devant ; une horrible cravate en polyester rayée rouge et bleu ; la photo d'un jeune homme en tenue de football avec un sourire crétin sur le visage, probablement le fils d'Overton ; une boîte de Raisinets, une autre de pastilles chocolatées, toutes deux fermées. C'était tout.

« *Merde !* »

D'un geste convulsif, elle balaya les misérables déchets résumant la vie d'Overton et les jeta par terre. Elle allait tourner les talons quand elle vit un truc blanc dépasser de la poche de la chemise bleue. Du bout des doigts, elle sortit un bout de papier quadrillé, plié en quatre, sur lequel était gribouillé au stylo-bille bleu :

S. Moore – 8 & 12 NE (vf)

Anne sentit son cœur s'emballer. Elle avait trouvé. S. Moore ne pouvait être que Soraya ; (vf) devait signifier « vérifier ». La 8ᵉ Rue ne croisait pas la 12ᵉ Rue au nord-est – ni même n'importe où ailleurs. Pourtant, la vérité crevait les yeux. Overton avait suivi Soraya dans le secteur nord-est. Que diable fichait-elle dans ce coin-là ? En tout cas, elle s'était bien gardée d'en parler à la CIA.

Anne resta un bon moment à fixer le pense-bête d'Overton. Puis ce fut l'illumination. Elle se mit à rire. La douzième lettre de l'alphabet était le *L*. Huit et L NE. L'adresse tant convoitée se trouvait au coin de la 8ᵉ Rue et de L Street.

Si Soraya était en vie, elle devait se terrer là-bas.

Quand Bourne passa entre les deux gros rochers, sa lampe éclaira le sentier emprunté par Muta ibn Aziz. Il partait vers l'ouest sur environ un kilomètre puis virait en épingle vers le nord-est. Bourne grimpa une petite côte. Ensuite, la piste bifurquait vers le nord, s'enfonçait dans une cuvette peu profonde avant de remonter en pente douce jusqu'à une sorte de plateau assez vaste.

En marchant, il ne cessait de se rapprocher de Muta ibn Aziz, lequel n'avait pas bougé depuis une bonne minute. Autour de lui, la forêt de pins était toujours aussi dense ; le tapis d'aiguilles desséchées qui exhalait un lourd parfum de résine amortissait le bruit de ses pas.

Cinq minutes plus tard, la forêt se termina tout net. De toute évidence, on l'avait défrichée pour aménager un terrain d'atterrissage susceptible d'accueillir le jet qui stationnait au bout de la piste terreuse.

Au pied de la passerelle, il aperçut Muta ibn Aziz. Quittant le sentier, Bourne se dirigea d'un pas déterminé vers l'avion, un Sovereign Citation. Le velours noir du ciel était parsemé d'étoiles dont la lumière froide faisait penser à des diamants sur le présentoir d'un joaillier. Le sommet de la colline frémissait sous la brise marine.

« Il est temps de partir, dit Muta ibn Aziz. Tout est en ordre ? »

Bourne hocha la tête. Muta ibn Aziz appuya sur le petit objet qu'il tenait en main ; les projecteurs de la piste s'allumèrent. Bourne escalada la passerelle derrière lui et la retira aussitôt entré. Traversant la cabine, il pénétra dans le cockpit. Il connaissait bien la gamme Citation. Ce Sovereign disposait d'une autonomie de 4500 kilomètres et d'une vitesse de pointe de 826 kilomètres-heure.

Il s'installa dans le fauteuil du pilote, actionna des manettes, tourna des cadrans tout en passant en revue la liste de vérification prédécollage. Tout fonctionnait correctement.

Il desserra les freins, poussa les moteurs. Le Sovereign répondait au doigt et à l'œil. Ils roulèrent le long de la piste, gagnèrent de la vitesse et décollèrent dans le ciel d'encre piqué de paillettes. Bientôt la Corne d'Or, porte de l'Asie, ne fut plus qu'une tache derrière eux.

TRENTE

« *POURQUOI FONT-ILS CELA ?* », dit Martin Lindros dans un russe parfait.

Couché sur le dos dans l'infirmerie de Miran Shah, il regardait le visage tuméfié de Katya Stepanova Vdova, la jeune et belle épouse du Dr Veintrop.

« Pourquoi font-il quoi ? », marmonna-t-elle en examinant les écorchures sur la gorge de Lindros. Elle avait suivi une formation d'assistante médicale après que Veintrop lui avait fait quitter son boulot de modèle pour *Perfect Ten*.

« Les scientifiques qui sont ici : votre mari, Senarz, Andursky. Pourquoi travaillent-ils pour Fadi ? » Au sujet d'Andursky, le chirurgien plastique qui avait remodelé le visage de Karim et lui avait greffé son œil, Lindros se demanda : *Pourquoi n'est-ce pas lui qui s'occupe de moi au lieu de cet empoté de Senarz ?* Presque aussitôt, la réponse lui vint : il n'était plus d'aucune utilité à Fadi et son frère.

« Ce sont des êtres humains, répondit Katya. Des gens faibles, par définition. Il a suffi que Fadi trouve leur talon d'Achille et l'utilise contre eux. Pour Senarz, c'était l'argent. Pour Andursky, les garçons.

— Et Veintrop ? »

Elle fit une grimace. « Ah, mon mari ! Il croit se comporter avec noblesse. Il se raconte que mon bien-être dépend de sa docilité. Il se leurre, bien entendu. En vérité, il collabore avec Fadi pour retrouver sa fierté. Le frère de Fadi l'a viré d'IVT sur de fausses allégations. Il a besoin de travailler, mon mari. Son talon d'Achille, c'est cela. »

Elle recula sur sa chaise, les mains posées sur les cuisses. « Vous croyez que j'ignore dans quel pétrin je me trouve ? Mais tant que Costin persistera dans son erreur, je n'aurai pas le choix.

— Vous avez le choix, Katya. Tout le monde a le choix. Il faut juste en prendre conscience. » Il jeta un coup d'œil sur les deux gardes qui discutaient à voix basse, postés devant l'infirmerie. « Voulez-vous sortir d'ici ?

— Et Costin ?

— Veintrop a terminé son travail. Fadi n'a plus besoin de lui. Une femme intelligente comme vous devrait comprendre qu'il est devenu une gêne.

— C'est faux ! s'écria-t-elle.

— Katya, tout le monde peut se mentir à soi-même. C'est là que les ennuis commencent. Votre mari en est un bel exemple. »

Assise sans bouger, Katya le fixait d'un regard énigmatique.

« De la même manière, tout le monde a la possibilité de changer. Il suffit de le décider. Changer nous permet parfois d'avancer, de survivre. »

Elle détourna les yeux un instant, comme font les gens quand ils ont peur, quand ils ont pris une décision mais ont besoin d'encouragement.

« Qui vous a fait cela, Katya ? » dit-il gentiment.

A ces mots, elle braqua son regard sur lui. Il y lut de l'épouvante. « Fadi. Fadi et son homme de main. Ils ont fait ça pour obliger Costin à terminer la fabrication de la bombe.

— Ça n'a aucun sens, répliqua Lindros. Veintrop savait que Fadi vous avait enlevée. Il aurait dû s'en contenter. »

Katya se mordit la lèvre en se concentrant sur les soins qu'elle tentait maladroitement de lui prodiguer. Quand elle eut fini, elle se leva.

« Katya, pourquoi ne me répondez-vous pas ? »

Elle sortit de l'infirmerie sans un regard en arrière.

Anne Held attendait sous la pluie glaciale, au coin de la 8e Rue et du tronçon nord-est de L Street. Dans la poche droite de son imperméable, elle sentait la présence du S&W compact J-frame.

Le pistolet lui faisait l'effet d'une tumeur récemment diagnostiquée.

Elle se savait capable de tout et n'importe quoi pour se sortir de là, se débarrasser de l'atroce sensation de n'appartenir à rien, de ne plus servir à rien. La seule solution consistait à démontrer qu'elle valait encore quelque chose. Si elle tuait Soraya, Jamil l'accepterait de nouveau auprès de lui. Elle retrouverait sa place.

Elle remonta son col pour se protéger des rafales humides et se mit à marcher. Normalement, elle aurait dû éviter ce quartier – la police elle-même en avait peur –, mais curieusement elle ne ressentait aucune frayeur. Quoi d'étonnant à cela, après tout ? Elle n'avait plus rien à perdre.

Elle tourna sur la 7e Rue. Que cherchait-elle ? Quels indices lui confirmeraient que Soraya se terrait bien ici ? Une voiture passa, puis une autre. A l'intérieur, des visages – noirs, hispaniques, hostiles, étranges – l'épiaient effrontément. Un conducteur hilare lui montra sa langue en l'agitant de manière obscène. Elle glissa la main dans sa poche, serra le S&W.

Tout en marchant, elle observait les maisons. Des bicoques délabrées, en ruine, anéanties par la pauvreté, la négligence, les flammes. Des tas de gravats et d'ordures jonchaient leurs misérables carrés de pelouse, comme si des chiffonniers y avaient exposé leurs rossignols dans l'espoir de les vendre. Une odeur infecte flottait dans l'air, effroyable mélange de vieilles poubelles, d'urine, de renoncement et de désespoir. Ici et là, on voyait courir un chien errant qui, à son approche, s'empressait de montrer les crocs.

Comme une femme qui se noie, elle s'agrippait au seul objet susceptible de la maintenir en surface. Sa paume moite glissait contre l'acier du pistolet. Le jour était enfin venu, songea-t-elle vaguement, où son laborieux entraînement au tir lui serait utile. Résonnait dans sa tête la voix sonore de l'instructeur rectifiant sa position ou sa façon de tenir le S&W de la CIA quand elle le rechargeait.

Elle repensait à sa sœur Joyce, à leur enfance malheureuse. Allons, il n'y avait pas eu que des mauvais moments ! Certaines nuits, serrées dans le même lit, elles s'étaient raconté des histoires de fantômes. La première à hurler de peur avait perdu. Anne ne sentait plus son corps. Elle errait comme un fantôme à travers un terrain vague planté de mauvaises herbes qui lui montaient jusqu'a la taille, malgré l'hiver. Il y avait là des pneus crevassés comme le visage d'un vieillard, des bouteilles de plastique vides, des seringues, des préservatifs usagés, des téléphones portables, une chaussette rouge trouée au bout. Et un bras coupé.

Anne sursauta, le cœur tambourinant contre ses côtes. Un bras de poupée, c'est tout. Pourtant son cœur battait toujours aussi fort. Elle fixait le bras avec une fascination morbide. Il lui rappelait Joyce, son avenir avorté, abandonné parmi les détritus et les herbes folles. Quelle différence y avait-il exactement entre l'avenir de Joyce et son propre présent ? se demanda-t-elle. Cela faisait bien longtemps qu'elle ne pleurait plus. Elle ne savait plus comment on faisait.

Le jour avait glissé dans la tombe de la nuit, la pluie glacée s'était muée en brouillard moite. L'humidité étendait une pellicule de givre dans ses cheveux, sur le dos de ses mains. De nouveau, une sirène hurla sa détresse avant de retomber dans un silence gêné.

Derrière elle, elle entendit gronder un moteur. Elle s'arrêta, le cœur battant, pour attendre que la voiture passe. Comme elle ne passait pas, elle se remit à marcher, plus vite. La voiture émergea du brouillard, ralentit et se mit à la suivre.

Aussitôt elle fit volte-face et, la main crispée sur le S&W, se dirigea vers le véhicule qui s'arrêta. La vitre côté passager s'abaissa sur un long visage flétri d'une couleur évoquant une vieille chaussure de cuir, un menton couvert de poils gris.

« On dirait que vous êtes perdue, dit le chauffeur d'une voix éraillée par des décennies de goudron et de nicotine. Taxi clandestin. » Il toucha sa casquette de base-ball. « Je pensais que vous auriez peut-être besoin de mon tacot. Y a une bande pas loin d'ici qui se pourlèche les babines en pensant à vous.

— Je peux me débrouiller toute seule. » La peur lui fit adopter un ton défensif.

Le taxi lui jeta un regard de chien battu. « Comme vous voudrez. »

Comme il redémarrait, Anne lança : « Attendez ! » Elle se passa la main sur le front. Elle avait une fièvre de cheval. Qui cherchait-elle à impressionner ? De toute évidence, elle n'aurait pas le cran de tirer sur Soraya, encore moins de la tuer.

Saisissant la poignée de la portière arrière, elle se glissa dans le taxi et donna son adresse au chauffeur. Se sentant incapable d'affronter Jamil et encore moins le Vieux, elle préférait ne pas regagner le quartier général de la CIA. Elle se demanda si elle pourrait de nouveau les regarder en face, un jour.

Puis elle remarqua que le chauffeur de taxi s'était retourné pour la dévisager.

« Quoi ? », fit Anne un peu trop sur la défensive.

Le taxi grommela : « Vous êtes foutrement bien gaulée. »

Optant pour la patience, elle sortit une poignée de billets qu'elle agita sous le nez de l'homme. « Vous vous décidez ou pas ? »

Le taxi pinça les lèvres et passa une vitesse.

Comme la voiture démarrait, Anne se pencha vers lui. « Vous savez, dit-elle, j'ai une arme.

— Moi aussi, petite sœur. » Le chauffeur grisonnant lui lança un regard lubrique. « Et une grosse. »

Le DCI rencontra Luther LaValle au Thistle, un restaurant tendance au coin de la 19e et Q Street nord-ouest. Sur sa demande, Anne lui avait réservé une table au centre. Lorsqu'il discutait avec LaValle, il voulait être entouré de convives bruyants.

Le tsar du renseignement du Pentagone était déjà installé quand le Vieux surgit de l'épais brouillard hivernal et pénétra dans la clameur du restaurant. Vêtu d'un complet bleu marine, d'une chemise blanche impeccable et d'une cravate trop sage rayée bleu et blanc et percée d'une épingle en émail aux couleurs du drapeau américain, LaValle faisait tache au milieu de cette population de jeunes gens chic.

Comme chez tous les hommes exagérément musclés, son torse de boxeur tendait le tissu de son costume. On aurait dit Bruce Banner au moment où il se transforme en Hulk. Avec un petit sourire, il posa son scotch et soda pour administrer au DCI une poignée de main purement formelle.

Le Vieux prit le siège en face de lui. « C'est bien aimable à vous d'avoir accepté ce rendez-vous au pied levé, Luther. »

LaValle écarta ses mains carrées aux doigts courts. « Vous tenez quelque chose ?

— Oban, dit le Vieux au garçon qui venait d'apparaître derrière son coude. Un double, avec un glaçon, à condition qu'il soit gros. »

Le garçon fit un petit hochement de tête avant de s'évanouir dans la foule.

« Les gros glaçons sont meilleurs pour les alcools forts, expliqua le DCI à son compagnon. Ils mettent plus de temps à fondre. »

Le tsar du renseignement s'abstint de répondre et se contenta de regarder le Vieux en attendant qu'il lui explique le but de ce rendez-vous. Lorsque le scotch arriva, les deux hommes trinquèrent.

« La circulation est insupportable, ce soir, dit le DCI.

— C'est le brouillard, répondit vaguement LaValle.

— A quand remonte notre dernier dîner en tête à tête ?

— Pour tout dire, je ne m'en souviens pas. »

Ils ne semblaient pas s'adresser l'un à l'autre mais au jeune couple assis à la table d'à côté. Leurs paroles banales se disposaient entre eux comme des pions déjà sacrifiés sur le champ de bataille. Le garçon revint avec le menu. Ils le consultèrent, firent leur choix et reprirent leurs manœuvres d'approche.

Sortant un dossier de son porte-documents, le DCI le posa sur la table sans l'ouvrir puis étala ses deux mains dessus. « Je suppose que vous avez entendu parler de la camionnette des services publics qui a provoqué un carambolage devant le musée Corcoran.

— Un accident de la circulation ? » LaValle haussa les épaules. « Savez-vous combien il y en a dans le district à chaque heure du jour et de la nuit ?

— Celui-ci est différent, dit le Vieux. Cette camionnette était sur le point de renverser quelqu'un de chez moi. »

LaValle prit une petite gorgée de scotch et soda. Le Vieux se dit que cette armoire à glace buvait comme une vieille dame.

« Qui cela ?

— Anne Held, mon assistante. Martin Lindros était avec elle. Il l'a sauvée. »

Se penchant à son tour, LaValle produisit un dossier dont la couverture portait le sceau du Pentagone. L'ayant ouvert, il le retourna sans un mot et le tendit à son interlocuteur.

Comme le Vieux commençait à lire, LaValle dit : « Quelqu'un dans vos bureaux envoie et reçoit des messages de manière régulière. »

Le Vieux se montra fort choqué. « Depuis quand le Pentagone surveille-t-il les communications de la CIA ? Bon sang, c'est une brèche de taille dans le protocole interagences.

— L'ordre vient de moi, avec l'accord du Président. Nous l'estimions nécessaire. Quand le secrétaire Halliday s'est rendu compte qu'il y avait une taupe à l'intérieur de la CIA...

— Grâce aux informations de Matthew Lerner, sa créature, dit le DCI avec humeur. Halliday n'a rien à faire dans mes pieds. Et sans moi, le Président ne dispose pas de renseignements fiables.

— Nous avons fait cela pour le bien de l'Agence. »

Sur le visage du DCI, une tempête d'indignation éclata. « Vous sous-entendez que je ne sais plus ce qui est bien pour la CIA ? »

LaValle frappa son dossier du doigt. « Vous voyez, là. Le signal électronique a été transmis par les ondes porteuses de la CIA. Il est crypté. Nous n'avons pas réussi à le lire. Du coup, nous ignorons qui passe la communication. Mais d'après les dates, ça ne peut pas être Hytner, celui que vous accusiez d'être la taupe. Il était déjà mort. »

Le Vieux écarta le dossier du Pentagone et ouvrit le sien. « Je m'occuperai de cette fuite, s'il s'agit bien de cela », dit-il. Il était fort probable que ces idiots aient intercepté un communiqué clandestin de Typhon à l'intention de l'un de ses agents secrets à l'étranger. Bien sûr, le Département des Opérations clandestines de Martin n'utilisait pas les canaux normaux de la CIA. « Et vous vous occuperez du secrétaire à la Défense.

— Je vous demande pardon ? » Pour la première fois depuis qu'ils s'étaient assis ensemble, LaValle paraissait interloqué.

« La camionnette des services publics dont je vous ai parlé tout à l'heure, celle qui a failli écraser Anne Held.

— Pour être sincère, le secrétaire Halliday m'a confié qu'il soupçonnait Anne Held d'être la taupe... »

Les hors-d'œuvre arrivèrent : d'énormes crevettes roses, noyées dans une sauce cocktail rouge sang.

Avant que LaValle ne s'empare de sa petite fourchette, le DCI brandit une feuille de papier prise dans le dossier que Martin lui avait donné. « Le véhicule en question était conduit par feu Jon Mueller. » Il marqua une pause pour ménager son effet. « Vous connaissez Mueller, Luther. Ne prétendez pas le contraire. Il appartenait au Département de la Sécurité intérieure mais c'était la NSA qui l'avait formé. Matthew Lerner et lui étaient copains comme cochons. En fait, ils couraient les putes et les bars ensemble. Deux créatures de Halliday.

— Vous avez une preuve solide de ce que vous avancez ? », répondit LaValle sans se démonter.

Le Vieux s'attendait à cette question. « Vous connaissez déjà la réponse. Mais j'en ai assez pour déclencher une enquête. Des dépôts inexpliqués sur le compte en banque de Mueller, une Lamborghini que Lerner ne pouvait décemment pas s'offrir. Des voyages à Las Vegas où ils claquaient des sommes folles tous les deux. L'arrogance engendre la stupidité : c'est une maxime qui a fait ses preuves. » Il reprit le papier. « Je vous assure que dès que l'enquête parviendra au Sénat, le filet qui tombera sur Halliday raflera aussi les petits poissons qui gravitent dans son entourage. »

Il croisa les bras. « Franchement, je n'ose imaginer pareil scandale. Cela ferait le jeu de nos ennemis à l'extérieur de nos frontières. » Il souleva une crevette. « Mais cette fois, le secrétaire a dépassé les bornes. Il croit pouvoir faire tout ce qui lui chante, même commanditer un meurtre en se servant de types rétribués par le gouvernement. »

Il se tut pour laisser à ses paroles le temps de produire leur effet. Quand les yeux du tsar du renseignement rencontrèrent les siens, le Vieux conclut : « C'est là que je m'interpose. Je ne peux pas laisser passer un acte si imprudemment illégal. Et vous non plus, je pense. »

Sur son siège, Muta ibn Aziz remâchait ses idées noires en regardant le ciel par le hublot en Perspex. Sous ses pieds, s'étalait la peau tendue de la mer Caspienne, voilée de temps à autre par des traînées nuageuses couleur aile de mouette.

Il n'était qu'un sous-fifre, un simple garçon de course, alors que son frère plastronnait sous les feux de la rampe. Abbud était dans les petits papiers de Fadi. Tout cela à cause de ce qui s'était passé à Odessa et du mensonge qu'ils avaient servi à Fadi et à Karim. Mensonge qu'Abbud s'était bien gardé de démentir. Abbud prétendait garder le silence pour le bien de Fadi mais si l'on regardait la situation bien en face, on comprenait qu'il n'en était rien. Cette explication était un nouveau mensonge. En réalité, Abbud cachait la vérité sur la mort de Sarah ibn Ashef pour sa propre sauvegarde, pour son bien à lui. Il ne cherchait qu'à asseoir son pouvoir au sein de Dujja.

Muta s'ébroua en voyant la tache de terre sombre se dessiner au loin. Il regarda sa montre. Pile à l'heure. Il se leva, s'étira, ne sachant que faire. Il songea à l'homme qui pilotait le jet. Ce n'était pas le vrai pilote puisqu'il ne lui avait pas adressé le signe convenu en sortant du bois. Qui était-ce, alors ? Un agent de la CIA, certainement ; Jason Bourne très probablement. Mais d'après le texto qu'il avait reçu trois heures avant, Jason Bourne était mort. Un témoin oculaire et le traceur électronique reposant au fond de la mer Noire venaient corroborer la nouvelle.

Mais le témoin oculaire pouvait mentir. Bourne avait pu découvrir le traceur et le jeter à l'eau. Qui donc à part Bourne, le Caméléon, pouvait tenir les commandes de cet avion ?

Il longea l'allée centrale et entra dans le cockpit. L'homme resta dans la même position, le regard fixé sur les affichages.

« Nous pénétrons dans l'espace aérien iranien, dit Muta. Voilà le code que vous devrez transmettre. »

Bourne hocha la tête.

Muta restait planté là, les jambes légèrement écartées, à observer la nuque du pilote. Il sortit son Korovin TK.

« Donnez le code », dit-il.

Bourne continuait de survoler le territoire iranien sans lui prêter la moindre attention.

Faisant un pas en avant, Muta ibn Aziz lui posa le canon du Korovin sur la nuque. « Émettez ce code immédiatement.

— Sinon ? demanda Bourne. Vous allez m'abattre ? Vous savez piloter un Sovereign ? »

Muta en était incapable, bien entendu, raison pour laquelle il avait décidé de monter à bord malgré la présence de cet imposteur. Au même instant, la radio grésilla.

Une voix déformée par l'électronique dit en persan : *« Salām aleikom. Esmetān chī st ? »*

Bourne prit le micro. *« Salām aleikom*, répondit-il.

— *Esmetān chī st ? »* répéta la voix. Quel est votre nom ?

Muta s'écria : « Tu es fou ? Donne-lui le code tout de suite.

— *Esmetān chī st!* insista la voix. Ce n'était plus une question. *Esmetān chī st!* » C'était un ordre.

« Bon sang, envoie le code ! » Muta tremblait de rage et de terreur. « Autrement, ils vont nous abattre en plein vol ! »

TRENTE ET UN

TOUT À COUP, BOURNE FIT TANGUER le Sovereign sur la gauche. Perdant l'équilibre, Muta ibn Aziz traversa le cockpit et percuta la cloison étanche de tribord. Sans lui laisser le temps de se remettre debout, Bourne lança l'appareil dans un piqué vertigineux tout en virant à droite. Muta ibn Aziz bascula en arrière et se cogna la tête sur le montant de la porte.

Bourne se retourna pour vérifier le résultat de sa manœuvre. Le messager de Fadi était évanoui.

Sur le radar, il repéra les deux chasseurs qui arrivaient rapidement par-dessous. Prompt à la détente, le gouvernement iranien n'avait pas hésité à recourir à sa défense aérienne. Il fit virer le Sovereign pour obtenir une vue directe de la situation. Les Iraniens n'avaient rien trouvé de mieux à lui envoyer qu'une paire de J-6 de fabrication chinoise, serviles copies des vieux MiG-19, mis en service au milieu des années 1950. Des engins tellement désuets que l'usine de Chengdu avait cessé d'en produire voilà plus de dix ans. Cela dit, ils étaient armés, contrairement au Sovereign. Bourne allait devoir inventer quelque chose pour compenser cet évident déséquilibre.

Les Iraniens s'attendaient à le voir faire demi-tour et s'enfuir sans demander son reste. Ils en furent donc pour leurs frais lorsque Bourne baissa le nez du Sovereign et fonça sur eux pleins gaz. Les pilotes ne réagirent qu'au dernier moment en s'écartant du chemin.

Quand ils se furent éloignés, Bourne ramena le manche vers lui, redressa le nez du Sovereign jusqu'à la verticale et entama un looping qui lui permit, en fin de course, de prendre ses deux poursuivants à rebours. Ces derniers virèrent, suivirent une route lobée comme un trèfle puis vinrent se poster de chaque côté de lui.

Les premiers tirs s'arrêtèrent dès que Bourne perdit de l'altitude. Le J-6 de droite étant légèrement plus proche de lui, Bourne vira abruptement dans sa direction, le laissa passer sous lui pour faire croire à une erreur tactique de sa part et entama les manœuvres de fuite. La mitrailleuse se remit à cracher. Bourne attendit que le J-6 se rive à sa queue pour relever le nez du Sovereign. Ayant assisté au précédent looping, le pilote iranien savait à quoi s'en tenir. Il le suivit en se disant qu'il n'allait pas tarder à piquer, comme il l'avait fait tout à l'heure. Le piqué eut bien lieu mais Bourne y ajouta une variante : il vira sur la droite en même temps. Bourne avait beau pousser le Sovereign à pleine puissance, le J-6 ne lâchait pas mais, soumis à une énorme pression, il se mit à cliqueter. Bourne accentua encore son plongeon oblique.

Derrière lui, le vieux J-6 n'en pouvait plus. Il tressautait, faisait des bonds. Tout à coup, plusieurs rivets se détachèrent de l'aile gauche qui se recroquevilla comme écrasée par un poing invisible. Elle sortit de son habitable. Le J-6 se déchira en deux parties, le métal déchiqueté explosa et, dans un panache de fumée, la carcasse tomba en piqué.

Dès que le deuxième J-6 se lança à ses trousses, des balles déchirèrent la carlingue du Sovereign. Bourne fonçait à présent vers la frontière afghane. Il la franchirait dans quelques secondes. Mais le J-6 iranien n'abandonnait pas. Dans un rugissement de moteurs, il lui filait le train sans économiser ses munitions.

Bourne venait de pénétrer en Afghanistan. Au sud, il repéra une chaîne de montagnes qui se prolongeait jusqu'au nord de l'Iran. Au nord-ouest de Koh-i-Markhura, là où Bourne se trouvait, ces montagnes n'étaient pas très élevées. Ayant lu est-sud-est sur sa boussole, il fit descendre le Sovereign vers les plus hauts sommets.

Dans un bruit de ferraille, le J-6 suivait toujours. Il essayait d'amortir sa descente. Étant donné le sort de son malheureux collègue, le pilote iranien hésitait à trop s'approcher du Sovereign. Il restait prudemment dans son sillage, un peu plus haut que lui, en arrosant ses moteurs de courtes rafales.

Bourne comprit que le pilote iranien tentait de le rabattre vers une étroite vallée entre deux montagnes escarpées, espérant le coincer à l'intérieur de cet espace réduit, l'obliger à perdre de l'altitude et finir par l'avoir.

De chaque côté, les parois montagneuses masquaient la lumière du soleil. Les rochers gigantesques tremblaient devant les yeux de Bourne. Les deux avions perdaient de l'altitude. Le pilote iranien avait réussi son coup. Sachant sa proie limitée dans ses mouvements, il fit pleuvoir la mitraille.

Bourne sentit plusieurs impacts secouer le Sovereign. Si le J-6 touchait un moteur, il était fichu. Basculant l'appareil sur le bout de l'aile droite, il sortit de la ligne de tir. Ce n'était qu'une solution temporaire. Faute de trouver mieux dans les prochaines secondes, il risquait fort d'y passer.

Sur sa gauche, il aperçut une fissure dans la paroi montagneuse. Quand il obliqua vers elle, il comprit le danger. Une flèche rocheuse coupait la fissure en deux.

Le défilé qu'ils longeaient était si étroit que derrière le Sovereign, le J-6 avait adopté la même position oblique. Bourne changea très légèrement de cap en maintenant son appareil dans l'axe, entre le J-6 et la flèche rocheuse.

Le pilote iranien prévoyait de s'engouffrer dans la fissure à la suite de Bourne. Occupé comme il l'était à mitrailler le Sovereign, il ne voyait pas plus loin. Lorsque, au dernier moment, ce dernier se déplaça vers la droite pour éviter la flèche rocheuse, l'Iranıen n'eut pas le temps de réagir. Paralysé d'horreur, il vit la roche grossir à toute vitesse devant lui avant de la percuter dans un grondement titanesque, accompagné d'une boule de feu d'où jaillit une colonne de fumée noire qui se dressa dans le ciel torride. Le J-6 et son pilote n'étaient plus qu'une grêle de débris chauffés à blanc. Ils disparurent comme un accessoire de magie dans la main d'un illusionniste.

Soraya s'éveilla au son des pleurs d'un bébé. Dès qu'elle voulut bouger, ses nerfs traumatisés se rappelèrent douloureusement à elle. Le gémissement qu'elle poussa alors parut contrarier le bébé qui se mit à hurler de plus belle. Soraya jeta un regard circulaire. Elle se trouvait dans une pièce sinistre, nimbée d'une lumière sinistre. Dans l'air confiné, flottaient des relents de cuisine et cette odeur particulière due à la trop grande promiscuité. Une méchante gravure du Christ en croix pendait de guingois sur le mur d'en face. Où était-elle ?

« Hé ! », appela-t-elle.

Un instant plus tard, Tyrone apparut, portant au creux du bras un petit enfant dont le visage crispé de rage semblait refermé sur lui-même, comme un poing.

« Yo, comment ça va ?

— Comme si je venais de disputer quinze rounds face à Lennox Lewis. » De nouveau, Soraya fit un effort pour s'asseoir. « Mon vieux, je te dois une fière chandelle.

— Tu me revaudras ça un jour ou l'autre, t'inquiète. » Il sourit en s'approchant d'elle.

« Qu'est-ce qui est arrivé aux types de la Ford noire ? Ils ne t'ont pas suivi... ?

— Ils sont die, miss. C'est sûr. Ils t'emmerderont plus. »

Le gosse braillard tourna la tête et se mit à contempler Soraya avec cette expression de fragilité absolue qu'on remarque uniquement chez les très jeunes enfants. Ses cris se transformèrent en hoquets mouillés.

« Là. » Soraya tendit les bras. Tyrone lui confia le bébé. Aussitôt la petite fille posa sa tête contre la poitrine de Soraya et poussa un petit gloussement. « Elle a faim, Tyrone. »

Il quitta la pièce et revint quelques instants plus tard avec un biberon de lait dont il fit couler deux gouttes sur la face interne de son poignet pour vérifier la température.

« C'est bon », dit-il en le lui tendant.

Soraya l'observa un moment.

« Quoi ? »

Elle glissa la tétine entre les lèvres de l'enfant. « Je ne t'imaginais pas en père de famille.

— T'aurais jamais cru que j'avais un gamin ?

— Ce bébé est le tien ?

— Non. L'est à ma frangine. » Il se tourna à demi et appela : « Aïcha ! »

Soraya ne remarqua personne mais Tyrone avait dû voir quelque chose bouger, car il dit : « Amène-toi. »

Une ombre remua puis une petite fille mince aux grands yeux couleur café s'encadra dans l'embrasure de la porte.

« Fais pas ta timide, gamine. » La voix de Tyrone s'était radoucie. « C'est Miss Spook. »

Aïcha esquissa une grimace d'effroi. « Miss Spook ! Tu fais peur, alors ! »

Son père partit d'un rire franc. « Non. Regarde comme elle s'occupe de Darlonna. Tu mords pas, hein, Miss Spook ?

— Non, à condition que tu m'appelles Soraya, Aïcha. » Elle sourit à la jolie petite fille. « Tu crois pouvoir y arriver ? »

Aïcha la lorgnait en enroulant une de ses nattes autour de son index. Tyrone était sur le point de la gronder encore lorsque Soraya le devança : « J'adore ton prénom. Quel âge as-tu ?

— Six ans, murmura la petite fille. Qu'est-ce qu'il veut dire, ton prénom ? Le mien signifie "celle qui est vivante". »

Soraya se mit à rire. « Je sais, c'est de l'arabe. *Soraya* est un mot persan qui veut dire princesse. »

Aïcha écarquilla les yeux et s'approcha de Soraya. « Tu es une vraie princesse ? »

Réprimant son envie de rire, Soraya répondit avec une solennité exagérée. « Non, pas une vraie princesse.

— C'est une *sorte* de princesse. » Tyrone ignora le regard interloqué de Soraya. « Mais elle a pas le droit de le dire.

— Pourquoi ? » Totalement captivée, l'enfant se colla contre son père.

« Parce que des méchants sont après elle », expliqua Tyrone.

La gamine leva les yeux vers lui. « Comme ceux que tu as tués, papa ? »

Dans le silence qui s'ensuivit, Soraya entendit la clameur de la rue : le rugissement des motos, le beuglement exaspérant de la musique hip-hop, les conversations plus qu'animées.

« Va jouer avec ta tante Libby », dit-il sans méchanceté.

Après avoir décoché un dernier coup d'œil à Soraya, Aïcha fit un demi-tour sur elle-même et fila.

Sur le point de dire quelque chose, Tyrone s'arrêta net, enleva une de ses chaussures et la lança d'un geste aussi puissant que précis. Soraya vit un gros rat couché sur le flanc. Le talon l'avait presque décapité. Tyrone enveloppa le rat dans un vieux journal, essuya sa chaussure et sortit jeter la bête aux ordures.

Quand il revint, il dit : « J'voulais t'parler d'un truc. La reum à

Aïcha, elle est morte depuis longtemps. Tout le monde connaît cette histoire dans le tiéquar. Elle était au drive-in avec deux cousines à elle. C'est là qu'elle s'est fait descendre par des dealers qui revendaient. » Son visage s'assombrit. « J'pouvais pas laisser passer ça, t'as vu !

— Non. J'imagine que non. Tu as raison », répondit-elle.

Le bébé repu commençait à s'assoupir dans les bras de Soraya. On entendait son souffle régulier.

Pris d'un étrange accès de timidité, Tyrone s'était tu. Soraya pencha la tête.

« Qu'y a-t-il ?

— Ben, j'ai un truc important à te dire. Enfin, j'crois que c'est important. » Il s'assit au bord du lit. « C'est une histoire plutôt longue mais je vais te la faire courte. »

Il lui raconta tout : l'atelier de réparation auto M&N ; le projet qu'il avait eu, avec DJ Tank, d'en faire le nouveau QG de la bande ; les hommes armés qui s'étaient pointés là-bas, une nuit ; la façon dont DJ Tank et lui avaient fouillé l'atelier après leur départ ; leur découverte des « explosifs au plastic et toute cette merde » ; le couple qui s'était pointé ensuite pour découper un cadavre en morceaux.

« Mon Dieu. » Soraya l'arrêta. « Peux-tu me décrire ces deux personnes ? »

Il s'exécuta et lui brossa un portrait atrocement ressemblant du faux Lindros et d'Anne Held. *Comme on connaît mal les gens,* pensa amèrement Soraya. *Comme ils nous trompent facilement !*

« OK, dit-elle enfin, qu'est-il arrivé ensuite ?

— Ils ont mis le feu au bâtiment. Il a complètement cramé. Il en reste rien. »

Soraya réfléchit. « Ce qui veut dire que les explosifs n'étaient plus à l'intérieur.

— Sûr. » Tyrone hocha la tête. « Y a aut'chose. Les deux bâtards que j'ai refroidis entre la 9e et Florida. Y en a un que j'avais déjà vu. Il montait la garde la nuit en question, devant l'atelier de réparation. »

TRENTE-DEUX

DÉJÀ PENDANT LA DERNIÈRE PARTIE du combat aérien, Muta ibn Aziz avait commencé à s'agiter. A présent, il avait complètement repris connaissance mais, comme Bourne ne pouvait lâcher les commandes pour se battre avec lui, il devait trouver un autre moyen de le calmer.

Le Sovereign allait sortir du gouffre montagneux. Muta ibn Aziz tenait posé le canon de son arme sur l'oreille droite de Bourne quand il s'aperçut que l'appareil fonçait droit sur un piton rocheux.

« Qu'est-ce que tu fais ? s'écria Muta.

— Écarte ce flingue », intima Bourne sans changer de cap.

Muta regardait à travers le pare-brise, comme hypnotisé. « Sors-nous d'ici ! »

Le nez de l'avion restait dans l'axe du piton.

« Tu vas nous tuer tous les deux », hurla Muta en se passant nerveusement la langue sur les lèvres. Soudain, il écarta son arme. « Bon, d'accord ! Mais... »

La montagne approchait à une vitesse hallucinante.

« Jette ton arme par terre, ordonna Bourne.

— C'est trop tard, cria Muta ibn Aziz. Tu n'y arriveras jamais ! »

Bourne gardait les mains sur le manche. Avec un grognement de dépit, Muta jeta son arme.

Bourne tira sur le manche. Le Sovereign leva le nez. La montagne se précipitait vers eux. Au dernier moment, Bourne repéra un vide sur la droite. On aurait dit que la main de Dieu s'était abattue sur le sommet pour le couper en deux. Il vira juste au bon moment ; une fraction de seconde avant ou après, son aile droite aurait effleuré la roche. Ils glissèrent au-dessus de la montagne et, gagnant toujours de l'altitude, sortirent complètement du gouffre et jaillirent dans l'infini.

Muta rampait à quatre pattes pour attraper son pistolet. Ayant prévu le coup, Bourne était passé en pilotage automatique. Il déboucla sa ceinture, sauta sur le dos du terroriste et le frappa violemment au niveau des reins. Avec un cri assourdi, Muta s'écroula sur le sol du cockpit.

S'emparant de l'arme, Bourne attacha le terroriste avec un bout de fil de fer trouvé dans le placard de l'ingénieur de bord, le traîna au fond du cockpit et retourna s'asseoir. Quand il reprit les commandes, il corrigea son cap. Il survolait le centre de l'Afghanistan, maintenant. Miran Shah, le site indiqué par un cercle sur la carte du pilote, se trouvait au sud, sur la frontière côté Pakistan. Ils y seraient bientôt.

Muta ibn Aziz proféra un long chapelet d'insultes en langue bédouine.

« J'avais raison, articula-t-il enfin. Ta mort n'était qu'un coup monté. C'est toi qui as fait ça, Bourne. »

Bourne lui adressa un sourire grimaçant. « Puisque tu m'as reconnu, je propose que *tout le monde* récupère son vrai nom. Commençons par Abu Ghazi Nadir al-Jamuh ibn Hamid ibn Ashef al-Wahhib. Mais *Fadi* est tellement plus court, plus précis.

— Comment peux-tu savoir... ?

— Je sais aussi que son frère Karim a pris la place de Martin Lindros. »

Les yeux sombres de Muta cillèrent de surprise.

« Ils ont une sœur, Sarah ibn Ashef. » Avec un plaisir cynique, Bourne regarda le visage de Muta se décomposer. « Eh oui, je sais cela aussi. »

Muta était devenu livide. « Elle t'a dit son nom ? »

Bourne comprit aussitôt. « Le soir où nous avions rendez-vous avec notre intermédiaire, à Odessa, tu étais là, n'est-ce pas ? J'ai tiré sur Sarah ibn Ashef au moment où elle arrivait en courant sur la place. Nous avons failli laisser notre peau dans ce traquenard.

— Tu l'as emmenée, dit Muta ibn Aziz. Tu as emmené Sarah ibn Ashef avec toi.

— Elle vivait encore, répondit Bourne.

— A-t-elle dit quelque chose ? »

Muta prononça ces paroles dans un souffle. Bourne en déduisit qu'il brûlait d'entendre la réponse. Quelque chose lui échappait. Mais quoi ? Où était la pièce manquante ?

Bourne n'en savait guère plus mais devait feindre de détenir des informations essentielles. Il choisit donc de garder le silence.

La méthode produisit son effet. Muta s'affola. « A-t-elle prononcé mon nom ? Elle l'a dit, hein ? » Muta s'agitait comme un beau diable pour tenter de se libérer. « Qu'a-t-elle dit d'autre ?

— Je ne m'en souviens pas.

— Tu *dois* t'en souvenir. »

Il le tenait. Ne restait plus qu'à le ferrer. « Un jour, un médecin m'a dit que la mémoire pouvait me revenir – même par fragments – à condition qu'on me décrive les choses que j'ai oubliées. »

Ils approchaient de la frontière. Bourne entama la descente vers les crêtes. Cette chaîne montagneuse constituait une cachette idéale pour les armées terroristes les plus dangereuses du monde.

Muta le fixait d'un œil incrédule. « Si je comprends bien, tu me demandes de t'aider. » Il partit d'un rire sans joie. « Tu rêves ?

— Très bien. » Bourne se plongea dans l'observation du terrain. La topographie commençait à apparaître. « C'est toi qui voulais savoir. Moi je m'en fiche. »

Le visage de Muta se déforma dans un sens puis dans l'autre. Sa tension intérieure semblait épouvantable. Bourne se demanda quel horrible secret pesait ainsi sur la conscience de son prisonnier. Il ne voulait rien laisser paraître mais il aurait tout donné pour savoir la vérité. « Il reste six minutes avant l'atterrissage, peut-être un peu moins. Tiens-toi prêt, ça va secouer. » Puis jetant un coup d'œil à Muta ibn Aziz, il se mit à rire. « Ah, mais c'est vrai, j'oubliais, tu as déjà mis ta ceinture. »

C'est alors que Muta articula : « Ce n'était pas un accident. »

« Malheureusement, dit Karim, LaValle avait raison. »

Le DCI tressaillit. De toute évidence, il en avait par-dessus la tête des mauvaises nouvelles. « Typhon héberge les transmissions de la CIA. C'est de la pure routine.

— Cela va sans dire, monsieur. Mais j'ai effectué une recherche dans le système informatique, un travail éreintant qui m'a permis de découvrir trois communiqués hébergés que j'ai du mal à expliquer. »

Les deux hommes étaient assis côte à côte dans l'Église méthodiste de Foundry, 16e Rue NW. Sixième banc, partie droite du transept, très précisément. Derrière eux, on pouvait lire sur une plaque fixée au mur : SUR CE BANC, SE SONT ASSIS CÔTE À CÔTE LE PRÉDIDENT FRANKLIN D. ROOSEVELT ET LE PREMIER MINISTRE WINSTON CHURCHILL, LORS DE LA MESSE DE NOËL 1941. Ladite messe avait donc eu lieu trois semaines exactement après l'attaque japonaise sur Pearl Harbour – triste époque pour l'Amérique. Quant à la Grande-Bretagne, ce désastre lui avait fait gagner un allié précieux. Pour cette raison, l'endroit revêtait une grande signification aux yeux du Vieux. C'était là qu'il venait prier, chercher ses idées et le courage d'assumer les responsabilités qu'on lui avait confiées. Un lourd devoir qui l'amenait souvent à commettre des choses inavouables.

Quand il posa les yeux sur le dossier remis par son adjoint, il devina qu'une nouvelle épreuve se présentait à lui.

Il expulsa l'air de ses poumons, ouvrit le dossier et vit la redoutable vérité imprimée noir sur blanc. Pourtant, il trouva la force de redresser la tête et de dire d'une voix tremblante : « Anne ?

— J'en ai peur, monsieur. » Karim prit soin de poser ses mains sur ses cuisses, paumes retournées, en signe d'abattement. Il devait apparaître aussi catastrophé que le Vieux. En fait, le DCI était complètement anéanti. « Ces trois messages ont été transmis par le biais d'un PDA. Un PDA non autorisé par la CIA et dont nous ne connaissions pas l'existence. Il semble qu'elle ait aussi falsifié certains renseignements, ce qui nous a poussés à douter du malheureux Tim Hytner. »

Le DCI garda le silence un bon moment. La remarquable acous tique de l'église les avait contraints à baisser le ton. Quand le Vieux se remit à parler, sa voix était si ténue que son compagnon dut se pencher vers lui pour l'entendre.

« Quelle était la nature de ces trois messages ?

— Ils ont été envoyés via une bande cryptée, précisa Karim. J'ai eu recours à mes meilleurs éléments pour ce travail. »

Le Vieux hocha la tête d'un air absent. « Bon boulot, Martin. Je ne sais pas ce que je ferais sans vous. »

A cet instant, le DCI faisait son âge et même plus. L'odieuse trahison de la jeune femme en laquelle il avait placé toute sa confiance venait de lui ravir une étincelle de vie. Son dos voûté, son cou rentré dans ses épaules traduisaient sa crainte de recevoir encore d'autres coups à l'âme.

« Monsieur, chuchota Karim. Nous devons agir immédiatement. »

Le DCI hocha la tête mais son regard perdu dans le vague poursuivait des pensées, des souvenirs inimaginables pour son compagnon.

« L'affaire pourrait se régler en privé, poursuivit Karim. Juste vous et moi. Qu'en dites-vous ? »

Les yeux chassieux du Vieux coulissèrent et finirent par se poser sur le visage de son adjoint. « Oui, nous allons résoudre ce problème en privé, bien entendu. » Sa voix n'était plus qu'un soupir. Elle craqua sur le verbe *résoudre*.

Karim se mit debout. « On y va ? »

Le DCI leva les yeux vers lui. Une terreur indicible noyait son regard. « Maintenant ?

— Cela vaut mieux pour tout le monde, monsieur. » Il aida le Vieux à se lever de sa chaise. « Comme elle n'est pas au bureau, j'imagine que nous la trouverons chez elle. »

Puis il tendit un pistolet à son supérieur.

Quelques heures plus tard, Katya poussa de nouveau la porte de l'infirmerie pour vérifier l'état de la gorge de Lindros et s'agenouilla près du lit de camp où il reposait. Elle voulut retirer le bandage mais s'y prit tellement mal que ses yeux s'emplirent de larmes.

« Je ne suis pas très adroite, marmonna-t-elle comme pour elle-même. Pas adroite du tout. »

Lindros la regarda, se rappela la fin de leur dernière conversation et se demanda s'il pouvait lui parler ou si elle refuserait de l'entendre.

Après un long silence tendu, Katya prit les devants : « J'ai réfléchi à ce que vous avez dit. »

Leurs regards se croisèrent. Les yeux de la jeune femme étaient d'une couleur étonnante, un bleu mêlé de gris comme le ciel avant l'orage.

« Je crois que Costin voulait que Fadi me fasse du mal. Pourquoi ? Pourquoi voulait-il qu'on me fasse du mal ? Parce qu'il avait peur que je le quitte ? Parce qu'il voulait me convaincre que le monde à l'extérieur de son monde était dangereux ? Je n'en sais rien. Mais il n'était pas obligé... » Elle porta la main à sa joue et grimaça. « Il n'était pas obligé de le laisser me frapper.

— Non, il n'était pas obligé, dit Lindros. Il n'aurait pas dû. Je suis d'accord. »

Elle hocha la tête.

« Alors aidez-moi, poursuivit Lindros. Autrement, aucun de nous ne sortira d'ici vivant.

— Je... Je ne sais pas si je peux.

— Je vous aiderai. » Lindros s'assit. « Si vous me laissez faire, je vous aiderai à changer. Mais il faut que vous le vouliez vraiment. Ce sera tout ou rien.

— Oui, je le veux. » Elle lui offrit un sourire si triste qu'il lui fendit le cœur. « Je suis née avec rien. J'ai grandi avec rien. Puis, au hasard d'une rencontre, j'ai reçu quelque chose. Enfin, c'est ce qu'on m'a dit. Et pour une fois, j'y ai cru. Mais dans un sens, j'aurais préféré continuer à ne rien avoir. Au moins, ça c'est tangible, bien réel. Ensuite, Costin est arrivé. Il a promis de m'emmener loin des choses irréelles. Je l'ai épousé. Mais son monde était aussi factice que celui où j'évoluais avant. Alors j'ai pensé : *Où est ma place ? Nulle part.* »

Lindros ému lui toucha le dos de la main. « Nous nous ressemblons, tous les deux. Des étrangers au monde. »

Katya tourna légèrement la tête vers les gardes. « Vous savez comment sortir d'ici ?

— Oui, dit Lindros, mais il faudra s'y mettre à deux. » Dans ses yeux, il décela un mélange de peur et d'espoir.

Elle finit par dire : « Que dois-je faire ? »

Anne était occupée à faire ses bagages quand elle entendit un moteur de voiture devant chez elle. Elle leva la tête, le bruit s'arrêta. Sur le point de rependre son activité, son sixième sens – ou un accès de paranoïa – la poussa vers la fenêtre de sa chambre, au premier étage de la maison.

La limousine blindée du DCI était garée dans la rue. Le Vieux en descendit, suivi par Jamil. Son cœur rata un battement. Que se passait-il ? Que venaient-ils faire chez elle ? Soraya avait-elle réussi à contacter le Vieux, lui avait-elle appris sa trahison ? Mais non, puisque Jamil l'accompagnait. Jamil n'aurait jamais laissé Soraya approcher du siège de la CIA. Il l'aurait empêchée de parler au Vieux.

Mais si jamais... ?

Se fiant à son instinct, elle se dirigea vers sa commode, ouvrit le deuxième tiroir, fouilla et trouva le S&W là où elle l'avait rangé après être revenue de son expédition dans le quadrant Nord-Est.

Bien qu'elle s'y attendît, la sonnerie à la porte la fit sursauter. Elle glissa le S&W dans sa ceinture au niveau des reins, sortit de sa chambre et descendit l'escalier en bois verni. Derrière les vitraux jaunes de la porte d'entrée, se découpaient les silhouettes des deux hommes ayant le plus compté pour elle depuis qu'elle était adulte.

Elle souffla lentement, posa la main sur la poignée en cuivre, se composa un sourire de circonstance et ouvrit.

« Salut, Anne. » Le sourire forcé du Vieux était comme un décalque du sien. « Je suis désolé de vous déranger chez vous, mais une affaire assez pressante... » Il ne parvint pas à terminer sa phrase.

« Mais ce n'est pas grave, rétorqua Anne. J'apprécie la compagnie. »

Elle s'effaça pour les laisser entrer dans le petit vestibule dallé de marbre. Un bouquet de lys de serre se dressait dans un vase d'émail effilé, posé sur un guéridon ovale aux pieds ouvragés. Elle les fit passer dans le salon où des canapés soyeux placés en vis-à-vis encadraient une cheminée de pierre blanche veinée de rouge, surmontée d'un manteau en bois. Elle leur proposa de s'asseoir mais visiblement ils n'en avaient pas l'intention. Ils n'ôtèrent même pas leurs manteaux.

Elle n'osait pas regarder le visage de Jamil, de peur d'y lire ce qu'elle redoutait. Quant au Vieux, il ne laissait rien deviner. Son visage était exsangue, sa peau grise et flasque. Mon Dieu, qu'il paraissait vieux, tout à coup ! s'étonna-t-elle. Comme le temps passait vite ! Hier encore, elle traînait sur les bancs de l'université, à Londres. Elle revoyait cette gamine rebelle promise à un brillant avenir que rien ne viendrait jamais ternir.

« Je vous sers une tasse de thé ? demanda-t-elle à la momie qui lui faisait face. J'ai encore une boîte de vos biscuits au gingembre préférés », ajouta-t-elle, histoire de détendre l'atmosphère. Sa tentative tomba à plat.

« Non, rien, merci Anne, dit le DCI. Nous ne prendrons rien. » Le Vieux avait l'air de souffrir, comme tenaillé par une douleur physique, un calcul rénal, une tumeur. De sous son manteau, il sortit une chemise en carton roulée, la posa sur le dossier d'un canapé et l'ouvrit en lui redonnant sa forme. « Je crains qu'il n'y ait là-dedans une révélation déplaisante. » Il déplaça son index sur une feuille d'imprimante comme s'il s'agissait d'une planche Ouijà. « Nous savons, Anne. »

Anne eut l'impression de recevoir un coup mortel. Elle peinait à reprendre son souffle mais parvint quand même à répondre d'une voix parfaitement normale : « Vous savez quoi ?

— Nous savons tout sur vous. » Il ne pouvait encore se résoudre à croiser son regard. « Nous savons que vous avez communiqué avec l'ennemi.

— Quoi ? Mais je... »

Le DCI leva enfin les yeux vers elle. Son regard implacable lui fit l'effet d'un pal. Elle connaissait cette expression pour l'avoir déjà vue dans d'autres circonstances. Le Vieux la réservait à ceux qu'il voulait rayer de sa liste. Des gens dont elle n'avait jamais plus entendu parler.

« Nous savons que vous êtes passée à l'ennemi », cracha-t-il avec rage et dégoût. Il ne méprisait personne autant qu'un traître.

Automatiquement, elle tourna la tête vers Jamil. Que pensait-il ? Pourquoi ne prenait-il pas sa défense ? Quand elle constata son indifférence, elle comprit tout – elle comprit qu'il l'avait séduite autant par son apparence physique que par ses prises de position intellectuelles. Elle comprit qu'il l'avait utilisée comme chair à canon. Que pour lui, elle ne comptait pas davantage que n'importe lequel de ses acolytes.

C'était son aveuglement qui la déprimait le plus. Elle aurait dû se réveiller plus tôt. Le percer à jour dès le début. Mais elle était si sûre d'elle-même, ne cherchant qu'à se rebeller contre l'aristocratie poussiéreuse dont elle était issue. Il l'avait bien cernée. Il avait vu qu'elle rêvait de cracher à la figure de ses parents. Son ardeur lui avait plu. Il avait utilisé sa révolte pour servir sa cause et son corps pour assouvir ses désirs charnels. Pour lui, elle avait trahi son pays. A cause d'elle, des millions de gens allaient mourir. Mon Dieu, mon Dieu !

Elle se tourna vers Jamil et dit : « J'espère que tu ne t'ennuyais pas trop pendant que tu me baisais ? »

Ce furent ses dernières paroles. Elle n'entendit jamais la réponse – à supposer qu'il ait eu l'intention d'en fournir une – car le DCI lui logea trois balles dans la tête. Après toutes ces années, il était encore un excellent tireur.

Ses jambes se dérobèrent sous elle, ses yeux aveugles rivés sur ceux de Jamil.

« Qu'elle aille au diable. » Le Vieux se détourna pour mieux cracher son venin. « Qu'elle soit maudite.

— Je vais prendre des dispositions pour nous débarrasser du corps, dit Karim. Je m'occupe de rédiger un communiqué qui tienne la route. Et d'appeler ses parents.

— Non, marmonna le DCI. Ça c'est mon travail. »

Karim s'avança vers sa défunte amante recroquevillée dans une mare de sang et baissa les yeux vers elle. A quoi pensait-il ? Il pensait au deuxième tiroir de la commode, dans la chambre du premier étage. Puis, en retournant le corps du bout de sa chaussure, il constata qu'à nouveau la chance lui souriait. Il n'aurait pas besoin de monter récupérer l'arme. Allah en fut remercié par une silencieuse prière.

Karim enfila des gants de latex pour attraper le S&W coincé dans la ceinture d'Anne qu'il félicita *post mortem* pour sa présence d'esprit. Puis ses yeux s'égarèrent sur son visage. Que ressentait-il ? Il chercha tout au fond de lui ne serait-ce que l'ombre d'une émotion pour cette infidèle mais ne trouva rien. Son cœur battait toujours au même rythme. Elle ne lui manquerait pas. Il l'avait utilisée comme il le souhaitait. Elle l'avait même aidé à démembrer Overton. Ce qui signifiait qu'il avait fait le bon choix, un point c'est tout. Un bel animal qu'il avait dressé à combattre ses ennemis, rien de plus.

Il se redressa, enjamba la forme recroquevillée et interpella le DCI qui lui tournait le dos : « Je viens de trouver quelque chose, monsieur. Vous devriez regarder ce que c'est. »

Le Vieux prit une profonde inspiration, essuya ses yeux mouillés de larmes et se retourna. « De quoi s'agit-il, Martin ? »

Karim leva le S&W d'Anne Held et lui tira une balle en plein cœur.

« *Ce n'était pas un accident.* »

Plus concentré que nécessaire sur les manœuvres de pré-atterrissage, Bourne accusa le coup non sans mal. Ils survolaient Zhawar Kili, site ayant servi de repaire à al-Qaïda avant son bombardement par l'armée américaine, en novembre 2001. « Qu'est-ce qui n'était pas un accident ?

— La mort de Sarah ibn Ashef. Ce n'était pas un accident. » Muta ibn Aziz était dans un état second. Hors d'haleine, terrifié et libéré tout à la fois. Depuis le temps qu'il désirait confier à quelqu'un son abominable secret ! Ce secret avait grossi année après année, couche après couche, comme une coquille d'huître, comme un vilain parasite emprisonnant son cœur.

« Bien sûr que si », insista Bourne à dessein ; c'était le seul moyen de le pousser à la confession. « Je suis bien placé pour le savoir. C'est moi qui l'ai abattue.

— Non, c'est faux. » Muta ibn Aziz se mit à mordre sa lèvre inférieure de manière compulsive. « Toi et ta partenaire, vous étiez trop loin pour ajuster vos tirs. C'est mon frère Abbud ibn Aziz et moi qui l'avons tuée. »

Bourne se tourna vers lui en surjouant le scepticisme. « Tu racontes n'importe quoi. »

Muta ibn Aziz parut blessé. « Pourquoi je ferais ça ?

— Disons les choses clairement, tu veux bien ? Je crois que tu continues à me manipuler. Vous vouliez monter Fadi et son frère contre moi ? » Il fronça les sourcils. « Nous nous sommes déjà rencontrés ? Je vous connais, toi et ton frère ? Vous avez un truc à me reprocher ?

— Non, absolument pas. » Il bafouillait, mal à son aise. Bourne avait obtenu ce qu'il souhaitait. « La vérité c'est que... j'ai du mal à le dire... »

Il se détourna un instant. Bourne était tout ouïe mais ils allaient bientôt arriver en vue de Miran Shah. Ils survolaient une étroite vallée – défilé eût été un terme plus approprié, comme Bourne venait de le constater – entre deux montagnes, perdue aux confins du Pakistan de l'Ouest.

Dans le ciel dégagé – d'un bleu profond, lumineux –, le soleil luisait à peine. Il était encore tôt. Ces montagnes composées de roches volcaniques érodées de couleur gris brun appartenant au groupe géologique de Kurram – calcaires, schiste vert – semblaient comme décapées, dépourvues de toute vie. Il étudia les alentours. Au sud comme à l'ouest, les parois ridées recelaient peut-être des cavernes. Le défilé à l'est cachait-il des bunkers ? Au nord, un ravin très sombre jonché de gros rochers fendait en deux la masse rocheuse déchiquetée. Mais nulle part il ne vit quelque chose qui ressemblât à un complexe nucléaire. Rien ici qui fût issu de la main de l'homme, pas même une hutte ou un camp de nomades.

Bourne décéléra. Soudain, il aperçut la piste devant lui. Contrairement à celle d'Istanbul, celle-ci était revêtue de goudron. Toujours aucun signe d'occupation, à part quelques bâtiments modernes ressemblant à des laboratoires. S'était-il trompé d'endroit ? Fadi lui avait-il encore joué un mauvais tour en l'envoyant dans un cul-de-sac ? Lui avait-il tendu un piège ?

Il était trop tard pour s'en inquiéter. Les volets étaient baissés, le train d'atterrissage sorti, le cadran de vitesse dans le vert.

« Tu arrives trop bas, cria Muta ibn Aziz qui reprenait du poil de la bête. Tu vas toucher la piste trop vite. Remonte ! Pour l'amour du ciel, remonte ! »

Bourne survola le début de la piste, fit descendre le Sovereign jusqu'à ce que ses roues heurtent le tarmac puis roula quelques secondes avant de couper les moteurs et réduire l'alimentation électrique interne. C'est là qu'il vit des ombres se précipiter sur son flanc droit.

A peine eut-il le temps de supposer que Muta ibn Aziz avait appelé la base de Miran Shah pour les prévenir de l'arrivée de Bourne, que la cloison de tribord explosa dans un vacarme démentiel. Le Sovereign frémit et, tel un éléphant blessé tombant à genoux, piqua du nez sur la piste, ses roues avant et ses supports arrachés.

Des débris de l'explosion volèrent en tous sens, hachant menu tout ce qui se trouvait dans le cockpit, détruisant les cadrans, arrachant les manettes et les câbles du plafond. Toujours ligoté,

Muta ibn Aziz gisait sous les décombres de l'avion, écrasé par un morceau du fuselage. De l'autre côté, Bourne encore sanglé à son siège, était criblé de coupures, d'hématomes et souffrait sans doute d'une légère commotion cérébrale, pour autant qu'il put en juger dans l'état d'hébétude où il se trouvait.

D'instinct, il se força à remuer pour éviter de perdre connaissance. Il leva le bras, détacha sa ceinture et s'approcha en chancelant de Muta ibn Aziz. Sous ses pas, le sol jonché de verre brisé ressemblait à une toundra sous la neige. L'air qu'il tentait de respirer était saturé de particules de métal, de fibres de verre et de plastique surchauffé.

Voyant que Muta respirait encore, il souleva tant bien que mal les tôles froissées encore brûlantes pour le dégager. En s'agenouillant, il vit qu'un bout de métal de la taille et de la forme d'une épée s'était logé dans son ventre.

Il le gifla de toutes ses forces. Les yeux de Muta clignèrent, s'ouvrirent et se focalisèrent péniblement sur Bourne.

« Je n'y suis pour rien », murmura-t-il d'une voix sifflante. Le sang coulait de sa bouche, lui couvrait le menton et formait à la base de son cou une petite flaque sombre à l'odeur cuivrée.

« Tu vas mourir, dit Bourne. Dis-moi ce qui est arrivé à Sarah ibn Ashef. »

Un faible sourire s'étala sur le visage de Muta. « Alors tu *veux* savoir. » L'air circulait dans ses poumons perforés en produisant un bruit de scie. On aurait dit le cri d'un reptile préhistorique. « Tu t'intéresses à la vérité, finalement.

— Parle ! » hurla Bourne.

Espérant lui arracher une réponse, il saisit Muta ibn Aziz par le col de sa chemise. Mais au même instant, un groupe de terroristes fit ırruption dans l'avion en passant par la brèche du fuselage. Ils l'empoignèrent et l'obligèrent à lâcher le messager de Fadi qui retomba en poussant son dernier soupir.

S'ensuivit un véritable chaos. Des corps allaient et venaient en toute hâte, des invectives en arabe fusaient en tous sens, des ordres étaient aboyés et reçus sur le même ton. Dans une demi-conscience, il sentit qu'on le traînait sur le sol sanglant de la carlingue et qu'il surgissait sous le soleil, dans le désert aride de Miran Shah.

Livre quatre

TRENTE-TROIS

D*ÛMENT ARMÉ, TYRONE SE TENAIT* en faction au coin de la 7e Rue NE pendant que Soraya téléphonait – depuis une cabine, pas de son portable – au siège de la CIA.

Quand elle se présenta, Peter Marks lui répondit en baissant la voix jusqu'au murmure.

« Bon Dieu, dit-il. Mais qu'est-ce que t'as fichu ?

— Je n'ai rien fait, Peter, répliqua-t-elle avec colère.

— Alors dis-moi pourquoi un mot d'ordre a été lancé dans tout le département. On est censés rapporter dans la minute au directeur Lindros en personne tout appel téléphonique, tout contact de quelque nature qu'il soit, qui permette de te localiser.

— Parce que Lindros n'est pas Lindros.

— C'est un imposteur, évidemment. »

Le cœur de Soraya fit un bond. « Alors tu es au courant.

— Je sais seulement que le directeur adjoint Lindros nous a convoqués pour nous dire que tu avais perdu la boule. C'est à cause de la mort de Bourne, hein ? Enfin bref. Il a dit que tu proférais des accusations démentes contre lui. »

Oh, mon Dieu, pensa Soraya. *Il a braqué tous mes collègues contre moi.*

La nuance suspicieuse dans la voix de Mark ne lui avait pas échappé mais elle décida de poursuivre. « Il vous a menti, Peter. La vérité est trop compliquée pour que j'essaie de te l'expliquer maintenant, mais tu dois m'écouter. Des terroristes ont monté un plan visant à détruire le siège de la CIA. » Elle savait qu'elle avait l'air hystérique, un petit peu cinglée aussi. « Je t'en prie, je t'en supplie. Va voir le Vieux, dis-lui que la chose va se produire dans les prochaines vingt-quatre heures.

— Le Vieux et Anne sont à la Maison-Blanche pour rencontrer le Président. Ils en ont pour un bout de temps, d'après le directeur adjoint Lindros.

— Alors contacte l'un des chefs de directorat – ou tous, c'est encore mieux. Qui tu veux sauf Lindros.

— Écoute, viens. Rends-toi. Nous pouvons t'aider.

— Je ne suis pas folle, répliqua Soraya en se demandant sincèrement si elle n'était pas en train de le devenir.

— Alors cette conversation est terminée. »

Katya se tourna vers les deux gardes postés à l'extérieur de l'infirmerie tout en déboutonnant le haut de son chemisier de ses doigts délicats. Elle ne portait jamais de soutien-gorge. Elle avait des seins magnifiques et elle le savait.

Les gardes jouaient toujours à ce jeu dont elle ne comprenait décidément pas les règles. En tout cas, de l'argent passait d'une main à l'autre ; un divertissement interdit par la loi coranique. C'était un jeu de rapidité, la victoire revenant à celui qui réagissait le plus vite.

Pour se calmer, elle évoqua des scènes du passé, le rythme trépidant de son ancienne vie, celle qu'elle avait abandonnée à la demande de Costin. Quand les gardes s'aperçurent de sa présence, elle pivota pour se mettre de profil comme si elle posait encore pour *Perfect Ten*, le dos légèrement cambré, les seins dressés.

Puis lentement, langoureusement, elle se retourna vers eux et vit leurs regards fascinés. Ils ne voyaient plus qu'elle.

Elle avait demandé à Lindros de la frapper au sternum ; un douloureux hématome rouge vif commençait à gonfler entre ses deux seins. Elle écarta son chemisier pour le leur montrer.

« Regardez, dit-elle sans nécessité. Regardez ce que ce salaud m'a fait. »

A ces mots, les gardes indignés passèrent devant elle, entrèrent dans l'infirmerie et virent Lindros couché sur le dos, les yeux clos. Il avait du sang sur le visage et semblait respirer à grand-peine.

Le plus grand des deux gardes se tourna vers Katya qui se tenait juste derrière lui. « Que lui as-tu fait ? »

A ce moment précis, Lindros levant la jambe droite donna un coup de talon dans l'entrejambe du plus petit qui se plia en deux avec un grognement de surprise.

Le plus grand ne réagit pas assez vite. Lindros lui envoya son poing dans la gorge. Les yeux exorbités, il se mit à tousser en cherchant à tâtons le pistolet passé à sa ceinture. Comme Lindros le lui avait ordonné, Katya le frappa du pied à l'arrière du genou gauche. Quand il bascula, sa joue entra en contact avec le poing de Lindros.

Lindros et Katya passèrent les cinq minutes suivantes à déshabiller les deux gardes avant de les ligoter et de les bâillonner. Lindros les traîna l'un après l'autre jusqu'au placard de service et les repoussa dans un coin comme des sacs-poubelle. Katya passa les vêtements du plus petit, Lindros prit ceux du grand.

Tout en s'habillant, il lui sourit. Elle tendit la main vers lui pour essuyer le sang sur sa joue.

« Comment c'était ? dit-il.

— Nous sommes loin d'être libres.

— Je ne dis pas le contraire. » Lindros ramassa les armes des gardes – pistolets et mitraillettes semi-automatiques. « Vous savez comment ça marche ?

— Je sais presser une détente, répondit-elle.

— Ça suffira. »

Il lui prit la main et ils sortirent de l'infirmerie.

Bourne s'attendait au pire. En fait, les terroristes ne le rudoyèrent pas vraiment. Après l'avoir traîné hors de l'épave du Sovereign, ils ne lui firent aucun mal. D'après leur aspect et le dialecte arabe qu'ils parlaient, Bourne comprit que cette équipe n'était composée que de Saoudiens.

Dès que les semelles de ses chaussures eurent touché la piste, ils l'attrapèrent par les bras et les jambes et le portèrent ainsi jusqu'au terrain argileux où attendaient deux blindés tout-terrain recouverts d'un camouflage parfait. Pas étonnant qu'il n'ait rien remarqué de là-haut.

Vu de près, le plus grand des deux véhicules ressemblait à un poste de commandement mobile. Les portières arrière s'ouvrirent bruyamment, deux bras robustes se tendirent, le hissèrent à l'intérieur. Les portières claquèrent.

Il faisait noir comme dans un four. Soudain, une voix familière, qui parlait anglais avec un accent plus vrai que nature, s'écria : « Salut, Jason. »

Des lumières rouges clignotèrent. Bourne dut cligner les yeux pour accommoder. L'étrange lumière lui permit de voir des appareils électroniques dont les écrans silencieux semblaient recevoir des messages venus d'une autre planète. Un jeune Saoudien barbu, équipé d'une paire d'écouteurs professionnels, était penché sur son poste, absorbé par ce qu'il entendait et dont il restituait quelques phrases de temps en temps.

A sa gauche, un homme bâti en hercule fixait Bourne sans manifester la moindre émotion. C'était sans doute lui qui l'avait hissé dans le poste de commandement mobile. Avec son crâne rasé et ses bras comme des troncs croisés sur sa poitrine démesurée, il avait tout de l'eunuque gardien de harem.

En fait, il n'était pas au service d'un sultan mais du troisième occupant du blindé, un homme assis à la console de commandement. Lorsque Bourne était monté à bord, il avait fait pivoter son siège. Un sourire joyeux lui fendait le visage, contrastant avec son port altier.

« Il faut qu'on cesse de se rencontrer dans ce genre de circonstances, Jason. » Il pinça ses lèvres vermeilles. « Ou alors non, peut-être que le destin en a décidé ainsi. On se retrouvera toujours à point nommé.

— Bon sang ! », s'exclama Bourne en reconnaissant l'homme mince dont les yeux sombres encadraient un nez en bec d'aigle. « Feyd al-Saoud ! »

Le chef de la police secrète saoudienne sauta carrément de son siège et se précipita vers Bourne pour le serrer dans ses bras. Il lui déposa un baiser humide sur les deux joues.

« Mon ami ! Qu'Allah en soit remercié, tu es vivant ! Nous ignorions que tu étais à bord de cet appareil. Comment aurions-nous pu l'imaginer ? C'est l'avion de Fadi ! » Il leva l'index comme pour le gourmander et dit en feignant la colère : « De toute façon, tu ne me dis jamais rien de tes projets. »

Bourne et Feyd al-Saoud se connaissaient depuis un bout de temps. Ils avaient travaillé sur la même affaire, en Islande [1].

« La rumeur prétend que les Saoudiens veulent mettre la main sur Fadi. Rumeur farouchement démentie par vous.

— Fadi est saoudien, dit Feyd al-Saoud en retrouvant son sérieux. Il s'agit d'un problème saoudien.

— Un problème ! Tu veux dire qu'il vous embarrasse sacrément, rétorqua Bourne. En fait, je crains que Fadi ne soit devenu le problème de tous. »

Il informa son ami sur l'identité de Fadi et le complot qu'il avait ourdi avec son frère Karim al-Jamil, sans lui cacher l'infiltration de la CIA. « Tu crois peut-être avoir découvert leur camp principal, dit Bourne en guise de conclusion, mais je t'assure qu'il n'en est rien. Quelque part dans le coin, Dujja a implanté une usine nucléaire censée enrichir l'uranium nécessaire à la fabrication de la bombe qu'ils prévoient de faire exploser sur une ville des États-Unis. »

Feyd al-Saoud hocha la tête. « A présent, les choses commencent à prendre sens. » Il se retourna, fit monter une carte de pilotage tactique de la région puis montra à Bourne une série d'images satellites en vue rapprochée, fournies par IKONOS.

« Elles ont été prises la semaine dernière, à intervalles de deux minutes, dit-il. Tu remarqueras que sur la première, on voit Miran Shah tel qu'il est en ce moment – totalement désert. En revanche, sur la deuxième, on aperçoit deux véhicules genre Jeep qui roulent en direction du nord-ouest, plus ou moins. A présent, que voyons-nous sur l'image trois ? Miran Shah complètement désert, de nouveau. Personne, pas le moindre véhicule. Où ont-ils pu passer en l'espace de deux minutes ? Ils n'ont pas pu sortir du champ d'IKONOS. » Il s'appuya au dossier de son siège. « Selon tes infos, que doit-on en conclure ?

— Que l'installation nucléaire de Dujja est souterraine, dit Bourne.

— Il faut croire. Nous avons surveillé les communications des terroristes mais nous ignorions d'où elles étaient émises – jusqu'à présent. En réalité, elles viennent d'en dessous. De l'intérieur de

1. Voir *La Peur dans la peau. (N.d.T.)*

l'usine. Sous le sable et la roche. Depuis trois heures que nous stationnons ici, ils n'ont reçu aucun message venant de l'extérieur.

— Combien d'hommes as-tu amenés avec toi ? demanda Bourne.

— Douze, moi compris. Comme tu l'as découvert à tes dépens, nous devions feindre d'appartenir à Dujja. Nous sommes au nord du Waziristan, la plus conservatrice des provinces occidentales du Pakistan. Les tribus pachtounes locales ont des liens profonds, à la fois religieux et ethniques, avec les talibans. Voilà pourquoi elles accueillent de la même façon al-Qaïda et Dujja. Si j'avais pris davantage de troupes, j'aurais éveillé les soupçons. »

A cet instant, l'homme aux écouteurs déchira une feuille de papier sur laquelle il venait de griffonner quelques données et la tendit à son chef.

« Quelque chose dans les rochers fait interférence, à moins que ce ne soit le bouclier de plomb de l'installation nucléaire. » Feyd al-Saoud parcourut rapidement la feuille avant de la donner à Bourne. « Je crois que tu ferais bien de jeter un œil là-dessus. »

Bourne lut la transcription arabe

« [?] deux manquent. Nous avons trouvé les gardes [?] placard.

— Combien de temps ?

— [?] vingt minutes.[?] mais pas sûr.

— Mobilisez [?] au maximum. Envoyez [?] vers l'entrée. Trouvez-les.

— Et ensuite ?

— Tuez-les. »

Lindros et Katya couraient comme des dératés à travers les catacombes modernes creusées sous Miran Shah. Placés dans les murs à intervalles réguliers, les haut-parleurs bramaient. Quand l'alarme s'était déclenchée, ils venaient d'arriver en vue de l'entrée principale. Aussitôt, Lindros avait fait demi-tour. A présent, ils se dirigeaient vers le cœur de l'installation.

Les bribes de conversations grappillées çà et là, ajoutées à ses propres observations, lui avaient appris que l'installation de Dujja s'étageait sur deux niveaux. En haut, les pièces d'habitation, les cuisines, les communications, l'infirmerie. A l'étage inférieur, les salles d'opération. C'était là que le Dr Andursky lui avait pris son œil droit et remodelé le visage de Karim. On y trouvait également les laboratoires : les grandes pièces qui abritaient les centrifugeuses servant à concentrer encore davantage l'uranium enrichi, le labo de fusion entouré d'un mur double, etc.

« Ils savent que nous avons disparu, dit Katya. Et maintenant que faisons-nous ?

— Plan B, répondit Lindros. Il faut accéder à la salle des communications.

— Mais elle se trouve loin de l'entrée, fit remarquer Katya. Nous ne sortirons jamais d'ici. »

Ils tournèrent au coin et s'engagèrent dans le couloir interminable qui formait l'épine dorsale de l'usine. Les pièces, les couloirs, les escaliers, les ascenseurs, tout était démesuré. Où qu'on se tienne, on se sentait minuscule. Il y avait là quelque chose de terrifiant, comme si cet endroit avait été conçu non pour des personnes mais pour une armée de machines. Les êtres humains n'avaient rien à faire ici.

« D'abord pensons à survivre. Après on verra comment fuir, dit Lindros. Pour ce faire, je dois transmettre ma position à mes alliés. »

Malgré sa nervosité, il lui demanda de ne pas courir, de se contenter de marcher rapidement. Ce couloir à la fois long et large ne lui disait rien qui vaille. Si on les coinçait ici, ils n'auraient aucun endroit où se cacher ou s'enfuir.

Il venait d'évoquer le pire quand le pire arriva : deux hommes se profilèrent au bout du couloir. En les voyant, ils levèrent leurs armes. Le premier s'avança vers eux, l'autre resta en arrière pour le couvrir, son semi-automatique braqué vers eux.

« Il faut que je trouve un moyen de prévenir mes collègues, dit Soraya.

— T'as pas entendu ? Ils sont tous après toi, tes collègues ! rétorqua Tyrone. Y en aura pas un pour t'aider.

— Ça ne m'empêche pas d'essayer quand même, non ? »

Tyrone hocha la tête. « Sûr. »

Raison pour laquelle ils planquaient, comme aurait dit Tyrone, dans un débit de tabac tenu par un vieux Salvadorien grisonnant. L'homme roulait à la main du tabac cubain qu'il transformait en cigares Partagas, Montecristos et Coronas pour les vendre à prix cassés sur Internet. Comme Tyrone était propriétaire des locaux, le vieux lui reversait la part du lion. Ce n'était qu'un trou à rats sur la 9e Rue NE, mais au moins c'était un commerce légal.

Sa vitrine maculée de graisse leur offrait une vue directe et relativement dégagée sur la Ford noire volée aux deux Arabes que Tyrone avait occis sur le chantier de construction.

Ils avaient eu la même idée en même temps. Comme Soraya était interdite de séjour à la CIA, comme le moindre de ses appels au siège risquait de la trahir, il ne lui restait plus qu'à trouver une autre façon d'entrer.

« Ce genre de keum, ça me connaît, miss, avait dit Tyrone. Ils vont pas lâcher une tire pareille. Ces mouches à merde y savent qu'ils ont perdu deux potes à eux. Tu crois qu'ils vont lâcher l'affaire ? Ben non. Putain, ils vont retourner le quartier pour retrouver leur caisse et toi avec. Tu pourras plus respirer. Je te parie qu'ils vont faire une descente dans le NE vu qu'ils savent que tu traînes par là. » Il lui fit un grand et beau sourire. « Quand ils se pointeront, on leur filera le train comme des vautours après une charogne. »

C'était un plan dangereux mais excellent, Soraya devait en convenir. De plus, toute autre solution risquait fort de la conduire droit dans une cellule de la CIA ou, plus probablement, à la morgue.

« Fadi a fait des prisonniers, dit Feyd al-Saoud.

— J'en connais peut-être certains, dit Bourne. Mon ami Martin Lindros, par exemple.

— Ah oui. » Le chef de la sécurité hocha la tête. « L'homme qui s'est fait voler son identité par le frère de Fadi. Il est peut-être encore en vie. Et les autres ?

— Je n'en sais rien, dit Bourne.

— En tout cas, il faut se magner si nous voulons avoir une chance de les sauver. » Il fronça les sourcils. « Mais nous ignorons toujours comment entrer.

— Ces véhicules qu'on voit sur les images IKONOS, dit Bourne. Ils devaient bien aller quelque part dans un rayon de mille mètres autour de l'endroit où nous sommes. » Il désigna l'écran. « Peux-tu m'imprimer cela ?

— Bien sûr. » Feyd al-Saoud tapota sur un clavier d'ordinateur. Après un doux ronronnement, une feuille de papier fut expulsée de l'imprimante. Le chef de la sécurité la lui tendit.

Bourne sortit du poste de commandement mobile, suivi par Feyd al-Saoud et son gigantesque garde du corps, qui répondait au nom d'Abdullah, lui avait dit le chef de la sécurité.

Debout à l'extrémité sud-est de la piste, Bourne se mit à comparer la topographie à la vue d'IKONOS.

« Le problème c'est qu'il n'y a rien ici, annonça Feyd al-Saoud, les poings sur les hanches. Dès que nous sommes arrivés, j'ai envoyé trois hommes en reconnaissance. Ils sont rentrés bredouilles après avoir cherché pendant une heure.

— Et pourtant, dit Bourne, ces véhicules allaient bien quelque part. »

Il posa le pied sur la piste. Sur sa droite, l'épave du Sovereign. A sa gauche, le début du tarmac. Il restitua mentalement les dernières secondes avant son atterrissage.

Soudain les paroles de Muta ibn Aziz lui revinrent. *« Tu es trop bas*, avait-il crié. *Tu vas toucher la piste trop tôt. »* Pourquoi une telle agitation ? Ils ne risquaient pas grand-chose. A la rigueur, les roues du Sovereign auraient pu toucher l'extrémité du tarmac. Qu'est-ce que cela pouvait bien lui faire ?

Tout en observant le sol, Bourne partit sur la gauche, vers le début du tarmac. Quand il foula la partie goudronnée que Muta ibn Aziz voulait qu'il évite, il s'interrogea. De quoi avait-il eu peur ? Lorsqu'un avion touchait le sol, trois facteurs entraient en jeu : la friction, la chaleur, le poids. Lequel des trois redoutait-il ?

Bourne s'accroupit et posa le bout de ses doigts sur la piste. Le revêtement ressemblait à du tarmac, avait la consistance du tarmac mais....

« Touche ça, dit Bourne. Avec un soleil pareil, le tarmac devrait être brûlant.

— Ce qui n'est pas le cas. » Feyd al-Saoud passa la main dessus. « Il n'est même pas chaud.

— Conclusion : ce n'est pas du tarmac.

— Quelle matière ont-ils pu utiliser ? »

Bourne se leva. « N'oublie pas qu'ils ont accès à la technologie d'IVT. »

Il continua d'arpenter la piste. Parvenu aux marques laissées par les roues du Sovereign, il s'agenouilla de nouveau, posa les mains sur le parterre et les retira rapidement.

« C'est chaud ? demanda Feyd al-Saoud.

— Ça, c'est du tarmac.

— Alors c'est quoi là-bas ?

— Je n'en sais rien, mais l'homme qui était avec moi – le messager de Fadi – ne voulait pas que je me pose dessus. »

Revenant en bout de piste, Bourne se mit à la traverser dans sa largeur. Un plan commençait à prendre forme dans son esprit. Il fallait trouver l'entrée de l'installation souterraine et attraper Fadi avant que ses hommes ne découvrent les prisonniers. Si par chance Lindros en faisait partie...

De nouveau, il se pencha sur la carte topographique IKONOS et la compara avec ses souvenirs de l'atterrissage. Pour enrichir de l'uranium, il fallait de l'eau – en grande quantité. Or l'eau se trouvait non loin du ravin pierreux qu'il avait vu du ciel et dont l'image était restée gravée en lui comme un repère.

Son plan avait des chances de marcher mais Feyd al-Saoud n'apprécierait sans doute pas. Or, s'il n'arrivait pas à persuader son ami, rien ne serait possible. Même avec la coopération du chef de la sécurité, les choses étaient loin d'être gagnées mais il ne voyait pas d'autre alternative.

Arrivé de l'autre côté de la piste, Bourne se remit à genoux pour mieux observer le sol. Puis il dit à Abdullah : « Pouvez-vous m'aider ? »

Les doigts crispés, Bourne et Abdullah joignirent leurs forces pour soulever le pseudo tarmac. Au prix d'un effort titanesque, le revêtement se mit à bouger.

« Ce matériau est posé sous forme de bandes », dit Bourne.

Feyd al-Saoud s'avança, se plia en deux et entreprit d'examiner le matériau. Épais d'environ six centimètres, il imitait parfaitement la couleur et la texture du tarmac. Or, de toute évidence, ce n'était pas du tarmac. Personne n'aurait su dire de quoi il s'agissait mais cela importait peu. Le plus intéressant dans l'affaire et ce qui les captivait comme des enfants ayant déterré un trésor, c'était ce qu'il y avait en dessous.

Un panneau de métal, aussi grand qu'une porte de garage pour deux voitures.

TRENTE-QUATRE

« *QU'EST-CE QUE VOUS FAITES LÀ ?* » hurla le premier terroriste. Sa nervosité laissait craindre qu'il n'appuie sur la détente.

« On nous a envoyés au...

— Tournez-vous vers la lumière ! Vous n'êtes pas des nôtres ! Posez vos armes ! Exécution ! »

Lindros leva les mains. Un semi-automatique braqué sur vous constituait une menace à prendre au sérieux.

« Ne tirez pas ! dit-il en arabe. Ne tirez pas ! » A l'intention de Katya, il murmura : « Marchez devant moi. Faites exactement ce que je dis. Et pour l'amour du ciel, quoi qu'il arrive, gardez les mains en l'air. »

Ils marchèrent vers le premier homme qui les attendait, jambes fléchies. Tout en le surveillant du coin de l'œil, Lindros se concentra sur son collègue, plus loin dans le couloir. C'était lui le vrai problème.

« Halte ! intima le terroriste quand ils furent à quelques pas de lui. Tournez-vous ! »

Katya obéit. Lindros la laissa faire, sortit une bouteille d'alcool ramassée à l'infirmerie, ouvrit le bouchon et jeta le contenu au visage du terroriste.

« A terre ! », hurla Lindros.

Lorsque Katya se laissa tomber, Lindros l'enjamba d'un bond, se jeta sur le terroriste, s'empara de son semi-automatique et pressa sur la détente, aspergeant le couloir de balles dont plusieurs touchèrent l'homme de couverture, au bras et à la jambe. Le blessé se réfugia contre un mur et répliqua mais sans viser. Prenant le temps d'ajuster son tir, Lindros l'abattit.

« Venez ! »

Le premier terroriste se labourait encore le visage avec les ongles. Lindros l'assomma d'un coup de crosse puis le fouilla. Il trouva dans ses vêtements un autre pistolet et un couteau à lame épaisse. Katya et lui se remirent à courir. Lorsqu'ils passèrent devant le cadavre de l'autre terroriste, Lindros ramassa son semi-automatique qu'il donna à Katya.

Selon Katya, la salle des communications se trouvait au bout du couloir à gauche.

A l'intérieur, ils virent deux hommes coiffés d'écouteurs. S'approchant de celui de droite, Lindros lui attrapa le menton par-derrière, lui rabattit vivement la tête et lui trancha la gorge. Puis sans attendre que le deuxième se lève, il lança son couteau et lui transperça la poitrine. L'homme s'arc-bouta en produisant un petit gargouillis indiquant que ses poumons se gorgeaient de sang. Pendant qu'il rendait son dernier soupir, Lindros lui prit son siège et se mit au travail.

« Ne restez pas là à pleurnicher, ordonna-t-il. Surveillez la porte. Tirez sur tout ce qui bouge jusqu'à ce que ça ne bouge plus ! »

L'écouteur de Feyd al-Saoud se mit à crépiter. D'une main, il l'enfonça mieux dans son conduit auditif. Un moment plus tard, il hocha la tête. « Je comprends. » A l'attention de Bourne, il dit : « Il faut regagner le poste de commandement. Tout de suite. »

Les trois hommes couvrirent rapidement les quelques centaines de mètres qui les séparaient du véhicule où ils trouvèrent l'officier de communications en proie à la plus grande agitation. Quand il les vit, il arracha son casque et posa un écouteur contre son oreille gauche afin de pouvoir parler sans lâcher l'écoute.

« Je reçois un signal provenant de l'intérieur de l'usine, dit-il précipitamment. L'homme dit s'appeler Martin Lindros. Il prétend que... »

Bourne bondit, lui arracha le casque des mains et s'en coiffa.

« Martin ? cria-t-il dans le micro. Martin, c'est Bourne.

— Jason... es vivant ?
— Je veux !
— Fadi... croit mort.
— C'est très bien comme ça.
— ... es-tu ?
— Juste au-dessus de toi. »

«... Dieu, je suis avec une femme nommée Katya.
— Katya Veintrop ? »

Leur dialogue fut interrompu par un rire ressemblant à un jappement. Fadi surveillait la conversation depuis le système de communications auxiliaire. Il fit un signe à l'intention d'Abbud ibn Aziz et reprit l'écoute, le cœur battant. Bourne était vivant ! Vivant et à portée de main ! O, douce vengeance. Plaisir ineffable !

« J'aurais dû m'en douter.
— Martin, quelle... situation ?
— ... ennemis... sommes bien armés. Jusqu'ici ça va. »

Fadi vit Abbud ibn Aziz distribuer des ordres. Il dépêcha une poignée d'hommes dans la salle des communications.

« Martin, écoute... viens te chercher.
— On doit trouver un endroit plus sûr sans tarder.
— ... cord, mais tiens bon, j'arrive.
— Promis.
— Martin, le siège... CIA... n'est pas... sans toi. Maddy n'arrête pas de demander... l'as pas oubliée, hein ?
— Maddy ? Comment pourrais-je l'oublier ?
— Bien. Accroche-toi. Terminé. »

Fadi toucha l'émetteur-récepteur sans fil fixé à son oreille droite. Grâce à lui, il restait en contact avec ses chefs d'équipes. « A présent, nous savons ce qui est arrivé au Sovereign, dit-il à Abbud ibn Aziz. Notre antenne à Riyad prétendait que deux chasseurs avaient été abattus au nord de l'Iran après qu'un avion répondant au signalement du Sovereign avait refusé de fournir le code de survol. Tout s'explique puisque Bourne est ici. »

Fadi s'engagea dans le couloir. « Bourne s'est emparé de l'avion et je parie qu'il a tué Muta ibn Aziz ainsi que le pilote. »

Il serra son compagnon dans ses bras. « Courage, mon ami. Ton frère est mort en martyr – comme nous rêvons tous de pouvoir le faire. C'est un héros. »

Abbud ibn Aziz se contenta de hocher la tête. « Il me manquera. » Il embrassa Fadi sur les deux joues. « Le plan d'urgence a été activé, reprit-il. Quand j'ai vu que l'avion n'arrivait pas, j'ai pris l'initiative de charger l'engin nucléaire à bord de l'hélicoptère. Le deuxième jet se trouve à Mazar-i-Sharif. J'ai prévenu ton frère. Tu dois te dépêcher de partir, c'est impératif, puisqu'il n'y a plus d'avion disponible ici. Il nous reste douze heures avant l'heure H. Après, Karim al-Jamil fera exploser les charges de C-4.

— Ce que tu dis est vrai. Mais Bourne est vivant. Je ne peux pas faire l'impasse là-dessus. Il est *tout près*.

— Pars. Je m'occuperai de Bourne. Tu as des choses bien plus importantes à faire... »

Fadi laissa échapper la rage qui couvait en lui. « Tu imagines que je vais laisser le meurtre de ma sœur impuni ? Bourne doit mourir de mes mains – de mes mains, tu comprends ?

— Bien sûr, je comprends. »

Un puissant sifflement traversa le crâne d'Abbub ibn Aziz. Ses pires craintes se confirmaient : il y avait donc une scission entre les ambitions de Dujja et la vengeance privée ourdie par Fadi et son frère. Le fait que lui, Abbud ibn Aziz, fût à l'origine de cette déplorable situation, le torturait depuis longtemps. Il en voulait à Muta ibn Aziz qui n'avait cessé de le sermonner, de lui reprocher d'avoir menti au sujet de la mort de Sarah ibn Ashef. Il entendait encore sa voix querelleuse.

Le genre de dilemme qui tenait Fadi et son frère lui était totalement étranger. Son manque de réaction face à la mort de son frère était dû aux circonstances actuelles. C'était à lui et à lui seul qu'il incombait, se répétait-il comme un mantra, de pousser Fadi à se concentrer sur le but ultime, l'issue nucléaire, l'atout maître que Dujja – et seulement Dujja parmi toutes les organisations terroristes – était en mesure d'abattre. Pour parvenir à cette victoire, il avait tout donné sans compter : son temps, son énergie, ses relations. Que tout cela soit remis en cause par une minable histoire de vengeance privée lui était intolérable.

Un bruit de mitraille interrompit le fil de ses pensées. Les coups de feu venaient de l'intérieur.

« Lindros ! » Fadi écouta le grésillement dans son oreille. « Fais descendre six hommes. » Il serra les dents. « Allez le chercher et ramenez aussi la femme de Veintrop. »

Au lieu de faire demi-tour, Abbud ibn Aziz courut vers la rampe d'entrée. Si ses paroles étaient impuissantes à ramener Fadi à la raison, il se chargerait d'éradiquer la cause de sa folie. Il trouverait lui-même Jason Bourne et en débarrasserait la surface de la terre.

« Tiens, les revoilà ! », s'exclama Tyrone.

Pour la deuxième fois, la Chevy blanche passa devant la Ford. Arrivée au bout du pâté de maisons, elle s'arrêta et se gara en double file. Deux hommes en descendirent. Tyrone trouvait qu'ils ressemblaient comme des frères aux arabes qu'il avait refroidis sur le chantier, bien qu'ils soient plus jeunes et qu'ils portent des vêtements hip-hop de marque Phat Farm.

Resté en retrait, l'un des deux prit un cure-dents et se mit à farfouiller dans sa bouche pendant que son complice s'approchait de la Ford, sortait de sa poche une étroite feuille métallique et l'enfonçait entre la vitre du chauffeur et l'encadrement de la portière. Deux ou trois coups rapides suffirent à la déverrouiller. D'un mouvement fluide, il l'ouvrit et se glissa derrière le volant.

« Le pied ! dit Tyrone. On va bien s'marrer. »

« Quelqu'un vient », dit Katya.

Lindros courut vers elle, la prit par la main et se rua hors de la salle des communications. Des cris fusaient derrière eux.

« Continuez, lui ordonna-t-il. Attendez-moi au coin.

— Que faites-vous ? Pourquoi vous arrêter ?

— Jason m'a transmis un signal codé, dit-il. Ça signifie deux choses. Primo, il pensait que nous étions sur écoute. Secundo, il a un plan. Il faut que je lui permette d'entrer. Et pour cela, je dois créer une diversion. »

Elle hocha la tête, les yeux agrandis par la peur. Dès qu'elle eut disparu, Lindros se retourna et vit apparaître le premier terroriste. Malgré son envie de l'abattre, il resta immobile comme la mort. Quand il vit que toute la bande était là, progressant prudemment vers la salle de com, il ouvrit le feu et tira dans le tas.

Puis, sans attendre qu'il en vienne d'autres, il fit demi-tour et fonça rejoindre Katya qui ne cacha pas son soulagement de le revoir.

« Où allons-nous maintenant ? », demanda-t-elle pendant qu'ils couraient vers une volée de marches en béton.

« A l'opposé de l'endroit où ils nous cherchent », lança Lindros.

Arrivés à l'étage du dessous, ils pénétrèrent dans un espace composé de laboratoires et de salles d'opération, parcouru d'un réseau de couloirs qui se coupaient à angle droit. Chaque labo était équipé de parois renforcées. Deux portes épaisses séparaient les salles d'opération des ateliers nucléaires.

« Il faut trouver un endroit où se cacher. »

La trappe était tellement bien cachée qu'elle n'avait pas besoin de verrou.

Bourne avait décidé d'y aller seul. Bien sûr, Feyd al-Saoud avait protesté de manière véhémente, mais il avait fini par abonder dans son sens. Il n'y avait pas d'autre solution, de toute façon. Un assaut frontal massif équivaudrait à un suicide. Alors qu'en suivant le plan de Bourne, ils avaient une chance – minime certes – de réussir.

Le panneau était parfaitement lisse. Pas de poignée, rien qui permette de le soulever. Pour faire passer les véhicules, on devait donc l'ouvrir électriquement à distance, depuis les véhicules eux-mêmes sans doute. Cela signifiait qu'il y avait un récepteur dans les parages.

Il lui fallut peu de temps pour trouver le disjoncteur abritant le récepteur. Il ouvrit le boîtier, suivit les fils, dénuda celui qui l'intéressait et fit jaillir une étincelle. Le système hydraulique s'enclencha. Le panneau s'ouvrit lentement sans faire de bruit, révélant une rampe en béton tachée d'huile – certainement la rampe que les véhicules photographiés par IKONOS avaient empruntée avant de disparaître. Il décrocha le semi-automatique de son épaule, le cala sous son coude, prêt à servir, et commença à descendre.

La lumière du jour s'estompa bientôt, laissant place à la pénombre. Franchir ce premier obstacle n'aurait rien de facile, il le savait. Si, comme il le supposait, Fadi avait écouté sa conversation avec Martin, il devait l'attendre quelque part au bas de cette rampe avec un piège de son invention.

Quand il entendit la fusillade, il comprit que Lindros avait créé une diversion et s'élança aussitôt, dévalant toute la longueur de la rampe en roulé-boulé.

Un mur stoppa sa chute. Il leva son semi-automatique en épiant le couloir mal éclairé qui bâillait devant lui. Personne, aucun mouvement. Il n'en fut pas autrement surpris mais redoubla de méfiance quand même.

Il se mit à progresser collé au mur. Les ampoules électriques placées dans des niches de chaque côté du couloir n'éclairaient pas beaucoup mais suffisaient à lui donner une idée des lieux.

Tout de suite à droite, le couloir donnait sur le parking souterrain. Il discerna la silhouette de plusieurs véhicules tout-terrain impeccablement alignés. Normal pour des véhicules militaires. Droit devant, un couloir un peu plus étroit semblait donner accès au cœur de l'installation.

Soudain, quelque chose attira son regard. A l'extrémité de son champ visuel, il perçut un léger éclat lumineux, celui d'une arme. Aussitôt, il tourna à droite et se jeta tête la première dans le parking.

Une grêle de balles vint marteler le sol en béton. Des éclats lui écorchèrent la joue. En fait, les tirs venaient *de l'intérieur* du parking. Des phares s'allumèrent, assez puissants pour l'aveugler. Il resta interdit. Au même instant, la toux caverneuse d'un moteur lui parvint. Dans un hurlement de pneus, l'un des véhicules tout-terrain fonça sur lui.

TRENTE-CINQ

DÈS QUE BOURNE VIT ARRIVER le véhicule, il courut, prit son élan et atterrit sur son capot. La vitesse du tout-terrain, combinée à son propre élan, lui permit de percuter le pare-brise en répartissant l'impact sur tout le corps.

Le verre explosa sous le choc. Bourne nettoya les morceaux restants avec le coude et l'avant-bras puis se glissa à l'intérieur où il se retrouva assis à côté d'un homme qui ressemblait étrangement à Muta ibn Aziz. Ce ne pouvait être que son frère Abbud.

Abbud ibn Aziz avait sorti son arme. Attrapant le volant, Bourne le tourna brusquement à droite. Le véhicule fit une embardée et la force centrifuge précipita Bourne contre le terroriste. Le coup partit. Le bruit de la détonation leur fit plus de mal que la balle qui alla se ficher dans le montant de la portière. Avant que le véhicule ne s'écrase sur le mur en béton, Abbud ibn Aziz eut le temps de tirer encore deux fois.

Bourne s'était préparé à l'impact en relâchant complètement son corps. Il fut précipité vers l'avant, puis retomba violemment sur son siège. En revanche, Abbud ibn Aziz prit le volant en plein visage. Bourne vit qu'il souffrait d'une profonde entaille au front et probablement d'une fracture de l'arcade sourcilière droite.

Après lui avoir confisqué son arme, Bourne acheva de le mettre hors d'état de nuire en le frappant à la joue. Il disposait de peu de temps, mais il fallait absolument éclaircir le mystère qui entourait la mort de Sarah ibn Ashef.

« Qu'est-il arrivé, cette nuit-là à Odessa, Abbud ? »

Il ne prononça pas son nom en entier pour bien marquer son mépris.

Affalé contre le dossier de son siège, Abbud ibn Aziz dodelinait de la tête. Les multiples plaies sur son visage saignaient abondamment. « Que veux-tu dire ?

— C'est toi qui as tué Sarah ibn Ashef.

— Tu es dingue.

— Muta me l'a dit. *Il me l'a dit*, Abbud. C'est toi qui as descendu la sœur de Fadi, pas moi. Toute cette vendetta aurait pu être évitée si tu avais dit la vérité.

— La vérité ? » Abbud cracha du sang. « Dans le désert, la vérité n'existe pas. Les sables bougent tout le temps, la vérité aussi.

— Pourquoi as-tu menti ? »

Il se mit à tousser et à vomir du sang.

« Dis-moi pourquoi tu as menti au sujet de la mort de Sarah ibn Ashef. »

Abbud ibn Aziz cracha de nouveau en manquant de s'étouffer avec son propre sang. Quand il eut repris son souffle, il marmonna : « Pourquoi je te dirais quoi que ce soit ?

— C'est fini pour toi, Abbud. Tu es en train de mourir. Mais tu le savais déjà, non ? Un simple accident de voiture ne te mènera pas au ciel. Mais si je te tue, tu mourras en martyr auréolé de gloire. »

Abbud regarda au loin, comme si ce mouvement des yeux pouvait lui épargner un destin pourtant inéluctable. « J'ai menti à Fadi parce que c'était mon devoir. La vérité l'aurait détruit.

— Le temps file. » Bourne lui colla un couteau sous la gorge. « Je suis le seul à pouvoir t'aider en cet instant précis. Après, il sera trop tard. Tu n'auras pas droit à la *shahada*.

— Qu'est-ce que tu sais de la *shahada*, toi un infidèle ?

— Je sais que sans jihad il n'est pas de martyre. Je sais que le jihad est la lutte inconditionnelle pour la vérité. Si tu n'avoues pas la vérité, il ne peut y avoir de jihad, il ne peut y avoir de *shahada* pour toi. Sans mon aide, tu ne pourras témoigner de la vérité d'Allah. Dès lors, ta sainte lutte – toute ton existence – n'aura plus de signification. »

Abbud ibn Aziz sentit les larmes lui monter aux yeux. Son ennemi disait vrai. Il avait besoin de lui. A l'heure de sa mort, Allah le plaçait devant ce terrible choix : témoigner de la vérité ou être condamné aux flammes éternelles. Soudain, il comprit que Muta ibn Aziz avait raison. Il s'était enfoncé dans les sables mouvants de la vérité. Si seulement il avait tout avoué sur-le-champ. Car maintenant, il allait devoir trahir Fadi. Il le trahirait pour rentrer dans le droit chemin, pour se présenter devant Allah avec une âme pure.

Il ferma les yeux, abandonna toute défiance puis les rouvrit et fixa son ennemi.

« C'est moi qui ai tué Sarah ibn Ashef. Muta ibn Aziz n'y est pour rien. Je lui ai tiré dessus. Six jours avant le soir de sa mort, j'ai découvert qu'elle fréquentait un homme. Je l'ai prise à part pour la faire avouer. Elle n'a même pas essayé de nier. Quand je lui ai dit que la loi du désert exigeait son suicide, elle s'est moquée de moi. Alors, j'ai insisté. En se suicidant, elle épargnerait à ses frères la terrible corvée de la tuer. Elle m'a dit de déguerpir. »

Abbud marqua une courte pause. Revivre ce pénible épisode avait épuisé ses dernières forces. Néanmoins, il se reprit. « Cette nuit-là, elle était en retard. Elle courait retrouver son amant. Elle avait ignoré mon avertissement. Au contraire, elle continuait à trahir sa propre famille. J'étais choqué mais pas surpris. Maintes et maintes fois, elle m'avait reproché de déformer le sens de l'Islam, de pervertir les saintes paroles d'Allah. Selon elle, nous faisons cela pour justifier notre cause, notre comportement... comment disait-elle ?... Ah oui, mortifère. Elle avait tourné le dos au désert, à son héritage bédouin. Désormais, elle ne pouvait offrir qu'une seule chose à sa famille : la honte et le déshonneur. Je lui ai tiré dessus. J'en suis fier. C'était un meurtre vertueux. »

Bourne en avait assez entendu. Sans un mot, il trancha la gorge d'Abbud ibn Aziz et sortit du véhicule avant que le sang n'inonde le siège.

Quand Abbud ibn Aziz avait refusé d'exécuter ses ordres, Fadi avait sorti son arme dans la ferme intention d'abattre le félon dans le dos. A dire vrai, sans la mitraille qui s'était déclenchée au même moment, il n'aurait pas hésité à l'étendre raide mort. L'insubordination était une faute inexcusable. On devait obéir sans réfléchir, sans poser de questions. On n'était pas aux Nations unies, à discutailler pour rien autour d'une table.

En courant vers la salle des communications, il se surprit à ressasser cette dernière pensée dont les implications ne lui plaisaient guère. Les frères Aziz se comportaient bizarrement depuis pas mal de temps. Leurs joutes verbales étaient devenues légendaires au point que nul n'y prêtait plus attention. Tout dernièrement, ils avaient légèrement modifié leurs habitudes. Ils se disputaient derrière des portes closes. Et après, ils n'en parlaient plus. Pourtant, Fadi avait noté que leur travail commençait à s'en ressentir. Voilà pourquoi il avait décidé de les séparer durant cette phase cruciale de son plan. Il avait donc envoyé Muta ibn Aziz à Istanbul pour que chacun prenne le temps de réfléchir de son côté. A présent, Muta ibn Aziz était mort, Abbud ibn Aziz avait désobéi aux ordres. Il ne pouvait plus compter sur eux.

Au moment où il tourna au coin du couloir menant à la salle des com, il vit l'étendue du carnage. Dans un accès de colère froide, il enjamba les cadavres comme un cheval arabe ombrageux piétine le sable avant de désarçonner son cavalier. Il vérifia chaque corps, inspecta les moindres recoins. Huit hommes au total, tous morts. Lindros devait être en possession d'un véritable arsenal.

Il allait repasser la porte en jurant dans sa barbe quand son oreillette grésilla.

« Nous avons repéré les fugitifs », dit l'un de ses hommes.

Fadi se raidit. « Où ?

— Niveau inférieur, répondit l'autre. Ils se dirigent vers les labos d'uranium. »

La bombe, pensa Fadi.

« On les rattrape ?

— Ne les lâchez pas des yeux mais n'agissez sous aucun prétexte, c'est clair ?

— Oui monsieur. »

Cette conversation à distance lui avait changé les idées. Il ne pensait plus à se venger mais à sauver les meubles. Si jamais Lindros trouvait la bombe et l'hélico, c'était fini. Alors à quoi bon tout ce temps passé, ces sacrifices, ce travail acharné, tous ces morts ? Il aurait tout perdu d'un coup.

Il dévala le couloir, tourna à gauche à deux reprises. Parvenu au monte-charge, il s'y engouffra et cogna sur le bouton du bas. Les portes se fermèrent. Il se mit à descendre.

Tandis qu'ils cherchaient leur chemin à travers le labyrinthe des labos, Lindros s'aperçut qu'on les surveillait. C'était gênant certes, mais surtout effrayant. Pourquoi les regardaient-ils sans intervenir ?

Katya courait en pleurant. Les scènes de violence auxquelles elle avait assisté auraient secoué n'importe qui. Et plus encore une civile inexpérimentée qui n'avait jamais connu ni la prison ni la mort Malgré ses larmes, elle se maintenait à la hauteur de Lindros.

Tout à coup, elle fit un écart et s'engouffra dans une salle où elle vomit tout ce qu'elle avait dans l'estomac. Lindros la soutint d'un bras tout en gardant l'autre main sur la crosse de son semi-automatique. Il jeta un coup d'œil machinal dans le labo où ils se trouvaient. C'était la salle d'opération où le Dr Andursky lui avait pris son œil droit. La salle où il avait transformé Karim en un double diabolique. Après avoir accompli son ignoble besogne, Andursky l'avait emmené voir le résultat. Le nouveau Martin Lindros voulait le rencontrer pour lui soutirer ses souvenirs – de quoi tromper les enquêteurs de la CIA ainsi que Jason Bourne. C'est là que Lindros avait inventé un code qui, l'espérait-il, éveillerait les soupçons de Jason.

Dans un premier temps, la salle leur parut déserte puis soudain ils aperçurent, caché derrière une table d'opération, le visage de fouine du Dr Andursky.

Tyrone avait enfourché sa Kawasaki Ninja ZX-12R rouge vif. A l'arrière, Soraya, les bras liés autour de sa taille bien musclée. Ils roulaient sur la 5e Rue NE. Devant eux, la Ford noire récupérée par ses propriétaires et la Chevy blanche. Ils tournèrent au nord-ouest sur Florida Avenue.

Soraya constatait avec satisfaction que Tyrone, excellent pilote, connaissait le centre-ville de Washington aussi bien que son propre quartier. Sans la moindre hésitation, il se faufilait à travers la circulation, slalomait entre les véhicules, changeait sans arrêt de position dans la file. Tantôt, il laissait trois voitures entre eux et leur gibier, tantôt cinq. Et pourtant, Soraya sentait qu'il gardait le contrôle et ne se laisserait pas semer.

Arrivés sur Florida Avenue, ils traversèrent le nouveau quadrant nord-ouest puis tournèrent sur Sherman Avenue NW et foncèrent vers le nord. A la jonction de Park Road NW, ils firent un léger crochet vers la droite, passèrent sur New Hampshire qu'ils quittèrent immédiatement par Spring Road, et débouchèrent sur la 16e Rue NW où ils tournèrent à droite.

De nouveau, ils roulaient plein nord le long de Rock Creek Park. Quelque part au nord-ouest du parc, les deux voitures s'arrêtèrent sur l'aire de chargement d'un vaste funérarium. Tyrone coupa le moteur de sa Ninja. Ils descendirent et se postèrent en observation. Le mur droit de l'aire de chargement disparut en coulissant dans une fente aménagée dans le sol.

En traversant la rue, ils aperçurent le circuit de surveillance vidéo. La caméra fixée sur son support se déplaçait lentement d'avant en arrière pour couvrir tout le secteur.

Les deux véhicules entrèrent dans le bâtiment et descendirent doucement la rampe en ciment. Un œil sur la caméra, Soraya calcula que s'ils suivaient les véhicules, la caméra les repérerait aussitôt. Elle s'éloignait lentement, trop lentement. Le mur de béton remontait déjà.

Ils s'approchèrent à petits pas. Le mur montait toujours. Il fallait se décider. Soraya donna le signal en décochant une bonne bourrade dans le dos de Tyrone. Ensemble ils sautèrent à l'intérieur juste avant que le mur ne se referme et atterrirent sur la rampe en ciment.

Une fois le mur clos, ils se retrouvèrent dans une pénombre enfumée.

Feyd al-Saoud se tenait sur la bordure sud-ouest du ravin pierreux. Ses hommes étaient en place, les charges disposées. Aussi incroyable que cela puisse paraître, Dujja disposait de la technologie requise pour pomper l'eau de la rivière souterraine. Ses hommes avaient découvert trois énormes canalisations dont le flux était certainement régulé par des robinets-vannes placés à l'intérieur de l'installation. Ils allaient devoir les détruire.

Reculant de plusieurs centaines de mètres, il prit la mesure de son dispositif. Ses hommes parfaitement disciplinés formaient une ligne entourant le ravin. Il leva le bras pour se signaler aux deux experts en explosifs.

Dans la chaleur et le silence absolu, son esprit se mit à vagabonder. Il revoyait Bourne lui exposer sa stratégie. Feyd al-Saoud avait d'abord répondu par l'incrédulité. Ce plan ne tenait pas debout. Il lui avait dit : « Non mon ami, nous procéderons à l'ancienne. Par un assaut frontal. »

Ce à quoi Bourne avait rétorqué : « Tu enverras tes hommes à une mort certaine. J'ai de bonnes raisons de penser que Fadi a écouté ma conversation avec Lindros. Par conséquent, il a également entendu l'échange que tu as eu avec ton équipe de reconnaissance, un peu plus tôt.

— Mais toi ? avait répondu Feyd al-Saoud. Si tu entres seul, ses hommes t'abattront à vue.

— C'est là que tu te trompes. Fadi veut me tuer de ses propres mains. Il y tient et il ne changera pas d'avis sur ce point. En plus, je connais son point faible : il se croit maître de mon esprit. Il s'attend à une diversion. Lindros la lui fournira, ce qui lui procurera une fausse impression de victoire. Croyant avoir compris ma tactique, il relâchera sa vigilance.

— Et c'est là que nous entrons en scène. » Feyd al-Saoud hocha la tête. « Tu as raison. Ce plan n'est guère orthodoxe mais il peut marcher. »

Il consulta sa montre. Il bouillait de se lancer dans la bataille. Mais Bourne avait bien insisté. Ils devaient respecter le plan à la lettre. « Donne-moi quinze minutes pour faire ce qui doit être fait », avait-il dit.

Restaient quatre-vingt-dix secondes.

Feyd al-Saoud scrutait les rochers éboulés au fond du ravin qui, en réalité, n'en était pas un. Bourne avait raison : c'était un lit de rivière depuis longtemps asséché. La rivière existait toujours mais elle coulait dans le sous-sol et son ancien lit s'effondrait lentement sur elle. C'était grâce à cet immense réservoir d'eau courante qu'ils avaient pu fabriquer la bombe. Ses hommes avaient placé leurs charges dans le lit de la rivière, côté usine. Leur attaque servirait deux objectifs : elle noierait ou emporterait tous les membres de Dujja et elle sécuriserait les conteneurs d'uranium enrichi jusqu'à ce que les équipes de la CIA et les experts saoudiens arrivent sur les lieux.

Plus que quinze secondes. Feyd al-Saoud vérifia une dernière fois que tout le monde occupait bien son poste. Ses hommes connaissaient les enjeux. Ils savaient quoi faire.

Il baissa le bras. Les deux explosions retentirent à quelques secondes d'intervalle mais pour Feyd al-Saoud et ses troupes, elles se mêlèrent en une seule détonation prolongée rappelant le vacarme produit par un vent violent, une grêle de pierres arrachées à la roche. Puis un instant plus tard, ils perçurent le bruit tant attendu : un rugissement profond montant des entrailles de la terre. Libérée, la masse liquide se ruait à travers la brèche qu'ils venaient d'ouvrir.

A l'intérieur de l'usine, on crut à un tremblement de terre. Les étagères de la salle d'opération se vidèrent de leur contenu. Tout fut précipité par terre. Les placards s'ouvrirent en crachant les ustensiles entreposés à l'intérieur. Le sol fut bientôt couvert d'une mare composée de liquides divers, où surnageaient pêle-mêle éclats de verre, matériaux et instruments chirurgicaux en plastique ou en métal.

Accrochée d'une main au chambranle de la porte, de l'autre à Lindros, Katya s'essuya la bouche et dit : « Allez ! Il faut qu'on sorte d'ici ! »

Elle avait raison. Ils disposaient de très peu de temps pour trouver un endroit sûr où se cacher jusqu'à ce que le pire soit passé. Lindros savait cela mais ne pouvait pas bouger. Les yeux rivés sur le visage du Dr Andursky, il revoyait ce que ce sinistre individu lui avait fait subir. Combien de fois durant sa convalescence, après son viol chirurgical, n'avait-il pas rêvé de le tuer. Pas seulement le tuer. Mon Dieu ! Il avait échafaudé tant de scénarios, imaginé tant de *méthodes* ! Les jours où il avait cru devenir fou, seuls ces fantasmes l'en avaient empêché. Malgré cela, il lui arrivait trop souvent de se réveiller d'un rêve atroce. Il voyait des corbeaux crever les yeux d'Andursky, lui arracher la chair, exposer les os de son squelette au vent de sable qui achevait de récurer les derniers lambeaux, les dernières apparences de vie auxquelles le supplicié s'accrochait encore. Ce rêve était si détaillé, si prégnant, si *réel* que parfois Lindros croyait y déceler les signes annonciateurs de la démence.

A présent, il avait beau ressentir la nécessité de fuir, son corps, son esprit s'y refusaient catégoriquement. Il ne connaîtrait jamais la paix tant qu'Andursky serait en vie. Il dit à Katya : « Allez-y. Rapprochez-vous le plus possible du labo nucléaire. Ensuite vous grimperez dans un conduit de ventilation et vous y resterez jusqu'à ce qu'on vienne vous sauver.

— Vous venez avec moi. » Katya le tira par le bras. « Nous partons ensemble.

— Non, Katya, j'ai quelque chose à faire ici.

— Mais vous avez promis. Vous avez dit que vous m'aideriez. »

Il pivota vers elle et la fixa de son œil valide. « Je vous ai aidée, Katya. Mais vous devez comprendre, si je ne le fais pas, je serai un mort-vivant pour le restant de mes jours. »

Elle frissonna. « Alors je reste avec vous. »

Soulevée par une immense secousse, l'installation tout entière poussa une sorte de plainte, comme un gémissement suscité par une douleur intense. Quelque part devant eux, Lindros entendit le grondement d'un mur qui s'écroulait.

« Non, répondit-il sèchement. Vous n'avez pas le choix. »

Elle souleva le semi-automatique. « Et moi je dis que si. »

Lindros hocha la tête. Que pouvait-il faire ? Le temps manquait. Au loin, un rugissement s'éleva, devenant plus fort, plus rauque, plus proche à chaque battement de cœur. *L'eau !* pensa-t-il. *Seigneur, Jason est en train d'inonder l'installation !*

Sans ajouter un mot, il s'engagea plus avant dans la salle d'opération, suivi d'une Katya déterminée à faire usage de son arme. Depuis qu'ils avaient quitté la salle de communications, elle avait bien étudié la façon dont Lindros se servait de cet instrument de mort.

Lindros marcha sur le Dr Andursky. L'homme n'avait pas bougé depuis tout à l'heure. Tapi derrière la table qui lui avait servi à énucléer Lindros, il regardait Martin comme un lapin terrorisé, hypnotisé à la vue du hibou fondant sur lui à travers les ténèbres, pour l'emporter entre ses serres.

L'odeur douceâtre de l'anesthésique lui donnait la nausée, mais Lindros fit un gros effort pour ne pas vomir. Il serra les dents pour ne pas revivre le moment effroyable du réveil après l'opération. Le sentiment d'impuissance, la rage qui l'avaient paralysé en découvrant la mutilation qu'on lui avait fait subir.

Le Dr Andursky était là devant lui. Lindros le saisit entre ses griffes, entaillant la peau de sa poitrine.

« Bonjour docteur, grinça Lindros.

— Non, je vous en prie. Je ne voulais pas. Ils m'ont obligé.

— S'il vous plaît, éclairez ma lanterne, docteur. C'est à cause de tous les petits garçons qu'ils vous ont fournis ? Après cela, ils vous ont obligé à m'arracher l'œil ? Ils ont insisté pour que vous le fassiez – sinon quoi ? Ils vous auraient privé de chair fraîche ?

— Martin, cria Katya, les yeux agrandis par la peur. Nous n'avons plus le temps. Venez maintenant ! Je vous en prie, pour l'amour du ciel !

— Oui, oui, écoutez-la. Ayez pitié. » Andursky pleurait à chaudes larmes. Son corps tremblait aussi fort que les murs autour d'eux. « Vous ne comprenez pas. Je suis faible.

— Et moi, dit Lindros, je regagne des forces chaque fois que j'inspire. » Il attira Andursky contre lui. Ils étaient collés l'un à l'autre, comme des amants. Aujourd'hui les choses étaient différentes. Le pouvoir avait changé de main.

Lindros sentit une force démentielle monter en lui. Il posa ses pouces sur les yeux d'Andursky et appuya.

Andursky hurla, se débattit, mais tout effort était inutile. Lindros l'immobilisait d'une poigne mortelle, irrésistible. Chaque fibre de son être était tendue vers une seule et même fin. Dans une transe quasi extatique, il sentit le tissu mou et flexible des globes oculaires résister sous la peau de ses pouces. Il inspira puis expira tout en continuant à s'enfoncer lentement, inexorablement dans les orbites d'Andursky.

Au moment où les pouces de Lindros disparurent dans sa chair, le chirurgien poussa un cri terrible, un glapissement inhumain. Son système nerveux autonome fonctionnait encore. Andursky s'agita un instant puis ce fantôme d'énergie s'évanouit également. Quand Lindros le lâcha, il s'affala sur le sol comme si tous les os de son corps avaient fondu.

TRENTE-SIX

A *L'INTÉRIEUR DE L'USINE* qu'il avait conçue et aidé à bâtir, Fadi entendait ses hommes hurler de douleur, voyait les murs en béton armé se fissurer et des éclairs luire au travers. Puis quand le rugissement guttural s'engouffra dans l'espace souterrain, il comprit que l'eau arrivait, des litres d'eau, des tonnes d'eau emportant tout sur leur passage. Et lui ne pensait qu'à une seule chose : l'engin nucléaire.

Il se mit à courir dans les couloirs, dépassa les portes de l'ascenseur et bouscula les gardes affolés qui se tournèrent vers lui, leur guide, leur sauveur. Il leur ordonna d'aller chercher Bourne puis oublia leur existence. Ces gens n'étaient que de la chair à canon, de toute façon. Leur mort n'avait aucune importance pour lui. Il en trouverait d'autres. Là d'où ils venaient, il y en avait des milliers comme eux. Une réserve intarissable de jeunes gens excités, impatients de le suivre, de mourir pour lui, des candidats au martyre rêvant de se sacrifier pour qu'advienne un jour un monde de justice, un monde débarrassé des infidèles.

Cette vision cruelle de la réalité lui avait été imposée par ses ennemis. Tel était du moins le leitmotiv qui l'avait soutenu tout au long de sa vie d'adulte. Il se le répétait plusieurs fois par jour, sans jamais songer à justifier autrement ses décisions, ses actions. Son esprit, son cœur, sa main étaient guidés par Allah ; il y croyait dur comme fer. L'idée que leur projet puisse tourner au fiasco ne lui était jamais venue à l'esprit. Et voilà qu'à présent, il ne pensait plus qu'à cela. Il en oubliait même son besoin obsessionnel de venger son père mutilé et sa sœur assassinée.

Lorsqu'il arriva au pied de l'escalier, il vit que l'eau montait déjà à hauteur des mollets. Il sortit son Glock 36 et vérifia si son .45 était bien chargé. L'eau lui léchait les jambes, montait davantage à chacun de ses pas. Il avait l'impression de lutter contre une marée. Sa rencontre avec Bourne sous la digue d'Odessa lui revint en mémoire. Pourquoi ne l'avait-il pas achevé sur place ? Sans ce foutu cabot, il y serait certainement parvenu.

Mais l'heure n'était plus aux regrets et il n'était pas homme à s'encombrer de *si*. C'était un pragmatique. Par conséquent, il devait rejoindre au plus vite l'hélico et son précieux chargement. Malheureusement, la sortie secrète donnant sur l'hélipad camouflé se trouvait de l'autre côté. Cet emplacement avait été choisi à dessein en raison de sa proximité des installations nucléaires dans lesquelles il était prévu que Fadi se retranche en cas d'intrusion hostile.

Il avait tout prévu sauf une chose : l'utilisation par ses ennemis de la rivière souterraine. De plus, l'eau s'engouffrait justement à l'autre bout de l'étage, là où il prévoyait de se rendre. Cela dit, dès qu'il y arriverait, tout s'arrangerait pour lui car le périmètre de l'hélipad était équipé de bouches de drainage. Telles étaient les pensées qui occupaient son esprit lorsqu'il passa devant la porte de la salle d'opération. Il vit Katya armée d'un fusil appartenant à l'un de ses hommes. Quelle situation ridicule ! La femme de Veintrop ne l'intéressait pas. En revanche, quand il aperçut Lindros, il resta interdit. Les mains couvertes de sang, Lindros se tenait debout devant le cadavre de l'homme qui l'avait mutilé. Le Dr Andursky.

Sous le funérarium, une mélopée déroulait ses volutes à travers les ténèbres. Tournés vers La Mecque, les hommes de Karim priaient. La lumière venant du pied de la rampe en béton s'élevait en éventail comme les doigts d'une main ouverte. Soraya avait enlevé ses chaussures pour ne pas faire de bruit. Tyrone, lui, portait des baskets.

Ils descendirent la pente à pas de loup, le regard braqué vers le sous-sol. D'abord, Soraya remarqua les deux véhicules qu'ils avaient suivis : la Chevy blanche et la Ford noire. Derrière, était garée une autre voiture , une sorte de limousine noire. A gauche de la Ford, quatre hommes étaient agenouillés en rang d'oignon sur de petits tapis de prière, le front posé dessus. A droite, il vit une porte en verre. Soraya avait beau se contorsionner, elle ne parvenait pas à voir ce qui se trouvait derrière.

Ils attendirent la fin de la prière. Les hommes se levèrent, roulèrent leurs tapis, les rangèrent, puis le groupe se sépara. Deux d'entre eux montèrent un escalier métallique en spirale qui donnait sur le funérarium proprement dit. Les deux autres enfilèrent des gants de latex, ouvrirent les portières de la Ford et entreprirent de la fouiller aussi méthodiquement que des experts de la police scientifique.

Curieuse de savoir ce qu'il y avait de l'autre côté de la porte en verre, Soraya fit signe à Tyrone de ne pas bouger et de la couvrir, si nécessaire. Il hocha la tête, sortit un gros flingue bon marché à la crosse entourée de ruban adhésif noir, et recula dans l'ombre. Pour la énième fois depuis ces dernières heures, Soraya se sentit rassurée par sa présence. Il avait l'expérience de la rue, connaissait le district comme sa poche, bien mieux qu'elle en tout cas.

Elle regarda les deux hommes examiner la Ford, attendit qu'ils lui tournent le dos et courut vers la porte derrière laquelle elle se glissa discrètement.

Aussitôt, un froid glacial la saisit. Il venait des pièces refrigérées où l'on conservait les corps. Devant elle, six portes ouvertes s'alignaient le long d'un couloir large et peu profond. Passant la tête par la première, elle découvrit les corps des deux hommes qui l'avaient agressée sur le chantier. En accord avec l'austère tradition saoudienne, ils reposaient sur des dalles de bois brut, drapés de tissus d'une extrême simplicité. Pour eux, pas d'embaumement.

Son cœur bondit dans sa poitrine. Ces cadavres étaient la première preuve incontestable que Karim travaillait avec une équipe de terroristes de Dujja à l'intérieur de ce district. Comment les autorités avaient-elles pu ignorer cette cellule dormante de Dujja, alors qu'elle était juste sous leur nez ? C'était bien beau de disposer d'un système de surveillance hyperpointu, mais pour coincer tous les gens qui franchissaient illégalement les frontières américaines, le meilleur réseau électronique s'avérait inefficace.

Les deuxième et troisième pièces étaient vides. Dans la quatrième, un homme aux cheveux noirs, le dos tourné vers elle, se tenait penché sur une table d'embaumement. Les mains protégées par des gants de latex, il se servait d'une machine spéciale pour injecter dans un cadavre un fluide d'embaumement d'un rose affreux. Il s'arrêtait fréquemment, posait la sonde et se mettait à pétrir la chair décolorée pour activer la circulation des fluides dans les veines et les artères du défunt.

Quand il passa sur le côté gauche de la table, Soraya vit la tête puis le visage du mort. Dès que son cerveau, surmontant le choc initial, parvint à traiter l'image envoyée par ses yeux, elle dut se mordre la lèvre inférieure pour ne pas hurler.

Non, pensa-t-elle. La peur et la panique rivalisaient en elle. *C'est impossible.*

Et pourtant si.

Ici, dans ce funérarium propriété de Dujja, gisait le cadavre du DCI. Le Vieux était mort, le cœur percé d'une balle.

Dès qu'il eut mémorisé le plan de l'usine fixé au mur, Bourne sortit en courant de l'aire de stationnement pour tomber aussitôt sur un groupe d'hommes armés courant dans sa direction. Il se pencha pour éviter les tirs et monta dans le plus petit véhicule. Heureusement, les clés étaient sur le contact ; il ne perdrait pas de temps à trafiquer le démarreur.

Dans un rugissement de moteur, il s'engouffra dans le couloir, pied au plancher et, comme un carreau jaillissant d'une arbalète, faucha le groupe de terroristes. Les uns passèrent sous ses roues, les autres furent projetés de chaque côté. Traversant l'épine dorsale de l'installation, Bourne arriva devant le monte-charge dont les portes s'ouvraient.

Bourne fit entrer son véhicule, renversant au passage les quatre hommes armés qui étaient à l'intérieur. Puis il descendit de voiture et appuya sur le bouton de l'étage inférieur. Tandis que la gigantesque cabine s'ébranlait, il s'empara d'un semi-automatique.

En arrivant à destination, l'ascenseur s'arrêta mais ses portes refusèrent de s'ouvrir. L'eau qui inondait le couloir pénétrait dans la cabine. Bourne déboîta le panneau et pressa sur l'ouverture manuelle, qui ne fonctionnait pas davantage.

Il grimpa sur le véhicule et cogna plusieurs fois avec la crosse du semi-automatique sur la petite porte carrée aménagée dans le toit de la cabine. Quand elle finit par céder, il la poussa, l'écarta et se hissa après avoir passé l'arme dans son dos. Perché sur la cabine, il trouva une boîte de contrôle oblongue contenant le circuit de commande des portes. Il sortit les fils et les dériva vers la source électrique du mécanisme de l'ascenseur. Lorsque les portes coulissèrent, une énorme quantité d'eau se déversa dans la cabine.

De retour derrière le volant, Bourne sortit en faisant crisser les pneus et fonça vers les laboratoires nucléaires. L'eau montait inexorablement. Dans un instant, elle inonderait le moteur. Si jamais il s'arrêtait, son véhicule refuserait de repartir et il perdrait l'avance qu'il venait de gagner.

Pourtant, il roulait toujours. Juste devant lui, planté au milieu du couloir, Fadi lui bloquait le passage. Son puissant bras gauche s'enroulait autour du cou de Martin Lindros. Dans sa main droite, un Glock 36, dont il pressait le canon sur la tempe de Martin.

« Enfin je te retrouve. Ma quête se termine ici, Bourne ! » Le bruit de l'eau couplé à celui du moteur produisait un tel vacarme que Fadi devait hurler pour se faire entendre. « Coupe le moteur ! Descends ! Exécution ! »

Bourne obtempéra. Maintenant qu'il était plus près, il voyait nettement l'émetteur-récepteur sans fil ajusté à l'oreille droite de Fadi. Grâce à cet appareil, il avait effectivement suivi toutes leurs conversations.

« Lâche ce fusil ! Dépose toutes tes armes ! Mets tes mains en évidence et viens par ici. Très lentement. »

Bourne avança vers les deux hommes en pataugeant dans l'eau, le regard rivé sur le visage ravagé de Martin dont l'œil unique fixait son ami avec une fierté farouche. Il pressentait que Lindros allait tenter quelque chose et voulait l'en dissuader ; Bourne avait son propre plan. Il s'occuperait de Fadi à sa manière. Mais Lindros avait toujours rêvé d'être un héros.

Un scalpel apparut dans la main gauche de Martin. Quand il l'enfonça dans la cuisse de Fadi, ce dernier fit feu. La balle aurait dû se loger dans le cerveau de Lindros or le spasme involontaire induit par la lame du scalpel dévia le tir. Le projectile lui érafla la joue. Mais c'était un gros calibre. Le corps de Martin fut projeté jusque dans la salle d'opération.

Sans lui laisser le temps d'extirper le scalpel de sa cuisse, Bourne bondit sur le terroriste et le renversa d'un coup d'épaule au plexus solaire. Les deux hommes basculèrent dans l'eau. Bourne attrapa le Glock de Fadi, cherchant à le tourner vers le plafond pour qu'il tire en l'air sans toucher personne mais au même instant, Fadi arracha le scalpel et, déterminé à achever ce qu'il avait commencé, voulut l'enfoncer dans le flanc gauche de Bourne.

Bourne avait anticipé son geste. Il leva le Glock, et la main droite de Fadi par la même occasion, de telle façon que la lame acérée dérape sur le canon. Quand il comprit enfin que son pistolet était inutile dans l'eau, Fadi le lâcha, attrapa Bourne par sa chemise et le renversa sur le dos. Lui maintenant la tête sous l'eau avec son coude droit, il lui porta plusieurs coups de scalpel.

Bourne ne cessait de se tortiller pour échapper à la lame. Lorsqu'il parvint à sortir les bras de l'eau, il fit appel à toute la puissance de ses épaules pour asséner des deux mains un coup terrible sur les oreilles de Fadi. Le terroriste se cambra en se tenant l'oreille droite. Le choc avait été si violent que l'oreillette s'était enfoncée dans son conduit auditif, déchirant le tympan et le canal situé derrière.

Fadi perdit l'équilibre, lâcha le scalpel. Saisissant sa chance au vol, Bourne effectua un mouvement de ciseaux avec les jambes tout en pivotant sur une hanche. Cette prise renversa Fadi et le projeta assez loin pour que Bourne se relève.

De nouveau, il se précipitait sur son adversaire quand Bourne entendit un terrible rugissement, tout au bout du couloir. Déjà, Fadi rassemblait son énergie pour vaincre la douleur. Du sang coulait de son oreille droite. Bourne sentit la morsure de la lame ondoyante sur sa main.

En un clin d'œil, il dégrafa sa ceinture et l'entoura plusieurs fois autour de ses articulations. Les couches de cuir superposées l'aideraient à esquiver les coups de couteau de Fadi. Mais très vite, le cuir commença à se déchirer. Dans un instant, il serait sans défense.

Le rugissement allait crescendo. Quelle était cette chose qui venait vers eux ? Voyant qu'il tenait l'avantage, Fadi redoubla d'agressivité, frappant avec une précision miraculeusement décuplée par le désespoir. Bourne dut battre en retraite vers la salle d'opération.

Du coin de l'œil, il vit quelque chose remuer. Quelqu'un venait de sortir de la pièce. Une femme : Katya. Son visage était baigné de larmes, ses mains rouges de sang – le sang de Martin. C'était la femme qui avait tenté de s'échapper avec Martin. Mais hélas, Fadi les avait trouvés. Pourquoi Martin ne l'avait-il pas conduite à l'abri, comme Bourne le lui avait conseillé ? A présent, il était trop tard.

« Regardez ce qu'ils lui ont fait ! », gémit Katya.

Bourne vit un objet métallique briller dans sa main.

De l'eau jusqu'aux genoux, Katya s'avança vers lui. Au même instant, le rugissement atteignit son point culminant. Katya tourna la tête vers le bruit. Suivant son regard, Bourne vit le mur d'eau. Emplissant tout l'espace, du sol au plafond, il déferlait sur eux.

Le couteau de Fadi s'abattit une dernière fois sur le poing cuirassé de Bourne, achevant de lacérer le cuir. Les doigts ensanglantés de Bourne apparurent en dessous.

« Reculez ! hurla-t-il à Katya. Abritez-vous ! »

Au lieu de lui obéir, elle continua de marcher vers lui. L'eau leur arrivait à la taille. Le courant était si puissant qu'elle dut s'arrêter. Lorsque Fadi voulut porter le coup fatal, Bourne le déséquilibra d'un coup de pied. La lame pivota et vint cogner à plat sur l'avant-bras meurtri de Bourne qui la projeta en l'air.

Réalisant qu'elle n'arrivait plus à avancer, Katya lança vers Bourne l'objet métallique qu'elle n'avait pas lâché.

Bourne l'attrapa par le milieu. Il identifia un couteau à amputation Collins de vingt-deux centimètres. D'un geste fluide, il le replaça dans le bon sens, plongea l'horrible instrument dans la gorge de Fadi et appuya de toutes ses forces pour qu'il passe sous la clavicule et pénètre dans la poitrine.

La bouche ouverte, Fadi le dévisageait. Il vécut ses derniers instants dans la stupeur, la paralysie, l'impuissance. Figé dans le temps. Ses yeux déjà voilés semblaient poser une question. Il mourut sans y parvenir.

Dans quelques secondes, le mur d'eau bouillonnante les submergerait. Par réflexe, Bourne grimpa sur le torse déchiré de Fadi, enfonça les doigts dans la grille de la ventilation du plafond et se hissa. Puis il tenta d'attraper Katya. Aurait-elle eu le temps d'arriver jusqu'à lui ? Il ne le saurait jamais. Elle se tenait là, les yeux dans le vague, ignorant ses appels.

Il s'apprêtait à redescendre pour aller la chercher quand la masse d'eau le percuta tel un poing monstrueux, lui coupant le souffle. L'eau hurlait comme le démon régnant au sommet du Ras Dejen. Elle balaya le cadavre de Fadi et entraîna Katya dans son cœur tourbillonnant. Dans son sillage, tel le déluge biblique, la vague écumante noya et emporta tout ce qui avait existé à l'intérieur de l'usine nucléaire de Dujja.

TRENTE-SEPT

LE CŒUR VAILLANT DE FEYD al-Saoud abritait la certitude qu'un jour – sans doute pas de son vivant – la guerre serait gagnée contre les fanatiques mettant le monde à feu et à sang pour mieux détruire son pays. Cette victoire reposerait sur de grands sacrifices, une implacable détermination et certaines alliances avec des infidèles qui, à l'instar de Jason Bourne, connaissaient l'esprit arabe et savaient par quoi son peuple était passé. Mais avant tout, il faudrait de la patience et de la persévérance pour ne pas baisser les bras, malgré les échecs et les inévitables retours en arrière. Des jours comme celui qu'il venait de vivre constitueraient une splendide récompense.

Ayant détourné la rivière souterraine avec la deuxième charge de C-4, ses hommes pénétrèrent dans l'usine via la brèche créée par l'explosion. Feyd al-Saoud se tenait au bord de l'hélipad caché au fond d'un immense puits. Au-dessus de lui, la cheminée creusée dans la roche s'élargissait au fur et à mesure qu'elle se rapprochait du sommet couvert d'une sorte de bâche imitant parfaitement les rochers alentour.

Enfin englouties par les énormes canalisations qui s'ouvraient au premier niveau de l'installation, les eaux s'étaient retirées.

Tapi sur une plate-forme surélevée épargnée par les flots, l'hélicoptère se découpait devant les yeux de Feyd al-Saoud. De toute évidence, l'appareil attendait Fadi pour le conduire à son rendez-vous avec l'engin nucléaire. Il avait placé le pilote sous la garde de l'un de ses hommes.

Bien qu'il fût impatient d'avoir des nouvelles de Bourne, Feyd al-Saoud hésitait à abandonner la surveillance de l'hélicoptère à quelqu'un d'autre. En plus, le fait d'être planté là, à regarder l'appareil cloué au sol, le comblait d'aise. Cela voulait dire que Bourne avait gagné. Brûlant de partager cet instant glorieux avec son ami, il avait ordonné à ses hommes de le conduire à lui au plus vite.

Quelle ne fut pas sa déception lorsqu'il vit apparaître un homme d'un certain âge dont le front haut et large surmontait un nez proéminent chaussé de lunettes cerclées d'acier dont un verre était fendu.

« Je vous ai demandé Jason Bourne et vous me ramenez ça. » L'agacement de Feyd al-Saoud cachait mal son inquiétude. Où était Jason ? Gisait-il blessé quelque part dans les boyaux lessivés de ce gouffre infernal ? Était-il encore vivant ?

« Cet individu prétend s'appeler Costin Veintrop », dit le chef d'escouade.

En entendant son nom mélangé à l'arabe, le nouveau venu précisa : « *Docteur* Veintrop » et fit suivre sa déclaration de quelques mots d'arabe peu compréhensibles.

« Parlez anglais, s'il vous plaît », ordonna Feyd al-Saoud dans son anglais d'Oxford.

Visiblement soulagé, Veintrop s'écria : « Grâce à Dieu, vous êtes venus nous sauver. Ma femme et moi étions retenus prisonniers. »

Feyd al-Saoud le dévisageait, impassible comme un sphinx.

Veintrop s'éclaircit la gorge. « Je vous en prie, libérez-moi. Il faut que je retrouve ma femme.

— Vous prétendez être le Dr Costin Veintrop. Selon vous, votre femme et vous-même étiez retenus prisonniers. » L'anxiété croissante de Feyd al-Saoud le rendait irritable. Qu'était devenu son ami ? « Je sais pertinemment qui était retenu prisonnier ici. Et ce n'était pas vous. »

Veintrop lança un regard affolé au soldat qui l'avait conduit jusqu'ici. « Ma femme Katya est restée à l'intérieur. Pouvez-vous me dire si vous l'avez trouvée ? »

Sur un signe de son supérieur, le chef d'escouade toisa Veintrop sans piper mot.

« Ah mon Dieu ! », gémit Veintrop, tellement bouleversé qu'il se mit à parler en roumain. « Dieu du ciel ! »

Feyd al-Saoud lui jeta un regard dédaigneux avant de se retourner vers le bruit qu'il venait d'entendre.

« Jason ! »

A la vue de son ami, il se rua vers l'entrée de l'hélipad. Les hommes du détachement saoudien qui escortaient Bourne soutenaient un homme visiblement mal en point. De haute taille, bien bâti, on aurait dit que son visage et sa tête étaient passés dans un hachoir à viande.

« Allah ! cria Feyd al-Saoud. Fadi est-il mort ou vivant ?

— Mort, répondit Bourne.

— Qui est-ce, Jason ?

— Mon ami, Martin Lindros, dit Bourne.

— Ah, non ! » Aussitôt, le chef de la sécurité appela le chirurgien du groupe. « Jason, l'engin nucléaire est dans l'hélico. C'est incroyable mais il se trouve dans une petite valise noire. Comment Fadi a-t-il réussi à le faire tenir là-dedans ? »

Bourne fixa Veintrop d'un air menaçant. « Salut, docteur Sunderland – ou devrais-je dire Costin Veintrop. »

Veintrop tressaillit.

Feyd al-Saoud leva les sourcils. « Tu connais ce type ?

— Nous nous sommes déjà rencontrés, dit Bourne. Le docteur est un scientifique de grand talent, expert en de nombreux domaines. Dont la miniaturisation.

— Donc c'est lui qui a fabriqué les circuits permettant de faire tenir la bombe dans la valise. » Feyd al-Saoud s'assombrit. « Il prétend que sa femme et lui étaient prisonniers.

— Mais oui, ils me retenaient prisonnier, insista Veintrop. Vous ne comprenez pas, je... »

Bourne lui coupa la parole : « Maintenant, on sait ce qu'il est devenu. Quant à sa femme...

— Où est-elle ? hoqueta Veintrop. Le savez-vous ? Je veux ma Katya !

— Katya est morte. » Bourne dit cela sans ménagement, presque méchamment. Il n'avait aucune sympathie à dépenser pour cet homme qui avait aidé Fadi et Karim à le détruire de l'intérieur. « Elle m'a sauvé. J'ai tenté de lui porter secours mais le mur d'eau l'a emportée.

— C'est un mensonge ! » Veintrop, blême, criait presque. « Vous l'avez ! Vous l'avez ! »

Bourne l'attrapa et le fit passer dans la pièce dont il venait de sortir, où les soldats saoudiens étaient en train d'aligner les cadavres retrouvés dans l'installation. Près de Fadi, il vit Katya dont la tête penchait bizarrement.

Veintrop poussa un gémissement sourd à peine humain et tomba à genoux. Quand il posa les yeux sur la belle jeune femme qui s'était sacrifiée pour l'aider à tuer l'homme qu'elle haïssait autant que lui, Bourne sentit sa gorge se serrer.

Puis son regard glissa vers Fadi dont les yeux encore ouverts semblaient fixer Bourne avec une fureur véhémente. Bourne sortit son téléphone portable, s'accroupit et prit plusieurs clichés de son visage. Quand il eut terminé, il se leva et traîna Veintrop vers l'hélipad.

Bourne s'adressa à Feyd al-Saoud. « Le pilote est-il dans l'hélico ? »

Le chef de la sécurité hocha la tête. « Oui, sous bonne garde. » Puis il tendit le bras. « Et là, c'est la valise.

— Etes-vous sûr qu'il s'agit bien de l'engin ? », demanda Veintrop.

Feyd al-Saoud regarda son expert qui opina. « J'ai ouvert la valise. C'est un engin nucléaire. Absolument.

— Eh bien, fit Veintrop d'une voix qui vibrait étrangement, j'ouvrirais de nouveau si j'étais vous. Peut-être n'avez-vous pas tout vu. »

Feyd al-Saoud jeta un coup d'œil à Bourne qui acquiesça de la tête. « Ouvre-la », dit le chef de la sécurité à son homme.

L'expert posa délicatement la valise sur le sol en ciment et rabattit le couvercle.

« Regardez sur la gauche, conseilla Veintrop. Non, plus vers le fond. »

Le Saoudien étira le cou puis recula dans un sursaut involontaire. « Une minuterie a été activée.

— C'est arrivé quand vous avez ouvert la valise sans utiliser le code. »

Bourne identifia une nuance triomphale dans la voix de Veintrop.

« Combien de temps ? dit Feyd al-Saoud.

— Quatre minutes, trente-sept secondes.

— J'ai créé le circuit, dit Veintrop. Je peux l'arrêter. » Son regard passa d'un homme à l'autre. « En retour, je veux la liberté. Pas de poursuites. Pas de négociations. Une nouvelle vie. A prendre ou à laisser.

— C'est tout ? » Bourne le cogna si violemment que Veintrop rebondit contre le mur. Il l'attrapa au rebond. « Couteau », dit-il.

Feyd al-Saoud savait quoi faire. Il tendit son arme à Bourne.

Dès qu'il eut le couteau en main, Bourne l'enfonça juste au-dessus de la rotule de Veintrop.

Veintrop hurla. « Qu'est-ce que vous avez fait ? » Il se mit à pleurer à chaudes larmes.

« Non, docteur, c'est vous qui avez fait quelque chose. » S'accroupissant près de lui, Bourne leva la lame pour qu'il la voie bien. « Il vous reste moins de quatre minutes pour neutraliser la minuterie. »

Cramponné à son genou abîmé, Veintrop couché sur le dos se balançait d'avant en arrière. « Et mes... mes conditions.

— Voilà *mes* conditions. » Bourne lui donna encore un petit coup de lame. Veintrop se remit à hurler.

« Très bien, très bien ! »

Bourne leva les yeux. « Placez la valise ouverte devant lui. »

Quand ce fut fait, Bourne dit : « C'est à vous, docteur. Mais soyez assuré que je vais surveiller le moindre de vos gestes. »

Bourne se leva. Feyd al-Saoud le regardait. Ses lèvres charnues mimèrent un ouf de soulagement.

Veintrop s'activait sur la minuterie. Moins de deux minutes plus tard, à la montre de Bourne, il s'assit en arrière et reprit son genou blessé entre ses bras, pour le protéger.

Feyd al-Saoud fit signe à son expert de jeter un coup d'œil.

« Les fils sont coupés, dit l'homme. La minuterie est morte. Il n'y a plus aucun risque d'explosion. »

Veintrop recommençait à se balancer bêtement. « J'ai besoin d'un antalgique », dit-il d'un air morne.

Feyd al-Saoud appela son chirurgien puis alla prendre possession de l'engin nucléaire. Bourne le devança.

« Je vais en avoir besoin pour parvenir jusqu'à Karim. »

Le chef de la sécurité fronça les sourcils. « Je ne comprends pas.
— Je vais à Washington en empruntant la route que Fadi devait prendre », dit Bourne sur un ton ne souffrant aucune discussion.

Feyd al-Saoud osa quand même rétorquer : « Crois-tu que ce soit sage, Jason ?

— Je doute que le mot sage soit approprié, étant donné la conjoncture, répliqua Bourne. Karim s'est arrogé un tel pouvoir au sein de la CIA qu'il est absolument intouchable. Je vais devoir biaiser.

— J'espère que tu as un plan, alors.

— J'ai toujours un plan.

— Très bien. Mon chirurgien se chargera de ton ami.

— Non, dit Bourne. Martin vient avec moi. »

Feyd al-Saoud reconnut le même ton inflexible. « Dans ce cas, mon chirurgien vous accompagnera.

— Merci », répondit Bourne.

Feyd al-Saoud aida son ami à faire monter Martin Lindros dans l'hélicoptère. Pendant que Bourne donnait ses ordres au pilote, le chef de la sécurité fit descendre l'homme qui gardait l'appareil puis s'agenouilla pour aider son chirurgien à installer Lindros confortablement.

« Combien de temps lui reste-t-il ? », murmura Feyd al-Saoud. De toute évidence, Lindros était mourant.

Le chirurgien haussa les épaules. « Une heure. Plus ou moins. »

Bourne ayant donné ses instructions au pilote, ce dernier se glissa sur son siège. « J'ai besoin que tu fasses quelque chose pour moi », dit Bourne.

Feyd al-Saoud se leva. « Tout ce que tu voudras, mon ami.

— D'abord, j'ai besoin d'un téléphone. Le mien est foutu. »

L'un des soldats saoudiens tendit un portable au chef de la sécurité. Bourne transféra la puce contenant tous ses numéros dans le nouvel appareil.

« Merci. Maintenant je veux que tu appelles tous tes contacts au gouvernement américain. Dis-leur que l'avion que je vais prendre est une mission diplomatique saoudienne. Je t'enverrai le plan de vol dès que j'aurai vu le pilote. Je ne veux aucun problème avec les douanes et les services d'immigration.

— C'est comme si c'était fait.

— Ensuite, je veux que tu appelles la CIA. Raconte-leur la même chose. Quand le pilote aura vérifié la météo, je te donnerai une heure ETA. Tu la leur communiqueras en ajoutant quarante minutes.

— Si j'appelle la CIA, l'imposteur en sera avisé...

— Oui, dit Bourne. Je sais. »

Le visage de Feyd al-Saoud se fronça d'inquiétude. « Tu joues un jeu terriblement dangereux, Jason. »

Après cet avertissement, il prit son ami dans ses bras.

« Qu'Allah te donne des ailes. Qu'il te protège durant ta mission. »

Il embrassa Bourne sur les deux joues puis descendit de l'hélicoptère. Le pilote actionna une commande. Le camouflage couvrant l'hélipad se rétracta. Quand il fut certain que tout le personnel au sol se tenait à bonne distance du rotor, il démarra le moteur.

Agenouillé près de Lindros, Bourne lui prit la main. Le bon œil de Martin s'ouvrit en clignant. Il contempla Bourne, tenta de sourire avec ce qui restait de sa bouche et serra très fort la main de son ami.

Bourne dut faire un effort pour ne pas pleurer. « Fadi est mort, Martin, cria-t-il pour se faire entendre. Ton vœu s'est réalisé. Tu es un héros. »

TRENTE-HUIT

K*ARIM ARRIVA VOLONTAIREMENT* en retard à la réunion. Il voulait que les sept chefs de directorat soient présents autour de la table quand il ferait son entrée. La salle de conférences jouxtait le grand bureau du DCI. C'était voulu. En fait, les deux espaces étaient séparés par une porte de communication. Et c'est par cette porte que Karim fit son apparition. Par cette mise en scène, il tenait à souligner qu'il occupait une place prééminente dans la hiérarchie de la CIA.

« Le DCI regrette de ne pouvoir participer à cette réunion, dit-il rapidement en prenant le siège du Vieux. Anne est auprès de lui. Elle m'a dit qu'il était encore avec le Président et les chefs d'État-Major. »

Karim ouvrit un épais dossier dont seules les premières pages étaient réelles – si tant est qu'on puisse qualifier de réelle la désinformation qu'il peaufinait dans sa tête depuis des mois.

« A présent que la menace imminente imposée par Dujja a été écartée, à présent que Dujja elle-même n'est plus qu'une coquille vide, il est temps de passer à d'autres sujets.

— Un instant, Martin, coupa la voix métallique de Rob Batt, le chef des Opérations. Si je puis me permettre, avant que nous ne tournions la page, il nous reste à considérer le problème Fadi. »

Karim glissa au fond de son fauteuil en faisant tourner un stylo entre ses doigts. L'erreur à ne pas commettre aurait été d'éluder cet aspect des choses. Comme il l'avait bien compris lors de leur dernière rencontre, Batt l'avait inscrit sur sa liste noire. Il ne ferait rien pour le confirmer dans ses soupçons.

« Dans ce cas, parlons-en, dit Karim. Comment faire pour mettre la main sur Fadi ?

— Je suis d'accord avec Rob, fit Dick Symes, chef du directorat des renseignements. A mon avis, il faut lancer un maximum d'agents à ses trousses. »

Il y eut plusieurs hochements de tête autour de la table.

Face à un tel consensus, Karim fut obligé de ruser. « En l'absence du Vieux, nous ferons ce que décidera la majorité, naturellement. Néanmoins, je voudrais vous faire remarquer deux ou trois petites choses. Primo, ayant rasé la plus importante base opérationnelle de Dujja, nous ignorons si Fadi est vivant ou mort. S'il se trouvait à l'intérieur ou à proximité de l'installation, il ne fait pas de doute qu'il a été incinéré avec les autres. Secundo, s'il se trouvait ailleurs au moment du raid, reste à savoir où. Il doit certainement se terrer quelque part. Je préconise que nous laissions passer un peu de temps, histoire de fouiller discrètement le réseau Dujja. Laissons-les croire que nous sommes passés à autre chose. Si Fadi est vivant, il finira bien par se montrer. Et à ce moment-là, nous lui mettrons la main dessus. »

Le regard de Karim passa d'un visage à l'autre. Pas de froncements de sourcils, pas de gestes de désaccord, pas de coups d'œil en dessous.

« Tertio, et j'aborde là le point essentiel, nous devons mettre de l'ordre chez nous, poursuivit-il. Je suis en mesure de confirmer les rumeurs disant que le Vieux a subi les attaques du secrétaire à la Défense Halliday et de son laquais du Pentagone, Luther LaValle. Halliday connaissait l'existence de notre taupe. Il avait été informé de l'intrusion du virus dans notre système informatique. Il s'avère que feu Matthew Lerner était également sous les ordres de Halliday. »

Cette déclaration suscita une forte agitation autour de la table. Karim leva les mains pour calmer ses collègues. « Je sais, je sais, nous avons tous mal vécu la tentative de Lerner de redresser la CIA. Et maintenant, nous savons pourquoi cette réorganisation nous semblait si étrange – elle était orchestrée par Halliday et son âme damnée de la NSA.

« Cela dit, Lerner est mort. L'influence secrète que le secrétaire à la Défense exerçait sur nos activités n'existe plus. Maintenant que la taupe a été éliminée, nous sommes enfin libres d'accomplir ce que nous avons trop tardé à faire. Il faut transformer la CIA en une agence mieux à même que toutes les autres de faire la guerre au terrorisme mondial.

« Voilà pourquoi je vous propose tout d'abord de recruter dans nos rangs les arabes et les musulmans hautement qualifiés qui ont été expulsés des diverses agences au lendemain du 11 Septembre. Pour avoir une chance de gagner cette nouvelle guerre, nous devons d'abord comprendre les terroristes. Et ce n'est pas simple. Nos ennemis sont comme une mosaïque. Cessons de confondre arabe et musulman, Saoudien et Syrien, Azéri et Afghan, sunnite et chiite.

— Cela tombe sous le sens, dit Symes.

— Nous pouvons quand même soumettre au vote la suggestion de Rob », proposa aimablement Karim.

Tous les yeux se tournèrent vers le chef des Opérations. « Ce ne sera pas nécessaire, dit Batt. Je retire ma proposition en faveur de celle de Martin. »

Bourne était assis par terre dans l'hélicoptère, face au chirurgien saoudien et son grand sac noir. Entre eux, reposait le corps ensanglanté de Martin Lindros. Le médecin lui faisait une injection intraveineuse pour soulager la douleur.

« Tout ce que je peux faire, avait dit le chirurgien quand ils s'étaient éloignés de Miran Shah, c'est lui éviter de souffrir. »

Bourne baissa les yeux sur le visage mutilé de Lindros. Sans y parvenir totalement, il tenta de se rappeler ses traits d'autrefois. La balle de calibre .45 tirée par l'arme de Fadi avait détruit le côté droit de sa tête, l'orbite oculaire et la moitié de l'arcade sourcilière. Le chirurgien avait arrêté l'hémorragie mais le coup tiré à bout portant avait mortellement endommagé les organes vitaux de Martin. Selon le chirurgien, l'effet de cascade rendrait vaine toute tentative de le sauver.

Martin traversait une phase de sommeil agité. En posant les yeux sur lui, Bourne se sentait tiraillé entre la rage et le désespoir. Pourquoi Martin ? Pourquoi ne lui avait-il pas sauvé la vie ? Sa détresse découlait de son impuissance. Et l'impuissance était la seule émotion que Bourne ne savait pas juguler. Elle se glissait sous sa peau, s'enfonçait dans sa psyché comme une démangeaison impossible à gratter, une voix moqueuse qu'on ne peut faire taire.

Avec un grognement de dépit, il se détourna. Comme ils atteignaient une altitude suffisante au-dessus des montagnes, il ouvrit son téléphone portable et tenta encore une fois de joindre Soraya. Il entendit sonner, ce qui était bon signe. Mais elle ne répondait toujours pas. Ce qui n'était pas bon signe. Cette fois, il laissa un bref message évoquant Odessa. Allusion incompréhensible pour tout autre que Soraya.

Puis il appela Deron qui n'était pas rentré de Floride.

« J'ai un problème que tu es seul à pouvoir résoudre, dit Bourne sans préambule.

— Accouche. »

Ce genre de dialogue abrégé était typique de leurs rapports.

« J'ai besoin d'un nécessaire complet.

— Pas de problème. Où es-tu ?

— A environ dix heures de Washington.

— D'ac. Tyrone a mes clés. Il rassemblera ce qu'il te faut. Dulles ou Reagan international ?

— Ni l'un ni l'autre. Il est prévu qu'on atterrisse à dix-huit kilomètres au sud d'Annandale », dit Bourne. Il lui fournit les coordonnées que lui avait indiquées le pilote. « Ça se trouve en bordure d'un terrain dont Sistain Labs est propriétaire. » Sistain était un pseudo pour IVT. « Merci, Deron.

— Pas de prob, mon pote. J'aurais juste aimé le faire moi-même. »

A l'instant où Bourne coupait la communication, Martin remua.

« Jason. »

En entendant le chuintement qui sortait de sa bouche, Bourne baissa la tête vers lui. L'odeur de la chair lacérée, de la mort imminente lui donnait la nausée.

« Je suis là, Martin.

— L'homme qui a pris ma place...

— Karim. Le frère de Fadi, je sais. J'ai tout découvert, Martin. Tout a commencé avec la mission que Conklin m'avait confiée voilà plusieurs années. J'étais allé à Odessa avec Soraya pour rencontrer son contact. Une jeune femme est venue vers nous en courant. C'était Sarah ibn Ashef, la sœur de Karim et Fadi. Je lui ai tiré dessus mais sans la toucher, contrairement à ce que j'avais cru au départ. C'est l'un des acolytes de Fadi qui l'a abattue. Il l'a tuée parce qu'elle avait un amant. »

Bordé de rouge, l'œil unique de Martin brillait encore lorsqu'il se posa sur Bourne. « C'est Karim... que tu dois... attraper, Jason. » Il sifflait, son souffle était haché par des hoquets convulsifs, encombrés de mucus et de sang. « C'est lui le cerveau, le... joueur d'échecs... l'araignée tapie... au centre de.. mon Dieu... au centre de... sa toile. »

Son œil grand ouvert bougeait au rythme des spasmes qui le torturaient. « Fadi... Fadi était juste la... façade, le point de... ralliement. Karim est... le plus... dangereux.

— Martin, j'ai bien compris tout ce que tu as dit. Maintenant il faut te reposer, fit Bourne.

— Non, non... » Lindros semblait en proie à une véritable frénésie. On aurait dit qu'une petite étoile rayonnait en lui. « J'aurai tout le temps de... me reposer... quand... je serai... mort. »

Il se remit à saigner. Le chirurgien se pencha et l'essuya avec un tampon de gaze bientôt imbibé de sang.

« Pour Karim, c'est pas... seulement l'Amérique, Jason. Il en veut à la CIA. Il nous hait tous... chaque fibre de son... être. C'est... c'est pour ça qu'il a... tout misé... toute sa vie... toute son âme pour... y pénétrer.

— Qu'a-t-il l'intention de faire ? Martin, qu'a-t-il l'intention de faire ?

— Détruire la CIA. » Martin leva les yeux vers Bourne. « J'aimerais en savoir plus. Seigneur, Jason, j'ai vraiment merdé.

— Ce n'était pas ta faute, Martin. » L'expression de Bourne se fit sévère. « Ne culpabilise pas, je t'en prie. Sinon je me fâche pour de bon. »

Lindros voulut rire mais le sang qui lui monta dans la gorge l'en empêcha. « On va pas se fâcher maintenant, hein ? »

Bourne lui essuya la bouche.

Comme si on avait coupé le courant une fraction de seconde, quelque chose vacilla sur le visage de Lindros – une fenêtre ouverte sur un espace sombre et froid. Il se mit à frissonner.

« Jason, écoute... quand ce sera... fini, je veux que tu envoies... une douzaine de roses à Moira. Tu trouveras son adresse sur mon..

portable à la maison... Incinère mon corps. Porte mes cendres dans les Cloîtres à New York. »

Bourne sentit une brûlure derrière les paupières. « Bien sûr, je ferai tout ce que tu voudras.

— Je suis content... que tu sois ici.

— Tu es mon meilleur ami, Martin. Mon *seul* ami.

— C'est triste, alors... pour... tous les deux. » Lindros tenta encore de sourire mais renonça, épuisé. « Tu sais... la chose... entre nous, Jason... ce qui nous liait ? Tu... as oublié ton passé et... moi je déteste me souvenir... du mien. »

Bourne devina que le moment était venu. Un instant plus tôt, l'œil de Martin le regardait avec gravité. A présent, perdu dans le vague, il contemplait une chose que Bourne avait maintes fois perçue sans jamais la voir vraiment.

Horrifiée non seulement par le spectacle, mais aussi par ses implications, Soraya resta clouée sur place, devant le cadavre à moitié embaumé du Vieux. C'était comme voir son père mort, pensa-t-elle. On sait que cela doit se produire un jour, mais quand ce jour arrive on ne veut pas l'admettre. Pour elle, comme pour tous les membres de la CIA, le Vieux était éternel, indestructible. Il avait été leur guide. Pendant de longues années, il avait incarné à lui seul leur pouvoir sur le monde. Lui parti, elle se sentait dépouillée, atrocement vulnérable.

Le premier choc passé, une panique froide s'empara d'elle. A l'heure actuelle, qui dirigeait la CIA ? Bien sûr, il y avait les chefs des directorats. Seulement voilà, tous ses collègues, du haut en bas de l'échelle, savaient que le DCI avait désigné son successeur dans la personne de Martin Lindros.

Ce qui signifiait que désormais le faux Lindros régnait sur la CIA. Dieux du ciel, pensa-t-elle. Il va détruire l'Agence – cela faisait partie de son plan depuis le début. Quel beau coup pour Fadi et Dujja que d'anéantir l'Agence de renseignements la plus efficace d'Amérique, juste avant de faire exploser une bombe nucléaire sur le sol américain.

Dans un battement de paupières, elle vit la scène. Les fûts de C-4 que Tyrone avait aperçus étaient destinés au siège de la CIA. Mais comment diable Dujja allait-il faire pour introduire les explosifs au nez et à la barbe des services de sécurité ? Elle savait que Fadi avait trouvé une méthode pour y parvenir. A présent que le faux Lindros avait réussi son coup de force, les choses seraient plus faciles.

Instantanément, Soraya redescendit sur terre. Le Vieux était mort, la première des priorités consistait à pénétrer dans le siège de la CIA pour informer les sept chefs de directorat. Au diable sa propre sécurité. Mais comment ? Le faux Lindros la ferait arrêter au moment même où elle montrerait son badge. Et il n'existait aucun moyen de s'introduire dans le siège sans se faire repérer.

L'hélicoptère traversa les nuages pour se poser sur la piste privée de Mazar-i-Sharif. Bourne était assis dans une attitude de recueillement près du corps de Martin Lindros. Dans son esprit défilaient des associations d'idées. Certaines débouchaient sur de vrais souvenirs. Les autres n'allaient nulle part, faute de souvenirs à quoi se raccrocher. Ces connexions revêtaient pour lui une importance d'autant plus primordiale qu'il venait de perdre une clé. Dire qu'il lui avait fallu attendre la mort de son ami pour comprendre le rôle essentiel joué par Martin dans sa vie ! Parmi les multiples conséquences de l'amnésie figurait la folie – ou du moins une chose approchante, ce qui revenait au même.

Travailler main dans la main avec Martin après le meurtre de Conklin lui avait permis de s'accrocher à la vie. A présent, Martin était mort. Marie n'était plus ; sans elle, à quoi bon rentrer à la maison ? S'il perdait ses dernières connexions mentales, un jour, le stress aurait raison de lui. Il finirait par l'engloutir sans que rien ni personne vienne le hisser hors du gouffre de la démence.

Pendant que le pilote posait l'hélicoptère sur le tarmac, Bourne s'agrippait à la valise comme à une bouée de sauvetage.

« Tu viens avec nous, dit Bourne au pilote. J'ai encore besoin de toi. »

Le pilote se leva et l'aida à soulever le corps de Lindros. Non sans difficultés, ils le sortirent de l'hélicoptère. Un jet rapide les attendait sur le tarmac, prêt à décoller. Après avoir effectué le transfert du corps, Bourne transmit son plan de vol au pilote du jet puis, s'adressant à celui de l'hélico, lui ordonna de ramener le chirurgien à Miran Shah en lui rappelant que l'équipe de Feyd al-Saoud surveillait à la fois son vol et ses communications.

Dix minutes plus tard, le jet roulait sur le tarmac. Il gagna de la vitesse et s'éleva dans les nuages couleur gris ardoise. L'orage arrivait.

Après l'appel de Soraya, Peter Marks avait vainement tenté de se concentrer sur son travail. Les communications cryptées de Dujja auraient aussi bien pu être des messages venus de la planète Mars. Prétextant une migraine, il les avait refilées à un collègue.

Pendant un moment, il resta assis à son bureau à ruminer. Il se répétait leur conversation, la disséquait dans tous les sens, s'arrêtait sur chaque détail. Dans un premier temps, il avait dû surmonter un sentiment de colère. Comment Soraya osait-elle l'impliquer dans le sac de nœuds où elle s'était fourrée ? A ce moment-là, il avait bien failli prendre le téléphone et composer le numéro interne de Lindros pour lui faire part de son appel.

La main suspendue au-dessus du combiné, il s'était arrêté net. Pourquoi ? A première vue, l'histoire de Soraya était trop rocambolesque pour qu'on la prenne au sérieux. D'abord, tout le monde savait que la menace nucléaire de Dujja avait été écartée. Ensuite, Lindros lui-même les avait avertis que Soraya avait pété un plomb après la mort de Bourne. De fait, elle lui avait tenu des propos totalement incohérents au téléphone.

Par ailleurs, Soraya lui avait parlé d'un danger pesant sur le bâtiment de la CIA. Un agent possédant son expérience aurait fait preuve de négligence en éludant cet aspect-là des choses. Pour la deuxième fois, il avait failli contacter Lindros. Mais il ne l'avait pas fait car soudain, il avait décelé une lacune dans son propre raisonnement. Pourquoi choisir de croire une partie de l'histoire tout en rejetant l'autre ? Personne ne serait assez dingue pour mélanger ainsi le vrai et le faux – hormis Soraya bien sûr.

Tout cela le ramenait à la case départ. Que faire de cet appel ? Ses doigts pianotaient sur le bureau. Évidemment, il pouvait faire comme si de rien n'était. Oublier leur conversation tout simplement. Mais si jamais il arrivait quelque chose de grave dans les locaux de la CIA, il ne se le pardonnerait jamais. A supposer bien sûr qu'il soit encore en vie après cela.

Décidant que tout valait mieux que l'inaction, il attrapa le combiné et fit le numéro de la Maison-Blanche.

« Salut, Ken. C'est Peter, dit-il quand son interlocuteur décrocha. J'ai un message urgent pour le DCI. Pourrais-tu me le trouver ? Il est en conférence avec POTUS.

— Pas du tout, Peter. POTUS reçoit les chefs d'État-Major. »

Le cœur de Peter eut un très léger raté. « Quand est-il parti ?

— Reste en ligne, je me renseigne. » Un instant plus tard, Ken répondait : « Tu es sûr de ton info ? Le DCI n'a pas mis les pieds ici de la journée. L'agenda de POTUS n'indique aucun rendez-vous avec le DCI.

— Merci, Ken, fit Peter d'une voix étranglée. Au temps pour moi. »

Oh, mon Dieu, pensa-t-il. *Soraya n'est pas plus folle que moi.* Il jeta un œil par la porte ouverte de son box. De là où il était, il apercevait un petit bout du bureau de Lindros. *Si ce n'est pas Lindros, qui diable dirige Typhon ?*

Il prit son portable et dès qu'il eut retrouvé l'usage de ses doigts, composa le numéro de Soraya.

TRENTE-NEUF

TYRONE ATTENDAIT PATIEMMENT Soraya quand celle-ci repassa la tête par la porte en verre. Ce faisant, elle sentit son portable vibrer. Tyrone lui fit signe. Sur la pointe des pieds, elle courut se réfugier dans l'ombre, au bas de la rampe.

« Les deux bâtards ont fini leur taf, dit-il à voix basse. Ils sont montés retrouver les mecs du dessus.

— On ferait mieux d'y aller », dit-elle.

Mais Tyrone n'était pas de cet avis. Il la saisit par le bras. « Notre taf à nous il est pas fini, miss. » Il lui désigna quelque chose au loin. « Mate ce truc derrière la Ford.

— Qu'est-ce que c'est ? » Elle tendit le cou. « Une limousine ?

— Pas n'importe laquelle. Elle a des plaques officielles.

— Des plaques du gouvernement ?

— Mieux que ça : de la CIA. »

Devant son air méfiant, il précisa : « Deron m'a appris à les reconnaître. » Il fit un mouvement de tête. « T'as qu'à aller vérifier. »

Il lui suffit de contourner la Ford pour voir apparaître la masse brillante de la limousine et ses plaques d'immatriculation. Soraya étouffa un cri de surprise. Non seulement il s'agissait d'un véhicule de la CIA mais en plus ces plaques correspondaient à la limousine du Vieux. En un éclair, elle comprit pourquoi ils avaient pris la peine d'embaumer le DCI. Ils avaient besoin de son corps et pour cela, le cadavre devait être malléable et surtout ne pas sentir.

Son téléphone bourdonna de nouveau. Elle regarda le numéro

qui s'affichait. C'était Peter Marks. Que diable lui voulait-il ? En revenant vers Tyrone, elle annonça : « Ils ont tué le directeur de la CIA. C'est sa limousine.

— Ouais, mais à quoi elle leur sert ?

— Peut-être qu'ils l'ont tué à l'intérieur.

— P'têt'. » Tyrone se gratta le menton. « Mais j'les ai vus faire des trucs chelous dedans. »

Son téléphone vibra une troisième fois. C'était Bourne. Elle avait désespérément besoin de lui dire ce qui se passait mais ne pouvait prendre le risque de parler trop longtemps tant qu'elle n'était pas sortie du funérarium. « Il faut qu'on s'en aille tout de suite, Tyrone.

— Tu fais comme tu veux, dit-il, l'œil braqué sur la limousine. Moi je reste encore un peu.

— C'est trop dangereux, dit Soraya. On part tous les deux. »

Tyrone leva son arme. « Me donne pas d'ordres. J't'ai dit ce que je vais faire. Toi tu vois. »

Soraya secoua la tête. « Je ne te laisserai pas seul ici. Je ne veux pas que tu te mouilles davantage.

— Quoi ? J'ai bousillé deux keums pour toi, miss. Plus grillé que moi c'est pas possible. »

Elle dut admettre l'évidence. « J'ai du mal à comprendre pourquoi tu fais tout cela. »

Voyant qu'elle renonçait à le contredire, il lui adressa un sourire radieux. « Tu veux savoir c'est quoi mon intérêt ? C'est ça que tu veux savoir ? Dans le tiéquar où on a grandi, Deron et moi, les mecs ils se bougent que pour deux trucs : le blé ou la baston. Les deux ensemble, y préfèrent. Là, ça fait des piges que je connais Deron. Il s'est sorti de cette merde ; il a dit adieu à son mauvais côté. Respect. Mais moi je me dis qu'j'aurai pas sa chance. Lui et moi ça fait deux. Et là avec ce bizness de ouf, j'ai un ticket pour l'avenir.

— Tu peux aussi te faire trouer la peau. »

Tyrone haussa les épaules. « C'est pas pire que ce que je vis tous les jours dans la zone, t'as vu ? »

A ces mots, il sortit un PDA.

« J'ignorais que tu possédais autre chose qu'un téléphone jetable, dit-elle en faisant allusion aux portables bon marché qu'il utilisait couramment.

— Y a qu'un mec qui connaît ce TEP. Celui qui me l'a refilé.

— TEP ?

— Ouais. Truc électronique personnel. »

Il venait de recevoir un courriel sur son TEP. « Merde. » Il leva les yeux. « Qu'est-ce qu'on glande ? On se tire de cette taule. »

En remontant la rampe, ils trouvèrent le boîtier commandant la lumière et l'ouverture de la porte. « Pourquoi as-tu changé d'avis ? »

Tyrone colla une expression dégoûtée sur son visage. « Deron dit qu'il faut que je me magne le cul. Ton keum, Bourne, il est revenu. »

Embusqué dans le corridor près de l'ascenseur, Peter Marks croisa le regard de Rob Batt lorsque les Sept sortirent de la salle de conférences. Marks avait travaillé pour Batt avant d'être embauché par Martin Lindros dans l'équipe Typhon. En fait, c'était Batt qui lui avait mis le pied à l'étrier. Marks le considérait encore comme son mentor au sein de la CIA.

Rien d'étonnant donc à ce que Marks, ayant capté l'attention de son aîné, réussisse également à le faire quitter le groupe de ses homologues. Batt le rejoignit dans le corridor.

« Que faites-vous là, Peter ?

— Je vous attendais, pour tout dire. » Marks jetait des coups d'œil nerveux autour de lui. « Il faut qu'on parle.

— Cela ne peut pas attendre ?

— Non, monsieur. »

Batt fronça les sourcils. « OK. Dans mon bureau.

— Je préférerais dehors, monsieur. »

Le chef des Opérations lui adressa un regard curieux puis haussa les épaules.

Ils prirent l'ascenseur jusqu'au rez-de-chaussée, traversèrent le hall d'entrée et se dirigèrent vers la roseraie qui bordait le terrain, à l'est. Quand ils furent à une distance raisonnable de l'immeuble, il répéta mot pour mot à Batt ce que Soraya lui avait dit.

« Moi non plus, je n'y croyais pas, monsieur, dit-il en lisant la stupeur sur le visage de son ancien chef. Mais j'ai appelé un copain à moi à la Maison-Blanche. Le Vieux n'y est pas et il n'y a pas mis les pieds de toute la journée. »

Batt frotta ses joues bleuies par une barbe naissante. « Alors, où est-il fourré ?

— C'est justement cela, le problème, monsieur. » Marks, déjà très mal à l'aise, devenait plus nerveux à chaque seconde. « J'ai passé les dernières quarante minutes au téléphone. J'ignore où il est. Personne ne le sait.

— Anne ?

— Injoignable elle aussi.

— Nom de Dieu. »

D'un coup d'œil circulaire, Marks revérifia leur environnement immédiat. « Monsieur, aussi incroyable que cela paraisse, je pense que nous devons prendre l'histoire de Soraya au sérieux.

— Incroyable c'est le mot, Peter. Pour ne pas dire loufoque. Ne me racontez pas que vous croyez... » Batt secoua la tête car les mots lui manquaient. « Où diable est-elle ?

— Je l'ignore, admit Marks. J'ai tenté de la joindre à deux reprises sur son portable mais elle n'a pas répondu. Elle est terrifiée à l'idée que Lindros lui mette la main dessus.

— Je l'espère bien, putain ! Il faut qu'elle rapplique, pronto, pour qu'on lui tire les vers du nez avant qu'elle ne foute la panique à l'Agence.

— Si elle se trompe, alors où sont Anne et le Vieux ? »

Batt sortit de la roseraie. « C'est ce que je vais tenter de découvrir, lança-t-il par-dessus son épaule.

— Et Soraya....

— Quand elle vous appellera, faites-lui croire que vous êtes de son côté. Ramenez-là ici dare-dare. »

Comme le chef des Opérations disparaissait à l'intérieur de l'immeuble, le portable de Marks sonna. Il vérifia le numéro, pressa une touche, il dit : « Salut Soraya. Écoute, j'ai réfléchi à ton histoire. Du coup, j'ai appelé la Maison-Blanche. Le Vieux et Anne n'y sont pas.

— Évidemment, l'entendit-il répondre. Je viens de voir le Vieux. Il est couché sur une dalle dans un funérarium, le cœur percé d'une balle. »

Karim et les Sept étaient assis dans la salle de conférences jouxtant la suite du Vieux, occupés à écouter le message envoyé par les services secrets saoudiens les informant de l'assaut victorieux lancé sur l'installation nucléaire de Dujja à Miran Shah. Contrairement aux autres, Karim oscillait entre confusion et inquiétude. Était-ce une invention de son frère ou les choses avaient-elles horriblement foiré ?

Il n'y avait qu'un seul moyen de le découvrir. En quittant la salle de conférences pour rejoindre l'ascenseur, il remarqua la présence de Peter Marks. C'était la deuxième fois qu'il le voyait traîner loin de son bureau. Une alerte résonna dans sa tête. Au lieu d'entrer dans l'ascenseur avec ses collègues, il tourna à gauche et se cacha dans un coin d'où on voyait bien la porte de la salle de conférences. Dès que Rob Batt sortit, Marks s'approcha de lui. Ils parlèrent un moment. D'abord impassible, Batt hocha la tête, conduisit Marks dans la salle et ferma la porte derrière eux.

Karim se précipita dans la suite du DCI, passant devant le bureau où le jeune homme de Signals qui remplaçait Anne le salua d'un signe de tête.

Une fois assis derrière le bureau du Vieux, il actionna un interrupteur. La conversation des deux hommes à côté devint audible.

«... *de Soraya,* disait Marks. *Elle prétend avoir vu le corps du DCI dans une morgue, le cœur percé par une balle.*

— *Qu'est-ce que fabrique cette femme ? J'ai parlé à Martin. Il a communiqué avec le Vieux pas plus tard que tout à l'heure.*

— *Où est-il ?*

— *Il traite une affaire personnelle, avec Anne,* dit Batt, la voix embuée par une sorte de bâillement.

— *Soraya a discuté avec Bourne au téléphone.*

— *Bourne est mort.*

— *Pas du tout. Il a trouvé la véritable usine nucléaire. Elle est à Miran Shah, sur la frontière de...*

— *Je sais où se trouve Miran Shah, Peter,* cracha Batt. *C'est quoi cette merde ?*

— *Elle dit que vous pouvez tout vérifier auprès de Feyd al-Saoud.*

— *C'est exactement ce dont j'ai besoin : aller ramper aux pieds du chef de la Sécurité saoudienne pour qu'il nous refile des infos.*

— *Elle dit aussi que Bourne a tué Fadi. Il revient ici à bord de l'avion de Fadi.* »

La conversation se poursuivait mais Karim en avait assez entendu. Sa peau le démangeait comme si elle était couverte de fourmis. Il avait envie de hurler, de s'arracher le visage.

Il bondit hors du bureau, prit l'ascenseur mais au lieu de descendre au sous-sol pour choisir sur le parking un véhicule de la CIA – qu'il aurait dû déclarer –, il sortit à pied par la porte principale.

La nuit était bien avancée. Le ciel bas, chargé de nuages noirs, semblait absorber les lumières pailletées de la ville. Les monuments baignaient dans une ombre épaisse.

Il se posta au coin de la 21e Rue et de Constitution pour héler un taxi et dut attendre sept minutes sur des charbons ardents qu'une voiture s'arrête.

Treize minutes plus tard, il descendit devant une agence de location Avis et poursuivit son chemin. Quand le taxi eut disparu, il revint sur ses pas, entra dans l'Agence et loua une voiture en se servant d'une fausse carte d'identité. Il paya comptant, prit possession de la GM, demanda qu'on lui indique la direction de l'aéroport de Dulles et se mit en route.

En fait, il n'avait nullement l'intention de se rendre à Dulles. Sa véritable destination était la piste de Sistain Labs, au sud d'Annandale.

Le jet amorça un virage bas au-dessus d'Occoquan Bay et mit cap au nord pour se placer dans le prolongement de la piste qui s'étirait sur la péninsule en forme de poing tendu. Guidé par les lumières, le pilote posa son avion dans un soupir. Tandis que l'engin roulait sur le tarmac, Bourne aperçut Tyrone sur sa Ninja, une sacoche de cuir noir sanglée dans son dos. Il consulta sa montre. Ils étaient pile à l'heure. Par conséquent, il disposait d'environ trente-cinq minutes pour se préparer à la venue de Karim.

En route, il avait discuté plusieurs fois avec Soraya, échangeant les dernières nouvelles, les unes terribles, les autres rassurantes. Fadi était mort, la menace nucléaire de Dujja détournée. En revanche, Karim avait tué le Vieux, consolidant son pouvoir au sein de la CIA. A présent, il prévoyait de détruire le siège de l'Agence avec tous ses occupants. Cette opération était censée se dérouler peu de temps avant l'explosion nucléaire. Soraya avait un allié dans la place : un agent de Typhon nommé Peter Marks. Mais Marks n'était pas un rebelle dans l'âme. Elle ignorait jusqu'où il pouvait aller pour l'aider.

Quant à la mort du Vieux, Bourne ne savait qu'en penser. Il éprouvait pour cet homme des sentiments plus que mitigés. Au fil des ans, le DCI l'avait cantonné dans le rôle du petit-fils prodigue, du rebelle qui essuie les foudres de son aïeul dès son retour au bercail. Il lui avait envoyé ses tueurs plus d'une fois. Bourne lui faisait atrocement peur pour la bonne raison qu'il n'avait jamais compris comment il fonctionnait ; Bourne ne pouvait pas lui en vouloir pour cela, même s'il avait beaucoup d'autres choses à lui reprocher. Il n'était jamais entré dans le moule de la CIA. Cette agence abhorrait les individualistes et pourtant ils avaient tout fait pour l'intégrer dans leurs rangs. Il ne leur avait jamais rien demandé mais les choses étaient ainsi. Du moins jusqu'à présent.

Il relégua le Vieux dans un coin de son esprit et repassa à Karim.

L'avion avait cessé de rouler ; le bruit des moteurs commençait à baisser. Bourne prit le pilote avec lui, ouvrit la porte et baissa la passerelle pour laisser monter Tyrone qui, entre-temps, s'était garé près de l'avion.

Parvenu en haut des marches, Tyrone laissa tomber la sacoche en cuir noir aux pieds de Bourne.

« Salut, Tyrone. Merci.

— On y voit que dalle, ici. Faudrait de la lumière.

— Certes. »

Tyrone plissa les yeux pour mieux le voir. « Putain, t'as une gueule d'Arabe. »

Bourne se mit à rire, souleva le sac, marcha jusqu'à une paire de sièges placés en vis-à-vis et l'ouvrit. Soudain Tyrone remarqua la présence du pilote arabe, un barbu très basané qui le scrutait d'un air mi-méfiant mi-apeuré.

« C'est quoi ça ?

— Un terroriste », dit platement Bourne. Il cessa de déballer ses affaires et s'accorda une pause assez longue pour apprécier la scène. « Tu veux y goûter ? »

Tyrone éclata de rire. « J'en ai buté deux mais c'était pour sauver Miss Spook.

— Qui c'est celle-là ? »

Tyrone lui décocha un regard de défi. « Je sais que vous êtes potes, Deron et toi, mais joue pas à ça avec moi.

— Je ne joue à rien, Tyrone. Pardonne-moi mais j'ai un délai à respecter. » Bourne alluma une veilleuse au-dessus de son siège, sortit son téléphone et ouvrit les photos qu'il avait prises du visage de Fadi. Puis il ouvrit des pots, des bocaux, des tubes et choisit diverses prothèses aux formes étranges. « S'il te plaît, de qui parlais-tu exactement ? »

Tyrone hésita une minute en se demandant si Bourne le menait encore en bateau. Visiblement, il conclut qu'il n'en était rien. « Eh ben, Miss Spook. Soraya quoi ! »

Tout en gardant un œil sur les photos de Fadi, Bourne s'enfonça plusieurs prothèses dans la bouche puis remua les mâchoires pour juger de l'effet. « Alors, je te dois une fière chandelle.

— Putain, qu'est-ce qu'elle a ta voix, mec ? »

Bourne dit : « Comme tu peux le constater, je suis en train de devenir un homme nouveau. » Il poursuivit sa transformation en choisissant parmi la pile de postiches rangés dans la valise une barbe épaisse qu'il retailla à coups de ciseaux afin d'obtenir une réplique exacte de celle de Fadi. Puis il la plaqua sur son menton en vérifiant le résultat dans un miroir grossissant.

Tendant son téléphone à Tyrone, il dit : « Rends-moi un service, tu veux ? Est-ce que je ressemble à l'homme sur ces photos ? »

Tyrone cligna les yeux comme s'il avait du mal à comprendre ce que Bourne lui demandait. Puis il examina les photos, les unes après les autres. Entre chaque cliché, il levait le nez pour comparer avec le visage de Bourne.

« J'y crois pas, dit-il enfin. Putain, comment t'as fait ça, mec ?

— C'est un don, répondit Bourne sans fausse modestie. Maintenant écoute. J'ai besoin que tu me rendes un autre service. » Il consulta sa montre. « Dans onze minutes, le bâtard que Soraya recherche va se pointer ici. Je veux que tu t'en ailles et que tu fasses quelque chose pour moi. Quelque chose d'important. Dans la cabine à côté, tu trouveras mon ami Martin Lindros. Il est mort. Trouve une morgue. Il doit être incinéré. OK ? Tu ferais ça pour moi ?

— J'suis en bécane. Va falloir que je me l'attache sur les cuisses. Ça gaze pour toi ? »

Bourne hocha la tête. « Traite-le avec respect, Tyrone, OK ? Maintenant vas-y. Et nc passe pas par l'entrée principale.

— Pas mon genre. »

Bourne rit. « Je te retrouve de l'autre côté. »

Tyrone le regarda. « L'autre côté de quoi ? »

QUARANTE

EN PASSANT LA FRONTIÈRE de l'État de Virginie, Karim appela Abd al-Malik au funérarium.

« Il me faut trois hommes sur le site de Sistain Labs. Immédiatement.

— Il ne restera plus personne avec nous au cas où.

— Exécution, répliqua sèchement Karim.

— Un instant, monsieur. » Après une courte pause. « Ils sont en chemin.

— Le corps du DCI est-il prêt ?

— Dans quarante minutes, peut-être un peu plus, monsieur. Ce n'est pas un travail d'embaumement habituel.

— A quoi ressemble-t-il ? C'est ça le plus important.

— C'est vrai, monsieur. Il a les joues roses. » Abd al-Malik poussa un gloussement ravi. « Croyez-moi, la sécurité n'y verra que du feu.

— Bien. Dès que vous aurez fini, mettez-le dans la limousine. L'emploi du temps a été un peu bousculé. Fadi veut que l'immeuble de la CIA soit détruit aussi rapidement que possible. Appelez-moi quand vous serez en position.

— Ce sera fait », promit Abd al-Malik.

Karim savait qu'il pouvait lui faire confiance. Abd al-Malik était le membre le plus accompli de sa cellule dormante dans le district, cellule dont il était le chef, de surcroît. Il ne l'avait jamais déçu.

La circulation était fluide. Il lui fallut trente-huit minutes pour gagner l'entrée principale, sur la bordure ouest du site de Sistain

Labs. L'endroit était désert. Par deux fois, il avait failli s'énerver sur la route en venant – la première, quand un gosse au volant d'une « muscle car », comme disaient les Américains, lui avait fait une queue-de-poisson ; la seconde, lorsqu'un routier s'était collé derrière lui en faisant mugir son avertisseur. Il avait sorti son Glock, à deux doigts d'appuyer sur la détente.

C'était Bourne qu'il voulait tuer, pas ces pauvres idiots. Il écumait de rage – le fameux Vent du Désert hérité de son grand-père. Il aurait suffi d'un rien pour provoquer chez lui une réaction épidermique. Mais on n'était pas dans le désert ; il n'était pas entouré de bédouins soucieux d'éviter l'affrontement avec lui.

C'était la faute de Bourne ; encore et toujours Bourne. Ce salaud avait assassiné l'innocente Sarah, l'honneur de la famille. Karim lui avait pardonné ses frasques, ses idées impies, ses absences inexpliquées, son désir d'indépendance. Il avait mis tout cela sur le compte du sang anglais qui courait dans leurs veines. Contrairement à sa sœur, il avait surmonté son handicap de naissance. Il avait même mis sur pied un programme destiné à la rééduquer. Si elle n'était pas morte, elle serait devenue une fille du désert, avec la morale saoudienne pour seul héritage.

Hélas, Bourne ne s'était pas contenté d'assassiner Sarah. Il avait tué Fadi, la figure de proue de leur mouvement. Ils formaient une équipe idéale. Fadi s'en remettait à son frère aîné pour tout ce qui relevait de l'organisation et du financement, tout comme Karim attendait de lui qu'il le protège. Karim lui avait pardonné ses emportements, ses excès, en se disant que de tels traits de caractère étaient inhérents à sa fonction. Fadi était un tribun habile à enflammer les fidèles autant par ses discours provocateurs que par ses exploits guerriers.

Et voilà qu'ils étaient partis tous les deux – l'innocente et le chef de guerre, l'une incarnant la force morale, l'autre la puissance physique. Karim était le dernier vivant des enfants d'Abu Sarif Hamid ibn Ashef al-Wahibb. Vivant mais seul. Il devrait continuer de vivre sur ses souvenirs, comme son père le faisait depuis des années – mutilé, paralysé, rivé à son lit, incapable de s'asseoir dans son horrible fauteuil roulant sans l'aide d'un harnais spécial.

Bourne vivait ses dernières heures, se promit-il. Tous les infidèles vivaient leurs dernières heures.

Il se mit à slalomer entre les laboratoires aux parois en verre émeraude et briques noires. Après un dernier virage à gauche, il arriva en vue de la piste. Derrière le jet, il aperçut le croissant gris-bleu de l'océan qui léchait les rives d'Occoquan Bay.

Sur le point de s'engager sur le tarmac, il ralentit et balaya le secteur d'un long regard attentif. Le jet était posé en bout de piste. Aucun véhicule à l'horizon. Aucun bateau ne fendait les flots agités de Belmont Bay. Aucun hélicoptère ne planait dans le voisinage. Pourtant Fadi était mort et Bourne avait pris sa place à l'intérieur de l'avion.

Bien sûr, il n'y avait personne dans les parages. Contrairement à lui, Bourne ne disposait pas de renforts. Il gara sa voiture à l'écart pour qu'on ne la voie pas de l'avion, alluma une cigarette et attendit. Très vite, la Ford noire qui transportait ses hommes s'arrêta près de lui.

Il descendit et leur distribua ses ordres en leur expliquant ce qui les attendait et comment procéder. Puis, appuyé au capot de sa voiture, il tira sur sa cigarette en regardant la Ford rouler sur le tarmac.

La porte de l'avion était ouverte vers l'intérieur, sa passerelle déployée. Deux des trois hommes descendirent de voiture pour escalader les marches.

Karim jeta son mégot, l'écrasa sous son talon, grimpa dans sa voiture de location et repartit vers le bâtiment qui se dressait solitaire au nord du site, tout près de la décharge.

« Je peux t'aider, Soraya, dit Peter Marks, portable à l'oreille, mais je pense qu'on devrait se rencontrer.

— Pourquoi ? Tu dois être mes yeux et mes oreilles au quartier général. Tu ne dois pas lâcher l'imposteur d'une semelle.

— Je ne sais pas où est Lindros, répliqua Peter. Il n'est pas dans son bureau. En fait, il n'est nulle part dans le bâtiment. Son assistant n'a aucune nouvelle de lui. Est-ce une épidémie ? »

Il entendit Soraya inspirer bruyamment. « Qu'y a-t-il ?

— OK, dit Soraya. J'accepte de te rencontrer mais c'est moi qui choisis l'endroit.

— Comme tu voudras. »

Elle lui donna l'adresse du funérarium à la limite nord-est de Rock Creek Park. « Rends-toi là-bas aussi vite que possible. »

Marks emprunta un véhicule de la CIA et parcourut la distance en un temps record. Il se gara de l'autre côté de la rue en contrebas du funérarium et resta au volant, comme Soraya le lui avait ordonné. Avant de quitter le siège, il avait songé un instant à contacter Rob Batt pour lui demander la permission de se faire accompagner. Mais l'heure du rendez-vous était trop proche pour qu'il perde du temps à convaincre son mentor de lui attribuer une escorte.

Lorsque Soraya tapa sur la vitre côté passager, il fit un bond. Il était tellement plongé dans ses pensées qu'il ne l'avait pas vue approcher. Cela le rendait doublement nerveux. Sur le terrain, elle avait un net avantage sur lui qui avait passé toute sa carrière derrière un bureau. Ce qui expliquait aussi pourquoi il avait si rapidement renoncé à demander des renforts. Marks avait quelque chose à prouver à son mentor.

Il déverrouilla les portières pour la laisser monter. Franchement, elle paraissait tout à fait normale.

« Je voulais que tu me rejoignes ici, dit-elle un peu essoufflée, parce que le Vieux se trouve à l'intérieur de ce funérarium. »

Ces paroles l'effleurèrent comme si elles surgissaient d'un rêve. Quand elle avait ouvert la portière, il en avait profité pour empoigner son arme dans sa poche. Soudain, comme si lui-même faisait partie du rêve, il braqua son pistolet vers le visage de la jeune femme en disant : « Désolé, Soraya, mais tu rentres au siège avec moi. »

En montant à bord de l'avion, les deux terroristes clignèrent les yeux dans la pénombre. Quand ils le reconnurent, ils restèrent bouche bée.

« Fadi, fit le plus grand. Où est Jason Bourne ?

— Bourne est mort, dit Bourne. Je l'ai tué à Miran Shah.

— Mais Karim al-Jamil disait qu'il serait à bord. »

Bourne souleva la valise contenant la bombe. « Comme vous pouvez le voir, il s'est trompé. Il y a eu un changement de plan. J'ai besoin de voir mon frère.

— Tout de suite, Fadi. »

Ils ne fouillèrent pas l'avion, ne virent pas le pilote que Bourne avait ligoté et bâillonné dans un coin.

En l'escortant vers la Ford noire, le plus grand dit à Bourne : « Ton frère n'est pas loin. »

Comme il partageait la banquette arrière avec l'un des hommes, Bourne prit soin de détourner la tête en passant dans le champ des projecteurs, seule source lumineuse du secteur. Tant que son visage resterait dans l'ombre, tout irait bien. Ces hommes réagissaient à une voix, à un langage corporel qui leur étaient familiers. Ces détails-là jouaient un rôle primordial dans sa mise en scène. Le simulateur devait convaincre l'esprit plus que les yeux.

Le chauffeur quitta la piste d'atterrissage, décrivit une boucle vers le nord et s'arrêta près d'un bâtiment de brique noire placé à quelque distance des autres. Derrière la grosse porte rouillée, Bourne découvrit un puits à scories.

Le bâtiment était vide. Pas de cloisons intérieures. D'après les taches d'huile sur le sol cimenté, on devinait qu'il servait de hangar à avions. La lumière qui entrait par la porte et les fenêtres carrées situées en haut des murs, se dissipait rapidement dans le ventre obscur, avalée par de grandes traînées d'ombre.

« Karim al-Jamil, appela le plus grand des deux hommes, c'était ton frère qui était dans l'avion, pas Jason Bourne. Il est avec nous. Et il a la bombe. »

Une silhouette surgit de la pénombre.

« Mon frère est mort », répliqua Karim.

Les hommes derrière Bourne se figèrent.

« Ne compte pas que je te suive », déclara Soraya.

Marks s'apprêtait à répliquer quand le mur fermant l'aire de chargement du funérarium se mit à coulisser dans le sol.

« Mais qu'est-ce que... ? »

Profitant de l'effet de surprise, Soraya sortit vivement de la voiture. Marks allait la poursuivre lorsqu'il vit la limousine du DCI émerger du bâtiment et s'engager dans la rue. Il en oublia Soraya. Mettant le contact, il décida de suivre la limousine. Le Vieux était censé se trouver à des kilomètres de là, pour traiter des affaires personnelles. Que faisait-il ici ?

Lorsqu'il appuya sur l'accélérateur, il entendit vaguement la voix de Soraya lui crier de revenir mais n'y prêta aucune attention.

Elle avait peut-être raison, après tout, quand elle disait que le Vieux était mort.

Devant lui, la limousine s'arrêta au feu rouge. Il se glissa à côté d'elle et baissa sa vitre.

« Hé ! appela-t-il. Peter Marks, CIA ! Ouvrez ! »

La vitre du chauffeur ne bougea pas d'un poil. Marks alluma ses feux de stationnement, descendit et se mit à cogner au carreau.

Il sortit son badge. « Ouvrez bon sang ! Mais ouvrez donc ! »

La vitre descendit. A peine eut-il le temps d'apercevoir le Vieux assis à l'arrière que déjà le chauffeur braquait un Luger P-08 sur son visage et pressait la détente.

Ses tympans se déchirèrent. Il fut projeté en arrière, bras écartés, et mourut avant même de retomber sur le macadam.

La vitre remonta, le feu passa au vert et la limousine démarra comme si de rien n'était.

Karim dévisageait Bourne. « C'est impossible. Frère, on m'a dit que tu étais mort. »

Bourne leva la valise. « Et pourtant, répondit-il en contrefaisant la voix de Fadi, je suis venu apporter la destruction.

— Mort à l'infidèle !

— Oui, mon frère. » Bourne avait beau savoir que cet homme était Karim, il éprouvait un profond trouble à contempler le visage de son meilleur ami. « Nous voilà de nouveau réunis ! »

Martin l'avait prévenu que Karim était le plus dangereux des deux. « C'est le joueur d'échecs, avait dit Martin, l'araignée tapie au centre de sa toile. » Bourne ne se faisait aucune illusion. Dès que Karim lui poserait une question intime – une de ces questions à laquelle seul un frère peut répondre –, la mascarade prendrait fin.

Cet instant ne tarderait pas.

Karim lui fit un signe. « Viens dans la lumière, mon frère, que je puisse te regarder à mon aise après tous ces mois de séparation. »

Bourne avança d'un pas. Son visage passa dans la lumière.

Karim ne dit rien mais il se mit à secouer la tête comme s'il avait la maladie de Parkinson. « Tu es un caméléon, comme l'était Fadi, lâcha-t-il enfin.

— Mon frère, j'ai apporté la bombe. Comment peux-tu ne pas me reconnaître ?

— J'ai entendu un agent de la CIA dire...

— Peter Marks, peut-être. » Bourne jouait son va-tout. Il savait que Marks était le seul agent de la CIA que Soraya avait contacté. Karim accusa le coup et fronça les sourcils. « Qui c'est ce type ?

— Marks est le contact de Soraya Moore. Il répète les mensonges que nous avons servis à cette fille. »

Karim eut un sourire carnassier ; le doute s'effaça de ses yeux. « Mauvaise réponse. La CIA croit que mon frère a été tué dans le raid contre la fausse installation de Dujja dans le Sud Yémen. Mais tu ne pouvais pas le savoir, n'est-ce pas, Bourne ? »

Sur un signe de lui, les trois hommes sautèrent sur Bourne et lui bloquèrent les bras dans le dos. Sans le lâcher du regard, Karim s'avança pour lui arracher la valise.

Soraya courut vers Peter qui gisait sur le bord du trottoir. Au même instant, le rugissement guttural d'une moto la fit se retourner, arme au poing. C'était Tyrone sur sa Ninja. Il quittait le funérarium après y avoir déposé le corps de Lindros.

Le jeune homme ralentit, la laissa monter derrière lui et remit les gaz.

« Tu as vu ce qui s'est passé. Ils ont tué Peter.

— Faut qu'on les stoppe. » Tyrone brûla un feu. « On a tout vu là, le C-4, la limousine de ton boss et ton boss en prime, salement refroidi sur cette putain de dalle de morgue. Quoi d'autre ?

— C'est comme cela qu'ils comptent détruire le quartier général ! dit Soraya. En voyant le Vieux assis à l'arrière, la sécurité laissera entrer la limousine dans le parking souterrain.

— Les fondations du bâtiment. »

Penché sur le guidon de la Ninja, Tyrone passa à la vitesse supérieure.

« On ne peut pas tirer sur la limousine sans courir le risque de faire exploser le C-4 et tuer un nombre incalculable de passants, fit remarquer Soraya.

— Et on peut pas non plus les laisser entrer dans la CIA, répliqua Tyrone. Alors, on fait quoi ? »

La réponse arriva très vite. L'une des vitres arrière de la limousine s'abaissa et une arme se mit à cracher le feu.

Bourne ne faisait pas un geste. Sans y parvenir, il tenta d'écarter l'image de son ami mort, le visage broyé. Puis il s'aperçut qu'il n'en avait pas envie. Il sentait la présence de Martin près de lui, qui réclamait vengeance. Bourne le voyait, l'entendait très nettement.

Patience, murmura-t-il.

Il se concentra sur son corps, pour bien localiser les zones où les trois hommes l'empoignaient. Puis il dit : « J'ai un seul regret : ne pas avoir achevé ce que j'ai commencé à Odessa. Ton père vit encore.

— Mon père est un légume. Tu appelles ça vivre ? tonna Karim. Chaque fois que je me trouve en sa présence, je jure de te faire payer ce que tu lui as fait.

— Dommage qu'il ne puisse te voir comme tu es aujourd'hui, répondit Bourne. Il prendrait une arme et t'abattrait de ses propres mains. S'il en était capable.

— Je te comprends mieux que tu ne crois, Bourne. » Karim n'était plus qu'à un mètre de Bourne. « Regarde-toi. Aux yeux de tous, tu es Fadi et je suis Lindros. Nous vivons chacun dans un monde clos, enfermés dans notre cercle de vengeance respectif. C'était bien cela ton intention, hein ? Tu as tout fait pour en arriver là. Voilà pourquoi tu as pris l'aspect de mon frère. »

Il fit passer la valise d'une main dans l'autre. « Et maintenant, tu essaies de détourner mon attention. Un homme en colère est plus facile à vaincre. C'est bien ainsi que fonctionne le Tao de Bourne, n'est-ce pas ? » Il éclata de rire. « En réalité, tu as bien fait de jouer au caméléon encore une fois. Tu m'as rendu un service inestimable. Tu penses que je vais t'abattre sur-le-champ ? Tu as bien tort ! Et je vais te dire pourquoi. Après que j'aurai fait exploser la bombe, après que j'aurai détruit la CIA, je te conduirai au milieu de ses ruines. Et c'est là que je te tuerai. Je deviendrai un héros national. L'homme qui a débarrassé le monde de Fadi, le plus dangereux des terroristes. Et maintenant dis-moi : puisque le DCI est mort, qui crois-tu que le Président, éperdu de reconnaissance, nommera pour le remplacer ? »

Il se remit à rire. « Je dirigerai l'Agence, Bourne. Je la rebâtirai à mon image. C'est drôle, non ? »

Quand Bourne entendit Karim évoquer le funeste destin réservé au siège de la CIA, il sentit la voix de Martin vibrer en lui. *Pas encore*, pensa-t-il. *Pas encore.*

« Moi ce que je trouve drôle, dit-il, c'est ce qui est arrivé à Sarah ibn Ashef. »

Les yeux de Karim étincelèrent. Il gifla Bourne d'un revers de main. « Toi qui l'as assassinée tu es mal placé pour prononcer le nom de ma sœur !

— Je ne l'ai pas tuée », articula Bourne.

Karim lui cracha au visage.

« Comment aurais-je pu l'abattre ? Soraya et moi étions beaucoup trop loin. Nous avions des Glock 21 et rien d'autre. Sarah ibn Ashef se tenait de l'autre côté de la place quand elle a été touchée. Je ne t'apprendrai pas que le Glock perd toute précision après vingt-cinq mètres. Quand elle a été tuée, ta sœur se trouvait à une bonne cinquantaine de mètres de nous. Je n'ai pas réalisé cela, sur l'instant ; tout s'est passé si vite. »

Le visage de Karim se changea en masque de cire. Il voulut le frapper une deuxième fois.

Ayant prévu son geste, Bourne esquiva. « C'est Muta ibn Aziz qui m'a rafraîchi la mémoire. Cette nuit-là, son frère et lui étaient présents sur les lieux. Ils étaient bien placés et à la bonne distance. »

Karim saisit Bourne à la gorge. « Tu oses plaisanter sur la mort de ma sœur ? » Il tremblait presque de rage. « Les deux frères étaient comme ma famille. Oser insinuer...

— C'est justement parce qu'ils étaient comme ta famille que Abbud ibn Aziz a tué ta sœur.

— Je te tuerai pour cela ! hurla Karim en étranglant Bourne. Je vais te faire regretter d'être né ! »

A bonne distance de la limousine, Tyrone sillonnait les rues en zigzaguant. Les balles sifflaient à ses oreilles. Il savait ce qu'était une blessure par balle ; il connaissait la souffrance de perdre un être cher pour un mot de trop dans un drive-in. Pour seule défense, il avait choisi l'étude. Les armes à feu lui étaient aussi familières que pour ses potes les vedettes du rap ou les stars du porno. Il connaissait les caractéristiques de tous les calibres, aurait pu écrire une thèse sur les parabellums, les pointes creuses. Son propre Walther PPK était chargé avec ce type de munitions. Quand une balle à pointe creuse entrait en collision avec une cible molle – de la chair humaine, par exemple –, elle s'étalait jusqu'au point de désintégration. Être touché par ce genre de projectile revenait à se faire mitrailler au M-80. Les dommages internes étaient en proportion, évidemment.

L'homme qui leur tirait dessus utilisait du calibre .45 mais sa portée était limitée, sa précision également. Il n'en demeurait pas moins extrêmement dangereux. Tyrone se creusa la tête pour trouver un moyen d'interrompre pour de bon cette fusillade.

« Regarde devant toi, lui dit Soraya à l'oreille. Tu vois l'immeuble en verre noir ? C'est le siège de la CIA. »

Tentant le tout pour le tout, Tyrone donna encore un coup d'accélérateur et ramena la Ninja sur le flanc gauche de la limousine, à portée du Luger.

Soraya braqua son pistolet ASP, visa et tira dans un seul geste. La balle creuse toucha le terroriste en pleine face. Un flot de sang mêlé de fragments osseux explosa par la vitre ouverte.

« Ils ont tué Sarah ibn Ashef et n'en ont jamais parlé, réussit à proférer Bourne. Ils ont fait cela pour vous protéger, ton frère et toi. Parce que la douce et innocente Sarah ibn Ashef vivait une histoire d'amour torride.

— Menteur ! »

Malgré le mal qu'il avait à respirer, Bourne ne voulait pas cesser de parler. Il était bien placé pour savoir que la psychologie était la meilleure des armes contre un homme comme Karim, la seule capable de lui apporter la victoire. « Elle détestait ce que vous étiez devenus, Fadi et toi. Elle avait décidé de tourner le dos à son héritage bédouin. »

Les traits de Karim se décomposèrent.

« La ferme ! hurla-t-il. Ce sont des mensonges ignobles ! C'est évident ! »

Pourtant, à son ton, Bourne comprit qu'il n'en était pas si sûr. Ayant enfin reconstitué le puzzle, il voyait clairement la manière dont sa sœur était morte. La détestable vérité lui apparaissait enfin.

« Ma sœur était le cœur de notre famille ! Ce cœur a cessé de battre à cause de toi ! C'est sa mort qui nous a conduits sur ce chemin, mon frère et moi. Tu portes la destruction avec toi ! »

Reculant une jambe, Bourne écrasa son talon sur le cou-de-pied de l'homme qui se tenait juste derrière lui. Dans le même mouvement, il fit pivoter son torse pour dégager son bras droit puis balança un coup de coude dans le plexus solaire de celui qui lui tenait le bras gauche. Du tranchant de la main gauche, il frappa le troisième homme au cou.

La vertèbre fracturée émit un craquement caractéristique. L'homme s'affaissa. Celui qui était derrière l'attrapa à bras-le-corps et se mit à serrer de toutes ses forces. Bourne se pencha, le souleva de terre et le projeta sur Karim.

Encore plié en deux, l'homme de gauche tentait de reprendre son souffle. Repérant un Luger tombé par terre, Bourne s'en empara et lui asséna un coup de crosse sur le sommet du crâne. Entre-temps, celui qu'il avait jeté sur Karim avait sorti son arme. Bourne ne lui laissa pas le temps de s'en servir. Il s'écroula, mortellement blessé.

Restait Karim. Il se tenait agenouillé, la valise devant lui. Ses yeux rougis étaient ceux d'un dément. Bourne frissonna. Il avait déjà vu un homme basculer dans la folie et savait que Karim était capable de tout.

Soudain, Karim sortit un petit cube en aluminium. Bourne reconnut aussitôt un détonateur à distance.

Karim leva l'objet, le pouce collé au bouton noir. « Je te connais, Bourne. Et comme je te connais, tu m'appartiens. Tu ne me tireras pas dessus, pas tant que je serai en mesure de faire exploser vingt kilos de C-4 dans le parking de la CIA. »

Il fallait agir vite. Le moment de la réflexion était passé. Dans son esprit, la voix fantomatique de Martin murmurait inlassablement. Il pointa le Luger sur Karim et tira. La balle pénétra dans la gorge, traversa les tissus et trancha la colonne vertébrale. Karim tomba assis, dévisageant Bourne d'un regard incrédule. Il tenta de bouger ses doigts mais ils ne répondaient plus.

Ses yeux de plus en plus ternes tombèrent sur la main de l'homme à terre près de lui. Bourne comprit ce qui risquait de se passer. Il se précipita sur lui. Karim fit un dernier effort puis s'écroula.

Le détonateur tomba de sa main.

Dès que Karim fut parti rejoindre son frère, la voix de Martin se tut. Bourne regarda l'œil droit du terroriste – l'œil de Martin – et revit son ami mort. Bientôt il enverrait une douzaine de roses rouges à Moira, bientôt il porterait les cendres de Martin dans les Cloîtres à New York.

Pourtant quelque chose le gênait. Une pensée flottait en lui comme un hameçon dépourvu d'appât. Pourquoi Karim n'avait-il pas tenté de faire exploser l'engin nucléaire quand il en avait eu l'occasion ? Pourquoi avoir préféré la limousine dont la charge avait un effet destructeur largement inférieur ?

Il se tourna et vit la valise posée sur le sol en ciment. Elle était déverrouillée. Karim l'avait-il ouverte dans le vain espoir d'enclencher le minuteur ? Il s'accroupit et s'apprêtait à la refermer quand un frisson le traversa. Un frisson si violent que ses dents s'entrechoquèrent.

Il ouvrit la valise en grand, chercha le minuteur et constata qu'il était bien inactif. Le LED était noir, les fils déconnectés. Alors quoi... ?

Il se mit à fouiller sous les fils entrecroisés. Ce qu'il vit alors lui glaça le sang. En déverrouillant la valise, Karim avait activé un deuxième minuteur. Un minuteur secondaire posé par Veintrop mais dont celui-ci s'était bien gardé de signaler la présence.

Bourne s'assit par terre. Des perles de sueur ruisselaient le long de son dos. Selon toute probabilité, Dujja et le Dr Veintrop allaient finalement assouvir leur désir de vengeance.

QUARANTE ET UN

QUATRE MINUTES ET UNE SECONDE. C'était le temps qu'il lui restait sur l'écran du minuteur secondaire.

Il ferma les yeux afin de mieux visualiser les mains de Veintrop s'activant sur le premier minuteur. Il revoyait chaque geste, chaque tour de poignet, chaque déplacement de doigt. Il n'avait pas eu besoin d'outils. Il y avait six fils : rouge, blanc, noir, jaune, bleu, vert.

Bourne se rappelait dans quel ordre ils avaient été fixés au premier minuteur, dans quel ordre Veintrop les avait déconnectés. Deux fois, Veintrop avait rattaché le fil noir – d'abord sur la borne autour de laquelle l'extrémité du fil blanc s'enroulait, puis sur la borne du rouge.

Toutefois les gestes de Veintrop ne lui servaient pas à grand-chose. Le minuteur secondaire avait beau être équipé de la même série de fils à six couleurs, les deux engins ne se ressemblaient nullement. Par ailleurs, les bornes auxquelles les fils étaient attachés n'étaient pas du tout à la même place.

Sortant son téléphone cellulaire, Bourne composa le numéro de Feyd al-Saoud. Qui sait, le Saoudien pourrait peut-être convaincre Veintrop de lui expliquer comment désactiver le minuteur secondaire. Pas de réponse. Bourne n'en fut pas surpris. La région montagneuse de Miran Shah ne permettait pas l'usage des téléphones portables. Il avait quand même bien fait de tenter le coup.

3 : 01.

Veintrop avait déplacé le fil bleu en premier, puis le vert.

Bourne pinça le fil bleu et s'apprêtait à le détacher de la borne. Oui mais pourquoi le minuteur secondaire se désactiverait-il de la même façon que le premier ? Veintrop avait conçu un piège fort ingénieux. Le minuteur secondaire n'était censé entrer en action qu'une fois le premier désactivé. Il eût été absurde de les fabriquer tous les deux selon le même schéma.

Bourne retira ses doigts du mécanisme.

2 : 01.

La question à résoudre n'était pas : comment désactiver le minuteur mais : comment fonctionnait l'esprit tordu de Veintrop. Si jamais quelqu'un réussissait à désactiver le premier minuteur, cette même personne était bien placée pour connaître l'ordre exact de déconnexion des fils. Veintrop avait donc pu inverser cet ordre sur le minuteur secondaire, ou même le brouiller complètement. De sorte qu'il existait à présent des myriades de combinaisons. Il serait donc pratiquement impossible de tomber sur la bonne et le premier essai raté ferait aussitôt exploser la bombe.

1 : 19.

Il était trop tard pour se torturer les méninges. Il devait prendre une décision, et la bonne. Il résolut alors d'inverser l'ordre ; saisissant le fil rouge, il allait le détacher quand son œil exercé avisa quelque chose. Il se pencha de côté pour voir le minuteur sous un autre angle, écarta le nid de fils colorés et découvrit que le minuteur secondaire était rattaché au corps de la bombe d'une manière totalement différente.

: 49.

Bourne dégagea le minuteur primaire et le sortit de son emplacement pour mieux voir ce qu'il y avait en dessous. Puis il le sépara du détonateur, auquel il était relié par un simple fil. A présent, il voyait parfaitement le minuteur secondaire. L'engin reposait directement contre le détonateur. Mais impossible de repérer le fil reliant le minuteur et le détonateur.

: 27.

Il bougea les fils en prenant bien soin de ne pas les arracher. Avec un ongle, il souleva le bord droit du minuteur secondaire, l'éloigna du détonateur... Rien.

: 18.

Il glissa un ongle sous le bord gauche. Comme le minuteur ne bougeait pas, il insista et réussit à le soulever lentement. En dessous, il aperçut le fil enroulé comme un petit serpent. Quand il le toucha du bout du doigt, comme un serpent, le fil se déroula. Bourne n'en crut pas ses yeux.

Le fil n'était pas rattaché au détonateur !

: 10.

La voix du Dr Veintrop résonna dans sa tête. « J'étais prisonnier. Vous ne comprenez pas, je... » Bourne ne l'avait pas laissé terminer sa phrase. De nouveau, l'esprit tortueux de Veintrop était au cœur du problème. L'homme adorait les énigmes, les jeux d'esprit – ses recherches le prouvaient. Fadi l'avait retenu prisonnier, Fadi s'était servi de Katya contre lui. Veintrop avait eu envie de se venger. Rien que de très naturel.

Bourne souleva le minuteur pour examiner le fil qui en sortait. La gaine isolante était intacte. En revanche, le fil de cuivre qui en dépassait paraissait mou. Il lui resta entre les doigts. Le fil ne mesurait pas plus de deux centimètres de long. Il était factice. Bourne reposa l'engin, se rassit et regarda le minuteur achever le compte à rebours. La dernière seconde. Son cœur battait douloureusement contre ses côtes. Si jamais il se trompait...

: 00.

Mais il ne se trompait pas. Rien ne se passa. Ni détonation, ni holocauste nucléaire. Le silence, un point c'est tout. Veintrop avait pris sa revanche contre ses ravisseurs en désarmant discrètement l'engin sous le nez de Fadi.

Bourne partit d'un grand rire. Veintrop avait monté le détonateur primaire dans les règles de l'art. Mais pour l'engin de secours, il s'était payé le luxe de duper Fadi et les autres scientifiques de Dujja. Bourne referma la valise. Il riait encore en sortant du bâtiment.

QUARANTE-DEUX

APRÈS L'EXPLOSION DE LA CHARGE de C-4, Soraya se servit allègrement de son accréditation CIA. Les bâtiments voisins – rien que des édifices gouvernementaux trapus – ne souffraient que de dommages superficiels. En revanche, la rue était méconnaissable. Un énorme trou s'ouvrait dans le macadam. Les débris calcinés de la limousine étaient retombés au fond comme de petits météores embrasés. Heureusement, aucun piéton n'avait été touché. L'incident s'était produit à une heure tardive et il n'y avait personne dans le proche voisinage.

La zone fermée par un cordon de sécurité grouillait de véhicules de police, de pompiers, d'ambulances et autres services de secours et de maintenance. Le courant avait été coupé sur un rayon de 2 500 mètres. Les immeubles les plus proches n'avaient plus d'eau, les canalisations ayant été rompues.

Soraya et Tyrone avaient fait leur déposition à la police mais déjà Rob Batt et Bill Hunter, le chef du directorat de la Sécurité, prenaient le relais. Quand Batt aperçut Soraya, il lui adressa un signe de tête pour lui signifier de ne pas s'éloigner, qu'il viendrait la voir dès qu'il en aurait terminé avec le capitaine de police.

« Toute cette flicaille, ça me rend speed comme un curé qui s'est chopé la chtouille », dit Tyrone.

Soraya rit. « T'en fais pas. Je te protégerai. »

Tyrone renifla d'un air méprisant mais resta quand même près d'elle, par précaution. Entre le vacarme produit par les secouristes, les ouvriers qui déplaçaient leurs équipements en s'interpellant les uns les autres, et les véhicules qui n'en finissaient pas d'arriver sur les lieux, ils avaient l'impression de s'enfoncer dans un océan sonore.

Au-dessus d'eux planait un hélicoptère de la télévision, bientôt rejoint par un deuxième. Une escadrille de chasseurs de l'armée de l'air déchira le ciel. Ils avaient décollé en urgence, prêts à faire usage de leur artillerie. Ils s'évanouirent presque aussitôt, engloutis par la voûte céleste.

Le matin où Bourne se présenta à la porte des Cloîtres, une brume épaisse enveloppait New York. L'urne de bronze contenant les restes de Lindros serrée contre sa poitrine, il franchit le seuil. Après avoir envoyé la douzaine de roses à Moira, la jeune femme l'avait rappelé. Il avait alors compris que les fleurs étaient un code entre elle et Martin, comme un adieu sans paroles.

Bourne n'avait jamais rencontré Moira. Martin lui avait parlé d'elle une seule fois, un soir de cuite.

Tout à coup, il la vit. Longue et fine silhouette se découpant dans le brouillard. Ses cheveux sombres dansaient dans la brise. Elle l'attendait là où ils étaient convenus de se retrouver, devant l'arbre dont les branches étalées s'accrochaient à un mur de brique. Elle avait reçu l'appel de Bourne à peine quelques heures après être rentrée d'un voyage d'affaires à l'étranger. Elle avait dû pleurer la mort de son amant toute seule chez elle. Visiblement, elle n'avait plus de larmes.

Elle lui fit un signe de tête. Ensemble ils marchèrent jusqu'à la muraille sud. En dessous, des arbres déployaient leurs ramures. A droite, la surface plate de l'Hudson. Le fleuve lui parut aussi terne et figé qu'une mue de serpent.

« Nous le connaissions chacun à notre manière. » Moira prononça ces paroles comme si elle craignait de trop en dire sur ses relations avec Martin.

Bourne répondit : « A supposer qu'on puisse connaître vraiment quelqu'un. »

Moira avait les yeux bouffis. Elle avait certainement versé des torrents de larmes ces derniers jours. Bourne la regarda mieux. Son visage anguleux à l'ossature bien marquée, ses yeux bruns un peu écartés, au regard profond et intelligent. D'elle émanait une sérénité peu commune. Une femme sûre d'elle-même. Elle aurait fait une compagne idéale pour Martin, pensa Bourne.

Il ouvrit le couvercle de l'urne. A l'intérieur, un sac en plastique rempli de poussière de carbone, la matière première de la vie. De ses longs doigts minces, Moira ouvrit le sac. Ensemble ils soulevèrent l'urne au-dessus du parapet, la renversèrent et regardèrent la poudre grise s'envoler et se fondre dans la brume.

Moira dirigea son regard vers le pied de la muraille. « Ce qui compte c'est que nous l'ayons aimé tous les deux. »

Belle oraison funèbre, se dit Bourne. Par ces mots, Moira venait de répandre la paix sur eux trois.

Dans la collection Grand Format

Cobb (James), **Ludlum** (Robert)	*Le Danger arctique*
Cussler (Clive)	*Atlantide* ■ *Odyssée* ■ *L'Or des Incas* ■ *La Poursuite* ■ *Raz de marée* ■ *Vent mortel* ■ *Walhalla*
Cussler (Clive), **Cussler** (Dirk)	*Le Trésor du Khan*
Cussler (Clive), **Dirgo** (Craig)	*Bouddha* ■ *Pierre sacrée*
Cussler (Clive), **Du Brul** (Jack)	*Quart mortel*
Cussler (Clive), **Kemprecos** (Paul)	*A la recherche de la cité perdue* ■ *Glace de feu* ■ *Mort blanche* ■ *L'Or bleu* ■ *Serpent* ■ *Tempête polaire*
Cuthbert (Margaret)	*Extrêmes urgences*
Davies (Linda)	*Dans la fournaise* ■ *En ultime recours* ■ *Sauvage*
Dekker (Ted)	*Adam*
Evanovich (Janet)	*Deux fois n'est pas coutume*
Farrow (John)	*La Dague de Cartier* ■ *Le Lac de glace* ■ *La Ville de glace*
Genna (Giuseppe)	*La Peau du dragon*
Hartzmark (Gini)	*A l'article de la mort* ■ *Mauvaise passe*
Kemprecos (Paul)	*Blues à Cape Cod* ■ *Le Meurtre du Mayflower*
Larkin (Patrick), **Ludlum** (Robert)	*Le Vecteur Moscou* ■ *La Vendetta Lazare*
Ludlum (Robert)	*L'Alerte Ambler* ■ *Le Code Altman* ■ *La Directive Janson* ■ *Le Pacte Cassandre* ■ *Le Protocole Sigma* ■ *La Trahison Prométhée* ■ *La Trahison Tristan*
Ludlum (Robert), **Lynds** (Gayle)	*Objectif Paris* ■ *Opération Hadès*
Lustbader (Eric Van)	*Le Gardien du Testament* ■ *La Peur dans la peau* ■ *La Trahison dans la peau*
Lynds (Gayle)	*Le Dernier maître-espion* ■ *Mascarade* ■ *La Spirale*
Martini (Steve)	*L' Accusation* ■ *L'Avocat* ■ *Irréfutable* ■ *Le Jury* ■ *La Liste* ■ *Pas de pitié pour le juge* ■ *Réaction en chaîne* ■ *Trouble influence*
McCarry (Charles)	*Old Boys*
Moore Smith (Peter)	*Les Écorchés* ■ *Los Angeles*
Morrell (David)	*Accès interdit* ■ *Le Contrat Sienna* ■ *Disparition fatale* ■ *Double image* ■ *Le Protecteur* ■ *Le Sépulcre des Désirs terrestres*
O'Shaughnessy (Perri)	*Entrave à la justice* ■ *Intentions de nuire* ■ *Intimes convictions* ■ *Le Prix de la rupture*
Palmer (Michael)	*Le Dernier échantillon* ■ *Fatal* ■ *Le Patient* ■ *Situation critique* ■ *Le Système* ■ *Traitement spécial* ■ *Un remède miracle*
Ramsay Miller (John)	*La Dernière famille*

Scottoline (Lisa)	*La Bluffeuse* ■ *Dans l'ombre de Mary* ■ *Dernier recours* ■ *Erreur sur la personne* ■ *Justice expéditive*
Sheldon (Sidney)	*Avez-vous peur du noir?* ■ *Crimes en direct* ■ *Racontez-moi vos rêves*
Sinnett (Mark)	*La Frontière*
Slaughter (Karin)	*A froid* ■ *Au fil du rasoir* ■ *Indélébile* ■ *Mort aveugle* ■ *Sans foi ni loi* ■ *Triptyque*

Cet ouvrage a été imprimé
en février 2010 par

CPI

FIRMIN-DIDOT

27650 Mesnil-sur-l'Estrée
N° d'édition : 16091
N° d'impression : 98432
Dépôt légal : février 2010

Imprimé en France